Über dieses Buch

Alfred Neumann, ein Meister der Charakter- und Seelenanalyse, macht hier in einer die Gesamtpersönlichkeiten durchleuchtenden Darstellung den aus der Geschichte bekannten Kampf Ludwigs XI. um die Einigung des Reiches gegen den Widerstand der Fürsten und der freien Städte transparent. In den Mittelpunkt des Geschehens stellt der Autor die dämonisch-mythische Seelenverwandtschaft zwischen dem König und seinem Ratgeber Necker, genannt »der Teufel«. Politische Genialität, überlegene Kaltblütigkeit und unmenschlicher Machtwille kennzeichnen das Schicksal dieser beiden Männer. Der Faszination der Macht erlegen, verzichtet der Necker auf sein persönliches Glück. Er überläßt seine Frau, die »schöne Neckerin«, dem König zur Geliebten. Als sich Ludwig von ihr lossagt, um die Thronfolge durch einen legitimen Sohn zu sichern, nimmt sie Gift und siecht langsam dahin. »Der Teufel« aber, der mit seiner genialen politischen Begabung den König erst zu historischer Größe formt, läßt sich nach dessen Tod freiwillig hinrichten – seine Mission ist erfüllt.
Ein großer psychologischer Geschichtsroman – eine erregende Darstellung der magischen Faszination der Macht, die auch vor Intrige und Mord nicht zurückschreckt.

März 1974
Vollständige Taschenbuchausgabe
Droemersche Verlagsanstalt Th. Knaur Nachf.
München/Zürich

Umschlaggestaltung Atelier Blaumeiser, München
Gesamtherstellung Ebner, Ulm
Printed in Germany
ISBN 3-426-00345-7

Alfred Neumann:
Der Teufel

Roman

Droemer Knaur

Meiner Frau Katharina

INHALT

*Geschrieben in München
und Florenz vom Sommer 1925
bis Frühling 1926*

Erstes Buch

Denn welcher Mensch weiß, was drinnen im Menschen ist als nur des Menschen Geist, der selber drinnen ist.

2. Kor. 2, 11

1 *Die Prozession*

Gent war keine gute Stadt. Der Geist der Empörung schlief nicht, als der junge Herzog – schon großen Namens als Graf von Charolais – nach den Brüsseler Krönungsfesten mit friedlichen Gedanken seinen Einzug hielt. Gent hatte nichts vergessen und duldete unbedenklich die Nachbarschaft der Gastlichkeit und der Erpressung, der Huldigung und der Gewalt, Gottes und des Teufels. Die Glocken von Sankt Jakob und Sankt Bavo läuteten zur Begrüßung und zur Rebellion.

Das Gefolge des Herzogs war groß, aber auf dem Marktplatz stand eine zehnfache Anzahl Bewaffneter. Der Fürst ritt langsam durch die Menge, die ihn ruhig und ernst grüßte. Er dankte nicht.

»Sie haben zuviel Waffen«, sagte er zum Grafen Crèvecoeur, der sich neben ihm hielt.

Vor dem Rathaus paradierten gerüstete Patrizier. Der Erste Schöffe sprach gemessene Worte des Willkomms. Doch verworrener Lärm aus angrenzenden Straßenzügen wurde immer lauter. Der Herzog unterbrach mit einer heftigen Handbewegung:

»Was bedeutet das?« fragte er.

»Es ist die Sankt-Lievins-Prozession«, antwortete der Schöffe gelassen.

»Sie dünkt mich reichlich laut und zu merkwürdiger Zeit«, sagte der Herzog und wandte sich im Sattel um. Die Spitze des Zuges erreichte jetzt den Platz im Rücken der fürstlichen Eskorte. Die grelle Junisonne blinkte auf Piken und Eisenhauben. Der Herzog rief, ohne den Blick abzuwenden:

»Das ist eine sehr gepanzerte Prozession, Herr Schöffe!«

»So will es Brauch und Herkommen unserer Stadt, Hoheit«, entgegnete der andere.

Rechts vom Geistlichen, der das Reliquienkästchen Sankt Lievins trug, schritt der Teufel. Er sprach zu dem breitschulterigen Mann auf der linken Seite:

»Daniel, der liebe Heilige weiß seinen Weg.«
Der nickte lachend mit dem Kopf. Beide drängten sich gegen den Kanonikus, so daß ihre Schultern und Arme seine durch die tragenden Hände ohnedies gehemmte Bewegung verklammerten, und schoben ihn gegen das Steuerhäuschen, das sich auf dem Markt wenige Schritte vor ihnen erhob und zur Einnahme des herzoglichen Zwangszolls auf Getreide diente. Schon stieß das Kästchen gegen den schwachen Holzbau. Der Teufel drehte sich um, reckte den hageren, langen, ein wenig vorgebeugten Körper, hob die Arme in die Höhe und schrie mit durchdringender Stimme:
»Leute, der gute Heilige will durch das Haus, ohne sich zu bücken!«
Aus dem Zug liefen Männer mit Rammböcken, Beilen und Brechstangen und stürzten sich johlend auf das Steuerhäuschen. Nach wenigen Minuten stampfte die Prozession über den niedergerissenen Bau, brüllte: »Gents Rechte! Gents alte Rechte!« und wälzte sich gegen die Mitte des Platzes. Die Bewaffneten, die dort standen, wurden dem Rathaus zu gedrängt und zernierten – willentlich oder nicht – in dichter Kette den Herzog und sein Gefolge.
Der Fürst biß sich auf die Lippen, streifte mit schnellem Blick die blaß gewordenen Gesichter seiner Suite, die nicht überraschte Haltung der Ratsherren und den lückenlos gewordenen, nahe gekommenen Waffenwall. Er wandte sich mit beherrschter Stimme an den Ersten Schöffen:
»Der Magistrat erstaunt nicht über das politisch gewordene Gesicht jener Prozession?«
Der alte Mann hielt den Blick aus und sagte: »Nein, Hoheit.«
Der Herzog schwieg einen Augenblick; dann richtete er sich im Sattel auf und sprach mit lauter Stimme:
»Wir danken dem Hohen Rat unserer guten Stadt Gent für den Empfang. Wir sind gekommen, um gerechten Klagen und Forderungen Gehör zu schenken. Wir sind bereit, die Petenten im Rathaus zu empfangen.«
Die Verhandlung dauerte sechs Tage, und sechs Tage blieb der Herzog vom bewaffneten Volk belagert. Am ersten Tag wurde die Aufhebung der Kornsteuer bewilligt, am zweiten: die Öffnung der drei geschlossenen Stadttore, am dritten: das Bannerrecht der zweiundsiebzig Zünfte (und schon flatterten auf dem Marktplatz zweiundsiebzig Standarten), am vierten: das Recht der Stadtältestenwahl, am fünften: Amnestie für Vergehen gegen die herzogliche Oberhoheit, am sechsten: Einsetzung von städtischen Kommissaren zur Kontrolle der herzoglichen Regierungsbeamten. – Das waren Gents alte Privilegien.

Jetzt bildete das Volk auf dem Platz eine Gasse und schrie dem abziehenden Fürsten Hoch und Heil in die Ohren. Er dankte nicht.
Der Teufel, als Bürger Gents Zunftmeister der Barbiere mit Namen Oliver Necker, war zu klug, um auch während der Verhandlungen die gleiche Rolle zu beanspruchen, die er wie von ungefähr für Sankt Lievin spielte. Er erinnerte sich sehr genau des Gerüchtes, daß der Graf von Charolais mit einem sonderlichen Gedächtnis für Gesichter begabt sei und auch nach Jahren noch, wenn die gute Gelegenheit kam, seinen Profos mit Leuten beschäftigte, die einmal sein unliebsames Gegenüber gewesen waren. Er war überzeugt, daß der Herzog weder diese Gabe seiner kronprinzlichen Zeit verloren noch das Ausbleiben der guten Gelegenheit zu fürchten hatte.
So kam es, daß Meister Oliver und Daniel Bart, sein Gehilfe, den heiligen Lievin nur bis zum Steuerhäuschen geleiteten und nicht mehr zu sehen waren, als die Prozession über die Trümmer schritt. So kam es auch, daß die schöne Neckerin – wie Olivers junge Frau genannt wurde – mit ihrem verwirrenden Lächeln das dunkle Ratszimmer der Zünfte und das Holzschnittgesicht des Obermeisters hell machte, eine leichte Verkühlung ihres Mannes meldete und in seinem Namen den beredten Zunftmeister der Lohgerber bat, die Bannerinteressen der Barbiere vor dem Herzog zu vertreten. Jehan Coppenhelle, der Lohgerber, durfte sich einer heimlichen Erschütterung erfreuen, die ihr blanker Blick, über ihn hingleitend, verursachte; und der präsidierende Pieter van Eecke, angesichts ihrer weißen Zähne den Panzer des Alters und der Würde lüpfend, versicherte ihren Meister Oliver des öffentlichen Dankes für die bewiesene gentische Gesinnung, des treuen Einhaltens der verabredeten Politik – beugte sich unversehens über den Tisch, streichelte mit väterlichem Kopfnicken ihre bloßen Arme und trocknete sich die feucht gewordenen Mundwinkel. Als die schöne Neckerin gegangen war und die einundsiebzig Männer nicht mehr die sichere Bewegung ihres Körpers sahen, fiel der Raum in das Dunkel der Beratung zurück.
Meister Oliver rasierte indessen einen dicken Tuchhändler, der wenig sprach und sichtlich mit dem Schlaf kämpfte. Der Barbier beobachtete ihn aufmerksam, sah des Mannes Augen sehr wach durch die weißlichen Wimpern blinzeln und legte, wohl um die Glätte der Haut zu prüfen, die Hände einen Augenblick auf die feisten Backen des anderen. Seine linke Hand fühlte das klopfende Zeichen der Zunge unter dem Fleisch. Er richtete sich rasch auf und überflog die Männer, die von Daniel oder den anderen Gehilfen behandelt wurden oder vor dem offenen Laden über das akute Ereignis disputier-

ten. Er schüttelte leicht den Kopf, während der Händler sich das Gesicht abrieb und ihn nicht aus den Augen ließ. Eine tiefe Stimme auf der Straße übertönte jetzt das Gewirr der Meinungen:
»Leute, Leute, was seid ihr kurzsichtig und engstirnig! Noch hat der Herzog nicht ja und amen gesagt, und muß er es sagen, so möchte es nicht auf lange Zeit sein, und meinte er es wahrhaftig ehrlich, so kämen wir im besten Fall aus dem burgundischen Regen in die französische Traufe.«
Oliver kniff unter dem Blick des Händlers leicht die Augen zusammen und rief mit seiner hohen und scharfen Stimme zur Straße hin:
»Hoho, Pieter Heuriblocq, wann, kalkulierst du, wird dich der Herzog zu seinem Steuereinnehmer machen?«
Aus dem Haufen vor dem Laden löste sich ein kurzbeiniger, breitbrüstiger Kaufmann, sah mit ernsten Augen dem Meister ins Gesicht und sagte ruhig:
»Wenn der König von Frankreich den Teufel zu seinem Barbier gemacht hat.«
Daniel Bart lachte schallend auf.
»Dann möchte der allerchristlichste Fuchs gentisch über den Löffel barbiert werden!«
In dem ausbrechenden Gelächter beugte sich Oliver rasch zum Händler und sagte leichthin:
»Sie haben Stoffproben für mich, lieber Herr?«
Der Dicke stand gähnend auf und reckte sich, mit dem Kopf nickend. Oliver sprach leise:
»Gehen Sie aus dem Laden links bis zum Hauseingang im Seitengäßchen und treten Sie flink ein.«
Er klopfte ihm den Rock ab und redete über seine Schulter:
»Wahrhaftig, Pieter, es ist für unsere Stadt besser, ein Teufel in Frankreich als ein Fürsprech für Brüssel zu werden. Und man soll sich erst um den Hals reden, wenn man einen Kopf einzusetzen hat. So werden wir beide uns kaum verstehen, zumal ich dich nicht von der Angst um deine Wechsel auf Brügge und Lüttich, sondern nur von deinen Bartstoppeln befreien kann. Also komm her und setz dich.«
Die Männer lachten beifällig, Heuriblocq gehorchte achselzuckend und mit schwerfälliger Bewegung, der dicke Händler hatte schon die Straße gewonnen. Einseifend flüsterte Oliver:
»Einen guten Rat, Freund Pieter, hüte in dieser mißtrauischen Zeit deine Zunge besser. Ich muß dir gestehen, daß sogar einige der Schöffen dich für einen Agenten des Herzogs halten. Du weißt, was ihr Verdacht besagt. Sei klug.«

Der Kaufmann blickte unsicher an ihm vorbei und schwieg.
Plötzlich wurden auch die Männer vor dem Laden still. Oliver hob den Kopf und sah ihre Gesichter lächelnd der gleichen Richtung zugewandt. Er lächelte auch; denn er erkannte den hellen Schein in ihren Augen. Die schöne Neckerin kam, streichelte die Blicke mit ihrem zutunlichen Gesicht, dankte den Grüßenden mit kleinen raschen Worten und Gesten und betrat den Laden. Olivers dünne Lippen und die harte Linie seiner mageren Backen und seine harten Augen, die sehr tief lagen, von unbestimmter und schwankender Farbe und einer Kraft des Blickes, die zu ertragen schwer war: Olivers Gesicht wurde weich und gütig, jünger auch, erwärmter, gleichsam sonnennäher und beglänzter, als sie auf ihn zukam.
»Es steht gut«, sagte sie und lächelte.
Wieder war der Raum heller. Ihr Rücken trug jetzt die Blicke der Männer, die ihr nachsahen, jener vor dem Laden und der eingeseiften Gesichter, die sich nach ihr umwandten und deren Freude man nur an den entblößten Zähnen sah, der Gesellen servile Bewunderung und Daniel Barts zugleich lüsterne und respektvolle Grimasse. Ihr Rücken, der gewohnt war, die Lobpreisungen und heimlichen Wünsche von Augen zu fühlen, welche eben von ihrem Gesicht abgeglitten waren, dankte durch den tiefen Nackenausschnitt, durch die kaum merklich und doch berauschend schütternde Haut, durch das Selbstbewußtsein des angesehenen Fleisches. Aber der Mann vor ihr, Oliver, genoß ihr Gesicht und die Gesichter hinter ihr; er stand mit erhobenem Rasiermesser, betrachtete die Frau und den Hintergrund, schien mit einemmal nichts mehr zu sehen als ein aufzuckendes Bild der Gedanken und lachte schon laut. Doch dieses Lachen war häßlich. –
Dann flüsterte er ihr einige Worte ins Ohr und beugte sich wieder über Pieter, den einzigen, der sich nicht bewegt hatte. Die Neckerin ging durch den Laden ins Haus.
Sie fand den fremden Händler bereits in einem Zimmer, dem ersten, dessen Tür er offen gefunden hatte. Er lag mit der Ruhe beleibter Männer auf einer Polsterbank und richtete sich langsam auf, als er Schritte hörte. Beim Anblick der Frau erhob er sich ziemlich rasch und grüßte sie mit weltmännischer Höflichkeit. – Der Meister werde sehr bald kommen können, sagte sie freundlich und bot ihm Wein an. Er trank ihr zu und begann als ein Mensch, dessen Lebensgewohnheiten das eigene Phlegma in der Gegenwart einer Dame unterdrückten, ein ungezwungenes Gespräch. Die Neckerin hörte mit feinem Lächeln zu.
»Verzeihen Sie, mein Herr«, unterbrach sie jetzt mit sanfter Stim-

me; »wenn man die Rolle eines Tuchhändlers spielen will, müßte man nicht nur seine Kleidung tragen, sondern auch seine Sitten annehmen. Sie müßten also entweder weniger galant sein oder an meinem Scharfsinn begreifen, daß ich meines Mannes Vertraute bin.«

Der Mann lachte leise.

»Da Sie die Lebensart der ehrsamen Tuchhändler so gering einschätzen, Madame«, sagte er dann, »muß ich schon, um Ihnen zu gefallen, zugeben, daß ich keiner bin. Aber Sie werden mir verzeihen, wenn ich vorerst nicht mehr sage; denn meine Geschäfte sind von so komplizierter und zugleich von so verantwortlicher Art, daß ich es dem Meister überlassen muß, sie Ihnen zu erklären.«

»Oh, lieber Herr«, wehrte sie ab, »ich will auch nicht von Ihren Geschäften hören, so neugierig ich sein mag. – Es genügt mir schon«, setzte sie sehr leise hinzu und beugte sich über den Tisch ihm entgegen, »es genügt mir schon, daß der große König keine kleinen Lumpen, keine Zigeuner, Handwerksburschen oder Geldwechsler mehr zu uns schickt, sondern einen seiner Hofleute . . .«

Der Mann war überrascht und mit rotem Gesicht aufgesprungen.

»Holla, Madame!« flüsterte er; »Ihr Geist scheint nicht ungefährlicher zu sein als Ihre Schönheit.« – Er sah sie mit sonderbarer Überlegung an und fügte hinzu: »Sie werden es noch weit bringen.«

Der Neckerin große, graue Augen blickten abwesend, mit wachsenden Pupillen.

»So weit«, sprach sie langsam und kaum hörbar – »so weit und nicht weiter, als es unser aller Meister will.«

Der Mann preßte in einer kaum gekannten Erregung die Handflächen gegeneinander.

»Unser König?« fragte er beengt.

»Nein.«

»Gott?«

»Nein.«

»Der Teufel, glauben Sie?«

Die Frau antwortete nicht und schloß für einen Augenblick die Augen. Dann sagte sie:

»Er kommt.«

»Ich höre nichts.«

»Ich weiß es.«

Der Mann strich sich über die Stirn und schaute verwirrt in dem trüben Gemach umher, das mit wenigen wuchtigen Möbeln bestellt war. Er hustete, als wollte er aus der Beklemmung kommen. Jetzt erst schlug eine Tür zu, leichte schnelle Schritte wurden hörbar. Oliver stand auf der Schwelle. Die Neckerin lachte.

»Der Herr will seine Art zu weben nur dir anvertrauen, Oliver«, sagte sie, »nicht etwa aus Mißtrauen, sondern aus Höflichkeit. Du wirst sehen, daß Frankreichs Tuchhändler den Anstand von Höflingen haben.«
Ihre Blicke begegneten sich, Oliver hob ein wenig die Brauen; er wandte sich mit einer verbindlichen Bewegung der Hand dem anderen zu und sagte mit einer gewissen Feierlichkeit:
»Seigneur, meine liebe Frau Anne besitzt in allen Dingen und auch in der Angelegenheit, die Sie zu mir führt, mein ganzes Vertrauen, und sie verdient es. Das mag für Sie die Gewähr sein, daß Sie in ihrer Gegenwart sprechen können; es sei denn . . .«, er unterbrach sich einen Augenblick und schaute ein wenig seitlich, »Sie fühlten sich freier, wenn Sie mit mir allein sind.«
Als der Mann mit der Antwort zögerte, gab Oliver seiner Frau ein Zeichen zu gehen. Der andere machte eine etwas gezwungene Geste des Protestes. Anne, in der Tür, sagte mit ihrem Lächeln:
»Ach, Oliver, man sieht uns als zwei und nicht als einen.«
Sie schloß leise hinter sich die Tür. Der Meister betrachtete mit abwartender Höflichkeit seinen Gast und schien die Unterredung nicht beginnen zu wollen. Der andere bedachte sich noch eine kurze Zeit, gewann auch in Haltung und Blick die Sicherheit zurück, die ihm in der undeutlichen oder sogar unheimlichen Atmosphäre ringsum sehr notwendig schien.
»Eine Frage zuvor, Meister Oliver«, begann er dann zurückhaltenden Tones. »Weiß außer Ihrer Frau noch jemand um unsere Verbindung und Ihre Tätigkeit im Dienste des Königs? Ich meine: arbeiten Sie mit einer Art Organisation, die ich für gefährlich hielte und nicht im Sinne unserer Politik, oder allein, wie wir es bisher annahmen?«
Olivers Lippen wurden noch schmaler; er sprach langsam:
»Der König bezahlt mit gutem Gold meine gute Arbeit. Ein anderes Verhältnis besteht zwischen uns nicht. Die Methode ist meine Sache. Warum wollen Sie sie wissen?«
Der andere antwortete nicht gleich und suchte den Blick Olivers zu fassen; jetzt sagte er leise:
»Vielleicht ist mir in dieser Stunde manches aufgefallen, das nur noch einer Bestätigung aus Ihrem Munde bedarf, damit ich den Scharfblick meines hohen Herrn vollends bewundern kann. Vielleicht nämlich, Meister Oliver, denkt der König an ein anderes Verhältnis, zu seinem und Ihrem noch größeren Vorteil.«
Oliver hob schnell den Kopf.
»Mit Verlaub, wer sind Sie, lieber Herr?« fragte er.

»Ich bin Jean de Beaune, ein Rat des Königs.«
Oliver lachte leise.
»Ein Rat des Königs, Seigneur de Beaune? Das nenne ich bescheiden gesprochen; Ludwigs tätiger Genius, der aus dem Volk das Geld schlägt, wie Moses mit des Herrn Stab aus dem Felsen das Wasser, dürfte anders von sich sprechen. – Gut, gut. Ein solcher Botschafter ehrt mich, und seine verdeckten Fragen und Antworten beginnen mich zu interessieren. – Und vielleicht wollen Sie nur die Bestätigung hören, daß ich auf das jeweilige Ziel so abgeblendet und mit mir alleine losgehe, wie nur je der große König auf seine großen Ziele. Und billigerweise komme ich mit den zwei Genien aus, die ich mir schuf: mit Anne, die Frau ist und schön ist, und mit Daniel Bart, dem Altgesellen, meiner Kreatur, die mit Gehorsam und guten Muskeln zur Genüge ersetzt, was ihr an Verstand fehlt. Der große König aber scheint an den drei bewundernswerten Paladinen seines Genies: dem Geldschläger, dem Henker und dem für die gute Politik und das böse Gewissen gleich angenehmen Kardinal noch nicht genug zu haben. – Nun, ich könnte mir wahrhaftig vorstellen, wer ihm fehlt, Seigneur.«
Jean de Beaune hatte mit gespanntem Gesicht zugehört und bewegte bedenklich den Kopf.
»Meister, Meister«, warnte er, »Sie lenken das Gespräch in eine Tiefe, die uns unter anderen Umständen wohl beiden den Atem nehmen könnte. Aber ich habe Sie in die Richtung gebracht und will jetzt auch nicht mehr zurück. Wer also fehlt ihm?«
Oliver verzog den Mund.
»Schade, daß Sie sich die Antwort nicht selber geben wollen, Seigneur de Beaune; denn Sie sind wohl um ihretwillen hier und Sie haben sie vor kurzer Zeit aus dem plumpen Mund eines Genter Bürgers gehört . . .«
»Das eben ist mein Bedenken«, unterbrach Jean de Beaune.
Oliver hob abwehrend die Hand.
»Gut«, fuhr er fort, »ich begreife es: Davon werden wir bald sprechen. Jetzt aber lassen Sie mich Ihnen antworten, weil Sie es so wollen. Wenn ich sage: dem König fehlt der Barbier, so braucht es nicht gerade Oliver zu sein. Wenn ich sage: dem König fehlt Oliver, so laufe ich Gefahr, von Ihnen oder von den beiden anderen Geistern, die von Berufs wegen gefährlicher sind als Sie, als Konkurrent gehaßt zu werden. Also helfe ich Ihnen und mir und antworte: Dem König fehlt der Vierte, welcher nicht der Bewunderung und nicht einmal des Aufhebens wert scheinen darf, weder als Finanzmann noch als Scharfrichter, noch als Gewissenshelfer – ihm fehlt

der Unsichtbare. – Mehr will ich nicht sagen. Melden Sie dies Seiner Majestät und bestaunen Sie ruhig seinen Scharfblick; ich tue es auch.«

Jean de Beaune war aufgestanden und einige Schritte zurückgetreten.

»Ich habe Angst vor Ihnen«, sagte er leise, »und ich habe in meinem Leben nicht oft Angst gehabt. – Warum wehren Sie sich nicht gegen den Namen, den man Ihnen allerorten gibt, Oliver? – Auch der König nennt Sie Le Mauvais.«

Der Meister hob die Schultern und lachte häßlich.

»Ich habe mich mit dem Namen abgefunden, Seigneur de Beaune. Ich trage ihn seit dreißig Jahren und ich bin sechsunddreißig Jahre alt. Er hat mir selten geschadet und oft genützt. Und«, fügte er ironisch hinzu, »wenn mich der Allerchristlichste König so nennt und gerne doch mit mir im Bunde ist, mag der Name manchen Titels und absonderlicher Mythologie wert sein.«

Jetzt schwiegen beide eine Zeitlang. Jean de Beaune ging nachdenklich im Zimmer auf und ab, Oliver folgte ihm mit den Augen.

»Ist eine Möglichkeit vorhanden«, fragte unvermittelt der Hofmann, »daß die herzoglichen Parteigänger in der Stadt den Erfolg des Unternehmens vereiteln?«

»Nein«, entgegnete Oliver; »sie sind augenblicklich in der Minderzahl und begreiflicherweise kleinlaut; ihre Führer zudem sind verhaftet. Ich dachte vorhin einen Augenblick daran, auch jenen Weinhändler Heuriblocq einsperren zu lassen, der Sie mit seinem Wortspiel scheinbar immer noch beunruhigt; denn Ihre Frage geht letzten Endes doch auf ihn zurück, nicht wahr, gnädiger Herr? Aber der Mann ist harmlos und traf nur zufällig ziemlich billig ins Schwarze, durch eine kleine Bosheit, die meine Bosheit – wenn Sie aufgepaßt haben – schlicht kontrapunktiert. Ließe ich ihn verhaften, so nähme er sich und vielleicht sogar seinen Witz ernster, als beide sind. Ich seifte ihn mit einer kleinen Warnung ein, die gewiß genügen wird.«

»Aber Sie könnten ihn verhaften lassen?«

Oliver schaute ihn überrascht an.

»Sind Sie so kleinlich oder noch immer so ungläubig, daß Sie einen solchen Beweis verlangen, Seigneur? Kann mich eine einfältige Denunziation empfehlen, die in diesem Augenblick jedem Schuljungen gelingen würde?«

Jean de Beaune war stehen geblieben und sah auf den eichenen Tisch, der ihn von Oliver trennte. Er suchte die Worte, ohne den anderen anzusehen.

»Gewiß nicht, Meister«, antwortete er bedachtsam, »was liegt uns an einem kleinen Querulanten. Aber vielleicht läge uns an einer gewissen äußeren und sichtbaren Machtfülle Ihrer Person innerhalb der städtischen Geschäfte, eine Position, die Sie sicherlich unverdächtig und nur als loyaler und eifriger Bürger erreichen könnten, die Sie zur aktiven Politik in unserem Sinne benutzen würden und von der Sie sich im Fall persönlicher Gefahr zu uns zurückzögen.«
Oliver streckte seinen Arm aus und streifte mit seinen langen dünnen Fingern den Ärmel des Gesandten, den die Berührung erschreckte.
»Darf ich Sie, Jean de Beaune, um die ehrliche Antwort bitten«, fragte er mit klugem Lächeln, »ob diese Idee vom König oder von Ihnen stammt?« – Er wartete einen Augenblick; als er sah, daß der Mann seinen Unmut nicht überwinden konnte, sprach er freundlich und mit einer anmutigen Geste: »So verzeihen Sie meine Frage, Seigneur, und hören Sie, warum der König, der mich scheinbar am Anfang und nicht am Ende meiner Laufbahn sieht, diesen Gedanken nicht gehabt haben kann: Würde die Politik der Stadt noch aktiver im französischen Sinne und ich einer ihrer öffentlichen Träger sein, so ließe mich der Herzog in sechs Wochen oder sechs Monaten auf unserem Freitagsmarkt oder auf der Grand' Place zu Brüssel vierteilen; und die Ketten des öffentlichen Amtes würden zu schwer gewesen sein, um mich vorher im richtigen Augenblick nach Frankreich fliegen zu lassen; und der Ruhm eines entflohenen Stadthauptes – gelänge der Flug – wäre zumal ein fataler Streichriemen für des Königs zukünftigen Barbier, dessen Messerschärfen man nicht hören darf. So werden Sie begreifen«, setzte er leise und mit spöttischen Lippen hinzu, »daß der König recht hat; denn der augenblickliche Stadtmagistrat mit seiner von mir insinuierten Politik wird in der nämlichen Zeit wohl nur Gefahr laufen, in den Verliesen des Gravensteen weiße Haare zu bekommen und eines natürlichen Todes zu sterben – und ich werde im dringlichen Fall Zeit genug haben, ohne lärmenden Namen nach Frankreich zu verschwinden oder – wollte mich der König nicht – nach Anjou, Kastilien, Mailand oder Venedig oder Florenz, wo mein Talent freundliche Aufnahme fände.«
Jetzt schlug Jean de Beaune erregt auf die Tischplatte und beugte sich zu Oliver.
»Sie selber sind also der Überzeugung, daß Gents Unabhängigkeit durch Ihren Handstreich nicht gesichert ist und der Herzog nach seiner Freilassung die Situation wieder ändern wird?«
»Gewiß wird er es versuchen«, sagte Oliver gleichmütig, »gewiß

wird er Erfolg haben, gewiß wird die Stadt immer wieder rebellieren, so wahr sie den Charakter hat, den sie in mir schätzt.« – Er sah den Hofmann ernsten Blickes an und sprach mit Betonung: »Es gilt nicht Entscheidungen, Seigneur, und der König wird wissen, daß es im politischen Schicksal nichts Endgültiges gibt; – mein Beruf ist es nur, die Masse zu rühren, damit sie nicht zäh wird. Ihr Bildner zu sein, maße ich mir nicht an.«

»Wie lange wird der Herzog zurückgehalten werden können?« fragte der andere verwirrt.

»Kaum eine Woche, will die Stadt nicht wieder Krieg haben. – Und sie will es nicht.«

»Kaum eine Woche«, wiederholte sinnend der Mann – »und er ist wieder frei ...«

Von neuem schwiegen beide. Jean de Beaune trat ans Fenster und trommelte gegen die Bleieinfassung der dunkelfarbigen Scheiben. Oliver beobachtete ihn mit äußerster Spannung. Dann, als ertrüge er sie nicht mehr, stand auch er auf und trat dicht hinter den Gesandten. Der wandte den Kopf und blieb im Blick des Meisters hängen. Seine Schulter, wenig sich drehend, berührte schon Olivers Arm.

»Und welche Frage, welche Frage des Königs fehlt jetzt noch, Messire de Beaune? Welche meuchelmörderische Frage?«

Herr Jean sah ihn an, wie gebannt, das Blut im Kopf. Oliver trat einen Schritt zurück und sagte ernst:

»Melden Sie auch dies dem König; würde irgendeine Arkebuse – und ich könnte sie dem Daniel Bart in die Hand drücken – den Herzog in einer gelegenen Minute erschießen, so würden in der gleichen Stunde mein Gesell, dem ich zugetan bin, meine Frau Anne, die ich liebe, und ich, dessen Tod sich dem König schlecht bezahlt machte, am Satteldach des Belfried hängen. Und diese Sühne rettete die Stadt doch nicht vor der Zerstörung. Und wenn es dem König, was möglich sein mag, auf hunderttausend Tote für diesen einen Toten nicht ankommt, so wird es ihm doch gefallen müssen, daß es mir auf mein eines Leben ankommt und auf das Leben der Anne und des Gesellen, vielleicht auch auf das Leben meiner Stadt. Des Herzogs Stunde hat noch nicht geschlagen: so leicht macht das Schicksal dem großen König die Arbeit nicht.«

Jean de Beaune sah ihn immer noch an; seine schwammigen Backen bebten in der Erregung.

»Und wenn der König eben diese Antwort hören wollte, Meister?« fragte er leise. Oliver lachte böse:

»Sie decken den Herrn auf ritterliche Art, Messire. Gewiß will

Ludwig diese Antwort haben, wenn er nicht die Gelegenheit findet, jenen Schuß zu bezahlen.«
Er lachte lauter: »Glauben Sie, Jean de Beaune, daß ich die Prüfung bestanden habe?«
Der Gesandte fuhr sich über die Augen.
»Ich habe sie nicht bestanden«, sagte er, als spräche er zu sich.
An dem Tag, an dem die alten Privilegien der Stadt zurückgegeben worden waren und der Herzog abzog, kam der Gesandte wieder, händigte dem Meister fünftausend Silbertaler aus und bot ihm im Auftrag seines Herrn die Stelle des Hofbaders und ersten Kammerdieners an.
»Ich werde sie wohl bald annehmen«, sagte lächelnd der Teufel.

2 *Die Necker*

Die Necker stammten aus dem Dorfe Thielt westlich von Gent, das zum Hoheitsgebiet der Stadt gehörte. Sie waren Bauern oder sie waren Bader, Quacksalber, Schwarzkünstler, Spione und Erzgauner. Durch die Generationen hielt sich das rote Haar, das knochige Gesicht und die tiefliegenden Augen der Männer und das glatte, seltsam weiße und oft schöne Gesicht der rothaarigen Frauen. Die Männer pflegten spät zu heiraten und sehr junge Mädchen, vornehmlich Walloninnen, zu nehmen, über deren Treue sie mit sonderbarem Eifer wachten. Die Frauen verloren sich zumeist in die Städte Flanderns und Nordfrankreichs und lebten als öffentliche Dirnen oder als Konkubinen großer Herren, ohne die Brüder, die sich nicht um sie zu kümmern schienen, viel an die Verwandtschaft oder auch nur an ihre Existenz zu erinnern. Seltsamerweise aber blieben die Brüder oft die Erben ihrer zuweilen nicht unbeträchtlichen Vermögen. So bewahrte sich in der Familie ein etwas anrüchiger Wohlstand, der indes nicht ohne eine gewisse Würde gezeigt und so klug verwandt wurde, daß er von den Mitbürgern wenig angefochten blieb. Seltsam war auch, daß das Zweideutige und Zweifelhafte, welches den Neckern anhaftete, niemals zu einer Ächtung, nicht einmal zu einer Mißachtung geführt hatte. Die kluge Familienpolitik, die den ältesten Sohn stets zum Erben des Bauernhofes und zum Träger der gleichsam bürgerlichen Respektierlichkeit und Lebenshaltung, die anderen Söhne für die ambulanten Berufe und zur Ausnützung der dämonischen Intelligenz bestimmte, erhielt ihnen die Gunst der Gemeinde, auch wenn einer der Magier hin und wie-

der an einem außergentischen Galgen endete. Und die merkwürdige Familiendisziplin hatte es erreicht, daß niemals ein Thielter Necker von der heimatlichen Obrigkeit einer unehrenhaften Handlung überführt wurde. Die klare geistige Überlegenheit auch der seßhaften Necker über ihre Dorfgenossen wurde nicht nur anerkannt, sondern sogar durch die Übertragung kommunaler Ämter sanktioniert, die schließlich zu einer Art erblichen Würde des Erstgeborenen wurden. Die absonderliche Abgespaltenheit des Ältesten von den Schicksalen der abenteuernden Brüder und Schwestern – eine zuweilen nur scheinbare Abkehr, die nur unterirdische Verbindungen zu unterhalten klug genug war – bewirkte, daß seine öffentliche Haltung nicht von den Unfällen der geschwisterlichen Abwege beeinflußt werden konnte. So wurde Olivers Großvater Gillis Necker im gleichen Jahre Bürgermeister, als ein junger Bruder wegen politischen Giftmordes in Orleans gerichtet wurde; und so blieb Olivers Vater Bürgermeister von Thielt und Genter Stadtschöffe, trotzdem die römische Inquisition seinen Bruder Karel wegen schwarzer Magie verbrannte.
Oliver war des Claes Necker zweiter Sohn und das jüngste seiner vier Kinder. Er kam zur Welt, als der Vater sechzig und die schöne, schwermütige Mutter fünfunddreißig Jahre alt war. Seine Geburt nahm ihr das Leben, an dem ihr nicht viel gelegen war; der Fingernagel der ungeschickten Hebamme hatte sie verletzt und das Blut vergiftet; sie starb im Wochenbett, mit aufgetriebenem Leib, der so hart war wie Holz. Sie klagte während der Krankheit nicht viel, so wenig wie ihr Mann nach ihrem Tod. Sie hatte in ihrem Leben selten geklagt und selten nein gesagt, sie schien immer nur müde und traurig und fand keine andere Antwort auf die Härte des Claes und auf die Sklavenschaft ihres Lebens. Sie war ein stilles Bauernmädchen aus der Grafschaft Artois gewesen, zu schön, um nicht aufzufallen, und zu arm, um sich den Mann wählen zu können. Durch irgendeinen Zufall war es Claes Necker gewesen, an den sie verkauft wurde. Sie litt seine Begierde und seine Schläge, gebar seine Kinder, sorgte für das Haus, erschrak insgeheim vor dem wilden, fremden Sinn der Wesen, die ihr Leib getragen hatte, wurde einsamer noch, schüchterner, leidvoller, wich gerne dem betagten Mann aus und versagte ihm doch nichts, wußte bald nicht mehr, ob sie jung war oder so alt wie jener, der ihren Körper mit einem merkwürdigen, drängenden Haß verwüstete, und starb gerne, ohne Widerstand, wie eine Greisin.
Claes heiratete bald darauf ein schwergliedriges, breithüftiges Genter Bürgermädchen von zwanzig Jahren, Eliza de Clercq, die als

Frau unvermutet ihre Schläfrigkeit verlor, sich mit Energie gegen die Fronde der beiden Töchter und des Gesindes behauptete, selbst dem Manne zu widersprechen wagte und genug körperliche Kraft besaß, um der Wut des Alternden begegnen zu können. Nur sein Sohn Henryk, zwanzig Jahre wie sie, half zu ihr in täppischer Verliebtheit.

Oliver war ein verschlossenes Kind mit mißtrauischem Blick, ohne jede Dankbarkeit und ohne ein Bedürfnis nach Liebe. Die Stiefmutter betreute es, ihrem starken Pflichtgefühl gehorchend. Sie liebte es nicht und fühlte oft eine Abneigung, die ihr grundlos und ungerecht schien und die sie ein wenig gewaltsam und laut durch Zärtlichkeiten gutzumachen suchte. Dann lag der Knabe wie ein Stück Holz in ihren Armen, mit zurückgelehntem Kopf und angewidertem Gesicht. Als er fünf Jahre alt war, kratzte und biß er sie in solchen Augenblicken; ihre Schläge ertrug er ohne einen Laut. Er weinte niemals; er spielte niemals mit Kindern; er strich lautlos im Haus umher, zerbrach Fenster und Gefäße, schnitt Getreidesäcke auf, tat Ruß und Maden ins Mehl, verübte mit stillem Eifer Unheil aller Art, wurde selten ertappt und ließ ohne eine Bewegung des Gesichtes Menschen und Tiere an seiner Statt die Strafe leiden. Seine Lust aber war, die Menschen zu erschrecken. Er hockte in Nischen, Schränken, finsteren Gängen und sprang die Vorübergehenden an; er verwuchs mit der Dämmerung, mit jedem nächtlichen Schauder, mit verkrüppelten Bäumen und dem Schatten der Geisblattlauben und schnellte gegen die Aufschreienden. Er war immer dort, wo man ihn nicht vermutete, er war unter Betten und im Kornfeld, er ängstigte Schlafende und störte Liebende, er schreckte mit dem Schrei der Nachtvögel und dem Todesschrei von Menschen; er pendelte wie ein Gehängter oder hantierte wie ein Einbrecher vor den Kammern der Mägde. Der Anblick seines grimassierenden Gesichts – alt, fahl, hager und rothaarig tückisch – wurde allein schon zur Ursache des Erschreckens oder des Widerwillens. Das Gesinde nannte ihn den Teufel.

Claes, der Vater, beachtete ihn wenig; aber er hörte auch nicht auf die Klagen über ihn und schlug ihn niemals. Manchmal, wenn er nicht beobachtet werden konnte – aus dem Dunkel einer Scheune heraus oder wenige Sekunden hinter einer Stubentür –, betrachtete er den Knaben mit absonderlichem Wohlwollen. Oliver schien die verborgene Neigung des Alten zu fühlen; er war in seiner Gegenwart oder in seiner Nähe bis zu einem gewissen Grad freundlich und von einer stillen Einfalt, deren Unechtheit ein Kopfschütteln der Stiefmutter und ein Lächeln des Vaters hervorrief.

Doch als Oliver etwa zwölf Jahre zählte, begab sich dies.
Weil er der gleichaltrigen Tochter einer Dienstmagd Gewalt anzutun versucht hatte, bearbeitete die Stiefmutter seinen entblößten Rücken mit der Klopfpeitsche. Der Knabe verbiß sich in seinen linken Arm, mit dem er das Gesicht schützte, und gab keinen Laut von sich. In diesem Augenblick betrat Claes die Kammer, entriß wortlos der Frau die Peitsche und schlug sie ihr so heftig über den Kopf, daß sie ohne Besinnung zu Boden fiel. Oliver wandte sich um und sah den Vater stumm an. Claes hielt den Blick eine kleine Zeit aus, ein wenig die Brauen hebend; dann biß er sich auf die Lippen, wandte sich kurz um, warf die Peitsche in eine Ecke und schlug die Tür hinter sich zu. Oliver hockte sich neben die Liegende, betrachtete die schmale Blutrinne, die langsam ihren Scheitel entlanglief, das Blut, das aus der Nase und den Ohren kam. Er beugte sachte den Kopf und küßte das Blut fort, das über ihre Stirn zu fließen begann. Er richtete sich hastig auf, mit unsäglich verwirrtem Gesicht, lief zum Wasserkrug, näßte ein Tuch, legte es der Frau auf das Gesicht und eilte aus dem Zimmer. Man sah ihn den ganzen Tag nicht. Nur Henryk, der Bruder, wollte wissen, er triebe sich auf den Bleichen der Leineweber umher, als der Vater in den Nachmittagsstunden nach ihm fragte; und Henryk sah ihm nicht ins Gesicht dabei; Claes fragte nicht mehr. Am Abend erschien Oliver mit grauem Gesicht, verstört, gehetzt und schmutzig am gemeinsamen Tisch, der die Eltern, die Geschwister und das Gesinde vereinigte. Er setzte sich ohne Gruß an seinen Platz. Claes aß schweigsam und hastig, Eliza neben ihm, noch ein wenig bleich und mit dunklen Rändern unter den Augen, sah den Knaben aufmerksam an, ohne ein Wort des Tadels. Nach dem Essen stand der Vater auf und ging fort, wie es seine Gewohnheit war. Auch Henryk ging, allein und abgekehrt wie immer, mit einem scheuen Blick über die Schulter zum Tisch hin; die zwei Schwestern, die Knechte und Mägde folgten schwatzend und lachend und verloren sich in die laue Nacht. Die Frau und Oliver waren allein. Sie blieben am Tisch sitzen, weit voneinander, zwischen sich die leeren Stühle, und sahen sich an. Jetzt senkte sie unter seinem brennenden Blick den Kopf und wurde rot. Er schob die Arme auf den Tisch und ballte die Fäuste.
»Oliver«, fragte sie leise, »hattest du mir das Tuch aufgelegt?«
Er sagte durch die Zähne nein. Nach einer Weile stand er auf und schritt zur Tür.
»Komm!« sagte er. Sie zögerte.
»Komm!« sagte er drängend, mit fiebrigem Blick, »es verlohnt sich.«

Er lachte kurz auf und trat in den Hof hinaus. In seinen Worten und in diesem Lachen war ein aufreizendes Wissen um etwas, das häßlich war und sie doch neugierig und gehorsam machte. Sie ging ihm nach und holte ihn am Tor ein. Sie schritten schweigsam über den mondbeleuchteten Feldweg ins Gehölz. Jetzt blieb Oliver stehen und flüsterte ihr zu, die klappernden Holzschuhe auszuziehen. Barfuß schlichen sie sich an die Holzhackerhütte heran, aus der Licht schimmerte. Die Frau sah Claes bei der nackten Grietje Hauwel liegen, der fünfzehnjährigen Magd aus Oudenaarde. Eliza machte eine Bewegung, als wollte sie in die Hütte stürzen oder schreien; doch Oliver, der hinter ihr stand, schlang die Arme um sie, preßte die rechte Hand auf ihren Mund und die linke auf ihre Brust und das Gesicht gegen ihren Rücken und flüsterte in der äußersten Erregung:
»Henryk!«
Die Frau duldete wie betäubt die Umarmung einen Augenblick. Dann stieß sie den Knaben heftig zurück und eilte fort. Der Zufall wollte es, daß sie auf dem einsamen Feldweg den Henryk traf – oder er hatte hinter dem Heuschober auf sie gelauert. Seine starken Arme hoben sie auf; sie schrie nicht, sie wehrte sich auch nicht. Er trug sie keuchend ins Feld, sinnlose Worte hervorstoßend, und legte sie sanft auf die Erde.
Oliver stand im Torbogen, starr wie ein Pfahl, hell im Mondlicht, den Eingang einengend, und wartete. Zuerst kam Eliza; sie lief, als werde sie verfolgt, prallte vor dem Knaben zurück, mit kurzem Atem, die Augen groß auf ihn gerichtet, das aufgelöste Haar in wirrer Eile zum Knoten steckend. Oliver sprach nichts und bewegte nicht das Gesicht. Seine Augen schienen in dem weißen Licht so tief in den Höhlen, daß es der Frau war, als durchbohrte die Nacht seinen Kopf an diesen beiden Stellen und als blicke sie durch ihn hindurch in unendliche Schatten. Sie stöhnte auf und fragte mit ganz veränderter, ganz fremder Stimme:
»Bist du blind, Oliver?«
Der Knabe antwortete nicht; aber es schien ihr, als grinste er. Sie bedeckte die Augen mit der Hand, preßte sich an die Torwand, um ihn nicht zu streifen, und ging mit kleinen demütigen Schritten vorbei. Er drehte sich nach ihr nicht um.
Dann kam Henryk, mit hängenden Händen und gewölbtem Rücken. Er hob am Tor den Kopf und erschrak nicht sonderlich.
»Ach, Oliver!« sprach er traurig.
Doch als er den Knaben ansah, wurde er unruhig. Er stotterte verwirrt:

»Ich habe ... sie ... nicht gefunden ... gefunden. – Oliver, bitte ...«
Er bückte sich, kam mit den Augen ganz nahe an des Knaben Augen – und plötzlich schlug er ihn ins Gesicht. Oliver taumelte gegen den Torpfosten, Henryk schritt in den Hof. Der Knabe, ohne einen Laut des Schmerzes oder der Wut, schüttelte sich und stellte sich an seinen Platz zurück.
Er wartete zwanzig Minuten; die Stille der Nacht brauste ihm in den Ohren. Hin und wieder bellten Hunde; vom Dorf her johlten Betrunkene. Oliver biß die Zähne zusammen, weil er mit einemmal das Bedürfnis zu weinen fühlte. Doch er weinte nicht. – Und Grietje kam, mit einem kleinen Lied auf den Lippen. Jetzt schrie sie auf: »Jesus-Maria!« Dann ging sie vorbei und sagte leise und eindringlich: »Teufel!«
Und Claes kam, ein wenig nach vorne geneigt, mit seinen langen Schritten. Er blieb erstaunt stehen.
»Was tust du hier, Oliver?«
Der Knabe sah ihn lange an und sprach dann langsam, fast ohne Betonung:
»Die Peitsche ist noch blutig, und die Grietje ist schon drin.«
Claes schaute über ihn hinweg, den Mund ein wenig offen, und lehnte sich an die Mauer, als sei er plötzlich sehr müde. Er sagte nach einer langen Pause und ohne Sinn: »Ja«, hob den Knaben auf, küßte ihn auf die Stirn, schloß das Tor und trug ihn ins Haus.
Von nun an herrschte Oliver über die bösen Gewissen wie ein Tyrann. Er sprach nie eine Drohung aus oder eine Erpressung, aber er bedrückte und quälte die Menschen durch seinen Blick, durch seinen Ernst, durch sein Lachen – durch seine Gegenwart, die von ihren Zusammenhängen wußte. Er näherte sich der Stiefmutter nie mehr; und sie hatte von jenem Tag an wortlos und wie von ungefähr auf Gewalt und Rechte der Erzieherin verzichtet und ihn wie einen Erwachsenen behandelt. Henryk versuchte es immer wieder, durch Freundlichkeiten aller Art den Schlag ins Gesicht gutzumachen; Oliver ließ sich nicht bestechen und nicht rühren. Er blieb kühl, abweisend und undurchdringlich, auch gegen den Vater, der sich ihm in dieser Zeit aus einer bestimmten innerlichen Erschütterung heraus nähern wollte. Oliver ließ sich seine heimliche Macht nicht mehr entwinden. Er wußte, daß die wilden Körper Elizas und Henryks sich immer wieder fanden und daß Claes seiner Greisenlust zu jungen Mädchen immer mehr verfiel. Und die drei Menschen wußten, daß der Knabe jede ihrer schlimmen Stunden kannte, daß es ihm und seinem stillen Lächeln zuweilen gefiel, Gelegenheiten zu ver-

schaffen und Widerstände fortzuräumen, und daß er sie dann noch mehr mit seinem Dasein folterte.
Es kam die Nacht, in der Henryk es nicht mehr ertrug. Er füllte einen ziemlich großen Sack mit sehr feinem Sand, in den Glassplitter verrieben waren, und trug ihn, auf nackten Sohlen schleichend, in Olivers Kammer. Aber der Knabe schlief nicht. Er fragte durch das Dunkel, wer da sei. Der Bruder rührte sich nicht. Doch jetzt sagte Oliver, als sähe er durch die Nacht:
»Ach, Henryk.«
Dem Mann trat kalter Schweiß auf die Stirn. Er wartete eine Minute oder drei Minuten. Als Oliver ruhig blieb, sprang er, den Sack schwingend, in die Richtung auf das Bett und leerte ihn aus.
»Ach, Henryk«, sagte in seinem Rücken Oliver, der sich zur Kammertür geschlichen hatte, »weißt du auch, daß ich deiner Mutter Sohn bin?«
Und er schlug die Tür zu und verriegelte sie von außen. Und er sprach durch das Holz:
»Das ist Sand, der mir die Lungen zerreiben sollte, Bruder Henryk; ich habe davon schon gehört. So brachte einer in Brügge viele Leute um. – Aber, Henryk, warum willst du mich umbringen?«
Der Bruder rührte sich nicht; doch er biß sich die Haut von den Knöcheln. Nach einer Weile hörte er wieder die sanfte, hohe Stimme Olivers.
»Sieh, Henryk, ich habe nichts von dir und Eliza dem Vater gesagt; aber morgen werde ich es ihm sagen, morgen oder übermorgen – lieber morgen früh, solltest du mich morgen abend wieder umzubringen versuchen. – Jetzt gute Nacht.«
Er ging fort und schlief auf dem Heuboden. Am anderen Morgen entriegelte er leise die Tür seiner Kammer und fand den Bruder auf seinem Bett in tiefem Schlaf. Er weckte ihn. Henryk fuhr auf mit verstörtem Gesicht. Oliver fragte ihn mit seinem bösen Lächeln:
»Du hast nur den Sand und nicht dich selber aus dem Fenster geworfen, Henryk?«
Der Mann umklammerte seine Hände. Er flehte:
»Sage nichts . . .«
Oliver schnitt eine Grimasse. Henryk hob die Fäuste – doch er lief schon aus der Kammer. Bis zum Mittag hielt er sich noch bei der Arbeit, den Vater und den wie absichtslos um ihn herumstreichenden Oliver beobachtend, zerfressen von seiner Angst. Nach dem Essen aber und im Laufe des Nachmittages, als die genaue Kontrolle der beiden immer schwieriger wurde, machte ihn die Ungewißheit mürbe. Er befahl dem Großknecht, der Mehl nach Gent zu bringen hat-

te, aus irgendeinem Grunde zu bleiben und fuhr selber in die Stadt. Er kam nicht zurück, sondern ging von Gent nach Brügge. Ein Thielter brachte in seinem Auftrag das Fuhrwerk heim und meldete, Henryk sei in Geschäften nach Lüttich gereist. Da den Neckern solche plötzliche Abschwenkungen eigentümlich waren, verwunderte man sich über die Nachricht nicht sonderlich. Nur Oliver lachte auf seine abseitige Art; Eliza sah dieses Lachen; aber sie gehörte zu den Menschen, die wenig fragen und vieles mit sich selber abmachen. Selbst Oliver wußte nicht, ob sie sich nach Henryk sehnte oder auch nur an ihn dachte. Er wurde freundlicher zu ihr.

Sechs Wochen später tauchte Henryk wieder in Gent auf, erfuhr unschwer, daß zu Hause nichts Bedeutsames vorgefallen sei, und erschien am gleichen Tag in Thielt, wahrhaftig mit Geld, einigen Ballen feinen Tüchern und nicht unbedeutenden Aufträgen auf heimische Erzeugnisse. Der Empfang war kühl, weil bei den Neckern Sentiments nicht geschätzt wurden. Claes nickte mit dem Kopf, Eliza lächelte ein wenig und sagte: »Guten Abend, Henryk.« Oliver übersah die Hand, die der Bruder ihm reichte.

Und doch war er um diese Zeit gut zu einem Menschen, ohne eine Absicht und ohne verdeckte Gedanken gut: zu Louize, der schöneren und gefährlicheren der Schwestern. Die für eine Necker-Tochter seltsame Lebensentwicklung der Älteren, bis fünfundzwanzig Jahre im Haus zu bleiben und dann zu heiraten, wiederholte sich bei Louize nicht. Als sie achtzehn Jahre alt geworden war, änderte sie mit einemmal ihr kaum bemerktes und nicht eben lautes Mädchenleben. Ihr erwachter Körper verwirrte für eine kurze Zeit nur sie selber; dann aber lernte sie, ihn zu gebrauchen, mit ihm die Männer zu reizen und daran Freude zu haben. In diesem Augenblick fand sie an Oliver, dem sie bisher auswich wie die anderen, ohne doch ihre tiefe Abneigung zu teilen, mit aller Selbstverständlichkeit einen Bundesgenossen, Helfer, Boten, Zuträger und Beschützer. Es war zwischen den beiden nicht notwendig gewesen, sich einander zu entdecken, mitteilsam zu werden, Vertrauen zu erbitten und Verschwiegenheit zuzusichern: Als sie eines Abends aus der Scheune schlüpfte, stand er vor ihr und riet ihr freundlich, jetzt noch nicht das Haus zu betreten, da Eliza noch auf sei, sondern Jehan, den Großknecht, zuerst gehen zu lassen und selber in der Scheune zu warten, bis er, Oliver, mit einem Stein gegen das Tor klopfte; das war alles. Von dieser Stunde an waren sie verbunden, minierten gemeinsam das Gehöft und dann das Dorf und ließen die Männer springen. Sie fingen sie vom halbwüchsigen Burschen bis zum abwegigen Familienvater, neckten sie, betrogen sie, hetzten sie aufeinander und

lachten, wenn sie sich prügelten und die Weiber heulten. Die Klagenden, die sich zu Claes wagten, wurden verlacht oder hinausgewiesen; denn der Vater wußte, daß Oliver in einer Ecke oder vor der Tür hockte. Einmal wollte Eliza das Mädchen zur Rede stellen; aber Louize war nicht allein, Oliver hinter ihr sah die Frau an – und Eliza schwieg. Vielleicht verwunderte sich Louize über seine Macht, vielleicht auch hielt sie solche Wirkung für angemessen seinem Wesen: Sie fragte ihn nicht. Dann wurden ihr die Grenzen für ihre wilden Spiele zu eng: Sie fuhr mit Oliver zum großen Samstagsmarkt nach Brügge. Oliver kam allein zurück. Claes fragte ihn nach Louize.
»Es geht ihr gut«, sagte Oliver und hob den Kopf.
»Kommt sie zurück?« fragte leise Eliza.
»Nein.«
Man sprach nicht mehr von ihr.
Das Schicksal, das Oliver bisher im Kreise um sich sah, von ihm in seltsamer Art und Frühe angerührt, aber ihn nicht anrührend, ergriff seine Hand, als er fünfzehn Jahre alt war. In Thielt herrschte Erregung. Des Bäckers Dascher achtjährige Tochter Roosje war vom Beerensammeln nicht mehr heimgekehrt und blieb verschwunden, allen Nachforschungen zum Trotz. Um die gleiche Zeit wurde Oliver krank, das erstemal in seinem Leben. Er erbrach sich eine ganze Nacht lang, ohne daß man die Ursache hätte mutmaßen können; denn keiner im Haus außer ihm fühlte bei gleicher Nahrung irgendwelche Beschwerden; er weinte auch viel, und das vor allem war befremdlich; denn man hatte ihn noch niemals weinen sehen; er sprach kein Wort und ließ nur Eliza zu sich; er lag zwei Tage. Als ihn Eliza am Abend des zweiten Tages verlassen wollte, hielt er sie zurück und sprach mit ruhiger Stimme:
»Ich verzeihe dir, Mutter, verzeihe mir auch.«
Die Frau betrachtete ihn berunruhigt; doch er antwortete auf keine ihrer Fragen und schien müde zu sein. Sie küßte ihn leicht auf die Stirn und ging.
In der gleichen Nacht stand Oliver auf, zog sich an und schnürte seine Sachen zu einem Bündel. Dann ging er barfuß, eine kleine Laterne in der Hand, zur Kammer Claesens, der seit vielen Jahren allein zu schlafen pflegte. Die Tür war verschlossen. Oliver klopfte. Der Vater antwortete sofort, mit wacher, etwas heiserer Stimme:
»Wer ist da?«
»Oliver.«
»Was willst du, Oliver?«
»Öffne, Vater.«

»Warum soll ich öffnen, Oliver?«
»Warum willst du nicht öffnen, Vater?«
Claes schwieg eine Weile und atmete schwer. Dann sprach er:
»Ich will dich nicht sehen, Oliver.«
»Warum willst du mich nicht sehen, Vater, wenn du mich doch hören mußt?«
Oliver hörte ein kurzes wildes Schluchzen; er sagte nach einer Weile, leiser:
»Ist es für dich leichter, Vater, wenn du mich nicht siehst?«
»Ich weiß nicht, wovon du sprichst«, antwortete Claes dumpf, als läge eine Hand auf seinem Mund; »aber ich will dich nicht sehen, Oliver.«
Der Sohn preßte seine Stirn gegen das rauhe Holz der Tür und stöhnte: »Ich muß jetzt fort von hier, Vater.«
»Warum, Oliver?«
»Ich weiß, wo Roosje liegt und wie sie aussieht, Vater.«
Die Stille, die jetzt folgte, war so schwer, daß Oliver seine Schläfe gegen das Holz pochen hörte. Dann flüsterte Claes – und das geflüsterte Wort schlug durch die Tür wie ein lautes Wort –:
»Du mußt jetzt fortgehen, Oliver.«
Und Oliver fragte leise zurück:
»Ist das alles, Vater?«
»Nimm Geld aus der Truhe, Oliver.«
»Ist das alles, Vater?«
»Ich habe dich geliebt und ich liebe dich noch heute, Oliver, mein Sohn.«
Oliver fiel auf die Knie und krallte die Nägel ins Holz.
»Vater! Vater! Und wirst du mich noch morgen lieben?«
Claesens Stimme wurde freier, als wiche von ihm die Angst:
»Tote lieben nicht mehr, Oliver.«
Der Knabe rüttelte an der Klinke und wimmerte gequält:
»Ich will dich noch einmal sehen, Vater; ich will dir noch etwas sagen, Vater, etwas, das ich weiß und das du nicht weißt . . .«
Claes unterbrach ihn klar und ruhig:
»Du sollst mich nicht mehr sehen und du sollst mir nichts mehr sagen, Oliver, und du sollst die Menschen verachten, wie ich sie verachte, und du sollst dich drum nicht groß lieben; denn du bist kein Teufel, sondern ein armer Mensch – wie ich mich nicht liebe, weil ich ein armer Mensch bin. Und du darfst ihnen weh tun, wenn du dadurch auch dir weh tust, Oliver. – Und du wirst erfahren, daß der Schmerz ganz nahe bei der Freude ist, oder du hast es schon erfahren, Oliver. Jetzt geh.«

Als Oliver schon zwischen Thielt und Gent war und als der Morgen kam, hörte das Haus den Schrei Elizas, die den Erhängten gefunden hatte.
Oliver beeilte sich, Gent zu verlassen, ehe das Thielter Ereignis in der Stadt bekannt wurde. Er fand bereits um die Mittagszeit einen Lütticher Waffenhändler, der mit seinen Karren nach Brügge unterwegs war und gegen Entgelt den Knaben mitzunehmen sich bereit erklärte.
In Brügge brauchte er nach Louize nicht lange zu fragen. Der Wirt, in dessen Gasthaus er ein Jahr zuvor mit ihr abgestiegen war und wo er sie als Besitz eines feisten alten und sichtlich begüterten Florwebers zurückgelassen hatte, betrachtete den hageren Jungen belustigt und äußerte spöttische Zweifel an seinem Vermögen, das in doppeltem Sinn benötigt sei, wolle er in allem Ernst die Dame angehen – er lachte gemein –; denn sie sei zugleich die feurigste und die teuerste Kurtisane der Stadt. Oliver lachte mit und ließ sich, ohne viel zu antworten und ohne sich als ihren Bruder in die Erinnerung des Mannes zu rufen, die Straße nennen.
Louize bewohnte ein schönes Haus in der Nähe des Jakobstores. Da sie es nur mit großen Herren hielt, ließen die Behörden sie in Ruhe, zumal sie den Beginenhäusern, den Kirchen und Armenanstalten oft Geschenke machte – gewiß mehr aus Klugheit als aus barmherzigem Sinn. Der Florweber war entlassen worden, als er nach dem Geschenk des Hauses sparsam und auch lästig zu werden begann und als ihre Schönheit genug gesehen worden war, um unter den reichen Kaufleuten der florentinischen Kolonie und unter den pompösen Söhnen der Brügger Patrizierfamilien wählen zu können. La Rossa, wie sie genannt wurde und bald auch sich nannte, lebte seither auf eine zugleich begehrte und lüsterne, ergebene und dominierende Art und war mit sich zufrieden.
Oliver hatte einige Schwierigkeiten, um an dem riesenhaften vrijeschen Türhüter vorbeizukommen, der hartnäckig und mit mißtrauischem Blick erklärte, daß die Dame jetzt nicht empfange. Da der Knabe es im Interesse seiner künftigen Verwendung für geraten hielt, sich nicht als Bruder zu entdecken, gab er sich für einen Scholaren aus, den die Rossa als Sekretär in Dienst zu stellen beabsichtige. Sein schwarzer Anzug mochte der Schülerkleidung ähnlich sehen oder seine Art der Wahrheit: Der Portier ließ ihn ins Haus.
Louize nahm ihn freudig auf. Er blieb bei ihr und diente ihr wie in Thielt; doch sie verschwiegen ihre Verwandtschaft. Mit großer Sicherheit übernahm er nach wenigen Wochen, die Situation übersehend, die Regie ihre Berufes. Er begriff rasch die außerordentliche

Macht ihres Körpers und steckte ihre Ziele höher. Er sah, daß während der Messe in Sankt Salvator ein hoher Prälat sie nicht aus den Augen ließ. Sie wurde seine Mätresse und war klug genug, Olivers Rat zu folgen und um des mächtigen und wohlwollenden Kirchenherrn willen ihren Gebrauch an Männern einzuschränken. Der Prälat fand auch an dem zutunlichen, zu allem brauchbaren, diskreten und intelligenten Knaben Gefallen und hatte eine Zeitlang Lust, ihn für den geistlichen Beruf zu gewinnen. Oliver sagte nicht nein, lernte bei den Barmherzigen Brüdern des Johannesspitals lesen, schreiben und ein wenig Latein, verschob geschickt und immer wieder die Termine, die der Protektor für den Beginn seines Noviziats anordnete, sah bald auch mit seinen scharfen Augen, daß Louizes Gegenwart das Gesicht des Alternden nicht mehr so schön belebte wie früher und hielt einen Wechsel des Gönners und des Ortes für geraten. So konnte ein päpstlicher Legat, ein junger, schöner Mensch aus altem Geschlecht, der mit dem Prälaten bei Louize bankettiert und seine Blicke schlecht im Zaum gehalten hatte, am nächsten Tag den merkwürdigen Sekretär der Rossa in seinem Quartier sehen und bedachte Vorschläge hören: Die Dame sei bereit, ihm zu folgen, wenn er selber in aufrichtiger Art sich mit dem Prälaten auseinandersetzte und den Ankauf des Hauses durch ihn erreiche, wenn er ihren Sekretär, den Türhüter und die zwei Kammerfrauen mitzunehmen bereit sei, wenn er sich verpflichte, sie erst acht Tage nach ihrer Ankunft in Rom um ihre Gunst zu bitten, und wenn er innerhalb dieser Zeit den nötigen Aufwand für ihre Person sicherstellen könne. Der Legat, dem die vor Blässe leuchtende Haut und der schmale, harte Mund und die zuweilen bernsteinfarbenen, länglich geschnittenen Augen der Rossa keine Ruhe ließen, sagte ja und fand bei dem gütig und klug lächelnden Prälaten einen viel geringeren Widerstand, als er zu überwinden entschlossen war. Die Reise ging über Frankreich und Anjou nach Nizza und von dort auf einer päpstlichen Galeere nach Rom.

Dort erlebte die fremdartige Schönheit des Mädchens die großen Triumphe. Der Legat konnte die Fiamminga – so hieß sie bei den römischen Lebeleuten – nicht lange gegen den Ansturm der Bewunderung und der Begehr halten; er trat sie dem allmächtigen Kardinal Borgia gegen eine reiche Abtei ab, zumal er ehrgeizig war und sich selber unter dem Kardinalshut wußte, wenn der andere die erstrebte Tiara gewann. Oliver blieb die wichtigste Person ihres kleinen Hofstaates und zu ihrem Ja die unvermeidliche Instanz, die selbst der Kardinal anerkannte. Doch da Oliver den guten Grundsatz seiner Politik beibehielt, ehrlich und eindeutig zu dem zu stehen, dessen Freundschaft am wertvollsten war – da er also dafür sorgte, daß den anderen Bewerbern wohl die Geschenke abgenommen, sie selber aber vor der Schlafzimmertür verabschiedet wurden, hielt ihn der Kardinal für seinen Verbündeten. Er beschäftigte sich mit ihm, zuerst nur, um ihm zu gefallen, und durch ihn der Rossa. Dann aber bemerkte er das Außergewöhnliche an dem jungen Menschen: einen Willen dunklen Zielen zu, eine unheimliche und unchristliche Energie, die ihm aus den Augen glühte und seinen Blick schwer erträglich machte – und doch war es nicht der böse Blick des Jettatore, den man mit Hörneramuletten, gegabelten Korallenzweigen oder wenigstens doch mit der geheiligten Geste der ausgestreckten zwei Finger auffangen und paralysieren muß: nein, diese Augen waren nicht vorspringend und sehr nahe beieinander, sondern tiefliegend, langwimperig wie die einer Frau und von einem unbestimmbaren, unergründlichen Dunkel, lockend und gefährlich wie die unbewegliche Fläche der albanischen Seen. Der Kardinal bemerkte seine kluge, stille und gleichsam verantwortungsbewußte Haltung, ein erstaunliches Gedächtnis, das kaum vier Monate brauchte, um die Sprache zu beherrschen, eine intrigante Begabung, welche – in den Sekunden eines Gespräches die Menschen durchschauend – sofort mit ihren Schwächen oder Wünschen sich bewaffnete und doch nicht losschlug, sondern sie verwirrend sanft und unmerklich in die Niederlage hineindrängte. Borgia begriff die Verwendbarkeit eines solchen Menschen, den er nicht mehr für einen Knaben hielt (denn Oliver sagte niemals sein Alter); er lenkte mit wenigen Worten seine Gewissenlosigkeit einem neuen und anziehenden Bereich zu: der unterirdischen Politik. Oliver arbeitete für ihn wie ein Geheimsekretär und versorgte ihn, den Führer der spanischen Partei, mit Informationen über die Bewegung der gegnerischen Gruppen: der antiklerikalen römischen Aristokratie und der mit dem toleranten Papst durch wissenschaftliche Interessen verbundenen und scharf gegen eine Borgia-Kandidatur arbeitenden Humanisten. Oliver wurde es nicht allzu schwer, die scheinbare Neutralität des kleinen Palazzo nahe dem Forum Trajanum, den Louize bewohnte, zu seinen politischen Zwecken auszunutzen und prominente Nobili und Gelehrte mit der Lockspeise der Fiamminga in die notwendige Vertrauensseligkeit zu locken. Doch als er auf Geheiß des Kardinals den angesammelten Brennstoff anzündete, kam er selber zu Schaden. Ein Literat, der zu den fanatischen Apologeten der republikanischen, antipapistischen Tendenzen Lorenzo Vallas und anderer Humanistenführer gehörte, wurde von Oliver und den übrigen Provokateuren des Kardinals bis zur Verschwörung gegen das

Leben des Papstes gebracht. Borgia wollte am Vorabend des Attentats die Konspiration aufdecken und dadurch die Mittel in die Hand bekommen, die ganze Partei zu vernichten. Doch der Literat wurde vorzeitig schwach, stellte sich der päpstlichen Behörde, gestand den Plan und nannte seine Helfer. Borgia, der Mühe hatte, sich selber zu entlasten, ließ seine Leute unbedenklich im Stich; aber die päpstlichen Sbirren, die in das Haus der Rossa drangen, um ihren Sekretär festzunehmen und ihn neben die anderen an ein Türmchen der Engelsburg zu hängen, fanden ihn nicht. Oliver war nach Bracciano geflohen, dessen Herr gerne Männer aufnahm, die der Papst verfolgte. Dort kopierte er des Poggio lateinische Übersetzung der Cyropädie Xenophons, rasierte den Duca und versprach ihm die Fiamminga.

Doch Oliver sah die Schwester nicht wieder. Als die Pest mörderisch in das Gewimmel des Heiligen Jahres schlug, wagte er sich in das entsetzte, von Papst, Kurie und Magistrat verlassene Rom. Er fand auch den Kardinalspalast und das Haus der Rossa leer. Einige sagten, die Kurtisane sei gestorben, andere wußten, sie sei noch vor dem Ausbruch der Epidemie mit einem Höfling König Alfonsos nach Neapel geflohen, andere wiederum wollten sie im Gefolge des in südlicher Richtung der Pest enteilenden Borgia gesehen haben. Oliver war traurig; er nahm ein kleines Bild mit sich, das ein Schüler des älteren Pollajuolo von Louize gemalt hatte, und begab sich zusammen mit einem Kopisten des Georgios Trapezuntios nach Florenz.

Dort arbeitete er zunächst wieder als Schreiber und Barbier, kam dann durch ein öffentliches Mädchen, das ihn protegierte, auf den Gedanken, Schminken und Schönheitswässer herzustellen, und gelangte in kurzer Zeit zu einem gewissen Wohlstand. Aber da seine Mixturen zu viel Quecksilber enthielten, richteten sie gesundheitlichen Schaden an, und Oliver entging mit knapper Not dem Bargello.

Es folgten fünf Jahre des Wanderns unter hundert verschiedenen Masken und Namen, als Schreiber, Scholar, Barbier, Wunderdoktor, Schwarzkünstler, als Spion, Zuhälter, Falschspieler, durch viele Tiefen des Lebens und die Brandungen hastigen Schicksals, doch nur gestreift von den Ereignissen, niemals mitgenommen, niemals mehr von sich zurücklassend als ein Kleid, einen Namen, selten ein Stückchen Haut, von den Menschen doch mehr geliebt als gehaßt und selber nicht liebend und nicht hassend, nicht einmal geldgierig in der Ausnützung seiner Überlegenheit und immer deutlicher seine Sehnsucht nach dem Norden fühlend. Er war fünfundzwanzig Jahre alt, als er wieder in Gent auftauchte.

Am Tage nach seiner Ankunft schon drängte es ihn nach Thielt. Er kam zur Mittagszeit an; er sah ohne Bewegung die backsteinerne Dorfkirche, die bekannten Häuser und Wege, das väterliche Gehöft. – Was will ich hier? fragte er sich erstaunt über sein Gefühl der Erwartung, das ihn nicht verließ.
Eliza war eine schwere Matrone geworden, im Haar graue Strähnen. Sie wandte sich nach der Tür um und sagte mit ihrer dunklen, ein wenig kehligen Stimme:
»Ach, Oliver!«
Sie stand freundlich auf und ging ihm entgegen. Auch Henryk, dessen Kopf kahl zu werden begann, begrüßte ihn, wies dann unvermittelt und mit fast verlegener Bewegung auf eine hübsche junge Frau, die neben ihm saß, und sagte:
»Das ist Lysbeth, die Tochter Meister Willem Ryms. Wir sind seit zwei Jahren verheiratet.«
Doch Oliver hatte nur ein flüchtiges Wort und Auge für die drei. Am Tisch, neben Lysbeth, saß ein Mädchen von zehn oder zwölf Jahren, welches ihm zugelacht hatte, kaum daß er die Stube betrat. Es geschah selten, daß die Menschen ihm zulachten; und es geschah ihm noch nie, daß ein lächelnder Mensch Helle um sich verbreitete und daß er diese Helle in den Augen und in der Brust spürte. – Er lachte zurück (und Oliver lachte nicht oft ein gutes Lachen); eine reine und unbekannte Freude streifte ihn wie ein Rauschen, wahrhaftig, wie ein Rausch, ein gleichsam trunkener Gedanke kreuzte dazwischen: Ich habe ja diese Freude erwartet! Er löste den beglückten Blick von den grauen Augen und den schönen Zähnen des Mädchens, sah die anderen an, wie triumphierend; und sieh: es lachten auch die drei, und die Stube war nicht mehr dunkel. Eliza sagte:
»Ich freue mich, daß es dir gut geht, Oliver.«
Und Lysbeth sprach:
»Das ist Anne, meine kleine Schwester.«
Oliver sah sie wieder an.
»Ich bleibe jetzt in Gent«, sagte er und lächelte noch immer.
Oliver trat in die Zunft der Barbiere ein. Er hatte es nicht schwer, sich durchzusetzen, weil er ein Necker und ein weitgereister Mann war und weil er als Altgeselle bei Willem Rym arbeitete, dem Zunftmeister und verehrten Führer der gentischen Unabhängigkeitsbewegung. Oliver wurde bald Meister und reorganisierte zusammen mit Willem Rym die nach dem unglücklichen Krieg mit Burgund und dem Verlust der alten Stadtprivilegien sehr geschwächte Oppositionspartei. So liebte ihn der alte Meister, der in

ihm nur den Patrioten und geschickten Zunftgenossen sah, wie einen Sohn, und so heiratete er Anne, als sie fünfzehn Jahre alt geworden war. Rym starb kurze Zeit darauf, Oliver war der selbstverständliche Erbe seiner beruflichen und politischen Stellung. Jetzt erst, unabhängig und im Besitz der geliebten Frau, gestattete er sich selber zu sein, wie er in Wahrheit war. Allmählich und unangreifbar terrorisierte er die proburgundische Partei, nicht aus Patriotismus, sondern aus Freude am einmal begonnenen politischen Spiel, auch aus Freude an seiner geistigen Kraft und in kluger Berechnung von des französischen Gegenspielers Überlegenheit. Er arbeitete mit den dunklen Mitteln seines Genies und seiner Erfahrung. Er dezimierte die gegnerischen Führer, ohne sich bloßzustellen, und nahm ihnen durch das leicht fanatisierte Volk den Anhang weg. Er war ein gefälliger und zu allen freundlicher Mann, scheinbar ohne großen persönlichen Ehrgeiz, nicht auf magistratische Würden bedacht, nicht zu oft und nicht zu selten in der Öffentlichkeit. Aber er hielt schon Zügel, die man nicht sah, fest in der Hand, lenkte die Menge in seine Richtung; und die Menge merkte den Steuermann nicht, auch nicht den heimlichen Fänger der Seelen; doch sie begriff den Abstand zwischen sich und ihm, das Besondere an ihm, das Isolierte und Erhobene auch: Sie sah ihn gerne und lief ihm gerne nach. Aber sie mochte nicht zu nahe kommen. – Er wurde der Agent Frankreichs, nicht aus einem persönlichen Interesse am Verrat, sondern gleichsam aus der Lust des Strategen an der Ausnützung parallellaufender Bewegungen und Kräfte. Er blieb Genter Patriot in den Augen des Volkes. Und der Mund des Volkes nannte den Meister, wie das Thielter Gesinde den Knaben genannt hatte: den Teufel Oliver. Doch er selber fühlte den Unterschied: Es war nicht der Fluch erschreckter Knechte, sondern die Huldigung der Genter, die den Teufel im Leibe hatten und ihn liebten.

3 Der Prüfstein

Meister Olivers Haltung nach dem Abzug des Herzogs war den wenigsten begreiflich. Er wandte seinen ganzen Einfluß auf, um das Temperament der Stadt von unnützem Lärmen gegen Brüssel abzuhalten. Er erreichte durch die ihm ergebenen Zünfte bei den Stadtschöffen, daß in den ersten erregten Tagen die Häuser der herzoglichen Beamten durch Bewaffnete geschützt und die in Schutzhaft genommenen Führer der proburgundischen Partei ohne Beeinträchtigung ihrer bürgerlichen Ehre und Stellung freigelassen wurden. Durch die Stimmen dieser Leute und der Gemäßigten unter den Zunftmeistern gelang es ihm, eine knappe Majorität gegen die Radikalen aufzubringen, die ein Bündnis mit dem vor der offenen Rebellion stehenden Lüttich verlangten.

Am Tage nach dieser geheimen Beratung traf Oliver den Pieter Heuriblocq vor den Lagerhäusern der Koornlei. Der Kaufmann, der keiner der regierenden Körperschaften angehörte, war dem Meister nach jener Auseinandersetzung und unter dem Eindruck der letzten Ereignisse ängstlich ausgewichen. Als er ihn jetzt unvermutet neben sich sah, versuchte er, seine Angst unter kalter Höflichkeit zu verstecken. Doch Oliver machte eine ungeduldige Handbewegung und sagte ernst:

»Man will dir nicht schaden, Heuriblocq, im Gegenteil, man braucht dich.«

Pieter sah ihn mißtrauisch an. Der Meister zog ihn in einen Torweg, sagte ihm mit leisen, knappen Worten Thema und Resultat der Abstimmung und forderte ihn auf, nach Brüssel zu fahren und sie seinen Geschäftsfreunden mitzuteilen – geschickt natürlich, scheinbar nebenbei, zwischen zwei beruflichen Gesprächen. Heuriblocq runzelte die Stirn:

»Hältst du mich für so dumm, Oliver, daß die plumpste deiner Teufelsfallen für mich gut genug sei?«

Der Meister schüttelte ärgerlich den Kopf: ob er nicht das Stadtgesetz kenne, welches Amtsgeheimnis verletzende Ratspersonen als Hochverräter bestraft.

»Und was willst du damit sagen, Necker?«

»Mein Gott, Heuriblocq, ich will damit sagen, daß du, ein unbeamteter Mann, mich, ein Ratsmitglied, von diesem Augenblick an in der Hand hast. – Glaubst du jetzt noch immer an Fallen, und siehst du mir nicht meine Sorge an?«

Der Kaufmann schwieg. Seine Sorge sei, fuhr Oliver fort, daß der Herzog die Stadt zu gleicher Zeit und nicht anders behandeln werde wie Lüttich; es gelte, ihn zu beruhigen.

»Da du ihm gute Nachricht bringen kannst«, schloß er, »darfst du dir den persönlichen Gewinn in Ziffern ausrechnen, Pieter.«

Er ging. Am Nachmittag kam Heuriblocq zu ihm und sagte ihm, daß er den Auftrag übernehme.

Die Ereignisse gaben dem Meister recht. Lüttich schlug los, ermordete die herzoglichen Beamten und stieß bis Sankt Truiden vor. Es gab noch schwere Tage für Oliver und die gemäßigten Stadtschöffen, als die Radikalen über ihre Köpfe hinweg das wilde Genter Volk unter Waffen riefen. Der kühne Schachzug des Magistrats, der auf den Rat (oder auf die Lüge) Olivers den Sieg des Herzogs vierundzwanzig Stunden zu früh manifestierte, brachte den Umschwung. Zwei der Aufwiegler wurden in eiligem Gerichtsverfahren hingerichtet und die Brüsseler Regierung in dem Augenblick von dem Urteil unterrichtet, als der Herzog in Wahrheit die Lütticher Kräfte bei Sankt Truiden und Tongern schlug. Während er vor Lüttich zog und nach wenigen Tagen fast kampflos die Stadt nahm und schwer bestrafte, schickte Oliver den Pieter Heuriblocq ein zweites Mal nach Brüssel. Als er zurückgekommen war, überraschte der Meister den Magistrat mit einem ungeheuerlichen Vorschlag: Wollten sie der Stadt den gewichtigen Teil der Privilegien und den Frieden erhalten, so genüge die Neutralität nicht mehr, so sei ein Loyalitätsbeweis notwendig, der freiwillig auf rein formale Vorrechte verzichte. Er rief mit erhobener Stimme den erregt Unterbrechenden zu:

»Ich weiß, was ich rede, ihr Herren! Ich weiß vielleicht auch, warum ich so rede! Meine Bemühungen haben ein redliches Teil zur Stärkung der gentischen Partei und zur Zurückgewinnung der gentischen Rechte beigetragen. – Ist einer unter euch, der meinte, meine Vorschläge der letzten Zeit dienten einem anderen Interesse als dem gentischen?«

Man schwieg.

»So darf ich dem Hohen Rat um des Wohles unserer guten Stadt willen empfehlen, ohne Verzug zehn der angesehensten Bürger mit den Bannern der Zünfte nach Brüssel zu schicken, demütig zu Fuß nach Brüssel, und sie dem Herrn Herzog zu Füßen zu legen. Er wird sie zurückgeben oder er wird sie behalten. Was tut es? Es gibt Seide genug in Gent. Der junge Herr liebt Zeremonien. Die Geste der Demut wird ihn die Demütigung vergessen lassen, die er plant – wahrhaftig, ihr Herren, die er plant!«

Die letzten, laut und eindringlich gesprochenen Worte ließen keinen Einwand zu. Der Erste Schöffe fragte nach einer schweren Pause:

»Würdet Ihr bereit sein, die Delegation zu führen, Meister Necker?«

Oliver bedachte sich einen Augenblick, mit geschlossenen Augen und dünnen Lippen, die Hände gegen die Tischkante pressend. Jetzt antwortete er langsam:

»Ich danke meinem Herrn Schöffen für die ehrende Frage. Ich bin bereit, der Delegation anzugehören. Sie zu führen, besitze ich, der jüngste Zunftmeister, nicht genügend Qualifikation. Eine solche Ernennung schadete dem Unternehmen, zumal in den scharfen Augen des Herzogs.«

Man wählte als Führer der Abordnung den Dritten Stadtschöffen, als Mitglieder außer Oliver vier Ratsherren und drei Zunftmeister, die mehr oder weniger zur burgundischen Partei gehörten, und auf Olivers Vorschlag den Weinhändler Heuriblocq, dem er seine Brüsseler Informationen verdanke.

»Anne«, sagte Oliver lächelnd, als er zu Hause war, und küßte sie, »das große Spiel beginnt. Aber Gent wird von mir nur um einen guten Barbier und neun brave Bürger gebracht; und das ist kein zu hoher Preis für seine Rettung. – Und unser großes Spiel beginnt, Anne.«

Die Delegation brach zwei Tage später auf, nachdem die Stadt in feierlicher Proklamation die Sorge für ihre persönlichen und beruflichen Interessen auf sich genommen hatte. Jedes Mitglied hatte einen Diener bei sich, Oliver den Daniel Bart. In Wetteren, dem ersten Rastort, nahm der Meister in einem unbemerkten Augenblick ein florentinisches Pulver. Auf dem Weitermarsch wurde er gelb im Gesicht und bekam Fieber. Er schleppte sich, auf Daniel gestützt, bis Aalst. Dort brach er zusammen, delirierend, mit glasigen Augen. Er mußte unter der Obhut Barts in einem Gasthof zurückgelassen werden. Heuriblocq versuchte, mit dem Phantasierenden allein zu sprechen.

Aber Daniel Bart wich nicht vom Bett und sagte endlich mit bösen Augen:

»Herr Pieter, mein Meister sagte noch in Gent, daß Sie nicht weniger wissen als er. Was wollen Sie also von ihm?«

Heuriblocq ging ohne ein Wort hinaus. Da Oliver in einem lichten Augenblick nach dem Priester und nach Anne verlangt hatte, sandte der bestürzte Schöffe kurz vor dem Aufbruch der Delegation einen berittenen Boten nach Gent, um die Neckerin herbeizurufen. Es überraschte den Boten ein wenig, die Frau bereits reisefertig zu finden; aber ihr heftig geäußerter Schmerz über die Erkrankung des Mannes und einige Silbertaler hielten den Aalster davon ab, weiter über die Zusammenhänge nachzudenken.

Die Abordnung, die den Verlust Olivers als Erschwerung ihrer Mission beklagte, kam mißmutig nach Brüssel, wunderte sich, daß zu ihrem Empfang nicht die geringsten Anstalten getroffen waren, und ahnte nichts Gutes. Sie wartete viele Tage, ehe sie vorgelassen wurde, trotz des Antichambrierens des häufig abwesenden Heuriblocq. Als die Mehrzahl der Delegierten schon willens war, nach Gent zurückzukehren, und ihre Absicht der Behörde mitteilte, war die mili-

tärische Bewachung ihrer Quartiere die Antwort. Schließlich empfingen sie in wenig höflicher Form den Befehl, vor dem Herzog zu erscheinen. Sie fanden einen sehr ungnädigen Herrn, der vor ihren Augen die Banner zerreißen ließ und die Genter als Geiseln zurückbehielt, um sich – wie er grimassierend sagte – vor künftigen Wundern Sankt Lievins zu schützen. Im übrigen sei seine Gnade groß; denn er wolle vorerst kein anderes Exempel gegen Gent statuieren, sosehr die aufsässige Stadt es verdient habe. Er gebe ihnen die Erlaubnis, einen ihrer Diener nach Gent zurückzuschicken, um den Magistrat von der Lebensgefahr zu unterrichten, die sie bei der kleinsten Insurrektion in der Stadt liefen. – Als die Delegierten unter Bedeckung ins Quartier zurückgebracht wurden, merkten sie, daß Heuriblocq fehlte. Er wurde am gleichen Tag vom Herzog als Steuereinnehmer nach Lüttich gesandt.
Die Wirkung des schwachdosierten Präparates – eines jener Geheimmittel, mit denen die florentinischen Apotheker ihren jeweiligen Herren wirksamer dienten als Kondottieri – wurde durch ein gemäßes Antidot in wenigen Stunden neutralisiert. Anne fand den Meister bereits in heilsamem Schlaf. Am nächsten Morgen war er wieder bei Kräften und sagte dem Wirt, daß er bereits nach Brüssel weiterreisen könne. Die drei verließen auch Aalst in südlicher Richtung, schwenkten aber bei dem ersten Dorf westlich ab und kamen nach Oudenaarde, wo das Gepäck und ein fester Reisewagen auf sie wartete. Sie schlossen sich einem Kaufmannszug an, der nach Valenciennes ging. Sie waren schon in Paris, als in Gent das Gerücht laut wurde, der kranke Meister sei mit der Neckerin und seinem Altgesellen zwischen Aalst und Brüssel auf rätselhafte Weise verschollen; man vermutete, daß sie Opfer von Strauchdieben oder der feindseligen Bevölkerung geworden waren. Man beklagte sie ehrlich, noch voller Leid um das Schicksal der anderen Delegierten.
Oliver hatte schon unterwegs erfahren, daß der Hof in der Touraine weile, und Jean de Beaune von seiner Ankunft unterrichtet. Er wartete in Paris auf die Antwort. Nach etlichen Tagen kam in das Gasthaus nahe der Porte du Temple, dessen Adresse er angegeben hatte, ein Kurier mit dem nicht signierten, doch durch königliches Siegel geschlossenen Befehl, seinen Aufenthalt in Paris zu benutzen, um gegen den Franziskanermönch Antoine Fradin, dessen Predigten in der Klosterkirche bei der Porte Saint Germain vieles Aufsehen erregten und dem König mißliebig seien, Material zu sammeln; dann solle er nach Amboise kommen.
»Anne«, lachte Oliver, »der Herr will mir noch einen Prüfstein in den Weg rollen, oder ist es schon das große Spiel?«

Sie hörten eine Predigt des Fraters an. Viel Volk war zusammengelaufen. Der Mönch, ein schöner Mann, zeigte seine guten Zähne. Seine mächtige Stimme füllte und färbte die graue gotische Basilika. Er donnerte gegen die Sünden des Fleisches und gegen die Wollust und gegen das Laster der Hoffart; er gebrauchte kräftige nackte Worte, Oliver lächelte; und schon klagte er, mit einer kleinen Tonverschiebung die sinnliche Atmosphäre über den Zuhörern lockernd, ohne sie indes aus ihrer folgsamen Erregung zu lassen, über die Laster der Stände, glitt unmerklich in die Politik, tadelte die schlechte Justiz der Städte, der Herren und Fürsten; schon nannte er die Person des Königs, mit fanatischem Schwung der Stimme seine Kühnheit berechtigt, fast selbstverständlich machend: unser großer König! – dann schwieg er zwei Sekunden, der mächtige Raum wagte nicht laut zu atmen, die Frauen hingen berauscht an seinem Gesicht: Doch die Kritik machte einen kleinen Bogen; es war, als hätte die Stimme sich vor der Majestät verbeugt: Der König ist gut, der König will das Gute; aber die Leute, die ihn umgeben, sind schlecht; sie sind Erpresser, Henker – und vielleicht Verräter! Oliver kniff die Augen zusammen. Der Mönch hob die Stimme noch höher und sprach fast leise, die Augen von den Köpfen fort in die Höhe gehoben: er sehe Gefahr für den König, Gefahr für das Land; die Verräter wollen Krieg, das Volk wisse, was Krieg ist; die Stadt möge an die Drangsal der letzten Belagerung denken, von der kaum drei Jahre sie trennen; man vermeide Krieg! Oliver betrachtete ihn ernst. Er flüsterte der Neckerin zu:

»Der Mann ist nicht ungeschickt; mir scheint, es steckt allerlei hinter ihm; aber sein Körper ist dumm und dumpf wie der eines Stiers. Er ist mit den plumpsten Mitteln zu fangen.«

Anne beichtete bei ihm, nicht mit gesenkten, sondern mit fordernden Augen. Nach der hastigen Absolution bat er sie, erregt über ihren Hals fingernd und das Busentuch verschiebend, um eine Zusammenkunft. Die Neckerin nannte eine bestimmte Stelle im Wald von Neuilly nahe dem Seineufer; dort würde sie am kommenden Tag nach Einbruch der Dunkelheit ihm zu Willen sein. Doch als der Bruder Antoine zur angegebenen Zeit den bewaldeten Hügel hastig vom Ufer aus hinanstrebte und gerade noch einen Schatten sich vom Dickicht lösen sah, empfing er einen starken Schlag gegen den Hinterkopf. Daniel Bart hob den Ohnmächtigen auf und band ihn mit Olivers Hilfe an einen Baum. Dann hielt ihm der Meister eine scharf riechende Essenz unter die Nase. Der Mönch öffnete die Augen, stemmte sich gegen die Stricke und wollte schreien. Aber die Säure, durch den Mund geatmet, erstickte ihn fast. Oliver, der die

Blendlaterne aus großer Nähe dem hustenden Frater ins Gesicht scheinen ließ, steckte die Phiole ein und brachte die Order mit dem königlichen Siegel in den Lichtschein. Er sprach fast höflich:
»De par le roy, Bruder Antoine; es wäre also nicht angebracht, Zeter und Mordio zu schreien. Sie sind leider in die Falle gegangen. Daß Sie von Beruf ein Moralist und von Natur ein Bock sind, gehört zu den häufigsten Späßen, die sich der liebe Gott mit uns erlaubt. Als sündiger Mensch könnte ich Sie also begreifen; doch als Justizagent des Königs hätte ich dadurch schon Material genug, um meinen Leuten zu gestatten, sowohl die Wirkung des Strickes als auch Ihr augenblickliches Verhältnis zum Baum im sehr wörtlichen Sinn zu erhöhen und als bekannte Sanktion des Verfahrens die Lilie in die Rinde zu schnitzen.«
Er ließ für den Bruchteil einer Sekunde den Lichtkegel der Laterne zur Seite schwingen, wo Daniel Bart – nach Art der Henker im ärmellosen Wams – in der Übertreibung der Schatten mit mächtigen Schultern wie ein Zyklop hockte. Der Mönch sagte heiser und hastig:
»Ich unterstehe nicht der weltlichen Gerichtsbarkeit, sondern der meines Priors.«
Oliver lachte leise:
»Wissen Sie denn nicht, Frater, daß sich der König nicht nur häufig, sondern auch mit augenscheinlichem Vergnügen über solche Vorurteile hinwegsetzt? Und glauben Sie denn, er würdigte Sie einer eigenen Order, nur weil Sie ein Bock sind? Der Bock ist doch nur der Sündenbock für das andere, und das andere ist, daß man keine Böcke schießen darf, wenn man politischer Agent ist, Bruder Antoine. Von dieser Sünde kann ich Sie auf keinen Fall absolvieren.«
Der Mönch preßte die Lippen zusammen und blinzelte in das Licht. Dann bat er leise:
»Darf ich das Gesicht dessen sehen, der mit mir spricht? Es ist schwer, gegen das Dunkel zu antworten. Und die Sprache, die ich höre, ist nicht die eines Profosen.«
Er schloß die Augen und ließ den Kopf sinken.
»Vielleicht versucht mich der Teufel wie in jenem Weibe«, stöhnte er.
Oliver riß die Augen auf und ließ das Licht einen Augenblick in der Nähe seines gewaltsam starren, hohlwangigen Gesichts.
»Apage Satana!« schrie der Mönch, rüttelte an den Stricken und begann, sinnlos rasch zu beten.
»Frater«, lachte Oliver, »ich könnte jetzt mit dieser simplen Phantasmagorie alles aus Ihnen herausbekommen, was ich nur wollte;

aber ich will es auf schlichtere und verlässigere Art tun, als es die zufällige Regie einer mondlosen Nacht und Ihre Verwirrung empfiehlt. Ob ich der Teufel oder ein Profos bin oder ob gar der Teufel Profos des Königs ist, mag für unseren Fall ziemlich gleichgültig sein.« Er sprach plötzlich flämisch, ohne die kleinste Pause zwischen den Sätzen zu lassen: »Und Sie sind Brabanter, lieber Freund, und arbeiten für den Herzog.«

Der Mönch unterbrach das Gebet und schien eine Antwort auf den Lippen zu haben; aber er hustete nur krampfhaft und betete weiter. Oliver sagte ungeduldig, in der gleichen Mundart:

»Frater, das ist keine Teufelei! Ich hörte es schon aus Ihrer Predigt, bei gewissen Worten, die für flämische Zungen schwer sind – trotz Ihres guten Französisch.«

Der Bruder flüsterte mit geschlossenen Augen schnelle lateinische Worte. Oliver sprach über die Schulter auf flämisch:

»Ich habe es satt, Daniel; nimm deine Leute und mach Schluß mit ihm.«

Man hörte das Knacken von Zweigen. Der Mönch, dem der Schweiß über die Backen rann, sah entsetzt in die Finsternis und rief:

»Ja, ich bin aus Brüssel!«

Oliver befahl in die Dunkelheit hinein: »Wartet!« Dann wandte er sich wieder an den Frater:

»Hören Sie mir jetzt zu, Bruder Toon; aus Ihrer Haltung weiß ich genug: Sie gehören zu den Agenten des Burgunders, die zumal in Paris gegen einen Krieg agitieren; denn der Herzog kann ihn jetzt noch nicht brauchen, weil er noch genug in seinem eigenen Haus aufzuräumen hat oder weil er vielleicht noch Alliierte sammelt, vielleicht sogar Alliierte unter des Königs eigenen Städten. So sollen Sie den König unpopulär machen. Alles das ist nur für Sie gefährlich, wie Sie sehen. Aber nun geben Sie acht: Sie sprachen in der Predigt von dem Erpresser – das ist Herr de Beaune, von dem Henker – das ist Herr Tristan; doch Sie sprachen auch von dem Verräter. War es Rhetorik? Oder spielen Sie ein wenig Deum ex machina zugunsten Ihrer Prophetie? Sie wissen, daß man die beiden ersten nicht ohne den dritten nennt: den Kardinal Balue. Frater, wenn Sie ihn mit dem Verräter meinen und mir die geringste Unterlage für Ihre Behauptung sagen, schneide ich Sie vom Baum los – und Sie sind frei.«

Er hielt die Laterne so, daß sein Gesicht beleuchtet war wie das andere. Die beiden Männer sahen sich schweigend an. Oliver sprach langsam: »Ich bin aus Gent, Frater, und diene nur mir, auch wenn

ich fremden Herren diene. Und ich schade niemals einem Menschen, der mir Nutzen bringt. Sie werden mich wohl verstehen. Sie bringen mir Nutzen, wenn Sie meine Frage beantworten. So werde ich als Entgelt Ihren Kopf retten, der sonst ohne Rettung verloren ist.«
Der Franziskaner sagte leise, nach kurzer Überlegung:
»Der Kardinal führt von Paris aus heimliche Korrespondenz mit Herrn de Crevecoeur, dem burgundischen Kanzler, in dessen Diensten ich stehe. Einer unserer Konfratres ist der Bote. Der Beweis für ihre Zusammenarbeit ist nicht schwer: Der Kardinal wird in kurzer Zeit dem König raten, in eine Zusammenkunft mit dem Herzog einzuwilligen. Das wird für den König die Gefahr sein, von der ich sprach.«
»Weiß der Kardinal von Ihrer Existenz und der Bedeutung Ihrer Predigten?«
»Gewiß nicht«, entgegnete der Mönch; »ich arbeite ganz unabhängig von seiner scheinbar noch zweifelhaften Unternehmung. Ich arbeite wohl auch für den Fall, daß das offenbare Mißtrauen des Herzogs gegen ihn sich rechtfertigen sollte.«
»Sagen Sie nur noch den Namen des Boten, Frater.«
»Jacques Viole.«
»Ich danke Ihnen, Bruder Toon. Wir werden uns vielleicht noch brauchen.«
Oliver schnitt die Stricke durch, die den Mönch an den Stamm banden. Fradin bewegte die schmerzenden Glieder. Er möge jetzt gehen, sagte der Meister freundlich, sich ruhig verhalten und die Kanzel meiden. Er habe nichts Schlimmeres zu erwarten als das Verbot, öffentliche Predigten abzuhalten, und als verschärfte Klausur.
Der Frater ging mit hastigem Dank, ohne sich umzusehen.
»Der Anfang ist gut«, sagte Oliver zu Daniel Bart, »und nicht einmal schwer.«
Am anderen Morgen verließen die drei Paris, durchquerten das sanfte Beauceland, übernachteten in Orleans und folgten dann dem Lauf der Loire. Zur Zeit des Sonnenuntergangs sahen sie das Schloß Amboise, mißtrauisch und abwehrbereit auf dem Felsen, böse inmitten des schönen Friedens fruchtbarer Landschaft, und Anne sagte, Olivers Arm berührend:
»Das wird ein ernstes Spiel, mein Freund. Das ist ein Hasser, der nichts liebt als seinen Willen.«
Oliver antwortete mit einem guten Lächeln:
»Ich liebe außer meinem Willen noch dich, Anne; so bin ich ihm vielleicht überlegen.«
Die schweren Rundtürme des Schlosses schlugen das letzte Rot des

Tages hinter Mauer und Fels; seine düstere Silhouette hing in der Luft wie eine Faust, die der Himmel über die Erde ballt.
»Ich habe Angst«, sagte Anne.
Oliver strich ihr beruhigend über die Stirn; doch auch er fühlte den Druck der steinernen Drohung auf die Seele. Er dachte daran, daß jene Residenz wie ein infernalisches Gleichnis die Kellerkerker der Oubliettes als Fundament hatte, die furchtbar endgültigen Vergessenheiten für die Feinde des Ludwig Valois, Qualkammern für hundert langsam Sterbende, Schächte der tiefsten Verzweiflung, des erstickten Stöhnens und der vergeblichen Flüche. Wenn dieser Mann auf solchem Bett schlafen kann, dachte er, und wenn es mir nicht gelingt, ihn schlaflos zu machen, dann ist er der Stärkere und dann wird es schlimm um mich stehen, will ich ihn abschütteln; und dann werde ich ihn abschütteln müssen, will ich nicht ausgesaugt werden ... Er runzelte die Brauen. Aber wenn es mir gelingt, sein Gewissen zu erspähen und in die Hände zu bekommen, so wird er weder mich noch sein Gewissen abschütteln können ... Doch er sagte nichts von seinen Gedanken zu Anne.
Schon vor dem stark befestigten Stadttor standen Posten an drei aufeinanderfolgenden Barrieren und prüften die Passierenden. Vor der königlichen Order, die Oliver zeigte, öffneten sich sofort Schlagbäume und Tor. Da es dem Meister zu spät erschien, um mit der müden Frau und dem Gepäck noch aufs Schloß zu fahren, stiegen die drei bei dem nahe gelegenen Gasthof ab. Eine Stunde darauf – es mochte gegen zehn Uhr sein – erschien ein schottischer Leibgardist mit dem Befehl für den Necker, vor dem König zu erscheinen. Oliver unterdrückte Unmut und Müdigkeit und folgte dem Soldaten. Sie gingen durch nachtstille Straßen und stiegen auf steilem, beschwerlichem Pfad zum Schloß empor. Oliver hielt sich dicht hinter dem Führer, weil man ihm von Fußfallen und Eisenspitzen erzählt hatte, die die Zufahrtstraßen bedrohten. In kurzen Abständen rief der Gardist die Parole ins Dunkel; niemand antwortete, doch man hörte neben sich, vor sich, über sich das dumpfe Schüttern gepanzerter Männer, die in ihre Nischen zurücktraten und den Weg freigaben. Jetzt stieg die äußere der drei Umfassungsmauern auf. Drei Tore, unregelmäßig hintereinanderliegend, ließen sie durch kleine Ausfallpforten passieren. Oliver folgte dem anderen durch Höfe, Verbindungsgalerien, verwirrende Gänge, über viele Treppen, durch viele Räume, an unbeweglichen Posten vorbei, immer durch graue, beunruhigende, beklemmende Stille, hinter den ungeheuren Quadern seltsam von der Angst gedrückt, nicht mehr atmen zu können.

Er biß die Zähne zusammen: Seine Nerven durften jetzt nicht rebellieren. Es ist nur Reisemüdigkeit, beruhigte er sich. Sie kamen jetzt in den vom König bewohnten Schloßflügel. In einem kleinen Kabinett, dessen Wände rings mit flandrischen Gobelins bekleidet waren und das keine Tür sehen ließ, bat der schweigsame Führer den Meister zu warten. Als sich Oliver in dem Gemach umsah, war der Soldat verschwunden; einen Augenblick hörte man Stimmen. Oliver ging die Wand entlang und suchte in der Tapete nach der Tür, durch die sie eingetreten waren und die eben sein Begleiter wahrscheinlich wieder benutzt hatte. Er fuhr zurück, da der Stoffbehang jetzt unter seinen Händen nachgab und er einen menschlichen Körper berührt zu haben glaubte. Der Teppich schlitzte sich fast unmittelbar neben ihm. Jean de Beaune betrat das Zimmer und begrüßte ihn mit seiner gutmütigen fetten Stimme. Wieder wurde der Behang aufgehoben: Ein alter hochgewachsener Mann mit verwittertem Gesicht und wässerigen geröteten Augen in schwarzer Höflingskleidung blieb an der Wand stehen.

»Meister Oliver«, sagte Jean de Beaune, »bevor Sie den König sehen, will Herr Tristan mit Ihnen ein paar Worte wegen jenes eloquenten Franziskaners sprechen.«

Tristan L'Hermite, der Generalprofos, seit dreißig Jahren im Namen des Königs folternd und henkend, gefürchtet und verflucht wie kein zweiter Mann des Reiches, ging mit etwas unsicheren Schritten und ein wenig vorgebeugt auf Oliver zu und reichte ihm die blasse schmale Greisenhand. Seine Stimme war leise und wohlklingend:

»Verzeihen Sie, Meister, daß ich Sie noch heute abend bitte, mir Ihre Wahrnehmungen über diesen Fall mitzuteilen. Ich möchte noch diese Nacht den Kurier an den Parlamentspromotor abfertigen.«

Die Frage war gut für Oliver; sie erfrischte seinen Geist mit dem Bewußtsein, daß er wohlgerüstet war. Die Mattigkeit des Hirns, welche die Düsternis der Zeit, des Ortes und der Menschen auf nicht gewohnte Art und fast kampflos hatte eindringen und die Seele bedrängen lassen, wich schnell vor der blanken Freude, auch hier Schicksale in der Hand zu haben, zu wissen, was die anderen nicht wußten, auf seine sonderliche Weise ein paar Schritte voraus in der Zukunft zu stehen und die Blinden in die Richtung zu ziehen, die ihm beliebte. Das war die heimliche Technik und die Lust seines Lebens; und sie auch gegen die gesteigerte, gefährliche, vielleicht gleichwertige Energie dieser Herrschenden zu üben, war er hier. Wie er es gegen gewichtige Gegner zu tun pflegte, die er einkreisen wollte und gegen die er mit Finten begann, sah er antwortend den Frager nicht an.

»Messire«, sprach er in dem höflichen, durchaus nicht gewichtigen Ton eines berichterstattenden Beamten, »der Franziskanerbruder Antoine Fradin scheint einer der typischen, rednerisch begabten Ekklesiasten zu sein, die weniger aus orthodoxer Religiosität als aus Freude an der persönlichen Wirkung auf der Kanzel agieren. Er ist also ein mittelmäßiger und harmloser Mensch. Es genügt – und es wird für ihn Strafe genug sein –, ihm durch seinen Prior das Predigen zu verbieten und meinethalben noch strenge Klausur über ihn zu verhängen.«
Tristan kniff ein wenig die Augen zusammen und wiegte den Kopf hin und her.
»Ich danke Ihnen sehr für die Auskunft, Meister«, sprach er freundlich; »aber es möchte mir fast scheinen, als seien für uns die eitlen Priester gefährlicher als die fanatischen. Könnten auch Sie nicht der Ansicht sein, daß der Wunsch zu wirken einen Rhetor sehr leicht einem demagogischen Ziel zuführt? Ist also Ihr Urteil über seine Harmlosigkeit nur als Folgerung aus der Erkenntnis seiner Mittelmäßigkeit zu verstehen?«
Oliver hob etwas den Kopf und lächelte ein wenig.
»Ich glaubte, seine Mittelmäßigkeit zu erkennen, Seigneur«, sagte er geschmeidig, »als ich ihn auf sehr unschädliche Weise von den menschlichen Lastern auf die politischen Laster sich schwingen sah; denn ich hatte bereits Ihre erste Frage präzisiert: Ist seine mögliche Demagogie die Folge persönlicher Eitelkeit oder vielleicht gar eines fremden Befehls?«
Der Profos betrachtete ihn überrascht.
»Das eben ist unser Verdacht, Meister«, sprach er nach einer kleinen Pause; »und er wird Ihrer Meinung nach allein schon durch die Art der Predigt entkräftet?«
Oliver sah ihn einen Augenblick an.
»Durchaus nicht, gnädiger Herr: Ich hatte ihn zu sprechen und zu prüfen Gelegenheit.«
Tristan war verwirrt und seine Stimme um ein wenig lauter:
»Wenn ich mich aber doch entschlösse, mich seiner Person zu bemächtigen und ihn einem peinlichen Verhör zu unterziehen?«
Oliver betrachtete lässig seine Hände.
»Messire«, sagte er gleichmütig, »auch ich hatte mich seiner Person bemächtigt und unterzog ihn einem gleichsam peinlichen Verhör, wobei mein Diener, ein stämmig gebauter Mann, die Rolle eines Profosknechtes spielte, der jenen aufzuhängen bereit war. – Und der Arme hatte nichts anderes zu gestehen als lateinische Gebete.«
Jean de Beaune lachte, Herr Tristan lachte, hinter den Gobelins

lachte ein dritter. Oliver wandte sich um. Die Bespannung der Wand bewegte sich; Beaune sprang hinzu und hob sie zur Seite. Ein mittelgroßer, etwa fünfzigjähriger Mann trat ein; er trug ein abgenutztes Jagdwams und auf dem Kopf einen alten Filzhut mit kleinen bleiernen Heiligenbildern an der aufgebogenen Krempe. Das bartlose, etwas gedunsene Gesicht war von einer Häßlichkeit, die erschreckte. Über den sinnlichen und brutalen Wülsten der Lippen hing eine ungeheure, schiefe Nase. An den eingekniffenen Mundwinkeln saßen die Kerben der Ironie und der Grausamkeit. Doch die Augen unter geraden, strengen Brauen, in einem Gewirr von Runzeln und Fältchen, waren von merkwürdiger Schönheit, groß, tiefliegend, unbestimmt gefärbt, klug, durchdringend zugleich und undurchdringlich, schwer zu ertragen der Blick und doch anlockend. Er hat meine Augen, dachte Oliver, als er die Hand des Königs küßte.

Herr Tristan und Jean de Beaune waren still zurückgetreten und standen an der Wand. Der König wandte sich an den Profos.

»Gevatter«, sprach er mit tiefer, tönender Stimme, »du wirst den Kurier nicht abschicken und das Mönchlein nicht mit deinem Namen ängstigen. Wir werden dem Rat unseres Flamand folgen und das Redeverbot für das Mönchlein durch Balue, der ja den Fall von Anfang an für harmlos gehalten hat, auf episkopalem Weg erlassen. Jetzt, Compères, laßt uns mit unserem Freund Oliver ein wenig allein.«

Die beiden Herren verbeugten sich und gingen. Der König setzte sich auf einen der schweren, hochlehnigen Stühle, die an den Wänden standen, winkte Oliver zu sich heran und betrachtete ihn lange, nachdenklich und dringlich. Er nahm den Hut ab und zeigte eine hohe reine Stirn, die sich unter der Arbeit der Gedanken faltete.

»Oliver«, sprach er dann langsam und fuhr hastig durch das graue Haar, »ich kannte dich besser, als ich dich noch nicht gesehen hatte; ich erkannte dein Genie, das dem meinen ähnlich ist. Ich benutzte es. Ich rief es hierher. Ich erkannte es eben noch, als ich hinter jenem Vorhang lauerte und lachte. Aber jetzt sehe ich nicht in dich hinein, Oliver; nicht einmal die Bestätigung sehe ich, daß ich dein Herr bin – nicht einmal, daß du zu fürchten bist! Täte ich klüger zu sagen, ich lese in deinem Gesicht und in deinem Blick, was ich erfahren wolle und was abzulesen ich gewohnt bin?«

Der Meister war von dieser Frage seltsam betroffen und fühlte jäh eine tiefe Neigung für den anderen.

»Oliver«, sagt der König wieder, fast flüsternd, »du hast jetzt Augen wie ein guter Mensch. Freund, selbst die guten Menschen ha-

ben vor mir böse oder hassende oder feige Augen. Und man nennt dich den Teufel und ich rief dich, den Teufel. Bist du so mutig? Bist du, Le Mauvais, bis zu dem Grade mutig, gut sein zu können? Ahnst du, was solches Beispiel für mich bedeuten möchte? Oliver, wirst du den Mut haben, gut zu sein zu einem Menschen, wie ich es bin?«
»Sire«, antwortete der Necker erschüttert, »ich liebe Sie.«

4 *Der Faun*

Dieser beiden Männer absonderlicher Ausbruch des Gefühls wiederholte sich nicht mehr. Sie spürten die Notwendigkeit, ihn zu vergessen und ihn gegen eine bewußte, einander zutiefst kennende Zusammengehörigkeit einzutauschen, wie sie sonst nur eine lange Spanne gemeinsamen Lebens und der erprobten Übereinstimmung zu gewähren vermag. Es war ein Zusammenprall der Seelen von solcher Wucht und Schnelligkeit gewesen, daß jeder, sich ablösend, den Eindruck des anderen behielt. Jeder kannte den anderen auf seine Weise und in seiner Sicht: Der König sah seine geistige Kraft und die dämonische Vielfältigkeit seiner politischen Energie in dem Diener, und er sah ihn aufs äußerte bereit zu dienen; er sah nicht nur die Hingabe der nützlichen Intelligenz, sondern auch die Ergebenheit der seelischen Begabungen, die er für größer und tiefer hielt als die eigenen. Oliver aber kannte den Sinn von jedem Wort, jedem Blick, jedem Lächeln, jeder Geste des Königs; er kannte zuweilen seine Gedanken und immer die Teilnahme oder Teilnahmslosigkeit seiner menschlichen Empfindungen. Er diente ihm mit einer Freude sondergleichen; aber diese Freude und dieses Dienen waren besondere Arten von Besitzenwollen; auch seine innerliche Neigung für ihn war ein Eindrängen in die brüderliche Seele, die doch auch königlich und begehrenswert war. Der König glaubte, Oliver zu besitzen, und wurde gemach von ihm besessen. Der Necker glaubte zu wissen, wie tief er in dem anderen sei, und wußte noch nicht, wie sehr er sich selber enteignete.
Oliver bewohnte mit Anne und dem zu seinem Lakaien ernannten Daniel Bart eine Zimmerflucht in dem Schloßflügel, der den höheren Palastbeamten zur Verfügung stand. Der Dienst beim König jedoch, der jede politische und administrative Angelegenheit mit ihm besprach, ihn oft – der Sitte der Zeit gemäß – bei sich schlafen und sich fast immer von ihm ankleiden und auskleiden ließ, der ihn bei

Audienzen und Beratungen hinter Vorhänge oder Vertäfelungen zu stellen pflegte und zu jeder Zeit des Tages und der Nacht ihn beanspruchte, machte ihn zu einem immer selteneren Gast in seinen eigenen Räumen. Anne hielt sich tapfer und ohne laute Klage. Die besondere Stellung des Meisters, die auch von seiner Umgebung eine vollkommene Zurückhaltung verlangte, isolierte die lebhafte, an den Wechsel der Gesichter und der Worte und an den Beifall der Menschen gewöhnte Frau. Als es vollends dem König gefiel, den Meister auch zu den Mahlzeiten nicht zu beurlauben, sondern ihn an seiner Tafel mitessen zu lassen, völlig unbekümmert um jedes Zeremoniell, als es ihm schließlich zum Bedürfnis wurde, Oliver auch zum Vertrauten seiner Lüste zu machen und seine zahlreichen nächtlichen Debauchen von ihm in Szene setzen zu lassen, fand der Meister das schöne Gesicht der Neckerin von dem verhaltenen Leid schmerzlich geformt und gefärbt.

Das Befremdliche war, daß der König, der schon in den ersten Tagen den Daniel Bart zu sehen wünschte, niemals Anne zur Vorstellung befahl, obwohl er zu wissen schien, von welcher Bedeutung sie nicht nur für den Menschen, sondern auch für den Teufel Oliver war. Auch Jean de Beaune mochte den Eindruck vergessen haben, den die Meisterin in Gent auf ihn gemacht hatte: Er erwähnte sie kaum. Nur der Kardinal Balue – der einzige von den drei vertrauten Räten des Königs, der sich mit heimlicher Feindschaft und ständischem Hochmut gegen den eindringenden Oliver wehrte – hatte in der ersten Zeit von des Neckers Anwesenheit am Hofe mit einer Grimasse gesagt:

»Man sagt, Meister, Sie haben eine sehr schöne Frau ...«

Doch der König hatte scharf unterbrochen:

»Man sagt, Eminenz, Sie haben an Beichtkindern keinen Mangel!«

Oliver sah noch nicht die Gründe für des Königs Verhalten. Er bat zuweilen um Urlaub für den Abend oder für die Nacht, um bei Anne sein zu können. Als er ihre Schwermut erkannte, sagte er ihm ehrlich, sie leide unter der Einsamkeit und Abgeschlossenheit, und sie sei es wert, daß man ein wenig auf sie Rücksicht nehme.

»Du liebst die Frau sehr?« fragte der König abgewandten Gesichts. Oliver suchte seine Augen.

»Ich liebe sie wie ein Vater«, antwortete er langsam, »weil sie mein Geschöpf ist, und ich liebe sie wie ein Geliebter. Das ist zweifach große Liebe.«

»Das ist fast sündige Liebe«, sprach Ludwig und sah ihn nicht an. »Aber was sollen wir für sie tun?« fuhr er etwas hastig fort. »Sie als Kammerfrau der Königin geben? Aber Madame von Savoyen weiß sehr gut, daß sie stets dort zu sein hat, wo ich nicht bin. Und in eine Trennung möchtest du kaum einwilligen. Also was sollen wir tun?«

»Man könnte«, sagte Oliver zögernd und beobachtete den König mit heimlicher Unruhe, »man könnte uns vielleicht eine Wohnung in diesem Flügel anweisen oder ihr die Erlaubnis geben, sich in meiner Nähe aufzuhalten.«

Der König wandte ihm das Gesicht zu, das Gesicht eines Fauns; aber die Grimasse dauerte nur eine winzige Sekunde; oder vielleicht waren es nur die Augen, die gemein geblickt hatten. Schon sprach er ernst, fast gütig:

»Nein, mein Freund, nein, denn deine Nähe bedeutet auch meine Nähe, nicht wahr?«

Olivers Haut wurde grau vor Blässe.

Der König stand plötzlich auf und ging erregt in dem kreisrunden Turmzimmer, in dem er zu arbeiten pflegte, auf und ab; seine dürren Beine in den abgenutzten, faltenschlagenden Strumpfhosen knickten in den Kniekehlen. Jetzt blieb er vor dem Meister stehen, legte die Hände auf seine Schultern und flüsterte:

»Oliver, man kämpft lieber gegen den Himmel über sich als gegen die Hölle in sich selber. Aber sieh, Freund, man kämpft. So sei klug und hilf mir und erwähne mir nichts mehr davon.«

Er ließ ihn los und schritt ans Fenster, durch das die sonnenschwere Touraine mit breitem Schwunge in den Raum leuchtete. Er schien sich und den anderen ablenken zu wollen oder war schon mit seinem unablässig arbeitenden Hirn in neuen Bezirken. Er wandte sich um; sein Gesicht war verkniffen und listig wie immer, wenn seine Überlegung schon weiter war als seine Rede.

»Was hältst du von Balue?« fragte er unvermittelt.

Oliver war noch so erschüttert und dem Ansturm der schlimmen Gedanken preisgegeben, daß er die stets geübte Vorsicht vergaß, klare Urteile über die nähere Umgebung des Fürsten zu vermeiden, und nach kurzer Sammlung antwortete:

»Der Kardinal ist meinem Gefühl nach von den dreien der Ehrgeizigste und darum der Unzuverlässigste.«

Ludwig lächelte ein wenig und zog auf peinliche Art die rechte Augenbraue in die Höhe.

»Ist dieses Gefühl ganz frei von persönlicher Verärgerung, Oliver?«

Die Ironie dieser Frage, die deutlich den taktischen Fehler des Meisters unterstrich, brachte ihn sofort zur Kaltblütigkeit und zur gewohnten Arbeitsweise zurück. Er belauerte das Gesicht des Königs, um durch die kleinste Erkenntnis eines Blickes oder einer Muskelbewegung in das Geheimnis des Gedankens zu dringen. Und in der gleichen Sekunde beglückte ihn die aufzuckende Idee, daß er – wenn er es nur klug beginne – eben durch Balue und durch das, was er von ihm wußte, ein größeres Schicksal bestimmen könnte als die intrigante Eitelkeit des Kardinals – früher auch, als er es zu hoffen wagte, vielleicht früh genug, um die Gefahr für Anne auszuschalten, und niemals doch zu spät, um zu strafen, sollte Strafe notwendig werden. Er antwortete mit einem klugen Lächeln:

»Sire, das Gefühl, auch das verärgerte, pflegt sich seltener zu irren als die Vernunft; denn meine Vernunft hätte sagen müssen: Die Eminenz ist nächst mir Eurer Majestät treuester Diener.«

Der König runzelte einen Augenblick die Brauen; dann sagte er gelassen:

»Du hast recht, mir so zu antworten, Oliver; denn ich forderte solche Rede heraus . . .«

Er verschränkte die Arme und sann vor sich hin.

»Ich hätte dich anders fragen müssen«, sprach er dann ernst, »ich hätte dich nicht reizen dürfen; denn jetzt verwirrst du mich nur, und ich muß wohl einen klaren Kopf haben. Du weißt noch nicht, um was es sich handelt. Es gilt eine sehr bedeutsame Entscheidung, die mir der Kardinal vor einer Stunde nahegelegt hat. Ich versäumte leider, dich zuhören zu lassen. Mich überraschte sein Vorschlag; er machte mich wohl auch mißtrauisch; aber vielleicht haben mich erst deine dehnbaren Unterscheidungen von Gefühl und Vernunft mißtrauisch gemacht.«

Er schwieg wieder. Oliver betrachtete ihn erwartungsvoll.

»Kurz und gut«, begann der König wieder mit merklicher Ungeduld, »hältst du den Kardinal für fähig, bewußt gegen meine Interessen zu arbeiten? Ich frage dein Gefühl, mein Freund.«

Oliver wich seinem Blick nicht aus; er antwortete nachdenklich:

»Bewußte Arbeit gegen die Interessen des Königs ist Verrat. Mein Gefühl und auch meine Erfahrung halten jeden emporgekommenen Menschen für fähig des Verrats. Sire, ich kann ohne meine Vernunft nicht auskommen, und meine Vernunft sagt mir, daß es von der Eminenz unvernünftig oder sogar dumm wäre, sich gegen Sie zu wenden. Und da er ein kluger Mann ist und in seiner gehobenen Stellung kein doppeltes Spiel mehr nötig hat, würde ich ihm vertrauen.«

Der König schüttelte leicht den Kopf.

»Deine Sophistik überzeugt mich nicht, Oliver, und mir scheint, sie will mich auch nicht überzeugen. – So höre zu: Der Kardinal hält es für ratsam, daß ich meinem Vetter von Burgund einen Besuch abstatte und ihn mit meinen Umarmungen und Beteuerungen, die mir so gut anstehen und mich so wenig kosten, sowohl von der neuen Fronde der Fürsten gegen mich abbringe – und sie sind ohne ihn nicht nur ohne Kopf, sondern auch ohne Arme –, als auch von seinem persönlichen Mißtrauen gegen mich. Wenn dann also der deutsche Räuberhauptmann Johann von Wildt, den ich für die neuerliche Revolutionierung Lüttichs gemietet habe, ein wenig später von der Stadt als Befreier gefeiert wird und mit seinen Landsknechten vielleicht dem Herzog arg zu schaffen macht, so wird Burgund nach der voraufgegangenen Rührszene und in seiner ritterlichen Sinnesart mich nicht gut als Drahtzieher verdächtigen und behandeln können. An wilden Gesten gegen den Herrn von Wildt soll es zur rechten Zeit ja auch nicht fehlen. Nun, Oliver?«

Der Meister schien ruhig zu überlegen; er strich sich das Kinn, wie er es in der Konzentration zu tun pflegte; er sah auf den Boden. Der Kampf in seinem Innern war heftig und aufwühlend; er fühlte, wie das Blut seine Stirn rötete; er bedeckte sie mit der Hand, gleichsam eifriger nachsinnend. Bei dieser ersten Entscheidung für oder gegen den König empfand er schon die ganze Stärke seiner Neigung für ihn und die lähmende Nähe der anderen Seele, die mit gefährlicher Bereitwilligkeit immer näher kam. Es fiel ihm schwer, die wenigen, eindeutigen Worte zu unterdrücken, die Balues dunkles Spiel klärten. Er schloß eine Sekunde die Augen und prüfte sich ehrlich: Er sah Ludwigs geile Lippen und lüsternen Hände an einem Frauenkörper; aber es war nicht die dicke Bäuerin Perrachon, die er zumeist beschlief, noch eine seiner anderen Favoritinnen, es war Anne. Oliver biß die Zähne zusammen, daß die mageren Backen kantig wurden; er war entschlossen.

»Nun, Oliver«, fragte der König wieder, »soll ich auf ihn hören?«

Der Meister antwortete langsam:

»Der Plan ist gut; aber weiß denn der Kardinal, ob der Herzog gewillt ist, Eure Majestät zu empfangen?«

»Ich bin des Herzogs Oberlehensherr, wenn auch nur auf dem Papier, und wir sind augenblicklich nicht im Kriegszustand, wenn auch noch nicht im Frieden; er darf mir schon aus Prestigegründen den Empfang nicht verweigern; und täte er es, gäbe er mir freies Spiel.«

Oliver wiederholte bedächtig:

»Der Plan ist gut – doch«, fügte er rascher hinzu, »er ist gefährlich.«

»Warum, Oliver? Hast du Bedenken für meine persönliche Sicherheit? Ich meine, Karl Burgund ist der letzte, der Gastfreundschaft verletzte – und zumal gegen des Königs geheiligte Person.« Er zeig-

te grinsend seine schlechten Zähne. »Er ist nicht ich«, fistelte er an Olivers Ohr; »denn ich möchte bei aller Gast- und Vetternfreundlichkeit ihm nicht raten, zu mir nach Amboise zu kommen, so herzlich ich es wünschte!«
Oliver trat ein wenig zurück. Ihm war, als könnte der König – allzunahe – die schwere Arbeit seines Kopfes hören.
»Sire«, sagte er bedenklich, »man soll nicht in die Höhle des Löwen gehen – fremde Löwen am allerwenigsten. Es tut nicht gut, wenn Fürsten einander besuchen und sich auf moralische Stützbalken verlassen, für die sie zu schwer sind oder die sie gar selber angesägt haben. Und noch viel weniger darf sich Eure Majestät auf eine schwelende Zündschnur verlassen: Bomben und Revolutionen garantieren schlecht den Zeitpunkt der Explosion. – Und der junge Herzog ist jähzornig wie ein junger Stier. Wenn die Lütticher, die noch unzuverlässiger als meine Genter und Waffenschmiede von Profession sind, ein wenig zu früh das rote Tuch schwenken, dürfte sich das Stierchen nicht lange besinnen, wer das nächste und beste Ziel für seine arg spitzen Hörner sei. – Ist die Eminenz von allen diesen Besorgnissen frei?«
Der König ging wieder im Zimmer auf und ab; sooft er im Rücken Olivers war, warf er aus den Augenwinkeln einen raschen prüfenden Blick zu ihm hin. Der Meister fühlte es an dem kleinen, mißtrauischen Stocken des Schrittes. Er rührte sich nicht. Jetzt blieb der König am Fenster stehen, das Gesicht in der einströmenden Sonne, und sprach leise, ohne sich umzudrehen:
»Es tut mir weh, Oliver, daß du heute zu mir nicht so ehrlich bist wie ich zu dir. Du magst deine Gründe haben; aber sieh dich vor, daß ich es nicht darauf ankommen lasse und unsere Verbindung der Feuerprobe unterziehe.«
Er wandte sich schnell um und fing den rebellischen Blick des anderen auf; er konnte diesen Blick nicht niederkämpfen; er senkte den Kopf.
»Oliver«, sagte er wieder, und seine Stimme flatterte ein wenig, »du bist der erste Mensch, der mir droht und den ich nicht unschädlich mache. – Wirst du es mir danken?«
»Ja«, entgegnete der Meister gepreßt.
»Glaubst du, daß Balue mich in eine Falle locken will?«
»Sire!« rief Oliver. »Glauben Sie, ich verschwiege es, würde ich es wissen oder annehmen?«
Der König brachte sein Gesicht ganz nahe dem Gesicht des Neckers, dessen Stirn sich rot fleckte; dann flüsterte er: »Ja, Freund Oliver.«
Der Meister schloß die Augen, um vor dem durchdringenden und

allwissenden Blick des Fürsten nicht auf die Knie zu fallen und zu gestehen.

»Sire«, sagte er tonlos, »können hinter meinen ehrlichen, vernünftigen und naheliegenden Einwendungen besseres Wissen oder böse Absicht vermutet werden?«

»Ja, Freund Oliver; denn du bist klug.«

»Sire«, stöhnte der Necker, »was sollte solche Klugheit?«

»Das weiß ich nicht, Oliver; aber ich weiß, daß du sie nicht gebraucht und andere Antworten gefunden hättest, würde unser Gespräch anders begonnen haben.«

Er wandte sich ab und ging langsam zur Tür; er blieb, den Griff in der Hand, stehen und fragte über die Schulter:

»Oliver, mein Freund, glaubst du, daß Balue mich in eine Falle locken will?«

Der Necker, das Gesicht wie ein grauer Stein, sagte durch die Zähne:

»Sire, ich glaube es nicht.«

Der König stieß die Tür auf.

»Komm und rasiere mich«, befahl er.

Oliver folgte ihm in das Ankleidekabinett; eine Wand des kleinen Raumes wurde von einem großen, kostbar facettierten Spiegel eingenommen, einem Geschenk der venezianischen Republik, als Ludwig noch mit ihrem Alliierten, dem Herzog von Savoyen, seinem Schwiegervater, und noch nicht mit dem Mailänder Sforza befreundet war. Der König setzte sich auf einen dreibeinigen Stuhl mit niedriger Lehne, öffnete die Halskrause und beugte den Kopf zurück; seine Lider schienen geschlossen; aber sie sahen durch die Wimpern im Spiegel jede Bewegung des Barbiers, der ruhigen Gesichts in einem silbernen Becken Schaum schlug. Wie Ludwig eingeseift war, bewegten sich die Lippen, als ob er lautlos unter der weißen Masse lachte. Der Meister schärfte mit gewandter Hantierung das Messer.

»Wir sind guter Stimmung«, sagte der König, ohne die Augen zu öffnen; »wir wollen heute abend fröhlich sein. Wir wünschen, fröhliche Menschen zu sehen.«

Oliver trat mit dem Messer heran und beugte den Kopf des Königs sanft auf die Seite.

»Oliver, du wirst meine drei Gevattern zur Abendtafel bitten.«

Der Barbier nickte bejahend und umspielte mit dem Messer Backe und Kinn des anderen. Der König sagte, fast ohne den Mund zu öffnen:

»Aber nur der dicke Beaune wird lustig, wenn er betrunken ist.

Herr Tristan wird stumm und Balue gemein. Du wirst der vierte sein, Oliver.«

Er streckte häßlich die Lippen vor, als der Meister das Messer unterhalb des Kinns bewegte. Wieder murmelte er, die Augen immer geschlossen:

»Aber du bist schlecht aufgelegt heute; deshalb wünschen wir, daß du ...«, er öffnete die Augen, »daß du deine Frau mitbringst, Oliver.«

Eine Sekunde hob sich das Messer von der Kehle; der König sah ihn an: Oliver biß sich auf die Lippen, daß seine Zähne rot von Blut wurden. Ludwig fragte ganz leise:

»Ist es so schwer, eine Kehle durchzuschneiden, Oliver, mein Freund?«

Er lächelte. Oliver beugte sich ein wenig vor, das Gesicht unbeweglich, gleichsam taub.

Das Messer setzte sacht die Schneide an und glitt zart die Backe hinauf.

Der Abend kam. Die Hitze des Hochsommertages sammelte Gewitter. Die Nerven der Menschen waren gespannt wie die schweren blauen Luftschichten über ihnen. Nur der König schien elastisch, guter Dinge, unempfindlich gegen den Druck der Atmosphäre, gleichgültig auch gegen des Neckers gefährliche und fast verletzende Ruhe, die wie ein absonderliches Gleichnis der bedrohten und drohenden Landschaft das Gesicht der Wut maskierte. Oder war die Ruhe dieses Menschen nur die kluge Außenseite der ratlosen Seele, die zwischen den entgegengesetzten Gefühlen und Anziehungen hin und her pendelte und sich die notwendige Parteilichkeit zu konstruieren trachtete? Oder war sie ehrlicher Ausdruck einer inneren Entscheidung? Der Monarch wußte es nicht; er hatte sich hinter seiner Heiterkeit verschanzt, um den anderen beobachten zu können, ohne seine Neugierde zu verraten; aber Oliver hatte Ernst, Gemessenheit, Zurückhaltung und nicht ganz lautere Demut wie eine Mauer vor sich aufgeschichtet.

Als der Necker um Urlaub bat, um sich umzukleiden und die Frau zu benachrichtigen, und als er schon – mit gar nicht verlangtem und geübtem Zeremoniell – rückwärts aus dem Arbeitskabinett getreten war, konnte Ludwig seine Zweifel nicht mehr verbergen. Er rief ihn zurück. Oliver blieb mit geneigtem Kopf und hängenden Armen in der Tür stehen; der König überwand schnell die letzte Hemmung, seine Ungewißheit zu gestehen, und winkte ihn näher heran, mit der Geste gewohnter Vertraulichkeit, die ihm nicht ganz glückte. Der Meister gehorchte, schweigend und mit höflichem Gesicht.

»Oliver«, sagte der Fürst leichthin, streckte den Arm aus und strich freundschaftlich über das schwarze Samtwams des Barbiers, »als du die Möglichkeit eines Gegensatzes zwischen uns noch nicht bedachtest, erzähltest du mir einige intime Techniken deiner Vergangenheit, die du heute vielleicht nicht ungerne in Vergessenheit bringen möchtest. Aber eine meiner Begabungen ist ein treffliches Gedächtnis. So dürfte zum Beispiel eine plötzliche fiebrige Erkrankung der Dame für dich unangenehmer sein als selbst die doppelte Dosis deiner Tränklein für sie; und so werde ich auch sehr genau hinschauen, ob das Äußere der Dame Bearbeitungen durch deine florentinisch geschulte Schminkkunst verrät.« Er lachte leise und häßlich aus einem Spalt der Lippenwülste. »Ich meine damit nur die sozusagen negativen Zutaten, Meister Necker; sie zu verschönern, verbiete ich dir gewiß nicht.«
Oliver kicherte devot ein zutunliches Höflichkeitslachen.
»Eure Majestät belieben zu scherzen.«
»Geh zum Teufel!« sagte Ludwig böse.
Oliver, an der Tür, verbeugte sich tief.
»Der Teufel geht zur Teufelin, Sire.«
Aber er war ein anderer, als er abgekehrten Blickes durch die dämmertrüben und steingrauen Gänge schlich; er war ein von allen Verzweiflungen Geschüttelter. Weil er wußte, daß das zukünftige Schicksal, über das er vielleicht gebieten mochte, den Ablauf der tragischen Gegenwart nicht unterbrechen, sondern im besten Fall nur eine vollendete Tatsache rächen konnte, und weil der unabwendbare Schmerz nicht zu ertragen und kaum faßbar schien, fühlte er sich schwach und hilflos wie kaum je in seinem Leben.
Als er seine Wohnung betrat, war er äußerlich wieder ruhig; doch Anne erschrak über sein zerfallenes Gesicht.
»Was ist geschehen, Oliver?« fragte sie bestürzt.
Er betrachtete sie zärtlich und küßte sie.
»Das Spiel wird sehr ernst, Anne, meine gute Frau«, sagte er traurig, »man verlangt sehr hohen Einsatz von mir.«
Sie sah ihn bekümmert an, spürte seine Erschütterung, begriff durch sie sofort seine Machtlosigkeit, weil sie ihn noch niemals erschüttert gesehen hatte, begriff auch, daß seine Verzweiflung nicht der eigenen Person galt, die vor keiner Schwierigkeit des Lebens kampflos kapitulierte, und ahnte mit dem Instinkt ihrer Liebe, von welcher Art der Einsatz und die unmittelbare Gefahr sei. Doch sie fragte nur dies:
»Bereust du, daß du gekommen bist, Oliver?«
»Ich bereue vielleicht, daß *wir* gekommen sind«, antwortete er mit

schwerer Betonung. »Ach, Anne«, wehrte er schnell ab, »das ist eine schwere und eine vergebliche Frage. Dieser Dämon ist schon so tief in mir oder ich in ihm, daß ich noch gestern, noch heute morgen eine solche Frage sinnlos gefunden hätte, und daß ich jetzt nur eine sinnlose Antwort weiß.«

Plötzlich bog er den Kopf zurück, preßte die Fäuste gegen die Schläfen und heulte auf wie ein verwundetes Tier.

»Es ist meine Schuld!« stöhnte er. »Es ist meine Schuld! Ich war blind und ich war taub!«

Anne war bleich und mit großen, entsetzten Augen zurückgewichen. Sie zitterte.

»Oliver«, fragte sie tonlos. »Oliver, bin ich der Einsatz?«

Der Necker sah sie an; sein Gesicht war noch ein wenig verzerrt, die Augen waren hart. Anne rief leise und in äußerstem Schmerz: »Großer Gott!« und sank aufschluchzend auf einen Stuhl. Oliver schrie:

»Du darfst nicht weinen, Anne! Du darfst keine roten Augen haben!«

Die Frau schnellte auf, als hätte sie ein Schlag getroffen. Sie sprang ihn an und rüttelte an seinen Schultern.

»Oliver!« keuchte sie. »Oliver! Du willst, was er will?«

Er schüttelte den Kopf mit so schmerzlichem, so zerrissenem Lächeln, daß die Frau die Augen schloß und sich an ihn drängte.

»Er will, was ich nicht will«, sagte er leise, »aber er ist mein König und mein Herr. Und schließlich, was will er denn? Anne, er will nicht einmal viel. Er tut uns die Ehre an, uns beiden, dir und mir, heute abend an seiner Tafel zu speisen. Das ist alles. – Ist es viel, Anne? – Wir wollen uns umkleiden, wir wollen uns schönmachen, Anne.«

Sie gingen ins Schlafzimmer. Als er ihren jungen Körper in seiner schönen, unsäglich bekannten Nacktheit sah, breitete er die Arme aus, wie wenn er sie umfangen wollte. Doch er kam ihr nicht nahe, und sie blieb unbeweglich und etwas geduckt in ihrer Ecke.

»Anne«, flüsterte er, und seine Arme sanken langsam und wie entmutigt abwärts, »Anne, dein Geist ist von meinem Geiste und er wird es bleiben. Dein Leib ist meiner Liebe Leib, und man kann ihn mir nehmen. Anne, wenn man ihn nimmt . . .«

Er unterbrach sich und zog sich an, sorgfältig und langsam. Die Frau, die erschöpft sein Gesicht beobachtete, sah es immer kälter und härter werden. Dann prüfte er sachlich die fertig Angekleidete: sie trug ein schweres Gewand aus gelbem, gemustertem Brokat in florentinischem Schnitt, wie der Meister ihn liebte, das Unterkleid mit engen langen Ärmeln und geschnürter Brust, darüber die üppig fallende Vorder- und Rückenbahn des Überkleides, das, von der Schulter aus sich spaltend, die straffe Kontur des Körpers sehen ließ; auf dem Kopf trug sie die Hörnerhaube der Bürgerfrauen, deren Nackentuch über den Rücken fiel. Sie sah schön aus wie ein Bild des Ghirlandajo. Oliver nickte beifällig. Er verzog sein Gesicht zu einer brutalen Grimasse und preßte ihren Arm.

»Anne«, sagte er an ihrem Ohr, »wenn man ihn nimmt, wenn man mir deinen Leib nimmt, macht man mich lieblos, wahrhaftig, wie den Leibhaftigen – und dann, Anne, dann wirst du lieblos sein wie ich ... wie mein Geist ... wie dein Geist ... ja, wie sein Geist! Anne, dann muß er zwischen uns wie zwischen zwei Zangen sein!«

Sie schrie unter dem Druck seiner Finger leicht auf. Wie er sich abkehrte, um die Tür zu öffnen, umschlang sie seinen Nacken und küßte wild seinen Mund.

Durch die offene Galerie, die sie dann durchschritten, pfiff jäher Wind. Sie blieben stehen und ließen sich die Schläfen kühlen. Die Blitze hackten zackig in die blaue Nacht. Der Donner kam näher.

»Es wird ein schweres Wetter«, sagte Oliver.

Anne zögerte, als er weitergehen wollte.

»Warum ist es deine Schuld, warum sagtest du es, Oliver?«

»Weil ich zu ihm von deiner Verlassenheit sprach und weil er – aus Güte, Anne, um uns zu schonen! – nie deine Existenz erwähnt hatte und erwähnt wissen wollte.«

»Oliver, dann ist es meine Schuld.«

Der Meister streichelte ihre Hände:

»Die Schuldfrage ist so unnütz wie jene Frage der Reue«, lächelte er, »du darfst dich wahrlich nicht selber verurteilen wollen. Zu was, Anne? Zu dem Opfer?«

Er sagte, sich zum Gehen wendend, mit veränderter Stimme:

»Du darfst nicht einmal den Gedanken haben, Anne. Welchen Gedanken hast du? Ist es ein Opfer, sich an des Königs Tisch zu setzen? So komm.«

Sie hielt ihn wieder zurück und zog ihn zur steinernen Brüstung der Galerie, als ob sie noch die Richtung seines Weges ändern könnte.

»Ich verstehe dich nicht mehr, Oliver«, flüsterte sie, und in ihren Worten war eine tiefe Angst, »und das ist das Schlimmste! Ich verstehe deine Vieldeutigkeit nicht mehr! Du darfst mich nicht verwirren und mir nicht den Halt nehmen! Ich will Klarheit haben; ich bin gewohnt, mich zu verteidigen oder anzugreifen. Ich bin deine Schülerin, Oliver: So darf ich nicht unsicher scheinen.«

Der Necker lachte befreit.

»Du hast recht, Anne, meine kluge Frau. Doch ich kann dir noch keine Parole geben. Ich bin nicht vieldeutiger als dieser Tag. Ich will, daß du die Gefahr weißt, und ich will, daß du dir dein Wissen nicht anmerken läßt. Verstehst du mich jetzt? Du sollst heute abend mit deiner ganzen inneren Kraft mit mir in Fühlung bleiben. Dann werden wir beide wissen, wann wir uns verteidigen und wann wir angreifen müssen.«

Sie gingen weiter. Das trockene Gewitter polterte um den Schloßfelsen. Die Neckerin drängte sich näher an den Mann.

»Und dies noch, Oliver«, sagte sie im Schreiten; »er sah mich noch nie. Warum fürchtest du so viel?«

»Er hat meine Augen, Anne.«

In dem hohen, holzgetäfelten Speisesaal flackerten die Flammen der weißen Wachsfackeln unruhig unter der Gewalt des Sturmes, der an den Fenstern rüttelte. Die drei Männer, der Kardinal, der Profos und der Schatzmeister, saßen nahe beieinander auf klobigen, lehnenlosen Hockern an dem mächtigen, mit silbernem Geschirr beladenen Eichentisch und unterhielten sich halblaut, wie eingeschüchtert von dem Lärm der Natur und von der düsteren Größe des Raumes. Der thronähnliche, mit rotem Brokat überzogene Stuhl des Königs an der Stirnseite des Tisches war noch leer.

Als Oliver mit Anne erschien, sahen die drei überrascht auf. Dann erkannte Jean de Beaune die Meisterin, erhob sich höflich und ging ihr mit freundlichen Worten entgegen. Auch Herr Tristan stand auf und hatte ein feines Lächeln um den Mund, wie er ihren Namen hörte und sich galant über ihre Hand beugte. Der Kardinal blieb sitzen, wie es seine Würde befahl, und neigte kaum merklich den Kopf, als Jean de Beaune ihm die Frau mit schmeichelhafter Phrase vorstellte; doch seine Augen unter den grauen, buschig vorstehenden Brauen faßten sie mit dem dreisten Blick des Viveurs. Er war ein großer, stattlicher Mann im Alter des Königs, das fleischige Gesicht von Gesundheit und Lebensfreude gerötet, würdig, klug und genießerisch unter dem roten Käppchen, ein vollippiger, fast weibischer Mund über dem zurücktretenden Doppelkinn, die kurze, stumpfe Nase aber, die gebuckelte Stirn und der harte Schnitt der Augen von überraschender Energie und Erbarmungslosigkeit.

Annes anmutige Gegenwart wirkte wie eine Erfrischung. Die Herren sprachen mit freierer Stimme, die freudlose Ausdehnung des Saales wurde von dem lebendig und wichtig gewordenen Tischmittelpunkt vergessen, selbst das Gewitter schien ein sorglos äußerer und fast lustiger Lärm. Oliver hatte bereits wieder den Saal verlassen, da er bei den intimen Banketts, die Ludwig ohne sonderlichen

Aufwand an störender Dienerschaft liebte, die Verantwortung für die Speisen und Getränke trug und die wenigen warmen Gerichte den Aufwärtern vor der Saaltür abzunehmen pflegte. Während er hin und her eilte, die bäuchigen Silberkannen mit unterschiedlichen Weinen füllte, schwere Platten mit vielerlei Pasteten, mit kaltem Wildbret, Backwerk und Früchten auftrug und in geschickter Reihenfolge ordnete, fing Anne, blankäugig und wachen Geistes, die Galanterien des Beaune, Tristans sparsame und geschliffene Zweideutigkeiten und des Kardinals entkleidenden Blick und laszives Lächeln auf und parierte als geübte Fechterin. Zuweilen sah sie über ihre Köpfe hinweg den geschäftigen und scheinbar achtlosen Oliver an; und immer dann, ob ihr Blick seine Augen, sein Profil oder seinen Rücken traf, erhielt sie von ihm heimliche Antwort.
Die Zurichtung der Tafel war beendet. Oliver setzte sich stumm neben die Neckerin. Balue belauerte ihn aus den Augenwinkeln und flüsterte mit emporgezogenen Brauen dem neben ihm sitzenden Herrn Tristan ein paar Worte zu. Der Profos verzog ironisch den Mund. Der Kardinal beugte sich etwas über den Tisch und sagte lächelnd: »Sie sehen aus, Meister Necker, als ob Sie nicht viel Appetit hätten. Das Gewitter scheint Ihnen im Magen zu liegen.«
Man lachte. Oliver sah flüchtig auf.
»Gott behüte mich vor solchem Donnerwetter in Ihrer erlauchten Gegenwart, Eminenz«, sagte er.
Die Herren lachten lauter. Die hohen Doppeltüren an der Schmalwand des Saales wurden aufgerissen. Eine Stimme rief:
»Der König!«
Alle erhoben sich. Ludwig blieb an der Tür stehen, die sich hinter ihm schloß. Er überflog mit raschem Blick die Menschen und den bereiten Tisch und sagte freundlich: »Guten Abend, Compères, ich freue mich, daß ihr guter Dinge seid.«
Er ging mit seinem kleinen, schnellen Schritt auf sie zu. Oliver kam ihm entgegen, an der Hand Anne führend.
»Sire«, sprach er mit ruhiger und lauter Stimme, »ich bitte um Eurer Majestät Gnade und Gunst für die Dame Necker.«
Anne beugte ein Knie; der König reichte ihr flüchtig die Hand zum Kuß und sagte: »Seien Sie mit uns fröhlich, Madame.«
Er sah über sie hinweg den Meister an, mit etwas schiefem Lächeln: »Wir danken dir, Oliver.«
Dann trat er an den Tisch heran, nickte den Herren zu und setzte sich. Die anderen folgten seinem Beispiel. Das Mahl begann. Oliver bediente den König.
Einige Minuten lang herrschte Schweigen, als ob die sechs einander

nach den Hintergründen der Gedanken abtasteten. Das Gewitter wurde wieder lauter und ernster.
»Hoho!« rief der König plötzlich aus und nahm einen mächtigen Schluck. »Meine Person pflegt doch sonst kein Lachen abzuschneiden. Dein Baß, Freund Jean, der kardinalische Bariton und tristanischer Tenor dröhnten dreieinig und gar lieblich in mein Ohr, als ich vor der Tür stand. Warum ist der Chorus jetzt so stumm?«
»Sire«, antwortete der Profos mit seiner leisen Greisenstimme, »wir bekommen ohne Meister Necker keine rechte Melodie heraus.«
»Bist du nicht bei Stimme, mein Oliver?« fragte Ludwig und kniff die Augen zusammen.
Der Necker goß ihm schweren gelben Wein aus der Côte-d'Or in den Goldpokal und legte ihm ein scharf gewürztes, in Kapern und Champignons geschmortes Lerchenragout vor. Er entgegnete mit höflich geneigtem Kopf:
»Die Eminenz diagnostizierte bereits, daß meine Stimme unter dem Einfluß des Gewitters ihren Sitz aufgegeben habe und sich im Gedärm befinde.«
Der König lachte lärmend:
»Urteilen Sie aus der Erfahrung Ihres dicken Bauches, Monsignore?«
Der Kardinal schlürfte von erlesenem rotem Wein aus Hochburgund, behielt ihn mit aufgehobenem Blick auf der Zunge und schluckte ihn dann bedächtig.
»Nein, Sire«, meinte er und zeigte lächelnd die gelben starken Zähne, »ich folgerte objektiver, mit komplizierteren Abteilungen. Und der Ausgangspunkt meiner Überlegungen war der immer magere Bauch Eurer Majestät.«
»Bei der Mutter Gottes von Embrun«, rief Ludwig, »ich müßte das Zeug zu einem guten Papst haben, begriffe ich die Logik Ihrer Bauchphilosophie, Balue.«
»Nun«, polterte Jean de Beaune, dessen Gesicht schon ziegelrot war, »die Eminenz geht von dem überwundenen Standpunkt aus, daß nur magere Hähne tüchtig seien – und hat dabei doch höchstpersönlich und mit bekanntem Erfolg solche Behauptung widerlegt.«
Der König trank unaufhörlich; seine Augen funkelten sonderbar. Er umklammerte den Pokal und rief mit scharfer Stimme:
»Ihr seid im Zug, meine Herren Räte, weiter, weiter! Wie gelangt eure Theorie von meinem Hahnenbauch zum krähenden Bauch Meister Neckers?«
Der Kardinal fing mit spitzen Lippen die letzten Tropfen aus seinem Becher und sagte sanft, nach der Kanne greifend:
»Über das zuweilen unchristliche Problem der Nächstenliebe.«

Ludwig grinste:
»Und wie komme ich von der Nächstenliebe zum gewitterigen Oliver?«
Die Herren wagten nicht sofort die Antwort. Anne sah unruhig zum Meister hin, der schweigsam und mit unbeweglichem Gesicht den König beobachtete. In die plötzliche Stille schlug schwer der Donner. Der König fuhr zusammen und bekreuzigte sich.
»Compères«, sprach er mit veränderter Stimme, »ihr wißt, daß ich manchmal nicht nur aus Politik gläubig bin, sondern auch aus innerem Bedürfnis. Jetzt paßt es meinem Gewissen, abergläubisch zu sein. Ihr sollt mir nicht mehr antworten, meine ich.«
Balue und Jean de Beaune sahen kleinlaut in ihre Becher. Herr Tristan, der still getrunken und gegessen hatte, ließ den ironischen Blick im Kreise gehen und meinte leise und gleichmütig:
»Da das Unwetter nicht allein unserem Meister Necker die Sprache zu verschlagen scheint und da die etwas dunklen Theorien der Eminenz nicht nur das Mißfallen des Himmels, sondern auch die Mißlaune unseres gnädigsten Herrn hervorrufen, schlage ich als einfachste Lösung aller aufgeworfenen Probleme vor, die schöne Dame Necker mit der ersten Stimme zu betrauen und unseren Chorus nach der Melodie zu singen, die sie anzugeben beliebt. Das wird auch den Himmel wieder besänftigen, Majestät.«
Der König sah Anne an, mit einem prüfenden, aufwühlenden Blick. Er hatte sie bisher kaum beachtet.
»Mein Profos hat recht«, sagte er langsam. »Sind Sie einverstanden, Madame?«
Anne hatte die Farbe gewechselt und hob verwirrt die Schulter. Oliver rief höhnisch:
»Der Profos hat immer recht, Anne! Was wäre sonst des Königs Hohe Justiz?«
Er wandte sich an den König:
»Die Dame Necker ist so loyal wie ich, Sire.«
Jetzt lächelte Anne, und sie sah ihr Lächeln auf dem beglückten Gesicht des Monarchen, der sich über den Tisch beugte, ihre Hand ergriff und sie küßte. Der Kardinal belauerte die beiden aus klein gewordenen Augen und sprach würdevoll:
»Ab igne ignem.«
Ludwig hatte sich wieder zurückgelehnt und ergriff den Pokal:
»Auf Ihr zukünftiges Singen, Madame, und auf Ihre Loyalität!«
Er trank und strich sich über die Stirn. Er begegnete Olivers drohendem Blick. Er wog den Becher von schwerem getriebenem Gold in der Hand wie ein Wurfgeschoß. Der Necker zuckte nicht mit der

Wimper und senkte nicht den Blick. Der König holte aus, als wollte er ihm den Pokal an den Kopf werfen; aber er unterbrach den Schwung und ließ das Gefäß geschickt in des Meisters Schoß hüpfen. »Von des Königs Mund für seinen Ersten Kämmerer«, sagte er mit wutblassen Lippen.
Oliver sprang auf, als hätte ihn der Pokal ins Gesicht getroffen. Er schwang ihn in die Höhe, wie wenn er ihn zurückschleudern wollte. Beaunes Baß lachte polternd und betrunken, der Kardinal und Herr Tristan fielen schallend ein; Anne – in tödlicher Furcht – lachte mit, schrille und hohe Töne wie kleine Angstschreie; der König öffnete den Mund, als lache auch er; aber er lachte nicht, und sein Gesicht war verzerrt und schweißig, seine Augen hingen an Oliver. Der sah die aufgerissenen Mäuler der Lärmenden und des Entsetzten und Annes blasses, krampfiges Profil und brüllte:
»Es lebe der König!«
Es klang wie eine Beschimpfung.
»Die Instrumente sind gestimmt!« heulte Jean de Beaune.
Der König küßte wieder Annes Hände; er lachte jetzt wie ein Faun. Das Gewitter war schwächer geworden.
Gegen Mitternacht war die trunkene Woge abgeebbt. Jean de Beaune saß mit glasigen Augen auf dem Fußboden und knurrte, die Stirn gegen ein Stuhlbein gelehnt, sinnlose Worte. Balue hatte sich in einen Lehnstuhl im Hintergrund des Saales zurückgezogen und schnarchte leise aus offenem Mund. Herr Tristan saß noch still und zusammengekauert am Tisch, mit uraltem, wächsernem Gesicht. Oliver, der vom König unter dem Gebrüll der drei Höflinge mit Annes Hörnerhaube gekrönt und mit ihrem Übergewand bekleidet worden war, saß mit dem absonderlichen Kopfschmuck steifrückig auf dem Taburett – nüchtern, aufmerksam und gefährlich – und sah aus wie ein Priester der Astaroth. Anne, berauscht, hin und her gezerrt zwischen dem Willen des Meisters und der Begierde des Königs, müde von Wein und Angst und der steten Spannung, saß auf Ludwigs Geheiß vor ihm auf dem Tisch, mit wirren Haaren und matten Augen, das Gesicht Oliver zugewandt. Der König preßte den schweren Kopf gegen die Rückwand seines Stuhles und sah sie an, ohne sie zu berühren. Sein Blick strich über ihren Nacken, über ihre Arme und das Profil ihrer straffen Brüste.
Plötzlich stand er auf und hob die Frau vom Tisch. Seine Bewegung war leicht und sicher, als sei die Trunkenheit abgeschüttelt. Er umfaßte wortlos die Schultern der Neckerin, mit der Ruhe des Besitzers, und führte die vor Überraschung Willenlose zur Tür. Dort stand Oliver, in den Händen Annes Haube und Oberkleid, das Ge-

sicht hart und wild vor Entschlossenheit. Schon duckte sich die Frau geschmeidig aus Ludwigs Arm: Mit einem kleinen Schritt war der Necker zwischen ihr und ihm. Auf des Königs Stirn schwollen die Adern.
»Fort!« sagte der König durch die Zähne. Oliver rührte sich nicht.
»Die Dame bittet um Urlaub, Majestät.«
»Fort!« rief Ludwig und hob die Faust. Oliver faßte ihn mit dem Blick.
»Sire, es tut nicht gut, mich zu schlagen«, sagte er leise, drängte Anne zur Tür und warf ihr die Kleider zu. Schon war sie aus dem Saal geschlüpft. Der König schrie über die Schulter:
»Profos!«
Herr Tristan fuhr in die Höhe; der scharfe Anruf seines Berufes schlug ihm den Rausch ab wie eine Maske. Er fragte ernst und erwartungsvoll:
»Sire?«
Auch der Kardinal erwachte und kam gähnend in den Vordergrund. Nur Jean de Beaune wurde nicht mehr erschüttert.
»Zwitschert der Vogel schon im Nestchen?« fragte Balue, sich umschauend.
Oliver hatte beide Türflügel geöffnet und flüsterte, sich höfisch verbeugend:
»Sire, es ist zu spät, um noch zu henken.«
Ludwig sah ihn verblüfft an; dann lachte er auf.
»Du hast recht, Oliver, das hat immer noch Zeit.«
»Eure Majestät riefen mich«, sagte Herr Tristan.
Der König drehte sich um.
»Ich wollte, daß du dem Kardinal, dem da unter dem Tisch und dir selber den Kopf abschneidest, weil ihr sitzt, wenn ich stehe. Jetzt soll mich der Teufel holen und ins Bett bringen, weil ich es nicht mehr will. Gute Nacht, Compères.«
Der Kardinal antwortete würdevoll:
»Wir wünschen Ihnen einen guten Schlaf, Majestät, und die entschwundene erste Stimme als zutunlichen Succubus. Voluisse sat est, sagt Properz.«
Ludwig hatte schon den Saal verlassen. Oliver folgte ihm über eine gewundene, spärlich erleuchtete Treppe in die Wohnräume des oberen Stockwerks. Er half ihm schweigend aus den Kleidern, legte ihm den pelzgefütterten Schlafmantel um die Schultern und wollte sich dann mit einer Verbeugung zurückziehen.
»Nein«, sagte der König, »du schläfst bei mir.«
Er ging ins Schlafzimmer. Das venezianische Bett mit reichge-

schnitzten Säulen und rotsamtenem Baldachin stand in der Mitte des Raumes auf dreistufiger, teppichbelegter Estrade. An seinem Fußende war ein Lager aus Polstern und Fellen für den diensthabenden Kämmerer oder Leibgardisten. Der König trat an das offene Fenster und atmete die reine frische Nachtluft.
»Leg dich hin«, sagte er, ohne sich umzuwenden. Oliver gehorchte. Die Stille war groß und gebieterisch. Selten nur schrie ein Nachtvogel. Ein Falter taumelte jetzt gegen das gedämpfte Licht der Nachtlampe. Der Schatten des Königs, der sich im sanften Schein des Mondes vom Fenster bis zu Oliver spannte, rührte sich nicht. Der Necker schlief ein –
»Oliver!«
Er öffnete die Augen; er wußte nicht, wie lange er geschlafen hatte; er wußte auch nicht, ob er gerufen worden war. Der Schatten des Königs war fort, aber sein kurzer, ein wenig bedrängter Atem war zu hören, zuweilen auch ein Knacken des Bettgestells. Der Meister schloß wieder die Augen; er war müde.
»Schläfst du, Oliver, wenn ich wache?«
»Herr, ich schlafe nicht.«
Wieder war Schweigen; doch Oliver wußte jetzt, daß das Hirn des Königs arbeitete, und wurde ganz wach. Er fing die Spannung auf, die von dem erhöhten Bett ausging.
»Soll ich dem Kardinal vertrauen, Oliver?«
Der Meister antwortete nicht gleich; er hörte im Ohr den Pulsschlag des Blutes. Dann fragte er langsam zurück:
»Vertrauen Sie *mir*, Herr, immer noch *mir*?«
Ludwig schwieg. Oliver richtete sich auf.
»Sire«, bat er dringlich, »sagen Sie, daß Sie heute abend keinen Kämmerer nominierten! Sagen Sie, daß das nicht war, was war!«
Ludwig schwieg.
»Sire!« rief Oliver gefoltert. »Ich bitte Sie um meinen Abschied!«
Der König sagte:
»Du wirst morgen mit dem Kardinal nach Paris fahren. Du wirst ihn beobachten und dich über seine Ziele vergewissern. Du wirst, wenn es nötig ist, nach Lüttich gehen und Sorge tragen, daß Herr von Wildt nicht zur Unzeit losschlägt. Du wirst natürlich bei mir sein, wenn ich in die Löwenhöhle gehen sollte.«
»Ich werde morgen fahren«, flüsterte Oliver, »ich werde Daniel Bart und die Dame Necker mitnehmen, weil ich an ihre Gegenwart und an die Zusammenarbeit mit ihnen gewöhnt bin.«
»Du kannst den Daniel Bart mitnehmen«, sagte der König, »die Frau bleibt hier.«

Oliver sprang auf die Füße und stand an der untersten Bettstufe. Ludwig richtete sich auf und sah ihn an.
»Was willst du, Oliver?« fragte er ruhig.
»Sire«, sagte der Meister mit heiserer Stimme, »wenn ich Ihnen sagen könnte, daß der Kardinal . . .«
»Mein Freund«, unterbrach Ludwig, »dann schicke ich dich morgen aus einem anderen Grund nach Paris – oder in die Oubliettes.«
Oliver stieg eine Stufe höher, drohend, bebend.
»Sire, warum nehmen Sie mir die Frau?« keuchte er.
Der König legte sich auf das Kissen zurück; er schloß die Augen; sein Gesicht war wie ausgelöscht.
»Oliver«, sagte er leise und langsam, »glaubst du, ich habe Angst, daß du mich töten könntest?«
Der Necker fiel auf die Knie, den Körper vorwerfend. »Sire«, flehte er, »ich gehöre Ihnen! Ich knie vor Ihnen! Lassen Sie mir die Frau!«
»Oliver«, flüsterte der König wieder und bewegte sich nicht, »glaubst du, ich litte es, daß du Sentiments hast wie die anderen, daß du kniest und ein armes nacktes Herz zeigst? Daß du verwundbar bist? Daß du abtrünnig bist um des Herzens willen?«
Dann sprach er nichts mehr. Als der Necker sich aufrichtete und nach seiner Hand tastete, schien er schon zu schlafen. Er schien so fest zu schlafen, daß seine Hand unter Olivers Lippen nicht zuckte.
Der Necker setzte sich leise auf die oberste Stufe der Estrade und stützte den Kopf in die Hände. Der tobende Puls beruhigte sich: Er konnte in sich hineinlauschen. Er hörte schon hinter dem fremden Lärm die eigene, ruhige, behauptete Stimme: Ergib dich nicht! Ergib dich nicht! Er sah auf. Der König, den Kopf zur Seite gewandt, blickte ihn an.
»Sire«, sprach er langsam, »der Kardinal meint es ehrlich; aber ich werde ihn prüfen.«
Ludwig zögerte zu antworten; doch er sagte es, mit unfreier Stimme:
»Du bist stärker als ich, du bist schon wieder unsichtbar, Dämon mit der Tarnkappe.«
Und nach einer Weile:
»Geh und schlafe bei ihr. Nimm Abschied von ihr. Geh, Oliver.«

5 Der Nachtkreis

Wieder brannte die Landschaft in der Sonne. Die kleine Kavalkade ritt langsam längs der Loire auf Orleans zu. Der Fluß brachte keine Kühlung. Die Zeit floß dumpf und träge hin, wie die weißglühende Landstraße zwischen den Pferdebeinen.

Der Kardinal hatte höhnisch den Mund verzogen, als der König bei der Abschiedsaudienz den Meister Necker als seinen Begleiter nannte: Er möge sich seines Kämmerers Vertrautheit mit den burgundischen Verhältnissen zunutze machen und ihn bei den Vorbereitungen zu der Zusammenkunft mitarbeiten lassen. Balue hatte boshaft gefragt, wie lange der Majestät an der fernhaltenden Beschäftigung des Eifersüchtigen gelegen sei: eine Nacht – fünf Nächte – zwanzig Nächte – oder gar für die nicht schwer zu erreichende Ewigkeit? Doch er war blaß geworden und unsicher unter der Wut, die aus Ludwigs Augen blitzte, und unter seinen scharfen Worten:

»Zur Stunde saufen wir nicht, Eminenz!«

So hatte er übellaunig und unhöflich den Meister während der ersten Stunde neben sich herreiten lassen. Doch als dann sein zufälliger Blick das graue und finstere Gesicht Olivers streifte, riß ihn ein blanker Gedanke aus der Verärgerung. Er schloß einen Augenblick wie geblendet die Augen. Er begann ein Gespräch; aber Oliver war wortkarg, eingeschlossen von trüben Bildern. Er dachte an Anne, an den Abschied, bei dem kein Wort von den tausend andrängenden Worten ausgesprochen wurde. Er hatte nicht die Nacht, nicht dieser Nacht wundervolle Liebe mit dem Bericht des Erlebten und der ungeheuerlichen Entscheidung schänden wollen und ihr erst am Morgen mit dürren Worten gesagt, daß ihn der König mit triftiger Begründung – um Balue zu überwachen – nach Paris schicke.

»Hat er untersagt, daß ich mitkomme?« hatte sie sehr blaß gefragt.

»Nur Daniel darf mich begleiten.

Mehr hatten sie nicht zu sprechen. Doch als er sie umarmte und ihr in die Augen schaute, mit seiner ganzen Gewalt alles, was zu sagen war, in einen Blick drängte, sah er in ihren Pupillen fremde, gelbe, grausame Lichter aufblinken. Und als er sich ein letztes Mal umgedreht hatte, sah er ein fremdes schmallippiges Kurtisanengesicht ohne Lächeln und ohne Erbarmen, ohne Liebe und ohne Angst. Das ist die Fiamminga, hatte er sich gesagt; und das Herz schmerzte ihn wie eine bohrende Nadel.

Er bemerkte nicht, daß des Kardinals lammfrommer Zelter immer langsamer geworden war und daß er unwillkürlich sein Pferd stets in der gleichen Höhe mit ihm hielt. Jetzt ritt schon das Fähnlein

Bewaffneter, das sie begleitete, in einigem Abstand vor ihnen. Nur Daniel Bart hielt sich unentwegt hinter seinem Herrn.
»Der Staub! Der Staub!« klagte Balue, hielt an, lüftete seinen schwarzen, rotgebänderten Hut und trocknete sich die Stirn. Auch Oliver und Daniel zügelten ihre Tiere.
»Sie sehen schlecht aus, Meister«, sagte der Kardinal mit einem schnellen Blick; »fühlen Sie sich krank?«
Oliver hob den Kopf und wollte sich sammeln.
»Ob ich krank bin, Eminenz? Gewiß nicht.«
»Aber Sie haben vielleicht Kummer«, tastete sich Balue vorsichtig heran.
Der Necker betrachtete ihn erstaunt; dann lächelte er schlau:
»Vielleicht, Monsignore; aber unsere Leute gehen uns davon. Daniel, reite ihnen nach: Sie sollen auf uns warten.«
Bart gehorchte. Jetzt lächelte auch Balue.
»Gut, Meister, gut! Wir haben uns vielleicht allerlei zu sagen, was andere nicht interessiert.«
Er klopfte nachdenklich den Hals seines Zelters.
»Wir sind Männer von einiger Erfahrung, glaube ich«, begann er etwas zögernd; »wir werden uns gewiß nicht überraschen oder gar verletzen, wenn wir von den Hintergründen, die uns beiden nicht verborgen geblieben sind, den hypokritischen Vorhang ziehen. Ich darf also annehmen, daß Sie sich über die eigentlichen Gründe Ihrer plötzlichen Mission nicht im unklaren sind, Herr Oliver?«
»Durchaus nicht«, bestätigte der Necker.
»Ich wußte es«, fuhr Balue sicherer fort; »ich hatte die kräftig dramatische Szene von gestern abend trotz meines schließlichen Zustandes nicht nur mit dem faden Zynismus erlebt, den ich bei solchen Gelegenheiten zu äußern pflege: Ich habe sehr wohl Ihre schlimme innerliche Verfassung erkannt und Ihren Widerstand bewundert.«
»Nicht wahr?« lachte Oliver. »War ich gestern abend nicht so etwas wie ein heroischer Moralist? Eine gar seltene Spezies in Ludwigs Menschensammlung, nicht wahr, Monsignore? Denn Ihre gewiß nicht angezweifelte Sittlichkeit zum Beispiel gelangt schon aus Gründen des Zölibats nicht in jene heldischen Bereiche!«
Der Kardinal betrachtete ihn sehr verwirrt.
»Ich begreife Ihre Spaßigkeit nicht ganz«, sagte er achselzuckend; »denn ich sprach sehr ernst und bin gewiß noch nicht am Ende. Und bis zu dieser Minute sahen Sie mir nicht so aus, als ob Sie witzig sein wollten, Meister.« Oliver ritt weiter.
»Die Sonne brennt unerträglich, wenn wir auf einem Fleck stehen bleiben«, sagte er, »und die Leute werden ungeduldig.«

Balue folgte ihm; als er wieder neben ihm war, sprach er scharf: »Sie sind nicht der Mann, der so rasch ja und amen sagt.«
»Woher wollen Sie das wissen?« sagte Oliver und schaute mit zusammengekniffenen Augen geradeaus. »Und – verzeihen Sie – warum wollen Sie das wissen?« Der Kardinal lachte.
»Mir scheint gar, Meister, Sie fürchten, daß ich Sie in seinem Auftrag aushorche.«
Oliver hob die Achseln und unterdrückte ein Lächeln. Sie hatten die Eskorte erreicht.
»Wahrhaftig?« flüsterte Balue hastig, »Sie irren sich oder Sie geben sich den Anschein, als verstünden Sie nicht, daß ich Ihre Opposition gern sehe . . .«
Jetzt lachte Oliver leise und sah ihn mit einem unverhüllten Blick an. Der Kardinal schüttelte verblüfft den Kopf.
»Was lachen Sie, Meister?« sagte er gepreßt. »Was . . .«
Doch Daniel Bart hielt sich wieder so dicht hinter ihnen, daß es dem Prälaten gut schien, zu schweigen. Sie ritten weiter, hin und wieder gleichgültige Worte wechselnd. Balue beobachtete den Gefährten aus den Augenwinkeln. Oliver behielt auf den Lippen sein unangenehmes und vieldeutiges Lächeln. Der andere hustete erregt. Am Horizont stieg die schlanke Silhouette des Schlosses von Blois in den blauen besonnten Mittag. Sie kamen in die Stadt und waren für die zwei Raststunden Gäste des Bischofs, der den müden und einsilbigen Balue mit seiner geschwätzigen Devotion quälte. Auch während des Nachmittags, als der Trupp ein wenig frischer in einem leisen Wind wieder nordwärts trabte, suchte der Kardinal keine Gelegenheit, das heimliche Gespräch mit Oliver fortsetzen zu können. In Orleans nahmen sie bei dem Statthalter des Königs Nachtquartier.
»Mein Daniel könnte vielleicht mit Ihrem Sekretär die Kammer teilen«, sagte Oliver wie von ungefähr. Balue nickte zufrieden und wählte für sich und den Meister ein Zimmer, das durch einen kleinen Gang von dem Schlafraum ihrer persönlichen Diener getrennt war. Er schützte seine und des Kämmerers Reisemüdigkeit vor, um der Einladung des Königleutnants zu entgehen. Die beiden speisten, von einem Kleriker und Daniel Bart bedient, auf dem Zimmer.
Der Kardinal lehnte sich zurück, satt, mit listigem Ausdruck im Gesicht. Der Meister befahl dem Bart, abzudecken und nicht mehr zu stören. Er verschloß hinter ihm die Tür und wandte sich um; er lächelte wieder.
»Wir sind jetzt so ungestört, Eminenz, wie Sie es nur wünschen können.«

»Sie wünschen es doch auch?« fragte Balue, wieder mißtrauisch. »Sie sollten in Ihrem Interesse alles vermeiden, was mir die Lust nähme, mit der Sprache herauszurücken.«
»In meinem Interesse?« lachte Oliver. »Sie, Monsignore, schienen mir bisher der letzte, der für mich ein Wort einlegen möchte, geschweige denn ein Wort zuviel.«
Der Kardinal trommelte ungeduldig auf die Tischplatte.
»Meister, Meister, meine Hilfsbereitschaft gilt nicht der Kreatur des Königs, die Sie in meinen Augen bis gestern abend waren, sondern dem gekränkten und beraubten Mann, der den Mut hat, nicht zu vergessen, mehr noch: zu handeln!«
Oliver zog spöttisch die Brauen in die Höhe:
»Die Worte klingen nicht sehr christlich, Eminentissime. Und wer sagt Ihnen, daß ich nicht immer noch Ludwigs Kreatur bin? Decken Sie nicht so rasch Ihre Karten auf! Oder ist es doch nur eine Finte, wenn Sie sich selber als den Gegensatz zu Ludwigs Kreaturen bezeichnen?«
»Ich glaube«, sagte Balue vorsichtig, »Sie mißverstehen mich. Ich diene dem König und leite seine auswärtigen Geschäfte. Aber wenn ich trotzdem meine geistige Unabhängigkeit bewahrt habe und nach Männern suche, die seiner Hypnose noch nicht verfallen sind, so geschieht es, weil ich gewisse Zusammenhänge übersehe, die mich über kurz oder lang vielleicht in Gegensatz zu seiner Politik bringen könnten.«
Der Necker beugte sich über den Tisch und sah dem anderen, der gezwungen lächelte, in die Augen.
»Monsignore«, sprach er langsam, »allein für diese wunderschöne Paraphrase des Begriffes Hochverrat gebührte Ihnen der rhetorische Lehrstuhl an der Sorbonne, wären Sie nicht schon Kardinal. Ich warnte Sie, Ihre Karten zu schnell aufzudecken.«
Balue wurde rot vor Ärger oder Angst; aber er unterdrückte unbesonnene Antwort und zwang sich zur Ruhe. Er sagte ironisch nach einer kleinen Pause:
»Sie haben eine lebhafte Phantasie, Meister; das hängt mit Ihrem früheren Beruf zusammen. Aber sollten Sie hoffen, gleichsam im Austauschverfahren für den weißen Leib Ihrer Meisterin den grauen Kopf des Kardinals Balue in den königlichen Rachen werfen zu können, so muß ich Ihnen sagen, daß es doch noch viel mehr Anstrengung kosten muß, in meinen Karten zu lesen.«
Oliver drängte sich kichernd, die Hände rechts und links an den Tischecken, weiter vor; Brust und Kopf lagen fast auf der gebeizten Platte.

»Soll ich mich die Anstrengung kosten lassen, Eminenz, oder soll ich warten, bis Ihnen in Paris der Bruder Viole die letzten Neuigkeiten von Herrn de Crèvecoeur zustellt – vielleicht die Antwort auf Ihre Meldung über Ihre erfolgversprechende Bearbeitung des Königs, sich bei Herrn Burgund zu Gast zu laden?«
Balue machte eine Bewegung, als ob er aufspringen wollte; doch es war, als hielte er sich an dem Tisch fest; er preßte die Lippen zusammen. Oliver richtete sich auf, mit ernstem Gesicht.
»Wahrhaftig«, sprach er, »ich hätte dem königlichen Untier den Kardinalskopf vorwerfen können, noch ehe ich wußte, daß er grau war. Man soll nicht die Rhetoriker für harmlos halten, Monsignore, sie schwätzen manchmal zu viel; und vielleicht stellt sich der Jacques Viole so gerne auf die Kanzel wie jene anderen harmlosen Franziskaner, wie jener brave Fra Fradin, der jetzt nicht mehr die menschlichen Wollüste bekämpfen darf.«
Der Kardinal sah ihn offen an.
»Necker, wir wollen die Gleichnisse lassen und eindeutig sein. Wir wollen auch die unnützen Andeutungen lassen, wie Sie zu Ihrem Wissen kamen. Gewiß ist, daß Sie genug wissen. Sie sind im Vorteil, nicht nur in diesem Augenblick, sondern seit vielen Wochen. Sie haben Zeit gehabt, sich Ihr Opfer auszusuchen. Haben Sie den König verurteilt oder mich?«
Oliver schwieg. Balue lächelte klug.
»Glauben Sie, Meister, ich wüßte jetzt nicht, wie Sie gewählt haben? Glauben Sie, ich wüßte jetzt nicht, daß wir auf ein Haar das gleiche Gespräch haben würden, auch wenn ich nicht damit begonnen hätte, Sie auf meine Seite zu ziehen? Nicht wahr, Herr Oliver: Weil Sie vor Ihrem Ehebett keine Fußangel mehr anbringen können, graben Sie hinter ihm die Wolfsgrube.«
Oliver blickte ihn an.
»Der König hat Verdacht gegen Sie«, sagte er kurz.
Der Kardinal stand erregt auf.
»Beliebt es Ihnen, mit mir noch weiter zu spielen, Herr? Wissen Sie nicht, daß auch Sie sich eine kleine Blöße gegeben haben, als Sie mir zu verstehen gaben, daß Sie dem König von meiner angeblichen Verbindung mit Brüssel nichts sagten? Das ist genug, um Sie mitzureißen, wenn ich falle.«
Oliver hob die Achseln.
»Sie verlieren die Überlegung, Eminenz«, sagte er gleichmütig. »Der König hat durch mich Verdacht gegen Sie.«
»Wollen Sie mir damit sagen, daß Sie mir beigegeben worden sind, um mich zu überwachen?«

»Ja.«
Balue lachte spöttisch.
»Das wäre vielleicht bedenklich, wenn die Order *vor* dem Spectaculum von gestern abend gegeben und ausgeführt werden wäre.«
»Falsch«, sagte der Necker; »dann wäre sie so überflüssig wie unsere beschwerliche Reise; dann säßen Sie wahrscheinlich noch kühler, Monsignore.«
»Was führen Sie mich also im Kreise, Herr?« fragte der andere ärgerlich. Oliver schüttelte den Kopf.
»Das tue ich nicht«, lächelte er, »ich zeige Ihnen nur meine Ehrlichkeit von allen Seiten. Sie sollen einsehen, daß von mir allerlei abhängt. Also werben Sie um mich; denn ich bin der einzige, der den König in eure Falle locken könnte. Werben Sie nicht mit sentimentalen Argumenten wie bisher, auch nicht mit umschreibender Eloquenz, die bei mir ebensowenig wirkt wie etwa brutale Bestechung, sondern mit klaren politischen Tatsachen.«
Der Kardinal musterte ihn mißtrauisch:
»Wenn ich Sie recht verstehe, Meister, verlangen Sie von mir, in die politische Idee, der ich diene, und in die Konstitution ihrer Machtmittel eingeweiht zu werden. Aber wer garantiert mir, daß Sie nicht Ihre Kenntnisse zugunsten des Königs verwerten?«
»Ihre eigene Person«, entgegnete Oliver ohne Zögern, »Sie selbst, weil Sie nicht in den Oubliettes sitzen, sondern in Orleans, und weil Sie morgen in Paris sein werden und ich mit Ihnen. Wäre dem nicht so, Eminenz, dann hätte doch gewiß das, was ich weiß, schon in Amboise dem König genügt, an meiner Statt die bewährten Praktiken Herrn Tristans für die notwendigen Fragen und Antworten in Anspruch zu nehmen. Sie werden es einsehen.«
Balue stand auf und ging überlegend im Zimmer hin und her. Schließlich sagte er, vor dem Necker stehen bleibend:
»Gut, Meister, fragen Sie mich.«
Oliver strich lächelnd das Kinn.
»Ich erkenne immer mehr«, sprach er, »was für einen Diplomaten der König in Ihnen verliert. Und meine Anerkennung ist nicht einmal zu verachten; denn ich hatte einst Gelegenheit, von Rodrigo Borgia hohe spanisch-römische Schule reiten zu sehen. Wählen Sie ihn bei dem nächsten Konklave und seien Sie sein Staatssekretär, Monsignore. Rom liebt sie, weil Sie so wacker des siebenten Karl schismabergende Pragmatische Sanktion zerschlugen und in allen Ehren für sich den Kardinalshut und für unseren wahrlich christlichen König den notwendigen Superlativus Regis Christianissimi eroberten. Rom könnte Ihnen eine zutunlichere Tätigkeit ver-

schaffen als die mühselige und nicht ungefährliche Arbeit, ihm seine weltlichen Superlative zu beschneiden. Und das wollen Sie doch, Eminenz?«
Balue hatte mit säuerlichem Gesicht zugehört und wurde durch die plötzliche Frage nicht überrascht.
»Das will ich nicht allein«, sagte er kalt.
»Gewiß nicht«, bestätigte Oliver, »und dem König ist nicht unbekannt, daß die Fürstenliga reaktiviert werden soll.«
»Sie ist es bereits.«
»Und Sie gehören ihr an, Eminenz?«
Der Kardinal hob die Hand.
»Diese Frage dünkt mich ein wenig zu inquisitionsmäßig, Meister.«
»So vergeben Sie mir«, lachte der Necker und schien in guter und sorgloser Stimmung. »Burgund natürlich ist der Führer, wie er es gewesen war, des Bundes Kopf und Arm, wie ihn Ludwig apostrophiert, und er weiß vielleicht mehr, als gut ist, Monsignore! Burgund kann sich gewiß auf die Unterstützung des immer oppositionslüsternen Bretonenherzogs verlassen, dem der König im Augenblick ein paar östliche Festungen wegnimmt, wie Sie wissen. Auch Armagnac im Süden wird dabeisein, wenn es gilt, Valois einzukreisen. Das sind nicht sonderlich geheimnisvolle Fakten, nicht wahr? Doch wie ist es mit Herrn Karl von Frankreich, des Königs einzigem und darum doch beileibe nicht brüderlichem Bruder? Ist der alte Haß durch den jungen normannischen Herzogstitel neutralisiert?«
»Nein, er gehört zur Fronde.«
»Herr Karl gehört zur Fronde«, wiederholte Oliver nachdenklich, »und der englische Edward ist Burgunds Schwager! Rate ich nicht gar zu schnell den Weg der Liga zum Ziel, Eminenz?«
Balue schwieg.
»Und Nemours?« fragte Oliver plötzlich, »der Duc de Nemours, dem der König verziehen hat? Ist der alte Haß noch da?«
»Ja, er gehört zur Fronde.«
Der Necker kniff die Lippen zusammen.
»Herr Karl ...«, sann er, »Jacques Nemours ... Und wer ist – außer uns beiden – von den Herren dabei, die jetzt im Dienst des Königs stehen?« Balue schwieg.
»Gut«, sagte Oliver geduldig, »ich will meine Frage auf den Großmeister der Armee und auf den Konnetabel beschränken, die beide der ersten Fürstenliga angehören und jetzt – als einzige der Pardonnierten – sehr hohe und wichtige Ämter innehaben.«
Der Kardinal wandte sich jetzt ab, trat ans Fenster und starrte in die Nacht.

»Graf Dammartin gehört nicht zur neuen Liga«, sagte er dann leise und abgewandten Gesichts; »aber auf Saint-Pol ist trotz seiner persönlichen Animosität gegen den Burgunder und trotz des Herzogs Mißtrauen gegen ihn zu rechnen, zumal im Augenblick des Erfolges.«
»Der Großmeister nicht, aber der Konnetabel«, flüsterte der Necker. Auch er stand auf und ging nachdenklich mit seinem leisen Schritt zum Fenster, blieb dicht hinter dem Prälaten stehen.
»Herr Karl ... Nemours ... Saint-Pol ... Balue ...«, murmelte er. Der Kardinal schrak zusammen und kehrte sich um. Die beiden Männer standen sich nahe gegenüber, ihre Körper berührten sich fast; Balue beugte unwillkürlich den Kopf zurück, heimlich irritiert; denn Oliver sah ihm nicht in die Augen, sondern sinnenden Blickes und ohne die Lider zu bewegen auf die Stirn.
»Warum vergessen Sie sich in der Aufzählung?« fragte Balue schließlich gereizten Tones.
»Ich«, lächelte Oliver und trat einen Schritt zurück, »ich gehöre nicht in den Atemzug der erlauchten Namen. Ich komme erst jetzt.« Er wurde ernst.
»Es ist gut, daß Sie mir geantwortet haben, Eminenz. Ich kann jetzt nachdenken; ich kann das Aufgebot gegen den König überschauen und seine Kraft abschätzen. Die Fronde ist stark, Monsignore, sie ist furchtbar, weil sie bis in Ludwigs Paladinschaft reicht, vielleicht sogar bis in sein Bett, vielleicht sogar in seine Seele. – Ja«, fuhr er fort und sah den anderen seltsam dringlich an, »seien wir offen, Herr Kardinal: Sie, der Konnetabel und selbst meine unbedeutende Person möchten die Liga für den Valois mörderischer machen, als es nur je für seinen Vater die englische Woge und der große Bedford gewesen waren; denn der siebente Karl hatte seine Xaintrailles, La Hire und Dunois trotz allem und gegen alle, aber den Ludwig Valois wollen seine Minister, Konnetabel und Kämmerer von hinten anfallen, zur guten und sicheren Stunde, wenn die Liga der alten und neuen Feinde ihm die Hände festhält!«
Oliver hatte mit starker Stimme gesprochen. Balue wurde blaß und wich, die Hand abwehrend ausgestreckt, an die Wand zurück. Der Necker folgte ihm langsam, mit dem gleichen brennenden Blick; und wieder sprach er, unbarmherzig, und seine Worte wurden Peitschenhiebe.
»Wir wollen offen sein, Herr Kardinal. Es ist gut und festigt die Gemeinschaft, wenn Verschwörer sich die nackte Seele zeigen. Was waren Sie, Eminenz, ehe Ludwig Valois Ihre intrigante Begabung entdeckte? Sie waren ein kleiner Kleriker, kleiner Leute Kind. Sie

mußten vierzig Jahre alt werden, bis Ihr Ehrgeiz das Trittbrett fand, den Bischof von Angers, den Sie nicht verehrten, weil er der Verehrung würdig, sondern weil er Rat des Königs war. Sie wurden durch den Bischof Kanonikus, sie wurden durch ihn Kapitelsschatzmeister, bis es Ihnen gelang, des Königs Aufmerksamkeit auf sich zu ziehen, sein Sekretär, sein Almosenier zu werden. Sie konnten dem Trittbrett den Fußtritt geben, den Wohltäter in Ungnade bringen und an seiner Stelle Bischof von Angers und Kronrat werden. Sie wurden Kardinal und Minister, durch Ludwig erhoben wie wenige Menschen: Gut, Monsignore, den königlichen Wohltäter kann man nicht in Ungnade bringen, sondern nur verraten! Aber dann, Balue? Wollen Sie Burgunds oder Englands Statthalter in Frankreich werden? Und dann, Balue? Sie werden dann noch immer fünf oder zehn Lebensjahre Zeit haben; denn Sie werden alt ...«

Der Kardinal war aschgrau im Gesicht; er hob die Fäuste.

»Mensch«, keuchte er, »was wagen Sie ...«

Oliver blieb vor ihm stehen.

»Ich wage nur, ehrlich zu sein«, sagte er kalt, »und ich spreche jetzt nicht mehr von Ihnen, nicht vom Grafen Saint-Pol, der aus des Königs Händen sein Konnetabelschwert empfing, sondern von dem dritten und niedrigsten: von mir. Denn Sie und die anderen sind immerhin Hochverräter mit geistigem Ziel, Politiker oder ehrliche Feinde, ich aber bin der Kammerdiener, der den Schlüssel zur Tür hergibt.«

Schon lächelte Balue aus seinem roten Gesicht, ganz ohne Überleitung von der blassen Wut und der heimlichsten Erschütterung:

»Sie sind also eindeutig und ohne Einschränkung bereit, Meister, mit uns zu arbeiten und den König in das herzogliche Lager zu bringen?«

Er streckte ihm die Hand hin. Oliver übersah sie.

»Bleiben Sie doch wenigstens im Zorn, Herr Balue«, sagte er mit Verachtung.

Er drehte sich um und begann, sich zu entkleiden.

Um diese Stunde verließ der König das Bankett, das er zu Ehren Stefano Nardinos, des päpstlichen Legaten und Erzbischofs von Mailand, gegeben hatte, ging in sein Turmkabinett und entließ den diensthabenden Kämmerer mit der Weisung, daß er noch arbeite und nicht gestört sein wolle. Doch er wartete nur, bis sich die Tür hinter dem Höfling geschlossen hatte und schob in der Täfelung das Paneel zur Seite, das die Wendeltreppe zu dem geheimnisvollen, über dem Arbeitszimmer liegenden Gemach verhüllte.

Anne hörte seine Schritte und richtete sich auf.
Als Herr de Beaune, der ihr sofort nach Olivers Aufbruch gemeldet hatte, daß die Majestät sie des Abends zu empfangen wünsche, vor einer halbe Stunde mit dem gleichen höflichen Ernst erschien und sie abholte, verließ sie nicht ihre zugleich nüchterne und lässige Sicherheit, die Energie, die der Meister ihr mitgeteilt hatte: sich der Waffe des Körpers zu bedienen. Sie wurde in das obere Turmzimmer geführt, in das kreisrunde Behältnis der königlichen Lüste. Sie verzog ein wenig den Mund und wurde noch sicherer: Der Raum war ein einziger Alkoven. Die fensterlosen Wände, mit gelbem, goldgefädeltem Brokat bekleidet, wölbten sich zur gleichfarbenen Decke wie ein Zelt oder wie ein Betthimmel. Der Boden war mit Rehleder in der Farbe alten Goldes überspannt und nur zu einem schmalen Streifen längs der Wände sichtbar. Zarte, helle Seidenteppiche ließen fast die Konturen des Podestes verschwinden, auf dem das breite, niedrige, mit Blaufuchsfellen belegte Lager ruhte. Matte Ampeln mit wohlriechendem Öl gaben ein silberblaues Licht, das in der Rautenfläche des venezianischen Deckenspiegels wie milchige Tropfen von einem Märchenmond hing.
Da das Gemach keinen Stuhl und kein Sitzpolster aufwies, hatte sich die Frau auf das Bett gesetzt, das unter ihr nachgab und sie kupplerisch auf den Rücken lockte. Die zärtlichen weichen Haare der Felle, die wie der ganze Raum unbestimmt und verwirrend nach Zibetpuder und Myrrhe dufteten, schmiegten sich an ihren Nacken und streichelten ihre Hände. Sie hob die Augen auf und sah am Plafond sich selbst, den hingestreckten Körper und die lasterhaft verschwommene, opalfarbene Fläche des Gesichts. Es gefiel ihr, sich zu betrachten, die Glieder unter dem glatten hellen Samt des Kleides zu bewegen, mit den Händen der Form der Brüste und der Hüften nachzutasten und des Gesichtes wollüstiges Lächeln neugierig aufzuspüren. Als sie des Spieles müde war – nicht einmal verwundert, daß kein beunruhigender oder bekümmernder Gedanke sich an den Mut und an das Selbstvertrauen des Körpers heranschlich – und träge den Kopf zur anderen Seite drehte, sah sie auf einem niederen Tischchen, dessen Platte mit gebleichtem Schweinsleder überzogen war, eine mächtige Silberplatte mit kleinen goldenen Schalen voll erlesener Speisen: zarte Lachs- und Rohrdommelpasteten, Wildbretwürfel in Säften von blauen Muskattrauben und Ingwer, mit Majoran und Rosmarin gewürzte Lampreten, likörgetränkte Torten nach florentinischen Rezepten, Becher mit schweren süßen Weinen aus der Languedoc, aus Spanien, Sizilien, Zypern und Ungarn, Fingerschalen mit Wasser, das nach Mandeln roch.

Anne, durch die Arbeit der Sinne hungrig, reckte sich quer über das Bett, griff nach den Speisen und trank hastig und wahllos drei, vier der Becher aus. Dann wieder rollte sie sich auf den Rücken, im Gaumen noch den aufreizenden Geschmack der Gewürze, das Hirn dumpf von Wein und den Düften, Farben und Stoffen.
Das Geräusch der zurückgeschobenen Paneeltür machte sie wach, der rasch steigende Schritt auf der Treppe ließ ihr Herz klopfen; sie hob den Oberkörper auf und stützte die Hände hinter dem Rücken auf die Felle. Sie suchte nach der Tür. Jetzt öffnete sich links in der Wandbekleidung ein mannshoher schmaler Spalt. Anne streckte die Brüste vor und lächelte. Der König stand im Zimmer und sah sie an, ernst, befremdet.
»Sie haben ein anderes Lächeln heute, Madame«, sagte er leise und rührte sich nicht von der Stelle.
Die Frau antwortete nicht, entblößte die Zähne ein wenig mehr und schloß halb die Augen, den Kopf sacht zurückbiegend. Ludwig betrachtete ihren Mund und hob die Brauen.
»Erinnern Sie sich, Madame«, fragte er kühl, »daß Sie die letzte Nacht in den Armen Ihres Mannes lagen?«
Anne öffnete groß die Augen; aber sie lächelte noch.
»Sire«, sprach sie und richtete sich in den Knien auf, »da Sie mir nicht die Hände küssen wollen, erlauben Sie, daß ich die Ihren küsse.«
Der König verschränkte die Hände hinter dem Rücken.
»Madame«, sagte er ein wenig lauter, »erinnern Sie sich, daß Sie vor zwanzig Stunden in den Armen Ihres Mannes lagen?«
Die Frau lächelte nicht mehr; ihre Augen wurden hart.
»O gewiß, Majestät, und Ihr Befehl hat ihn innerhalb dieser zwanzig Stunden zwölf Reisestunden von diesem Zimmer entfernt, in das Sie mich haben rufen lassen.«
Sie ließ sich wieder zurücksinken. Ludwig verzog den Mund.
»Ich danke Ihnen, daß Sie gekommen sind, Madame. Und darf ich fragen, ob Sie gerne kamen?«
»Sire«, entgegnete Anne spöttisch, »wenn es Sie aufreizt und Sie es hören möchten, so antworte ich Ihnen gerne, daß ich blutenden Herzens gekommen bin.«
Ludwig grinste und wies auf die Speisen:
»Aber Sie hatten Ihres Herzens ungeachtet Appetit? Doch«, fuhr er wieder ernst fort, »wenn ich Sie jetzt bäte, sich zu entkleiden?«
»So würde ich es tun«, sagte sie ruhig.
Der König kreuzte die Arme und sah auf den Boden; dann warf er rauh die Worte hin:

»Ziehen Sie sich aus!«
Anne hob sich auf, trat auf die Bettstufe und riß mit sicherem Griff die Verschnürung der Ärmel und des Mieders auf. Dem Mann zitterten die Lippen, als ihre weiße Haut aus dem Spalt des Kleides leuchtete.
»Lassen Sie, Madame«, sagte er gepreßt und wandte den Kopf ab, »ich glaube an Ihre Bereitwilligkeit. Aber ich verwundere mich, wie sie zustande kam. Ich habe sonderbare Gedanken.«
Er sah sie mit vollem Blick an.
»Sagen Sie mir, Dame Necker, ob Sie gestern gleich willfährig gewesen wären?«
Anne kreuzte die Hände über der nackten Brust und blieb aufgerichtet stehen.
»Ja, Sire« sagte sie.
Ludwig hob erstaunt den Kopf.
»Wenn ich den Meister mit Gewalt entfernt und Sie mir zu folgen gezwungen hätte, so würden Sie sich mir gegeben haben? Ohne Widerstand? Madame, sagen Sie die Wahrheit.«
Anne lächelte ein wenig starr:
»Wenn es eine Gewalt gegeben hätte, der der Meister gewichen wäre, dann würde ich gestern so bereit gewesen sein, wie ich es jetzt bin.«
Der König machte einen kleinen Schritt auf sie zu; doch als ob ihn eine unsichtbare Hand zurückdrängte, wich er langsam wieder an die Wand. Seine Stirn faltete sich unter der Arbeit des Hirns.
»Madame«, fragte er leise und fast verlegen, »hat Sie je ein anderer Mann erkannt als er?«
Anne schüttelte den Kopf. Ihr Gesicht schien jetzt verändert; es war glatt, weiß, ohne Regung wie eine Maske, gleichsam fremd zum eigenen atmenden Körper und doch auch, als ob ihre Sinne über die Grenzen des Raumes hinweg nach einer Verbindung spähten, lauschten und tasteten. Der König beobachtete sie mit äußerster Aufmerksamkeit.
»Frau Anne«, sprach er wieder fast flüsternd, wie fürchtend, seine Stimme könnte andere, zarte, wichtige Lautschwingungen zerreißen, »Anne, haben Sie jemals ohne ihn gedacht und gehandelt und zu unterscheiden versucht, was böse und was gut ist?«
Sie schüttelte den Kopf.
»Ist immer sein Wille in Ihrem Willen und seine Seele in Ihrer Seele?«
Sie nickte.
»Auch jetzt?«

Sie nickte.
»Auch in Ihrem Körper, wenn er sich mir gibt und sich mir gegeben hat?«
Sie sagte gequält, mit einer traumhaften, kehligen Stimme:
»Ja ... ja ... ja ...«
Der König sah über sie hinweg; er sah mit gleichsam erwartungsvollem Blick im Zimmer sich um, als möchte er den Necker finden können. Er hätte in diesem Augenblick wohl gewünscht, ihn körperlich zu entdecken: Er wäre nicht einmal erstaunt, sondern von dem beunruhigenden Wahn seiner Unfaßbarkeit, der ihn jetzt verwirrte, befreit gewesen. Doch sein Auge sah nur den matten Goldton der Wände, die regungslose Frau und hinter ihr die erstarrte Wollust des Bettes wie ein ironisches und irritierendes Fresko. Seine Hand hob sich unwillkürlich und schlug das Kreuz. Ich fasse ihn nicht; ich begreife ihn nicht; Gott sei bei mir! Ist er der Böse? Liebt er mich? Versucht er mich? Will er mich verderben? Was will er? Ludwig sagte es laut:
»Was will er?«
Die Neckerin schwieg. Der König beugte sich vor, streckte die Hand aus und berührte ihren Arm. Sie zuckte zusammen.
»Ich wollte mich nur vergewissern, ob Ihr Körper vor mir steht«, sprach er weich, wie eine Entschuldigung, und strich sich mit der Hand über die Stirn. Anne wurde aus irgendwelchen Gründen rot und sagte die seltsame Antwort:
»Sie haben seine Augen, Sire.«
Sie sprach die Worte mit langsamer, gleichsam erwachter Stimme. Ludwig lächelte in seltener Güte:
»Der König liebt Oliver; also liebt der König auch Sie, Anne. Wollen Sie mir dieses Gespräch und dieses Gemach verzeihen, Anne?«
Sie hob verwirrt die Schultern. Er senkte den Kopf und sprach noch leiser:
»Wollen Sie mir sagen, ob sich der Meister über unser Gespräch und über unseren Anblick verwundern möchte?«
»Ja«, antwortete sie erschüttert.
Der König tastete mit der Hand nach dem Mechanismus der Tapetentür und öffnete sie.
»Ich verwundere mich auch«, sagte er ernst, »wir kennen uns selber nicht. Wie können wir meinen, den Nächsten zu kennen. Und glauben Sie«, fügte er hinzu, sich über ihre Hand beugend, »glauben Sie, er würde sich jetzt freuen?«
»Ja«, flüsterte Anne und hatte Tränen in den Augen.
Der König stand schon in der Tür.

»Ich weiß nicht, ob er dieser Freude würdig ist«, sprach er über die Schulter, »ich weiß auch nicht, ob er Gutes oder Böses im Sinn hat; aber ich weiß, daß ich wert der Freude bin, die ich jetzt empfinde. – Schlafen Sie wohl, Madame – und seien Sie schweigsam.«
Er schloß hinter sich die Tür.

Um diese Stunde sprach Oliver in die Dunkelheit:
»Schlafen Sie, Monsignore?«
»Ich schlafe nicht, Meister.«
Der Necker trocknete sich den Schweiß von der Stirn.
»Was wird mit der Person des Königs geschehen?« fragte er gepreßt. »Wird sein Leben in Gefahr sein?«
Er hörte des Kardinals erstaunte Bewegung.
»Das ist eine absonderliche Frage«, antwortete Balue. »Rührt sich jetzt schon Ihr Gewissen? Doch beruhigen Sie es nur: Die Liga ist nicht so unvernünftig, sich mit dem Tod des Königs und dem Abscheu Europas zu belasten. Wie man ihn behandelt und wie lange man ihn festhalten wird, hängt von den Umständen ab, vor allem von der Stimmung Burgunds. Indes werden wir wohl Umstände und Stimmung ein wenig beeinflussen können.«
Er lachte häßlich. Oliver rief mit einem plötzlichen wilden Haß:
»Sie fürchten nicht, Herr Kardinal, daß ich Sie hier einsperren lassen und noch des Nachts nach Amboise zurückreiten könnte!«
Balue lachte:
»Nein, das fürchte ich nicht! Denn mir scheint, Sie möchten dort stören und nicht so bald vorgelassen werden. Lassen Sie es sich gesagt sein: Der König bedeutete mir heute morgen nicht sonderlich diskret, daß ich Ihre Assistenz eher zu lange als zu kurz in Anspruch nehmen darf. Und sagen Sie dies Ihrem Gewissen.«
Oliver antwortete nicht mehr. Wie in den beiden vergangenen, schlaflosen und verquälten Stunden biß er in die Kissen, um nicht zu schreien.

6 *Die Überwindung*

Der Kardinal arbeitete in Paris kaltblütig und planmäßig seinem Ziel zu. Trotzdem er durch den Gewinn Olivers des Erfolges sicher war, operierte er in seiner bedachtsamen Klugheit immer nur mit zwingenden Tatsachen, die doch selbst dem scharfäugigen König verbergen konnten, daß er ihr Motor war. Er meldete nach Amboise von bedenklichen Truppenkonzentrationen an der pikardischen Grenze, beunruhigte Ludwig, dessen Heer im Westen beschäftigt war, durch den Hinweis auf die Gefahr eines burgundischen Rückenangriffs, durch die Mitteilung von des Herzogs Anwesenheit im Sommegebiet, und übermittelte schließlich dem König ein ultimatives Schreiben des Burgunders, in welchem er eine Fortsetzung des Feldzuges gegen seinen bretonischen Alliierten mit dem Angriff auf die Pikardie zu beantworten drohte.

Oliver hatte sich sofort nach seinem Eintreffen in Paris von Balue – unter guten Vorwänden – eine Empfehlung an den Franziskanerprior geben lassen und ohne Schwierigkeit die Aufhebung der Klausur über den Bruder Fradin erreicht. Er benutzte den dankbaren Mann, um die Machenschaften des Kardinals und auch die fast sorglose, fast verdächtige Aufgeschlossenheit, die er ihm seit der Nacht zu Orleans bewies, zu kontrollieren. So erfuhr er, daß Balue ihm gegenüber und auch in seinen Meldungen an den König ehrlich war; er bestätigte in einem geheimen Bericht nach Amboise die bedrohliche Situation an der Somme, ohne doch die Frage der persönlichen Begegnung zu berühren. Er erfuhr aber auch durch Fradin, daß das Mißtrauen der burgundischen Regierung, zumal des Herzogs, gegen Balue nicht geschwunden sei, daß man hinter seinem Eifer die lenkende Hand des Valois vermute und daß man eine Selbststellung des Königs gerecht bezweifle. Und schließlich versicherte ihm der Mönch, daß der Kardinal die Revolutionierung Lüttichs durch den König nicht in die burgundische Rechnung gestellt habe; die herzoglichen Beamten in der Stadt hätten der Regierung wohl von neuen Umtrieben gemeldet, hinter denen wahrscheinlich französische Agenten ständen; aber gewiß sei, daß weder der Herzog noch seine Räte von der akuten Rebellionsgefahr und der Aufgabe des deutschen Söldnerführers als Beauftragten des Königs eine Vorstellung hätten.

Diesen Schachzug des Kardinals konnte sich Oliver um so weniger erklären, als Balue das Lütticher Problem auch ihm gegenüber zu übersehen schien. An dem Tag, an welchem Jean de Beaune dem Prälaten die Order des Königs überbrachte, unverzüglich dem Herzog seinen freundschaftlichen Besuch anzusagen und sich zu diesem Zweck ins burgundische Hauptquartier zu begeben, fragte der Necker den Kardinal ins triumphierende Gesicht:

»Denken Sie an Lüttich, Eminenz?«

Balue schien keinen Augenblick betroffen.

»Gewiß denke ich an Lüttich, lieber Meister«, entgegnete er mit listigen Augen, »glauben Sie, ich übersehe den wichtigsten Faktor?«

»Den wichtigsten Faktor?« staunte Oliver. »Sie haben weder mit mir darüber gesprochen noch – soviel ich weiß – mit Herrn de Crèvecoeur der Stadt wegen korrespondiert.«
Der Kardinal lächelte.
»Mit Crèvecoeur gewiß nicht, Meister Necker, und mit Ihnen darüber zu sprechen, ließ ich mir Zeit, bis sie die notwendigen Fragen stellen. Da ich Ihre Intelligenz kenne, erwarte ich sie schon geraume Zeit. Würden Sie nicht fragen, so hätte ich ruhig schweigen können, ohne Ihnen gegenüber unlauter zu handeln.«
»Ich danke Ihnen für Ihre gute Meinung«, sagte Oliver achselzuckend, »aber ich begreife Ihre Worte durchaus nicht. Es besteht doch die Gefahr, daß bei einem unfreiwillig verlängerten Aufenthalt des Königs im burgundischen Hauptquartier die bereits glimmende Lütticher Lunte die Explosion herbeiführt, während Ludwig noch Häftling ist.«
Balue rieb sich gutgelaunt die Hände.
»Es besteht nicht nur die Gefahr, mein Freund«, erwiderte er mit einem Grinsen, »sondern es ist gewiß; und Lüttich wird nicht erst explodieren, wenn der König bereits etliche Zeit festgehalten ist, sondern am dritten oder vierten Tag seines Besuches, sofern man sich auf den Konnetabel, der von seinem Luxemburg aus die Regie führt, verlassen kann.«
Oliver sprang entsetzt auf.
»Das bedeutet für den König Tod oder lebenslängliche Gefangenschaft!« rief er.
»Warum erregen Sie sich?« fragte Balue gleichmütig. »Der Herzog wird nicht wagen, seinen Lehnsherrn zu töten. Und wie es auch sei, begreifen Sie doch, Meister: Das bedeutet für uns beide in den Augen der Welt, selbst in den Augen des Königs gleichsam das Alibi. Durch die nicht voraussehbare Lütticher Rebellion, durch solche höhere Gewalt also sind wir für das Schicksal des Königs nicht mehr verantwortlich; denn man wird ihn bis zum Eintreffen der Hiobspost doch wohl nicht viel anders wie einen Gast behandeln und würde ohne sie nur in aller Höflichkeit seine kleinen Erpressungen machen können. Und da ich durch gute Organisation jedenfalls als erster die schlimme Zeitung erfahren werde, kann ich davon so geschickten Gebrauch machen, daß mir auch die burgundischen Herren meine persönliche Unschuld lassen werden.« Er kniff die Augen zusammen. »Man weiß ja in Europa, daß der König von Frankreich seine dunkelsten Wege gerne allein geht. Jetzt begreifen Sie alles, Meister.«
Oliver antwortete nicht gleich und ging nachdenklich hin und her.

Er staunte über das Genie dieses purpurtragenden Judas; er staunte aber auch über sich selbst, daß sein Wille niemals sich jenem zugesellte, so weit er doch schon mit ihm gegangen war. Ist die Entscheidung noch immer nicht gefallen? fragte er sich; weiß ich immer noch nicht, wen ich verurteilt habe? Bin ich wahrhaftig vom Valois besessen? Soll ich seine Tat vergessen? Soll ich kläglich Entschuldigungen suchen oder Zweifel konstruieren? Er biß sich auf die Lippen; er wußte, wenn er jetzt umkehrte, war er an den stärkeren Dämon verloren. Und doch ...

Sein Hirn arbeitete gegen seinen Willen mit der Enthüllung des Kardinals wie mit dem erlauschten Geheimnis eines Feindes; es tastete den scheinbar vollkommenen und gegen jeden Hieb des Zufalls gepanzerten Plan nach Einbruchstellen, nach Lücken, nach Sprengpunkten ab; er umschlich ihn und besann die Griffe, um ihn gegen Balue umzustülpen, um mit ihm wie mit einem Hebel den Urheber zu Fall bringen zu können. Warum nur? Warum nur? Was sollte die zwölfte Stunde noch in ihrem Schlag aufgehalten werden? Warum denn wollte er dem König nicht vorher, nicht jetzt noch gestehen, welche Zeit es sei?

Oliver beantwortete sich die Fragen nicht, er zwang sich auch nicht eine Entscheidung auf, weil der hellsichtige Instinkt schon das Sinnvolle in seiner eigenen innerlichen Unklarheit einsah. Und er sagte dem Kardinal nicht das Naheliegende und sich auf die Zunge Drängende: daß der Plan für ihn, den Necker, schwerlich ein Unschuldsbeweis sein würde, weil er selber den König auf die Lütticher Gefahr aufmerksam gemacht habe und weil er sogar den Auftrag habe, sich persönlich um die Sicherung der Lage in der Stadt zu bekümmern; daß er also eine klare Verantwortung trage und schon – da er die Wahrheit verschweigen oder verfälschen müsse, um den König in die Löwenhöhle zu locken – mit der einbrechenden Katastrophe von Ludwig als Hochverräter entlarvt sei. Er antwortete nur: »Ja, Eminenz, jetzt begreife ich alles.«

Er verließ das Haus des Kardinals, das im Areal des Notre-Dame-Klosters lag. Sein Quartier war in des Königs Hotel des Tournelles, nahe der Bastille Saint-Antoine; denn Ludwig zog das kleine Schloß dem Palais Royal, das zudem dem Parlament als Sitz diente, für seine meist nur kurzen Residenzen in Paris vor und bestimmte es auch zur Unterkunft für die Mitglieder seines Hofes.

Oliver wußte, daß Herr de Beaune auf ihn wartete und für ihn Nachrichten vom König, vielleicht auch von Anne hatte. Er eilte über den Pont-aux-Oiseaux, auf dem die Vogelhändler ihre lärmende, zwitschernde, flatternde Ware anpriesen; er wandte sich nach rechts in die Richtung auf den Temple und bedachte, der Menschen und des Straßenlärms nicht achtend, daß die wenigen Grüße, die bisher die Neckerin ihm durch den Kurier gesandt hatte, von einem merkwürdig gleichgebliebenen, sicheren und nicht befleckten Gemüt zu zeugen schienen. Kam nicht von hier aus die Ungewißheit über ihn? Er schritt unwillkürlich schneller aus, als könnte die nächste Stunde ihm Klarheit bringen.

Jean de Beaune war schon zur Rückreise gerüstet. Ein wenig beengt und kurzatmig durch das Panzerhemd, das er unter dem Wams trug, berichtete er, daß der König in den nächsten Tagen Amboise verlasse, um in Compiègne auf Balues Rückkehr zu warten. Sein dickes Gesicht faltete sich zur gutmütigen Grimasse: Der König sei bester Laune und zuversichtlicher Stimmung, und er – Jean de Beaune – könne gewiß seine gute Laune verstehen, viel weniger aber – und er verzog das Gesicht, als tränke er sauren Wein – die Freude an dieser höchst problematischen Expedition, die ihm persönlich durchaus nicht gefalle; und der König schickte seinem Ersten Kämmerer dieses Handschreiben.

»Die Majestät ist in bester Laune«, murmelte Oliver und entsiegelte das Billett. Es waren wenige Zeilen: Die Unterredung mit Burgund sei durch die letzte Entwicklung der Dinge von größter Wichtigkeit und nicht mehr aufschiebbar, da er sich zu allem anderen auch vergewissert habe, daß dem Herrn Franz von der Bretagne nur die Aussicht auf die burgundische Hilfe den Rücken steife und daß er in dem Augenblick klein beigebe, in dem er von der Zusammenkunft hören werde. Er hoffe sogar, schon mit dem Sonderfrieden in der Tasche seinen Besuch machen zu können. Und das bedeute die Absprengung des Bretonen von Burgund. Eine Reise Olivers nach Lüttich lohne nicht mehr, aus Mangel an Zeit und gewiß auch an Dringlichkeit. Er habe sich mit Balue ins herzogliche Hauptquartier zu begeben und Augen und Ohren offenzuhalten. Der letzte Satz aber war sehr seltsam und unvermittelt den nüchternen Anweisungen hinzugefügt: »Mein Freund, der Mensch ist wahrhaftig viel seltener durch Plan, Willen oder Veranlagung böse oder gut, als durch den Stoß der hastigen Sekunde; so wollen wir uns niemals unbedachtsam verurteilen noch gar meinen, einander zutiefst zu kennen.«

Oliver schloß in einem Wirbel zwiespältiger Empfindungen die Augen. Wie sollte er diesen Satz auffassen? Und wie durfte er – meinte er Grund zur Freude zu haben – es zulassen, daß der König in sein Verderben renne. Absonderlich auch, daß Ludwig selber den einzigen Schein zerriß, der eine Schuld des Neckers würde verraten

können: Lüttich. Gewiß lohnte nicht mehr die Reise: nicht nur aus Zeitmangel, sondern wegen der Unmöglichkeit, die Lawine aufzuhalten; aber jetzt, durch dieses ausdrückliche Verbot, war er, Oliver, entlastet. Was gefiel es dem Schicksal, das ungeheure Spiel so leicht zu machen? Der Necker schüttelte den Kopf.
»Meister«, sagte Beaune mit seinem fetten Lachen, »Sie machen ein Gesicht, als ob die Majestät Ihnen ein Rätsel aufgegeben habe. Ich gestehe Ihnen, auch mir ist seine Reiselust rätselhaft.«
»Vielleicht gibt er uns gerne Rätsel auf«, lächelte Oliver; »doch was macht meine Frau Anne, Seigneur?«
Der Hofmann hob diskret die Brauen.
»Ich sah sie nicht oft«, sagte er geschmeidig; »doch mir scheint, es geht ihr so gut, wie es der Königin von Frankreich nicht oft gegangen ist.«
Oliver fühlte das Blut in den Kopf dringen und er wandte sich ab, um dem anderen seine Erregung nicht zu verraten.
»Wollen auch Sie mir Rätsel aufgeben, Seigneur?« fragte er mit gezwungener Heiterkeit.
Jean de Beaune sah ihn verwundert an.
»Ich spreche in Rätseln, lieber Meister? Nun, dieses Rätsels Lösung kann ich Ihnen sagen, wenn Sie sie in Wahrheit noch nicht wissen.«
»Gewiß weiß ich sie!« schrie Oliver mit verzerrtem Gesicht – und lachte plump.
»Nun also«, staunte Beaune. »Und ich selber brachte sie am Tage Ihrer Abreise in das bewußte Kabinett in Turm, und sie sah wahrlich schön aus und duftete nach Eau des Anges und war guter Dinge, wie es sich geziemt. Und der König ist seither in bester Laune. Was lachen Sie denn so, Necker?«
Oliver lachte in kurzen heiseren Tönen, sich in den Hüften biegend, und wühlte in seinem Haar mit beiden Händen.
»Der König ist in bester Laune!«
Plötzlich wurde er still und sein Gesicht erstarrte unter der Kälte, die Herz und Hirn gepackt hatte.
»Seigneur«, sagte er ernst und höflich, »grüßen Sie die Königin Anne und vermelden Sie der Majestät meine Ergebenheit und meine Überzeugung, daß wir auf gutem Wege gehen.«

Das herzogliche Hauptquartier war in Péronne. Der Kardinal und Oliver, dessen Beglaubigungsschreiben auf den Namen Le Mauvais lautete und der sich die Haare mittels eines Destillates aus Alkannawurzeln dunkel gefärbt hatte, um sich vor gentischen Augen zu schützen, trafen in St. Quentin den Konnetabel Saint-Pol, einen vierzigjährigen Mann von herkulischem Körper und edlem Gesicht. Der Graf hatte von dem neuen Favoriten des Königs bereits allerlei gehört, behandelte ihn mit unverhohlenem Mißtrauen und voll tiefer Abneigung. Er änderte seine Haltung auch nicht, als Balue ihm zu verstehen gab, daß in dem Kämmerer ein sehr wertvoller Verbündeter gewonnen sei, und wollte sich nicht dazu verstehen, in Olivers Gegenwart über den Stand der Dinge zu berichten. So werde wohl der König nicht nach Péronne kommen, sagte der Necker kurz. Der Kardinal beschwor den Konnetabel, nicht um einer Laune willen das ganze Unternehmen zu gefährden. Es sei keine Laune, entgegnete Saint-Pol grob; er habe nichts gegen die ehrsame Zunft der Barbiere, aber sie mögen beim Bartscheren bleiben. Oliver sah ihn an.

»Ich bin gern bereit, Sie zu rasieren, Herr Graf«, sagte er spöttisch.

»Mir scheint«, sprach der Konnetabel und drehte ihm den Rücken, »Sie sind noch eher bereit, mir die Kehle abzuschneiden.« Er wandte sich an Balue: »Was lassen Sie die kleinen Spieler ans große Spiel, Eminenz?«

»Beim Blute Christi«, polterte Balue, »dieser kleine Spieler hatte schon unsere Trümpfe in der Tasche, ehe ich ihn kannte! Seien Sie vernünftig, Graf, und freuen Sie sich des guten Schicksals, das ihn auf unsere Seite brachte. Der Kämmerer hat nicht weniger Grund, den König zu hassen, als Sie und ich.« Oliver lachte häßlich.

»Oh, Monsignore! rief er, »lassen Sie die Gründe! Denn sonst wäre der Bartscher dem Konnetabel und dem Kardinal gar in der Moral überlegen.«

Saint-Pol fuhr auf: was er damit sagen wolle. Oliver erwiderte mit geradem Blick:

»Daß Sie nicht die Motive des kleinen Spielers verachten sollen, Herr Graf. Daß das Rasiermesser eine ehrliche und das Konnetabelschwert eine unehrliche Waffe sein kann, je nach den Gründen, um derentwillen man sich ihrer bedient.«

Saint-Pol sah ihn verwundert an; dann machte er eine kurze erledigende Bewegung mit der Hand und berichtete unvermittelt über die Lage in Lüttich. Der von Wildt stände mit seinen Leuten abmarschbereit in den Ardennen und warte auf seine, des Konnetabels, Order. In dem Augenblick, in dem er in das Bistum einrücke, würden die Lütticher, die in enger Verbindung mit ihm ständen, sich erheben, den Bischof, den herzoglichen Statthalter und einige mißliebige Prälaten und Beamte gefangensetzen, die burgundische Garnison verjagen und dann zusammen mit den Landsknechten gegen die Brabanter Grenze vorrücken.

»Wieviel Tage rechnen Sie von der Ausgabe Ihres Befehls bis zum Widerhall der Ereignisse in Péronne, Herr Graf?« fragte Oliver.
»Etwa sechs Tage.«
»So müssen Sie also schon die Order erlassen, bevor der König in Péronne eintrifft?«
»Jedenfalls«, antwortete Saint-Pol etwas zögernd und sah den Kardinal an. Balue beruhigte lächelnd:
»Der Kämmerer ist durchaus informiert, Saint-Pol, und hat bei der wichtigen Aufgabe, die ihm zufällt, zu fragen ein Recht. Sie können den Befehl geben, meine ich, wenn der König von Compiègne aufbricht. Sie müssen ja auch damit rechnen, daß er Sie in letzter Stunde noch in die Suite kommandiert.«
»Ich hoffe es nicht«, erwiderte der Konnetabel, »es wäre weder für unsere Sache gut, die uneingeschränkte Beobachtung der Geschehnisse und Ihre verlässige Benachrichtigung verlangt, noch möchte im Augenblick meine Gegenwart dem Herzog sonderlich behagen. Ich würde die Lage komplizieren, da Burgund mich aus der Freundschaft entlassen hat, seitdem ich dem Valois diene. Mir wäre es lieber, ich bliebe der Begegnung fern.«
»Ich werde sehen, was sich tun läßt«, murmelte Oliver; »zudem könnte man ja ein künstliches Echo erzeugen, wenn das natürliche auf sich warten lassen sollte.«
Der Konnetabel betrachtete ihn aufmerksam.
»Wahrhaftig«, sagte er, »Sie scheinen mir kein ungeübter Spieler. Sie verzeihen meine ersten Zweifel, Herr.«
»Gewiß, Seigneur«, sagte Oliver mit unbestimmtem Lächeln, »zu frühe Zweifel sind besser als zu späte.«
Wieder arbeitete sein Hirn mit ganz bewußter Parteilichkeit. Schon während des Gesprächs hatte er mit heimlichem Schauder hinter seinen eigenen Fragen den nicht erschütterten Willen zur Gegenarbeit entdeckt. Jetzt, als er den Mechanismus der Balueschen Verschwörung unverhüllt sah, wollte auch der beleidigte, auch der rächende Mensch in ihm erkennen, daß er die persönliche Kränkung nicht mit einer Strafe von solcher politischen Wirkung zu vergelten das Recht habe. Er zwang sich zu einem Kompromiß, um sich nicht eingestehen zu müssen, daß er von Ludwig besessen sei, bezwungen und fast eingesogen von seiner Dämonie. Er müsse, formulierte er, das Leben des Königs schützen, indem er die Lütticher Sprengwirkung abschwäche; er wolle sich nur einen Entlastungszeugen für Ludwig beschaffen – sonst nichts, sonst gewiß nichts. Die Dinge mögen dann ihren Lauf nehmen.
Er begab sich in die Stadt, gefolgt von Daniel Bart, und suchte in

einer bestimmten Herberge den Bruder Fradin auf, der auf sein Geheiß unauffällig der Legation gefolgt war. Er trug ihm auf, sich noch am gleichen Tag auf den Weg nach Lüttich zu machen, dort den Herrn Pieter Heuriblocq, Steuereinnehmer des Herzogs, aufzusuchen und ihm zu sagen, ein alter Genter Gevatter, dem er viel zu verdanken habe, bedeute ihm aus guter Kenntnis der Dinge, daß die Lütticher in wenigen Tagen den Bischof, den Statthalter und höhere Beamte, darunter auch ihn, gefangensetzen werden; er solle nicht versuchen, die Bedrohten in Sicherheit zu bringen; denn die Rebellen würden zum mindesten den Bischof und den Statthalter kaum aus der Stadt lassen und um so früher losschlagen. Er solle sich des Mönches Führung anvertrauen, der, ein Agent Burgunds, ihn unversehrt aus der Gefahrenzone bringen werde. Der alte Gevatter verlange nur einen Dank: der burgundischen Regierung zu versichern, daß hinter der neuen Bewegung nicht der französische König, sondern deutsche Triebkräfte ständen. Die Ereignisse würden ihm recht geben. Wenn er aber anders aussage, hole ihn der Teufel.
»Du bringst ihn dann nach Péronne«, schloß Oliver; »aber du führst ihn nicht eher zu Crèvecoeur, bis ich es dich wissen lasse. Du sorgst auch dafür, daß er mich nicht zu Gesicht bekommt noch über meine Stellung und Tätigkeit sich Auskunft verschafft.«
»Aber wenn ich den Mann nicht finde oder aus irgendeinem Grund nicht beeinflussen kann?« fragte der Frater.
»Dann kommst du allein nach Péronne.«
Die Legation verließ die Stadt, folgte dem Lauf der Somme und passierte zwischen den Ortschaften Eclusier-Baux und Cappy die burgundischen Vorposten. In Péronne wurde sie mit gemessener Höflichkeit empfangen; der Kardinal meldete in feierlicher Audienz dem Herzog den Besuch des Königs an, der als Vetter und Freund mit Herrn Burgund die schwebenden Streitfragen besprechen und zu einem dauerhaften Frieden kommen wolle. Das schöne Gesicht des Herzogs blieb unbeweglich und undurchdringlich wie eine Maske. Der alte Kanzler Crèvecoeur antwortete für ihn kalte, zeremoniöse Sätze des Dankes, Versicherungen ehrenvollen Empfanges und gebührender Gastfreundschaft. Der Herzog stand auf; das faltige Wams aus schwarzem Samt, das den schlanken Hals frei ließ und dessen Puffärmel die Schultern ungeheuerlich breit machten, umklammerte eng die schmalen Hüften und blähte dann wieder die Schöße wie einen kurzen Reifrock über den Athletenschenkeln; er trug keinen anderen Schmuck als die schwergliedrige Kette des Goldenen Vlieses. Die jähzornigen Nasenflügel bebten ein wenig, als er mit häßlich scharfer Stimme fragte:

»Verlangt der Allerchristlichste König von uns keinen Freibrief für die Sicherheit seines Kommens und Gehens?«
Der Kardinal machte eine würdige Geste der Abwehr.
»Mein hoher Herr legt Wert darauf, sich der Obhut und Gastfreundschaft Eurer Hoheit ohne Garantien anzuvertrauen und wird auch ohne seine Garde erscheinen.«
Was ist dieser Priester für ein genialer Schuft, und was sind diese Menschen für bewunderungswerte Heuchler! dachte Oliver und betrachtete den feierlichen Ernst der Gesichter. Herr Burgund hob verabschiedend die Hand.
Als die Nacht gekommen war, fand sich der Graf de Crèvecoeur, nur von seinem Adjutanten Melchior van Busleyden begleitet, im Quartier der Legation ein. Der Kardinal, der den burgundischen Kanzler erwartete, hatte es – zumal nach der Erfahrung mit Saint-Pol – für taktisch falsch gehalten, ihm den Kämmerer als Eingeweihten vorzustellen; es sei besser, die offizielle Haltung wenigstens durch einen Delegierten zu bewahren, um nicht unnötige Zweifel an dem Ernst der Aktion oder an der Zuverlässigkeit der Balueschen Methode hervorzurufen; er werde also mit dem Kanzler unter vier Augen sprechen, überdies nur kurz: einige Worte über des Königs Programm und über die Art, sich gegen seine gefährliche Dialektik zu behaupten. Oliver war es zufrieden; denn er wußte, daß die Dinge schon ein wenig außerhalb der Berechnung Balues lagen und daß der Kardinal im heimlichen Gespräch Entscheidungen unvermuteter Art nicht mehr veranlassen konnte. Ich gönne ihm die Freude, sich über seine Honorierung auszulassen, dachte er.
So saß er mit Crèvecoers Begleiter, an dessen Aussprache er den Nordbrabanter erkannte, in einem Nebenzimmer und merkte bald, daß jener allerlei aus ihm heraushorchen wollte. Er gab seinen Antworten eine gewisse biedere und geschwätzige Ehrlichkeit; er sprach von dem Vertrauen, das der Kardinal bei seinem Herrn genoß, von Ludwigs lauterer Absicht, zwischen den beiden Staaten die Atmosphäre des Mißtrauens und der Feindseligkeit zu beseitigen und zu einem dauerhaften Frieden zu kommen.
»Operiert das französische Heer noch in der Bretagne?« fragte der andere dazwischen.
»Gewiß«, beeilte sich Oliver zu antworten, »und mein königlicher Herr wird Ihnen wohl die Unzuverlässigkeit dieses Bundesgenossen beweisen können.«
»Darf ich fragen: inwiefern?«
»Ich glaube«, sagte Oliver mit dem Lächeln eines Tölpels, »durch den Sonderfrieden, den er vielleicht schon in der Tasche trägt.«

»Soso«, sagte Busleyden leichthin. »Und wird Graf Dammartin den König begleiten?«
»Der Großmeister kommandiert das Heer und wird nicht abkömmlich sein.«
»Gewiß, gewiß, das ist zu verstehen. Und der Konnetabel wird sicherlich auch nicht im Gefolge des Königs sein können?«
»Graf Saint-Pol wird kommen«, sagte Oliver mit Entschiedenheit, »schon um ihm, dem einstigen Feldhauptmann Burgunds, Gelegenheit zu geben, seine Lauterkeit nach beiden Seiten hin zu beweisen, als Konnetabel des Königs und als früherer Waffenbruder des Herzogs; er soll gleichsam das verbindende Symbol zwischen den beiden darstellen.«
Der Brabanter betrachtete ihn aufmerksam, die Brauen in leisem Spott gehoben.
»Sie sind trefflich informiert, Herr Kämmerer, und dabei von einer idealen Art, die wir bisher bei der näheren Umgebung des Königs nicht vermuten konnten. Aber warum kam dann der Konnetabel, der doch in der Nähe ist, nicht schon mit dem Kardinal und mit Ihnen?«
Der Necker wiegte bedächtig den Kopf.
»Sehen Sie, Chevalier«, sprach er bedeutsam, »ich könnte Ihnen dieses oder jenes zur Antwort geben: daß er keine Order hatte oder keine Zeit oder keine Lust. Aber ich will Ihnen die Wahrheit sagen, einzig und allein aus dem Grunde, weil ich mit dieser Wahrheit – weil ich immer mit der Wahrheit meinem königlichen Herrn am besten diene und weil ich ihm dienen will met raedt en daet, met doodt en bloodt . . .«
»Sie sind Flame!« rief der andere überrascht. Oliver lächelte.
»Wir wollen sagen: ich spreche flämisch und ich kenne Flandern. Aber lassen Sie mich fortfahren: Der Konnetabel beobachtet auf des Königs Geheiß die Entwicklung der Lage in Lüttich . . .«
»Lüttich . . .«, wiederholte der Offizier leise, mit verhaltener Erregung.
»Ja«, flüsterte Oliver, »ich gestehe Ihnen, Seigneur, Lüttich ist des Königs größte Sorge; denn es ist die Quelle des herzoglichen Mißtrauens. Wir wissen wie Sie, daß der Vulkan wieder arbeitet. Mein königlicher Herr wird Ihnen durch seine Anwesenheit zu solcher Zeit und durch die Untersuchungen des Konnetabels beweisen, daß er der Bewegung fernsteht, daß er sie verurteilt. Er wird den Verdacht, daß er in des Herzogs Städten Aufruhr stifte, für alle Zeiten zerstreuen! Glauben Sie denn, er begäbe sich in die Gewalt Burgunds, wenn er zur gleichen Zeit eine neue Rebellion in Lüttich in-

szeniert? Er kommt, weil er unschuldig ist und seine Unschuld beweisen will. Ich weiß es gut; denn ich bearbeite bei ihm die flandrischen Angelegenheiten. Ich . .«
Die Türen öffneten sich. Der Kanzler und Balue kamen mit freundlichen Gesichtern und höflichen Worten.

Die zurückeilende Gesandtschaft traf in St. Quentin Kuriere des Königs, die meldeten, daß der ungeduldige Monarch Compiègne verlassen habe und bereits in Royon auf sie warte. Es war der sechste Oktober. Balue ließ den Konnetabel wissen, daß Ludwig aller Voraussicht nach Péronne in drei Tagen betreten werde; die Marschorder an Herrn von Wildt sei also sofort zu geben. Oliver fühlte eine tiefe, wühlende Erregung, je näher sie der kleinen Stadt nahe der pikardischen Grenze kamen. Er scheute den Anblick des Königs und ersehnte ihn zu gleicher Zeit. Die Gegensätze in ihm selber, die er kaum begriff und die das kaum begreifliche Hin und Her seiner intriganten Arbeit und Gegenarbeit verursacht hatten, bangten vor der Entscheidung nach der einen oder anderen Seite; aber er war es auch müde, sein Gewissen abzuhorchen, wie schwer es belastet sei. Es verlangte ihn nach Klarheit, nach genauer Abrechnung – Maß für Maß und Schuld für Schuld. Er hoffte insgeheim, Annes Liebhaber zu finden, den Menschen mit dem wachen Gewissen, das jenes merkwürdige Postskriptum geformt zu haben schien. Er hoffte es, um sich mit einem Hieb von ihm abtrennen zu können, um die wirre Neigung abzustreifen, frei und kalt zu werden und seinen Weg zu gehen.
Aber er fand nur den politischen Menschen, den großen Spieler und Berechner. Er hörte kein Wort von Anne, kein Wort über die gemeinsamen Spannungen ihrer Gefühle. Er sah nicht einmal Ludwigs Augen in ihrer durchdringenden und eindrängenden Gewalt auf sich gerichtet. Er suchte in fast rücksichtsloser, fast gehässiger Weise selber die Gefahr.
»Ist es im Sinne Eurer Majestät«, fragte er in einem der seltenen Augenblicke, in dem er mit dem König allein war, »daß die Eminenz auf einen Freibrief des Herzogs verzichtet hat?«
»Ja, gewiß«, antwortete Ludwig, flüchtig aufsehend, »das war eine geschickte Geste.«
Oliver schwieg bedrückt. Er suchte nach Gründen für die Entfremdung zwischen seinem und des Königs Geist – er erschrak, weil es ihm war, als ob nur der andere ihm unverständlich oder sogar unheimlich schien, während er von Ludwig vielleicht leichter durchschaut werden konnte als je. Er fühlte auch, daß des Königs Ab-

wehr gegen die frühere Vertrautheit nicht unbewußt im Eifer des großen politischen Geschäftes geschah, sondern mit einer Absicht, die entweder durch ein bestimmtes Erlebnis während seiner Abwesenheit oder durch die Vorahnung seines Verrates entstanden war. Sie kamen am Abend des achten Oktober nach St. Quentin. Oliver hatte während der ganzen Reise vergeblich versucht, den König allein zu sprechen, um ihn von der Notwendigkeit zu überzeugen, den Konnetabel nach Péronne mitzunehmen; doch der Kardinal und der Herzog von Bourbon, des Königs Schwager, der als einziger Dynast dem ziemlich kärglichen Gefolge Glanz zu verleihen hatte, wichen nicht von Ludwigs Seite. Herr Tristan, der neben Oliver ritt und ihn beobachtet hatte, sagte mit seinem abgründigen Spott:
»Sie sind doch eine eifersüchtige Natur, Meister, wie mir scheint. Gönnen Sie doch den beiden die Majestät als Mitte. Die Liebe des Herrn bleibt ja für Sie reserviert, für Sie und für Ihre . . .«
»Bei Ihren Galgen, Herr Tristan!« unterbrach Oliver scharf; »hängen Sie Ihre Späße an ihnen auf: sie sind schlecht. Und hängen Sie von mir aus diese beiden Schwätzer dazu, die mich wahrhaftig daran hindern, des Königs Unvorsichtigkeiten einigermaßen zu korrigieren.«
»Hoho! Sieur Le Mauvais«, lachte der Profos, »große Herren köpft man. Das sollten Sie wissen. Und Geschwätzigkeiten sind zuweilen zwar zureichende Gründe, aber Korrekturen an Königen manchmal auch. Lassen Sie die Majestät nur unvorsichtig sein, wenn es ihr beliebt.«
»Den Schaden haben wir doch zu tragen«, fügte neben ihm Jean de Beaune mürrisch hinzu, »und ich verstehe Ihre schlechte Laune, Meister Oliver; denn auch mir gefällt dieser Ausflug wenig, wie Sie wissen.«
Der Necker schwieg. Vor dem Tor der Stadt wurde der König von dem Konnetabel und dem Magistrat empfangen. Ludwig, der Zeremonien nicht liebte, ließ nur einen kurzen Aufenthalt zu und winkte den Grafen Saint-Pol an seine Seite. Oliver verstand es, sich nahe genug zu halten, um dem Gespräch der beiden einigermaßen folgen zu können. Der König sagte, daß er am nächsten Tag in Péronne eintreffen wolle.
»Eure Majestät befehlen wohl nicht, daß ich bei meiner augenblicklichen Stellung zum Herzog mich der Suite anschließe?« fragte der Konnetabel.
Oliver spornte sein Pferd und zügelte es sogleich, so daß es in die Höhe stieg. Der König und die Herren neben ihm wandten sich um.

Der Meister drängte sich wie zufällig zwischen Ludwig und Saint-Pol.
»Verzeihen Sie die Störung, Sire«, sagte er und sah den König an; dann nahm er sein Pferd zurück. Ludwig lächelte flüchtig. Der Kardinal sagte ein wenig hastig:
»Nach den Eindrücken, die ich in Péronne empfing, Sire, halte ich es für besser, wenn der Herr Konnetabel der Begegnung fern bleibt. Der Meister Oliver dürfte mich darin unterstützen.«
Wieder wandte sich der König um, wieder sah er den gleichen Blick des Neckers, der devot flüsterte:
»Ich kann Seiner Eminenz durchaus nicht widersprechen.«
Wieder lächelte der König; dann sagte er nach kurzem Überlegen:
»Ich werde darüber nachdenken, Saint-Pol, und Ihnen morgen früh Bescheid geben.«
Der Konnetabel sprach mit einem Anflug von Unwillen:
»Mit Verlaub, Sire, alle Gründe sprechen gegen meine Teilnahme an der Zusammenkunft und keiner dafür. So wäre ich Ihnen für eine raschere Entscheidung wohl dankbar, zumal ich die Absicht hatte, schon zur Nacht um Urlaub zu bitten und in meinen Standort zurückzukehren.«
Ludwig hob etwas die Stimme:
»Sie werden sich bis morgen früh gedulden müssen, Herr Konnetabel.«
Die Fackelträger an der Spitze des Zuges erreichten jetzt das Stadthaus, das Quartier des Königs, und beleuchteten das Portal und ein Stück seiner wuchtigen gotischen Fassade. Die Kavalkade machte halt; der König sprang rasch und ohne Olivers Hilfe abzuwarten vom Pferd. Er verabschiedete mit einigen Worten die Herren des städtischen Ehrengeleits und im inneren Hof auch Bourbon, Saint-Pol und Balue, seine Müdigkeit betonend, und folgte mit Oliver, dem Profos und Jean de Beaune dem führenden Stadtkämmerer in die für ihn bestimmten Prunkräume. Er ließ für sich und die drei Vertrauten einen kalten Imbiß bringen, willens, sich bald zur Ruhe zu begeben, und eine bestimmte Gereiztheit nicht mehr verbergend.
Auch die anderen zeigten ernste Mienen: L'Hermite aus seiner Art Takt und aus seiner feinen Witterung für kriminelle Überraschungen, Beaune aus schlechter Laune, der Necker aus plötzlicher Angst vor seinem eigenen Werk, vor sich selber. Wahrhaftig, er fürchtete in jäher Hilflosigkeit, nein, in einer jäh wieder auflodernden Liebe zum König, zu jeder Falte seines häßlichen Gesichts, zu jedem Gedanken hinter seiner arbeitenden Stirn, in dem vollständigen und

ausschließlichen Gefühl der eigenen Zugehörigkeit zu diesem seltsamen Kreis, Menschteilen des dämonischen und majestätischen Willens – er fürchtete die Lawine, die er ins Rollen gebracht hatte; und er fürchtete sich selbst, weil er wußte, daß seine harte Lebensenergie sich nicht würde mit jenen verschütten lassen. – So sage es jetzt! bedrängte er sich; sprich jetzt! Es ist noch Zeit, die letzte Zeit! Demütige dich; denn du hast dich schon demütigen wollen, als du dir erlaubtest, für den König so etwas wie mildernde Umstände zu schaffen; erkenne, daß du von diesem Stärkeren nicht loskommst! Und wenn er deine Seele hat: warum soll er nicht dann auch die Anne haben? Sprich! Sprich! Sprich! Doch die Lippen preßten sich zusammen, daß sie weiß wurden. Und er sah des Königs schweren Blick auf sich gerichtet, den aufreißenden, den allwissenden Blick ...

»Du bist schweigsam geworden, Oliver«, sagte Ludwig langsam; dann betrachtete er die beiden anderen; »zum Teufel, ihr auch, Compères! Was bedrückt euch?«

»Péronne«, sagte Jean de Beaune, als antwortete er für alle.

»Bei der heiligen Jungfrau«, lachte der König, »du läutest den Namen wie ein Totenglöckchen!«

»Sire!« schrie Oliver auf, mit wirren Augen ihn anstarrend; doch er sprach nicht mehr. Ludwig hob, ernst geworden, die Brauen. Herr Tristan flüsterte:

»Ratet der Teufel, den Teufel nicht an die Wand zu malen?«

Der König fragte laut und streng: »Was rät Le Mauvais? Denn er hat einen Rat für mich: er oder sein Pferd.«

Oliver faßte sich.

»Der Konnetabel muß in Ihrem Gefolge bleiben, Sire«, sagte er entschlossen.

»Das hat mir bereits dein Pferd verraten«, meinte Ludwig mit leisem Spott, »aber jetzt sage mir die Gründe.«

»Es gibt zwei Gründe«, erwiderte Oliver, »der erste ist, daß man ihn sehr wohl in Péronne erwartet, gleichsam als Gradmesser für Eurer Majestät guten Willen oder gar als Friedensemblem – der Kardinal irrt sich also; aber das ist der schwächere Grund.« Er unterbrach sich einen Augenblick. »Der zweite und wichtigere ist, daß der Konnetabel sich offensichtlich dagegen sträubt.«

Der König sah ihn verwundert und mißtrauisch an.

»Oliver«, sagte er schließlich, »da ist ein Widerspruch: Wenn du weißt, daß Burgund ihn erwartet und sogar gerne sieht und selbst wenn Saint-Pol es nicht weiß, dürfte sein Sträuben nicht der stärkere Grund sein.«

»Mit Verlaub, Sire«, wandte Tristan höflich ein, »warum nicht? Denn der Konnetabel sträubt sich gewiß nicht gegen das Friedensemblem, sondern gegen ein gegensätzliches Sinnbild, das er vielleicht in den Bereich seiner Überlegung gezogen hat. Ich meine, er weiß von sich ohne allzuviel Einbildung, daß er in besagter Antithese eine prächtige Geisel abgeben könnte.«
»Hoho, Gevatter Profos«, rief Ludwig unwillig, »gelüstet es auch dich, mir etwas vorzuunken? Und was sagst du zu deinem Fürsprech, Oliver?«
»Herr Tristan ist ein sehr kluger Mann«, entgegnete der Meister ernst. »Und es scheint mir gut, daß er auch den Mut hat, Eurer Majestät erstaunliche Zuversichtlichkeit auf den bei politischen Spekulationen immer möglichen Rückschlag aufmerksam zu machen.« Er dämpfte die Stimme und sprach die Worte fast unbeholfen, fast mit Überwindung: »Saint-Pol weiß vielleicht noch mehr, noch konkretere Gründe für seine Scheu – man muß es immerhin vermuten, man muß damit rechnen . . .«
»Und Balue?« unterbrach der König sehr erregt und sah ihn wieder scharf an. »Irrt er sich auch noch in anderem?«
Olivers Stimme flatterte ein wenig.
»Der Kardinal ist nur ein Mensch und befangen zudem in einer bestimmten Vorstellung.«
»Und du, Oliver? Klangen nicht deine Nachrichten anders?«
Es herrschte Stille durch ein paar Sekunden. Dann antwortete der Necker sehr leise:
»Vergeben Sie mir, Sire. Aber klangen nicht auch manche Ihrer Worte an mich anders? Wir alle sind doch wohl Menschen, die irren können.«
Ludwig sank ein wenig in sich zusammen und blickte ins Leere; dann glitt ein schönes reines Lächeln über seine Lippen.
»Gewiß, mein Freund«, sprach er gütig, »so wollen wir uns niemals unbedachtsam verurteilen noch gar meinen, uns zutiefst zu kennen. Das ist eine Wiederholung, Oliver, nicht wahr? Und sie soll nicht anders klingen; denn ich für meine Person bin mir bisher keines Irrtums bewußt.«
Er wandte dem Meister wieder das Gesicht zu.
»Oliver, auch nicht vieler Schuld – sie ist manchmal dem Irrtum benachbart. Mehr habe ich nicht zu sagen, mein Freund. Aber du hast noch etwas zu sagen.«
Der Necker hatte in heftiger Bewegung die Finger ineinander verkrampft. Er kämpfte einen schweren Kampf. Plötzlich sagte er laut und hastig:

»Gehen Sie morgen noch nicht nach Péronne, Sire! Warten Sie noch eine Woche! Warten Sie noch fünf Tage!«
Der König hob erstaunt den Kopf.
»Warum, Oliver, was sollte es für einen Sinn haben?«
Auch Herr Tristan und Jean de Beaune zeigten gespannte Gesichter.
»Nicht wahr, Necker«, rief der Schatzmeister, »auch Sie ahnen nichts Gutes!«
»Ich traue den Lüttichern nicht«, sagte Oliver erregt; »ich habe auf eigene Faust einen Agenten hingeschickt, Sire. Warten Sie, bis er zurück ist!«
Der König schüttelte den Kopf.
»Das ist unmöglich, Oliver. Der König von Frankreich bleibt nicht wegen einer Schimäre drei Meilen vor dem Ziel stecken. Ich darf mich am allerwenigsten vor Burgund lächerlich machen. Ich darf ihm am allerwenigsten auf so tölpische Art meine verwundbare Ferse hinstrecken. Ich will ihn nicht mißtrauisch machen und mir alles verderben. Und vor allem: ich muß mit ihm gesprochen haben, ehe es dem Herrn von der Bretagne gelingt, mit ihm wieder in Verbindung zu kommen.«
Er erhob sich.
»Nein, Oliver, wenn ich mich auch über deine Besorgtheit freuen kann – und über eure, gute Gevattern –, und wenn ich dich und euch, Tristan und Jean, gerne und schon jetzt von jeder Verantwortung für das Kommende freispreche: die Begegnung ist zu wichtig und zu dringend, als daß ich sie auch nur um eine Stunde hinauszögerte. – Komm, Oliver.«
»Und wenn man Sie in eine Falle lockt, Sire?« fragte Jean de Beaune grob.
Der König war schon in der Tür und drehte sich um. Er sprach hochmütig:
»Dann bedauere ich die Fallensteller und auch Herrn Tristan um seine viele Arbeit. Jetzt komm, Oliver. Wie blaß du bist!«
Der Necker zwang sich zu einem Lächeln und folgte ihm in den Schlafraum. Er half ihm beim Auskleiden mit der fahrigen Hantierung des Menschen, der nicht bei der Sache ist.
»Wie blaß du bist!« sagte Ludwig wieder. »Hat es dich gekränkt, daß ich einen Augenblick annahm, du schwiegest oder sprächest je nach dem Vorhandensein oder Nichtvorhandensein meiner Schuld dir gegenüber?«
»Warum soll es mich kränken«, murmelte Oliver und sah auf den Boden, »und warum nahmen Sie es nur einen Augenblick an, Sire?«
»Oliver!« rief der König erschreckt. »Was willst du damit sagen?«

Der Necker hob den Blick auf.
»Daß wir doch wohl Menschen sind und wie Menschen leiden«, flüsterte er, »und daß ich doch zweifeln muß, ob der König das kleine Menschenleid nicht übersieht und die kleine Schuld mitrechnet.«
Ludwig betrachtete ihn lange, und sein Auge wurde hart.
»Wenn du zu zweifeln wagst, Freund, zweifelst du mit Recht«, sagte er kalt. »Und reut dich jetzt deine Sorge um meine schuldige Person?«
Oliver umklammerte seine Hand und beugte sich über sie.
»Nein, Sire; denn ich muß Sie lieben«, sprach er verhalten; und sich aufrichtend flehte er: »Warten Sie noch eine Woche, ich ahne Unheil!«
»Nein«, sagte der König mit Bestimmtheit, »du weißt, daß es nicht möglich ist. Aber um dich zu beruhigen und um einer unerwünschten Lütticher Aktualität vorzubeugen, soll morgen der Konnetabel, der seine Unlust überwinden und mit uns nach Péronne kommen wird, dem Herrn von Wildt sagen lassen, sich bis zu meiner Rückkehr nach Frankreich ruhig zu verhalten und auch der Stadt die notwendige Zurückhaltung aufzuerlegen. Hast du jetzt noch Einwände, Oliver?«
Der Necker sagte zögernd nein. Er streckte sich dann auf sein Lager aus und hörte bald des Königs hastiges und unregelmäßiges Schnarchen. Er besann Ludwigs abgeblendete und abgedichtete, fast blinde und taube Zuversichtlichkeit und seinen tiefen Glauben an ihn, der nicht einmal durch Selbstverdächtigungen erschüttert zu werden schien. Die nächtliche Stille machte seine Gedanken klar und ruhig. Er prüfte sich, warum er eben noch nein gesagt hatte und doch gerade willens war, zu bekennen und die Konspiration aufzudecken. War es noch immer das Bedürfnis nach Rache? Er schloß die Augen, als hörte er die Antwort besser so. Nein, es war etwas sehr anderes! Sein Herz klopfte. Es war die Angst, den König zu verlieren. Wahrhaftig, das war es! Ein Geständnis würde den Glauben an ihn vernichten; nicht nur den Glauben, auch den Sinn seines Lebens, vielleicht auch sein Leben; denn Ludwig würde ihn entfernen oder nach seiner Art beseitigen lassen. Und für eine unpersönliche, gleichsam amtliche Aufdeckung des Komplotts war es zu spät: Der König würde beweislose Behauptungen nicht beachten, und er, Oliver, hatte gegen Balues ingeniöse Arbeit keinen anderen Beweis als sich. Es blieb nur übrig, den Monarchen in die Löwenhöhle gehen zu lassen und ihn dann wieder herauszuhauen. Oliver lächelte, als er bedachte, wie weit sein vom König besessener Geist diesem Ziel schon zugearbeitet hatte. Er war besiegt, fühlte er, aufgezogen, fast schon

ohne Selbst – und doch: Er wußte sich wieder kalten Blutes und zielsicher auf seinem Weg wie nur je. Ihn retten! Ihm neue starke Liebe abzwingen! Ihm unentbehrlich sein mit seinem neuen Wissen um die Untergründe der Ereignisse! Seine Hand sein, sein Hirn sein, sein Gewissen sein! – Wahrhaftig, lachte er lautlos, wenn mich der König hat, dann kann ich wohl auf mich verzichten! Er hob den Kopf; er hörte Ludwig nicht mehr atmen; er fühlte, daß jener die Augen offen hatte, daß er sprechen würde.
»Oliver«, sagte der König leise, »ich will es dir nicht vergessen, daß du mich trotz allem liebst.«
Der Necker lachte lautlos; aber er tat, als schliefe er.

7 *Der Pseudo-Dionys*

Als die Glocken der anderen Frühe Angelus läuteten, brach der König auf. Der Konnetabel, der sich mit dem scharfsichtigen Balue beraten zu haben schien, folgte dem Befehl, sich der Suite anzuschließen, ohne ein Wort des Widerspruchs oder ein Zeichen des Unwillens. Er schickte auch einen Herrn seines Stabes in das Ardennenquartier des Landsknechtsführers, wohl wissend, daß es zu dieser Stunde verlassen war, und dem Offizier mit einem Lächeln bedeutend, die Order des Königs den schönen und schweigsamen Eichen und Buchen mitzuteilen.
Es war der neunte Oktober und ein Sonntag. Es war der Tag des heiligen Dionys von Paris, der eigenhändig seinen abgeschlagenen Kopf an die Stelle trug, wo er begraben zu werden wünschte; so berichtet es der milde Jakobus de Voragine.
»Das war ein frommer Mann und hoher Prälat wie Sie, Eminenz«, lächelte Ludwig, der in absonderlicher Laune den Kardinal an die Legende erinnerte, »aber sehr fern der Politik sein *Speculum Sanctorum* schreibend. Sie sind mehr für das *Theatrum Mundi*, nicht wahr?«
Balue nickte ein wenig unsicher mit dem Kopf. Er liebte nicht seines Herrn verschleierte Ironien, zumal nicht heute.
Kalter Wind jagte die Wolkenfetzen über das weite Ackerland der Pikardie. Zuweilen fiel Regen. Glocken läuteten in den Dörfern, die passiert wurden. Lagen sie nahe beisammen, dann schlugen die Töne im Wind erregend ineinander. Manchmal klang es wie Sturmläuten. Der König war zumeist schweigsam. Plötzlich sagte er vor sich hin: »Mir gefällt der Tag nicht und sein Heiliger nicht.«

Er wandte sich wieder an den Kardinal, mit peinlichem Lächeln:
»Ob ich wohl kanonisiert werde, Eminenz, wenn ich jetzt, noch den Kopf auf den Schultern, meiner Grabstätte zureite?«
»Was sind das für Späße, Sire!« murmelte Balue und sah den Konnetabel an. Oliver, dicht hinter ihnen, senkte den Kopf.
Zur Mittagsstunde erreichten sie das Weichbild von Péronne. Auf dem Felde östlich der Ortschaft Cappy erwartete sie der Herzog in pompösem Aufzug. Die burgundischen Heerhaufen bedeckten die weite Ebene bis zu den Stadtmauern.
Karl Burgund, barhaupt, schön wie ein Kriegsgott in einer Rüstung von wundervoller Mailänder Arbeit, ritt allein dem König entgegen. Auch Ludwigs Herren blieben zurück. Die beiden begrüßten sich: der schmächtige Valois mit einem zauberischen Lächeln auf den Lippen, der Riese Karl mit einem Gesicht, das so kalt und hart war wie sein stählernes Kleid. Des Königs Lächeln erstarb und seine zutunlichen Worte dehnten sich, als sein scharfer Blick sich über die Schulter des Herzogs hob und die Gruppe gepanzerter Herren erkannte, die sich langsam näherte, den Helm in der Hand. Burgund, der ihn beobachtete, verzog spöttisch den Mund und sagte:
»Das sind die Ehrenkavaliere für Eure Majestät, große und edle Herren, die sich in die königliche Erinnerung zurückzurufen wünschen.«
Die infernalische Regie des Herzogs setzte früh und mit deutlichen Mitteln ein. Es kam Philipp von Savoyen, des Königs Schwager, Bruder der Königin, der zwei Jahre lang in den Kerkern des Schlosses von Loches gequält wurde, weil er der Führer der savoyischen Opposition gegen Ludwigs rücksichtslose promailändische Annexionspolitik war. Es kam der Seigneur du Lau, vor zwei Jahren noch Großkämmerer des Königs, Großmundschenk und Seneschall, der dann gleichsam über Nacht, durch einen der schicksalsträchtigen Haßanfälle Ludwigs, von seiner Günstlingshöhe in den Gefängniskeller der Burg von Sully-sur-Loire stürzte, der etliche Monate später von Herrn Tristan in die Auvergne – auf das Schloß Usson – übergeführt wurde, um das brutale Gerichtsverfahren des Profosen zu erdulden, und dem es doch wunderbarerweise gelang, kurz vor der Exekution zu entfliehen, den Händen des enttäuschten Henkers nur den Kopf des armen Wachoffiziers René des Nobles zum Abschlagen zurücklassend. Es kam Herr Poncet de Bivière, einst Hauptmann des Königs, dann Amtmann jener Stadt Usson, der dem Großkämmerer zur Flucht verhalf und sich beizeiten in Sicherheit brachte und von dem Ludwig wußte, daß er in der burgundischen Armee diente und gegen ihn hetzte. Es kam Pierre d'Urfé, des Königs alter Feind, der

intrigante und gefährliche Berater des frondierenden Bruders Karl von Frankreich. Es kam der Großbastard Antoine von Burgund, Marschall des herzoglichen Heeres, dem Ludwig die Stadt Epinal zugesprochen und dann wieder abgenommen hatte, als sie für den nützlichen Herzog von Lothringen ein gutes Geschenk schien. Es kamen noch einige Dynasten des feindlichen Hauses Savoyen, etliche burgundische und deutsche Herren, die der König aus irgendwelchen Gründen gequält, verfolgt und gekränkt hatte. Es waren Rächer und Hasser wie in der Folter des Alptraums. Es war wie der Aufmarsch des bösen Gewissens.

Die Granden verneigten sich ernst und schweigsam vor dem König, der mit unbeweglichem Gesicht und zusammengepreßten Lippen einem jeden in die Augen sah, und formierten sich dann hinter ihm, während Ludwigs kleine Eskorte den Herzog begrüßte und sich ihm anschloß. Karl Burgund hatte ein wenig gelächelt, als sich Saint-Pol vor ihm verbeugte, und leise und scharf gesagt:

»Sieh da, Herr Bruder!«

Sonst war auch er stumm, von den Herren der Suite nur noch Bourbon dankend, die anderen, auch den Kardinal, kaum beachtend, einen Blick nur für den letzten, für Oliver.

Der Zug setzte sich in Bewegung und ritt langsam, zu beiden Seiten die eiserne Mauer regungsloser Gardisten, der Stadt zu.

Weil die wenigen bewohnbaren Räume des Péronner Schlosses dem Herzog als Wohnung dienten, war dem König das prunkvolle Haus des Generaleinnehmers als Herberge zugewiesen worden. Doch als Oliver in Erfahrung brachte, daß auch die Herren des peinlichen Ehrengeleits im gleichen oder in benachbarten Gebäuden mit ihren Reisigen einquartiert waren, schickte Ludwig, ohne sich auszukleiden und ohne etwas zu genießen, immer noch in der wortkargen und mit sich selbst beschäftigten Haltung des Einzuges, seinen Kämmerer zum Herzog mit der Bitte, ihn im Schloß wohnen zu lassen, und sei es auch in nicht ansprechenden Räumen.

Zu Olivers Verwunderung kam Herr de Crèvecoeur, an den er sich wandte, mit dem Bescheid zurück, daß der Herzog ihn persönlich zu sprechen wünschte. Er fand den Herrn Burgund im Erker eines kahlen Saales, schreibend an einem mächtigen Tisch.

»Hat Seine Majestät Angst?« fragte der Herzog unvermittelt und hob flüchtig lächelnd den Kopf.

»Ich wüßte nicht, Hoheit«, sagte Oliver nachdrücklich, »was mein hoher Herr unter Ihrem Schutz zu befürchten hat. Er wünscht mit Ihnen zusammen zu wohnen, um dadurch die Geschäfte zu fördern

und freundschaftliche Gedanken auszutauschen. Die Majestät weiß aus Erfahrung, daß nichts schlimmere Irrtümer und Mißverständnisse anrichtet als die räumliche Distanz. Sie zu überwinden, ist das Motiv ihres Kommens.«
»Sie sind noch nicht sehr lange im Dienst des Königs?« fragte Burgund plötzlich nach einer kleinen Pause. Oliver sah ihn an und zögerte einen Augenblick mit der Antwort. Dann sagte er aggressiv: »Lange genug, Hoheit, um zu wissen, warum die Wahl der Ehrenkavaliere nicht ganz glücklich ist . . .«
»Herr Kämmerer«, unterbrach Burgund stirnrunzelnd, »ich traf die Wahl und ich finde sie gut! Und es ist nicht meine Schuld, daß der König diese Herren zu fürchten hat. Vielleicht hat der König noch mehr zu fürchten!«
»Hoheit«, sagte Oliver langsam und sah ihn mit vollem Blick an, »vielleicht weiß es der König, vielleicht wußte er es, als er hierherkam, und vielleicht will er Ihnen mit seiner Anwesenheit beweisen, daß er nichts zu fürchten hat. Die Majestät bittet um Quartier im Schloß, damit die Nähe jener Herren und ihre unfreundlichen Gedanken nicht neue Spannung in die Atmosphäre bringen oder sie gar vergiften. Fürchtete er sie, so müßte er auch Ihre Nachbarschaft scheuen, Hoheit, der Sie die problematische Wahl trafen.«
Der Herzog hatte mit größter Aufmerksamkeit zugehört; jetzt gab er dem Kanzler Crèvecoeur, der still neben seinem Stuhl stand und während Olivers Worten bedeutsam die Brauen gehoben hatte, den Auftrag, unverzüglich im westlichen Schloßflügel – so gut es eben ginge – einige Räume für den König und sein Gefolge einzurichten. Oliver, der seinen Auftrag ausgeführt zu haben meinte, bat um Urlaub.
»Noch ein Wort, Herr Kämmerer«, sagte Burgund, während der Kanzler den Saal verließ. Oliver wartete gespannt; er dankte dem Zufall, der ihm diese unvermutete Vorarbeit für die Rettung des Königs ermöglichte; er wußte gut, in welche Kerbe er hieb. Der Herzog lehnte sich in seinen Stuhl zurück.
»Ein Wort noch«, wiederholte er, »teilt der Kardinal Balue, dessen Mitdelegierter Sie doch waren, Ihre Ansicht über das mutmaßliche Wissen des Königs?«
Sieh das Stierchen, dachte Oliver, innerlich erheitert, wie schlau es ist!
»Um Vergebung, Hoheit«, entgegnete er, gleichsam in die Enge getrieben und die Schultern hebend, »ich darf Ihnen diese Frage nicht beantworten. Ich darf nur sagen, daß mein hoher Herr kaum Grund hat, der Eminenz weniger zu vertrauen als mir.«

Er zögerte einen Augenblick und fuhr dann fort, klug die Register der Stimme wechselnd:
»Und ich habe die Pflicht zu sagen, Monseigneur, daß Sie gut tun, nicht mit Angst- oder Schuldgefühlen der Majestät zu rechnen, also auch nicht mit szenischen Wirkungen von der Art der Ehreneskorte oder gar mit gewaltsameren Maßregeln, die nur einen Erfolg hätten, wenn sie moralisch berechtigt wären oder wenn sie einen Ahnungslosen träfen. Rechnen Sie nur mit dem guten Willen meines Herrn, der hier ist, um die Konfliktstoffe aus der Welt zu schaffen und einen wahren Frieden zu gewinnen. Und verzeihen Sie meine ehrliche Sprache, Hoheit.«
Burgund verschränkte die Arme und blähte die Nasenflügel. Seine Finger klopften ungeduldig oder unzufrieden die Stahlmaschen des Ärmels.
»Aber dürfen Sie mir die Frage beantworten, Herr Kämmerer«, sprach er scharf, »ob Ihre Warnung eben innerhalb Ihres offiziellen Auftrages an mich gesagt ist?«
»Gewiß«, erwiderte Oliver und verneigte sich, als der Herzog wie verabschiedend sich erhob. Wie er rückwärts zur Tür schritt, immer im nachdenklich prüfenden Blick des Herrn, sagte jener hastig:
»Man berichtete mir, Sieur Le Mauvais, daß Sie unsere Sprache beherrschen.«
»Ja, Hoheit, ich spreche sie und ich kenne Flandern«, meinte Oliver lächelnd auf flämisch, mit deutlichem französischem Akzent.
»Sie kennen auch Lüttich?« fragte der Herzog unvermittelt und laut.
»Gewiß kenne ich auch Lüttich«, antwortete der Necker höflich, auch ein wenig spöttisch, »obgleich es schon etliche Jahre her sind, daß ich dort war. Und wenn Eure Hoheit meinen, daß ich einer der angeblichen Provokateure des Königs in Flandern bin, wenn Sie wahrhaftig noch immer den unseligen Verdacht haben, gnädiger Herr, und glauben, der König revolutioniere Ihre Städte, so werden wir Ihnen zu unserer Freude sehr bald den Beweis des Gegenteils geben können.«
»Um so besser«, sagte der Herzog kurz und drehte sich um.

Des Königs Stimmung hob sich durch den Bescheid, den Oliver zurückbrachte und den er in eine freundlichere Form kleidete, als sie der Wahrheit entsprach. Der Meister fühlte, daß Ludwigs Depression und seine Natur, die nur im Augenblick des unfreiwillig verschobenen oder verschleierten Zieles und auch des plötzlich bedrohten Körpers ihre ungewöhnliche Sicherheit verlor, jetzt noch keine

Tatsachen vertrügen. Er wußte aber doch, daß allein die Umrisse der Gefahr genügten, um den König wie von ungefähr zur gemäßen Abwehr zu veranlassen. Und er sah schon das Unheimliche in Ludwigs Augen, wenn sie Balue und den Konnetabel belauerten. So beschränkte er sich darauf, ihm zu sagen: das Notwendigste sei zur Stunde, das Bewußtsein der geistigen und ständischen Überlegenheit zum sichtlichsten Ausdruck zu bringen.

Die Übersiedlung ins Schloß erfolgte am gleichen Tag. Während noch die Handwerker in den ausersehenen Räumen des westlichen Flügels – nahe dem Schloßturm – arbeiteten, in aller Eile die nässenden Wände mit Teppichen verkleideten, fehlende Fensterscheiben ersetzten und Möbel herbeischleppten, erschien schon der König mit seinem Gefolge und bestimmte persönlich die Einteilung der Zimmer. Er wählte für sich und Oliver das letzte Gemach, dem die übrigen vorgelagert waren und das – wie er sich überzeugte – keinen zweiten Zugang besaß. Und er legte zwischen die Wohnräume des Kardinals und des Konnetabels das gemeinsame Zimmer für Jean de Beaune und Herrn Tristan.

Der Necker hatte wohl bemerkt, daß Balue schon seit dem Abmarsch aus St. Quentin und mit augenscheinlicher Nervosität seit seiner Rückkehr vom Herzog mit ihm unbeobachtet zu sprechen wünschte; aber er hatte sich nicht bemüht, dem Kardinal eine Gelegenheit zu verschaffen, es sogar vermieden und sich ständig in der Nähe des Königs aufgehalten, damit sich die offensichtliche Unbehaglichkeit des Prälaten steigere; er hatte sein schüchternes Angebot, mit ihm zusammen beim Herzog wegen des Quartiers zu intervenieren, überhört und es geflissentlich eingerichtet, daß es jenem nicht möglich wurde, ihm gegen seinen Willen zu folgen. Jetzt aber, als der König, mit seinem Schwager Bourbon im Gespräch, eine sich zum inneren Hof öffnende Galerie betrat, zog ihn Balue in das Zimmer zurück.

»Zum Teufel, Meister«, flüsterte er erregt, »was geht in ihm vor?« Und er wies zur Galerie hin. »Ahnt er etwas? Weiß er etwas?«

Oliver hob langsam die Schultern und antwortete nicht.

»Warum reden Sie jetzt nicht?« zischte der Kardinal in kaum unterdrückter Wut; »warum erreichten Sie nicht, daß der Konnetabel aus dem Spiel blieb? Warum nahmen Sie mich zum Herzog nicht mit? Warum lassen Sie sich nicht sprechen? Es ist, um irre an Ihnen zu werden!«

»Holla, Eminenz«, sagte Oliver kalt, »ich bin wohl um den König, neben ihm und hinter ihm, aber ich stecke nicht in ihm drin. Ich weiß also nicht, was er sich bei alledem dachte, warum er Saint-Pol mitschleifte, warum er nur mich zum Herzog schickte und mich sonst scheinbar nicht gerne aus den Augen läßt. Aber ich weiß, Monsignore, daß Sie an sich selber irre werden müßten, wenn Sie durch die ungeheuerliche Dummheit jener Eskorte weniger überrascht und bedenklich gestimmt wurden als ich und auch als der König.«

»Ich ahnte davon nichts!« versicherte Balue.

»Nun, Eminenz«, spottete der Necker, »die Konspiration scheint magisch mit gegenseitigen Überraschungen das Fugenwerk der planmäßigen Zusammenarbeit zu durchlöchern. Der Herzog zeigt unvermittelt ein lebendiges Sündenregister, Sie werden unvermutete Revolution zaubern: Weiß Gott, was ungeahnt der König als dritter und vielleicht bester Nekromant heraufzubeschwören fähig ist. Und im Ernst, Eminenz, Sie selber sehen ja, daß es in ihm arbeitet; Sie sehen wohl auch, daß seine Blicke für Sie nicht übermäßig freundlich sind. Seien Sie vorsichtig, Monsignore, vermeiden Sie Sondergespräche mit den burgundischen Herren, selbst mit Saint-Pol, selbst mit mir; seien Sie vorsichtig!«

Balue wurde ein wenig blässer. Ludwigs und Bourbons Schritte und Stimmen näherten sich wieder.

»Hat der Herzog von mir gesprochen?« flüsterte noch hastig der Kardinal. Oliver schüttelte verneinend den Kopf und trat in die Galerie zurück. Balue eilte auf Fußspitzen in sein Zimmer.

»Sprachst du mit jemandem?« fragte der König mißtrauisch und sah sich um.

»Mit der Eminenz«, antwortete der Necker und streifte Herrn Bourbon mit dem Blick.

»Herr Bruder«, meinte Ludwig freundlich, »es ist wohl schon an der Zeit, sich zum Bankett umzukleiden.«

Der Herzog verbeugte sich und ging. Der König lehnte sich an die steinerne Brüstung der Galerie und betrachtete den Festungsturm, der sich massig und finster in den nebelgrauen Abend verlor.

»Was wollte er?« fragte er kurz.

»Er wollte Ihre Gedanken wissen, Sire«, sagte Oliver und lächelte. Der König drehte sich zu ihm um.

»Was ich über ihn denke?«

»Über ihn und unsere Lage.«

»Brachte er sich selber in diese Verbindung?«

»Ja«, antwortete Oliver mit Betonung. Der König sah finster auf die roten Ziegel des Bodens.

»Und was sagtest du ihm?« fragte er nach einer Weile.

»Daß ich die Gedanken des Herrschers nicht gut kennen kann.«

Ludwig sah ihn an.
»Und kennst du sie nicht, Oliver?«
Der Necker schwieg und senkte den Blick. Ludwig trat an ihn heran, er fragte leise:
»Zeugt sein Ansinnen deinem Gefühl nach von einem ruhigen Gewissen?«
»Nein, Sire.«
»Hast du so schlimme Gedanken wider ihn, wie ich sie habe, Freund?«
Oliver hob den Kopf und prüfte des Königs Augen: Sie schienen schon von dem Willen zu zeugen, den Kampf aufzunehmen. Der Necker wagte den Schritt.
»Ich habe wohl noch schlimmere Gedanken«, sagte er ernst; und rasch fügte er hinzu: »Seit heute; denn gestern waren es nur die vagen Stimmungen und Ahnungen, wie sie nicht weniger Jean de Beaune und Herr Tristan empfanden. Aber wir sind vielleicht doch ungerecht«, besänftigte er, als er Ludwigs Gesicht sich verändern sah. »Lassen Sie mich behutsam forschen, Sire, lassen Sie mich arbeiten, achten Sie auf Balues und Saint-Pols Haltung und lassen Sie sich anmerken, daß Sie auf sie achten; und vor allem: zeigen Sie Burgund eine Sicherheit und spielen Sie ihm eine Allwissenheit vor, daß er im voraus die Lust an jedem finsteren Plan verliere. Und seien Sie unbesorgt, Sire, wir tappen nicht lange im dunkeln«, er senkte die Stimme und wies mit der Hand auf den vom Herzog bewohnten Flügel des Schlosses, »ich habe dort ein paar scharfe Ohren, die für uns hören.«
Der König lächelte, schon wieder die Freude am politischen Spiel im listig verkniffenen Gesicht, schon wieder sein Ziel vor Augen. Oliver war mit ihm zufrieden. Er folgte ihm in das Gemach und half ihm beim Umkleiden. Er freute sich über die ungewöhnliche Sorgfalt, mit der Ludwig die Kleider wählte: ein dunkles, zobelverbrämtes Staatswams und darüber einen kurzen, faltigen, weitärmeligen Mantel aus gleichem Stoff und Pelz; eine golddurchwirkte, zobelbesetzte Kappe und einen edelsteinschweren Gürtel von unermeßlichem Wert.
Als der burgundische Großkämmerer ihn in feierlicher Form abholte und in den mächtigen Bankettsaal führte, als Toison d'Ors, des herzoglichen Herolds und Zeremonienmeisters tönende Stimme in den Raum gerufen hatte: Der König! und die prunkvolle Versammlung schon stumm wurde und sich erhob, trug Ludwig den unschönen Kopf mit so viel Würde und mit so viel gemessener Anmut den schmächtigen Körper und das königliche Sein wie einen Krö-

nungsmantel mit so beherrschter Bewegung, daß in Oliver hinter ihm ein seltsamer Stolz aufblühte, zugleich beglückend und betäubend wie narkotischer Duft, und daß dann Karl Burgund – schön und selbstsicher wie ein Griechengott in höfischem Samt und Hermelin – sich doch in Ehrfurcht tief verneigte.
Die Sessel des Königs und des Herzogs standen unter Baldachinen – der des Burgunders unter einem etwas niedrigeren –, die auf rotbrokatenem Grund die drei gekrönten Lilien des Valois und den Brabanter Löwen in erhabener Goldstickerei zeigten.
Neben Ludwig saßen Philipp von Savoyen, der Kanzler Crèvecoeur, der Großbastard und die anderen Herren des Ehrengeleits in der Reihenfolge ihres Ranges; neben dem Herzog der Kardinal, Bourbon, der Konnetabel, Jean de Beaune, Herr Tristan und Würdenträger des burgundischen Hofes. Die brutale Regie Burgunds hatte es nicht verabsäumt, als des Generalprofosen Gegenüber den Herrn du Lau zu bestimmen, den er gefoltert hatte. L'Hermite grüßte ihn mit seinem feinen Lächeln.
Oliver stand hinter dem König und bediente ihn, von jeder Speise kostend; für den Herzog sorgte auf gleiche Weise ein burgundischer Truchseß; das Amt des Mundschenken verwaltete für beide Fürsten jener Melchior van Busleyden, der, offensichtlich in hohen Gnaden auch bei Karl Burgund, vier Tage vorher den Kanzler ins Quartier Balues begleitet und von Oliver mancherlei Merkwürdiges gehört hatte. Jetzt standen sie stumm nebeneinander und schienen sich nicht zu kennen.
Über dem Saal, dessen morsche Decke und Mauer eilige Hände mit Seidenstoffen bekleidet hatten, lagerten die herbeigerufenen Geister der bösen Absicht wie gehässige Phantome. Die höfische Geste war eine so dünne Draperie über dem Vernichtungswillen wie die Wandbehänge. Aus dem gedrückten und mürrischen Geflüster der Tafelrunde erhob sich hin und wieder nur die unbefangene Klarheit der königlichen Stimme. Dann stand Herr Burgund zum Trinkspruch auf. Er war ein schlechter Redner, auch ohne der Seele schlimmen Inhalt, der den Ehrlichen belastete und seine Sprache noch rissiger machte; er stieß rauhe knappe Sätze hervor, als präsentiere er den einleitenden Willkommensgruß auf der Schwertspitze. Dann wurde seine Stimme vor Erregung heiser und das Gefüge der Worte vom Vulkan der Brust mächtiger und geschlossener herausgeschleudert.
»Auch wir wollen Frieden, Sire. Frieden ist für uns nicht trennbar von Gerechtigkeit und Ehrlichkeit und Achtung vor beschlossenen Dingen. Wir wollen das Gegenteil von Vieldeutigkeit, Sire, von Praktiken, gelten sie auch in unserer Zeit als der Staatsweisheit In-

begriff. – Wir wollen noch mehr, Sire: Wir wollen einen rückwirkenden Frieden, der so viele Übel der Vergangenheit gutmacht, wie nötig sind, damit die Zukunft ehrlich und gerecht werde. Wir scheuen uns nicht, Zeugen von Unrecht erscheinen und sprechen zu lassen, geschützt von unserer Macht. Wir werden wagen, das schuldige Gewissen aus seinen Hüllen zu ziehen und nackt zu zeigen, kraft unserer Gewalt. Wir, verantwortlich für unseres Reiches Wohlfahrt, werden wagen, den uns von Gott gegebenen Vorteil bis zu unserem Ziel auszunutzen und das Gebot der Gastfreundschaft und des schuldigen Respekts durch die dominierende Liebe für unsere Völker zu ersetzen, sollte uns ein hartnäckig gegensätzlicher Wille nicht zu unserem Ziel in Güte kommen lassen. Wir wollen viel, Sire; wir wollen den Sinn des ehrlichen und gerechten Friedens selber auslegen und seinen Inhalt eindeutig nach unserem Ermessen festsetzen, weil wir Kraft und Recht dazu besitzen ...«
Der Herzog brach plötzlich ab, als hätte er zuviel gesprochen, und trank dem König mit einer seltsam unbeholfenen Bewegung zu, mit brennendem Gesicht, wie wenn er sich schämte, jetzt wieder Formeln des Gastgebers zu sprechen. Im Saal herrschte tödliche Stille. Ludwig hob mechanisch mit einem vereisten Lächeln den Pokal, trank einen Schluck, setzte ihn vom Mund ab und sah über ihn hinweg den Kardinal mit einem furchtbaren Blick an.
»Wir wollen den *Spiritus rector* nicht vergessen«, sagte er, schon mit sicherer, freundlicher Stimme; »auf Ihr Wohl, Eminenz!«
Balue dankte, das breite Gesicht erschreckend weiß zwischen dem Rot der Kappe und der Soutane. Die unbeherrschten Worte des Herzogs hatten ihn weniger entsetzt als Ludwigs unerschüttert gesprochener Hohn. Es wäre ihm schließlich gleichgültig gewesen, wenn der jähzornige Burgunder die Maske um ein paar Stunden früher abwarf, als nützlich schien. Was hätten ihm zwei Tage ohnmächtiger Wut getan, wenn der König seinem Schicksal nicht mehr entgehen konnte? Aber in ihm arbeiteten Olivers Worte und Warnungen vom späten Nachmittag. Was weiß Valois und was plant er? Und wie kann er diesen Gleichmut aufbringen, wüßte er nichts und plante er nichts? Wenn es ihm gelingt, die Gründe zu erkennen und die Zusammenhänge, den Schlag abzuwehren oder aufzufangen und frei abziehen zu können! Balue schauderte vor dieser Vorstellung und dem Schicksal, das sie ihm schlecht verbarg. Er sah zu Oliver hin, zugleich mißtrauisch und hilfesuchend, und senkte den Blick schon wieder, verwirrt und verängstigt durch das Gesicht, das ihn schon lange zu betrachten schien: Der Teufel war der einzige im Saal, der lächelte.

Jetzt sprach der König, klar, ruhig, sonor, mit lässig vorgestreckten Armen sitzend und zumeist vor sich hin blickend. Er dankte mit vollendeter Höflichkeit für den Empfang und des Herzogs freundliche Worte. Er schien die Bewegung des Erstaunens nicht zu bemerken, das bei diesen Worten die Köpfe der Zuhörer hob. Er formte nicht den glatten Fluß seiner Rede zu irgendeiner greifbaren Ironie, geschweige denn zu Tadel oder Verteidigung oder Angriff: Er hatte die unfaßbare Kühnheit, auf eine Ansprache zu antworten, die gar nicht gehalten wurde, und die schicksalsschweren Drohungen des Herzogs mit keinem Schwanken der Stimme als gehört und begriffen zu quittieren oder auch nur als vernehmbar zu behandeln. Burgund biß sich auf die Lippen, die Granden erstarrten auf ihren Plätzen: Ludwig Valois wagte vor ihren Augen und Ohren, die Rede des Herzogs, den ausgesprochenen, erlebten und gehörten Inhalt von zehn lastenden Minuten, in das Gegenteil zu verzaubern. Ludwig Valois beantwortete als huldreicher Souverän einen devoten Gruß seines Vasallen; er sprach von seiner Genugtuung über die gute Arbeit seines Ministers, der die gewiß segensreiche Zusammenkunft herbeigeführt habe: Es sei gut, wenn sich der König der freundschaftlichen und verwandtschaftlichen Verbindungen mit seinen Fürsten erinnern darf; ein gemeinsamer Tag sei dem Wohl der Nation dienlicher als ein mit hin und her gehenden Noten vergeudetes Jahr, und die persönliche Gewogenheit besser als das beste Heer. Ludwig gestikulierte verbindlich und sah den Herzog an.
»Wenn wir morgen früh unsere Aussprache beginnen, Herr Vetter, so werden Sie schon morgen abend auf eine gute Strecke Weges zurückblicken können, die wir zum gemeinsamen Ziel hin gleichen Schrittes gewandert sind. Sie werden dann auch manche Irrtümer einsehen und manches Vorurteil, das durch Ihre schöne Jugend und ritterliche Art genugsam verständlich und verzeihlich sei, abgetan haben. Ihr König hat freudig vieles vergessen, was Sie, Herr Vetter, nicht langsamer und unfreudiger vergessen sollten; denn Ihr König möchte sogar seine Souveränität vergessen, um Ihr Kamerad zum Ziel des guten Friedens zu sein. Ich trinke auf gute Kameradschaft unserer human verbundenen Geister, Monseigneur!«
Er hob mit klugem Lächeln den Pokal. Der Herzog saß mit zornbebendem Gesicht und geballten Fäusten und rührte sich nicht. Und wieder schien sich der König das Tatsächliche gemächlich abzuändern: Er trank heiteren Gesichts einem zutunlichen Gastgeber zu und stellte das Gefäß dankbar und zufrieden nickend auf die Platte.
Dann lehnte er sich zurück und überschaute gelassen die stumme

Versammlung, die ihn entsetzt, erstaunt oder verständnislos ansah oder auch unwillkürlich den Kopf duckte, je nach der Anteilnahme des einzelnen, nach seinen Erinnerungen, Empfindungen und Wünschen. Der Nachbar Savoyen gehörte zu den ratlosen Gesichtern, der Herr du Lau zu den geduckten, der Konnetabel zu den wenigen beherrschten, Balue zu den wenigen verzerrten. Zwei Köpfe aber durchbrachen den dumpfen Kreis mit ihrer Freude: die rote Fleischmasse Jean de Beaunes, dessen Augen lachten und dessen Backen in heimlichem Jubel bebten, und das schmale, greisenblasse Oval Tristans, der befriedigt lächelnd die spöttischen Augen zusammenkniff. Und ein dritter Kopf tauchte rechts vom König auf, seine Schulter fast streifend, und drängte sich in seinen Blick: Ludwig sah das Profil Olivers, der ihm auf einer goldenen Platte das Bruststück eines gebratenen Schwanes vorlegte und er sah unter den gesenkten Lidern und am unmerklich zuckenden Mundwinkel des Meisters so viel Lob, Bewunderung und Ergebenheit, daß er leise lachte. Wahrhaftig, der König lachte jetzt lauter, und Jean de Beaune fiel dröhnend ein, seine innere Heiterkeit nicht mehr bezwingend.
»Wie lustig ihr seid, meine Herren von Burgund!« rief der König, »und wie froh und gesprächig euch die Anwesenheit von des frohen und gesprächigen Frankreichs Beherrscher macht!«
Die Köpfe starrten gepeinigt vor sich hin auf den festlichen Tisch. Ludwig ließ nicht nach.
»Und euch nicht weniger, ihr Herren aus dem mir teuren Haus Savoyen! Ich danke euch! Ich vergesse dergleichen nicht! Und daß ihr mich liebt, meine französischen Untertanen, sei nicht mehr als erwähnt.«
Er wandte sich an seinen ehemaligen Großkämmerer, und seine Worte kamen aus einem Mund, der die Lust an der Grausamkeit verriet:
»Mich dünkt, Seigneur du Lau, es ist schon etliche Zeit her, daß Sie Ihren König so gnädig sahen. Wie lange ist es her, Gevatter Profos?«
Herr Tristan lächelte, dachte mit Muße nach, sich das Kinn streichelnd, und antwortete dann freundlich mit seiner sanften, wohlklingenden Stimme:
»Fast auf den Tag zwei Jahre, Sire, daß ich mich mit dem Herrn in des Königs Namen zum letztenmal unterhielt und ihn von dem Interesse Eurer Majestät zu überzeugen die amtliche Ehre hatte.«
Und der Profos nickte dem Hofmann mit dem gleichen höflichen Gesicht zu, mit dem er vor zwei Jahren das einleitende Verhör mit der Territion beendigte und seinen Leuten befahl, die spitzen Eisen

zu erhitzen, die dann dem Gefangenen unter die Daumennägel gestoßen wurden. Du Lau preßte in der fürchterlichen Erinnerung die Lippen zusammen und unterdrückte ein Stöhnen der Wut.
»Zwei Jahre schon!« schien der König zu staunen; nachdenklich wandte er sich an seinen Nachbarn: »Das kann manchmal eine recht kurze und manchmal eine sehr lange Zeit sein, nicht wahr, mein Herr Bruder von Savoyen?«
Philipps Gesicht flammte rot auf.
»So lange Zeit, Sire«, entgegnete er mit geradem Blick, »daß man den Respekt vor dem menschlichen Leben verliert.«
Der Konnetabel, ihm gegenüber, sagte plötzlich:
»Oder so kurze Zeit, Herr Philipp; das möchte sich seltsamerweise gleichbleiben, um zu Ihrer Erkenntnis zu kommen.«
Ludwig sah von einem zum anderen und meinte gleichmütig:
»Vor dem eigenen oder dem fremden Leben: das ist die Frage.«
»Vor dem eigenen«, sagte Saint-Pol.
»Vor dem fremden«, sagte Savoyen.
»Vor dem eigenen und dem fremden, vor jedem Leben!« rief der Herzog mit Schärfe.
»Das ist die Antwort des Kriegers«, sprach Ludwig wie versonnen; »und was ist die Gesinnung des Gottesmannes?«
Er sah den Kardinal durchdringend an. Balue zwang sich zu einem Lächeln.
»Verlöre ich die Ehrfurcht vor dem Leben, das Gott geschaffen hat«, sagte er leise, »dann wäre ich nicht mehr ein Mann Gottes.«
»Das ist unbestreitbar«, spottete der König, voll seiner bösen Lust, die Menschen zu quälen; »aber Sie sind doch auch zu einem guten Teil Mann des Staates: Kommen Sie da in keinen Gewissenskonflikt?«
Balue schüttelte bedrängt den Kopf und erwiderte zögernd:
»Ich bitte Sie, Sire, bei mir fehlen ja die Voraussetzungen zu dieser ganzen Frage! Ich kann mich nicht über die negative Wirkung irgendeiner Zeitspanne beklagen.«
»Wahrhaftig nicht«, lachte Ludwig häßlich, »bisher wenigstens scheinen Sie mir den Pessimismus der drei Herren erfahrungsmäßig nicht teilen zu brauchen. Aber ich wollte nur wissen, wie Sie, der Prälat und der Politiker, als denkender Mensch solcher Mentalität gegenüberstehen. Die geistliche Antwort gaben Sie bereits; ich bitte Sie jetzt um Ihre weltliche Meinung, wenn ich mich so ausdrücken darf.«
Balue hob etwas die Schultern und hatte wieder schlaue Augen, als er antwortete:

»Lassen Sie mich auch jetzt noch aus der unendlichen Quelle der Theologie schöpfen, Majestät. Ich antworte mit dem heiligen Augustin, der in den ›Bekenntnissen‹ schrieb: ›Die Zeiten sind nicht leer und rollen ohne Wirkung nicht durch unser Leben; seltsame Dinge schaffen sie in der Seele.‹ Und ich antworte mit Paulus, der an die Korinther schrieb: ›Denn welcher Mensch weiß, was drinnen im Menschen ist, als nur des Menschen Geist, der selber drinnen ist.‹ Und die Vulgata sagt zu alledem: *Omnis homo mendax*; das gelte nicht im Sinne der Moral, sondern der menschlichen Unzulänglichkeit. Ich meine also, Sire, daß ich eine psychische Wirkung der Zeit auf die Herren von Burgund, Savoyen und Saint-Pol, auf die Menschen überhaupt gern glaube, ohne eine Erklärung oder gar ein Urteil dafür zu wissen und ohne mich mit dem einen oder anderen identifizieren zu können. Ich will jeden seelischen Effekt glauben, aber ich, der Mensch, kann nicht wissen, was drinnen im Menschen ist.« Er stockte einen Augenblick und sprach dann nachdrücklicher noch: »Der unzulängliche Mensch kann also das Drinnen im anderen Menschen auch niemals berechnen oder vorausahnen, Sire.«

Der König schien sich mit seiner Antwort nicht beeilen zu wollen und stützte nachdenklich das Kinn auf die Hand. Balue hatte sich unter einem weltanschaulichen und psychologischen Deckmantel unleugbar geschickt verteidigt. Auch Oliver bewunderte die kluge Methode des Prälaten, der in einem frühen und kühnen Augenblick bereits die drohende Beschuldigung parierte und merkwürdigerweise in seiner Unehrlichkeit die gleiche irdische Ursache anrief, die tragisch und ehrlich eben noch zwischen dem König und Oliver und in beiden gewirkt hatte: das Nichtwissen voneinander. Auch der Kardinal variierte das Thema vom menschlichen Irren, aber er tat es in bewußt apologetischer Absicht und für zwei Fälle: für den berechneten Fall der Katastrophe (dann blieb es innerhalb des Planes und mündete zwanglos in die Lütticher Überraschung), und für den unberechenbaren Fall, daß Ludwig davonkäme (dann stand er, Balue, wohl als erfolgloser Politiker, aber immer noch nicht als Verräter vor dem Zürnenden). Und für die dritte Möglichkeit, mit der diese dämonische Stunde ihn und die anderen Verschworenen bedrohte – daß der König mehr wisse, daß er alles wisse und alles überwinden werde, erbarmungslos und lüstern nach Grausamkeit, wie seine Reden eben –, war es kein schlechtes Mittel, ihm die heimlichen Gedanken zu entlocken und Klarheit zu gewinnen. Oliver wartete gespannt auf das Wort des Königs; er fürchtete, es möchte den Kardinal merken lassen, daß sein Verdacht noch unbewiesen und die gezeigte Haltung nur eine dreiste Spekulation sei. Jetzt

beugte er sich mit raschem Entschluß vor, den König flüchtig am Arm streifend, nahm eine Platte vom Tisch und flüsterte im Zurückweichen, am linken Ohr des Herrschers vorbei:
»Der Pharisäer ...«
Und er nahm einen silbernen Korb mit Backwerk und flüsterte, wieder sich rechts an ihm vorbeineigend:
»Mendax ...«
Ludwig lächelte jetzt ein wenig, als brächte ihn das Ergebnis seines Nachdenkens zu seiner absonderlichen Art der Unterhaltung zurück, die ihn aus unersichtlichen Gründen erheiterte und die anderen ironisierte. Er sagte mit einer leise vibrierenden Stimme, die die kränkende Absicht fast zu deutlich zeigte:
»Trefflich formuliert, Eminenz. Sie sind im Kreise unfraglich der beste Dialektiker. Das hängt nicht zuletzt wohl mit Ihrer theologischen Schulung zusammen. Sehr gut! Sehr gut! Wenn mir ein Ziegelstein auf den Kopf fällt: wie sollten Sie, Eminenz, wissen können, wie hätten Sie es ahnen können, daß der Besitzer des Hauses, vor dem es geschieht, den Zufall in mörderischer Absicht vergewaltigt und den Stein zu ebendiesem Zweck gelockert und angestoßen hat. Das ist nur ein kleines Beispiel für die menschliche Ahnungslosigkeit, verstehen Sie mich, Monsignore? Für Ihre Unschuld, gingen Sie neben mir. Und führten Sie mich auch unter dieses Haus und möchten Sie auch den Besitzer und seine Feindschaft gegen mich kennen; wie sollten Sie, Eminenz, in ihn hineinsehen und seinen schwarzen Plan erkennen können? Hat nicht meine simple Metapher, ohne Bibel und Kirchenväter zu zitieren, Ihre Formel recht veranschaulicht?«
Balue nickte unsicher sein Ja.
»Gut«, meinte der König eifrig; »und nun wird es Sie und die anderen Herren vielleicht interessieren, wie ich zu dem Problem stehe.« Er hob die Stimme und sah von einem zum andern. »Ich, Seigneurs, bekenne mich zur Philosophie des Mißtrauens. Lassen Sie mich bei meinem Vergleich bleiben. Ich würde nicht nur von Anfang an den Besitzer des Hauses jeder Tat für fähig halten, sondern auch immer mit der Möglichkeit rechnen, daß mein Begleiter – in der Voraussetzung, er kenne jenen – in die böse Absicht eingeweiht ist. Ich würde also entweder immer auf der anderen Seite gehen oder mich mit bestimmtem Plan und möglichster Sicherung in die Gefahrzone begeben, derart etwa, daß der Stein fehlgeht oder den Begleiter trifft, je nach der Gewißheit, die ich mir über seine Mitschuld verschafft habe. Ich meine damit nur dies, Eminenz: Vielleicht kann ich das Drinnen im Menschen so wenig sehen, wie Sie es

sehen, vielleicht etwas mehr; auf jeden Fall rechne ich als politischer Mensch mit dem Bösen im Menschen. Und da ich nur ein Leben zu verlieren habe, Seigneurs, und da ich die Wichtigkeit meines Lebens sehr hoch einzuschätzen pflege, pflichte ich nicht dem heroischen Konnetabel und dem Feldherrn Burgund bei, sondern meinem vielleben Schwager von Savoyen und sage wohl damit nichts Neues. Ich respektiere das fremde Leben nicht, Seigneurs, und weiß doch diese Gesinnung von einer zeitlichen Einwirkung ganz unbeeinflußt. Ich respektiere nur mein eigenes Leben, Herr Vetter von Burgund, und möchte es nicht in einer Weise aufs Spiel setzen wie Sie!«

Der letzte Satz war mit schneidender Schärfe gesprochen und hallte gefährlich durch den hohen Raum. Das Gesicht Balues zuckte, als hätten es Schläge getroffen. Der Herzog senkte den Kopf, unfähig, Ludwigs Blick zu ertragen. Wieder erstarrte der Saal in Entsetzen und Ratlosigkeit.

Und der König ließ nicht nach. Er riß die angeketteten Seelen hin und her, er folterte sie mit seiner Rätselhaftigkeit, mit seinem Lachen und bösen Scherzen, mit ihrem eigenen Schicksal der Vergangenheit, der Gegenwart und einer Zukunft, die er launisch und lässig gewiß zu überschauen und zu formen schien. Plötzlich wieder verjagte er mit einer magischen Bewegung die Gespenster der Furcht und des schlechten Gewissens, schien keine anderen Worte gehört und gesprochen zu haben als höfische Rede und Gegenrede, Sprache der festlichen Gelegenheit und des feierlichen Ortes, Sätze ergebener Vasallen und königlicher Huld. Er erreichte schließlich eine harmlose und gemessene Lustigkeit und eine solche Verwirrung der Gemüter, daß der Herzog, ihm respektvoll zutrinkend, sich ernstlich fragte, ob nicht in der Tat eine friedsame Lösung der politischen Probleme der zweifelhaften Gewalt vorzuziehen sei, und daß die Granden am Munde des heiteren Herrschers mit bewundernder und selbstvergessener Aufmerksamkeit hingen. Balue – allein verschlossen und von Ludwigs Zauber nicht geschlagen – berührte in unbestimmter Bedrängnis das goldene Kreuz auf seiner Brust: Ihm war, als regierte der Necker, wie ein böser Geist hinter dem König, mephistophelisch über die schwanken Hirne.

Doch als der König gegen Mitternacht vom Bankett auf sein Zimmer zurückgekehrt war, warf er die Maske ab. Mit zerfallenem und gramvollem Gesicht hockte er in einem Lehnstuhl und starrte auf die verglimmende Glut im Kamin. Sein Kopf war dumpf und schwer; nach der maßlosen geistigen Anstrengung dieses Abends trat lähmende Entspannung ein und ließ nur ein Gefühl der Schwäche zurück, der Wehrlosigkeit, eine empfindsame Belastung der Nerven

durch die dicken Mauern ringsum. Müde stand er jetzt auf, trat ans Fenster, öffnete es und suchte in der Nacht nach den Umrissen des Turmes.
»Dort starb schon einmal ein König von Frankreich«, sagte er leise zu Oliver und dachte an den dritten Karolinger Karl, der von einem pikardischen Baron im Péronner Turm gefangengehalten und zu Tode gequält worden war.
Der Meister hatte die Reaktion erwartet und blieb still um ihn beschäftigt, gewärtig des Augenblicks, wo der Geist des Herrschers wieder die Ereignisse aufgriff und mit ihnen zu arbeiten begann. Ludwig ließ sich schweigend von ihm entkleiden.
Es klopfte an die Tür. Der König fuhr heftig erschreckt in die Höhe und sah sich wild im Zimmer um, als suche er ein Versteck oder eine heimliche Pforte zur Flucht. Oliver wartete einen Augenblick regungslos, mit finsterem Gesicht.
»Wer ist da?« fragte er schließlich.
»Darf ich es wagen«, sprach Balues dringliche Stimme, »Eure Majestät noch zu dieser Stunde um Gehör zu bitten?«
Ludwig sah den Meister an, der mit den Achseln zuckte.
»Hat es nicht bis morgen Zeit, Balue!« rief der König unwirsch.
»Dann würde ich mir nicht erlauben, Sire, Ihre Nachtruhe zu stören«, flüsterte der Kardinal und hustete erregt.
Ludwig legte sich in die Kissen zurück und zog die Decke hoch, als wollte er sich verkriechen. Oliver beugte sich über ihn.
»Sprechen Sie ihn, Herr«, sprach er leise. »Die Eminenz scheint mit Ihrem Damokles-Ziegelstein über dem Haupt nicht schlafen zu können. Mich dünkt, ihm ist im Augenblick nicht pharisäisch zumute. Die gefolterte Seele ist der Wahrheit zwangvoll zugeneigt, wie der Körper auf der Marterbank. Sie werden vielleicht allerlei erfahren, wenn Sie bei der Methode von heute abend verharren.«
Der König nickte. Oliver schritt zur Tür und öffnete. Balue, noch völlig angekleidet, im Blick seine alte Energie, trat ein und ging ohne Zögern nahe an das Lager heran. Ludwig veränderte mit großer innerer Anstrengung sein Gesicht, wohl wissend, daß der scharf beobachtende Prälat seine Depression nicht erkennen und nutzen dürfe. Sein Kopf lag jetzt mit kaltem ruhigem Ausdruck auf dem Leinen, ohne sich dem Ankömmling zuzudrehen. Nur die Augen blickten ihn aus halbgeschlossenen Lidern seitlich an. Oliver stand am Fußende des Bettes.
»Sire«, begann Balue sofort, »heute abend hat mir zweierlei Sorge gemacht: die Haltung des Herzogs und Eurer Majestät Art, ihr und auch mir zu begegnen, gleichsam als ob zwischen mir und der offen-

sichtlichen Drohung des Herrn Burgund eine Verbindung bestünde. Sie behandelten mich, Majestät, als gehörte ich zur Gegenpartei.«
Ludwig schwieg und rührte sich nicht. Der Kardinal wartete einige Sekunden und sagte dann lauter:
»Sire, Sie behandelten mich wie einen Verräter!«
Der König hatte die Augen geschlossen und schien zu schlafen. Balue sah ratlos den Necker an, der ernst und abgekehrt gegen den Alkoven lehnte. Der Kardinal wandte sich an ihn, auf ihn zugehend und seinen Arm berührend.
»Meister Oliver«, sagte er unruhig, »sprechen Sie: Hat Sie, der Sie zusammen mit mir die Zusammenkunft vorbereiteten, die aggressive Gesinnung des Herzogs nicht ebenfalls erstaunt und entsetzt?«
»Nein«, antwortete der Necker schroff.
Balue fuhr zurück, doch er faßte sich und fragte kühn:
»Und warum nicht, Necker?«
Oliver sah ihn an; und er sah auch, daß der König die Augen geöffnet hatte und die Szene verfolgte. Balue wich dem Blick aus, den Mund ein wenig offen.
»Was geht hier vor?« stammelte er dann gepreßt.
Er drehte sich wieder dem König zu und bemerkte seine wache Aufmerksamkeit.
»Sire!« rief er verzweifelt, »wessen klagen Sie mich an?«
»Einen Angeklagten zitiere ich vor Gericht«, sagte der König leise und gleichmütig. »Ich habe Sie nicht vor mich berufen, Eminenz. Sie kamen freiwillig. Was Dringliches haben Sie mir zu sagen?«
Der Kardinal antwortete rasch und sich zur Ruhe zwingend.
»Der Konnetabel hat Gelegenheit gehabt, mit dem Herrn von Savoyen ein paar heimliche Worte zu sprechen. Danach ist es offenbar, daß die Drohung des Herzogs heute nicht ein Ausbruch seines Temperamentes, sondern gleichsam programmatisch ist und die Absicht, die durch die Auswahl der Ehrenkavaliere sich schon beim Empfang zeigte, konsequent weiterführt.«
»Und Sie wußten es nicht?« fragte Ludwig.
»Wahrhaftig nicht!« rief Balue überlaut und warf einen Blick auf den Meister.
Der König wandte ihm den Kopf zu und wiederholte:
»Und Sie wußten es nicht, Eminenz?«
»Wahrhaftig nicht!«
»Gut«, sagte Ludwig und lächelte ein wenig, »lassen wir das; denn niemand ist gehalten, sich selber zu beschuldigen. Und vielleicht wußte ich es. Ist das alles, was Sie mir zu sagen haben?«
»Ich habe das Vertrauen Eurer Majestät verloren«, sagte Balue leise

und abgewandt; »aber ich werde bis zu meiner letzten Stunde Ihnen in Treue dienen, Sire.«
»Bis zu Ihrer letzten Stunde«, wiederholte Ludwig grausam; »das sei ein Wort! Doch zuvor rechtfertigen Sie wenigstens Ihren späten Besuch, Balue.«
»Ich wage trotz allem, Sie noch zu beraten, Sire«, sagte der Kardinal würdig. »Es schien mir wichtig, daß Sie noch vor dem kommenden Morgen über die Gesinnung des Herzogs Gewißheit hätten, damit Sie den rechten Ton für die Verhandlungen wählen können. Ich rate, jedes Wort, das Burgund reizen könnte, zu vermeiden und jede Forderung zu bejahen, auch solche, die Sie nicht erfüllen werden. Und dann rate ich, den Großmeister zu informieren, Truppen in Eilmärschen an die pikardische Grenze zu führen.«
Oliver hob verblüfft den Kopf; die Strategie dieses Menschen war wahrlich bewundernswert; die Stirn zu haben, gegen den eigenen abrollenden Plan scheinbar wirksame und doch tatsächlich nutzlose Maßregeln vorzuschlagen, setzte eine Verschlagenheit voraus, die vor keiner Komplizierung der Lage zurückschreckte. Der Necker erkannte wohl die doppelte Absicht, die Balue mit seinen Ratschlägen verfolgte: ein neuer Versuch, das Vertrauen zurückzugewinnen oder hinter das Wissen und die Pläne des Königs zu kommen. Und würde der Fürst jetzt auch nur die leiseste Beeinflussung zeigen, dann – fürchtete Oliver – möchte der Priester weiter gehen, den Vorhang am falschen Ende höher noch heben und den König bis zum Geständnis seiner Ungewißheit und Unsicherheit zu bringen. Und das Spiel war verloren. Oliver war schon bereit, trotz der Gefahr für sich selbst den Kardinal schrittweise zur Wahrheit zu drängen und ihm durch das Zwangsmittel seiner eigenen eingeweihten Person die Beichte der konspirativen Tat zu entwinden; doch Ludwigs abweisendes Gesicht erlaubte ihm zu schweigen.
»Wie ich den Herzog zu behandeln habe, weiß ich, Monsignore«, sagte der König unfreundlich; »und ich wußte es zum mindesten schon heute abend. Aber Sie müssen wissen, daß kein französischer Kurier unkontrolliert die Stadt verlassen oder die burgundische Vorpostenkette würde passieren können, es sei denn, Balue, Sie wollen nur erfahren, ob ich einen Befehl an Dammartin, mir mit Truppen zu folgen, vielleicht schon vor meiner Ankunft gegeben habe.«
Über Olivers Gesicht glitt ein Lächeln. Balue richtete sich auf.
»Noch einmal, Sire, halten Sie mich für einen Verräter?«
Der König überhörte die Frage; er strich sich mit müder Bewegung über die Stirn.

»Haben Sie mir sonst noch etwas zu sagen?« fragte er.
»Nein, Sire«, sagte Balue mit hartem Gesicht und verbeugte sich. Ludwig sah flüchtig auf.
»Haben Sie mir nichts mehr zu sagen, Eminenz?«
»Nein, Sire.«
Der König drehte den Kopf auf die andere Seite.
»Oliver«, sagte er matt, »du bist Zeuge dieses Gesprächs. Merke dir das Nein Seiner Eminenz.«
»Sire, was bedeutet das!« begehrte Balue auf. Ludwig winkte gelangweilt mit der Hand.
»Gehen Sie, Balue. Ich hätte auch verlangen können, daß Sie Ihr Nein bei dem Kruzifix auf Ihrer Brust beschwören. Aber bereiten Sie sich darauf vor, daß Sie es noch einmal werden tun müssen. Jetzt will ich schlafen.«
»Sire«, flehte der Kardinal mit bebenden Lippen, »halten Sie mich für einen Verräter?«
Der König schien nichts mehr zu hören. Oliver, mit undurchdringlichem Gesicht, führte den Prälaten hinaus.
Als er die Tür hinter ihm geschlossen hatte, richtete sich Ludwig lebhaft auf.
»Oliver«, rief er erregt, »glaubst du, daß er mich verraten hat?«
Der Necker ging hin und her, als überlegte er das Für und Wider. Dann blieb er vor dem Bett stehen, preßte die Fäuste gegen die Schläfen und sagte fest:
»Ich glaube es.«

Die Verhandlungen begannen in den Vormittagsstunden des Montags. Der König, wieder in vortrefflicher geistiger Verfassung, gewann schon zu Beginn durch seinen unbeirrten Gleichmut und durch die gemäße Methode einer zugleich wohlwollenden, sachlichen und doch gegen mögliche Überraschungen und Quertreibereien durch Willen und Wissen geschützten Zielhaftigkeit seine beherrschende Stellung vom Vorabend. Die Absicht des Gegenspielers, geradeswegs so viel Unbedenklichkeit und Zwang bis zur Erpressung sehen zu lassen, daß der Valois sofort in die Defensive gedrängt sei und bald das politische Rechnen in der Angst um die eigene Person aufgebe, war von Anfang an gescheitert. Ludwig ergriff selbstsicher und scheinbar unbekümmert die Führung der Geschäfte und zeigte mit solcher Natürlichkeit, ohne Betonung und Gestikulation, seinen königlichen Stand, daß es dem Gegner schwerfallen mußte, die Verletzung der Majestät zu wagen und den Gang der Verhandlungen gewaltsam zu gestalten. Wie Ludwig auch jetzt mit keinem

Wort auf die Drohungen des Empfanges zu sprechen kam, so schien der Herzog doch darum nicht willens, sie zu wiederholen. Er wollte wohl abwarten und den Verschwörungsmechanismus, dessen exakte Arbeit noch nicht feststand, erst spielen lassen, nachdem der König seine Trümpfe gezeigt hatte. Er war durch die halben Andeutungen Olivers und das Auftreten des Königs so unsicher geworden wie die anderen Konspiratoren. Aber gewichtiger war noch, daß sich sein altes Mißtrauen gegen den Kardinal und sein Mißfallen an der Anwesenheit des Konnetabels verstärkt hatte. Das absonderliche Verhalten Ludwigs und Balues während des Banketts war von ihm sehr wohl bemerkt und die mitschwingenden Untertöne ihres Dialogs gehört worden. Doch eingedenk der Bemerkungen Olivers hielt er das Hin und Her der beiden für eine gutgespielte Szene, fast schon für den Beweis ihrer Zusammenarbeit, Verwirrung zu erzielen und aus alledem auf eine noch nicht erkannte Art ihren Nutzen zu ziehen und ein planmäßiges Ziel zu erreichen, fast schon für die Bestätigung seines alten Verdachtes, daß Balue ihm gegenüber der Provokateur des Königs geblieben sei und daß seine Mitarbeit an der Bildung der neuen Liga und an dieser Zusammenkunft nichts weniger bedeute als einen neuen Triumph der Valois-Politik. Aus dem gleichen Grunde mißtraute er dem Grafen Saint-Pol, dem er das offizielle Abschwenken ins französische Lager und die Annahme des Konnetabelamtes niemals vergeben hatte, dessen bedingte Zustimmung zur neuen Fronde er immer schon für eine opportune Rederei des Kardinals hielt (weil er weder den tatsächlichen Zusammenhang der beiden kannte noch einen persönlichen Wiederannäherungsversuch des Grafen hatte verzeichnen können) und dessen Anwesenheit in Péronne er als eine Ironisierung durch den König gekränkt empfand, um so mehr, als ihm die in ihrer Phrasenhaftigkeit sehr durchsichtige Begründung des Necker von Herrn van Busleyden mitgeteilt worden war.
Des Königs Vorschlag, mit der bretonischen Frage zu beginnen, und sein unverkennbarer Eifer, den Wert dieses Bundesgenossen zu korrumpieren, kam der Einstellung des Herzogs von ungefähr entgegen. Ludwig befolgte hierbei den Rat Olivers, auf keinen Fall das Problem der flandrischen Städte und Lüttichs zu berühren oder sich auf den Beweis seiner unentwegten Neutralität und Loyalität einzulassen, ehe der Vertrauensmann aus Lüttich zurückgekehrt sei. Er ging geschickt vor, schien nicht einmal ein anderes Thema von gleicher Wichtigkeit zu kennen und erreichte auf diese Weise, daß die übrigen Streitfragen an diesem Tag nicht einmal erwähnt wurden. Dann setzte er des langen und breiten die Motive des bretonischen

Feldzuges auseinander und formte in seiner suggestiven Art eine Charakteristik des Bretonenherzogs, als spräche er nicht zu einem Alliierten seines Gegners, sondern zu einem Genossen seiner Gesinnung. Der Herzog wiederum hütete sich vor jedem Wort der Zustimmung oder der Ungläubigkeit. Da er seine guten Gründe hatte, anzunehmen, daß jener seltsame Sieur Le Mauvais alles andere als ein schwatzhafter Tölpel sei – um vieles wahrscheinlicher das feinste Werkzeug des Königs –, mißtraute er auch seiner ihm gemeldeten Behauptung von dem Sonderfrieden mit dem Bretonen, den Ludwig in seiner Tasche trüge. Und da der König wie ein geschickter Schriftsteller die Spannung steigerte, ohne sich mit der Lösung des Knotens zu beeilen, vermutete Burgund, daß die Bemerkung des Kämmerers in planmäßiger Weise den Wortmanövern seines Herrn vorausgeschickt sei und gleich wenig einer Tatsache entspreche.
Im Laufe des Nachmittags griff der Herzog unvermutet an; er kenne wohl Gerüchte – sie tauchten vor wenigen Tagen auf –, die von dem Abschluß eines Sonderfriedens zwischen Frankreich und der Bretagne erzählten, aber er dürfe sie jetzt ruhig in das Reich der Fabel verweisen, da die Majestät gewiß nicht verabsäumt hätte, ein solches Faktum in den Anfang der Diskussion zu stellen. Einen Augenblick war der König verwirrt; er fühlte sich um die letzte Wirkung gebracht, die wohlberechnet die vorbereitenden Hypothesen mit der Sensation der Tatsache zum Überraschungssieg verholfen hätte. Doch er faßte sich schnell.
»Es ist meine Art, Herr Vetter, in der freundschaftlichen Unterhaltung die Fakten an den Schluß zu stellen, um besser und ohne ihre Zwanghaftigkeit überzeugen zu können. Ich wollte Sie von der Minderwertigkeit Ihres Bundesgenossen überzeugen, nicht von der Niederlage meines Feindes. Ich gebe zu, daß das Gerücht wahr ist; aber es bewiese nur die Niederlage. Es sagt also nicht einmal die volle Wahrheit.«
Jetzt verbarg der Herzog nicht mehr seine Unruhe. Ludwig zog gelassen zwei Pergamente hervor.
»Hier ist der Friedenspakt, Herr Vetter, der nach meiner Rückkehr ratifiziert werden soll. Hier aber ist der Beweis der Minderwertigkeit: ein Schreiben des Herzogs, in welchem er dem Bündnis mit Burgund feierlich entsagt.«
Burgund wurde rot vor Zorn, als er die Schriftstücke durchflog; aber er sprach kein Wort. Daß ein scheinbar politisches Manöver Tatsache war und in der Realität noch bedeutsamer und umfangreicher als in der nicht geglaubten Nachricht, erschütterte ihn mehr noch als das wichtige Ereignis selbst. Daß Valois mit der Wahrheit operierte

und ihm in diesem ohnedies verworrenen Augenblick selbst den Griff des Mißtrauens entwand, verstörte den Herzog bis zur geistigen Dumpfheit. Was sollte er glauben und was sollte er nicht glauben? Was mußte er tun und was mußte er unterlassen, um nicht in die Grube zu fallen, die er jenem gegraben hatte? Und wie durfte er jetzt noch annehmen, daß des Königs unbegreiflich sichere Haltung ohne Sinn und ohne Fundament sei? Wahrhaftig, es blieben ihm nur zwei Antworten: der Versuch brutaler Gewalt oder Demütigung. Er sprach nichts, um sich nicht zu verraten. Er wagte noch keine Antwort, weil sein Hirn kochte. Er unterdrückte den Ausbruch der Wut, als er den triumphierenden Geist in Ludwigs Augen leuchten sah. Er brachte schließlich, stotternd wie ein geprügelter Schuljunge, irgendeinen Vorwand hervor, irgendwelche dringlichen Geschäfte, um diesen Tag der Verhandlung beschließen zu können.

Oliver erwartete mit einer Unruhe, die von Stunde zu Stunde wuchs, das Eintreffen des Fraters Fradin. Er wußte nach seiner eigenen Berechnung und aus der zunehmenden Nervosität Balues und des Konnetabels, daß das schicksalsschwere Echo von Lüttich in der allernächsten Zeit heranrollen müsse. Sich als erster der Nachricht bedienen zu können, war die notwendige Bedingung, um den König zu retten und den dunklen Wall der Geheimnisse einzureißen, ohne selber verschüttet zu werden. Die tausend Gefahren, die die Mission des Mönches bedrohen mochten, die tausend Zufälle, die den Widerhall der Ereignisse schneller sein ließen als Menschenbeine, welche dem Schicksal um wenige Stunden voranstürmten, quälten das Hirn des Necker mit schreckhaften Bildern. Ohne die Unterstützung angeblicher Augenzeugen mußte der kühne Schritt, den er plante und klug vorbereitet hatte, vergeblich werden; und schon am Dienstag konnte der Sturmwind von Lüttich hereinbrechen und jeden Widerstand zerschlagen. Das Verhängnis schob sich unbarmherzig und unaufhaltsam heran wie ein Eisberg, die Fahrrinne war nicht mehr lange offen. Und während der König durch den günstigen Verlauf des Tages eine echte Zuversichtlichkeit gewann, sank dem Necker der Mut.

Doch gegen sieben Uhr abends trat Daniel Bart, der während des ganzen Tages die Ankömmlinge auf der Straße von Cambrai vor seinen Augen passieren ließ, an ihn heran und flüsterte ihm ein paar Worte zu. Olivers Gesicht war einen Augenblick wie von Sonne übergossen. Er schlüpfte in einen langen fehbesetzten Mantel, wie ihn die florentinischen Doktoren trugen, und eilte in die Johanneskirche. In einer Nische, nahe dem Hauptaltar, kniete der Bruder

Fradin. Der Meister ließ sich neben ihm auf ein Knie nieder, so nahe, daß sich ihre Schultern fast berührten.
»Ist auf Heuriblocq Verlaß?« fragte er flüsternd.
Der Mönch nickte; Herr Pieter sei im Gasthof und werde sich nicht rühren, da ihm die Erscheinung des Daniel Bart sichtliches Unbehagen bereite und da er andererseits viel Vertrauen zu ihm, Fradin, gewonnen habe. Denn Lüttich sei voller Erregung und Gerüchte gewesen, der Bischof und der Statthalter hätten versucht, nach Tongern zu gelangen; ob es ihnen gelungen sei, wisse er nicht; dem verängstigten Einnehmer dagegen sei die Nachricht, daß er auf der Proskriptionsliste stünde, innerhalb der bedrohlichen Atmosphäre so glaubhaft erschienen, daß er fast dankbar die rettende Hand des Mönches ergriffen habe und ihm ohne Zögern in der Kutte eines Franziskaners gefolgt sei.
Und Fradin richtete sich ein wenig auf, vernehmlich murmelnd:
»Libenter gloriabor infirmitatibus meis . . .«
Oliver nickte zufrieden. Die zwei schienen noch eine Weile still zu beten. Jetzt flüsterte der Necker:
»Daniel wird dir morgen vormittag sagen, wann du zum Kanzler gehen sollst, wann Pieter, und was ihr zu berichten habt.«
Der Mönch nickte und betete weiter.
»Ich weiß, dankbar zu sein, Bruder Toon«, sagte der Necker jetzt leise, mit unvermuteter Herzlichkeit, »so wie du es weißt. Das nächste Franziskaner-Priorat gehört dir.«
Fradin bekreuzigte sich:
»In nomine Patris et Filii et Spiritus Sancti.«
Beide sagten »Amen«. Oliver erhob sich und ging raschen Schrittes, die Entscheidungen der nächsten Stunden bedenkend und den schnellen Schlag des Herzens fühlend, ins Schloß zurück.
Der König diktierte einem Sekretär in gutem Italienisch an den Mailänder Herzog den Brief, dessen Inhalt er vor einer Stunde mit Oliver besprochen hatte. Da der Necker durch Balue wußte, daß der Inhalt der französischen Kuriertasche den burgundischen Kanzler als Zensor hatte, redigierte er die spärlichen Botschaften des Königs bewußt für die Augen der Kontrolle. So konnte Crèvecoeur in diesem Schreiben an den Duca Sforza lesen, daß Mailand jede Feindseligkeit gegen Savoyen unterlassen möge, weil der König bei Karl Burgund in Freundschaft weile und mit ihm zusammen ehrlich am Frieden arbeite. Die Chiffren aber, die, unauffällig zwischen die Zeilen verstreut, die Gegenorder gaben und zu entscheidenden Operationen aufforderten, konnte der Kanzler schwerlich entdecken, geschweige denn entziffern.

Ludwig nickte dem eintretenden Necker freundlich zu, in guter Stimmung wie stets, wenn seine Praktiken arbeiten konnten; doch sofort sah er, ernst werdend, im Gesicht Olivers die Anspannung, die eine entscheidende Kunde aussprechen muß. Er unterbrach das Diktat.

»Auf nachher, Meister Albertus, laß uns jetzt allein.«

Der Sekretär verließ das Zimmer. Der König fragte unruhig:

»Was hast du, Oliver? Was ist geschehen?«

Der Necker trat dicht an ihn heran, mit sonderbar flackerndem Blick.

»Sire«, sagte er leise, »Sie müssen jetzt stark sein. Sie müssen Ihren Verdacht als Tatsache nehmen!«

Ludwig fiel mit blassen Lippen in den Sessel zurück; seine Hände zitterten.

»Sie müssen stark bleiben, Sire!« wiederholte Oliver dringlich. »Nur Ihre Haltung kann Sie retten!« Er bückte sich an sein Ohr. »Mein Bote ist zurück. Lüttich steht zur Stunde in Aufruhr. Der von Wildt hat zu früh losgeschlagen ...«

Er stockte. Der König hämmerte wie in einem Krampf der Wut mit den Fäusten rechts und links auf das Schnitzwerk des Armstuhls. Dann beruhigte er sich und grübelte, die Augen klein und matt im geschwollenen Gesicht.

»Das ist höllischer Zufall«, stieß er endlich hervor, »aber noch kein Beweis für Verrat!«

Oliver sah ihn an und sprach leise und klar: »Der von Wild hat zu früh losgeschlagen, auf Befehl des Konnetabels.«

Ludwig packte die Knäufe der Seitenlehne und hob sich aus dem Sessel, langsam, geduckt, als trüge sein Nacken ungeheure Last, mit berstendem Gesicht, aus dem dicke Stirnadern zu springen drohten, die Augen, in die Luft starrend, von einem solchen Haß aufgerissen und gefärbt, daß Oliver erschauernd zurückwich. Er ging mit schwerem Schritt an ihm vorbei, mit hängenden Armen und gewölbtem Rücken, rund um das Zimmer herum, den Blick wie ein Irrer die Wände entlang schleifend. Jetzt blieb er vor dem Necker stehen und verklammerte sich an seiner Schulter, als fürchte er, die Beine möchten ihn nicht mehr tragen.

»Ja ...«, keuchte er, »ja ... ich begreife, begreife ... ich sehe keine Rettung, Freund ...«

»Sire«, sagte Oliver mit warmer Betonung, »der Herzog weiß es noch nicht!«

Der König richtete sich heftig auf, ohne ihn loszulassen; seine Augen hingen zweifelnd und fragend am Munde des anderen.

»Balue?«
»Die Eminenz«, sagte Oliver und lächelte ein wenig, »scheint damit gerechnet zu haben, daß die Nachricht von der Lütticher Revolte morgen oder übermorgen in Péronne eintreffen wird. Und er hat sich nicht verrechnet; denn heute schon wissen es nur wir beide, selbst er nicht, selbst der Konnetabel nicht.«
Ludwig ließ ihn los; sein Gesicht wurde ruhig und bald auch durch neue Energie gespannt.
»Jetzt begreife ich alles«, sagte er mit gerunzelter Stirn; »jetzt weiß ich auch, welchen einzigen Weg zur Rettung mein Oliver vorbereitet hat: Wir müssen unseren zeitlichen Vorsprung in irgendeiner Weise ausnutzen.«
»Ja, Sire«, sagte der Necker lebhaft, »wir müssen es sein, die dem Herzog das Ereignis berichten; und wir müssen es noch heute abend tun; und es wird gut sein, wenn ich die Aufgabe übernehme. Morgen früh wird mein Bote, ein mir ergebener flandrischer Mönch, der zu Crèvecoeur Beziehungen hat, scheinbar unabhängig von uns dem Kanzler die Nachricht bestätigen, und um die Mittagszeit soll sein Begleiter, ein höherer burgundischer Beamter von Lüttich, ein gebürtiger Genter, auf den ich aus gewissen Gründen Einfluß habe, dem Herzog die Katastrophe wiederum von sich aus und wieder in einer für uns günstigen Auslegung bezeugen. Dann können wir das Eintreffen der direkten Nachrichten von der Rebellion mit etwas mehr Ruhe erwarten. Dann ist wenigstens die Sprengwirkung des herzoglichen Jähzorns abgeschwächt und Ihre wissende und überlegene Haltung ihm gegenüber nicht erschüttert.«
»Oliver«, murmelte er bewegt, »mein Oliver . . .«
Der Necker spürte eine tiefe Scheu vor einem Wort des Dankes. Die letzte Zeit hatte seine Seele zu stark geschüttelt und gezerrt, als daß die heimlichsten Empfindungen ruhig und gehorsam auf ihrem Grunde bleiben konnten wie früher. Er fühlte, die Scham konnte ihn verwirren und die Dankbarkeit den König wieder weich machen. Es galt, jedes Gefühl, das den nüchternen Willen störte und das kalte Blut erhitzte, abzustoßen. Mit hastigen Worten überrannte er den Einwurf des Königs:
»Das also ist das Notwendigste, Sire: Sie müssen bleiben, wie Sie waren. Sie dürfen nicht die kleinste Schwäche zeigen, nicht die mindeste Verzagtheit, nicht den mindesten Zweifel an sich selber. Sie müssen im Gegenteil Ihre suggestive Fähigkeit und die Klinge Ihrer Dialektik bis aufs äußerste anwenden, bis zur Brutalität. Der Herzog sieht scharf, Saint-Pol sieht schärfer, Balue sieht am schärfsten, Sire!«

Ludwig ging finster auf und ab.
»Wenn ich aus diesem Loch herauskomme, wird Tristan zu tun haben«, murmelte er.
»Das sind im Augenblick sekundäre Erwägungen, gnädiger Herr«, sprach Oliver unbarmherzig. »Sie müssen auch bedenken, daß die Eminenz und der Konnetabel, an deren Bestrafung Sie doch wohl denken, sich ungefähr das gleiche sagen werden. Wenn Sie sie also je in Ihre Hand bekommen wollen, dürfen Sie von Ihren Rachegedanken wenig verlauten lassen. Machen Sie sie durch tausend Ungewißheiten und Unbegreiflichkeiten mürbe, aber sprechen Sie nie eine klare Drohung aus. Wir werden sie vielleicht gegen den Herzog ausspielen müssen. Ich hoffe, sehr bald auch die letzten Zusammenhänge der Konspiration klar zu sehen. Mich dünkt, wir entdecken noch allerlei Staunenswertes und für die künftige Politik Maßgebliches.«
»Für die künftige Politik«, wiederholte der König schmerzlich lächelnd; »weiß ich denn, ob ich noch ihr Träger sein werde?«
Der Necker zwang ihn sofort in den Augenblick zurück.
»Über welche Summe verfügt Herr de Beaune?« fragte er scheinbar unvermittelt. »Es kann sein, daß ich auch mit Geld zu arbeiten habe.«
»Der Geldkarren enthält annähernd zwanzigtausend Silbertaler«, antwortete der König schon wieder sachlichen Tones. »Fünfzehntausend darfst du für deine guten Zwecke verbrauchen. Spare nicht, Oliver; und wenn es notwendig würde, verbrauche alles.«
Sie besprachen dann noch die Maßnahmen für die nächsten Stunden, die Haltung der Suite gegenüber und Olivers Mission zum Herzog. Der Necker war bemüht, den König durch eine Planmäßigkeit, die die kleinsten Umstände berücksichtigte und zur Beobachtung jeder Minute und jeder Geste führte, gegen die Anfälle der Mutlosigkeit zu panzern. Er erkannte bald an der immer präziseren, immer zielbewußteren Mitarbeit Ludwigs, daß ein Einbruch der Schwäche kaum mehr zu befürchten war. Und unmerklich dann hielt er seine antreibende Willenskraft zurück und überließ dem König die gedankliche Führung.

Es traf sich gut, daß Oliver im Vorzimmer des Herzogs außer einigen Kämmerern auch Herrn van Busleyden fand. Der Offizier hob überrascht den Kopf, als er den Vertrauten des Königs zu solcher ungewöhnlichen Stunde – es mochte gegen zehn Uhr sein – eintreten sah. Der Meister ging sofort auf ihn zu und zog ihn in eine Ecke.
»Chevalier«, flüsterte er, »mein hoher Herr schickt mich in der

dringlichsten Angelegenheit, die weder Verzögerung noch Zeremoniell verträgt, zum Monseigneur von Burgund. Ich wäre Ihnen sehr verbunden, wenn Sie mir die Audienz erwirkten.«

Busleyden zögerte; der Herzog sei in wenig günstiger Stimmung und habe sich seit geraumer Zeit mit Crèvecoeur eingeschlossen, mit der ausdrücklichen Weisung, ihn nicht zu stören. Oliver sagte mit feinem Lächeln:

»Gestehen Sie, Messire, sind Sie nicht ein wenig in meiner Schuld? Hatte ich Sie neulich schlecht informiert? Sollte der Herzog einen Edelmann zum festlichen Mundschenk machen, der eine schlechte diplomatische Arbeit abgeliefert hat? Ich möchte es kaum glauben.«

»Gewiß habe ich Ihnen zu danken«, sagte Busleyden geschmeichelt; »aber es sollte mich wundern, wenn eine Nachricht des Königs, die sich doch wohl nur auf die Verhandlungen beziehen kann, nicht bis morgen früh Zeit hätte. Ich sage Ihnen sehr freundschaftlich: Sie könnten ungelegen kommen und wenig Erfolg haben, Herr Kämmerer.«

Oliver wurde ungeduldig.

»Wenn Sie wüßten, Chevalier, um was es sich handelt«, sagte er etwas gereizt, »dann würden Sie über sich selbst staunen, daß Sie den Ablauf eines historischen Schicksals auch nur um eine Minute aufhalten. Denken Sie, bitte, noch einmal an unser Gespräch und denken Sie an seinen Schluß, den Sie dem Herzog pflichtmäßig so wenig vorenthalten haben werden wie meine übrigen Mitteilungen. Melden Sie ihm also, daß meine dringende Botschaft sich auf Lüttich bezieht. Mich dünkt, Sie nützen damit Ihrer Karriere gleicherweise oder noch mehr.«

Der Offizier trat erschrocken zurück, die Ironie der letzten Worte überhörend. Die anderen Höflinge wurden jetzt aufmerksam und zeigten viele Neugier auf den Gesichtern. Doch Busleyden ging stumm und eilig an ihnen vorbei und verschwand in dem angrenzenden Raum. Es verstrich einige Zeit. Oliver war es zufrieden, daß der Adjutant mehr zu sagen schien als die bloße Anmeldung, und bemühte sich, den beobachtenden Augen ringsum in Haltung und Bewegung eine schlecht beherrschte Aufregung zu zeigen. Dann kehrte Busleyden zurück, mit nervösem Gesicht, und führte ihn wortlos zum Herzog.

Das Gemach, das sie betraten, war klein und notdürftig erhellt und wies – wie die anderen bewohnten Räume des Schlosses – die peinliche Nachbarschaft des eilig aufgerichteten Prunkes und grämlichen Verfalls auf. Burgund ging hastig die kleine Strecke zwischen Tür und Fenster auf und ab, mit seinem mächtigen Körper die Enge

gleichsam bedrohend. Er schien den Eintritt der beiden Männer nicht zu beachten. Neben dem Fenster stand regungslos und mit verschränkten Armen der Kanzler, das Gesicht beschattet. Oliver verbeugte sich tief und blieb stumm an der Tür stehen. Er bemerkte nicht ohne Genugtuung, daß Busleyden das Zimmer nicht wieder verließ, sondern sich an die andere Seite der Tür stellte.
Der Herzog brach plötzlich los, ohne sein wildes Hin und Her aufzugeben oder jemanden anzusehen, heftig einsetzend mit seiner scharfen Stimme, die wie geborsten klang, zuweilen die Fäuste schüttelnd:
»Wenn Herr Valois mich für einen Tölpel hält, so ist es sein gutes Recht, wie es das meine ist, ihn für einen Fuchs zu halten. Aber der Fuchs sitzt in der Falle und der Tölpel nicht: Das ist ein Unterschied, dünkt mich. Und das sollte bedacht werden, bevor man aus einem Tag zuviel Vorteil herauslisten will. Sich selber praktiziert man auch nicht mit abendlichen Insinuationen aus dem Fangeisen!«
Er blieb plötzlich vor Oliver stehen.
»Sagen Sie Seiner Majestät: Ist er in Wahrheit über die Vorgänge in Lüttich besser unterrichtet als ich und will er es mir eingestehen, dann gibt er damit etwas zu, was ich schon lange vermute und gerne mit Sicherheit wüßte. Sagen Sie ihm, daß ich in solchem Fall kaum eine Schlauheit entdecken könnte und daß er sich die Abendbotschaft an mich noch einmal überlegen möge.«
»Mit Verlaub, Hoheit«, entgegnete Oliver und hob die Stimme, »ich will gerne die Verantwortung übernehmen, mich meines Auftrags doch in diesem Augenblick zu entledigen. Ich darf Sie erinnern, daß ich Ihnen gestern auf einen ähnlichen Verdacht zu antworten die Ehre hatte. Ich sagte Ihnen, daß wir bald den Beweis des Gegenteils führen können. Das heißt also, daß schon daran gearbeitet wurde und daß der König bereits mit der Absicht, sich auf unwiderlegliche Art zu rechtfertigen, Ihre Gastfreundschaft in Anspruch genommen hat.«
Er unterbrach sich und wandte sich an den Adjutanten.
»Ich darf Herrn van Busleyden bitten, mir zu bezeugen, daß ich ihm schon als Delegierter des Königs über alle Beweggründe zu dieser Zusammenkunft und auch über die Lütticher Sorge meines hohen Herrn wahrhaftige und ehrliche Auskunft gegeben habe.«
»Das weiß ich, das weiß ich!« rief Burgund ungeduldig.
»Gut, Hoheit«, fuhr der Necker um so gleichmütiger fort, als er den Fürsten unruhig sah, »gut, Hoheit, und Sie wissen auch, daß die beiden ersten Tage der Zusammenkunft die Wahrheit und Ehrlichkeit meiner Mitteilungen in allen zum Beweis gelangten Punkten

bestätigten. Sie sahen wohl auch an der Haltung der Majestät, daß ein gutes Gewissen und ein gutes Wissen auch absonderlichen und verfänglichen Auffassungen von Gastfreundschaft begegnen kann ...«

»Zum Teufel, Herr!« rief Burgund, mit dem Fuß aufstampfend. »Wer gibt Ihnen das Recht zu solcher Kritik?«

»Sie selber, Monseigneur«, antwortete Oliver kalt, »durch Ihre Kritik an dem König, in dessen Namen ich hier spreche.«

Der Herzog hörte aus der festen Sprache des Dieners immer wieder des Herrn rätselhafte Sicherheit heraus, die ihn verwirrte. Er nahm mit brüsker Wendung seinen Gang durch das Zimmer wieder auf.

»Kommen Sie zum Schluß!« befahl er kurz. Der Meister berichtete sachlichen Tones:

»Der König hatte, wie ich bereits dem Herrn van Busleyden mitteilte, den Konnetabel beauftragt, von Luxemburg aus die Bewegungen im Lütticher Hinterland zu beobachten. Er kam mit dem vorläufigen Resultat hierher, daß der deutsche Söldnerführer Johann von Wildt mit einer sehr starken Truppe in den Ardennen stände und möglicherweise mit den Lüttichern in Verbindung oder sogar im Bunde sei. Mein hoher Herr hätte Sie morgen, ohne noch die Gewißheit dieses Zusammenhanges zu haben, auf seine Eventualität aufmerksam gemacht. Vor einer Stunde aber traf vom Hauptquartier des Konnetabels die Nachricht ein, daß der Wildtsche Heerhaufen in der Richtung auf Lüttich abmarschiert und daß in den Ortschaften der Maasniederung, welche er durchzog, die mit seiner Unterstützung gegen Burgund unternommene Revolte der Stadt bereits bekannt sei. Mein hoher Herr hält es für seine Pflicht, Sie unverzüglich von diesem Ereignis in Kenntnis zu setzen und Ihnen schnelle Gegenmaßregeln zu empfehlen. Nach menschlichem Ermessen kann schon der morgige Tag die schlimme Bestätigung bringen. Mein hoher Herr aber gibt einen dreifachen Beweis seiner Loyalität: durch diese Meldung, durch seine Anwesenheit in solchem Augenblick und schließlich durch die deutschen Landsknechte selber, die man in den Reihen der Lütticher finden wird.«

Burgund war schon nach den ersten Sätzen Olivers stehen geblieben und hatte dem Sprechenden mit wachsender Erregung zugehört. Jetzt senkte er die Stirn wie ein Stier, der zustoßen will; seine Backenknochen kanteten sich, Crèvecoeur ging hastig auf ihn zu und flüsterte ihm einige Worte ins Ohr.

»Busleyden«, befahl der Herzog heiser, »der Marschall und die Feldhauptleute haben in einer Stunde hier zu sein.«

Der Adjutant ging. Der Herzog starrte wieder auf den Boden und hob plötzlich den vollen Blick zu Oliver auf. Sein Gesicht zuckte im Kampf gegensätzlicher Gedanken. Er suchte nach einer Antwort, die zugleich klug und ehrlich war. Der Kanzler, wohlvertraut mit der gehemmten und schon wieder wild ausbrechenden Natur seines Fürsten und eine neue Unklugheit befürchtend, bewußt auch der gefährlichen Eloquenz dieses Widerparts, fühlte die Notwendigkeit, einzugreifen.

»Herr Kämmerer«, sagte er höflich, »versichern Sie die Majestät unseres schuldigen Dankes.«

»Ja«, stieß Burgund rauh hervor. Oliver verbeugte sich und ging.

Der König hatte, um vor der Rückkehr des Meisters und seinem entscheidenden Bericht nicht mit Balue und Saint-Pol zusammensein und sprechen zu müssen, Unpäßlichkeit vorgeschützt und sein Zimmer nicht verlassen. Damit den beiden die nahe bevorstehende Enthüllung der Lage nicht durch das Gehen und Kommen des einen Oliver motivierbar sei, hatte Ludwig geschickt und in unregelmäßigen Abständen auch Bourbon, Jean de Beaune und den Generalprofos mit irgendwelchen Aufträgen gehen und kommen lassen, ohne doch dem Kardinal und dem Konnetabel auch nur für wenige Minuten Gelegenheit zu geben, miteinander unter vier Augen zu sprechen. Stets war der peinlich lächelnde Herr Tristan oder der auffallend wortkarge Schatzmeister in der Nähe; und als die Herren sich auf ihre Zimmer zurückgezogen, komplimentierte der Profos den Grafen Saint-Pol so geschickt vor sich her, seinem vom Schlafraum des Kardinals durch das gemeinsame Zimmer der beiden Räte getrennten Gemach zu, daß gerade noch ein Gutenacht über den Kopf des Höflichen hinweg möglich war.

Der zurückkehrende Oliver mußte zunächst das Zimmer des Kardinals passieren. Balue sprang ihn an wie ein Raubtier.

»Hüten Sie Ihren Kopf, Necker, Sie haben sich augenscheinlich zu spät wider uns entschieden!«

Oliver sah ihn lächelnd an.

»Gewiß hüte ich meinen Kopf, wie Sie den Ihren, Eminenz.«

Balue hielt ihn am Arm fest. »Um aller Heiligen willen, Meister, was geschieht hier? Was weiß der König?«

Der Necker zuckte mit den Achseln. Er meinte vorsichtig:

»Wüßte ich es, Monsignore, dann wüßten Sie es auch. Mich dünkt nur, wir sind in die eigene Falle gegangen. Jetzt muß jeder sehen, wie er herauskommt. Es dürfte nicht leicht sein.«

Er befreite sich mit einem Ruck der Schultern und hatte schon die Tür zum Nebenzimmer erreicht. Jean de Beaune, der auf seinem Bett saß, nickte ihm mürrisch zu.

»Ich habe solche Sehnsucht nach der Touraine«, sagte er mit einer Grimasse, »daß ich selbst Ihre Eifersucht herausfordern möchte, Meister.«
Olivers Gesicht verfinsterte sich. Tristan lachte:
»Rühren Sie jetzt nicht die menschlichen Schwächen unseres Teufels auf, Jean, wir sind im Augenblick wahrhaftig auf die ungestörte Ausübung seines infernalischen Berufs angewiesen. Nichts für ungut, Meister, wenn Sie uns aus dieser Vorhölle herausbringen, verschreibe ich Ihnen gerne meine an und für sich schon etwas lädierte Seele.«
Oliver ging weiter, als hätte er nichts gehört. Im dritten Zimmer stand der Konnetabel am Fenster und trommelte gegen die Scheiben. Er drehte sich nach dem Eintretenden um und wandte schnell wieder den Kopf ab, angewidert den Rücken krümmend.
Oliver ging weiter, einen spöttischen Blick auf ihn werfend. Das vierte Zimmer war leer. Der Necker fand Bourbon beim König; er wußte, daß der Herzog inzwischen eingeweiht worden war.
Ludwig hob erwartungsvoll den Kopf; er schien ruhig und seiner Sache gewiß; die klaren Augen zeugten von der zielbewußten Arbeit der Gedanken. Oliver lächelte ihm zu:
»Monseigneur von Burgund versichert die Majestät seines schuldigen Dankes und wird jetzt in einem Kriegsrat toben.«
»Gut, mein Freund«, sprach Ludwig, »und Sie, Herr Bruder, werden jetzt die Güte haben, Oliver in den Augen gewisser Herren zu entlasten und noch einmal geschäftig fortzugehen, sich irgendwo eine Viertelstunde aufzuhalten, mit besorgter Miene wiederzukommen und dann Balue, Saint-Pol und meine beiden Gevattern vor ihren König zu bitten.«
Bourbon verließ das Gemach. Ludwig lehnte den Kopf zurück und schloß einen Augenblick die Augen.
»Der Dank ist dem Herzog nicht leichtgefallen?« fragte er leise.
»Er fiel ihm so schwer«, entgegnete Oliver ernst, »daß ihn Crèvecoeur für ihn aussprach und er ihn nur bejahte. Aber ihn hemmte nicht so sehr Ungläubigkeit wie Unsicherheit. Jetzt müssen wir abwarten, was der morgige Tag bringt.«
Sie schwiegen beide. Vom Schloßhof herauf drang der Lärm von Schritten, Worten und Waffen. Oliver sah die Brauen des Königs in Unruhe zucken. Er begann viel und laut zu reden, um die beängstigenden Laute der Feindseligkeit zu übertönen. Er drängte den König hastig von jedem Gedanken ab, der zur Schwäche oder zur Furcht führen konnte, und spannte seine Energie wieder durch Berichte über die Verschwörung, durch Andeutungen über die Zusammenhänge, die unmerklich immer umrissener und klarer wurden,

gleich als ob Beobachtungen, Bestechungen und geschickte Helfer ihn mit jeder Stunde zur besseren Erkenntnis der Lage führten. Er beschränkte sich wohlweislich nur auf die Erklärung der Rollen Balues und Saint-Pols bei dem dunklen Spiel und brauchte dann schon dem König, der über die bevorstehende Konfrontation nachsann, nichts mehr über die kluge Behandlung der beiden sagen noch etwas der verabredeten Methode hinzufügen oder nehmen.

Bourbon kehrte zurück, blieb kurze Zeit im Zimmer und berief dann im Namen seines königlichen Schwagers die vier Herren. Ludwig saß mit steifem Rücken und unbeweglichem Gesicht auf dem hochlehnigen Stuhl wie ein Richter und verstärkte bewußt diese Wirkung durch den harten und durchdringenden Blick, mit dem er den Konnetabel empfing und der beim Eintritt des Kardinals grausam wie der eines Henkers war. Saint-Pol stand blaß und ruhig, das kantige Kinn etwas vorgeschoben, die Beine ein wenig gespreizt. Jean de Beaune und der Profos, der eine in Erwartung blutrot, der andere kalten Blutes beruflich interessiert, blieben im Hintergrund. Balue, sehr bleich zwar, aber in Haltung und Bewegung voller Würde, hielt den Blick des Königs mit staunenswerter Energie aus. Oliver stand hinter Ludwigs Sessel im Schatten der Fensterwand.

»Seigneurs«, sprach der König mit kaum lauter, fast gleichgültiger Stimme, »ich habe Ihnen mitzuteilen, daß Lüttich rebelliert.«

Man hörte ein Stöhnen Balues.

»Der von Wildt«, fuhr Ludwig in gleichem Ton fort, »hat zu früh losgeschlagen: ob aus freiem Ermessen, auf bestimmten Befehl oder nur auf gut Glück, will ich jetzt nicht entscheiden.«

Er sah den Konnetabel an. Saint-Pol senkte die Stirn, auf der Schweißtropfen glänzten. Der König sprach weiter, gleichmütig, nüchtern fast:

»Ein provokatorischer Akt Burgunds – kaum denkbar an und für sich, möglich nur in seiner Gleichzeitigkeit mit meiner Anwesenheit in Péronne – ist ausgeschlossen; denn der Herzog, dem ich als erstem die mir zugekommene Nachricht habe mitteilen lassen, ist so überrascht wie ich und wie Sie, Seigneurs, es ebenfalls zu sein scheinen.«

Er betrachtete mit kaum merklichem und doch unsagbar bösem Lächeln Saint-Pol und Balue, schaute von einem zum anderen. Der Kardinal hatte die Hände über der Brust gefaltet und die Finger ineinander gekrampft, um ihr Zittern nicht sehen zu lassen.

»Sire«, sagte er und hustete, »Sire . . .«

»Seigneurs«, begann Ludwig wieder, ohne ihn zu beachten, »der Zwischenfall scheint geeignet, die Verhandlungen zu paralysieren

und die persönliche Sicherheit des Souveräns zu gefährden. Es wäre furchtbar, wenn ein bewußter Wille mit diesem Mittel zu meiner Vernichtung gearbeitet haben sollte; furchtbar für den Urheber; denn der Plan wäre mißlungen; soweit ein Mensch dem Schicksal gegenüber Waffen haben kann, besitze ich sie. Ich bitte Sie, Seigneurs, in den nächsten Tagen mutig zu sein und zuversichtlich und sich Ihres Eides zu erinnern, der Sie an mich bindet. Glauben Sie mir, ich werde noch Gelegenheit und Macht genug haben, mich an Ihre Treue zu erinnern. – Sie sehen auch, Seigneurs, daß ich die Frage der persönlichen Verantwortung irgendeines von Ihnen für die Entwicklung der Lage nicht berühre, eine Frage, die vielleicht nicht bedeutungslos ist. Ich verbiete Ihnen, von diesem Augenblick an ohne meine Erlaubnis den uns zugewiesenen Flügel des Schlosses zu verlassen, eine selbständige Unterhandlung oder ein Gespräch mit der Gegenpartei zu führen oder Nachrichten mündlicher oder schriftlicher Art weiterzugeben. Ich verbiete es Ihnen nicht aus Mißtrauen, sondern um die klare Führung der Geschäfte zu behalten. Sie können jetzt gehen, Seigneurs, gute Nacht.«
»Sire«, versuchte Balue wieder, »ein Wort . . .«
»Sire«, sagte auch der Konnetabel, »mit Verlaub . . .«
Der König stand auf und wiederholte mit etwas lauterer Stimme:
»Seigneurs, gute Nacht!«
Der Necker öffnete die Tür.

Das erwartete Schicksal stürmte in den Dienstag. In der Frühe hatte sich Fra Fradin seines Auftrages bei Crèvecoeur entledigt. Doch bevor Heuriblocq, den Daniel Bart nicht aus den Augen ließ und den er sowohl einen schweren Beutel mit tausend Talern als auch einen kurzen, breiten und handlichen Dolch sehen ließ, zur festgesetzten Stunde sich in das Schloß begeben konnte, brach die Nachricht ein wie eine sich überstürzende Welle. Flüchtlinge kamen aus Lüttich und meldeten einen furchtbaren Aufstand und die Flucht des Bischofs, des Statthalters und ihres Hofes nach Tongern. Flüchtlinge kamen aus Tongern und meldeten die Überrumpelung ihrer Stadt durch die Lütticher, die Ermordung des Bischofs und des burgundischen Statthalters, die Niedermetzelung ihres Gefolges. Andere wieder wußten nichts von solchen Greueln und sprachen nur von einer Gefangennahme des Prälaten. Einige wollten französische Provokateure unter den Meuterern erkannt haben. Der burgundische Steuereinnehmer Pieter Heuriblocq wiederum, der sich als erster höherer Beamter aus dem Rebellionsgebiet im Schloß einfand und dessen Aussage deshalb viel Beachtung fand, versicherte, deutsche Landsknechte in den Reihen der Insurgenten gesehen zu haben. Er wurde auf sein Anerbieten als Überbringer dringender Orders nach Brüssel geschickt. Neue Flüchtlinge, neue Gerüchte trafen ein. Wie immer das Echo einer Katastrophe verworren, voller Widerspruch und maßlos in seiner entsetzten Überstürzung ist, so hallte auch Péronne von ungeheuerlichen Gerüchten wider.

Der Herzog gab am Nachmittag den bedrohlichen Befehl, die Tore der Stadt und des Schlosses zu sperren. Seine Haltung war undurchdringlich und diese Maßregel unheilverkündend. Seit der Meldung des Necker vom Vorabend hatte jeder Verkehr mit dem König und seinen Leuten aufgehört. Eine starke Wache trennte den westlichen Schloßflügel von der Außenwelt. Der Valois und die Männer seiner Umgebung schienen Gefangene. Ludwig verlangte den Herzog zu sprechen. Der Offizier, der das Detachement befehligte, kam mit der Nachricht zurück, daß Monseigneur über die Maßen beschäftigt sei und zur gegebenen Zeit selber den König aufsuchen werde.

Oliver war voller Sorge. Die Art Burgunds erschreckte ihn. Seine Befürchtung, der Herzog möchte den gut konstruierten und schwer widerlegbaren Beweis von der Unschuld des Königs nicht anerkennen oder mit Gegenargumenten bekämpfen, sondern brutal mit seinen kräftigen Muskeln beiseite schieben, schien sich auf schlimme Weise zu bestätigen. Gegen solche unversehens übergeworfene Fessel des Körpers und des Geistes wußte er noch keinen befreienden Griff. Die dumpf abrollenden Stunden schienen die Luft in den grauen Räumen zu verdicken und das Atmen zu erschweren. Der König war wie in einer Starre. Er saß ohne Wort und ohne Bewegung in seinem Sessel, die Hände rechts und links auf den Armlehnen, den Kopf angelehnt, das Kinn etwas erhoben. So schien er auf etwas zu warten oder nachzudenken. Keiner der Herren wagte sich aus seinem Zimmer, keiner wagte zu sprechen. Balue und Saint-Pol – jeder in seinem Gemach unruhig sich bewegend oder auch durch Stunden festgebannt auf einer Stelle – dachten nach, die anderen warteten. Oliver beobachtete den König.

Es kam die Nacht. Aufwärter mit Speisen passierten die Postenkette und richteten stumm die abendliche Tafel. Als sie nach etlicher Zeit wiederkehrten, fanden sie den Eßraum leer, die Stühle nicht verschoben, die Speisen nicht angerührt.

Es wurde eine seltsame Nacht. In den Räumen herrschte Schweigen und Finsternis. Nur im Gemach des Königs brannte Licht und war Geflüster. Oliver entwickelte die Konspiration in ihrem ganzen Ausmaß, aufgefordert durch eine plötzlich wache Frage des Fürsten,

die in ihrer durchdringenden und umfassenden Klugheit die starke Gedankenarbeit der letzten Stunden verriet. Der Necker, der dann geschickt Ludwigs Aufmerksamkeit auf das eigentliche Fundament der Verschwörung: auf die neue Fürstenliga lenkte, nannte als Quelle seines Wissens die Mitteilungen des ihm ergebenen Agenten Crèvecoeur, den er schon in Paris sich verpflichtet habe. Da die Reorganisation der alten Fronde dem König nicht unbekannt war und von ihm selber schon in den mutmaßlichen Zusammenhang mit Péronne gebracht wurde, schien er weder überrascht noch mißtrauisch. Die Namen, die Oliver dann nannte, waren auch für ihn die bekannten, entscheidenden und zu bekämpfenden.
Die beiden hockten zusammen wie Richter einer absonderlichen Feme. Schicksale von Menschen wurden entschieden, große Ideen für die Gestaltung des Reiches in Pläne gegossen. Die Stille draußen wurde von Zeit zu Zeit durch ablösende Mannschaften, Kommandos und Klirren von Waffen unterbrochen. Der eingesperrte Valois formte die Politik Frankreichs. Dann wieder schwieg er, mit anderen Gedanken beschäftigt.
»Herr Karl von Frankreich ... Nemours ... Saint-Pol ... Balue«, murmelte er.
Das waren Todesurteile, wußte der Necker. Er dachte an die Nacht in Orleans, als er den Kardinal mit dieser Aufzählung erschütterte. Er dachte auch daran, daß Balue den Namen Oliver vermißte und genannt wissen wollte. In leisem Schauder betrachtete er das steingraue und unerbittliche Gesicht des Königs, der ihn plötzlich ansah. Oliver fühlte, wie seine Lippen sich entfärbten.
»Was hast du, Oliver?« fragte Ludwig.
Der Necker zwang sich zu einem Lächeln. Sein Hirn jagte nach einer guten Antwort – und es fand die beste, die Überlegungen dieses langen schweren Tages zusammenraffend.
»Ich glaube, Sire, ich habe den rettenden Gedanken – für die Gegenwart!«
Ludwig betrachtete ihn gespannt.
»Wahrhaftig, Sire«, rief Oliver, »das kann die Rettung sein. Schlagen Sie dem Herzog vor, er solle gemeinsam mit Ihnen gegen Lüttich ziehen!«
Der König sprang erregt auf, mit glänzenden Augen, und ging überlegend auf und ab.
»Wahrhaftig, mein Oliver, das kann die Rettung sein«, wiederholte er sinnend.
Der Morgen war nicht mehr fern, als die beiden sich zur Ruhe legten. Zu früher Stunde schon erhoben sie sich wieder. Der König

schien frisch und ausgeruht; das nächtliche Gespräch hatte ihn gestärkt wie ein guter Schlaf. Er füllte den Vormittag mit fiktiven Beratungen, zu denen er seinen Schwager, Tristan und Beaune, auch Balue und Saint-Pol hinzuzog. Da der Nachmittag verging, ohne daß der Herzog oder eine Nachricht von ihm kam, und da Ludwig befürchten mußte, Burgund möchte Péronne verlassen und wortlos seinen Gast in Gefangenschaft behalten, versuchte Oliver noch vor Anbruch der Dunkelheit, durch die Postenkette zu kommen. Vor der Treppe, die in den Schloßhof führte, kreuzten zwei weißblonde, riesenhafte Gardisten stumm wie Partisanen. Oliver blieb stehen; auf jedem Treppenabsatz sah er Doppelposten.

»Im Namen des Königs«, befahl Oliver auf flämisch, mit scharfer Stimme, »ruft den wachhabenden Offizier!«

Die Soldaten gaben die Order weiter. Nach einigen Minuten sprang ein junger Adeliger die Treppe herauf. Oliver rief ihm entgegen:

»Im Namen des Königs befehle ich Ihnen, mich mit einer Botschaft Seiner Majestät zum Herzog zu führen oder Herrn van Busleyden zu mir zu schicken, dem ich sie in Ihrer Gegenwart anvertrauen will.«

Der verblüffte Offizier bat ihn zu warten. Er kehrte nach zehn Minuten mit Busleyden zurück, dessen Gesicht von Nachtwachen zeugte.

»Chevalier«, sagte der Necker mit lauter Stimme, unbekümmert um die Bewaffneten, die das Treppenhaus füllten, »der König will nicht sehen und nicht erwähnen, was zu sehen und zu erwähnen ungeheuerlich ist. Er läßt seinem Vetter und Lehensmann Karl von Burgund sagen, daß er bereit war und bereit ist, den Oberbefehl über die Strafexpedition gegen Lüttich zu übernehmen!«

Dem van Busleyden flatterten die Augenlider. Der Necker beugte sich an sein Ohr:

»Wenn nicht schon die drei Beweise das Gewissen jedes Ehrenmannes hier belasten, dann muß dieser vierte Beweis eine Schamröte entfachen, daß diese Mauern ihr Grau verlieren möchten! Sie und Crèvecoeur müssen dafür sorgen, daß die Schande den Herzog nicht auch außerhalb von Péronne und für das ganze Leben begleitet. Die Majestät verzeiht und schweigt.«

Busleyden senkte den Kopf.

»Der Herzog quälte sich genug«, flüsterte er. »Jetzt bringe ich ihn her.«

Er ging in Hast fort. Der Necker eilte zum König und meldete ihm den Erfolg. Ludwig lächelte und reckte die Arme.

»Wenn er kommt«, sprach er mit verschlagenem Ausdruck, »ist Europa heute abend um einen sonderbaren Frieden reicher und um

eine jämmerliche Liga ärmer. Wenn er kommt, wird morgen in den Kirchen von Péronne und in drei Tagen in den Kathedralen von Paris das absonderlichste Tedeum gesungen, das je den Herrn lobte.«
Oliver kehrte auf seinen Posten an der Treppe zurück, mit verschlossenem Gesicht die Zimmer der Herren, die ihm gespannt oder gequält nachsahen, wieder durchquerend. Er wartete fast eine halbe Stunde, in scheinbarem Gleichmut gegen eine ungefüge Säule gelehnt. Dann tönte vom Hof her ungewöhnliche Bewegung. Die Soldaten auf den Podesten der Treppe erstarrten zu eisernen Figuren. Der Herzog, in Panzerhemd und Beinschienen, den schönen Kopf entblößt, klirrte die Treppe herauf. Oliver verbeugte sich und sah dann dem Fürsten ins übernächtige, von innerlichen Kämpfen und den Schlägen der drängenden Stunden gezeichnete Gesicht.
»Der Allerchristlichste König erwartet Sie mit vieler Freude, Monseigneur«, sprach Oliver förmlich; »er hat sein schönes Ziel durch die Fügung des Schicksals schneller und ausschließlicher erreicht, als er dachte; denn schon morgen werden in Frankreich und Burgund die Glocken läuten können.«
Der Herzog betrachtete den Sprecher mit maßlos erstaunten Augen und wurde plötzlich rot.
»Hoffen wir es«, sagte er, sich kurz abwendend; doch er fügte dann leiser hinzu:
»Sie sind gefährlicher als das ganze Heer des Valois, Sieur Le Mauvais. Ich hätte Ihnen den Kopf abschlagen oder Sie zu meinem Minister machen sollen.«
»Mein Kopf gehört nicht mir«, sagte der Necker und lächelte ironisch; »deshalb darf ich sagen, es wäre schade um ihn gewesen oder schädlich für Sie, Hoheit, wenn er einem burgundischen Minister gehörte.«
Der Herzog ging weiter, als hätte er die Antwort nicht gehört. Oliver folgte ihm in einem Abstand von wenigen Schritten. Die Herren der Suite waren inzwischen von Ludwig benachrichtigt worden, daß er Burgund erwarte. Die Türen ihrer Zimmer standen offen. Der Kardinal saß auf einem Stuhl und schien in sein Brevier vertieft. Er stand nicht auf, als Herr Karl durch sein Zimmer schritt, sondern neigte nur grüßend das Haupt, mit schnellem Blick das harte Profil des kaum Dankenden und Olivers bewegungslose Miene prüfend. Tristan und Jean de Beaune warteten rechts und links von ihrer Tür, in höfischer Verbeugung. Saint-Pol stand breitbeinig vor dem Fenster, die Arme verschränkt, mit seinem offenen Blick den Herzog von der einen Tür zur anderen begleitend, ohne Gruß.

Burgund kniff die Lippen zusammen. Herr Bourbon geleitete ihn zeremoniell bis ins Zimmer des Königs und zog sich dann zurück. Oliver folgte ihm und schloß hinter sich die Tür.
Ludwig empfing den Herzog freundlich lächelnd, lässig in seinem Stuhl zurückgelehnt, reichte ihm die Hand und bot ihm ein Tabu-rett neben sich an. Burgund, der nicht wußte, ob der König die dämonische und abgründige Formalität seines Kämmerers fortsetzen wollte, wartete mit finsterem Gesicht, daß der andere das Gespräch beginne. Ludwig ließ sich Zeit, bis er an den nervösen Händen des Herzogs seine Unsicherheit erkannte.
»Wir wollen mit offenen Karten spielen, Herr Vetter«, sagte er dann veränderten Tones; »das wird nur für Sie von Vorteil sein, da ich Ihre Karten kenne.«
Der Herzog schwieg. Ludwig, der höher saß, beugte sich über die Seitenlehne zu ihm hin.
»Als ich hierherkam, Burgund, kannte ich bereits das gutgesponnene Gewebe, in dem ich hängenbleiben sollte. Ich könnte Ihnen jede Masche nachzeichnen und sogar Verästelungen, die selbst Sie nicht ahnen oder erst jetzt. Ich wollte im entscheidenden Augenblick das Netz nicht nur von mir, sondern auch von Ihnen streifen; denn man hatte auch Sie schon verstrickt. Die Entscheidung kam schneller und bestürzender, als ich es glaubte; doch sie hilft Ihnen und mir. Ich kam zu Ihnen, um Ihnen zu versprechen, Ihr Freund zu sein. Durch Lüttich kann ich beweisen, daß ich es bin. Sie dürfen auch über meine dreihundert schottischen Leibgardisten und über die fünftausend Reiter verfügen, die der Großmeister inzwischen nach St. Quentin geführt haben wird.«
»Wir brechen morgen auf«, sagte der Herzog schlicht. Ludwig legte ihm die Hand auf die Schulter.
»Sie haben sich überwunden, mein Freund. Ich will Ihnen danken, ohne an das Vergangene zu denken. Ich will Ihnen freiwillig zubilligen, was Sie wohl zwangsweise zu erhalten hofften. Die Bretagne interessiert Sie nicht mehr; doch Ihre anderen Freunde seien bedacht, ohne daß sie neuerlich zu frondieren brauchten: Herr Karl von Frankreich, mein liebwerter Bruder, bekomme die Champagne und Brie; außerdem würde ich für den Fall, daß Sie es im Ernst wünschten, mein Einverständnis zu seiner Heirat mit Ihrer jungen Tochter Maria geben, eine Zusage, die ich bisher, ich gestehe es, aus gleichsam pädagogischen Gründen dem noch nicht Reifen und mir doch viel Verdruß Bereitenden immer verweigerte.«
»Ich selber bin in dieser Frage durchaus noch nicht entschlossen«, sagte der Herzog verlegen; »aber ich danke Ihnen für Ihr Wort.«

»Nemours bekomme einige Landschaften«, fuhr der König verbindlich fort; »Ihnen selber beschwöre ich den Frieden auf der Grundlage des letzten Pariser Paktes. Sind Sie zufrieden?«
»Ich bin zufrieden«, sagte Burgund langsam und leise.
»Meinem Schwager Savoyen biete ich Versöhnung und Freundschaft an; ich habe bereits meinen Mailänder Alliierten gebeten, die Feindseligkeiten gegen ihn einzustellen. Herrn du Lau rehabilitiere ich durch eine Statthalterschaft im Süden. Verlangen Sie sonst noch bestimmte Entschädigungen für die Herren des Ehrengeleites?«
»Nein.«
»Und dies noch«, flüsterte Ludwig, »man hat ein doppeltes Spiel mit uns getrieben. Ich weiß es und Sie ahnen es: wer. Mit Balue rechne ich selber ab. Sie werden verhüten, daß er sich an Ihre Rockschöße klammert?«
»Ja«, sagte Burgund.
»Der Konnetabel ist für die Lütticher Katastrophe zum mindesten bedingt verantwortlich. Er hätte die Vereinigung des Wildt mit der Stadt verhindern müssen. Soll ich ihn Ihnen überlassen, Vetter?«
»Nein«, antwortete der Herzog nach kurzem Nachdenken.
Ludwig beugte sich an sein Ohr:
»Wollen Sie seinen Kopf?«
»Nein.«
Der König kniff häßlich die dicken Lippen ab.
»So will ich ihn – zu gelegener Stunde.«
Gegen acht Uhr wurde der Frieden in Gegenwart des burgundischen Hofes und des königlichen Gefolges auf des heiligen Karolus Magnus Kreuz, das der Valois mit sich führte, feierlich beschworen. Die Glocken läuteten.

In dieser Nacht, der letzten in Péronne, als der König und Oliver schon ruhten und ein friedsames Dunkel den Raum füllte – freiere Luft auch, wie wenn die Mauern dünner geworden wären –, hörte der Necker in der Entrücktheit des nahenden Schlafes eine Stimme:
»Ich habe die Anne nicht berührt, mein Oliver ...«
Der starke Schlag des Herzens stieß den Necker in die Höhe. Er lauschte, aus offenem Munde keuchend. Nach einer Weile sprach der König das gleiche:
»Ich habe die Anne nicht berührt, mein Oliver.«
Der Necker keuchte immer lauter, als behielte die Brust nicht mehr das Geheimnis. Er kniete im Bett auf und stöhnte:
»Herr, verzeihen Sie mir! Herr, ich habe Sie ...«
»Ich verzeihe dir, mein Oliver, weil ich ahne und geahnt habe, was

zu verzeihen ist. Ich verzeihe dir den bösen Gedanken um der großen guten Tat willen, die du getan hast, dich selber besiegend und mich liebend. – Aber, Bruder, das Schlechte in mir verzeiht mir nicht meine gute Tat, um deines bösen Gedankens willen.«
Er schwieg. Der Necker glitt vom Lager und tastete sich zu ihm hin. Er küßte seine Hände. Der König sprach leise:
»Wir kennen uns jetzt zutiefst, mein Bruder.«

In der Abtei St. Denis bei Paris, wohin der heilige Dionys seinen abgeschlagenen Kopf getragen hatte und wo er sein Grab wünschte, wurde auf Befehl des Königs, der mit dem Herzog von Burgund gegen Lüttich zog, drei Tage später das Hochamt zur Feier des Friedens abgehalten und das Tedeum gesungen. Alle Glocken der Stadt, alle Glocken des Landes läuteten.

Zweites Buch

1 *Alter ego*

Anfangs November, während noch in der eroberten Stadt die durch den starken Widerstand und durch schwere Verluste gereizte Soldateska mordete und plünderte, die Limburger Brandkommandos des Herzogs planmäßig das dritte Mal die Feuersbrunst entfachten, zwischen den Eisschollen der Maas die aufgetriebenen Leichen der Ersäuften wie Flöße des Entsetzens trieben und burgundische Reiter den ins bergige Hinterland geflohenen Rest der Bevölkerung – Männer, Frauen und Kinder – auf ihre Lanzen spießten, verließ der König mit seinem Gefolge und seinen Truppen Lüttich. Sein Vetter Karl geleitete ihn bis Huy, der Kanzler Crèvecoeur bis an die Landesgrenze.

In den Tagen des Anmarsches und der Belagerung war es Ludwigs Sorge gewesen, ein Verhandeln mit Parlamentären zu vermeiden. Um nicht durch Aussagen des Landsknechtführers kompromittiert zu werden, zeigte er eine Erbarmungslosigkeit, die dem Herzog sehr gefiel, auch als sein Statthalter und der Bischof ohne leiblichen Schaden sich zu ihm retten konnten. Vor Lüttich setzte der König seinen Schotten eine größere Summe auf den Kopf des Wildt aus und formierte eine Gruppe von Scharfschützen, die kein anderes Ziel hatten als die Beseitigung des einen Mannes. Während eines furchtbaren Ausfalles der Landsknechte, der den Belagerern sechshundert Mann kostete, fiel Wildt. Die Söldner, denen durch eine vom Herzog persönlich geführte Elitetruppe der Rückweg verlegt worden war, wurden aufgerieben. Bei der schließlichen Erstürmung der Stadt wurden auf Befehl des Königs keine Gefangenen gemacht. Der Necker, immer in der Nähe seines Herrn und immer der erste Hörer seiner zum Wort gelangten Überlegungen, bestaunte die Geschicklichkeit und Schwungkraft, mit der Ludwig sein Netz über die offenen und die heimlichen Feinde warf. Und schließlich zog der König den gesamten gegensätzlichen Willen wie ein plumpes, gezähmtes Untier hinter sich her.

Der einzige, der still und sicher aus den Maschen der königlichen Allmacht schlüpfte, war merkwürdigerweise der Konnetabel. In Cambrai, dem ersten Rastort auf dem Zug gegen Lüttich, schlossen sich ohne viel Lärm dem französisch-burgundischen Heer drei seiner besten Regimenter an, die er während der Belagerung mit aller

Selbstverständlichkeit kommandierte, wie der Großbastard oder Savoyen oder Poncet de Rivière die ihren, und die sich dann beim Abmarsch des Königs als eine der französischen Truppe zum mindesten gewachsene Mannschaft erwiesen. So nahmen der lächelnde Ludwig und der lächelnde Saint-Pol im Aisnegebiet, das den Hoheitsbereich des Konnetabels abschloß, sehr freundlichen Abschied voneinander.

Weniger glücklich war der Kardinal. Verwirrt durch die scheinbar wieder gnädige Form des Königs, der seit dem Abzug aus Péronne jedes verfängliche Wort vermied und ihm die alte Freundlichkeit zeigte, und vom Herzog auf unzweideutige Art zurückgestoßen, wagte er seinen Wunsch, in Burgund zu bleiben, nicht einmal auszusprechen. Auch ein Versuch, durch Herrn d'Urfé an den Hof Karls von Frankreich zu kommen, scheiterte, da der König den Geschäftsträger seines Bruders durch Oliver hatte warnen lassen und da der kluge Mann den leicht errungenen und reichen Gewinn seines Herrn nicht wieder aufs Spiel setzen wollte. Die Flucht Balues zum Konnetabel vereitelte Ludwig durch das sehr einfache Mittel, daß er ihn beständig in seine unmittelbare Nähe zwang und daß er zwischen seine Person und die Leute Saint-Pols stets seine Schotten manövrierte. Ob der Konnetabel willens war, Balue in Sicherheit zu bringen, oder ob auch er von der ruhigen Höflichkeit des Königs gegen seinen Minister geblendet wurde oder ob er gar seine Situation nicht durch die provokante Hilfeleistung für Balue belasten wollte, konnte auch von Oliver nicht erkannt werden. Als sich der Graf Saint-Pol vom lächelnden König beurlaubte, hatte Lord Milford, der Führer der Schotten, den Befehl, sich hinter dem Kardinal zu halten und ihn bei einem Fluchtversuch zu erschießen. Balue aber saß ruhig und würdig auf seinem weißen Zelter, vielleicht ein wenig abgemagert durch die Erregungen der letzten Zeit, und wechselte mit dem Konnetabel freundlich formelle Worte des Abschieds.

Doch am gleichen Abend, im Quartier zu Laon, als der Kardinal dem lächelnden König eine gute Nacht gewünscht und sich auf sein Zimmer begeben hatte, klopfte es gegen seine Tür mit den drei langsamen Schlägen einlaßbegehrender Gerichtspersonen. Herrn Tristans sanfte Stimme sprach: »Im Namen des Königs!«

Balue öffnete mit weißem Gesicht; die linke Hand griff ans Kruzifix. Der Generalprofos trat ein, ruhig, ernst und höflich, ein Pergament mit königlichem Siegel tragend, ging auf ihn zu, berührte mit der Rolle leicht die Soutane des Prälaten und sagte leise:

»Monsignor Jean Balue, Kardinalbischof von Angers, Eminentissime, im Namen des Königs mache ich Sie zu meinem Gefangenen.«

Als Tristan L'Hermite, der mit zweien seiner Leute im Zimmer Balues übernachtet hatte, am anderen Tag mit dem verschlossenen und sich nicht schwach zeigenden Kardinal aufbrach, hatte der König mit kleinem Gefolge und einem Teil der Truppen die Stadt bereits verlassen. Die starke Mannschaft, die zurückgeblieben war, marschierte als Sicherung vor und hinter dem höflich schweigenden Profos und seinem Gefangenen.
»So viel Lanzen, um einen Priester zu bewachen?« spottete Balue mit dünnen Lippen.
Herr Tristan lächelte ein wenig.
»Um so mehr mag sich der Politiker geschmeichelt fühlen«, sagte er verbindlich.

Der König blieb in Compiègne und entließ seinen Schwager Bourbon und den Großmeister, die nicht nach dem Kardinal zu fragen gewagt hatten. Ludwig verlor über die Verhaftung kein Wort, nur Oliver und Jean de Beaune wußten von dem Auftrag des Profosen. Nicht aus Zartgefühl, sondern als Psychologe vermied der Herrscher eine Begegnung des Verhafteten mit den hohen Würdenträgern seines Reiches. An ihrer Verurteilung seiner tückischen Art lag ihm wenig; doch er wollte die Männer, die ihm nützlich oder notwendig waren, vor Depressionen schützen, die der Anblick eines scheinbar so willkürlich und unvermutet geformten Schicksals zur Folge haben mußte. So wurde Balue zur Nachtzeit nach Compiègne gebracht und in ein Turmzimmer des Schlosses eingeschlossen. Und so wurde es nochmals Nacht, bis sich die Tür wieder öffnete und der König, gefolgt von Herrn Tristan und Oliver, eintrat.
Der Kardinal kniete in einem kleinen Gebetstuhl vor dem Kruzifix aus Ebenholz und unterbrach seine Andacht nicht. Ludwig und seine Begleiter warteten stumm in der Tür und nahmen die Hüte ab. Jetzt schlug Balue das Kreuz, sagte »Amen« und erhob sich.
»Amen«, sagte der König, bekreuzigte sich und setzte den abgegriffenen Filzhut auf, dessen Krempe Heiligenbilder zeigte.
»Amen«, sagte Herr Tristan, Oliver bewegte, sich bekreuzigend, die Lippen.
Der Prälat verbeugte sich gemessen vor dem Herrscher und bot ihm wortlos den einzigen Stuhl an, der in dem kahlen Raum stand. Ludwig setzte sich, sah einige Sekunden sinnend vor sich hin und hob dann den ernsten Blick zu Balue, der aufrecht vor ihm stand.
»Ich halte Sie für einen Verräter«, begann Ludwig mit ruhiger Stimme, bewußt jene Frage aufgreifend, die Balue in der Nacht nach dem Dionysius-Tag verzweifelt gerufen hatte. Er hob rasch

die Hand, als er auf dem Gesicht des Kardinals einen Schein von Hoffnung zu sehen vermeinte. »Ich weiß es, Balue.«
Der Prälat sah ihn an, ohne eine Bewegung oder ein Zeichen der Angst. Der König fuhr fort:
»Sie bestreiten mein Wissen nicht, Balue, Sie verteidigen sich nicht?«
»Sire, ich habe mit meinem Leben abgeschlossen«, sagte der Kardinal mit Festigkeit.
Ludwig senkte ein wenig den Kopf und schien zu überlegen. Dann sprach er:
»Aber wenn ich aus Ihrer Antwort noch kein Geständnis heraushören will, Balue, wenn ich selber mein Wissen anzweifeln möchte, wenn ich Sie bitte, sich jene erste Nacht in Péronne in die Erinnerung zurückzurufen, da Sie zu mir kamen und mich vor den Absichten des Herzogs warnten, wenn ich Sie jetzt ein drittes Mal frage: Wußten Sie es . . .?«
Er stand auf, streckte den Arm aus und berührte das goldene Kreuz auf der Brust des Kardinals.
». . . wenn ich Sie bei dem Kreuz unseres Herrn Jesus Christus frage: Wußten Sie es? Was antworten Sie mir dann, Balue?«
Der Kardinal hob das Kreuz an den Mund und küßte es; er sprach mit lauter und klarer Stimme:
»Bei unserem Herrn Jesus Christus, der für uns sein Blut vergossen hat, antwortete ich: *Pater peccavi!* Ich wußte es!«
Jetzt herrschte eine große Stille. Der König strich sich versonnen über die Stirn, blickte zu Boden und setzte sich dann wieder. Oliver nagte an den Lippen.
»Balue«, fragte Ludwig nach einer Spanne Zeit, sehr leise, »Sie wußten es nicht allein?«
»Ich wußte es nicht allein.«
»Mein Bruder Karl von Frankreich wußte es, Nemours wußte es, der Konnetabel wußte es . . .«
Der Kardinal sah über die Schulter des Sprechenden hinweg den Necker an, das erstemal während des Verhörs, ohne Haß, kalt und ruhig.
». . . und mein treuer Diener Oliver«, vollendete der König.
Der Kardinal antwortete nicht. Ludwig beobachtete ihn sehr aufmerksam. Oliver fühlte seine Erregung wachsen. Der König begann wieder zu sprechen, und seine immer leisere, immer langsamere Stimme war eine furchtbare Folter der Seelen:
»Ihr Schweigen ist ein Ja, Balue. Daß Sie zu den ersten drei Namen nicht mehr zu sagen brauchen, sehe ich ein. Daß Sie aber bei dem Namen dessen, der hinter mir steht, stumm bleiben, ist große Klug-

heit oder große Resignation. Schweigen Sie aus Überlegung oder aus Müdigkeit, Balue?«
Der Kardinal tat eine gequälte Geste und antwortete zögernd:
»Aus der Erkenntnis, daß der Meister als Ihr treuer Diener und seiner Pflicht gemäß handelte.«
»Wann fühlten Sie den ersten Verdacht gegen ihn?«
»In Péronne.«
»Wundert es Sie jetzt nicht, daß er mich hat nach Péronne kommen lassen?«
»Nein, Sire, da Sie die Anschläge kannten und ihnen zu begegnen wußten.«
Der König schwieg einen Augenblick. Oliver fühlte seine Knie zittern und schloß die Augen unter dem Blick Balues, der ihn bei seinen Antworten ansah.
»Können Sie«, fuhr Ludwig leise und erbarmungslos fort, »können Sie, Balue, der Sie die Menschen durchschauen und jetzt wissen, daß Oliver in meinem Auftrag gehandelt hat, rückblickend bis zu Ihrem Aufbruch von Amboise seine Komödie in Wort und Haltung erkennen oder nicht?«
Wieder suchte der Kardinal die Augen des Necker, der von der rätselhaften Inquisition stärker erschüttert war als der Gefangene und jetzt in neuem Auffluten seines Schuldgefühls, mit fiebrigem Blick sich vergessend, in die Stille zwischen Frage und Antwort hineinstöhnte:
»Nein!«
Der König rührte sich nicht, als hätte er das Wort nicht gehört. Balue preßte wie fröstelnd die Arme gegen den Körper, hob etwas den Kopf und sagte – lauter als Oliver:
»Ja.«
Ludwig nickte leicht mit dem Kopf.
»Um die Sicherheit zu gewinnen, die mir notwendig und wichtig erscheint«, sprach er wieder in seiner grausamen Sanftheit, »möchte ich die Frage in anderer Form wiederholen: Könnten Sie auch jetzt noch, rückblickend bis zu Ihrem Aufbruch von Amboise, Worte oder Handlungen des Meisters für wahr und echt erklären, wenn auch nur innerhalb einer kurzen Zeit für nicht gespielt und vorgetäuscht?«
»Ja«, warf Oliver wieder dazwischen, bedrängt, den Mund kaum öffnend.
»Nein!« sagte der Kardinal laut und fest.
Der König stand auf, den feierlichen Ernst des Richters im Gesicht.
»Eminenz«, sprach er mit klarer Stimme, »Sie haben gut getan, daß

Sie auf die Einflüsterungen des Bösen nicht hörten. Ihr Ja vorhin und Ihr Nein jetzt rettet Ihren Kopf, der sonst verloren gewesen wäre wie die Köpfe der drei von uns genannten Männer. Sie werden selber wissen, ob Ihre Antworten klug oder christlich waren. Wir meinen, sie waren beides; denn eine Beschuldigung des Mannes, der dem Reich den König gerettet hat, würde den König gezwungen haben, sein Gewissen und den Beschuldiger – den einzigen, der beschuldigen kann – zu töten; und das Christliche Ihrer Antwort gibt uns den Respekt vor Ihrer geweihten Person wieder. Als verletzte Majestät sind wir gezwungen, Sie unschädlich zu machen, Kardinal Balue. Wir werden es nicht tun, indem wir Ihnen den Tod geben, den heimlichen oder öffentlichen wie jenen dreien: Wir bringen Sie, ohne ein Haar Ihres Körpers zu berühren, auf unsere Art in *Vergessenheit.*«

Ein Beben schütterte durch den breiten Körper des Priesters, schüttelte seine Schultern. Es schien einen Augenblick – seine Hände griffen ins Leere –, als wollte er umsinken. Oliver sprang herbei. Doch schon stand Balue fest, die Beine gespreizt, riß das Kreuz von der Brust und hielt es ihm entgegen:

»Apage Satana!«

Der Necker wich zurück, mit verstörtem Gesicht. Ludwig schien einen Augenblick zu lächeln. Dann wandte er sich an Herrn Tristan:

»Wir befehlen dir, Profos der Marschälle Frankreichs, in unserem Namen dem Jean Balue, Kardinalbischof von Angers, den Prozeß wegen Hochverrats und Majestätsverbrechens zu machen. Wir werden dir die Mitglieder des Gerichtshofes nennen.«

Der Kardinal kniete im Gebetstuhl und sprach mit starker Stimme:

»Solve vincla reis, profer lumen caecis!«

Dann betete er still weiter. Der König hatte den Hut abgenommen.

»Amen«, sagte jetzt der Priester.

»Amen«, sagten Ludwig und Herr Tristan.

Oliver schwieg.

Der König hatte beabsichtigt, am folgenden Tag in die Touraine zurückzukehren, ohne Paris zu berühren. Die Ereignisse in Péronne und Lüttich waren von einer Art gewesen, die triumphale Gesten lächerlich oder sogar gefährlich machen konnte. Zudem hatte Ludwig vor öffentlichen Empfängen, Prozessionen und Paraden eine lebenslange Scheu. Und schließlich wurde die Verhaftung Balues in solchem Augenblick das entscheidende Motiv, sich den scharfen und mißtrauischen Blicken der Hauptstadt nicht auszusetzen.

Als der König noch vor dem Verhör des Kardinals seinen Entschluß den Vertrauten mitteilte und die Freude in den Augen des Necker sah, unterdrückte er rasch und mit etwas verlegenem Gesicht die Worte, die er noch hatte sprechen wollen. Während der Szene mit Balue war die unvermutete Art seiner Fragen und ihre tragische Wirkung auf Oliver von ihm gewiß berechnet und erwartet gewesen; denn er betrachtete nach der Rückkehr in sein Arbeitszimmer den Meister ernst und ohne Verwunderung, als der noch immer Erschütterte ihn fragte:
»Eure Majestät haben für mich zweifellos noch Arbeit in Paris?«
»Ja«, antwortete Ludwig ruhig und freundlich und wandte sich zugleich an den Profos: »Du, Gevatter, bist mir für die Person Balues verantwortlich und bringst ihn in die Oubliettes. Du, Oliver, gehst nach Paris und bereitest beim Parlament das gerichtliche Verfahren und die Konfiskation der Balueschen Güter vor, übergibst den von mir zu Mitgliedern der Untersuchungskommission ernannten Parlamentsräten ihre Mandate, bedeutest ihnen, welches Verfahren und welches Urteil ich wünsche, und wartest, bis Tristan selber in Paris eintrifft. Dann kannst du nach Amboise kommen.«
Der König und der Necker waren dann allein.
»Bin ich dir eine Aufklärung schuldig?« fragte Ludwig sofort.
»Nein«, entgegnete Oliver leise; »aber Sie wissen, Sire, daß die beiden Worte, die ich dem Kardinal zurief, unbefragt und unbefugt . . . Sie wissen, daß sie ihn nicht in den Tod locken wollen . . .«
»Ich weiß«, sprach der König bewegt, »daß du meines Selbstes besserer Teil bist, Bruder.«
Und er küßte den Necker auf beide Wangen.
Oliver begleitete den König bis Meaux. Während der Reise wurde zwischen beiden von nichts anderem gesprochen als von der Pariser Mission des Necker und von Dingen der Politik. Weder Ludwig noch der Meister schienen hinter ihren überlegten und sachlichen Worten einen Raum für heimliche Gedanken zu haben. Doch als Oliver Abschied nahm, um mit Daniel Bart und einigen Dienern in die Hauptstadt zu reisen, und als der Schmerz in seinen Augen wie ein trübes Licht aufglomm, hielt der König seine Hände fest.
»Willst du mit mir kommen, Freund?« fragte Ludwig und bewegte kaum die Lippen. »Soll ich noch einmal den Kampf mit mir aufnehmen, Oliver?«
Der Necker schüttelte den Kopf.
»Sie müßten einen neuen Kampf beginnen, Sire«, antwortete er tonlos, »und das darf ich nicht mehr wollen.«
Der König sah an ihm vorbei. Dann sprach er sinnend:

»Weil wir zusammengehören, müssen wir wohl gleich an Schuld sein.«
»Ja«, sagte der Necker.
»Dann mag es für mich nicht mehr schwer sein, zu wissen, daß du meines Selbstes besserer Teil bist, Bruder.«
Oliver sah ihm fest in die Augen.
»Der bessere Teil sei für Sie, der schlechtere für mich – und das Ganze sei das Gewissen«, sprach er rätselhaft und kühn.
Der König schwieg; dann sagte er sehr ernst:
»Gott sei unserer Seele gnädig, Bruder. Lebe wohl!«
Der Necker küßte seine Hände und brach in der gleichen Stunde auf, dem Lauf der Marne folgend. Der König reiste über Melun und Orleans in die Touraine.
Am Abend nach seiner Ankunft in Amboise ging Jean de Beaune zu Anne. Die Heiterkeit seines lebenswarmen Gesichts verscheuchte die erste Angst der Frau. Dem Meister ginge es vortrefflich, beeilte er sich zu sagen, er habe sich außerordentliche Verdienste um die Krone erworben, die Gunst und die Liebe des Königs gehöre ihm in noch höherem Maße, möchte eine Steigerung möglich sein; er weile in ehrenvollem Auftrag in Paris und werde in kurzer Zeit zurück sein; er schicke dieses kleine Angebinde voraus. Herr Jean überreichte der Neckerin mit anmutiger Geste ein schweinsledernes Kästchen. Sie lächelte dem Sprechenden zu und sagte schlicht:
»Ich danke Ihnen, Seigneur, und ich freue mich.«
Der Hofmann beugte sich ein wenig vor und hob mit listigem Ausdruck die Augenbrauen.
»Und ein anderer noch freut sich, Madame . . .«
In der Erregung über diese Worte mochten die Finger der Frau sich zusammengezogen und den Mechanismus des Kästchens berührt haben: Der Deckel sprang auf, ein kleingefaltetes Pergament fiel zu Boden. Sie sah eine Kette wertvoller Perlen, die nach florentinischer Art in die Haare zu flechten waren. Jean de Beaune hob das Billett auf und gab es ihr lächelnd. Sie stellte hastig das Schmuckkästchen auf den Tisch und entfaltete abgewandt das Pergament. Es enthielt nur die wenigen eiligen Worte von Olivers Hand: »Er ist der Herr, Anne, und Er ist Ich.« Sie ließ es fallen und zeigte dem anderen wieder ihr Gesicht, das bleich und starr geworden war. Jean de Beaune sagte leise:
»Der König erwartet Sie, Madame.«
»Ja«, sagte Anne, leiser noch, und setzte ganz langsam hinzu, »ich – freue mich.«
Eine halbe Stunde später warf sie in dem lüsternen Turmzimmer,

das sie kannte, den Schleier ab, der auf dem Wege durch die schweigenden Gänge und Gemächer, an Posten und Lakaien vorbei, ihr Gesicht verhüllt hatte. Jean de Beaune zeigte ihr noch einmal sein diskretes Lächeln, verbeugte sich und schlüpfte durch die Tapetentür.

Anne trug das gleiche Kleid aus glattem hellem Samt wie an jenem Abend nach Olivers Abreise, und seine Perlen in den schweren Flechten der Haare. Wieder roch es nach Zibetpuder und Myrrhe, wieder flirrte das Silberlicht der Ampeln über den Spiegel der Decke und den matthellen Brokat der Wände, über die zärtlichen Farben der Teppiche und des ledernen Bodens. Wieder lockte das breite, niedrige, mit Blaufuchsfellen bedeckte Lager. Aber Anne blieb an der Wand stehen, mit steifem Körper, den Kopf gegen die Seide des Behanges gelehnt, mit den Augen rastlos und verwirrt den Kreis des Zimmers nachkreisend. Sie versuchte mit einem dunklen drängenden Willen sich in den Mut zurückzudenken, den sie hier einmal gefühlt hatte, und in die dreiste Bereitschaft des Körpers. Aber es mißlang ihr; der Geist fand nicht mehr den Geist des Necker, die Gedanken flatterten in den Raum hinaus und suchten Halt an ihm; aber sie fanden ihn nicht. Sie begriff jetzt den ganzen Sinn seiner hastig geschriebenen Worte. Und sie weinte vor Verlassenheit. Es war ein Weinen ohne Laut und ohne Bewegung; langsam rollten die Tränen aus den weit offenen Augen über ein wächsernes Gesicht.

Wieder hörte sie das Geräusch der zurückgeschobenen Paneeltür und den rasch steigenden Schritt auf der Treppe. Doch ihr Herz schlug nicht rascher, ihr Körper löste sich nicht von der Wand, ihr Mund mochte nicht lächeln und ihre Hand rührte sich nicht, die Tropfen aus dem Gesicht zu streifen.

Ludwig trat so dicht neben ihr ins Zimmer, daß er sie streifte und einen Laut der Überraschung oder des Schreckens ausstieß. Er wandte sich rasch ihr zu, nahm ihren Kopf zwischen seine Hände und zwang sie sanft in seinen Blick. Sie suchte in seinen Augen mit einem seltsam fragenden Ausdruck; ihre Pupillen wurden groß und ein wenig verschleiert.

»Oliver ...«, stöhnte sie dann, die Stimme ein wenig hebend, als fragte sie von neuem.

Der König brachte ihren Kopf langsam sich näher und küßte sie auf den Mund.

»Anne«, flüsterte er und umschlang sie, »ich bin auch Oliver.«

Er drängte sie sacht auf das Lager. Und sie sah dann, den Kopf zurückbiegend, noch einen Augenblick sich selbst im Spiegel der

Decke, ihres hingestreckten Körpers sanftes Fleisch und die ungewissen Umrisse ihres Gesichtes. Jetzt senkte sich über sie der schwere Schatten.

Als der Necker etliche Tage später, von Paris heimkehrend, die finsteren Konturen des Schlosses unter dem grauen Novemberhimmel sah, dachte er an den sommerlichen Abend, an dem er und Anne zum erstenmal diesen Anblick hatten, und er dachte an Annes Worte der Angst. Und plötzlich fror er. Er kehrte mit Daniel Bart und seinen Leuten in einer kleinen Dorfschenke ein und trank viel. Er ließ sich Zeit. Er stützte die Ellenbogen auf den ungefügen Tisch und barg das Gesicht in den Händen.
»Ihre Haare werden schon grau, Meister«, sagte Daniel, der den Schweigsamen betrachtet hatte.
»Ja, ja«, nickte Oliver, »mir ist so, als hätte ich die Fünfzig schon hinter mir ...«, er sah seinen Gesellen mit einer schmerzlichen Grimasse an, »als wäre ich so alt wie der König.«
Sie schwiegen beide. Oliver trank viel.
»Sage mir einmal, guter Daniel«, sprach er dann und stützte das Kinn auf den Handrücken, »sieh mich an, Daniel: Bin ich dem König nicht schon ähnlich geworden?«
Bart war sichtlich verwirrt und wußte nicht recht, was er antworten sollte, zumal er annahm, daß der Meister berauscht war und eine Schmeichelei verlangte. Er bedachte auch seines Herrn merkwürdiges Gebaren in Paris, wo er sich ganz gegen seine Gewohnheit jede Nacht in übler Gesellschaft bis zur Besinnungslosigkeit betrank. Ob ihm seine Erfolge, die Huld des Königs, die Fülle seiner heimlichen Macht in den Kopf gestiegen waren? Daniel begriff ihn nicht mehr.
»Vielleicht, Meister«, antwortete er verlegen, »vielleicht die Augen und die Stirn ... und sicher der Verstand ...«
»Aber jetzt, Gevatter«, sprach Oliver, trefflich Ludwigs tönende Stimme nachahmend, stülpte die Lippen auf, bog mit den Fingern die knochige Nase schief nach unten und hob die eine Augenbraue, wie es die Art des Königs war.
»Mein Gott, Meister!« flüsterte Bart, sich erschreckt vorbeugend, »sehen Sie sich vor! Wir sind nicht allein!«
»Pah!« lachte Oliver und trank.
Es war schon spät am Abend, als der Meister mit seinen Leuten das Tor von Amboise passierte. Und wieder machte Oliver vor einem Gasthaus der Innenstadt halt, schickte die Diener mit den Pferden nicht aufs Schloß, sondern ließ sie in einer Kaserne übernachten, und ging mit dem erstaunten Daniel in die menschenleere Trinkstube.

»Meister«, wagte Bart einzuwenden, »wir bekommen auch im Schloß Wein, und Sie haben die Dame Necker seit vielen Wochen nicht gesehen!«
Oliver, der sich schon gesetzt hatte, schien die Mahnung nicht zu hören. Er schlug mit der Hand auf den Tisch und verlangte vom besten Grave, auch Speisen. Er aß und trank und sprach kein Wort. Daniel beobachtete unruhig sein graues, verschlossenes Gesicht.
»Wollen Sie heute abend nicht mehr aufs Schloß, Meister?« fragte er schließlich.
»Ich weiß es noch nicht«, entgegnete Oliver kurz und versank wieder in seine Apathie.
»Der König erwartet Sie heute gewiß nicht mehr«, meinte Bart, der müde war. Der Necker wurde aufmerksam. Ein bestimmter Gedanke schien ihn zu beschäftigen. Über seine Züge irrte ein trunkenes, quälendes Lächeln.
»Nein, nein«, kicherte er, »der König erwartet mich nicht mehr. Als ob ich es nicht wüßte! Weißt du denn nicht, Daniel«, fügte er mit leiserer Stimme hinzu, geheimnisvoll, »Daniel, weißt du denn nicht, daß ich der Teufel bin und daß der Teufel im König ist? Begreifst du also, mein Gesell, daß ich auch sagen könnte: Ich im König erwarte mich Le Mauvais heute nicht mehr? Begreifst du, begreifst du?«
In seinen Augen brannte es wie Fieber. Er beugte sich über den Tisch und packte den Mann am Handgelenk.
»Begreifst du, Daniel?«
Bart sagte unwillig und heimlich in Sorge:
»Sie sind betrunken, Meister.«
Oliver reckte sich noch weiter vor und rüttelte den anderen an der Schulter.
»O du Schwachkopf«, fistelte er in heftiger Erregung, »wie du mich quälst, du Ungläubiger! Das eben ist es ja! Wenn ich hier betrunken bin, mag ich im König auch betrunken sein. Und vielleicht . . .«
Er schlang halb aufstehend den Arm um Daniels Nacken und flüsterte ihm ins Ohr:
»Und vielleicht liege ich jetzt bei der Anne, Daniel, vielleicht mag ich mich jetzt nicht stören!«
»Um aller Heiligen willen, Meister!« rief Bart in blassem Entsetzen und versuchte, sich aus der Umklammerung zu befreien, »Sie reden irre! Gott will Sie schlagen! Meister, ich will für Sie beten! Lassen Sie mich!«
Doch Oliver hielt ihn so fest, daß sich der Riese nicht losreißen konnte.

»Nein, Daniel!« rief er gefoltert, »nein! Bete nicht für mich! Gott schlägt mich nicht auf solche Art. Begreife es doch! Hilf mir doch! Glaube mir doch!«
Es war eine so große Not der Seele in seinem Flehen, daß selbst der plumpe und rauhe Geselle erschüttert und feinfühlig wurde.
»Ja, mein Meister«, sagte er sanft, »ich begreife Sie.«
Oliver ließ ihn los und sank erschöpft auf seinen Stuhl zurück. Seine Arme blieben schlaff auf der Tischplatte, der Kopf fiel nach vorne. So blieb er lange Zeit, schweigend, mit geschlossenen Augen. Daniel glaubte schon, er sei eingeschlafen, und wollte aufstehen, um für das Nachtlager zu sorgen; doch jetzt tasteten die Finger des Necker wieder nach dem Zinnbecher und umklammerten ihn. Bart blieb wartend sitzen. Oliver öffnete die Augen, hob das Gefäß an den Mund und trank es in einem Zug leer.
»Nein, Daniel«, sprach er ruhig und bestimmt, »ich will doch stören.«
Er stand auf, warf ein Geldstück auf den Tisch und verließ die Schenke mit sicheren raschen Schritten. Bart hielt sich dicht neben ihm, weil er glaubte, der Meister würde in der kalten Nachtluft schwanken und auf der steil ansteigenden Straße zu Schaden kommen. Doch Oliver schien durchaus nüchtern zu sein; er ging schnell, mit kurzem, festem Tritt über die hartgefrorene Erde, seines Weges gewiß, sah nicht rechts und nicht links auf die schlafenden Häuser und wählte ohne Zögern den abkürzenden, schmalen und durch die tückischen Verteidigungsanlagen für einen unsicheren Gänger gefährlichen Fußweg auf den Schloßfelsen. Er sprach mit seinem Gefährten kein Wort und rief nur mit etwas heiserer Stimme: »Le Mauvais! Le Mauvais!«, sooft der erzenklirrende Schatten eines Postens ihm den Weg vertrat. Das böse Wort öffnete ihm Straße, Tor und Tür.
Er eilte, immer mehr den Schritt beschleunigend, die letzten Stufen hinaufspringend, die letzten Gänge entlanglaufend, seiner Wohnung zu, schickte den nachkeuchenden Daniel mit raschem Gutenacht in seine Kammer und blieb dann mit fliegenden Pulsen vor der Tür zum Schlafzimmer stehen. Er zog geräuschvoll die schweren Reitstiefel aus, trocknete sich den Schweiß von der Stirn und versuchte, durch das Toben im Ohr und das Rasseln des Atems einen Laut von drinnen zu erlauschen. Doch er hörte nichts als den Lärm in sich selber. Er hustete laut, rückte Stühle, warf Waffen ab, ließ sie auf die Bodenziegel klirren: Alles blieb ruhig. Er rief leise und immer lauter:
»Anne! Anne! Anne!«

Er schrie:
»Anne!«
Nichts rührte sich. Er nahm mit sehr wehem Lächeln eine Wachsfackel von der Wand und öffnete die Tür. Er trat lächelnd in die Schlafkammer. Das Bett der Frau war leer, unberührt. Einige Kleidungsstücke lagen umher. Vor dem Spiegel die Schminknäpfchen und silbernen Phiolen in Unordnung, geöffnet, eben noch benutzt. Es roch nach Ambra, Moschus und Mandel. Oliver atmete die vertrauten Düfte ein, strich über das Leinen des Kissens, als ob er Annes Gesicht streichelte, und betrachtete sein zugedecktes Bett, immer lächelnd.
Und er verließ wieder das Zimmer, fackeltragend, blieb auch nicht in den anderen Räumen, glitt wie ein Gespenst hinter dem flatternden Lichtschein durch Gänge und Galerien, über Treppen, an stummen und müden Gardisten vorbei, die den Vertrauten des Königs hastig grüßten, durch das Wachzimmer der Schotten, die Ludwigs Privaträume beschützten und deren Offizier schlaftrunken von der Pritsche aufsprang und diensteifrig – mit schwerer Zunge doch – meldete:
»Die Majestät arbeitet noch.«
Der Necker nickte und schritt zum erleuchteten Turmzimmer. Er klopfte leise das geheime Zeichen, das nur ihm zustand: einen betonten und zwei kurze Schläge – dreimal hintereinander. Niemand antwortete. Die Tür war verschlossen; er öffnete sie behutsam mit seinem Nachschlüssel. Das Gemach war leer, die Paneeltür zur Wendeltreppe zurückgeschoben. Von oben her scholl ein Lachen dumpf und gedämpft.
Oliver klomm auf leisen Sohlen die Treppe empor, langsam, Stufe um Stufe. Jetzt stand er vor der Tapetentür. Er hörte Ludwigs trunkene nackte Worte und Annes zärtlich stöhnendes Geflüster. Er hörte den keuchenden Kampf der Körper – er hörte ihn aufschreien – er hörte ihren ersterbenden Ruf:
»Oliver ... Oliver ...«
Er drängte das Gesicht gegen die Tür, die Arme rechts und links an die gebogenen Wände pressend, und verbiß sich in den Tuchbehang. So blieb er durch die Zeit der Ermattung drinnen, durch die Zeit des neuen Geflüsters, des neuen Trinkens, des neuen Schmeichelns brutaler Worte und Bewegungen, des neuen Kampfes: Da aber riß er den Körper zurück und straffte ihn, breitbeinig stehend, kniff die Lippen ab und pochte gegen die Tür, klopfte das geheime Zeichen, das nur ihm zustand: einen betonten und zwei kurze Schläge – dreimal hintereinander –, dumpf durch Stoff und Holz.

Und drinnen wurde es totenstill. Minuten vergingen. Jetzt fragte Ludwigs Stimme, heiser, fast unkenntlich:
»Oliver?«
Der Necker antwortete nicht und stieg lärmend die Treppen hinunter. Er hörte noch Anne weinen.
Und er setzte sich im Zimmer unten auf den hochlehnigen Stuhl des Königs vor des Königs mächtigen Tisch. Er umklammerte mit den Händen die geschnitzten Löwenköpfe der Seitenlehnen und wartete. Jetzt erst fühlte er seine Trunkenheit: Das runde Zimmer kreiste immer schneller um ihn, den Mittelpunkt. Oder war es nicht Trunkenheit? War es Rausch der Königlichkeit? Er wartete mit hochmütigem Gesicht.
Jetzt wurde oben die Tür aufgestoßen, schwere Schritte polterten die Treppe herab, Ludwig wankte ins Zimmer, mit gedunsenem Gesicht und geränderten Augen, kaum bekleidet. Er hielt sich am Tisch fest. Oliver stand nicht auf.
»Habe ich dich gestört, Bruder?« fragte er den König und hielt ihn mit dem Blick fest.
»Oliver ...«, stotterte Ludwig und faßte sich an die Stirn. Der Necker lächelte böse:
»Wer ist Oliver? – Wo ist Oliver?«
»Hier ist Oliver!« schrie der König und schlug sich auf die Brust.
Der Necker hob die eine Augenbraue in die Höhe und sprach mit Ludwigs sonorem Organ:
»Dann geh nur zur Dame Necker zurück, Bruder. Ich will dich nicht mehr stören.«
Ludwig preßte die Finger auf die Schläfen und schüttelte den Kopf.
»Nein, nein«, flüsterte er, »ich kann jetzt nicht mehr! Ich kann jetzt nicht mehr. – Gott sei unserer Seele gnädig, Bruder!«
»Wer kann nicht mehr?« rief der Necker mit starker Stimme und stand auf. »Wer ist der König?«
Ludwig taumelte zurück, als hätte ihn ein Schlag getroffen. Dann aber faßte er sich.
»Ich bin der König«, sagte er leise, wie beschämt.
»Und ich, Sire?« fragte Oliver demütig.
»Du, Bruder? Du bist mein Gewissen.«
Er wandte sich plötzlich ab, mit verlegener Geste, als ob er jetzt erst seine Blöße fühlte. Oliver zog seinen langen pelzgefütterten Mantel aus und legte ihn um die Schultern des Königs.
»Sire«, flüsterte er, »Oliver war betrunken. Und der König ist müde.«
»Ja«, sagte Ludwig, und es fröstelte ihn. Oliver öffnete ihm die Tür

des Turmgemachs, trat nach ihm auf die geschlossene Verbindungsgalerie hinaus, die den Turm mit den Wohnräumen verband, und wollte ihm ins Schlafzimmer folgen. Doch der König wehrte freundlich ab:

»Geh du nur zur Dame Necker zurück, Oliver, ich will dich nicht mehr stören. Gute Nacht, mein Freund.«

Der Necker verbeugte sich.

»Gute Nacht, Majestät.«

Der König ging seinen Gemächern zu, etwas vorgebeugt, in den Mantel gehüllt, ungleichen Schritts. Oliver kehrte in das Turmzimmer zurück, verschloß die Tür und stieg die Wendeltreppe hinauf. Auf seine rasche Art – wie ein Mensch, der nach kurzer Abwesenheit in den vertrauten Raum zurückkehrt – glitt er in das lüsterne Zelt. Anne lag leuchtend weiß auf den dunklen Fellen, mit großen, glanzlosen Augen und wächsernem Gesicht.

»Oliver . . .«, hauchte sie.

»Wir wollen jetzt schlafen, Anne«, sagte der Necker und küßte sie leicht auf die Stirn. »Der König stört mich heute nicht mehr. Er schläft auch.«

2 *Der Käfig*

Keine Person des Hofes, selbst der König nicht, konnte in dem Verhalten Olivers zu Anne eine Veränderung wahrnehmen, trotzdem die schöne Neckerin sehr bald nicht mehr den verschwiegenen Gevattern allein als Ludwigs Favoritin bekannt war. Man sah den Meister, der in jener Zeit nobilitiert und zum Rat des Königs ernannt wurde, mit immer gleicher Freundlichkeit die Frau behandeln und eine scheinbare Toleranz üben, die nicht unbelächelt blieb, sosehr man damals die Motive zu würdigen verstand. Nur Daniel Bart wußte, daß sein Herr in den seltenen Nächten, die er in seiner Wohnung verbrachte, getrennt von Anne schlief. Und nur Daniel Bart sah, daß das harte Gesicht des Necker nicht mehr weich wurde und wie besonnt, wenn er die Frau erblickte, und daß Anne nicht mehr ihr zauberisches Lächeln hatte. Wie sie gemach erkaltete und auslosch, immer fremder sich selbst und dem Leben, sah er nicht.

Und doch war nach jener trunkenen, schlimmen Nacht zwischen beiden nichts gesprochen worden, kein Vorwurf, keine Drohung gefallen, die grausame Nüchternheit des Morgens durch keine Frage und keine Antwort gemildert oder gesteigert. Für Oliver wurde die nächtliche Eruption des Gefühls die letzte, und er wußte schon nicht einmal mehr, wie weit sie als Wirkung auf den König beabsichtigt war. Wie er wachen Geistes – noch auf der Landstraße nach Amboise, bereits in den Pausen seiner Pariser Ausschweifungen – das einzige Mittel erkannt hatte, seine körperliche Existenz nach der endgültigen geistigen Hingabe an den König zu erhalten, ohne durch den Ekel vor dem eigenen Torso erstickt zu werden: So war er nach dem Erwachen aus jener Nacht schon in den neuen Zustand hineingewachsen. Er wurde zu Stein. Und so erschütterte ihn das eigene Schicksal nicht mehr – auch nicht das furchtbare Urteil über Anne, das er durch den Verzicht auf seinen menschlichen Inhalt ausgesprochen hatte und brutal exekutierte. Die dunkel göttliche und unbesiegbar menschliche Kraft seines Gewissens gehörte schon dem König: mit solcher Macht bereits, daß Ludwig die dämonische Verworrenheit der nächtlichen Szene nicht mit dem Rausch ausschlief. Er wagte viele Tage hindurch nicht einmal den Namen der Frau auszusprechen, bis er sie an einem Abend in seinem Lustzelt vorfand, unzüchtig und mit irren Augen von Liebe lallend.

Ob die tiefe Neigung, die allmählich den alternden Monarchen über die Gier der Sinne hinaus ergriff und ihn mit dieser Frau verkettete, aus dem fremden und ihn fortan bestimmenden Gewissen oder aus erster Greisensehnsucht kam, mochte selbst Oliver nicht entscheiden und kaum bedenken, aus einer unbestimmten Furcht, die klare Antwort könnte auch ihn bewegen und in das persönliche Gefühl zurücktreiben. Da ihrer beide gemeinsame Entwicklung ein Benutzen der Anne als Mittlerin oder gar als Mittel zu irgendeinem Ziel des privaten Ehrgeizes oder der Politik von selber auszuschließen schien, da der König den tragischen Weg zu seiner Liebe bald um seiner Liebe willen vergaß und der Necker schon weit genug war, nichts mehr vergessen zu müssen, konnte er dem neu lebendigen Gefühl seines Herrn mit der gleichen harten Taubheit gegenüberstehen wie seinem abgetöteten. Für die Umwelt war es eine höfische Diskretion, die man zu gleichen Teilen heroisch, teuflisch und lächelnswert befand.

Doch in dem Lärm des politischen Spiels und in dem Beifall, den der König gerne vor allen Augen der Geschicklichkeit des Necker zollte, ging das Geflüster um die Dinge des Alkovens bald unter. Man fühlte wohl, daß hinter Ludwigs lautem Lob und den augenscheinlichen Beweisen seiner Huld eine viel tiefere und begründetere Anteilnahme sich verbarg, als es das Interesse für einen brauchbaren Intriganten und duldsamen Gatten verlangte. Die Gerüchte von Péronne, vertieft durch den Sturz des mächtigen Kardinals, verstärkten den Respekt vor der Allmacht des Königs und der Dämonie des Necker. Man fürchtete den einen, weil man ihn kannte, und den anderen, weil er nicht zu erkennen war. Das furchtbar rasche und heimliche Gericht über Balue, das unter dem Vorsitz Tristans aus zwei weltlichen und zwei geistlichen Standesherren, dem Parlamentspräsidenten und drei Parlamentsräten bestand und in einem abgesperrten und scharf bewachten Saal des Schlosses tagte, steigerte mit seinem Urteil die Scheu des Hofes vor Oliver bis zum Aberglauben. Wenn man ihn früher den Teufel nannte, mit leiser Skepsis dem Beispiel des Königs folgend, so bekreuzigte man sich jetzt gerne, sprach man von ihm. Und da diese Wirkung seiner Person zusammen mit seiner glatten Art und seiner Verbundenheit mit dem König, die ihn zur unumgänglichen Instanz in allen politischen und administrativen Geschäften machte, jede Reibung, jeden Versuch privater Insinuation vereitelte, sah er in merkwürdig zu spürender und doch gar nicht gezeigter Unnahbarkeit – freundlich doch und zu hören und zu antworten stets willig – jeden Tag die Verbeugungen der Höflinge, ihre Devotion und den Abstand, den sie sorglich einhielten.

An dem Tag, an welchem Tristan L'Hermite den Spruch des Gerichts verkündete – der Kardinal sei auf Lebensdauer an festem Ort einzuschließen, ohne daß Ketten oder Fesseln seine geweihte Person berührten –, wurde der Gefangene vom Gerichtssaal nicht mehr in die Zelle der Oubliettes zurückgeführt, sondern in ein etwas höher gelegenes, ein wenig helleres Gewölbe gebracht, in dessen Mitte ein Käfig stand, kaum mannshoch, fünf Schritte lang und fünf Schritte breit, der karge Raum noch eingeengt durch eine Pritsche, einen Tisch und einen Stuhl. Die Begleitmannschaft meldete, der Prälat habe bei diesem Anblick aufgeschrien, daß die Wände bebten, und sei laut betend in die Knie gesunken; dann aber habe er sich aufgerafft und festen Schrittes den Käfig betreten. Der Befehlshaber meldete auch noch, daß der hochgewachsene Mann mit dem Kopf gegen die Deckstangen anstieß und wohl gezwungen sei, stehend immer den Körper zu bücken. Der König, der nicht zum erstenmal diese Dauerfolter verhängte, zuckte mit den Achseln und sagte roh:

»So muß er kleiner werden.«

Doch er sah den Necker, dessen Blick er auf sich fühlte, nicht an. Und er befahl den Handwerkern, die noch am gleichen Abend die Tür des Käfigs zuschmiedeten und nur eine kleine verschließbare Speiseluke scharnierten, die Deckstangen aufzubiegen.

An einem der nächsten Tage betrat Oliver das Gewölbe. Es herrschte eine feuchte Kälte. Durch die hochgelegenen Fensterluken, die graues Licht in den Raum ließen, tropfte Schneewasser. Die Wände blinkten vor Nässe, Balue ging ruhelos im Käfig hin und her, in die wollene Bettdecke gewickelt, den Schulterkragen der Soutane über den Kopf gestülpt; er sah aus wie ein feistes altes Weib. Er beachtete den Meister nicht, der die Wände und den zerfallenen Kamin untersuchte und nach einem raschen Blick auf den Gefangenen wieder fortging. Handwerker kamen mit Kohlenpfannen, Brennholz, Maurer- und Glasergeräten. Der Wärter kam und drängte wortlos einen langen Schafpelzmantel durch die Eisenstäbe. Man begann, den Raum auszutrocknen, den Kamin in Ordnung zu bringen, dichtschließende Fenster einzusetzen, den Boden mit Strohmatten zu belegen und längs der Mauer hohe, tuchbespannte Wandschirme aufzustellen, die zur Nachtzeit näher an den Käfig gerückt wurden. Die Speisen, die noch in den ersten Tagen sich in nichts von der Kerkerkost der Untersuchungszeit unterschieden, wurden jetzt reichlich und kräftig. Jeden Abend erschien Daniel Bart mit einer Kanne köstlichen Weines.

Und Oliver kam wieder, den Bart und zwei Diener hinter sich, die mit Folianten, Pergamenten, Schreibzeug und Wachsstöcken beladen waren. Der Necker prüfte Wände, Fenster und den Kamin, in dem ein mächtiges Feuer brannte. Die Luft war warm und trocken. Dann erst wandte er sich an den Kardinal, der ihn nicht aus den Augen ließ.

»Haben Sie sich über irgend etwas zu beklagen, Eminenz?« fragte er. Balue schüttelte den Kopf.

»Ich beklage mich nur, daß der König mich nicht sterben läßt.«

Der Necker schien die tiefe Resignation der Antwort zu überhören; er fuhr friedlich fort:

»Es ist der Wunsch des Königs, Ihre schwere Lage nach Möglichkeit zu erleichtern. Und da er nicht nur für die Bedürfnisse Ihres Körpers sorgen will, Monsignore, sondern auch für die Beschäftigung Ihres Geistes, hat er seinen Vorschlag für Sie, der Ihrer Gelehrsamkeit und einer humanen Gesinnung würdig ist. Er erinnert Sie an des Trapezuntios fehlerhafte Übersetzung griechischer Klassiker ins Lateinische und bittet Sie, die Ausgaben zu revidieren; er bittet Sie ferner, die von Poggio gefundenen Fragmente unbekannter Werke von Cicero, Lucretius und Plautus und des Petronius ›Satyrikon‹ zu kopieren und schließlich Werke der von ihm geliebten Kirchenväter Tertullian, Lactantius, Augustin und des Gregor von Tours in einer von Ihnen zu treffenden Auswahl ins Französische zu übersetzen. Vielleicht sind auch eine Neuübertragung der Vulgata und exegetischen Arbeiten in Betracht zu ziehen. Der König überweist Ihnen aus seiner Bibliothek das notwendige Material.«

Der Kardinal hörte ihm mit wachsendem Erstaunen zu, in einiger Entfernung von ihm gegen die Stangen der Rückwand gelehnt. Jetzt überflog eine schnelle Röte sein Gesicht, das in der Kellerhaft fahl geworden war.

»Das ist ein schöner Gedanke«, entgegnete er leise, »sagen Sie dem König meinen Dank.«

Auf einen Wink Olivers schloß der Wärter die Luke auf, durch die der Necker die schweinsledernen Bände, die Manuskripte, Schreibgeräte und Leuchtkörper dem Gefangenen reichte. Dann gingen die Leute hinaus. Oliver wollte ihnen folgen.

»Wir müssen noch ein paar Worte miteinander sprechen, Meister«, sagte Balue, der mit der Freude des Gelehrten die Bücher durchblätterte und das Material zu ordnen begann. Der Necker wandte sich verwundert um; der Prälat wartete, bis sich die Tür hinter Bart und den anderen geschlossen hatte. Dann trat er von dem Tisch fort, auf dem sich die Folianten häuften, und winkte den Meister an den Käfig. Oliver gehorchte. Balue preßte das Gesicht an die Stäbe und sprach leise:

»Sie sind kein Teufel, Necker, oder Sie sind es zum mindesten jetzt nicht. Sie waren es auch in Compiègne nicht, als mich der König verhörte. Ich habe Sie um Verzeihung zu bitten.«

Oliver wehrte ab, peinlich berührt:

»Lassen Sie das, Monsignore, Sie irren sich vielleicht. Ich handle auch jetzt im Auftrag des Königs.«

»Ich irre mich nicht, Necker«, sagte der Kardinal mit Bestimmtheit; »die Erleichterungen, die mir gewährt wurden – die Wärme, die Nahrung, der Wein, diese Bücher –, kommen nicht aus der Gesinnung des Valois, das weiß ich wohl; von seinem Geist ist nur der Käfig.«

Der Necker sah ihn scharf an.

»Glauben Sie, Balue, mit solchen Worten dieses Käfigs Eisenstangen durchfeilen zu können?«

Der Gefangene schüttelte traurig den Kopf.

»Das glaube ich nicht, Meister, das bedachte ich auch nicht. Ich weiß ja nicht einmal, ob die Brutalität des Königs, die meinen furchtbaren Lebensrest verkürzt hätte, nicht Ihrer Menschlichkeit, die die Jahre meiner Qual gleichsam garantiert, vorzuziehen wäre.«

Oliver schwieg eine Zeitlang, die Stirn in Falten; dann fragte er flüsternd: »Wollen Sie sterben, Balue?«

Der Kardinal wich einen Schritt zurück.

»Ich verstehe Sie nicht recht, Meister«, antwortete er unsicher. »Gewiß möchte ich nicht mehr lange leben.«

Oliver drängte Mund und Nase zwischen die Stäbe.
»Wollen Sie Gift, Monsignore? – Ich verstehe mich auf derlei.«
Balue hob die Arme.
»Ich bin Christ und Fürst der römischen Kirche«, sagte er ernst und laut.
Der Necker, zwischen den Stäben, grinste.
»*Apage Satana* ...«, murmelte Balue, bis an die Rückwand des Käfigs weichend. Oliver ging lachend.

Aus Furcht, die ihm in den Schoß gefallenen, wenn auch noch nicht verkosteten Früchte des Péronner Vertrages durch eine Weigerung wieder zu verlieren, folgte der fünfundzwanzigjährige Karl von Frankreich, Ludwigs nachgeborener Bruder, der in herzlichen Worten gehaltenen Einladung des Königs. Von Burgund nicht mehr unterrichtet, als jener über die dunklen Vorgänge selber wußte – vielleicht weniger noch, da der Herzog seine fragwürdige und kaum rühmliche Rolle am wenigsten einem Valois in allen Einzelheiten publizieren mochte –, mit unbestimmten Worten nur gewarnt, seine für die Sache der Fronde wichtige Person zu hüten, ohne den König zu reizen oder ihm eine Blöße zu zeigen, entschloß sich der junge, schwächliche, ganz auf den Rat einiger vertrauter Männer angewiesene Fürst, der brüderlichen Geste Ludwigs zu vertrauen. Befremdlich zwar schien, daß des Königs Einladung die von Karl wiederholt erbetene Erfüllung des Vertrages – die Belehnung mit den beiden versprochenen Herzogtümern – nicht einmal erwähnte; aber vielleicht wollte der freundschaftliche Ton nur die Selbstverständlichkeit solcher Formalität andeuten. Der Herr d'Urfé, Karls Mentor und Motor, hoffte sogar, in einem günstigen Augenblick die immer versagte Genehmigung des Königs zur angestrebten Heirat Karls mit der jungen Tochter Burgunds, jene Zusage an den Herzog, von der er nicht durch den Fürsten selber, sondern durch Oliver auf dem Marsch gegen Lüttich vertraulich hörte, offiziell und bindend wiederholt zu bekommen. Der Minister glaubte, Ludwigs Haltung in Péronne und Lüttich als Beweise einer grundsätzlichen Änderung seiner burgundischen Politik ansehen und jetzt seinen ehrgeizigen Heiratsplan verwirklichen zu können, wenn er ihn dem König als dynastischen Gewinn darstellte und für den Fall der Kinderlosigkeit die Nachfolge der französischen Krone zusicherte. Ludwig aber, ohne Sohn und den Bruder Karl als Frondeur und präsumtiven Thronerben in gleicher Weise hassend, wußte wohl, warum er bisher einen solchen gefährlichen Machtzuwachs des jungen Fürsten zu seinen Lebzeiten hintertrieben hatte; denn er fürchtete nicht den mageren Schatten Karl Valois, sondern den Riesen Karl Burgund, der auf solche Weise nach Sankt Ludwigs Krone greifen konnte. Als seine Dämonie in Péronne die beiden für Burgund strategisch unschätzbaren Provinzen dem Frondeur Karl auszuhändigen und die Heirat zu sanktionieren schien, war das Urteil über das Schicksal des Bruders bereits in der vorangegangenen Nachtfeme gesprochen worden.

Am Vorabend von Karls Ankunft saßen der König, Tristan, Jean de Beaune und Oliver in heimlicher Beratung beisammen. Absonderlichen Moiren gleich besprachen sie die Lebensdauer des Gastes. Ludwig wollte einen für die Öffentlichkeit natürlichen Tod innerhalb weniger Wochen, um die Gefahren zu vermeiden, die bei einem späteren Zeitpunkt durch eine verwandtschaftliche und politische Verbindung mit Burgund entstehen könnten, und um andererseits den Herzog durch raschen Rückfall der erledigten Länder des Bruders an die Krone desto empfindlicher zu treffen. Dann sollte der Rest der Fronde, Armagnac, Nemours und Saint-Pol, beseitigt, die englische Gefahr durch Geld behoben und Burgund durch Deutschland und die ergebene Schweiz abgelenkt und aufgerieben werden. Das war das geniale politische Programm des Königs, das er mit Oliver – neben dem drohenden Schloßturm zu Péronne eingeschlossen – in jener Schicksalsnacht gewonnen hatte und das die Reichseinheit begründen sollte. An diesem gewaltigen gedanklichen Bau wagte keiner der Gevattern zu rühren oder zu rütteln; aber das Schicksal des königlichen Bruders gefiel weder Herrn Tristan noch Jean de Beaune; Oliver schwieg. Der Profos war für prozessuale Aburteilung, wie sie gegen Balue geübt wurde und wie sie auch gegen Nemours und Saint-Pol angewandt werden müsse. Als ein Mensch, der trotz aller Härte und trotz der unzähligen Vergewaltigungen des Rechts den Meuchelmord schon von Berufs wegen ablehnte, wollte er die europäische Entrüstung und auch politische Nachteile gerne tragen, zumal ein Kapitalverbrechen nicht erst zu konstruieren war, sondern feststand. Der König schüttelte den Kopf:

»Das ist unmöglich, Gevatter. Glaubst du, ich habe dies alles nicht selber bedacht? Karl ist mein Bruder und kann nicht wie ein korrupter Minister oder ein rebellischer Vasall behandelt werden. Er wäre wahrscheinlich auch der Thronerbe. Das Todesurteil gegen ihn – eine andere Strafe kommt nicht in Betracht, will ich das Ziel erreichen – würde nicht nur Burgunds Wut von neuem und in nie erreichter Stärke auf mich konzentrieren: Es würde mich im Augenblick isolieren, eine neue und gewaltigere Liga gegen mich schmieden, selbst die Bourbonen, selbst Dammartin, Sforza, Anjou auf die Ge-

genseite bringen, Rom und die Eidgenossen verstimmen, England, Deutschland und Spanien auf den Plan rufen. Es wäre nicht nur mein Tod und der eure, Compères, es wäre das Ende des Reiches.« Ludwig hatte mit schlichter, kaum lauter Stimme gesprochen. Doch der ungeheure Inhalt seiner Worte schwang im Raum wie Ton von Fanfaren. Die erbarmungslose Größe des Herrn bedrückte die Diener und machte sie stumm. Die Stille war tief. Der alte Tristan betrachtete den König mit einer Ehrfurcht in den Augen, die so ungewöhnlich war wie seine innerliche Erschütterung, welche ihm die Hände religiös faltete. Oliver, neben dem Fenster lehnend, sah ernst, aus verschränkten Armen die Hand zum Kinn führend, zu Boden. Beaune fuhr aus tiefer Versunkenheit auf, als ihn der Monarch, das Schweigen mit einer Handbewegung gleichsam fortschiebend, anredete: »Und was ist dein Einwand, Freund Jean?«
Der Schatzmeister war von den vieren der gutmütigste und duldsamste, gemäß seiner körperlichen und seelischen Konstitution. Sein Phlegma und seine sybaritische Auffassung des Lebens schauderten vor jedem unmittelbaren Eingriff in das menschliche Dasein zurück. Persönlich gewiß nicht feige und beruflich von einem Rigorismus, der mit den unbedenklichsten Mitteln das Geld aus dem geschwächten und verarmten Volk sog, die zuweilen kostspieligen politischen Praktiken des Königs finanziert hatte und seine großen staatsmännischen Ideen realisierbar machte, war ihm dennoch eine gewisse Humanität geblieben, die gegen die Akte brutaler oder heimlicher Zerstörung des Menschen protestierte – ein zarter Sinn, der Anblick und Laut des gewaltsamen Todes nicht vertrug. Er schwieg vor den Argumenten des Königs, er begriff ihre harte Logik, die keine Angriffsfläche bot. Doch als Ludwig ihn fragte, zwang ihn seine ehrliche Natur zur gefühlsmäßigen Opposition.
»Ich begreife das eine nicht«, sagte er nach einem kleinen Zögern. »Warum kommt nur die Todesstrafe in Betracht?«
»Aus zwei Gründen«, entgegnete Ludwig sofort; »ich kann Karl Valois schwerlich in die Oubliettes schicken, das heißt also: verschwinden lassen, ohne eine kaum abgeschwächte Empörung gegen mich zu riskieren; und ich könnte es in bestem Fall nur bis zu meinem Tod. So würde ich also nichts gewinnen und nichts vermeiden. Und dann: ich darf keine Präzedenzfälle für Nemours und den Konnetabel schaffen, die sterben müssen.«
»Und Balue?« wagte Jean de Beaune einzuwerfen.
»Balue ist kein Dynast, hat kein Land und keine Soldaten. Er ist als Werkzeug gefährlich. Und Werkzeug kann in den Oubliettes vergessen werden.«

Der Schatzmeister schwieg und ließ nicht erkennen, wie weit er überzeugt war und ob er resignierte. Ludwig wandte sich mit einer leichten Ungeduld im Ton an den Necker:
»Du warst bisher beharrlich stumm, Oliver. Ich erinnere mich gut, daß du auch in Péronne bei der Skizzierung dieser Idee keine klare Antwort gegeben hattest. Es wäre aus bestimmten Gründen fatal, wenn auch du Hemmungen bei dieser gewiß traurigen Entscheidung hast.«
Der Necker hob das Gesicht und lächelte ein wenig.
»Es genügt wohl, wenn der Entscheidende keine Hemmungen hat, Sire«, sagte er abgründig; »er übernimmt ja dann die Bedenken der Gehorchenden von selbst. Ich habe nichts zu widersprechen, sondern nur ein Wort Eurer Majestät zu wiederholen, ein wichtiges Wort, das mir auch von Ihnen nicht genügend gewürdigt scheint, gnädiger Herr.«
»Nun?« fragte Ludwig und hob die Schultern. Auch die beiden anderen sahen in Spannung den Meister an.
»Herr Karl wäre wahrscheinlich der Thronfolger. Ich darf sogar präzisieren, Sire: Herr Karl ist der Thronfolger; denn er könnte dem Alter nach der Dauphin sein, der Ihnen versagt ist.«
»Gewiß, gewiß!« rief der König, leise erstaunt; »und ich würdige diesen Umstand so sehr, daß ich mich zur Erbarmungslosigkeit gegen mein eigenes Blut verurteile.«
Wieder lächelte Oliver flüchtig.
»Diese Verurteilung ist die mildeste, die heute abend besprochen wurde«, sprach er freimütig. »Sie würdigen das Negativum, Sire. Ich will nichts gegen die Verneinung seines Lebens sagen. Aber ich wage zu behaupten, daß Sie über die wohl notwendige Vernichtung den gleicherweise notwendigen Aufbau vergessen, Sire.«
Der König betrachtete seinen Vertrauten erwartungsvoll und auch mit einem leisen Angstgefühl. Er wußte, daß dieser ihm verbundene Mensch keine Warnung aussprach, die nicht in ihn einschlug wie der Blitz eigener Erkenntnis. Und er wurde unsicher.
»Was vergesse ich, Oliver?« fragte er fast demütig.
»Sie vergessen, Sire, daß Sie nach dem Tode Karls der letzte Valois sind. Sie haben nur zwei Töchter, die fremden Fürsten versprochen sind. Nach dem Tode Karls fehlt Ihnen der Thronerbe. Sie sind im Begriff, mit ihm die eigene Dynastie zu vernichten.«
Einen Augenblick war der König von solcher rauhen Beweisführung betroffen. Er faltete die Stirn und biß sich auf die Lippen. Dann rief er erregt:
»Ich habe keine dynastischen Ambitionen! Meine Sorge gilt dem

Reich. Da seinen Bestand Karls Schwäche und Verräterei gefährdet, muß er beseitigt werden, ob er Valois ist oder nicht. Und da das Haus Bourbon, mit mir verschwägert und meine Politik vertretend, die nötigen Fähigkeiten zur Erhaltung des Erbes aufzuweisen scheint, möge es der Erbe sein.«
Oliver lächelte ein drittes Mal.
»Auch das Haus Savoyen ist mit Ihnen verschwägert, Sire«, meinte er, »und auch Bourbon gehörte der ersten Fürstenliga an und könnte nach Ihren eigenen Worten unter bestimmten Umständen wieder frondieren. Und Bourbon ist auch mit Burgund verschwägert. Man soll den Fürsten als Verwandten noch geringer einschätzen als den Fürsten, der Ihr Freund zu sein vorgibt. Sie sind alle Opportunisten. Und wenn Sie, was das Geschick verhüte, früher sterben sollten als Burgund, so weiß ich gewiß nicht, ob der Herzog mit Bourbon größere Schwierigkeiten haben wird als mit Herrn Karl.«
Der König starrte vor sich hin.
»Burgund wird nicht länger leben als ich«, sagte er, die Lippen kaum bewegend; »aber vielleicht hast du recht, Oliver. Und was rätst du mir nach alledem?«
Der Necker kam ein paar Schritte näher und sprach langsam:
»Wenn Sie einen Thronfolger vernichten, Majestät, müssen Sie einen anderen erzeugen.«
Ludwig hob schnell den Blick zu ihm auf. Es verwunderte die ganz verblüfften Räte, daß des Necker maßlos kühne Folgerung den König nicht auffahren oder lachen ließ. Doch der Fürst blieb sehr ruhig.
»Ich bin dreiundfünfzig ...«, sagte er nur und stockte schon, als er Oliver spöttisch die Brauen hochziehen sah. Er begriff gewiß den tiefen staatsmännischen Sinn der erstaunlichen Zumutung; aber das unruhige Gewissen suchte nach den dunklen Zusammenhängen des Warners mit sich selber. Wollte der Necker durch solches Mittel, das seines Genies würdig war, die Anne ihm entreißen? Er fühlte mit einemmal seine große Liebe und die Gefahr, die ihr drohte; denn in diesem gleichen Augenblick, in dem er der Anne schönen Leib vor sich sah, wußte er auch, daß er den Gedanken Olivers nicht mehr werde abstreifen können.
»Ich habe seit fünfzehn Jahren Madame von Savoyen nicht mehr erkannt«, sagte er leise, mit einer merkwürdigen Schamhaftigkeit des Ausdrucks. Oliver zuckte mit den Achseln und meinte kühl:
»Belieben Sie im Interesse des Reiches die eheliche Gemeinschaft wiederaufzunehmen, Sire, wenn auch nur für ganz kurze Zeit und ...«

Er stockte einen Augenblick und sah zu Boden.
»... und ohne die Gewohnheiten Ihres privaten Lebens viel zu ändern«, fügte er rasch hinzu.
Ludwig sah ihn mit einem unbestimmten Gefühl der Rührung an.
»Du machst also das Leben meines Bruders von der Geburt des Dauphins abhängig, Oliver?« fragte er schließlich. »Das bedeutet im besten Fall einen Aufschub von mindestens einem Jahr. Das ist eine bedenkliche Spanne Zeit.«
Oliver schwieg. Jean de Beaune rief lebhaft:
»Warten Sie dieses Jahr ab, Sire! Erwarten Sie die Entscheidung des Schicksals!«
»Warten Sie, Sire«, sagte auch Tristan, »wenn das Schicksal nein sagt, mögen Sie es sein. Und Sie werden die Zeit bis dahin nicht ungenützt vergehen lassen.«
Der König sah fragend wieder den Necker an.
»Deine letzte Antwort fehlt noch, Oliver.«
Der Meister sagte mit einer entscheidenden Handbewegung:
»Behandeln Sie Herrn Karl schlecht, Sire, ängstigen Sie ihn, verzögern Sie die Belehnung mit den beiden Gebieten, die natürlich gefährlich wäre. Besser noch: drängen Sie ihm eine andere Landschaft auf in weniger gefährlicher Lage, so daß automatisch zwischen ihm und Burgund eine Verärgerung eintritt. Zwingen Sie ihn in eine hastige Opposition, die Nemours oder Saint-Pol oder beide kompromittiert und zugleich die Burgunder Heiratsfrage gänzlich unzeitgemäß macht. Verändern Sie die Reihenfolge der inkulpierten Namen in einer Weise, daß jenes Jahr gleich nützlich sich vollende. Ich sehe keine politische Notwendigkeit, den hochnotpeinlichen Reigen mit Herrn Karl zu eröffnen. Beginnen wir mit Nemours, der trotz der gewonnenen Landschaften mißtrauisch oder schlecht unterrichtet genug ist, im Süden gemeinsam mit seinem Vetter Armagnac Truppen zu mobilisieren. Saint-Pol ist im Augenblick noch als Gegenspieler des Burgunders verwertbar und zudem schlecht zu fassen. Setzen wir ihn an die zweite Stelle – und das Jahr wird reichlich beschäftigt und gut genutzt sein.«
Der König dachte nach, zwei harte Falten senkrecht zwischen den Brauen.
»Ihr seid der gleichen Meinung, Compères?« fragte er dann. Tristan und Jean de Beaune nickten. Ludwig stand auf.
»Ich kann mich nicht so schnell entscheiden, Freunde; es sind gewisse Überwindungen notwendig. Ich will heute nacht darüber nachdenken. Und ich danke euch, Oliver, Tristan, Jean.«

Herr Karl, der von dem morschen Vater alles Häßliche des Gesichts, alles Schiefe des Charakters und den kraftlos mißtrauischen Geist des Greises geerbt hatte, ohne dem Genie des älteren Bruders auch nur von ungefähr verwandt zu werden – ein hagerer Mensch mit enger Brust und schlechter Haltung, mit den Wulstlippen und dem Nasenkolben des Königs, fadendünne, aufgewundene, fast unsichtbare Brauen über kleinen, müden, fast immer leicht entzündeten, niemals ganz geöffneten Augen, mit schlaffen Backen und abstehenden Ohren –, Herr Karl wurde so freundlich und mit solchem Aufgebot an königlichem Prunk und brüderlicher Aufmerksamkeit empfangen, daß er sofort hinter der höfischen Bemühung die politische Falle vermuten zu müssen glaubte und eine fast lächerliche Vorsicht in Wort und Benehmen an den Tag legte. Auch der kluge Herr d'Urfé und auch Poncet de Rivière, der nach der augenscheinlichen Versöhnung des Königs mit Burgund und nach der großzügigen Rehabilitierung seines Freundes du Lau, jetzt wohlbestallten Gouverneurs von Perpignan, auf dem Umweg über den Bruder Karl an die königliche Krippe zurückzukehren trachtete, hielten Ludwigs breites Willkommenslächeln und die verwirrende Unsachlichkeit und Labilität seiner Sprache für die Vordergründe eines bestimmten und im Maße der aufgewandten Harmlosigkeit gewiß gefährlichen politischen Zieles. Die Gespräche hüben und drüben waren von einer Verlogenheit und einer umständlichen Hyperbolik, daß der König als Meister solcher Verhandlungskünste in immer bessere Laune kam und daß Oliver, dem Ludwig kein endgültiges Ja oder Nein zu seinem Plan gesagt hatte und der eine unzweideutige Einschüchterung des Gastes lieber gesehen haben würde, mit einigem Zweifel und nicht ohne Verstimmung die Entwicklung der Dinge verfolgte.

Als endlich der Herr d'Urfé mit äußerster Behutsamkeit die Frage formulierte, wann die Majestät wohl die Erfüllung des Péronner Abkommens gegenüber Monseigneur von Frankreich zu ratifizieren beliebe, hob der König gleichsam versonnen den Kopf, lächelnd auch, die höfliche Stimme ein wenig dehnend:

»Péronne ... Péronne ... Ich sagte einmal in einer Stunde, die das Gemüt beschattete, der Name läute wie ein Totenglöckchen. Nicht wahr, Seigneur Le Mauvais?«

Oliver nickte mit entspanntem Gesicht; er glaubte jetzt, Ludwigs Weg zu kennen. D'Urfé und Poncet de Rivière hatten verlegene Gesichter; Herr Karl wurde vor Ratlosigkeit offensiv. Mit wirren Gesten, die die stolpernden Worte anzutreiben schienen, brachte er hervor, alle Vorsichtsmaßregeln vergessend:

»Mit Verlaub, Sire, möchten Sie in dem Geist der Freundschaft und der Brüderlichkeit, die Sie mir – stets ... stets zu zeigen geruhten, den Akt der Belehnung noch während meines Aufenthalts bei Eurer Majestät vollziehen ... – ich gestehe, dann wäre ich Ihnen über die Maßen dankbar, zumal die Investitur auch die von Eurer Majestät zu genehmigende Eheschließung mit Maria von Burgund ...«
Er stockte. Ludwig sah ihn mit seinem Rätsellächeln an und fragte leise:
»Vermissen Sie hier niemanden im Kreise meiner Räte, Herr Bruder?«
Schweigen tödlicher Verlegenheit war die Antwort. Herr Karl sah hilfesuchend auf Urfé; der aber hatte bemerkt, wie Oliver und Tristan ihre Genugtuung und ihren Spott kaum noch versteckten und wie Jean de Beaune ein Gelächter mit Mühe nur in Husten verwandeln konnte; und die Torheit seines Herrn heimlich verwünschend, gereizt auch durch die drohende Niederlage, wagte er das Letzte:
»Dürfen wir Eure Majestät um eine klare Antwort bitten, ob der zu Péronne beschworene Pakt in seiner Anwendung auf Monseigneur von Frankreich irgendwelchen Mißverständnissen oder nicht vermuteten Widerständen ausgesetzt ist?«
Aber der König ließ sich nicht stellen. Mit seiner Begabung, durch das Ungefähre, scheinbar Unaufmerksame und Versonnene, in Wirklichkeit doch tief Berechnete und Geschmeidige seiner Dialektik den Gegner zu verwirren, zu ängstigen, zu schlagen, fand er auch wie von ungefähr und mit folternder Hartnäckigkeit stets zur empfindlichen Stelle der feindlichen Psyche zurück.
»Péronne ...«, wiederholte er nachdenklich, als hätte er aus Urfés gedrängter Frage nur wieder die Allegorie dieses Namens gehört, »Péronne hat in der Tat allerlei zu Grabe geläutet: Feindschaften und Freundschaften, Hoffnungen und Verzweiflungen, Intriganten und Dummköpfe. Mich dünkt, Seigneurs, der Ton macht die Musik für alle Ohren nicht gleich. Ich höre die Totenglocke, Sie, Seigneurs, wollen die Friedensglocke hören. Nun, es ist in der endlichen Wirkung kein großer Unterschied.«
Er ließ plötzlich den besinnlichen Ton fallen und rief scharf, mit der Handfläche auf den Tisch schlagend:
»Sie, Seigneurs, sprechen von dem Schwur, ich spreche von der Verschwörung zu Péronne. Nun, es ist in der endlichen Wirkung kein großer Unterschied. Kein größerer, als zwischen der Champagne und Brie, die ich Ihnen, Herr Bruder, aus guten Gründen nicht geben kann, und zwischen dem Herzogtum Guienne mit La Rochelle, das Sie haben sollen.«

Er ließ herausfordernd den Blick kreisen. Er sah die Gesichter wie taub unter dem unerwarteten Schlag. Er ließ sie nicht zur Besinnung kommen.
»Sie scheinen überrascht, Seigneurs?« fragte er mit der alten Höflichkeit. »Sie sollten nicht die Hintergründe von Péronne kennen und meine Berechtigung zu kleinen Korrekturen des Vertrags wie die eben erwähnte? Und Sie vermissen nicht den Kardinal Balue, der seinen Herrn und König dem Feind in die Hände spielen wollte und sich doch zu guter Letzt gezwungen sah, nicht nur sein Spiel aufzudecken, sondern auch das der Mitverschworenen? Es sind da Zusammenhänge belichtet worden, die wohl merkwürdig zu nennen sind, wenn sie mich auch nicht sonderlich überraschen konnten. Als erfahrener Mann machte ich zu dem bösen Spiel der Frondeurs jeweils eine gute und böse Miene, wie es meinem hohen Ziel, das nicht meiner Person, sondern dem Reich dient, angemessen war. So werden Sie, mein Herr Bruder, die gute Miene um dieser oder jener Landschaft willen auf keinen Fall verändern wollen.«
Der König hatte auch bei der letzten, kaum mehr verhüllten Drohung die Stimme nicht gehoben; aber seine Augen unter den strengen, geraden Brauen hatten den durchdringenden, aus Abgründen kommenden, mitleidlos wissenden Ausdruck, der nicht zu ertragen war. Herr Karl saß in gänzlicher Bestürzung mit flatternden Lidern, eine plötzliche häßliche Röte zu beiden Seiten der Nase, und schüttelte aus irgendwelchen Gründen den Kopf. Herr d'Urfé sprang, um das Letzte zu retten, in die Bresche.
»Gewiß wird Monseigneur, zumal wenn er die Gründe für diesen Gebietsaustausch kennt, alles versuchen, um für Eure Majestät der loyale Bruder zu bleiben, der er ist. Und er wird die persönlichen Momente, die vielleicht für die Champagne und Brie sprechen, Ihrer besseren Einsicht opfern, Sire.«
Wieder schüttelte Herr Karl den Kopf und murmelte, die Hand hilflos hebend:
»Ohne Befragung des Herzogs von Burgund . . .«
Der König unterbrach lachend:
»Herr Bruder, ich will um der Loyalität willen, die mir von Ihnen gerühmt wird, die Gnade haben, Ihren Einwurf nicht zu Ende zu hören; sonst wäre die böse Miene nicht zu bannen. Und die böse Miene, Seigneurs, belehnt mit kargeren Gebieten als der Guienne!«
Der verzweifelte Urfé versuchte zu sprechen, um noch einmal ein Gleichgewicht herzustellen. Aber der König, noch lachend, die Augen blank durch einen brutalen Gedanken, war schon aufgestanden.

»Es ist immer heilsam«, rief er, »und nützlich für die Erfahrung, die Wirklichkeit zu sehen! Folgen Sie mir in die neue Residenz des Kardinals, Herr Bruder, Herr d'Urfé, Herr Le Mauvais! Herr Poncet wird mit meinen Räten auf unsere Rückkehr warten.«
Ein Blick unterwies die beiden Gevattern, wie sie die Zwischenzeit zu nutzen hatten.
Zehn Minuten später hörte Balue im Käfig, vergraben zwischen Folianten und Pergamenten, das Schloß rasseln und die schwere Tür des Gewölbes in den Angeln knarren. Er hob erst den Kopf zur Seite und blinzelte, vom hellen Licht neben sich geblendet, ins Dunkle, als niemand durch die geöffnete Tür eintrat und von außen nur zwei unterdrückte Rufe der Überraschung und des Entsetzens an sein Ohr drangen. Er stand auf, trat an die Stäbe und preßte das Gesicht zwischen die Eisen, rechts und links die Hände einkrallend. Von neuem hörte er ein gedämpftes »Jesus-Maria!« aus dem Dunkel. Jetzt wurde die Tür wieder geschlossen und verriegelt. Kopfschüttelnd kehrte er zu seiner Arbeit zurück.
Zehn Minuten später betraten die vier wieder das Beratungszimmer: der König höflich lächelnd, Herr Karl mit rotgeflecktem Gesicht und schwankend wie ein Betrunkener, Herr d'Urfé sehr blaß und sehr aufrecht, Oliver ernst. Inzwischen hatte Poncet de Rivière erfahren, wie nahe er einer fetten Statthalterschaft im Bourbonnais sei, und wartete heiter auf die Gelegenheit, sie sich zu sichern.
»Haben Sie noch Einwände, Herr Bruder?« fragte Ludwig freundlich. Karl schüttelte den Kopf. Poncet mußte sich eilen, um noch zu Wort zu kommen.
»Bedenken Sie, Monseigneur«, wandte er sich an Karl, »daß die Guienne mit der Regierung von La Rochelle ein größeres und schöneres Gebiet ist als die Champagne und Brie und daß die Freundschaft mit Burgund vor dem Wunsch des Königs zurückzutreten hat.«
Jean de Beaune grinste. Poncet hatte seine Statthalterschaft gewonnen.
»Ihre Räte sind als kluge und verantwortungsbewußte Männer meiner Meinung, Herr Bruder«, konstatierte der König. Herr d'Urfé sprach kühn für den Fassungslosen:
»Monseigneur nimmt die Guienne an.«
Herr Karl nickte.
»Gut«, meinte Ludwig liebenswürdig; »jetzt bleibt nur noch eine Kleinigkeit zu erledigen übrig: Sie, mein Herr Bruder, schreiben dem Herzog von Burgund, daß Sie freiwillig Ihre Ansprüche auf die Champagne und Brie gegen die Ihnen günstiger erscheinende

Guienne mit La Rochelle ausgetauscht haben; und Sie schreiben es vielleicht noch heute.«
Wieder herrschte betretene Stille. Endlich wagte Poncet die Äußerung:
»Ich finde diesen Brief nur loyal und folgerichtig, Monseigneur.«
Herr d'Urfé sprach für den Fassungslosen:
»Monseigneur wird den Brief noch heute schreiben und Ihnen zur Beförderung aushändigen, Sire.«
Herr Karl nickte.
»Gut«, sagte Ludwig zutunlich; »und dies noch, Herr Bruder: Sollte mein Vetter Burgund die Heirat der Maria mit Ihnen aufrichtig betreiben – ich möchte es fast bezweifeln –, so werden Sie von meiner Seite gewiß keine Schwierigkeiten erleben.«
Oliver, Herr Tristan, Jean de Beaune grinsten.

Anne ließ durch Daniel Bart den Meister in diesen von Geschäften angefüllten Tagen fragen, ob er ihr eine Viertelstunde schenken könne. Die demütige Form der Bitte, die Daniel beflissen wahrte, um den stummen Vorwurf hörbar zu machen, bewirkte auch, daß Oliver trotz seines kühlen Bescheides schon kurze Zeit später seine seit Wochenfrist nicht mehr betretene Wohnung aufsuchte. Es war übrigens, wie er sich selbst gestand, keine Gefühlsregung, der er nachgab, keine Besorgnis um Annes Person, sondern eine merkwürdige und nicht einmal eben erst entstandene Ahnung, daß das Anliegen der Frau mit jener dunklen Frage zusammenhänge, die ihn und den König beschäftigte und die Ludwig, durch ungewohnte Kämpfe der Leidenschaft mit der politischen Vernunft augenscheinlich belastet, immer noch nicht zu beantworten vermochte. Oliver hatte sehr bald bemerkt, daß des Königs Fügsamkeit während der Gebietsverhandlungen, die er im Sinne des Neckerschen Planes bis zur überlegenen Bezwingung des Bruders führte, nur ein Kompromiß mit sich selber war, eine leichte strategische Änderung, die nicht schaden konnte und seinem intriganten Geist zusagte. Doch daß er bereit sei, der großen Idee des Necker in ihrem ganzen Ausmaß zu folgen, dem Bruder die notwendige Schonfrist zu gewähren und die Königin, eine fremd und alt gewordene Frau, in das eheliche Bett zu befehlen, hatte sein nachdenklich verschlossenes Gesicht mit keiner Bewegung und keinem Wort bisher zugegeben. Und Oliver wußte, daß er in fast allen diesen Nächten mit Anne zusammen war.
Die Frau saß über ihrem Stickrahmen und hob das weiße Gesicht, als er eintrat. Ihre Züge waren ein wenig scharf geworden und

schmaler der Mund durch die vielen Gedanken, die er nicht aussprach. Wie oft bei einsam gewordenen Menschen, die das Lachen geliebt hatten, ließ die verscheuchte Freude feine, schmerzliche Linien zurück, die von den Lippenwinkeln aus zu den Nasenflügeln und zum Kinn liefen. Da sie zu den Frauen gehörte, die nicht viel weinen konnten, waren die Schatten unter den etwas trüben Augen nicht durch Tränenrinnen vertieft und machten sie nicht alt, sondern in erregendem Gegensatz zu dem keuschen Mund unzüchtig. Und die Bewegung ihres Körpers war müde und teilnahmslos, wie bei Kurtisanen, die den lässigen Leib vom heimlichen Gefühl zu trennen gelernt haben.
Oliver küßte ihr kalt und höflich die Hand.
»Was wünschest du, Anne?« fragte er, sie flüchtig betrachtend.
»Ich danke dir«, sagte sie leise und ihn groß anblickend, »daß du so rasch gekommen bist, Oliver. Ich wünsche eigentlich nichts. Mich quält nur so etwas wie eine Hoffnung, Oliver.«
Der Necker verzog den Mund.
»Hoffst du auf deine Art auf den Dauphin?« fragte er brutal. Sie senkte die Augen und sagte traurig:
»Ja, Oliver, ich hoffte auf dich.«
Der Necker schüttelte den Kopf, ernst, ohne ein Wort, und wandte sich zur Tür. Anne beugte demütig den Nacken und faltete die Hände um die Knie. Und sie hob nicht den Kopf, als sie ihm jetzt gequält nachrief:
»Er fürchtet es!«
Oliver blieb stehen, erregt: Sagte Ludwig ihr selbst dies? Sagte Ludwig ihr die letzten Gedanken, die er ihm nicht zu gestehen wagte? Wurde diese Liebe gefährlich?
»Was fürchtet er?« fragte er über die Schulter.
»Daß du bei alledem an mich gedacht hast, trotzdem ...«
Sie stockte; sie fürchtete vielleicht in diesem Augenblick, zuviel zu gestehen.
»Trotzdem ...?« fragte Oliver drängend. Sie fuhr fort, hastig flüsternd:
»... trotzdem du ihm gesagt hattest, daß er die Gewohnheiten seines privaten Lebens nicht viel zu ändern brauche.«
Wörtlich fast! dachte Oliver staunend, das sind fast die gleichen Worte, die ich ihm sagte! Er hat kein Geheimnis vor ihr; aber er schweigt zu mir! Er wandte sein Gesicht wieder ihr zu.
»Seine Furcht ist so unbegründet wie deine Hoffnung; das weißt du jetzt, Anne«, sagte er hart. »Was ich ihm sagte, meinte ich ehrlich. Wirst du ihn zurückhalten, Anne?«

Sie sah ihn nicht an.
»Ich habe wohl kein Recht dazu«, entgegnete sie schlicht und sprach immer langsamer, »aber sieh, Oliver, er liebt mich sehr, scheint mir, mein Körper gilt allein, fühle ich, und er schließt jeden anderen Körper aus. So wird er es vielleicht – nicht – können . . .«
Oliver biß sich auf die Lippen; das war es, was er befürchtet hatte. Er dachte zurück, gepeinigt: Hatte je der Zauberleib der Neckerin in seinen Sinnen einen anderen Körper aufkommen lassen?
»Bist du heute nacht bei ihm?« fragte er nach einer Weile, abgewandt.
»Ja.«
»Ich werde mit ihm ins Turmzimmer kommen«, sprach er etwas zögernd; »richte es ein, daß du unser Gespräch mit anhören kannst. Das wird gut sein für deine endgültige Haltung, Anne.«
»Ja«, sagte sie und reichte ihm die Hand. Er küßte sie kalt und höflich. Er schritt zur Tür.
»Es wird gut sein«, sagte er noch auf der Schwelle, »daß du krank bist, wenn die Königin kommt, Anne.«
»Ich werde gerne krank, Oliver«, flüsterte sie.

Es war der Abend vor der Abreise des neuen Herzogs von Guienne. Das Bankett, das die Belehnungsfeierlichkeiten und zugleich Karls Amboiser Aufenthalt beschloß, hatte die pompöse Folge von Speisen, Getränken und Lustbarkeiten abgerollt und ging zu Ende. Herr Karl war durch die gleichbleibende Liebenswürdigkeit des königlichen Bruders, durch das gewichtige Ländergeschenk und durch die Preisreden auf sein neues Reich, die er in Menge zu hören bekam und die ihn sehr rasch den etwas zwangvollen Tausch verschmerzen ließen, allmählich in die glücklichste Stimmung gekommen. An diesem Abend sogar, belebt durch Wein, durch die Heiterkeit seiner gleichermaßen zufriedenen Räte, durch die freundlichen Zusprüche der fremden Herren und vor allem durch das nahe Morgen, das ihn aus den Armen des gefürchteten Bruders entließ, wurde der junge Fürst in einer Weise sorglos, daß er zu lachen wagte und gesprächig wurde. In erregtem Selbstgefühl absonderlich mit den Augen blinzelnd, mit bebenden Backen und zuckender Nase begann er auf verfängliche Stichworte Jean de Beaunes und Tristans zu antworten, wurde immer redseliger und war schon im Begriff, Zusammensetzung und Methode der gescheiterten Fürstenliga wie einen guten Witz zum besten zu geben, als ihn endlich ein desperates Gelächter und ein furchtbarer Blick des Herrn d'Urfé veranlaßten, das Gespräch ein wenig hastig zu ändern. So hatte er in seiner

leichten Trunkenheit wenig gemerkt, daß der König im Laufe des Abends immer stiller wurde, in dem Maße auch zurückhaltender und unfreundlicher, als der Angeheiterte das Beobachtungsvermögen einbüßte. Oliver aber wußte wohl, welche Gedanken hinter Ludwigs gefalteter Stirn arbeiteten und ihm die Lider halb über die Augen zogen. Der kurze Blick, das kurze Wort, hin und wieder den Bruder treffend, verrieten dem Aufmerksamen Ludwigs dunklen Willen, die Entscheidung über des frohen Karl Schicksal erst dieser letzten Nacht zu überlassen. Oliver rüstete sich zum Kampf.
Der König selber war es, der ihm um Mitternacht, nach dem Ende des Banketts, ins Turmzimmer zu folgen befahl. Während Oliver die Tür hinter sich ins Schloß zog, schob Ludwig nach einem Augenblick des Zögerns die Wandfüllung beiseite und stieg die Wendeltreppe hoch. Der Necker wartete erstaunt; es war das erste Mal, daß der König auf so unverdeckte Art Annes Nähe zugestand. Wenn er früher – wenn er noch gestern zu solcher Stunde mit dem Necker im Arbeitskabinett saß und beide auch wußten, daß über ihren Köpfen der Neckerin bereiter Leib auf den Polstern lag, so besaß doch Ludwig stets den Takt, gleich Oliver diese Nachbarschaft zu verleugnen, zuweilen sogar sich von seinem Rat zum Schlafgemach zurückführen zu lassen, niemals aber die geheime Tür in der Holzverkleidung zu öffnen, bevor die Schritte des fortgehenden Meisters verhallt werden. Oliver wartete, hörte die leisen Stimmen der zwei und schon wieder – nach wenigen Sekunden – des Königs Schritt auf der Treppe. Er lächelte ein wenig, als Ludwig ins Zimmer trat und die Paneeltür schloß.
»Sire«, sprach der Meister, der in der Nähe der Wand geblieben war, nach einer kleinen Weile, »wir hatten den gleichen Gedanken: Auch ich bat die Dame Necker, zuzuhören.«
Der König sah ihn einen Augenblick verblüfft an; dann lachte er auf und rief:
»Kommen Sie herein, Madame!«
Oliver öffnete sofort die Wandtür. Anne, mit offenen Haaren, gehüllt in einen pelzverbrämten Mantel von karmesinroter, reichbestickter Seide, die nackten Füße in wattierten Pantoffeln, stand im Ausschnitt der Täfelung wie ein schönes und wollüstiges Bild, in einer Bewegung des Schreckens und der Verlegenheit erstarrt.
»Kommen Sie, Madame«, wiederholte der König mit feinem Lächeln und bot ihr galant seinen mächtigen Lehnstuhl vor dem Schreibtisch an. »Da wir beide, ich und Oliver, ganz unabhängig voneinander Sie als Zuhörerin wünschen, brauchen Sie sich nicht mehr zu verstecken. Nehmen Sie den Platz ein, der Ihnen gebührt.«

Anne zog ein wenig die Schultern hoch und ging mit gesenktem Kopf und kleinen Schritten an den beiden Männern vorbei. Oliver war ernst und sah sie nicht an. Sie saß dann mit ihrem weißen, abgekehrten Gesicht und der lauten Farbe ihres Gewandes in dem gebieterischen Stuhl, sehr seltsam und lockend in solchem Zusammenspiel von marmorner Blässe, Glut des Stoffes und Hoheit des Thrones. Sie saß aufrecht, ohne sich anzulehnen, die Arme an den Körper gepreßt, die Hände im Schoß. Sie trug den Kopf ein wenig gesenkt und sah auf die Platte des Tisches. Der König lehnte seitlich von ihr gegen eine mächtige Truhe. Oliver war im Hintergrund, neben der offenen Paneeltür, stehen geblieben.
»Sprich, Freund«, sagte Ludwig einfach, »du weißt, was zu bereden ist.«
Oliver schüttelte den Kopf.
»Das eine wenigstens«, entgegnete er mit Bestimmtheit, »ist nicht mehr zu bereden: Herr Karl wird morgen, unbeschadet an Leib und Seele, Amboise verlassen.«
»Du weißt«, meinte der König nachdenklich, »daß ich gerade dies mit dir besprechen will. Ich habe mich in den letzten Tagen mit diesem Jämmerling mehr beschäftigt, als es sein ganzes morsches Leben wert ist. Er kann mir schaden. Er wird mir auch schaden. Der Urfé wird sofort nach Norden über die Bretagne, die Normandie zum Burgunder und nach Süden zur Sippe Nemours-Armagnac, vielleicht zum malkontenten Aragon seine Gewebe zu spinnen beginnen. Ein Jahr ist eine lange Zeit, Oliver. Wenn ich aber in vier Wochen die legitime Gelegenheit haben würde, in die Guienne als erledigtes Krongut einzumarschieren, ist das Gewebe sehr leicht und für immer zerrissen.«
»Sire«, erwiderte Oliver ernst, »Sie werden eine Stunde nach Karls Abreise den Großmeister mit der Armee in den Süden kommandieren, um dem Armagnac die Rouergue wegzunehmen. Sie haben dann die Guienne von Osten und Süden umklammert. Der Bretone im Norden ist noch lahm vom Kampf. Die Normandie beherrschen Sie. Das Jahr, das nicht lang ist, wird Herrn Karl vor zufriedener Sattheit oder ängstlicher Vorsicht untätig und die übrigen Frondeure beseitigt sehen. Prüfen Sie sich, Sire, ob Sie und ich an Ihren Einwand glauben können.«
Der König schwieg. Oliver fuhr rascher fort:
»Und dies, Herr: wer allein kann Ihnen in den zehn Stunden, die zur Verfügung stehen, die legitime Gelegenheit zum Einmarsch in die Guienne geben?«
Ludwig schwieg. Oliver lächelte flüchtig.

»Ihres Gewissens andere Seite würde einem solchen Befehl nicht gehorchen«, sagte er leise; »denn Ihr Motive haben nichts mehr mit der Notwendigkeit politischen Schicksals zu tun.«
Er ging ein paar Schritte auf den König zu.
»Ihr Gewissen will keinen gemeinen Mord, Sire. Am allerwenigstens um einer Frau willen.«
Ludwig hob mit gequältem Ausdruck die Hand. Anne bewegte sich nicht. Oliver stand unmittelbar vor dem anderen.
»Und der König«, sprach er scharf, »darf aus dem Bereich seines Gewissens so wenig herauskommen wie Balue aus dem Käfig. Und das Gewissen muß so hart sein wie die Eisenstangen, Sire, und eine harte Sprache reden dürfen. Und es sagt Ihnen, Herr, daß in diesem Augenblick nicht Karl und keine Fronde Ihnen und dem Reich gefährlich ist, sondern die Frau, die dort sitzt.«
Er wies mit einer Bewegung des Kopfes zur Neckerin hin, ohne ihr den Blick zuzuwenden.
»Und es sagt Ihnen, daß der Alkoven über uns von der Politik getrennt bleiben muß, will er sich vor der Gefahr schützen, gefährlich zu sein!«
Anne rührte sich nicht; auch die brutale Erwähnung ihrer Person erschütterte keinen Muskel ihres Gesichts und des gestrafften Körpers. Der König beobachtete sie, ein wenig von Oliver fort zur Seite tretend. Seine Augen waren unruhig; ihre Regungslosigkeit schien ihn zu peinigen. Er hob die Schultern und tat die sonderbare Frage:
»Warum verteidige ich Sie nicht, Madame?«
Anne hob das stille Gesicht zu ihm auf und zog ein wenig die Lippen von den Zähnen; aber es wurde noch kein Lächeln, sondern ein unsägliches Geständnis der Schwermut. Sie sagte sehr leise, wie von fern her, den Kopf sacht schüttelnd:
»Er darf so sprechen ... Er will mich nicht wiederhaben ...«
»Ich weiß es«, flüsterte Ludwig verwirrt, »ich weiß es ...«
Oliver war langsam an die Wand zurückgetreten; er wollte sein leidendes Gesicht nicht zeigen. Der König suchte ihn mit den Augen.
»Und du bedrohst die Anne, wenn ich nicht gehorche, Oliver?« fragte er plötzlich.
Sieht er doch mein Gesicht? sann der Necker; bin ich doch noch schwach? – Er antwortete ernst:
»Der König hat nicht zu gehorchen! Der König wird morgen Madame von Savoyen benachrichtigen. Niemand wird ihn zurückhalten.«
»Niemand ...«, wiederholte Anne leise. Ludwig riß jäh die Arme in die Höhe und schrie:

»Ich bin ein armer Mensch . . .«

Er hob schnell den Kopf, als staunte er über die eigene Stimme; und er hörte schon die Stimme, die von der Wand her kam und doch auch die eigene schien:

». . . und ich gehorche dem König!«

Anne stand auf, als sei es der Befehl für sie. Mit kleinen Schritten ging sie an Ludwig vorbei und an Oliver, der neben der Paneeltür stand und sie nicht ansah. Die laute Farbe ihres Gewandes verschwand, man hörte den leichten Schlag der Absätze auf jeder Stufe der Wendeltreppe. Das Zimmer unten schien dunkel und kalt. Man sprach kein Wort mehr und blickte aneinander vorbei. Oliver verbeugte sich und ging. Als seine Schritte verhallt waren, trat Ludwig durch die Lücke der Täfelung, die Wandfüllung hinter sich schließend.

3 *Die Gattin*

Carlotta, die zweiundvierzigjährige Königin, war eine stille, früh gealterte Frau, die sich mit dem freudlosen Leben abgefunden hatte. Von Natur nicht einmal sanft und nachgiebig und in der ersten Zeit der Ehe vom hochfahrenden Blut des Vaters und der Anna von Cypern oft zum Widerspruch hingerissen, war sie durch den Kampf mit Ludwigs geistiger Überlegenheit und politischer Härte sehr bald entkräftet. Der König hatte sie als Dauphin geheiratet, weil er als rebellischer Sohn des mächtigen savoyischen Nachbarn Freundschaft brauchte. Auf dem Thron sah sein scharfer Blick des Mailänder Sforza größere Vitalität; er kehrte mit scharfer Wendung Savoyen den Rücken. Die Feindschaft mit dem geliebten väterlichen Haus zerbrach die Lebenskraft der Carlotta; das Bewußtsein ihrer Einflußlosigkeit, die Ludwig bis zu zeremoniellen Unterlassungen und Kränkungen betonte, machte sie menschenscheu; die unbedenklichen oder brutalen Pläne, die neben ihr gegen ihre Familie und ihre Heimat vorbereitet und ausgeführt wurden und die abzuwenden oder aufzuhalten sie keine Möglichkeit hatte – der kaum verdeckte Haß ringsum gegen sie und ihr immer verdeckter Haß gegen ihre Umgebung – die Qualen des von jeder Minute getroffenen und ausgehöhlten Stolzes machten sie alt; die Einsamkeit ihres kleinen Tourainer Schlosses und die abnehmende Kraft ihres seelischen Widerstandes machten sie wortkarg und müde. Als man ihren Bruder einkerkerte, hatte sie keine Tränen mehr.

Die körperliche Isoliertheit, in der sie der König seit fünfzehn Jahren hielt, war der mildeste Schmerz ihres schweren Lebens. Ihr Leib, durch sechs Jahre seiner Gier verwüstet, durch fünf aufeinanderfolgende Geburten geschwächt, wollte nichts als Ruhe. Die Sinnlichkeit flackerte immer seltener auf und starb früh in der Monotonie der Tage. Der frühe Tod des einen Sohnes und zweier Töchter, die ihre zärtliche Art geerbt hatten und ihr die liebsten waren, die tiefe Abneigung der zwei anderen Töchter und ihre Wesensferne – klug, kalt, männlich, schön die älteste, klug, kalt, sehr häßlich und scheu die zweite – dünkten ihrem religiösen Gemüt schließlich nur noch die notwendige und folgerichtige Vollendung ihrer irdischen Passion. Der Befehl des Königs, nach Amboise zu kommen, verwunderte sie nur wegen des Ortes; denn es kamen in jedem Jahr Einzüge, gottesdienstliche und höfische Akte vor, bei denen aus zeremoniellen Gründen ihre Anwesenheit nicht zu vermeiden war. Sie liebte diese Gelegenheiten voll von formalem Zwang so wenig wie der König, der selbst in der Öffentlichkeit nicht seine abweisende und übersehende Art gegen sie aufgab. In Amboise aber war sie trotz der geringen Entfernung seit langer Zeit nicht gewesen. Der König hatte es schon bald nach seiner Trennung von ihr vermieden, sie in die Räume seines täglichen Aufenthaltes einzulassen und mit den Menschen seiner gewohnten Umgebung in Berührung zu bringen. Mit den Jahren, als er immer mißtrauischer, immer betriebsamer in seinem befestigten Amboiser Schloß hockte und seine Abneigung gegen sie sich in völlige Entfremdung und Gleichgültigkeit verflachte, wurde jeder persönliche Verkehr und jedes mündliche Wort in einer Weise ausgeschaltet, daß seine Residenz und die Art seines täglichen Lebens ihr fremd und fern zu bleiben hatten wie ihm der Ort und der Inhalt des ihren. Wenn er sie als Repräsentantin seiner Königlichkeit nötig hatte, beorderte er sie nach Paris, Orleans, Tours, Reims, Lyon – auf die jeweilige Bühne des monarchischen Theaters – und schickte sie nach ihrer Szene rasch wieder fort. In sein Haus gehörte sie so wenig wie in die Nachbarschaft seiner Gedanken und seiner Interessen. Und sie war stets ihrer Berufspflicht gehorsam gewesen: zu kommen, wohin er befahl, ein paar Minuten im fremden Prunk neben fremder Majestät zu sitzen, zu gehen, wenn er es befahl, und still und einsam wieder zu leben, ohne Frage und ohne Klage. So gehorchte sie auch jetzt, schon wissend, daß sie die dünnen Lippen nicht einmal öffnen werde, um ihr Erstaunen zu gestehen: sie betrete sein fremdes Haus und den unbekannten Bereich seines Tages.

Nicht der König empfing sie, sondern Jean de Beaune, der seinen von Arbeit überlasteten Herrn bis zum Abend entschuldigte und die Fürstin und die wenigen Frauen ihrer Begleitung in die für sie bestimmten, sorgfältig eingerichteten Räume führte. Über den Zweck ihres Aufenthaltes und über seine Dauer sagte der Rat nichts; und seine devote Haltung, anmutig verbunden mit seiner natürlichen Gutmütigkeit, entschied bei der heimlich beobachtenden Königin nicht einmal die Frage, ob er es selber wisse.

Ludwig indessen arbeitete nicht; er hatte sich seit der Abreise des Bruders im Turmzimmer eingeschlossen, ließ keinen zu sich als Oliver und kämpfte mit sich den schweren Kampf zu Ende. Es waren schlimme Tage für den Hof gewesen, der in der Erregung des unsichtbaren Königs bebte, und für die obersten Verwaltungsbehörden, die von hundert Befehlen, Absetzungen, Strafen aus dem hämischen Turm gequält wurden. Wie immer, wenn sich dieser seltsame Mensch in der Erschütterung einer von innen oder außen kommenden und noch nicht gemeisterten Gewalt von seiner Welt abschloß, so steigerte er auch dieses Mal – krank vor Mißtrauen gegen die eigene Kraft – die Aktivität des Selbstherrschers bis zur Tyrannis. Und da er gegen die noch nicht gekannte Macht des eigenen Gefühls kämpfte, da er wußte, daß er es besiegen müsse, doch von dem Widerstand betroffen war und in schmerzlicher, absonderlicher Gedankenverbindung den Einbruch der Greisenhaftigkeit fürchtete, schleuderte er in den Pausen, wütend wie noch nie, durch die dicken Mauern seines Turmes Beweise der ungebrochenen Majestät über den geduckten Hof und das verstörte Land. Oliver, der die Macht gehabt hätte, offensichtliche Ungerechtigkeiten und des launischen Jähzorns brutalste Wirkungen abzustellen, verhinderte nichts. Da er die Zusammenhänge kannte und dem Kampf zusah, gönnte er ihm diese Art der kräfteausgleichenden Erholung.

Denn es waren auch für Ludwig schlimme Tage gewesen. Am Abend nach Karls Aufbruch und der Abfertigung der Kuriere an den Großmeister und an die Königin saß er schweigend und voll heimlicher Unruhe mit Oliver im Arbeitskabinett und hatte nur die eine Frage im Hirn: Warum kommt Anne nicht? Als ob es eben dieses neuen und nicht erwarteten Widerstandes, der verhaßten, nahen, unvermeidlichen Störung seiner Liebe bedurft hätte, um sie unersetzlich, einzig und unsagbar drängend zu machen, litt er fast körperlich unter seiner Leidenschaft und dem Zwang, sie immer wieder und gerade heute zu erfüllen. Da er das steinerne Gesicht des Meisters nicht mehr ertragen konnte und sich gerne einredete, die Anwesenheit des Necker mochte die Frau abhalten zu kommen, schickte er ihn bald fort. Oliver verbeugte sich stumm und sah ihn noch einen Augenblick an, ehe er ging, ohne Erbarmen, wie es dem Fürsten schien, und in den Augen das Nein, vor dem er zitterte. Dann wuchs die Stille um ihn bis zur äußersten Belastung der Nerven. Der kreisrunde Raum schien vor Stille die Luft zu verdicken. Ludwig sah mit offenem Munde die Wände entlang und atmete schwer. Warum kommt sie nicht? Die Gegenstände pflockten sich grausam vor Stille und Sachlichkeit in seinen Blick. Die Welt um ihn und seine Inbrunst war lieblos bis zur Blasphemie. Er trat irr vor Sehnsucht nach dem Menschen an einen Spiegel und betrachtete sich – schauderte doch schon, die Schönheit der Geliebten in den Sinnen, vor der eigenen Häßlichkeit und der Maske des alten Mannes, die ihn aus Runzeln und Falten anstarrte. Er trat zurück, in Enttäuschung verzerrt, und fühlte die unbändige Begierde nach Trost, nach der Wohltat der Lüge. Und seine gehetzte Imagination fand sie auf wunderbare Art. Er fand seine Hände, die sehr schön waren und weiß, schlank und schmalfingrig von seinem alten Geschlecht zeugten. Er hob sie, um sie von dem armen Körper zu trennen, seitlich vor den Spiegel, streckte sie, spreizte sie, krümmte sie und freute sich an der Anmut des lebendigen Bildes. Doch das Spiel konnte nur Sekunden dauern. Die Uhr der Schloßkirche schlug mit bronzenem Ton eine späte Stunde. Konnte sie noch kommen? fragte er sich gequält, die Arme mutlos senkend. Er dachte an die anderen Abende, die glücklichen Abende, an denen er um diese Zeit kam und die Anne über den braunen Deckenbalken wußte. Er wollte wieder lügen – er lächelte wie ein Kind – und mit einem kleinen Kunstgriff ihr die Möglichkeit verschaffen, unbemerkt nach oben zu gelangen, oder sich nur die Illusion geben, daß sie da sein könnte, oder sich nur für einige Minuten, nur für den Weg durch das Zimmer und über die zwanzig glückseligen Stufen der Wendeltreppe die Ungewißheit schenken, ob sie nicht vielleicht doch da sei. Und er stahl sich aus dem Turmzimmer, schlich die Galerie zum Schloßinnern entlang, bog in einen Nebengang, um ihr den Weg freizugeben, und wartete in einem kahlen dunklen Ratszimmer, sich zu einem Stuhl tastend und mit steifem Rücken sitzend, die Zeit, die er zu warten vermochte – eine kurze oder lange Zeit, er wußte es nicht. Dann ging er zurück, betrat wieder seinen Turm, schloß sorglich die Tür, die er nur angelehnt hatte und dessen Spalt gewißlich breiter war als vorhin, durchquerte lächelnd das Zimmer, trat durch die Paneeltür, die er vor seinem Weggehen geöffnet hatte, schritt ein wenig langsamer als gewöhnlich die Wendeltreppe hinauf und hob sachte den Wandbehang . . . Der Raum war leer. Das Bett lag traurig und wie vergeblich inmitten der sinnlosen Wollust des Gemaches. Die rücksichtslose versteinerte Stille herrschte auch hier. Die Stoffe, die Farben, das Licht waren Dinge ohne Seele, ja ohne Willen zur Erinnerung, die der Mensch ihnen geben mußte. – Stumpf an der Wand lehnend und mit trüben Augen, hatte Ludwig nicht mehr die Kraft, den Inhalt des Blickes mit der Geliebten zu verbinden. War sie jemals hier? fragte er sich immer wieder. Der Raum war leer. Der König tat den Schritt zurück, den er sich vorgewagt hatte, und ließ langsam wieder die Tapete fallen. Er stieg, in den Knien tief einknickend, die Treppe hinunter. Er schloß die Wandtür erloschenen Gesichts und saß dann in dem königlichen Stuhl, der wie von ungefähr viel zu mächtig für ihn schien, wie alte Männer sitzen: mit rundem Rücken, hängenden Schultern, die Arme zwischen den gespreizten Schenkeln pendelnd. Und er saß so, das Kinn auf der Brust, eine lange oder kurze Zeit, er wußte es nicht.

Doch ein Gedanke dann riß Kopf und Körper zurück und die Augen auf, ballte seine Fäuste und schnellte ihn schon hoch. Er sprang zur gewölbten Bronzeschale, hob den Klöppel, um den nächsten Gardisten herbeizuläuten ... er warf ihn wieder in den ledernen Köcher, den Kopf schüttelnd, lief zur Tür, aus dem Zimmer, die Galerie entlang, daß die Fackel in seinen Händen Funken regnete, stieß den entsetzten Schotten vor seinem Schlafgemach beiseite, durcheilte den Ankleideraum und blieb jäh vor einer Tür stehen, keuchend und mit bebenden Gliedern. Es war die Kammer Olivers, in der er zu schlafen pflegte, wenn er weder beim König noch in seiner Wohnung übernachtete. Ludwig legte zögernd die Hand auf die Klinke. Wenn auch dieser Raum ihn enttäuschte! Wenn auch dieser Raum leer war! Großer Gott! Wenn diese böse Nacht noch Blut sehen wollte! Er schloß die Augen und drückte auf den Griff. Die Tür gab nach: Eines Schlafenden tiefe Atemzüge hörte sein Ohr. Er lächelte und öffnete die Lider. Oliver lag ruhig auf seinem schmalen eisernen Bett, die Hände unter dem Nacken, wie es seine Gewohnheit war.

»Nein, nein, nein«, flüsterte Ludwig und schloß leise wieder die Tür, »er ist nicht bei ihr.«

Er ging in sein Schlafzimmer und fühlte mit einemmal die äußerste Müdigkeit, die jeden Gedanken einhüllte. Er konnte schlafen.

Doch am anderen Abend war die Angst, die gleiche Einsamkeit und die gleiche Pein erdulden zu müssen, so groß, daß sie die Scheu vor dem Necker überwand.

»Bleib! Bleib!« rief der König gequält, als sich Oliver wieder zu früher Stunde zurückziehen wollte. Der Meister setzte sich auf sein Taburett zurück und sah ihn an. Ludwig kämpfte immer schwächer gegen den Wunsch, von Anne zu sprechen. Er hatte es während des Tages nicht gewagt, er hatte nicht einmal Jean de Beaune zu ihr geschickt; denn er wußte seit dem Anbruch der nüchternen Frühe, die ihm die klaren Gedanken brachte, warum der Necker sie trennte. Jetzt aber, vor der erregenden Nacht, erlag er.

Oliver sagte in plötzlichem Mitleid:

»Bestehen Sie diese wenigen Tage, Sire.«

Ludwig sah ihn demütig an.

»Sie kommt auch heute nicht, Bruder?«

»Nein«, sagte der Necker ernst und bestimmt. Der König stand auf und umklammerte seine Schultern.

»Ich will sie nur sehen!« flehte er, »nur sehen!«

Oliver schüttelte den Kopf.

»Wenn es Ihnen guttut, Herr«, sprach er, »so sagen Sie sich, sie sei krank.«

Ludwig stützte sich auf ihn, von einem Frost geschüttelt.

»Ich leide!« stöhnte er, »Oliver, ich leide!«

»Leiden Sie, Herr«, sagte der Necker leise; »ich liebe Sie darum.«

Er blieb bei ihm und machte ihn ruhig durch seine gütige Ruhe. Der König konnte schlafen.

Am Tage von der Königin Ankunft, als Carlotta schon im Schloß war und geduldig den Abend und sein Erscheinen erwartete, kam der schwere Rückschlag. Ludwig befahl plötzlich und mit scharfer Stimme dem Jean de Beaune, der ihre Grüße zurückbrachte, der hohen Frau zu bedeuten, daß wichtige Geschäfte ihn nach Paris riefen und daß er sie bitte, morgen früh wieder in ihre Residenz zurückzukehren.

»Sie werden begreifen, Seigneur«, wandte sich Oliver gelassen und ohne Zögern an den Hofmann, »daß Seine Majestät zu scherzen belieben.«

»Ich scherze durchaus nicht!« schrie Ludwig und schlug mit der Hand auf die Tischplatte.

»Ich werde mir in einer Viertelstunde den Befehl Eurer Majestät, den auch ich nicht gutheißen kann, wiederholen lassen«, sagte Jean de Beaune gewandt und verließ rasch das Zimmer. Oliver ging auf den Fürsten zu.

»Wenn es kein Scherz war, Sire«, sagte er kalt, »dann war es doch nicht der Befehl des Königs.«

Ludwig schüttelte die Fäuste.

»Der König befiehlt!« raste er. »Gehorcht man ihm nicht mehr?«

Oliver wich zurück und verbeugte sich.

»Der König befiehlt«, sprach er leise; »man wird ihm gehorchen.

Der König befiehlt den Tod eines Menschen; man wird ihm gehorchen.«
Ludwig schrie auf: »Oliver! Oliver! Nein! Nein!«
Und dann wieder mit zerbrochener Stimme:
»Ich leide, Bruder, ich leide!«
Der Necker beugte sich über seine Hand.
»Der König nicht, der Mensch leidet«, flüsterte er; »denken Sie an dieses Leid, wenn Sie wieder König sind.«
Sie schwiegen jetzt. Jean de Beaune kehrte zurück und wartete stumm. Ludwig sah ihn sinnend an.
»Ich beliebte zu scherzen, Seigneur«, sagte er endlich.
Der Abend kam. Carlotta unterhielt sich leise und befangen mit ihren Damen. Die ungewohnte Nähe Ludwigs bedrückte sie, die fremden Räume und das Rätsel ihrer Berufung machten sie unruhig. Das Gespräch erstarb. Die Fürstin preßte die Handflächen gegeneinander und schloß die Augen. Ihr Gesicht, das nicht unschön gewesen sein mochte, hatte breite, fast grobe Züge und schien seltsam nackt. Die Stirn, die noch nach der Sitte der Jahrhundertmitte durch Ausrupfen der Haare künstlich erhöht war, wölbte sich wuchtig und männlich über einer kurzen flachen Nase und kurzwimprigen, matten, etwas vorstehenden Augen und zog sich oft in schmerzlichen Falten zusammen. Der Gebrauch von Sublimatschminken hatte die Haut grau gemacht, die Zeit und der Kummer hatten nicht mit Runzeln und körnigen Vertiefungen gespart. Geringe Bewegung und die vielen Geburten nahmen dem schweren Körper das Straffe der Jugendjahre und gaben ihm Fett und Unförmigkeit.
Carlotta seufzte leise und hob traurig die rasierten, mit dünnem Strich geschminkten Brauen. Eine Hofdame wollte sie erheitern, nahm die Laute und begann eine sanfte Gagliarda, die die Fürstin liebte. Carlotta nickte den Takt mit dem Kopf und summte mit. – Jetzt wurde die Tür geöffnet. Das Lied brach ab. Ein Page, auf der Schwelle, sagte:
»Der König!«
Die Hofdamen standen auf. Carlotta ordnete erregt und hastig die schweren Falten des Kleides, die Füße einziehend, und sah aufrecht, mit einem wehen Lächeln, zur Tür hin. Ludwig trat mit schnellen Schritten ein, nahm den schäbigen Hut ab und küßte flüchtig ihre Hand. Sie sahen sich einen Augenblick an; sie sahen beide in ihren Augen das Erstaunen über ihre gealterten Gesichter. Den König schien ihr Blick zu verletzen. Er warf den Kopf zurück und sagte unfreundlich zu den anwesenden Frauen:

»Die Damen wollen mich mit Ihrer Majestät allein lassen.«
Jene gingen mit höfischer Verneigung. Der König starrte auf den Teppich, der unter dem Sessel Carlottas lag. Er preßte die Lippen zusammen und atmete laut und schnell. Er sprach nichts. Die Fürstin war durch den unverwandten Blick auf ihre Füße, durch sein Schweigen, durch die Bedrängnis auf seinem verquälten Gesicht vollends fassungslos. Die Knie zitterten ihr unter dem steifen Brokat. Sie hustete vor Pein. Ludwig sah rasch auf und musterte sie mit grausamer und rätselhafter Genauigkeit, betrachtete langsam Haare, Stirn, Augen, Nase, Mund, Hals, Brust – und sein Blick blieb auf ihrem Schoß. Er sprach nichts, er preßte die Lippen zusammen. Carlotta brannte im Feuer einer seltsamen Scham. Sie wußte nicht, warum sie sein Blick zugleich aufwühlte und niederschlug. Sie wußte nicht, warum er sie so ansah und ihren Körper kränkte, der ihm doch nicht mehr zukam. Sie hielt es nicht mehr aus, machte mit den Schultern eine Bewegung, die hilflos und erschütternd mädchenhaft war, und faltete wirr die Hände über dem Leib.
»Sire . . .«, flüsterte sie gefoltert.
Der König schaute auf. Ihr Gesicht war durch die Erregung unregelmäßig gerötet und glänzte ein wenig feucht. Das Runzelgewirr unter den Augen schwoll zu kleinen Säcken und schien die Pupillen noch mehr herauszudrücken. Sie war jetzt so häßlich, daß Ludwig sich heftig abwandte und sich in brutaler Entfernung hinter einen Stuhl stellte wie hinter eine Barrikade. Carlotta senkte den gedemütigten Kopf. Er rüttelte an dem geschnitzten Zierat der Rückenlehne, als sei die Überwindung der eigenen Stummheit eine Mühe der Muskeln. Er begann endlich mit heiserer Stimme:
»Sie mögen sich wundern, Madame, daß ich Sie hierherzukommen bat. Es handelt sich . . . es handelt sich . . . um einen Entschluß . . .«
Dieser Mann, dem die Worte zu Gebote standen wie die hörigen Menschen seines Reiches und dessen großer Geist noch kein Ziel erkannte, das er nicht erreichte oder zu erreichen gewiß war, stockte hilflos nach zwei gestammelten Sätzen, hilflos vor Widerwillen. Das furchtbare, innerliche, immer lautere, dröhnende: »Ich kann nicht!«, das das Herz mit dem Blut durch den Körper zu jagen schien, in jedes Glied und jeden Nerv, erwürgte die Sprache. Er hob den schweren Stuhl an den Säulenknöpfen des Rahmens auf und wurde rot vor Anstrengung.
»Ich freue mich . . . freue mich, Eure Majestät wiederzusehen«, stotterte Carlotta, um ihm zu helfen.
Der König ließ den Stuhl krachend zurückfallen und stöhnte besiegt die drei Worte, die allein sein Hirn noch wußte:

»Ich – kann – nicht . . .«
Carlotta sah auf ihre gefalteten Hände und hatte Tränen in den Augen. Ihre Schultern zuckten. Sie begriff diese neue und nicht mehr erwartete Qual so wenig, wie sie die vielen Leiden der Vergangenheit von Grund auf erkannt hatte. Aber sie wagte nicht zu fragen. Sie flüsterte nur nach einem langen Schweigen, während Ludwig seinen Kopf zwischen den aufgestützten Händen hielt:
»Haben Sie Sorgen, Sire?«
Der König achtete nicht auf die Frage. Er schien jetzt einen Gedanken zu fassen und richtete sich auf.
»Madame«, sagte er leise, »ich habe einen treuen Diener, einen vertrauten Menschen, den ich zu Ihnen schicken werde und den Sie anhören wollen. Es gibt Dinge, Madame, die schwer auszusprechen sind. Da ich sie nicht sagen kann, soll er sie Ihnen sagen. Warten Sie wenige Minuten und bleiben Sie allein. Und verzeihen Sie mir.«
Er ging hastig hinaus, die Schultern hochgezogen. Carlotta, ein wenig in sich zusammensinkend, verwehrte jeder Frage den Einlaß und dem schmerzenden Kopf den Versuch zu überlegen und gegen den Angriff zu rüsten. Sie saß gebückt und stumpf und sah zu Boden, sah unter ihren Füßen den kleinen erlesenen Teppich aus Isfahan, der auch Ludwigs Blicke angezogen hatte, das sanfte Spiel von Farben, rosa, elfenbein, grün, rot, auf dunkelblauem Grund, Bäume, gerankte Zweige, Blätter, Knospen, Blüten, Früchte – wahrhaftig, die armen Augen sahen nur dies und ersetzten die Minuten des gehorsamen Wartens durch ein liebliches Prisma.
Dann klopfte es sacht. Carlotta nickte nur, als könnte der Fremde draußen ihre müde Bewegung hören wie ein Jawort. Und er hörte es wohl; denn die Tür öffnete sich sofort. Die Königin sah auf, in plötzlicher Spannung. Ein hagerer Mann mit rotem, etwas angegrautem Haar und blassem scharfem Gesicht trat ein und verbeugte sich tief, richtete sich schnell wieder auf und kam mit der Sicherheit des Menschen näher, der eine Entscheidung mit sich trägt. Zwei Schritte vor der Sitzenden blieb er stehen und sah sie mit freiem Blick an.
Er hat seine Augen, dachte sie, durch diese Wahrnehmung sonderlich berührt; aber sie kränken mich nicht. Sie wurde ruhiger.
»Ich höre, Seigneur«, sprach sie schlicht.
Oliver senkte etwas den Kopf und strich mit der Hand über Stirn und Schläfe. Er war innerlich nicht ganz so fest, wie er es zeigte. Das erschöpfte Gesicht des Königs, das er eben sah, und das »Ich kann nicht!«, das er eben hörte, hatten ihn betroffen. Und Anne war krank geworden, noch ehe er zu der florentinischen Phiole gegriffen

hatte, unter Symptomen krank, die ihn mit einem dunklen Verdacht erfüllten. Sollte er die Kraft der Neigung, die Ludwig von ihm übernahm oder selber erzeugte, unterschätzt haben? Oder sollte er, was schlimmer wäre, sie mit unbewußtem Willen – als Rächender doch – unterschätzt haben? War die Menschenseele so stark, daß sie noch – aufgegeben und dem anderen hingegeben – in Ludwigs Schicksal ungebrochen weiterarbeitete? War er, außer sich gebracht, als Mensch überwunden und aufgesogen, selbst in dem fremden Leben noch der Stärkere, und ohne es zu wollen? Und dies vor allem: Spürte er den geringsten Wunsch, daß dem so sei oder nicht so sei? Er hatte den Kopf geschüttelt, als er den König verließ. Alle diese Fragen waren unnütz und vielleicht sogar schädlich; denn sie lockten die Gedanken nach rückwärts und bargen die Gefahr der Erinnerung an sich selber. Und wer war Oliver? Er lächelte vor der Tür der Königin: Oliver ist der König.

»Meine Aufgabe ist nicht ganz leicht«, begann er freundlich und ruhig; »aber die Ihre ist schwer, gnädigste Frau. Sie müssen mich nicht als einen fremden Menschen sehen, sondern als den Sprecher unseres hohen Herrn, der ihm so nahe steht, daß er das Bedeutungsvolle für ihn sagen kann, und doch genug ein anderer ist, um das Letzte und Verhüllte, vor dem der Takt der Majestät zurückscheut, ohne Beschämung Ihrer erlauchten Person auszusprechen. Betrachten Sie mich wie einen Arzt, dem auch die Keuschheit den bloßen Leib zeigen darf.«

»Ich sehe Sie nicht als einen fremden Menschen«, entgegnete sie leise und lächelte verlegen, »aber ich bedarf auch keines Arztes, Seigneur.«

»Das mag man nicht immer bestimmen können«, meinte er ernst, »und dann gibt es auch Ärzte der Seele und Ärzte der Beziehungen von Mensch zu Mensch. Ich spreche für Ihren königlichen Gemahl, mit dem Recht und dem Wissen des Vertrauten. Bedarf auch Ihre Ehe keines Arztes, gnädigste Frau?«

Carlotta wurde sehr blaß und ihre Wangen bebten wie vor verhaltener Angst. Sie krampfte die Finger ineinander, langsam und ohne Hoffnung den Kopf schüttelnd.

»Ich weiß nicht«, sprach sie mit flatternder Stimme, »und ich zweifle sehr, ob es einen Arzt für meine Ehe geben kann. Und, Seigneur«, setzte sie fester und mit Hoheit hinzu, »daß ich nicht glaube, Sie wollen mich kränken, und daß ich Ihnen solche Antwort gebe, beweise Ihnen mein Vertrauen. Sprechen Sie frei.«

Der Necker hüllte sie wieder mit seinem Blick ein und sah seine Wirkung an dem unruhigen Wachsen ihrer Pupille.

»Ich danke Ihnen, Madame«, sagte er langsam; »Sie machen mir die

Aufgabe leicht; denn Sie haben eben selber entschieden, daß ich keine Finten anzuwenden gezwungen bin. Wenn Sie den leisesten Laut der Hoffnung von sich gegeben hätten, dann würde ich haben sagen müssen, daß der König versuchen wolle, aus irgendwelchen gefühlsmäßigen Gründen das eheliche Leben wiederaufzunehmen. Das wäre eine Lüge gewesen oder eine Kränkung, wie Sie sie schon empfanden.«

»Seigneur«, rief die Königin beklommen, »wo wollen Sie hinaus?«

»In die Wahrheit«, antwortete der Necker sofort, »und in die Pflicht, die beide immer hart und immer erhaben sind. Wenn der kleine Mensch das Privileg hat, gegen den Entschluß, den ich Ihnen mitzuteilen habe, mit kleinen Sentiments zu protestieren, so haben Sie, Majestät, die Pflicht, den königlichen Zweck einzusehen. Die Wahrheit ist, hohe Frau, daß der König nicht an Sie, sondern an die Dynastie denkt.« Carlotta sprang auf.

»Und sein Entschluß?« fragte sie in äußerster Erregung.

»Er wird in dieser Nacht Gott und Sie bitten, ihm einen Sohn zu schenken«, sagte Oliver ruhig und klar.

Die Königin machte eine jähe Bewegung mit der Hand und entblößte die Zähne, als ob sie ein Nein hervorstoßen wollte. Aber sie hielt inne, vom Blick des Necker gefangen, und setzte sich langsam wieder in den Sessel, den Mann mit großen Augen ansehend. Sie blieb in steifer Haltung auf der Kante sitzen, sie ordnete auch von neuem die Falten des Kleides, mit mechanischer oder verlegener Hantierung, ohne das Gesicht von ihm abzuwenden.

»Herr Karl ist Thronfolger«, sprach sie mit anderer Stimme, verschleiert und doch auch bestimmt. »So weiß der König, daß sein Bruder nicht länger leben wird als er? Sie brauchen mir nichts zu antworten, Seigneur, ich kenne Ludwigs Arbeiten mit der Zukunft anderer Menschen. Ich weiß jetzt ... weiß jetzt alles, ich erkenne seine Technik ...«

Sie schwieg eine Zeitlang, müde lächelnd; dann flüsterte sie:

»Aber dies noch, Herr: Ich bin eine verbrauchte Frau – und es ekelt ihn vor mir ... doch nein, was besorgt es mich? Er möge kommen. Wie sollte ich sagen dürfen: er möge nicht kommen? Oder er möge mich befehlen, wohin es ihn beliebt. Aber er soll mich nicht mehr kränken. Er soll mich nicht mehr anschauen. Er weiß ja, wie ich aussehe. Er ahnt vielleicht auch, wie das Leben zu mir war.«

»Darf ich Ihnen die Hände küssen, Majestät«, bat Oliver.

Der König speiste allein. Selbst Tristan und Jean de Beaune, die gewohnten Tischgenossen, mußten fern bleiben. Selbst Oliver, der ihn bediente, mußte hinter ihm stehen. Er fürchtete in dem Abscheu vor dieser Nacht jedes Gesicht, das ihn ansah. Er aß hastig und schweigsam scharfgewürzte Speisen, an Säure und Saft schwere Wildgerichte, er trank aufwühlende Gewürzweine und erregende goldhaltige Liköre. Er trank hastig und viel. Der Necker sah nur seinen schmächtigen Rücken, den es zuweilen schüttelte, und selten, wenn er sich rasch vorbeugte und Teller und Becher füllte, sein grobes verhärtetes Profil und das Auge, das sich dann immer schloß. Nach dem Essen blieb er eine lange Zeit sitzen, die Arme ausgestreckt über den Tisch, den Hals eingezogen, mit steifem Genick, viel trinkend. Plötzlich sprang er auf, den schweren Stuhl zurückschnellend, daß ihn Oliver halten mußte. Ludwig wandte ihm sein böses Gesicht zu.

»Wo wirst du schlafen?« fragte er scharf.

»Wo ich in der letzten Zeit zumeist schlief«, antwortete Oliver ruhig, »in der Kammer neben dem Gemach Eurer Majestät.«

Der König ging rasch auf ihn zu und packte seine Handgelenke.

»Geh nicht zu ihr, Oliver«, flehte er.

»Sie ist krank«, sagte der Necker kalt. Ludwig ließ ihn einen Augenblick los und preßte dann mit großer Kraft seine Arme:

»Hast du sie«, rief er unterdrückt, »Oliver, hast du sie . . .«

Der Necker sah ihm in die Augen und spannte die Muskeln, um den schmerzenden Griff zu ertragen.

»Sie hat es selber getan, um es Ihnen leichtzumachen, Sire.«

Der König hob die Hände und lächelte seltsam, den Blick in der Ferne.

»Das ist Mut!« flüsterte er und eilte fort.

Oliver sah ihm nach und schüttelte ernst den Kopf. Es ist kein Mut, fürchte ich, es ist Müdigkeit bei ihr und ihm. Es ist kein Mut bei ihnen. Er zuckte zweifelnd mit den Schultern und klatschte Lakaien herbei, die die Tafel abräumten. Er ging langsam seiner Kammer zu, mit dem nagenden Gefühl, daß er in dieser Nacht so bald nicht würde zum Schlaf kommen. Die Gedanken der drei Menschen, die er zusammenzwang und auseinanderriß, sprangen ihn rebellisch und klagend an. Die Einsamkeit des Ganges, den er durchschritt, brachte ihn wieder auf sich selber. Warum tue ich alles dies? fragte er sich, und schnell wieder das alte: Wer denn ist Oliver? Aber er schüttelte wieder den Kopf, er mochte jetzt nicht der König sein; er mochte jetzt nicht der Necker sein. Das Nichts wäre gut, der Schlaf, der Tod; doch das eine kann zu erreichen so schwer sein wie das andere. Le Mauvais! Der Böse! Die Welt hält wohl nicht grundlos ein Leben mit solchem Namen umfangen. Und der Sinn des Bösen ist immer wach und ist ewig. Beten? Kruzifixe sind an jeder Ecke und über jeder Tür. Doch Beten kann so schwer sein wie Schlafen oder Sterben. Was soll ich beten, und wer wird mich hören? Wer fragt, kann nicht beten. Gott ist der Frage Gegensatz in Ewigkeit. Aber dies täte wohl: einen guten Menschen sehen. Anne war gut. Doch wer allein trägt die Schuld, daß sie es nicht mehr ist? Ein Kind sehen: das täte wohl. Doch in diesem steinbösen Bau gab es keine Kinder.

Einen Augenblick noch fühlte Oliver in der Schwächung seines Lebensgefühls den Wunsch, Jean de Beaunes gutmütiges und warmblütiges Gesicht zu sehen und sein irdisches Lachen zu hören. Er blieb schon stehen, um umzukehren und ihn aufzusuchen. Dann aber drängte er die eigene Bedrängnis zurück, schlug sie mit den Fäusten seines leiblichen Körpers, lachte auch über sich selber, die Ohren schon verstopfend, um das häßliche Echo nicht zu hören, und schritt schnell weiter – lief in sein Zimmer. Das ruhige Bett, die ruhigen Bücher, das heitere und warme Licht der Kerzen taten wohl. Er zog sich nicht aus. Er griff nach dem Lukan, den er liebte, und las die klarkalten, ein wenig gläsernen Verse der »Pharsalia«.

Schritte hörte er eine halbe Stunde später sich der Tür nähern, die langen kräftigen Schritte Daniel Barts. Oliver schob die Handschrift beiseite. Es erstaunte ihn nicht, daß man in dieser Nacht zu ihm kam; es erregte ihn auch nicht. Es wird nicht die letzte Störung sein, dachte er; dazu bin ich da.

»Komm herein, Daniel!« rief er, ehe jener klopfte. Der Bart trat herein, mit besorgtem, etwas übernächtigem Gesicht.

»Ja, ich bin es«, sagte er, ein wenig verblüfft.

»Die Dame Necker verlangt nach mir?« fragte Oliver, gleichmütig nach einem Folianten greifend. »Es geht ihr hoffentlich besser?«

Er sah seinen Gesellen nicht an; er erwartete ein Nein, eine schlimme Kunde, das Schlimmste gar. Dieser Nacht war viel zuzutrauen. Doch Daniel sagte ja, kurz und mit deutlichem Unwillen. Oliver blätterte in dem Buch, las auch hier und da und schien den anderen vergessen zu haben.

»Herr!« brach Bart los, »sehen Sie mich doch an und fragen Sie doch weiter oder hören Sie mir zu! Wenn ich zu solcher Zeit von einem kranken Menschen komme, würden Sie sich auch einer kräftigen Angst nicht zu schämen brauchen.«

Oliver schaute gehorsam auf.

»Schon gut, schon gut«, sagte er lächelnd, »du gabst doch zu, es ginge ihr besser; also hat das Gegenmittel gewirkt.«

»Nun ja«, meinte Daniel ungeduldig, »sie deliriert wenigstens nicht mehr. Aber Sie können ja selbst ihren Zustand prüfen. Sie will Sie

dringend sprechen. Es quält sie irgend etwas. Kommen Sie sofort mit, Meister.«
Oliver rührte sich nicht.
»Ich habe Dienst«, sagte er zögernd.
»Sie haben Dienst?« staunte Bart, »hier in Ihrem Zimmer über Folianten? Und wenn Sie auch Dienst hätten, könnten Sie der Meisterin diesen Wunsch abschlagen? Und wenn selbst der König nein sagte und Sie es wollten . . .«
»Der König hat mir verboten, das Zimmer zu verlassen«, unterbrach Oliver.
»Und wenn Sie es wollten«, rief Daniel erregt, »was würde es Sie hindern? Ich diene Ihnen fünfzehn Jahre, Meister, ich weiß, wenn Sie nicht wollen! Ich schäme mich für Sie, Herr, mit Verlaub . . .«
Er drehte sich um und wollte gehen. Der Necker sprang auf und schrie:
»Zum Teufel, wenn ich nicht will, was du willst: zu was hast du dann den Riesenklotz von Körper und deinen Schulterkran? Hast du Angst, ich sei stärker als du?«
Der Bart sah ihn einen Augenblick erstarrt und ohne Begreifen an; dann glitt breit ein Grinsen über sein Gesicht. Er packte ihn wortlos bei den Schultern, daß der Magere in die Knie sank, hob ihn auf und trug ihn wie ein Kind davon.
Anne lag mit gelbem, durchsichtigem Gesicht in den Kissen. In den Augen glänzte noch das Fieber; aber der Körper wurde nicht mehr von Frost und Hitze geschüttelt. Oliver trat ans Bett und griff nach ihrem Puls.
»Gut, gut«, sagte er unfreundlich; »und du kennst seine närrische Eifersucht, Anne. Was läßt du mich zu solcher Stunde kommen? Er ist heute unberechenbar.«
»Ich berechne ihn gut«, sagte sie sehr leise, und ihr Blick hing an ihm; »deshalb eben bat ich dich zu kommen, Oliver. Du solltest gütiger zu mir sein, Oliver . . .«
Der Necker senkte den Kopf, von ihren großen, grauen, nächtigen Augen betäubt und schwach.
»Er ist jetzt bei ihr«, flüsterte sie nach einer Weile, und es schien ihm (er mochte sie nicht anblicken), als spräche sie von fern her, durch die Wände hindurch.
»Ja«, murmelte er. Und er hörte:
»Er – kann – nicht . . . Er liebt mich . . . nur mich . . .«
Oliver sah schnell auf, wie im Zwang, gleich als ob eine sanfte und starke Hand sein Kinn hob. Und er sah ihr altes Lächeln, das zauberische Lächeln der Anne. Und er sah im milden Glanz des lä-

chelnden Gesichts seine alte Liebe, die zauberische Liebe zu Anne. Und es schüttelte sein Herz, daß er wirr rief:
»Wer, Anne?«
Oder er hatte es nicht gerufen, sondern es rief nur in ihm; denn die Frau antwortete darauf nicht; nur dies sprach sie:
»Soll ich helfen, Oliver? Ich vermöchte es wohl ...«
Der Necker preßte die Fäuste gegen die pochenden Schläfen. Wem helfen? Wem helfen? Und er rief es doch:
»Wem helfen, Anne?«
Sie hörte es gewiß, denn sie antwortete:
»Dem König und somit dir, Oliver. Was fragst du?«
Was frage ich? Was frage ich? stöhnte er in sich hinein. Warum will ich wissen, was ich weiß? Und was frage ich es doch:
»Anne, Anne, sind er und ich eins?«
Oder er hatte es nicht gefragt; denn sie schwieg, ihr Kinn bebte, ihre Zähne schlugen leise aufeinander; er sah in ihren Augen Tränen. Die Phantasmagorie des Lächelns erlosch. Der Necker sah ihr krankes Gesicht.
»Warum hast du das getan, Anne?« fragte er sanft. Die Frau bewegte unruhig die Hände; ihr ermattetes Hirn konnte dem gehetzten Hin und Her seiner Gedanken nicht mehr folgen. Sie fühlte wohl seine tiefe Bewegung, aber sie vermochte nicht mehr zu entscheiden, ob es für sie Freude oder Leid bedeute. Sie wußte in diesem Augenblick nicht einmal mehr, warum der Mann vor ihrem Bett stand und was sie während der vergangenen Stunden beschäftigt hatte. Sie erwiderte bedrückt:
»Ich weiß nicht recht, was du meinst, Oliver; ich habe so vieles getan in der letzten Zeit.«
»Warum hast du dich krank gemacht«, sprach er langsam, durch die Anmut ihres Geständnisses berührt und traurig; »warum hast du dich vergiftet, Anne? Das Pulver ist ein böses Gift, wenn man seine Dosierung nicht kennt.«
Anne sah ihn ein wenig von der Seite an und versuchte zu lächeln. »Kannst du nicht glauben, Oliver – auch wenn ich dich darum bitte –, daß ich krank geworden bin, wie jeder Mensch krank werden kann?«
Der Necker schüttelte den Kopf und strich leicht über ihre feuchte Stirn.
»Das kann ich nicht«, sagte er; »denn die Phiole zeigte mir die Spuren einer ungeübten Hand, von manchem anderen abgesehen. Das will ich nicht glauben, Anne; denn ich mache mir nicht das Leben auf deine Kosten leicht.«

Anne hob ein wenig den Kopf und öffnete weit die Augen, an ihm vorbeiblickend.
»Sieh, Oliver«, sprach sie unvermittelt, »und ich wollte nicht, daß dir das schwere Leben um meinetwillen noch schwerer wird. Ich wollte nicht, daß du und er und das Reich über mich stolpern. Deshalb habe ich es getan; und ... mir fiel es leichter von meiner Hand als von deiner Hand.«
Sie zog etwas die Brauen hoch und bekam noch dünnere Lippen: Sie hatte den Zusammenhang wieder gefunden. Ihr Gesicht schien überlegen, fast ironisch und schüchterte ihn ein; denn er war noch nicht von neuem hart geworden.
»Vielleicht wäre es nicht notwendig gewesen, Anne«, wich er zurück; »vielleicht hätte ich es nicht zu tun brauchen.«
Sie wies es mit einer kurzen strengen Handbewegung ab.
»Es wäre notwendig gewesen, du hättest es getan, Oliver«, sagte sie beinahe scharf, »denn die bloße Trennung von mir kann er überwinden, die Krankheit aber nicht!«
»Und wenn auch! Und wenn auch!« beharrte er, immer weiter, fast wollüstig sich von seiner Schwäche treiben lassend. »Anne, es wäre etwas anderes, hätte ich es getan. Es wäre eine kleine Korrektur des Schicksals, wie ich es oft tat, ein Eingriff von abgewogener und ganz begrenzter Wirkung, um ihm zu helfen ...«
»Wem?« unterbrach sie lauernd. Oliver, sehr erregt, ahnte, was kommen mochte; doch er ließ sich weiter treiben. Oder war es nicht Schwäche? Er antwortete rasch, er schloß den seltsamen Kreis, den ihre erschütterten Seelen gegangen waren:
»Dem König und somit mir, Anne.«
Er sah sie an, voller Erwartung, daß sie das andere frage, was jetzt von ihr doch wohl zu fragen war: Ist er und du eins? Aber sie richtete sich auf, stemmte die Arme rückwärts in die Kissen; und ihre Augen klammerten sich an ihn; fiebernd vor letzter Energie, in Bitte und Hoffnung; und sie wagte den großen Angriff.
»Oliver, Oliver, was geht mich der König an!« rief sie.
Er sah sie an, und in seinem Innern zerriß die Spannung der letzten Stunde; es rissen die letzten Fäden zwischen ihm und ihr. Was ihm Schwäche eben noch schien – er wußte es jetzt –, war grausames Anziehen und Nachlassen, tragisches Spiel seiner Dämonie. Er sah sie an: Anne fiel mit einem schwachen Schrei in die Kissen zurück, besiegt, verloren. »Wer ist Oliver?« flüsterte er. »Weißt du es, Anne?«
Sie bewegte sich nicht und antwortete nicht. Sie weinte auch nicht. Sie lag weiß und kalt, mit blassen Lippen, das Kinn etwas vorgestreckt. Er beugte sich über sie.

»Ludwigs Liebe zu dir, Anne: das ist Oliver.«
Sie öffnete wieder die Augen und betrachtete sein nahes Gesicht. Sie spürte seinen Atem.
»Dann müßte ich ihm gewiß helfen«, sagte sie schwachen Tones; »ich bat dich ja deshalb zu kommen.« Ein Gedanke belebte sie und sie sprach klarer. »Ich hätte gewünscht, nur dies eine hätte ich zu hören gewünscht, daß du das Leid über ihn verhängt hast, weil er über dich Leid verhängte, Leid um mich. Oliver, ich weiß jetzt, daß du lügen müßtest, möchtest du es mir sagen. Willst du lügen, Oliver?«
»Ich kann nicht«, sagte Oliver ernst, »jetzt nicht mehr. Vielleicht hätte ich es heute abend vermocht.«
»Du hättest es nicht getan, Oliver«, sprach sie und bewegte verneinend den Kopf in den Kissen hin und her, »so gewiß nicht, wie du das andere, das Fieber für mich, getan haben würdest. Ich hatte dich an dieser Stelle vorhin unterbrochen; ich weiß, was du noch sagen wolltest. Du hattest recht, Oliver: Bei dir wäre es eine kleine – bei mir war es eine große Korrektur des Schicksals. Wir wollen darüber nicht mehr viel sprechen, ich bitte dich darum, Oliver.«
Er nickte langsam mit dem Kopf. Sie schwieg eine Weile; vielleicht war sie sehr müde. Dem Necker war, als hörte er irgendwo Türen schlagen und als sei die Stille im Schloß nicht mehr vollkommen und fest wie ein guter Wall. Er wurde unruhig.
»Anne«, sagte er, »ich muß . . .«
Er stockte. Sie hatte die Hand gehoben und lauschte, den Kopf etwas aufgerichtet, die Augen geschlossen.
»Ich glaube, er kommt«, flüsterte sie.
»Wer?« rief Oliver verwirrt und schon zusammenfahrend. Auch er hörte es wie Schritte.
»Der König kommt, Oliver.«
»Bist du von Sinnen?« murmelte der Necker tonlos. »Er hierher? Zu solcher Stunde? An den Wachen vorbei? Dann rast er!«
Die Schritte wurden deutlicher. Daniel in einem der Vorzimmer schien die Tür zum Gang zu öffnen, wohl um zu sehen, wer kommt. Man hörte seinen Ruf des Erstaunens.
»Der König kommt«, sprach sie wieder und sah den Meister mit mattem Lächeln an. »Das eben wollte ich: ihn sprechen, und daß er mich sieht, so wie ich jetzt bin. Begreifst du? Ich vermag viel über ihn.«
Man hörte Ludwigs Stimme im Nebenzimmer, heiser, grob:
»Zum Teufel, Kerl, bleib, wo du bist! Ich weiß, wohin ich will!«
Anne flüsterte noch hastig:

»Geh bald, Oliver! Sieh zu, daß du sie noch heute nacht, noch in dieser Stunde in seinen Turm bringst. Begreifst du?«
Er nickte; sein Gesicht schien noch blässer zu werden. Die Tür wurde aufgerissen. Der König, völlig angekleidet, im geröteten Gesicht und der jähen Bewegung sonderbar Scham, Zorn und Bestürzung zeigend, lief einige Schritte ins Zimmer, blieb plötzlich stehen, sah die Frau mit dem matten und keuschen Ausdruck des Kranken im Bett, in einigem Abstand vor ihr, kalt und ruhig, den Necker – und lächelte schon, leidend und etwas verquält, in den Augen noch den Schauder eines Erlebnisses.
»Ich – kann – es – nicht ...«, stöhnte er und ließ die Arme hängen. Oliver und Anne sahen ihn an; der Mann mit seinem dunklen fangenden Blick, die Frau sanft und hilfreich. Ludwig wollte zu ihr hin; aber er hielt sich mit ungeschickter Gewaltsamkeit zurück und wandte sich an den Necker.
»Verzeih mir, Oliver«, bat er leise, »ich bin ein Narr.«
»Ich habe gewiß nichts zu verzeihen«, sagte Oliver zurückhaltend; »ich meine nur, Sire, daß Sie sich nicht in solcher Weise hätten bloßstellen dürfen. Es wäre vielleicht besser gewesen, mich von einem Schotten suchen zu lassen, als zu dieser Stunde Ihre königliche Person ohne Begleitung den Wachen und dem Schloßflügel subalterner Beamten zu zeigen. Ich wurde von meinem Diener Daniel Bart, der durch einen Fieberanfall der Dame Necker erschreckt war und sich nicht abweisen ließ, dringend hierhergerufen.«
Er rief laut:
»Daniel!«
Der Geselle zeigte sein verstörtes Gesicht. Oliver lächelte ein wenig: »Erzähle der Majestät, wo du mich fandest und wie du mich herbrachtest.«
Daniel Bart räusperte sich verlegen.
»Ich fand meinen Herrn in seinem Zimmer«, sagte er stockend, »allein und lesend in seinem Zimmer. Ich sagte ihm, die Meisterin sei sehr krank und brauche ihn. Als er Bedenken hatte, mitzukommen, wurde ich böse und trug ihn davon. Ich dachte ...«
»Es ist gut, Mann«, unterbrach Ludwig und lachte kurz und gezwungen. Der Bart zog sich zurück.
»Das ist eine schlimme Nacht«, begann der König wieder, den Rücken krümmend, als ob es ihn fröre. »Ich finde mich selbst nicht mehr, und als ich auch dich nicht fand, lief ich hierher. Ich bin vielleicht doch betrunken.«
Er drehte den Kopf zaghaft der Frau zu.
»Verzeihen Sie mir, Madame. Es tut mir – weh, Sie so zu sehen.«

Er hatte sehr leise gesprochen; er kämpfte um seine Haltung. Er sah sie lächeln und ihm die Hand hinstrecken. Er stürzte ans Bett.
»Anne . . .«, stöhnte er, »hast du dich für mich . . .«
Er hielt inne, weiß vor Schrecken. Er sah über seine Schulter, der Necker war verschwunden.
»Oliver . . . er ist fort?« fragte Ludwig beklommen und hielt ihre Hand fest.
»Er ist fort«, beruhigte sie ihn und lächelte fast mütterlich; »er wartet vielleicht im Turm auf Sie, Sire.«
Ludwig setzte sich auf den Bettrand und streichelte ihre Hand; seine Augen wurden ruhig und schön, als er sie ansah.
»Hat er es dir befohlen, Anne?« fragte er jetzt.
»Nein, ich tat es selber und freiwillig.«
Der König beugte sich ein wenig vor.
»Um meinetwillen, Anne, oder um seinetwillen?«
»Für Sie und somit für ihn«, antwortete die Frau mit unruhigem Blick.
Und er fragte dies:
»Anne, Anne, sind er und ich eins?«
Sie schloß in einem innerlichen Beben die Augen. Die Wucht der Wiederholungen höhlte sie aus. Der Kreis ohne Erbarmen, den das Schicksal dieser Nacht das zweitemal um sie zog, saß schon wie eine Klammer um ihre Brust. Sie stöhnte bedrängt.
»Doch, Anne, doch!« flüsterte Ludwig, voll von Geheimnis; »wir sind eins! Aber er wütet in mir; fühlst du es nicht? Er verhängt Leiden über mich . . . dieses Leid . . .«
Er umklammerte in jäher Angst ihren Arm.
»Anne, Anne, ob er uns strafen will mit alledem? Haben wir so gesündigt, Anne?«
»Ich weiß es nicht . . .«, hauchte sie, das Gesicht unsäglich müde abkehrend. Er fiel in der äußersten Furcht vor dem Bett auf die Knie.
»Anne, Anne, bleibst du . . . bleibst du mir? Will er, daß du stirbst . . .«
»Ich weiß es nicht . . . Ich weiß es nicht . . .«
Da er lange Zeit schwieg und keine Bewegung machte und seine Hände auf ihrem Arm kalt wurden, wandte sie den Kopf wieder ihm zu. Er hatte das Gesicht in das Bettleinen gewühlt; sie sah nur sein graues Haar; sie berührte es leise mit den Fingern. Sie war ruhig jetzt.
»Ich möchte Ihnen wohl helfen, Sire.«
Er sah auf, blaß und alt.
»Ja«, sagte er wirr. Sie strich ihm mit der Hand über Stirn und

Augen. Er lächelte. Sie sprach mit ganz leiser Stimme, die silbern über die Sinne glitt:
»Lassen Sie meine Hand auf Ihren Augen und denken Sie ... denken Sie an mich in unserem Turm ...«
Er zuckte zusammen; sie beugte sich schnell zu ihm, und ihre Lippen berührten sein Gesicht. Sie flüsterte in seine Haut:
»Vielleicht werde ich dort sein, und vielleicht will ich, daß keine Ampel brenne, vielleicht will ich auch nur den Glauben an mich ... Geh jetzt hin und glaube an die gute Lüge! Es muß ja sein ... Sieh, Freund, wenn du es nur willst, bin ich es dann ... Geh hin.«
Sie ließ ihn los und lächelte. Er sah sie groß an, wie ein Wunder.
»Anne«, sagte er leise und sehr langsam, »meine gute Frau, Gott kann auch in der Lüge sein. Ich will es versuchen, ich nehme dich in meinen Sinnen mit. Und er helfe unserer armen Seele.«
Er küßte sie auf die Stirn und ging. Sie wartete, bis seine Schritte verhallt waren und kein Ton mehr die Stille ringsum störte. Dann richtete sie sich auf, überwand den Schwindel der Schwäche, verließ das Bett und ging, ein wenig taumelnd, zu einem kleinen Wandschrank.
»Er hat ihn nicht abgeschlossen«, lächelte sie und entnahm ihm die Phiole.
»Er hat sie nicht fortgenommen. Er weiß, daß es das Beste ist – für mich ... ohne ihn ...«
Sie schüttelte eine winzige Menge des gelblichen Pulvers in einen Becher mit Wein und trank.
»Was geht ihn die Anne an ...«

4 *Die Köpfe*

Die Königin blieb eine Woche im Schloß. Leise, gehorsam, die Schultern immer etwas scheu gehoben, hatte sie den dunklen und duftschweren Turmraum betreten und dann wieder verlassen, betreten und verlassen, in den Augen wohl ein Grauen, wie nach schlimmem Traum, in den Ohren noch, auch durch die Tage, den schmerzenden Klang des fremden Namens, in den Gedanken oft gütigen Zweifel an der bösen Magie aller dieser Nächte, die der ersten und grausamsten folgten. Sie sah außer ihren Frauen nur den seltsamen Fürsprech und Führer, den man den Teufel nannte, wie die Damen es ihr zuflüsterten, und der ihr doch sehr sanft und gut schien, voll Zartheit und heilsamen Zuspruchs, tröstend schon mit seinen wärmenden Augen. An einem Tage dann sagte er ihr, der König sei in Tours und bedauere, ihr nicht Lebewohl wünschen zu können. Und er begleitete sie in ihre stille Residenz zurück.

Als Ludwig wieder mit ihm im Arbeitskabinett saß, sprach von beiden keiner mehr ein Wort über das, was geschehen war. Die drängenden Geschäfte der Regierung und politische Ereignisse von Bedeutung fanden den König so klar, tatkräftig und überlegen wie nur je. Nur wenn sie des Nachts den Turm verließen – stets gemeinsam, denn es wartete niemand mehr über ihren Köpfen – und der Necker die Tür verschloß, sagte Ludwig die Worte, an jedem Tag die gleichen Worte:

»Die Anne wird nicht mehr gesund.«

Er sprach sie immer ruhig und langsam, gleichsam resigniert und fern von allem Vorwurf. Oliver beantwortete sie nie. Er prüfte den anderen auch nicht, woher er nach dem Sturm der Leidenschaft die Kraft zu solcher Ergebenheit nahm und ob der scheinbare Gleichmut von Bestand sein konnte. Er erwähnte die Frau so selten wie früher, als er sich taub und blind stellte und im Turm ihre Nähe leugnete, sie über sich in Erwartung wissend. Aber er befahl dem Daniel Bart, täglich dem König über ihren Zustand zu berichten.

Anne wurde nicht gesund. Nach den krisenhaften Delirien, die sich während Carlottas Anwesenheit in Amboise in kurzen Abständen wiederholten, traten nach einer vorübergehenden Entspannung des Körpers mit schmerzhafter Schwellung der Milz die Symptome schweren Wechselfiebers auf. In regelmäßigen Intervallen wurde ihr Leib von Hitze und Frost geschüttelt und fiel dann in völlige Apathie. Die Antidota, die Oliver für sie bereitete, hatten kaum eine Wirkung. Der Meister vermutete, daß sie sie zumeist nicht nahm. Doch er sprach seinen Verdacht nicht aus; er hielt sein Versprechen und schien bei seinen nicht häufigen Besuchen die natürlichen Ursachen ihrer Krankheit nicht anzuzweifeln. Bald stellte er Störungen der Herztätigkeit fest. Er hatte es erwartet; er kannte die langsam und unaufhaltsam das Blut zersetzende Kraft des florentinischen Toxikums, das jetzt nicht mehr neutralisiert werden konnte. Er wußte besser noch als sie die Dauer des körperlichen Widerstandes. Daniel Bart, der sie aufopfernd und geschickt pflegte, bekämpfte auf sein Geheiß nur noch die Wucht der Anfälle, Schmerzen und Schlaflosigkeit und hatte dafür zu sorgen, daß die geheimnisvollen Magisterien, die der Meister als Adept florentinischer Arzneikunde aus der Milch der Mohnsamenkapseln und aus bestimmten Gentianenwurzeln zu bereiten verstand, von der Kranken in der vorgeschriebenen Dosierung eingenommen wurden. Zum mindesten er-

reichte er so allmählich ein mildes, schmerzloses, von den Erschütterungen des Blutes immer seltener heimgesuchtes Siechtum. Der Geselle, der den gewonnenen Zustand mit dem Beginn der Genesung verwechselte, begann, seinen täglichen Berichten für den König so viel Hoffnung beizumengen, so viel Lob auch – aus seltsamem Antrieb – für die Kunst des Meisters (Worte für sein Interesse an der Kranken, welches um vieles stärker sei, als es den Anschein habe), daß Ludwig an einem dieser Abende seinen Satz zur Frage abänderte:
»Wird Anne gesund, Oliver?«
Der Necker ging ein wenig hinter ihm und antwortete nicht gleich. Ihm schien mit einemmal der Rücken vor ihm so schmächtig und mitleidswert über das innerliche Leid gewölbt, wie an jenem höhnischen Abend, da er ihm allein die Agenzien der Speisen und Getränke zuschob. Doch er versagte ihm noch das Erbarmen, gleich als ob ihn seine äußere Ruhe reizte. Er antwortete absonderlich genug:
»Litten Sie noch, Herr, dann würde ich sagen: vielleicht.«
Ludwig wandte sich schnell um und sah ihn verwundert an.
»Du weißt es nicht? Ob ich leide, weißt du nicht, Oliver?«
Der Necker zögerte noch eine Sekunde und prüfte das andere Gesicht, das im Schein der Fackel weiß, unruhig und traurig schien. Dann sagte er:
»Vielleicht wird sie gesund, Sire.«

Der Großmeister operierte im Süden mit glücklichster Energie. Seine trefflich ausgerüstete und disziplinierte Truppe schlug die kaum formierten Freischaren Armagnacs und Nemours' mit großer Leichtigkeit und ohne viel Verluste. Da die beiden Granden ursprünglich nur die Aufgabe hatten, den Ring der neuen Liga um Ludwig im Süden zu schließen, waren sie zu gleicher Zeit durch die politischen Ereignisse isoliert und durch die unvermutete militärische Offensive des Königs überrascht. Von der Belehnung ihres Alliierten Karl von Frankreich mit der nachbarlichen Guienne erfuhren sie erst, als der Keil der königlichen Armee schon trennend zwischen ihnen lag. In wenigen Wochen nahm der Großmeister ihre Länder, zugleich im äußersten Süden gegen Armagnac, in Quercy und der Auvergne gegen Nemours manövrierend. Der Graf warf sich in einen befestigten Platz der Gascogne, Nemours in das felsige Carlat bei Aurillac. Beide boten Unterhandlungen an; der Großmeister bat den König um Instruktionen.
Ludwig wollte nur den Kopf Nemours', da Armagnac nicht zu den Pardonnierten der ersten Liga gehörte und sich dank seinem persön-

lichen Reichtum, der Lage seiner ausgedehnten Grafschaft und dem Bündnis mit Juan Aragon unabhängig gehalten hatte. Tristan verlangte auch seine gerichtliche Aburteilung, um sich seiner zu entledige und die Landschaften an die Krone zu bringen.
»Glaubst du, ich will sie ihm lassen und ihn rehabilitieren?« fragte der König spöttisch. »Aber ich will nicht so viel Prozesse, Tristan. Wenn ich Exempel statuiere, müssen es wenige sein, damit sie wirken. Mit Nemours und später mit Saint-Pol, Hochverrätern, darfst du so viel Aufhebens und profoslichen Lärm machen, wie du willst, Gevatter. Der Graf aber ist ehrlicher Feind.«
Oliver warf leichthin dazwischen:
»Dem Armagnac steht der Heldentod gut zu Gesicht, scheint mir.«
Ludwig sah ihn an, erstaunt und dann lächelnd.
»Kommt mir das Gewissen entgegen?« fragte er leise. Der Necker beugte sich an sein Ohr:
»Sie haben viel Entgegenkommen verdient, Sire«, flüsterte er.
»Verhandlungsbereitschaft schließt feindselige Akte aus«, opponierte Jean de Beaune. »Armagnac will vielleicht kapitulieren.«
Ludwig nickte ihm erheitert zu.
»Deiner zarten Seele fehlt nur die Weihe«, lachte er, »und deinem dicken Kopf die Tonsur: und du wärest ein Priester von franziskanischer Demut, Jean. Aber wer vermag etwas gegen des rauhen Krieges schlimme Wechselfälle? Sieh, mein Freund, wenn Armagnac verhandeln will, muß er sich wohl oder übel ins Quartier meines Großmeisters begeben. Kein Freibrief kann ihn dann vor einer verirrten Kugel oder irgendeinem anderen mißlichen Unfall schützen. Und kapituliert er und wird die Festung von meinen Truppen besetzt: wie leicht kann ihm trotz allem noch ein Unglück zustoßen. Mein Großmeister wird es dann schon gebührend bedauern, in meinem Namen und aller Feindschaft bar.« -
Zehn der zuverlässigsten Scharfschützen aus der Schottengarde begleiteten in besonderem Auftrag den Kurier zum Feldherrn zurück. Im Namen des Königs konnte Dammartin jetzt seine Forderung formulieren: bedingungslose Kapitulation des Grafen gegen schriftlich zugesicherte Begnadigung seiner Person durch den Souverän, der ihn als lehenswürdigen Vasallen in Amboise zu empfangen verspreche. Armagnac nahm das Postulat an. Als die königlichen Truppen die Festung in Besitz nahmen, wurde aus unbekannten Ursachen ein Mann von des Grafen Leibgarde von einer Partisane durchstoßen. Ein Getümmel erhob sich, Schüsse fielen, den hinzueilenden Armagnac traf eine Kugel in die Stirn. Der Großmeister teilte in einer Proklamation der Bevölkerung den bedauerlichen Tod des re-

gierenden Grafen mit und zugleich seines Landes Annexion durch die Krone.
Der König, der ursprünglich beabsichtigt hatte, sich auch des Herzogs auf illegalem Weg zu bemächtigen, gab den juridischen Bedenken seines Profosen nach, der den Prozeß nicht mit einer rechtswidrigen Handlung eingeleitet wissen wollte. So forderte seiner Order gemäß der Seneschall der Rouergue den Duc de Nemours auf, sich zu ergeben und seine Person dem Promotor des Pariser Parlamentsgerichtes zur Verfügung zu stellen. Nemours, der wohl wußte, daß seine Felsenfestung zu nehmen Mühe kosten würde, hatte sich nur zu Verhandlungen bereit erklärt, weil die mit ihm geflohene hochschwangere Herzogin kurz vor der Niederkunft stand. Die Bedingungen des Königs, die sein Schicksal nicht einmal verhüllten, zwangen ihn zum Widerstand. Er brach die Unterhandlungen ab, verlangte allein freien Abzug für die Herzogin und hoffte, sich ziemlich lange Zeit zu halten, weil die Belagerer nur schwache Artillerie mit sich führten und weil er glaubte, daß der Hauptteil des Heeres unter Dammartin im Süden von Armagnac noch festgehalten werde.
Ludwig, dem die Nachricht von seinem Widerstand ein wenig die Freude über das Ende des anderen Gegners vergällte, bemerkte scharf zu seinem Profosen:
»Mir scheint, Gevatter, wir werden beide alt; du verwitterst zum pedantischen Kodex, der mich Zeit und Menschen kostet, wie du siehst, und ich zerfalle in lauter Nachgiebigkeiten.«
Tristan zuckte mit den Achseln und schwieg. Jean de Beaune wagte trotz der bösen Sprache des Herrschers gegen Ende der Beratung die Frage, die ihn drückte:
»Aber Sie werden doch menschlich genug sein, Sire, und Nemours eine Bitte erfüllen: Sie werden die schwangere Herzogin mit ihren Frauen und Kindern unbehindert nach Aurillac gehen lassen?«
Der König schlug unwillig mit der Hand auf den Tisch.
»Jetzt hängt sich noch der Philanthrop an mein anderes Bein!« polterte er. »Nein, mein Evangelier, das tue ich nicht! Denn die Hoffnung der Dame Anjou-Nemours läßt mich hoffen, daß sie die Nerven des Herzogs sehr bald desperat und ihn selber schwach macht. Der Souverän darf zuweilen nicht menschlich . . .«
Er brach ab, als erschrecke er vor diesem Wort. Er wandte den Kopf zögernd dem Necker zu, der hinter ihm stand und ihn ernst ansah.
»Sagtest du etwas, Oliver?« fragte Ludwig beklommen. »Bist du nicht meiner Ansicht?«
Oliver lächelte ein wenig.

»Sie haben recht, Sire«, erwiderte er, »der König muß sich wohl zuweilen hüten, sich seiner eigenen Menschlichkeiten zu erinnern. Sie möchten ihm die Energie nehmen können.«
Ludwig wandte sich ab und hob in Verwirrung die Schultern. Der Necker beugte sich an sein Ohr.
»Schweigt nicht das Gewissen, Herr, weil Sie jetzt schweigen?«
Der König richtete sich auf und sagte mit einer entscheidenden Handbewegung:
»Ich bin kein Unmensch, Jean – oder nicht immer –, du siehst, ich dachte noch einmal darüber nach. Aber das Leben meiner Leute muß mir eine Brutalität wert sein. Auch hoffende Frauen können in unserem Rücken gefährlich sein, um Hilfe rufen und Entsatz beschaffen. Die Dame in Aurillac kann Aragon, meinen Bruder Karl und Burgund alarmieren. Nein!«
Der Großmeister eilte mit dem durch den Tod Armagnacs freigewordenen Gros des Heeres und den schweren Mörsern in Gewaltmärschen vor Carlat. Am zweiten Tag der Beschießung kam die Herzogin vorzeitig nieder und starb einige Stunden später an den Folgen der Aufregungen, der schweren Geburt und mangelnder Pflege. Der gebrochene Nemours ergab sich, wurde sofort den Häschern des Obersten Gerichts übergeben und sollte schon nach dem Norden abtransportiert werden, als ein Eilkurier des Königs mit dem Befehl eintraf, ihn dem feierlichen Begräbnis der Herzogin ungefesselt und im Genuß der seinem Range gebührenden Ehren beiwohnen zu lassen.
Wie der König diese Order versiegelte, hatte er dem Necker zugelächelt und gefragt:
»Versuche ich nicht, wenigstens das Schweigegeld zurückzuzahlen, Bruder?«
Oliver hatte ihm zugenickt vor Bewegung und dem Gefühl des eigenen Wertes stumm, und Ludwig hatte noch dieses gesagt:
»Das Gewissen soll ruhig wieder sprechen, wenn es not tut. Ich mag in keine Schuld mehr kommen, Freund.«
Nemours geleitete die Herzogin zu Grabe, wortlos und würdig im Leid, als freier Mann, bekleidet mit den Zeichen seiner Hoheit, den Großmeister und den Seneschall ehrerbietig neben sich. Er präsidierte auch noch dem Leichenmahl. Dann übergab er schweigend dem Grafen Dammartin seinen Degen, dem Seneschall sein herzogliches Siegel. Die beiden Herren verbeugten sich wortlos und gingen. Der schwarzgekleidete Promotor betrat den Raum, gefolgt von zehn Schergen des Obersten Gerichts, und legte ihm wieder die Handfesseln an.

Er wurde zunächst nach Lyon gebracht, wo Tristan L'Hermite ihn erwartete und dem ersten Verhör unterzog. Nemours, ohne auf die Anklage einzugehen, wies die Zuständigkeit des Parlaments zurück und verlangte, von der Kammer der Pairs abgeurteilt zu werden. Der Profos, der diesen Einwurf erwartet hatte, unterbrach das Interrogatorium und brachte den Gefangenen nach Paris in die Bastille. Der König berief zu seiner Prozessierung einen außerordentlichen Gerichtshof aus siebzehn Reichsgranden und siebzehn Parlamentariern, deren Qualifikation in persönlicher Feindschaft gegen Nemours oder in zuverlässigem Gehorsam gegen den nicht unbekannten Urteilswunsch des Souveräns bestand. Bourbon für die Dynastien und der Präsident Le Boulanger für das Parlament führten alternierend den Vorsitz, L'Hermite für die Pairs vertrat die Anklage auf Majestätsverbrechen, der Promotor des Höchsten Gerichts die Anklage auf Hochverrat. Der Prozeß währte sechs Wochen, unter großem Aufgebot an Rabulistik. Doch Nemours verteidigte sich besonnen und geschickt und nützte die Öffentlichkeit der Verhandlung klug aus. Er gab nur Insubordination gegen den Befehl zur Übergabe zu, ein Vergehen, welches durch seine Lage als Angegriffener zu erklären sei und nicht als Majestätsverbrechen aufgefaßt werden dürfe. Das Verbrechen des Hochverrats bestritt er, wohl wissend, daß es dem König aus politischen Gründen bedenklich erscheinen würde, mit gültigem Belastungsmaterial auch zugleich Burgund, den Bruder Karl und den Konnetabel zu kompromittieren.
Da das Gericht nicht zu entscheiden wagte, ob die Folter anzuwenden sei, begab sich der Generalprofos nach Amboise, um den Willen des Königs zu erfahren. Ludwig wollte sowohl eine Vernehmung Balues als auch die Zeugenschaft Olivers vermeiden.
»Gebt ihm die Territion«, befahl er, »vielleicht genügt sie.«
Herr Tristan eilte zurück. Der Gefangene wurde im Folterraum verhört, angesichts der Marterwerkzeuge, die die Henkersknechte instand setzten, schärften und erhitzten. Nemours blieb bei seiner Aussage. Wieder kam L'Hermite nach Amboise, wieder beriet sich der König mit den drei Gevattern. Es verwunderte den Necker, daß sich Ludwig Zeit für dieses Hin und Her der Meinungen gönnte und nicht in seiner gewohnten Härte den Beginn des peinlichen Verfahrens kurzerhand befahl. Will er mich mit seiner Sanftmut fangen und einschläfern, fragte er sich, oder gelte ich, gilt der Mensch in ihm in Wahrheit so viel? Er prüfte ihn:
»Es wird wohl nichts anderes übrigbleiben, benötigen Sie sein Geständnis, Sire.«

Ludwig sah ihn nachdenklich an.
»Warum soll ich einen Menschen foltern, von dem ich weiß, daß ich ihn verurteile?« fragte er, und lächelnd setzte er hinzu, mit dem Gesicht näher kommend, flüsternd: »Oder hast du gemeint, ich würde jetzt, auf deine Worte hin, ihm die Daumenschrauben ansetzen und die Stifte unter die Fingernägel treiben? So billig handeln wir doch nicht, Oliver!«
Der Necker senkte den Kopf. Bin ich es noch oder ist er es schon wieder selber? fragte er sich unruhig. Dann entschied er sich, ehrlich zu ihm zu sein.
»Gut, Sire«, meinte er, »das beweist aber doch, daß Sie sein Geständnis nicht benötigen.« Er wandte sich an den Profos: »Sie werden unschwer aus dem zugegebenen und erwiesenen bewaffneten Widerstand Meuterei und Verbrechen gegen des Königs Majestät ableiten und dafür die Todesstrafe vom Gericht verlangen können, Herr Tristan?«
»Das geschieht auf jeden Fall«, entgegnete der Profos.
»Nun also, Sire«, fuhr Oliver fort, »dann lassen Sie die Anklage auf Hochverrat fallen! Das ist vielleicht politisch klug und von Nutzen und verringert das endliche Resultat wenig; denn Nemours hat doch nur einen Kopf!«
Jacques Herzog von Nemours wurde von Bourbon im Namen des Gerichts und des Königs vom Verbrechen des Hochverrats freigesprochen, des Verbrechens der Majestätsverletzung für schuldig erklärt und zum Tod durch Enthaupten verurteilt. Das Gnadengesuch des Delinquenten, das am Tag nach dem Urteilsspruch dem Souverän zusammen mit dem Diktum vorlag, war von einer solchen erschütternden Schlichtheit und Kraft der Wirkung, daß der Präsident Le Boulanger, die siebzehn Parlamentarier und fünf Aufrechte unter den Granden die Angst vor der Ungnade überwanden und in einem Sonderschreiben die Supplik Nemours' unterstützten.
Der Profos wartete von Tag zu Tag auf die Unterschrift des Königs, der aus unbegreiflichen Gründen zögerte, die ersten Mahnungen Tristans mit Ausflüchten beantwortete und dem auf die Entscheidung Drängenden schließlich mit dürren Worten erklärte, daß kein Gesetz dem Souverän vorschreibe, ein Verdikt innerhalb einer bestimmten Frist zu signieren; das Gericht möge sich in Geduld fassen, wie er sie ihn in reichem Maße gelehrt habe.
So vergingen ungewöhnliche zwei Wochen. Nemours, die Assisen, der Hof, das ganze Land wartete auf das Signum des Todes oder des Lebens, auf die schweren steilen Schriftzüge des königlichen Namens, auf das entscheidende *Loys* unter dem Urteil oder dem Gna-

dengesuch. Das Unwahrscheinliche, das nach den ersten achtundvierzig Stunden die Gemüter erregte, wagte sich immer mehr ins Glaubhafte, ins Tatsächliche: Der König erwägt die Begnadigung. Er, der die Vollstreckung politischer Todesurteile mit Stundenschnelligkeit zu sanktionieren pflegte, brauchte jetzt Tage, eine Woche, zwei Wochen schon, um seinen eigenen Willen zu bestätigen. Will der König Gnade üben?
Ludwig schien das Staunen und die Erwartung des Landes nicht zu merken. Er hatte die Schriftstücke an sich genommen, zeigte sie nicht und sprach nicht von ihnen, selbst nicht zu Oliver. Und der Necker, dem Spruch seines Innern folgend, fragte ihn nicht und drängte ihm seinen Rat nicht auf. Aber er sprach an einem dieser Tage, als der König – wie immer zur Schlafenszeit – die Neckerin erwähnte:
»Wollen Sie sie sehen, Sire?«
Ludwig blieb stehen.
»Willst du mich belohnen, Oliver?« fragte er zurück. »Jetzt schon?«
»Ich glaube nicht, Sire, daß Sie bestechlich sind«, entgegnete der Necker ernst. »Ich bin es auch nicht.«
Sie gingen zu Anne, nachdem Oliver die Posten längs des Weges für eine Stunde beurlaubt hatte. Die Frau saß angekleidet in einem Lehnstuhl, ein sanftes Rot auf den Wangen, mit Augen, die glänzten und doch nicht klar waren, die Haut des Gesichts von scheinbarer Frische, die Hände gelb und durchsichtig. Sie lächelte. Doch Ludwig blieb traurig. Er sprach ein paar freundliche Worte, fragte nach dem Befinden, hörte zuversichtliche Antworten. Er schwieg wieder, kaum merklich die Schultern hebend. Dann sagte er leise:
»Sie haben sich für mich geschminkt, Madame. Das zeugt von Ihrer Güte. Oder hattest du es befohlen, Oliver?«
Der Necker blickte ihn an und sagte ja, ohne zu zögern. Anne lächelte matt.
»Es ist schade, daß Sie es sehen, Sire«, sprach sie. »Warum sehen Sie es?«
Ludwig senkte den Kopf.
»Weil es nicht mir gilt, sondern meinem Gewissen«, erwiderte er verhalten, »und weil ich mich nicht bestechen lasse.«
Er hob den Blick zu Oliver und fuhr erregt fort:
»Ich bin nicht gut, Bruder, ich stütze mich nur auf dich, wenn ich müde oder träge bin; und manchmal weckst du mich selber.«
Der Necker lächelte abgründig.
»Und manchmal muß ich Sie wecken, Herr, damit ich nicht müde oder träge werde.« Er senkte die Stimme. »Schliefen wir beide, so

taugte als Stütze keiner.« Er sprach noch leiser. »Wir sind wahrhaftig noch nicht gut, weil wir unserem Gewissen eine kleine Freude machen möchten, Sire. Wir sind dann nur bequem oder gar kokett, und das wäre noch billiger.«

Der König schlang die Finger ineinander, daß die Gelenke knackten, und wurde rot.

»Du bist ehrlich, Freund«, sagte er, und seine Stimme war unfrei, »du bist wachsam. Du läßt mich nicht los. Und in Wahrheit: ich wußte dies alles selber nicht, ich weiß es erst jetzt. Ich spielte mir selber allerlei vor, selbst die Nähe des evangelischen Geistes. Man kennt mich als guten Komödianten. Ich habe mich in dieser Beziehung sogar unterschätzt, und das geschieht mir wohl selten. Denn wirklich, ich fand einiges Vergnügen dabei. Jetzt sehe ich mich wieder ohne Maske und ohne Kothurn. Du bist oft grausam und rätselhaft, Bruder.«

Oliver hob abwehrend die Hand.

»Warum sollte ich es sein, Herr, oder warum glauben Sie, daß Sie es nicht sind? Ich meine, wir sollten nicht von uns wie von Gegnern oder von Gegensätzen sprechen. Ich liebte Sie mehr, als Sie wie ein Mensch litten; aber ich werde nicht kalt, wenn Sie als König mit dem Menschenleid zu spielen geruhen; und ich fürchte Sie nicht, wenn Sie hart sind und Leid nur austeilen. Das ist alles, Sire. Und so werde ich Sie auch nicht loslassen.«

Sie schwiegen eine Weile.

»Glaubst du denn, ich sei ohne Leid?« fragte dann der König. Oliver antwortete nicht. Er gab der Neckerin mit den Augen einen Befehl.

»Vielleicht werde ich gesund«, sprach Anne. Ludwig sah sie erschüttert an.

»Verzeihen Sie, Madame«, sagte er beengt; »aber es glückt Ihnen heute nicht, mir Freude zu entlocken. Ich bin Ihnen wohl dankbar für Ihren Willen.« Er hob gequält die Arme. »Ist die Prüfung noch nicht beendet, Oliver?«

»Tut sie nicht auch wohl, Sire?« fragte der Necker mit gütiger Stimme zurück. »Macht sie die Seele nicht freier und ehrlicher? Und wäre es der Anne gelungen, Ihnen Freude zu geben oder Leid zu nehmen, Ihnen, dem Menschen, stünde sie jetzt gesund Ihnen gegenüber: Möchten dann Sie, der König, nicht auch Freude geben oder Leid nehmen?«

Ludwig schüttelte langsam den Kopf; er antwortete ernst:

»Der König fühlt sich nicht an diese Lust und Trauer des Menschen gebunden. Er weiß wie du, Bruder, daß er kein sanfter Herrscher ist. Er weiß es gerade jetzt.«

Der Necker strich sich über die Stirn und behielt für ein paar Sekunden die Hand vor den Augen.
»Jetzt geht es noch um die Freude für den König«, sprach er sinnend nach einer Zeit. »Anne, versuche auch dies.«
Die Frau lächelte und hob anmutig das Gesicht.
»Der Meister bat mich, Sire, Ihnen die gute Kunde zu sagen, die er heute empfing: Die Königin hat die Gewißheit erhalten, gesegneten Leibes zu sein.«
Ludwig senkte das Gesicht, das wie in Scham glühte. Er stand mit verlegener Hast auf.
»Der König hat sich zu freuen, gewiß . . .«, brachte er hervor.
Die beiden gingen nach schnellem Abschied in den Turm zurück. Ludwig schritt stumm und erregt durch den runden Raum. Er setzte sich stirnrunzelnd an den Schreibtisch, öffnete ein Geheimfach und entnahm ihm drei Schriftstücke, die er bedächtig aufrollte und nebeneinander auf die Platte legte. Er las sie noch einmal sorgfältig durch, nahm eines der Pergamente wieder in die Hand und sprach harten Tones:
»Nemours bittet mich, ihn zu lebenslänglicher Verbannung zu begnadigen und will sein Leben in einem spanischen Kartäuserkloster beschließen.« Er hob den Kopf; Oliver sah sein Profil wie aus Stein. »Der Mann ist fünfundvierzig Jahre alt«, fuhr er brutal fort, »er kann noch lange leben und bald anderen Sinnes werden, meint er es vielleicht auch in der Todesangst ehrlich. Und auch Kartäuserklöster haben Türen zum Juan Aragon! Und wenn dieser Kopf nicht fällt, wird der Schädel Saint-Pols noch härter und das Gesicht des Bruders Karl wieder weniger lang. Es sind strenge Zeiten, und ich habe so streng zu sein wie sie.«
Er zerriß die Supplik. Er nahm das andere Pergament, rollte es zusammen und warf es dem Necker zu.
»Schreibe die Namen dieser Leute, die das Gnadengesuch befürworteten, auf die geheime Liste, soweit sie nicht schon notiert sind. Vorerst wird gegen sie nichts unternommen.«
Er schob sich das dritte Pergament zurecht und griff zur Feder.
»Der Profos hat noch heute nacht aufzubrechen. Die Exekution hat innerhalb vierundzwanzig Stunden nach seinem Eintreffen in Paris stattzufinden.«
Oliver schloß die Augen und hörte die Feder knirschend und wuchtig die vier Lettern des Namens schreiben. Der König sah auf.
»Wir und unser Hof erfahren erst nach der Exekution den Zustand der Madame von Savoyen. Du wirst dafür sorgen, Oliver. Der König wird erst in einer Woche seine Freude äußern, um im Land

nicht mißliche Ideenverbindungen mit dem Prozeß aufkommen zu lassen. Was siehst du mich so an, Oliver?«
In den frühen Morgenstunden des Tages nach Tristans Ankunft in Paris begaben sich die beiden Vorsitzenden des Außerordentlichen Gerichts in die Zelle des Delinquenten und zeigten ihm das Todesurteil mit des Königs Unterschrift und Siegel. Nemours nickte stumm mit dem Kopf. Zwei Stunden später verkündete der Generalprofos das Diktum im Parlamentspalast bei offenen Türen. Um drei Uhr des Nachmittages wurde Nemours enthauptet, gemäß dem Befehl des Königs nicht auf dem öffentlichen Grève-Platz, sondern in den Gerichtshallen. Acht Franziskanermönche, begleitet von vierzig Fackelträgern, nahmen nach Anbruch der Nacht den Kopf und den Rumpf mit sich.

Das Jahr wurde gut und glücklich genutzt; doch der Kampf mit dem nächsten der tödlichen Reihe war der schwerste. Der Kopf saß dem Konnetabel hartnäckig auf den Schultern. Der kluge Mann, der das königliche Raubtier um sein Haus schleichen hörte, warf ihm zunächst kräftige Köder hin, die sättigen oder ersticken konnten: Er besetzte in seinem Namen einige Städte im Sommegebiet, die unter der Oberhoheit Burgunds standen. Doch das Tier war klüger als der Kluge: Es verschlang den Köder nicht, noch verschmähte es ihn; es behielt ihn zwischen den Zähnen. Ludwig, der den Herzog mit erstaunlicher Geschicklichkeit und Unsichtbarkeit im östlichen Ausland beschäftigte und seinen Größenwahn mit der Feindschaft des deutschen Kaisers, der Kurfürsten, der Lothringer und Schweizer bepackte, wollte auf keinen Fall sein Interesse in den Westen zurücklenken noch gar Krieg mit ihm; denn er wußte, daß die Bretagne, durch die Nachbarschaft Guiennes wieder lebendig geworden, dann zum gefährlichen Bindeglied einer neuen Allianz gegen ihn werden könnte. Der König wollte aber auch die Sommestädte nicht wieder zurückgeben, weil es seit zwei Jahren sein Ziel war, diese ursprünglich zum Reich gehörigen Landesteile wiederzuerlangen. So begannen seine Praktiken zu spielen. Er ließ Burgund wissen, daß die Besetzung der Ortschaften ohne sein Wissen und gegen seinen Willen geschehen sei, daß er gegen den Meuterer und Hochverräter mit Waffengewalt vorgehen werde und daß er dem Herzog die Städte zurückgeben wolle, wenn er sich verpflichte, die Achterklärung des Konnetabels zu unterschreiben und Saint-Pol, falls er sich zu ihm rette, innerhalb acht Tagen auszuliefern, und wenn er ferner sein Desinteressement an den Personen der Herzöge von der Bretagne und der Guienne erkläre. Burgund, der jedem Anerbieten des Königs mißtraute und sich auch nicht aus der politischen Sphäre Innerfrankreichs hinausdrängen lassen wollte, zögerte zu antworten, zumal ihm auch der Konnetabel, von der Parade des Königs durch Spione unterrichtet, mitteilte, er trete ihm die Gebiete wieder ab und stelle sich ihm zur Verfügung, wenn Burgund gegen Ludwig losschlage. Kurze Zeit darauf auch – nach der Hinrichtung Nemours' und bevor noch der Großmeister gegen ihn geschickt wurde – holte Saint-Pol zu seinem großen Schlag aus: Er drängte den englischen Edward, seinen Neffen, der nach der Pazifikation seines Landes auf Burgunds und der einstigen Liga Bitten die Expedition gegen Frankreich seit langem vorbereitete, zur Invasion und garantierte außer seiner eigenen Hilfe auch die Bereitschaft Burgunds, der Bretagne und der Guienne. In der Tat landete Edward mit einem ziemlich starken Heer in Calais, das ihm gehörte. Die Wochen, die jetzt folgten, gehörten zu den schwersten Belastungsproben für Ludwigs diplomatisches Genie. Doch sie führten auch zu seinem größten politischen Triumph. Edward, der von Anfang nicht viel offensiven Geist fühlte und seine Londoner Mätressen vermißte, fand nicht Alliierte und nicht einmal freundlichen Empfang. Den Burgunder, dessen Truppen im westlichen Deutschland beschäftigt waren, brachte sein Erscheinen in die mißlichste Verlegenheit. Er eilte ohne Soldaten und in böser Laune aus dem Rheinland herbei und entschuldigte sich mit dürren Worten, daß er im Augenblick nicht in der Lage sei, aktiv gegen Valois einzugreifen, und daß er nicht mehr für ihn tun könne, als ihm den Durchmarsch durch das Artois zu erleichtern und ihn auf die Unterstützung des Konnetabels zu verweisen, der scheinbar den englischen Freund erwarte. Und er gab ihm den Brief Saint-Pols, der die Rückgabe der Sommestädte versprach, und eine Urkunde von der Hand des Konnetabels, in welcher er dem Herzog gelobte, ihm und allen seinen Freunden und Verbündeten, vornehmlich dem englischen König, zu dienen und beizustehen, gegen und wider alle, die leben und sterben können, ohne jede Ausnahme. Diesem Akt war ein Beglaubigungsschreiben an den König von England beigefügt, in dem seine Hilfsbereitschaft auf die Unterstützung der Invasionsarmee gegen Ludwig von Frankreich präzisiert wurde. Das war das einzige Aktivum, das der enttäuschte Edward buchen konnte; und es schien wenig oder gar wertlos; denn eine englische Delegation, die sich nach St. Quentin, dem angeblichen Standort des Konnetabels, begeben wollte, stieß an der pikardischen Grenze bereits auf Truppen des Großmeisters und wurde sehr höflich, ohne jede feindselige Haltung, gebeten, wieder umzukehren und das Reichsgebiet zu verlassen. Burgund zuckte mit den Achseln, gestand dem englischen Schwager die unklare und sogar verdächtige Haltung Saint-Pols und beurlaubte sich bald, da seine Anwesenheit auf dem deutschen Kriegsschauplatz sehr nötig sei. So war Edward wieder allein, voll eines starken Gefühls des Unbehagens. Von der Bretagne und der Guienne hörte er nichts; ihre Kuriere waren vielleicht vom Valois abgefangen worden; oder die Nachricht von Nemours' Enthauptung, die noch vor Edwards Landung durch die Länder lief, ihn selber aber erst jetzt traf und bedenklich stimmte, wirkte so lähmend auf die Gemüter der Reichsfürsten, so von Ludwigs Willen, Kraft und Macht überzeugend, daß sie sich nicht zu rühren wagten. Und Edward wußte nicht recht, auf welche Weise und in welche Richtung er sich bewegen sollte, zumal der Winter nahte; Thomas Montgomery, sein Freund, wies unverhohlen auf die kurzen, hüpfenden Wellen des Kanals in ihrem Rücken.

Doch jetzt kam ein nicht erwarteter Besuch: Ludwig Valois schickte nach Calais einen Gesandten, dessen Akkreditiv auf den Namen Sieur Le Mauvais, Graf de Meulan lautete. Dieser Teufelsgraf, wie ihn Montgomery sofort wegen seines sonderbaren Namens, der roten Haare und der verwirrenden Geschmeidigkeit seiner vielsprachigen Eloquenz nannte, entledigte sich einer recht überraschenden Mission. In seiner suggestiven Art bewies er Herrn Edward nicht mehr und nicht weniger, als daß Englands einziger ehrlicher Freund auf dem Kontinent der Allerchristlichste König sei. Habe er während seiner Regierung je den geringsten unfreundlichen Akt gegen England oder das Haus York sich zuschulden kommen lassen oder je eine andere Politik geübt als die des friedlichen Ausgleichs zwischen den beiden Reichen? Wo also sei Grund und Notwendigkeit zum Krieg? Und ist nicht der Feldzug zu Wintersanfang, im fremden Land, gegen eine starke und schlagfertige Armee, ohne Bundesgenossen sehr riskant, wenn nicht aussichtslos? Will Herr Edward wirklich Heer, Krone und Leben aufs Spiel setzen, aus keinem anderen Grund, um den Herren von Burgund, der Bretagne, der Guienne die Kastanien aus dem Feuer zu holen?«

Edward unterbrach ihn:

»Woher will der König wissen, daß diese Herren gegen mich nicht loyal denken und handeln, Herr Graf?«

Oliver lächelte.

»Durch den Konnetabel des Königs wissen wir ziemlich genau die augenblickliche Lage und Ihre Verlegenheit, Sire. Wäre mein Herr nicht so gut gesinnt, wie er ist, so könnte statt meiner der Großmeister hier sprechen.«

»Wie steht der König mit dem Konnetabel?« fragte Edward erregt.
»Gut, Sire, bis Sie ihn eines Bessseren belehren, wie er Ihnen durch mich einige Zuverlässigkeitszeugnisse Burgunds und seiner Freunde vorlegen möchte«, antwortete Oliver vieldeutig und zeigte ihm etliche Briefe, aus der trefflichen Fälscherwerkstatt zu Amboise stammend, die eine Art Rückversicherungsvertrag zwischen Burgund, der Bretagne und Karl von Frankreich gegen England enthielten.
Die beiden Könige trafen sich in der Nähe von Amiens und beschworen den Pakt, den der Sieur Le Mauvais vorbereitet hatte: Waffenstillstand von neun Jahren und sofortiger Abzug der Engländer gegen einen Schadenersatz der Expeditionskosten in Höhe von zweiundsiebzigtausend Talern bar, zu zahlen vor Abmarsch der Truppen. Bevor sie sich in guter Freundschaft trennten, tauschten sie noch bedeutsame Schriftstücke aus: Edward gab dem Valois die Bündnisurkunde und Beglaubigung des Konnetabels, eine Kopie des Briefes, in dem Saint-Pol die englische Expedition anregte, und das Schreiben an den Herzog, das die Wiederauslieferung der Städte behandelte; Ludwig händigte dem anderen eine jüngst eingelaufene Nachricht ein, wonach sich Saint-Pol erbot, dem englischen König den Rückweg nach Calais abzuschneiden und sich seiner Person zu bemächtigen; diesen Brief oder eine vom Kronanwalt gezeichnete Kopie möge Herr Edward von London aus seinem Schwager Burgund zusenden.
Das Dokument war nicht gefälscht. Saint-Pol, der sich in einen Kessel getrieben fühlte, hatte die Ruhe und die klare Überlegung nach und nach verloren und den großen Fehler begangen, persönlich gegen den König, aller Praktiken Meister, die Waffe der politischen Intrige zu versuchen. Im Augenblick, als er den Engländer isoliert wußte, überließ er dem Großmeister kampflos die Sommestädte und schrieb Ludwig, diese Räumung möge der Beweis sein, daß er in keiner Verbindung mit Edward stände und nicht für die Machinationen Burgunds verantwortlich gemacht werden könne. Der Herzog wolle, wie er gut wisse, auf die billigste Art durch Edward seine Geschäfte betreiben lassen, während er selber in Deutschland gebunden sei; er habe keinen Mann im Artois stehen und den Schwager mit leeren Versprechungen herübergelockt; mit ihm im Verein der Bretone und der von Guienne, die bisher noch keinen Brief, geschweige denn einen Soldaten – auch auf dem Seewege nicht – nach Calais geschickt hätten. Er, der Konnetabel, rate loyal, den schwunglosen Engländer durch eine rasche Offensive des Großmeisters ins Meer zu werfen, und sei bereit, mit seinen Regimentern Dammartins Truppe zu verstärken oder seinen Rücken ge-

gen Flandern zu decken. Ludwig beantwortete den Brief mit einer sehr liebenswürdigen Einladung, zu einem Kriegsrat nach St. Quentin zu kommen. Saint-Pol hütete sich zu gehorchen und warf seine besten Regimenter in die äußerst starke Feste Ham, wohin er sich von St. Quentin zurückgezogen hatte. Als er nicht viel später durch seine Agenten von Olivers Mission erfuhr und von der Zusammenkunft der Könige, beging er die zweite Torheit und schrieb, Ludwigs Taktik völlig verkennend und die eigene Rolle in den Unterhandlungen der beiden arg unterschätzend, jenen Brief, den Valois dem Edward York aushändigte. Die Antwort war der Friede mit England, die öffentliche Erklärung seiner Reichsächtung, die von Burgund als Lehensherrn Luxemburgs gegengezeichnet war, und Vormarsch von Truppen auf Ham, von Raye und St. Quentin aus. Jetzt verlor Saint-Pol den Mut und die Besinnung; da auch zwei seiner Hauptleute von ihm, dem Verfemten, abrückten und die übrigen nicht mehr zuverlässig schienen, floh er mit wenigen Dienern nach Mons im Hennegau und flehte Burgund, der vor Nancy lag, um Gnade und Sicherheit an. Der Herzog zögerte; es widerstrebte seinem noblen Geist, den einstigen Freund ans Messer zu liefern. Aber er wußte auch, daß der König, von England und allen inneren Sorgen befreit, eine Verletzung des Reichsbannes gerne zum Anlaß nehmen könnte, um in das ungeschützte Flandern einzurücken oder ihn in Lothringen zu stören; und der Besitz Nancys war ihm wichtig; denn es vollendete die Einheit seines mächtigen Reiches, das von Holland bis Savoyen reichte. So schützte er formale Gründe vor und verlangte vor Auslieferung des Konnetabels die zugesagte Abtretung der Sommestädte, wohl in der Hoffnung, inzwischen Nancy zu nehmen, wieder über sein Heer verfügen und die Situation ändern zu können.
Der König beriet sich mit seinen drei Gevattern, die wegen der politischen Wichtigkeit des Prozesess die Einlösung des Versprechens oder die gewaltsame Verhaftung des Konnetabels für notwendig hielten.
»Ich gebe grundsätzlich nichts heraus, was ich einmal in Händen habe«, erklärte Ludwig. »Ich will aber auch um dieses einen Kopfes willen keinen Krieg mit Burgund; das besorgen andere für mich.«
»Dann müssen Sie auf diesen einen Kopf verzichten«, meinte achselzuckend Herr Tristan.
»Ich verzichte grundsätzlich auf keinen Kopf«, entgegnete der König scharf.
»Wenn Nancy fällt«, meinte Jean de Beaune kalt, »möchte es dem Herzog ein Vergnügen sein, diesen Grundsatz zu erschüttern.«

Ludwig sah flüchtig auf und verzog den Mund.
»Daß Nancy nicht vor Saint-Pols Kopf fällt«, sagte er, »kostet mich zwanzigtausend Taler. Der Campobasso, des Herzogs Geschützmeister, steht auf meiner privaten Pensionsliste.«
Die beiden sahen ihn überrascht an und schwiegen. Oliver ergriff das Wort:
»Mir scheint, wir kommen so nicht weiter, Sire; denn gefiele Ihnen die letzte Möglichkeit, die noch bleibt: eine fiktive Abtretung der Städte, die nach Auslieferung Saint-Pols aus irgendeinem Grunde wieder besetzt würden?«
»Sie gefällt wohl auch dir nicht, Oliver«, entgegnete der König unsicher, »denn auch so könnten wir zum Krieg oder Kriegsgrund kommen, und ich trüge dann noch eine moralische Belastung, die Burgund gegenüber doppelt schwer wiegt. Ich irre mich doch wohl nicht, Freund, wenn ich etwas anderes, eben die glatte Erfüllung des Versprechens, aus deiner Bemerkung herauszuhören habe?«
Oliver lächelte.
»Und dürfte nicht selbst die ehrliche Abtretung letzten Endes eine Fiktion sein, Sire?« fragte er zurück. »Geben wir denn dem Herzog noch viel mehr als fünf Jahre? Graben die tüchtigen Eidgenossen, der Lothringer und Campobasso selbst nicht schon am Grab für ihn? Bewilligen Sie ihm ruhig und freudig noch viel mehr, Herr! Ihre Großmut wird Ihnen um so reichere Zinsen einbringen, je umfänglicher sie sich jetzt auftut. Geben Sie ihm außer Luxemburg, das als Lehensgut an ihn zurückfällt, noch alle Landschaften und Städte des Konnetabels in der östlichen Pikardie, im Aisnegebiet und in den Ardennen! Geben Sie ihm sein ganzes mobiles Vermögen! Das Gold Saint-Pols und Ihrer guten Vetternschaft schmiedet Burgund an den Osten fest, in dem er nicht aufgeht, sondern untergeht. Versichern Sie ihn in seinen lothringischen Affären Ihrer wohlwollenden Neutralität! Und Sie erhalten zwei Köpfe: morgen einen abzuschlagenden und in wenigen Jahren einen abgeschlagenen.«
Wenige Tage später übergab der Großmeister die Schlüssel der Sommestädte dem Kanzler Crèvecoeur, des Herzogs Generalstatthalter, der in Péronne war, und zeigte ihm die Urkunden über die Schenkung der Saint-Polschen Güter nach ihrer Konfiskation und über die Gewährung der freien Hand in Lothringen. Diese Dokumente würden im Austausch gegen die Person des Konnetabels ausgeliefert werden. Crèvecoeur ließ sofort den Grafen Saint-Pol unter sicherer Bedeckung nach Péronne bringen, unterrichtete zugleich durch Eilkuriere den Herzog und bat um den Auslieferungsbefehl, der nicht mehr versagt werden dürfe. Wieder schien Burgund zu zö-

gern; es vergingen acht Tage, ohne daß eine Nachricht von ihm eintraf. Doch Nancy fiel nicht. Und als der Großmeister ein ultimatives Schreiben des Königs vorwies, in dem die Auslieferung Saint-Pols innerhalb einer Woche gefordert oder die Verletzung des Reichsbanns durch den Herzog als erwiesen erachtet und eine militärische Aktion gegen Péronne und zum Entsatz Nancys angesagt wurde, ließ der Kanzler seinen Herrn in scharfen Worten wissen, daß er seine Ämter niederzulegen gezwungen sei und jede Verantwortung für die kommenden Ereignisse ablehne, wenn nicht dem klaren Recht Genüge geschehe und die Order in der bestimmten Frist einlaufe. Achtundvierzig Stunden später traf des Herzogs merkwürdige Antwort ein: »Sie sind Unser Generalstatthalter und Träger der Exekutionsgewalt, solange Wir im Felde stehen.« Am gleichen Tag führten zweihundert burgundische Kürassiere in ihrer Mitte den Konnetabel ins Quartier des Grafen Dammartin, der ihn ernst und höflich begrüßte und um seinen Degen bat.
Da Saint-Pol in seiner Eigenschaft als Kronfeldherr nicht der peinlichen Gerichtsordnung unterstand und seine Degradation erst mit dem Urteil ausgesprochen werden konnte, brachte der Großmeister selber ihn ungefesselt und als seinen persönlichen Gefangenen nach Paris. Auf der ganzen Reise wurde zwischen den beiden Männern kein Wort gewechselt; Dammartin sprach auch kaum mit den Herren seines Stabes; der Konnetabel saß gerade, stumm und mit kantigem Gesicht im Sattel und sah nicht rechts und nicht links. Sein Blick schien eingezwängt zwischen die Ohren seines Pferdes. Als sie sich von Südosten der Stadt näherten und der massige, von den Halbtürmen flankierte Block der Bastille über die Porte Saint Antoine sich aufreckte, drückte der Konnetabel den Hut noch tiefer in die Stirn und schlug den Kragen seines schwarzen Umhanges hoch. So mit verhülltem Gesicht ritt er an Dammartins Seite durch das Tor und das Soldatenspalier zur Festung. Am Portal der Bastille wurden sie vom Präsidenten des Parlaments, seinen höchsten Beamten und Räten, dem Generalprofos des Königs und dem Burghauptmann mit gemessener Feierlichkeit empfangen. Der Großmeister ergriff die Zügel von seines Gefangenen Pferd, richtete sich in den Steigbügeln auf und sprach mit lauter Stimme:
»Seigneurs, die Sie alle hier zugegen sind: Sie sehen hier Messire Ludwig von Luxemburg, Graf von Saint-Pol, Konnetabel von Frankreich. Sein Leib gehört dem König, sein Gut wird dem König und durch ihn dem Herrn von Burgund gehören, sofern Sie, Seigneurs, es für gut und recht befinden. Wie mir der König zu sagen und zu tun befohlen, habe ich getan und sage ich: seinen liegenden

und beweglichen Besitz versprach ich durch schriftliche und Ihren Spruch vorbehaltende Urkunde des Souveräns dem Herzog und empfing dafür seine Person, die ich wohl bewahrte und bewachte und jetzt den Händen Ihrer hohen und gerechten Justiz überliefere.«

Er zog das Pferd Saint-Pols so dicht an das seine heran, daß sich die Flanken der Tiere fast berührten, umarmte den anderen und küßte ihn auf die Wangen.

»Gehen Sie mit Gott, Herr Bruder«, sagte er, grüßte die schwarzen Roben und wandte sein Pferd. Die Herren des Gerichts warteten schweigend und unbeweglich, bis der Großmeister und sein Gefolge das Areal der Festung verlassen hatten. Ein Pikett Hellebardiere marschierte im Rücken Saint-Pols auf, der jetzt mit rascher Bewegung den Kragen niederschlug und den Hut abnahm. Der Präsident und der Generalprofos näherten sich ihm, barhaupt; und Herr Le Boulanger sprach:

»Monseigneur, seien Sie uns willkommen. Seien Sie guten Mutes und offenen Herzens. Es erwartet Sie des Königs Gerechtigkeit.«

Er und der Profos setzten das Barett wieder auf. Auch Saint-Pol bedeckte sich wieder und sah mit zusammengekniffenen Brauen Herrn Tristan an, der ein Pergament mit königlichem Siegel vorwies, es zusammenrollte, leicht mit ihm seine Schulter berührte und mit seiner leisen Stimme sagte:

»Im Namen des Königs mache ich Sie, Ludwig von Luxemburg, zum Gefangenen des Herrn Philipp Luillier, Kapitän der Bastille, und frage Sie, ob Sie sich vor mir, dem Profos der Marschälle Frankreichs, und dem Ordentlichen Parlamentsgerichtshof auf die Anklagen wegen Hochverrats und Majestätsverbrechens verantworten wollen oder die Entscheidung der Pairs anrufen, die Sie gemäß dem Prärogativ Ihrer Geburt, nicht Ihres Ranges, verlangen können.«

Da der Konnetabel gut wußte, daß die Granden, ihm zumeist feindlich, in diesem Augenblick noch mehr Ursache hatten, dem König gefällig zu sein, als die Berufsrichter, und da er im seltsamen Glauben war, daß es der Anklage an legalem Beweismaterial gegen ihn mangele, willigte er in die Zuständigkeit des Parlaments ein. Er wurde nicht gefesselt und nicht in die Kerker der Bastille gebracht, sondern in ein nicht unfreundliches Turmzimmer, das durch Posten bewacht war. Die Verhöre begannen sofort; aber sie brachten kein Resultat, da Saint-Pol jeden Punkt der Anklage bestritt und geschickter noch als Nemours die Öffentlichkeit des Prozesses ausnutzte. Denn er verstand es, immer wieder die wunde Stelle des

Königs zu berühren: die Lütticher Affäre und Ludwigs Intrige mit dem gefallenen Johann von Wildt, die wohlweislich nicht im Bereich der Anklage standen und auf keinen Fall publik werden durften.
Einige Tage vergingen in einer Ruhe, die dem Gefangenen bedrohlicher schien als der Lärm des gerichtlichen Apparates. Dem lebhaften und mutigen Mann war nichts unerträglicher als Ungewißheit. Er wollte kämpfen, aber er wollte den Gegner sehen. Die tückische Art des unsichtbaren Königs haßte und fürchtete er in gleicher Weise. Er wurde immer unruhiger; er vermutete Gift in den Speisen oder einen Schuß durch das vergitterte Guckloch der Tür. An einem Abend endlich hörte er andere Schritte als den unendlich bekannten des Wachtpostens. Das Schloß rasselte, die schwere Eisentür kreischte in den Angeln. Ein hagerer Mann in einem florentinischen Doktormantel trat ein und verneigte sich. Saint-Pol sah ihn einen Augenblick scharf an; dann wurde er rot vor Zorn.
»Ist es mit mir oder mit dem König schon so weit, daß er mir keinen anderen zu schicken weiß als seinen Spitzel?« fragte er scharf. »Ich habe als Gericht das Parlament anerkannt, aber nicht den Zuhälter, wenn er auch sein Gewerbe zu wechseln versteht wie die Farbe seiner Haare! Mit Ihnen habe ich nichts zu schaffen!« Er drehte dem Necker brüsk den Rücken. Oliver bekam noch dünnere Lippen, und seine Nasenflügel bebten.
»Die Farbe meiner Haare ist so echt heute«, sagte er kalt und kniff gefährlich die Augen zusammen, »daß Sie sie mit Sicherheit als ominös gelten lassen dürfen, Monseigneur.«
Saint-Pol drehte sich heftig um und streckte die Fäuste vor.
»Sind Sie hier, um mich zu rasieren oder mir die Kehle durchzuschneiden, Herr Barbier?« fragte er böse. »Ich erinnere mich, daß Sie mir einmal das eine anboten und ich das andere vermutete. Und mir scheint, ich riet in Péronne nicht schlecht und treffe auch jetzt wohl ins Schwarze. Das möchte die Sache dem Gericht leichtmachen und dem König aus der Verlegenheit helfen. Aber meinen Sie nicht, daß die Aufgabe Ihre Kräfte übersteigen möchte?«
Er riß mit starker Hand einen Stuhl in die Höhe und schwang ihn bedrohlich. Der Necker lachte laut.
»Monseigneur!« rief er. »Sie treffen so arg daneben, daß ich mich verwundern muß; denn ich hielt Sie von Péronne her für einen besseren Schützen! Glauben Sie wirklich, ich sei der geeignete Mann, um mit Ihnen hier einen Ringkampf auszufechten? Und meinen Sie in der Tat, der König oder das Gericht seien in Verlegenheit? Lassen Sie ruhig den Stuhl aus der Hand und setzen Sie sich auf ihn. Ich bin hier, um Ihnen im Namen des Königs, aber außergerichtlich

zu sagen, daß Ihre Prozeßtaktik falsch, unnütz und für Sie schädlich ist.«
Der Konnetabel stellte den Stuhl vor sich hin und betrachtete den Necker ernst.
»Wie kann ich Ihnen, gerade Ihnen, das geringste Vertrauen schenken«, sagte er nach einer Weile mit flüchtigem Lächeln, »oder den Glauben, daß Sie mich vor Schaden bewahren wollen?«
»Hören Sie mir zu«, entgegnete Oliver, »und entscheiden Sie selber. Wenn Sie das Gericht zwingen, die Lütticher Politik des Königs zu behandeln, so begehen Sie indirekt einen neuen Hochverrat. Außerdem zwingen Sie den König, die Anklage auf Ihr Péronner Verbrechen auszudehnen, auf Ihr Verbrechen, Monseigneur«, fuhr der Necker nachdrücklicher fort, als der Konnetabel eine Bewegung des Protestes machte; »denn er kann Ihnen ja Tag und Stunde Ihrer Order an Herrn von Wildt nachweisen und hat nicht nur mich als Zeugen, sondern vor allem das im Geheimen Archiv ruhende Protokoll des Balueschen Geständnisses als Beweismaterial für die gesamte Verschwörung. Der König will diese Anklage aus den wichtigen Gründen außenpolitischer Rücksicht vermeiden. Aber seien Sie überzeugt, Monseigneur, er führt sie durch, wenn Sie ihn dazu zwingen. Er schwört es Ihnen bei seiner Krone. Und er verspricht sich und Ihnen in diesem Fall ein anderes Verfahren, das er jetzt selbst Ihnen nicht wünscht noch zudenkt.«
Saint-Pol starrte auf den Boden und biß die Zähne aufeinander.
»Es gilt meinen Kopf auf jeden Fall«, sagte er dann langsam und schwer; »was also kümmert mich das Verfahren?«
Der Necker sah ihn mit solcher Kraft an, daß er den Blick wieder hob und seine Pupillen groß vor Entsetzen wurden, noch ehe jener sprach. Jetzt begann wieder Oliver, mit leiser Stimme:
»Der König hat noch zwei Möglichkeiten, die er dann anzuwenden willens ist: die Folter in allen ihren Graden, und die Todesart, die vielleicht sogar dem Rumpf den Kopf läßt, aber den Rumpf nicht als Ganzes . . .«
Der Necker schwieg vor der Totenblässe des anderen, der sich schwer gegen den Stuhl lehnte und plötzlich in den Knien einknickte. Oliver ging einen Schritt vor, als ob er ihm aufhelfen wollte. Aber schon raffte sich Saint-Pol hoch und schob den Stuhl wieder wie einen Schild zwischen sich und den Meister. Er trocknete sich den Schweiß von der Stirn.
»Was will er mich foltern«, sprach er heiser, »wenn ich anderes nicht zu gestehen habe; es sei denn Ungehorsam gegen die Einladung, zum Kriegsrat zu kommen, und meine Flucht nach Mons.«

»Sie haben anderes nicht zu gestehen, Monseigneur?«
»Nein!«
»Monseigneur, Sie haben vierfachen Hochverrat nicht zu gestehen: schriftliches Versprechen, Burgund die Städte wiederzugeben, und Aufforderung zum Krieg gegen den Obersten Lehensherrn; Aufforderung zur Invasion des Reichsfeindes; Bündnisversprechen an Burgund und England?«
»Nein! Beweisen Sie es!«
Oliver lächelte böse. »Nun«, meinte er, »ich bin kein Jurist; aber ich beweise es trotzdem.«
Er öffnete langsam den weiten Mantel und entnahm ihm die vier Schriftstücke von der Hand des Konnetabels: die Briefe an den Herzog und den englischen König und die beiden Allianzurkunden. Saint-Pol sprang unversehens mit einem Satz auf ihn zu, den Stuhl fortschleudernd, und entriß sie ihm. Oliver lachte.
»Freuen Sie sich mit ihnen, Monseigneur! Bewahren Sie sie auf oder vernichten Sie sie! Die beglaubigten Abschriften sind in Händen des Gerichts.«
Saint-Pol schrie auf vor Wut, vor Verzweiflung, und warf die Pergamente dem Necker vor die Füße. Dann hockte er auf dem Bett, den Kopf zwischen den aufgestemmten Fäusten; und seinen Körper schüttelte es, als fröre ihn oder als weinte er. Oliver, sehr ernst geworden, näherte sich ihm.
»Monseigneur«, flüsterte er bewegt, »gestehen Sie dem Gericht, und mir verzeihen Sie. Heute tat ich Ihnen nichts an.«
Er bückte sich, küßte hastig die harten Knöchel der Faust, die den Kopf hielt, und ging. Der Konnetabel schaute auf, mit offenem Mund, sah die Tür schon wieder ins Schloß fallen, hörte das Kreischen der Riegel, schon wieder den ewigen Schritt des Postens, betrachtete dann seine geküßte Hand, lange Zeit. In der gleichen Nacht noch verlangte er Papier und Schreibzeug.
Am nächsten Tag las das überraschte Parlament das schriftliche Schuldbekenntnis des Konnetabels und einen genauen Bericht über seine politischen Machenschaften seit der Besetzung der Sommestädte. Der Prozeß wurde jetzt ohne Schwierigkeit und Zwischenfall zu Ende gebracht. Saint-Pol wiederholte sein Geständnis in den öffentlichen Verhandlungen und erkannte die Autorschaft der vier ihm vorgewiesenen und vorgelesenen Hochverratsdokumente an. Schon eine Woche später konnten dem König die gesamten Prozeßakten und das Diktum, das dem Delinquenten erst am Morgen des Exekutionstages mitgeteilt werden sollte, nach Amboise gesandt werden, wie er es befohlen hatte.

Der Necker, allein mit Ludwig im Turm, las den Wortlaut des Rechtsspruches mit gedämpfter Stimme vor:
»... Und nachdem alles, was zu erkennen und bedenken war, in ernster und strenger Beratung erkannt und bedacht wurde, wird jetzt ausgesprochen, daß das Gericht Messire Ludwig von Luxemburg schuldig der Verbrechen der Majestätsverletzung und des Hochverrats erklärt hat und erklärt und und ihn seines Amtes als Konnetabel von Frankreich und aller seiner anderen Ämter, Ehren, Stände und Würden entkleidet hat und entkleidet. Zur Sühne für seine Verbrechen verurteilte und verurteilt das Gericht ihn, den Tod zu erleiden und auf dem Grève-Platz zu Paris vor aller Augen enthauptet zu werden, und erklärte und erklärt alle und jedes seiner Güter, bewegliche und unbewegliche, für konfisziert und gehörig dem König, der über sie verfügt, die Ansprüche des Herzogs von Burgund anerkannt hat und durch gesonderte Urkunde befriedigen wird. Und angesichts der Ungeheuerlichkeit seiner großen und abscheulichen Verbrechen soll Messire Ludwig von Luxemburg nach der Enthauptung gevierteilt werden und seine vier Glieder in öffentlicher Sicht aufgehängt und der Rumpf an den Galgen ...«
Oliver brach ab und sah den König an, der den Kopf senkte. Der Necker ging ohne Zögern an den Tisch, nahm die Feder und strich den letzten Satz aus.
»Das hat der König nicht gewollt«, sagte er ernst, »das würde sein Gewissen nie erlauben.«
Ludwig nickte stumm und ließ ihn gewähren. Der Necker wandte ihm wieder das Gesicht zu und sprach leise:
»Sie haben den Spruch in dem genauen Wortlaut Herrn Tristan vor Prozeßbeginn diktiert; das weiß ich, Sire. Die Brutalität, die ich eben ausstrich, wiegt schwerer als alle Ihre wahrhaftigen und künstlichen Menschlichkeiten in diesem Jahr, Sire. Sie stehen wieder in meiner Schuld, Sire.«
Der König biß sich auf die Lippen und schwieg. Oliver vollendete die Lesung:
»... Nach der Exekution, öffentlich an seiner Person vorgenommen, so wie es vom Gericht ausgesprochen ist, wird sein Leib in geweihter Erde begraben, sofern er darum ersucht.«
Ludwig unterschrieb das Verdikt und verwarf in einem Nachsatz das mögliche Gnadengesuch. Er legte die Feder hin und barg die Stirn in der Hand.
»Die Köpfe machen müde, Oliver«, flüsterte er; »es ist gut, daß du wach und bei mir bist.«
Drei Tage später – es war der neunzehnte Dezember und ein Mitt-

woch – betrat der Festungskommandant Luillier zu sehr früher Stunde das Zimmer des Gefangenen, der sich nicht rührte. Luillier hob die Wachsfackel. Saint-Pol lag mit geschlossenen Augen auf dem Bett, mit starrem Gesicht; nur sein Kinn bebte und die Zähne schlugen leise aufeinander. Der Offizier fragte leise:
»Monseigneur, schlafen Sie?«
Der Konnetabel schüttelte langsam den Kopf auf den Kissen und antwortete, die Lippen kaum bewegend:
»Ich schlafe nicht, Kapitän; es ist lange her, daß ich schlief. Die schweren Gedanken lasten auf mir, Kapitän. Die Gedanken an den Tod sind schwer, und schwerer noch die Gedanken an das Leben.«
Der andere senkte den Kopf. Saint-Pol tat die seltsame Frage:
»Mit welcher Hand soll ich mich bekreuzigen für diesen Tag?«
»Mit der gewohnten Hand«, antwortete Luillier erschüttert, »und das ist die Rechte bei den guten Christen, soll nicht der Teufel das Gebet stören.«
»Der Teufel?« fragte Saint-Pol gepreßt und hob die Knöchel seiner rechten Hand vor die Augen, sie betrachtend. Sie schwiegen eine Weile; dann flüsterte der Konnetabel:
»Sagen Sie mir, was zu sagen ist, Kapitän.«
Der gutmütige Mann suchte die Worte:
»Sie müssen aufstehen, Monseigneur, und sich mit mir in das Gebäude des Parlamentsgerichts begeben. Die Herren haben Ihnen etwas zu sagen, das hier nicht gesagt werden kann.«
Saint-Pol öffnete weit die Augen und schloß sie gleich wieder.
»Wollen mir die Herren ein anderes Quartier geben, Kapitän?«
»Nein . . .«, entgegnete Luillier zögernd.
»Aber das Volk von Paris haßt mich und kann mir ein Leid antun«, murmelte Saint-Pol und entblößte die Zähne wie zu einem wehen Lächeln.
»Ich bürge für die Sicherheit des Weges, Monseigneur.«
Der Konnetabel stand auf und zog sich an. Bevor er das Zimmer verließ, schlug er das Kreuz mit der Linken und sprach:
»Die Rechte ist des Teufels wohl, und links sitzt das Herz, das Leben gibt, Kapitän.« Er versuchte zu lächeln. »Dir, Gott, empfehle ich mein Leben.«
Im Hof wartete ein berittener Mann in schwarzer Kleidung mit zwei gesattelten Pferden.
»Wer ist der Herr?« fragte der Konnetabel.
»Der Chevalier d'Estouteville, Profos von Paris.«
Saint-Pol sah ihn einen Augenblick an, schlug den Mantelkragen hoch und bestieg ein Pferd. Die beiden Herren nahmen ihn in die

Mitte. Sie ritten durch die noch menschenleere Rue Saint Antoine dem Parlamentspalast zu, unbemerkt und schweigsam. Sie kamen in die Rue de la Barillerie, ritten durch das große Tor des Gebäudes in den »Cour du Mai«, sie hielten vor der Treppe, die zur »Galerie des Merciers« führte. Luillier sprang vom Pferd und half dem Konnetabel aus dem Sattel. Am Fuß der Treppe stand der Parlamentsaktuar, der einige Personalfragen an den Gefangenen richtete. Saint-Pol antwortete mit kurzem Ja. In der Galerie wurde er von dem Generalprofos und dem Promotor des Gerichts mit höflichem Gruß empfangen und dankte ruhig und würdig. Die zwei schritten dann voran, der Gefangene und seine beiden Begleiter folgten. Sie kamen in die Räume des Kriminalgerichts, die Tournelle Criminelle genannt wurden. Der Promotor stieß eine Tür auf und bat den Konnetabel, einzutreten. Der Raum sperrte durch schwarze Vorhänge vor dem Fenster das Tageslicht ab. Hinter einem schwarzbehangenen Tisch, auf dem in mächtigen Leuchtern schwarze Kerzen brannten, saßen die beiden Präsidenten des Gerichts. Sie erhoben sich, als die fünf Männer eingetreten waren und die Tür geschlossen und verriegelt wurde.

Herr Tristan trat vor und sprach mit leisem Wohllaut:

»Monseigneur de Saint-Pol, Sie galten einst und bis zu diesem Augenblick für den trefflichsten und mutigsten Ritter des Reiches. Es ist in diesem Augenblick notwendiger als je, daß sich Ihr Mut beweise.«

Er machte eine Pause. Saint-Pol biß die Zähne zusammen und sah ihm in die Augen.

»Monseigneur«, fuhr L'Hermite fort, »es muß jetzt sein, daß Sie sich des Zeichens Ihrer Würde entkleiden, wollen Sie mich nicht zwingen, es für Sie zu tun. Monseigneur, im Namen des Königs, lösen Sie von Ihrem Hals die Ordenskette des Konnetabels, die Ihnen der Souverän verlieh!«

Saint-Pol gehorchte; aber seine bebenden Hände vermochten nicht die Nadel zu öffnen, die die Kette im Nacken an den Kragen heftete. Er wandte hilflos den Kopf.

»Helfen Sie mir, Kapitän«, bat er mit heiserer Stimme. Luillier sprang hinzu und entfernte die Nadel. Saint-Pol wandte sich rasch um, küßte ihn auf die Stirn, streifte die Kette ab und gab sie ihm.

»Liefern Sie sie aus, Kapitän«, sagte er. Der Offizier reichte sie mit stummer Verbeugung Herrn Tristan, der sie auf den Tisch legte und zurücktretend rief:

»Ludwig von Luxemburg, vernehmen Sie jetzt den Spruch des Gerichts!«

Der Präsident Le Boulanger ergriff das Pergament, las das Diktum laut und langsam vor und zeigte dann dem Verurteilten Gnadenabweis, Unterschrift und Siegel des Königs. Saint-Pol hielt sich am Tisch fest, den Kopf noch über die Platte gebückt, als der Richter die Urkunde schon wieder an sich genommen hatte; er stöhnte:
»Ach, mein Gott! Ach, mein Gott! Das ist hart!«
Seine Lippen waren weiß und die Backen bebten in einem Krampf, die Schultern hoben und senkten sich schnell: Er sah jetzt aus, als wollte ein ungeheures Lachen aus ihm bersten. Der Kapitän Luillier schluchzte mit einemmal auf. Alle Blicke wandten sich ihm zu; auch Saint-Pol sah ihn an, plötzlich ruhig und gütig lächelnd, und streifte, ihm zunickend, einen Diamantring vom Finger.
»Erlauben Sie, Seigneurs, daß ich dem Mitleid ein Andenken lasse?« fragte er.
Le Boulanger sah Herrn Tristan an. Der sagte leise:
»Der Ring gehört dem König.«
Jetzt lachte Saint-Pol kurz und lärmend, warf den Ring auf die Fliesen und zertrat ihn.
»Der König kennt kein Mitleid, Kapitän«, sprach er über die Schulter; »es wäre schade um den Ring.«
Die Herren bissen sich auf die Lippen. Nach einer Weile fragte Saint-Pol flüsternd:
»Seigneurs, wann . . .?«
Herr Tristan antwortete:
»Heute . . .«
Der Stadtprofos öffnete die Tür zum Nebenzimmer und bat Saint-Pol, der gefaßt schien, zu seinen Beichtigern einzutreten. Der Raum war so hell von Sonne, daß der Delinquent geblendet die Augen schützte. Die vier Doktoren der Theologie – ein Franziskaner, ein Augustiner, der Pönitentiarius der Diözese und der Pfarrer von Saint-André–des-Arts, Doyen der theologischen Fakultät der Sorbonne – nahmen ihn mit sanften und guten Worten in ihre Mitte. Saint-Pol verlangte den Leib des Herrn; doch die Hostie konnte ihm nicht bewilligt werden. Sie sangen eine Messe vor ihm, und er war es zufrieden. Sie gaben ihm geweihtes Brot und Wasser, und er aß vom Brot, aber er trank nicht vom Wasser. Er blieb bis zwei Uhr nachmittags bei ihnen, beichtete und erhielt die Absolution. Dann wurde er in das Stadthaus gebracht und schrieb in einem Zimmer des Erdgeschosses, von dem aus man die wartende Menge auf dem Grève-Platz sah, mit sicherer Hand ein Kodizill zugunsten des Kapitäns Luillier und seiner Beichtväter. Der Präsident versprach, für die königliche Genehmigung zu sorgen. Um drei Uhr be-

trat er, von den Geistlichen umgeben, den Platz, auf dem in kurzen Zwischenräumen mehrere Schafotte errichtet waren. Der Aktuar des Parlaments bestieg die Stufen des größten Schafotts und las mit schallender Stimme dem Volk von Paris das Bekenntnis des Delinquenten und den Spruch des Gerichts vor. Es herrschte eine tiefe Stille. Das Meer der Köpfe füllte den weiten Platz bis Saint-Esprit hin. Saint-Pol wurde zu einem kleinen Schafott neben dem großen geführt. Er ließ sich auf die Knie nieder, das Gesicht der Notre-Dame-Kirche zugewandt, betete kurz und küßte das Kreuz, das ihm der Augustinerpater vorhielt. Er stand auf und betrachtete den Richtblock.

Jetzt trat ein mittelgroßer, stämmiger Mann mit ungeheuren Schultern hinzu, gekleidet in ein ärmelloses Wams von roter Farbe. Es war Henri Cousin, der Scharfrichter. Saint-Pol sah ihn an, lächelte: »Mein Freund, bist du nicht jener, der mich aus der Welt schaffen muß?«

Henri Cousin schob verlegen das massige Kinn vor.

»Jawohl, Monseigneur, denn so befahl es mir das Höchste Gericht.«

Saint-Pol riß mit schneller Bewegung den Kragen auf und entblößte Hals und Brust. Dann streckte er dem Henker die beiden Hände entgegen, der sie mit einer seidenen Schnur leicht zusammenband. Der Konnetabel bestieg hastig die Schafottstufen, reckte den mächtigen Körper und warf den Kopf zurück. Jetzt wandte er sich zu den Herren des Gerichts, die in einiger Entfernung stumm und steif standen.

»Seigneurs«, rief er durchdringend, »betet für meine arme Seele! Und betet für des Königs Seele, die ärmer ist!«

Und er wandte sich dem Meer der Köpfe zu, das immer unruhiger und stumm doch hin und her wogte, und er brüllte:

»Leute! Betet für meine arme Seele! Und betet für eure Seelen, die ärmer sind!«

Und er stieß mit dem Ellenbogen den nackten Arm des Henri Cousin an und hastete:

»Schnell, mein Freund! Schnell, schnell!«

Er kniete auf ein kleines Stück Leinen nieder, das die Stadtwappen trug. Cousin verband ihm die Augen. Ein Gehilfe reichte ihm das schwere Richtschwert. Die weiße Wintersonne blitzte jetzt in dem stählernen Schwung, die Muskeln des breiten Henkernackens und der Armkeulen schwollen: Der Hieb war so gewaltig, daß der Körper schneller als der Kopf auf die Bohlen fiel. Der Henker, breitbeinig, wankte einen Augenblick, durch die eigene Kraft erschüttert, und hielt sich am schnell aufgestemmten Schwert. Dann richtete er

sich auf, wischte mit dem Handrücken Schweiß und Blut aus dem Gesicht, hob den Kopf an den Haaren hoch, tauchte ihn in ein Wasserschaff und stülpte ihn auf den Schafottpfosten. Der Kopf zeigte die Zähne. Das Volk johlte auf, durchbrach die Kette der Bewaffneten und riß die Tuchverkleidung der Richtstätte herunter, balgte sich um die Fetzen.
Am Abend holten acht Franziskaner und vierzig Fackelträger den Rumpf und den Kopf.

5 *Die Grenze*

Der Frühling kam. Der König und der Necker erwarteten die Niederkunft Carlottas. Sie hielten sich in diesen Wochen ruhig, ließen das Reich von den Erschütterungen und Gefährlichkeiten der winterlichen Geschehnisse sich erholen und legten die Politik gleichsam vor Anker, die schwere Stunde der Königin als Signal für die neue Fahrt erharrend. Der König war skeptischer als der Necker, der mit sonderbarer Sicherheit auf eine glückliche Geburt und auf den Sohn rechnete. Ludwig bemerkte oft, daß in seiner Ehe, überhaupt auch in seiner und ihrer Familie die weiblichen Geburten in der Überzahl seien. Oliver schüttelte immer zuversichtlich und lächelnd den Kopf: Das sei doch kein Beweis und schließe ein männliches Kind nicht aus.
»Hast du denn die Dame Savoyen deiner Magie unterworfen, Oliver?« hatte Ludwig einmal diese Sicherheit ironisiert.
»Ich habe sie«, antwortete der Necker ernst, »auf die Magie ihres eigenen Willens aufmerksam gemacht und dann auch auf die Kraft der Anemone, die nach einem geheimen Rezept aus der karolinischen Zeit die Frucht des Leibes viril macht. Ich glaube an den Willen wohl mehr als an die Blume; aber die Blume stärkt der Frau die Energie, die ja durch kein anderes Gefühl als das der Pflicht und des Zwecks begleitet wird. Sire, ich glaube an den Dauphin, weil er notwendig ist.«
»Notwendig?« fragte der König leise und versonnen. »Notwendig sind nur ich und du . . .«
Der Necker betrachtete ihn.
»Sind wir nicht sterbliche Menschen, Sire?«
Der König ergriff hastig seine Hände; er flüsterte, ringsum blickend, als scheue er Horcher:
»Ich habe den tiefen Wunsch, es zu bezweifeln. Ich habe den Wil-

len, es zu bezweifeln. Wir haben die menschliche Einzahl überwunden, Bruder; warum sollen wir dann nicht auch die Dauer des einzelnen Lebens verdoppeln können? Ich glaube an die Überlegenheit unseres verbundenen Geistes über unsere getrennten Körper. Ich glaube an die Überwindung der irdischen Grenze, Oliver, durch meine Macht und deine Magie.«
Der Necker lächelte unmerklich.
»Sie fürchten also den Tod, Sire?« fragte er nüchternen Tones. Und als Ludwig nicht antwortete, fügte er langsam hinzu:
»Halten Sie das, was Sie meine Magie nennen, für ein Werk des Teufels?«
Der König hob abwehrend die Hand.
»Warum fragst du es den einzigen Menschen, der weiß, daß du nicht des Teufels bist, Oliver? Bin ich nicht der Nutznießer deiner . . .«
Er stockte, als suche er das Wort. Oliver zeigte ein schönes Lächeln. Ludwig vollendete leise:
». . . deiner Menschlichkeit . . .«
Der Necker senkte den Kopf.
»Vielleicht ist es das richtige Wort, Sire, vielleicht auch nicht. Aber sehen Sie: das Wort erfreut mich. Wir beide kommen doch wohl aus menschlichen Begriffen nicht heraus. Und glauben Sie mir, die irdische Grenze zu überwinden ist sehr schwer oder unmöglich, scheut man das eine . . .«
»Ich scheue das eine, Bruder«, murmelte Ludwig, »ich hasse es, ich werde dagegen kämpfen, wie ich noch nie kämpfte!«
»Ist das Leben denn gut!« rief Oliver mit seltsamer Heftigkeit. Der König sah ihn verwundert an.
»Ich kenne nichts Besseres, Freund«, sagte er traurig; »und ich kenne nur den Tod für andere, und der ist niemals noch zu schauen schön und zu lieben würdig gewesen. Und als Lebendiger bin ich der König; nicht nur durch den Zufall der Geburt allein! Ich bin in Wahrheit der einzige Mann im Reich, der Herrscher sein kann. Was wäre das große Land in diesem Augenblick, würde ich nicht sein, ich nicht mit dir? Ich habe die Pflicht, unser Leben zu lieben, Freund, und du wirst mir helfen müssen, wenn der große Feind naht.«
Oliver sah zu Boden; er schien durch das Gespräch in besonderer Weise erregt, wie ein Mensch, welcher Gedanken hört, die er seit langem schon und voller Teilnahme durchdacht hat. Er hob jetzt schnell den Kopf; Stirn und Backen waren schwach gerötet. Er sprach stockend, gleichsam verlegen:
»Haben wir beide uns nicht schon sehr weit entfernt von – Gott?

Sire, wollen wir niemals an eine Rückkehr in Demut denken? Herr, es könnte sein, daß wir die Verbindung mit dem Menschlichen verlieren. Es ist fast schon so weit, da Sie mich – mich, Herr! – als Gleichnis für Humanität nehmen und ich mich dessen freue. Was sollen wir dann tun, wenn wir ganz einsam sind? Werden Sie dann den Mut haben, Gott zu vermissen oder ihn mit sich selber zu ersetzen?«

Der König prüfte ihn mit einem langen Blick. Dann sagte er langsam:

»Ich glaube, ich bin Christ, trotz alledem. Ich glaube, ich werde Gott nicht verlieren können. Ich glaube, daß Gott in mir bleibt, auch wenn wir einsam sind – auch wenn wir unchristlich gegen den Tod kämpfen.«

Oliver nickte, als gefiele ihm die Antwort.

»Und wäre dieser Kampf nicht leichter«, rief er plötzlich, »leichter für den Christen, wenn er auch das fremde Leben höher zu schätzen und als kostbar zu behandeln lernte?«

Ludwig schüttelte nachdenklich den Kopf.

»Gott will nicht, daß dieser Kampf leicht sei«, sagte er zögernd; »denn er wollte nicht, daß ich ein sanfter König sei.« Er wartete einige Sekunden und sagte dann nachdrücklich: »Du kannst helfen, Bruder, und du darfst dich nicht auf ihn ausreden wollen.«

Oliver ging bewegt im Zimmer auf und ab; seine Augen leuchteten vor Güte.

»Ich will es mir nicht mehr leichtmachen«, flüsterte er, »ich will Ihnen in die große Einsamkeit und gegen den großen Feind folgen, Sire. Aber es gibt noch vieles schwere Leid bis zur Grenze. Mißachten Sie es nicht, Herr, nur weil es irdisch ist.«

Ludwig preßte die Hände gegeneinander und atmete rascher.

»Wird die Anne noch gesund?« fragte er schnell, wie in Angst vor der Antwort. Der Necker unterbrach sein Hin und Her.

»Blieben Sie dann noch diesseits der Grenze, Sire?«

»Ja«, antwortete Ludwig mit schmerzlichem Lächeln.

»Vielleicht wird sie gesund«, sprach Oliver mitleidig.

Die erste Nachricht, die sofort nach der Niederkunft ein Eilbote dem erwartungsvollen Necker brachte, war niederschmetternd. Oliver biß sich auf die Lippen und befahl dem Kurier mit einer Handbewegung zu gehen. Er blickte durch das Erkerfenster des Vorzimmers; aber er sah nicht die weite aufgrünende Landschaft unter der jungen Sonne; er schüttelte abwesend den Kopf, die Weigerung des Schicksals nicht begreifend. Wie konnte etwas nicht sein, das sein

mußte, das mit solchem Aufwand an Willen, Entsagung und Leid begonnen wurde und dessen gutes Ende er mit keinem Gedanken bezweifelt hatte? Das vor allem bedrückte ihn: die Nutzlosigkeit der Opfer, die vier Menschen gebracht hatten, und die Überwindung seines Willens. Er grübelte mit durchfurchtem Gesicht über seine Niederlage. Er schüttelte wieder den Kopf, weil ein starkes inneres Gefühl nicht zugab, sie anzuerkennen. Er ging dann langsamen Schrittes zum König, der mit Jean de Beaune ein neues Steuersystem ausarbeitete. Oliver wartete kaum, daß jene die Köpfe nach ihm hoben; er suchte keine Einleitung und keine Vorbereitung. Er sagte kalt:
»Sire, die Königin ist mit einem toten Kind niedergekommen. Es war ein Knabe.«
Ludwig stand schweigend auf, die dicken Lippen verziehend, zwischen den Brauen zwei schwere Falten. Er sah nicht den Necker noch Beaune an, der betreten in den unförmigen Rechnungsbüchern blätterte, verließ den Arbeitsraum des Schatzmeisters und ging in seinen Turm. Er trat ans besonnte Fenster, die Hände im Rücken kreuzend und die Schultern hochziehend und so blind für die heitere Erde draußen wie eben Oliver. Er hörte ihn hinter sich ins Zimmer kommen und wandte sich nicht um.
»So hast du dich geirrt, mein Freund«, sagte er böse. »So war vieles unnütz.«
»Sire«, entgegnete der Necker nach einer kleinen Pause, »das Schicksal steht über dem Irrtum und ist niemals unnütz.«
Der König löste die Hände vom Rücken und ballte sie zu Fäusten; seine Schultern bebten wie in der Anstrengung, den Zorn nicht loszulassen und sich nicht umzuwenden.
»Oliver«, sprach er durch die Zähne, »wenn du das Opfer der Anne nicht unnütz nennst, so nennst du es nützlich, und so war dein Irrtum eine höllische Klugheit!«
»Sire!« rief der Necker so laut, daß der andere im Schrecken den Rücken krümmte, »vergessen Sie das Opfer der Königin und die Schmerzen ihres zerrissenen Leibes?«
Ludwig hob langsam die Hände zum bronzenen Fensterriegel und legte seine Stirn auf sie.
»Ich bin ein armer Mensch«, stöhnte er. Es herrschte Stille dann. Jetzt hörte er den Necker näher kommen, fühlte seine Hand auf dem Arm und vernahm sein Flüstern:
»So wird die Anne Sie reich machen . . .«
Er drehte sich heftig um und packte Olivers Handgelenk. Er wollte aufjubeln, die glückselige Frage wagen . . . aber er sah des Neckers

Augen so hart und seine Lippen so dünn, wahrhaftig, so von Verachtung gerändert, daß er nicht sprechen und den Mund doch nicht schließen konnte. Er senkte den Kopf, ließ den anderen beschämt los und setzte sich still an den Schreibtisch, verwirrt mit der Hand über Augen und Stirn streichend.

»Es ist die Stunde des Königs jetzt«, sprach Oliver sachlich; »es sind wichtige Entscheidungen zu bedenken. Das Unglück der Königin ist auch politisch. Das Problem des Herrn von Guienne ist so schwer geblieben, wie es vor dreiviertel Jahren war. Aber es wird wohl gelöst werden müssen, da seit Nancys Fall die Tätigkeit des Herrn von der Betragne und Sieur d'Urfés bedenklich lebhaft geworden ist. Im Augenblick sehe ich die Lösung allerdings noch nicht.«

Ludwig war durch die kalten Worte klar und nüchtern geworden, wie ein Schlaftrunkener, den frischer Wind trifft. Jetzt hob er unwillig den Kopf.

»Die Lösung ist die gleiche, die ich vor neun Monaten wünschte, dünkt mich«, sagte er scharf. »Und sie bliebe immer die gleiche, auch wenn dein kühner Plan geglückt wäre. So war es verabredet. Jetzt ist der dynastische Stützbalken für Herrn Karl und für unser Gewissen zusammengebrochen, und wir stehen vor demselben Zwang zur Härte wie vor dreiviertel Jahren – wie vorher noch in der Péronner Entscheidungsnacht. Nur die Reihenfolge hat sich verändert: Herr Karl führt nicht mehr den Reigen auf, sondern beschließt ihn. Denn das Jahr wurde gut genutzt.«

Oliver sah ihn mit leiser Verwunderung an und lächelte ein wenig.

»Sie sind kein sanfter König, Sire«, entgegnete er, »und Sie finden immer sehr schnell Ihren beruflichen Rigorismus wieder. Aber wenn die Lösung die gleiche ist, so sind doch auch meine Einwände geblieben: Sie nehmen Ihrem Reich den Thronfolger, Sire.«

Ludwig trommelte erregt auf die Tischplatte.

»Ich erinnere mich sehr gut, mein Freund«, sagte er und hielt seinen Ärger nicht mehr zurück, »daß deine und der Gevattern Einwände sich damals dem Urteilsspruch des Schicksals unterwarfen. Das Schicksal hat entschieden, daß mir kein männlicher Erbe beschieden sei. Solltest du wahrhaftig wagen, mich ein zweites Mal . . .«

Er schwieg, als der Necker abwehrend die Hand hob.

»Nein, nein, nein, Sire!« rief Oliver schaudernd. »Sie werden die hohe Frau kein zweites Mal hierherrufen!«

»Gewiß nicht«, bekräftigte der König. »Warum also hemmst du mich von neuem und zeigst mir doch gleichzeitig die Notwendigkeit zu handeln?«

Der Necker zuckte mit den Achseln.

»Ich sehe selber noch nicht klar«, gestand er. »Es gelingt mir nicht, die Entscheidung anzuerkennen, Sire. Es fällt mir schwer.«
Der König fragte nach einigem Zögern:
»Bedeutet dies alles, Oliver, daß mir auch jetzt wieder das Gewissen nicht gehorchen will? Und wäre es denn gehorsam, auch wenn der Dauphin lebte?«
»Geben Sie mir eine Frist für die Antwort, Sire?« bat der Necker bedrängt. Ludwig schüttelte wortlos verwundert den Kopf.
Es klopfte. Der König blickte unwillig auf, ein scharfes Wort für den Störenden auf den Lippen. Doch Oliver, im Gesicht eine seltsame Erwartung, machte eine beschwichtigende Geste und rief schon:
»Wer ist da?«
»Eilkurier vom Oberstkämmerer Ihrer Majestät mit dringender Nachricht.«
Oliver hatte schon die Tür geöffnet und riß aus einer behaarten, vor Müdigkeit zitternden Hand die Schriftrolle. Er brachte sie mit zwei Sprüngen dem König, der ruhig sitzen geblieben war und jetzt langsam und ernst die Siegel entfernte.
»Warum erregst du dich?« fragte er, den Necker flüchtig ansehend. »Was erwartest du anderes als eine Bestätigung?«
Er öffnete das Pergament und las. Sein Gesicht blieb unbewegt; doch Oliver sah Glanz in seinen Augen und lächelte schon vor Freude. Ludwig wandte den Kopf ihm zu und betrachtete ihn lange.
»So hast du dich doch nicht geirrt, Bruder«, sprach er dann, »wie jene in der ersten Bestürzung, die dir und mir die falsche Kunde zujagte. Die Geburt war schwer und das Kind scheintot. Aber man schwang es so lange kunstgerecht durch die Luft, bis es sich zu seinem königlichen Sein bequemte. Der Dauphin lebt und ist lebensfähig, Madame von Savoyen ist außer Gefahr. – Der König darf sich freuen.«
Er stand auf und trat wieder ans Fenster.
»Wie grün das Land schon ist«, meinte er. Oliver lehnte noch neben dem Schreibtisch, hatte rasch die Botschaft überflogen und blickte jetzt wieder ernst und bedächtig. Genugtuung über einen Sieg seines Willens durfte niemals lange währen, noch gar die neue Überlegung stören. Und der Gedanke, der ihn jetzt beschäftigte, schien schwer zu sein. Der König bewegte die Schultern, als ob er den Blick spürte.
»Das Reich hat den Dauphin«, sprach er mit veränderter Stimme. »Du nanntest ihn notwendig, Oliver. Er kann erst in zwanzig Jah-

ren zeigen, ob er seiner Geburt würdig ist, in dreißig Jahren erst, ob er notwendig werden kann. Bruder, ich gebe nichts von unserer Notwendigkeit her und nichts von meinem Lebenswillen.«

Der Necker hinter ihm schüttelte den Kopf.

»Ist dieser Turm und sein Bewohner wirklich noch auf der Menschenerde, die Sie grünen sehen?« fragte er leise. »Sire, der Dauphin lebt erst eine winzige Zahl von Stunden – und Sie hassen ihn schon. Die Freude des väterlichen Menschen lebte in Ihren Augen kaum so viel Minuten, wie Ihre Hand Finger hat. Sire, Sie nannten sich Christ!«

»Ach, Oliver«, klagte Ludwig, »es ist sehr schwer für den König, Christ zu sein. Sieh, ich würde ihn wohl lieben, wäre er nicht bestimmt, mich zu ersetzen. Aber es ist der Fluch der Könige, ihre Erbsöhne zu hassen oder zu fürchten. Ich liebte ihn, wenn sein Leben mich nicht zum Tode verurteilte, Oliver, wenn ich nicht sterben müßte. Und ich will ehrlich sein und alles sagen, weil du alles wissen mußt: Meine kurze Freude war nicht die des Vaters, Bruder, sie war Blasphemie . . .«

Er unterbrach sich, beugte den Kopf zurück wie ein Mensch, der einem feinen Ton nachlauscht, und flüsterte dann:

»Ich möchte wohl, daß du jetzt für mich weitersprichst, Bruder.«

Oliver lächelte, von der Innigkeit der Stimme gefangen, und gehorchte.

». . . Freude über den Sieg dessen, was Sie meine Magie nennen«, vollendete er. Der König schien erregt.

»Und dies ist nicht einmal alles, Oliver! Nicht die ganze lästerliche Hoffnung!«

Der Necker wurde blaß.

»Das wage ich nicht mehr zu sagen«, entgegnete er leise. »Das zu sagen ist nicht gut, Sire!«

Doch Ludwig wandte sich um, das Blut im Kopf, mit brennenden Augen, die Arme reckend.

»Aber ich wage es zu sagen!« rief er. »Die Magie, die zum Leben verhilft, wird auch gegen den Tod helfen! Du kannst die Grenze überschreiten, Bruder: Du wirst mich mitnehmen!«

Oliver wich einige Schritte zurück, traurig blickend und den Kopf senkend.

»Wir sind noch diesseits der Grenze«, flüsterte er und schien bekümmert. »Sire, waren Sie nicht eben noch ein armer Mensch?«

Der König nickte langsam, wie zurückgerissen in Leid, und sah ihn nicht an.

»Ich bin es ja noch«, stöhnte er; »denn du willst mich jetzt wohl

nicht mehr reich machen lassen. Ich dränge ja nicht zur Grenze hin. Was du sagtest – von Anne –: gilt es noch?«
»Es gilt noch«, sprach der Necker weich und sah dem König in die Augen. »Und ich danke Ihnen, Herr, daß Sie nicht wieder das andere aussprachen, was mich auch jetzt noch und gleich schwer belastet: den anderen Namen und sein Schicksal. Denn ich kämpfe wohl lieber gegen den großen Feind, als daß ich ihm diene, und Ihr Gewissen sollte es auch. So gewähren Sie sich noch Frist für Ihre neue Frage und mir für die Antwort, Sire?«
Ludwig ging rasch auf ihn zu und küßte ihn auf die Stirn.
»Ja, Bruder«, sagte er erschüttert, »ich will jetzt nicht wissen, ob das Gewissen gehorsam sein wird. Ich will jetzt nicht an den Tod denken, auch nicht an den Tod für den anderen.«

Oliver ging zu Anne, mit zögernden Schritten, oft stehen bleibend, den Blick nach innen gewandt. Bin ich nicht schon näher an der Grenze als er, sann er, und kenne ich nicht schon die letzten Biegungen des Weges? Doch warum laufe ich nicht und reiße ihn nicht mit? Warum schleiche ich immer langsamer – wie jetzt – und zwinge ihn hinter mir in den gleichen Schritt und lasse das letzte Leid in aller Schwere auf uns fallen? Liebe ich denn in ihm den Menschen mehr als den König? Denn es ist doch Liebe, wenn ich den Menschen gegen den König schütze: den einen Freude und Leid zu achten lehre, den anderen nur das Gewissen. Oder ist alles nur Grausamkeit der zerspaltenen Seele, die mich und ihn straft und den Menschen mit dem König geißelt und den König mit dem Menschen! Die Grenze! Die Grenze! Sie beschließt des Menschen Glück, Leid, Buße, Lüge! Er will sie noch haben: alle vier, oder ich will sie! Er soll sie noch haben. Und dann? Der König wird die Grenze überschreiten. Der König ist er und ich, die Macht und die Magie. Gut formuliert, Sire! Zwei dämonische Worte ohne den kleinsten Beiton von Lebensdemut! Oliver lachte. Glauben Sie, Sire, es wird so leicht sein, den Menschen zu vergessen? Sire, ich verrate Ihnen mein Geheimnis, mein väterliches Erbe: Ich liebe die Menschen, weil sie mir weh taten und ich ihnen. Sire, das ist die Mitgift, die ich Ihnen mitbrachte! Ich bin ein humaner Teufel, und wir werden es ohne das Menschliche schwer haben, zu leben und uns zu gefallen. Sire, die große Einsamkeit und der große Feind sind unmenschlich. Sie, Sire, werden stärker im Kampf sein und ich stärker in der – Niederlage . . .
Anne verlöschte allmählich. Sie schlief fast immer, war in den wachen Augenblicken von seltsamer, fast beschwingter Klarheit der

Gedanken, auch ganz ohne Schmerzen und ohne viel Schwermut. Sie hatte einen absonderlichen Trost gefunden: die spielerische, gewiß leise, fast auch schon wieder selbstentrückte Freude an ihrer eigenen Schönheit. Das langsam arbeitende Gift in ihrem Blut zerstörte nicht den äußeren Körper, nahm ihm nach und nach wieder das fiebrige Gelb und gab ihm die durchsichtige Farbe sehr matten Elfenbeins. Das Gesicht vollends war von einer rätselhaften Ruhe, Glätte und Anmut, einem nicht mehr morbiden, sondern schon unkörperlichen Ausdruck, der vom Mund die Linien des Leides und vom Oval jede Schärfe gelöst hatte und die Stirn unsäglich sanft und rein über den nächtigen Augen wölbte. Neben ihrem Bett standen Spiegel. Im Erker vor dem Lehnstuhl stand ein kleiner Tisch mit einem Spiegel. Und der Gang vom Bett zum Erker war ihre tägliche Bewegung. Wenn sie erwachte, betrachtete sie sich im Spiegel, still, aufmerksam und sehr glücklich. Sie bewegte nicht das Gesicht; sie sah sich an wie ein Bild und versank in die Traumtiefe ihrer eigenen Augen. Dann rief sie leise den Daniel Bart oder eine ihrer Frauen, ließ sich zum Erker führen, schaute kurz und fremd in die Landschaft und suchte schon wieder ihr Spiegelbild, das unsagbar vertraute und beglückende, spielte sich zuweilen wohl auch ein kleines Lächeln vor, eine kleine Traurigkeit, wurde bald müde, schlief ein und träumte von sich. Sie pflegte wenig zu reden und wenig auf die Außenwelt zu merken. Ihre Umgebung wußte oft nicht, ob sie die Worte höre, die man an sie richtete. Aber sie vernahm sie wohl, fand sie nur nicht zu beantworten der Mühe wert. Allein des Daniel Bart unbeholfener Zärtlichkeit gönnte sie Rede und Erwiderung. Und wenn der Meister zu ihr kam, machte sie ihn oft durch ihre Aufmerksamkeit und die Beweglichkeit und Scharfsicht ihres Geistes staunen.

Als Oliver eintrat, schlief sie im Lehnstuhl des Erkers. Er setzte sich still neben sie auf ein Taburett und betrachtete sie. Ihr Kopf lag fast auf der linken Schulter, die sie ein wenig gehoben hatte, und der Mund, nicht ganz geschlossen, atmete in kurzen, leichten, etwas hastigen Zügen. Der Wimpernkranz der gesenkten Lider warf ein schmales, wehmütiges Schattenhalbrund auf die Wangen. Das Gesicht war vollkommen ruhig, und die Hände lagen im Schoß friedlich gefaltet. Doch jetzt zitterte ein Lächeln um die Lippen, und sie flüsterte, ehe sie noch die Augen öffnete:

»Oliver . . .«

Der Necker beugte sich vor und küßte ihre Hand. Sie seufzte leicht auf wie ein Kind, das zufrieden ist, und sagte:

»Gib mir den Spiegel.«

Oliver reichte ihn ihr, sie hob ihn zum Gesicht, strich mit den Fingern der Linken über die Brauen und prüfte sich.
»Warum will mich der König jetzt nicht sehen?« sprach sie unerwartet; »ich brauche mich nicht mehr zu bemalen und möchte ihn nicht mehr enttäuschen.«
Er sah ihr voll Staunen in die Augen, die unter seinem Blick die Pupille veränderten, ohne ihm doch zu begegnen.
»Wie kommst du auf diesen Gedanken, Anne?« fragte er gespannt.
Sie legte die Hand auf den Spiegel, als wollte sie für die Antwort nicht durch ihr Bild abgelenkt werden, schloß und öffnete die Lider und sah ihn dann an.
»Mir ist, Oliver, als ob du den Gedanken hierhergebracht hast.«
Auch ihre Stimme hatte sich verändert; sie war höher und schmächtiger geworden, dem immer leise gesprochenen Wort nachklingend wie der feine Ton von Silber. Sie war zauberisch geworden, wie es ihr Lächeln gewesen war. Oder aber – und Olivers betrachtende Augen wurden weich – ihr Lächeln war jetzt in der Stimme. Sie hatte bei ihren letzten Worten nicht das Gesicht bewegt, und doch waren sie lächelnd gesprochen, mit einer ganz verhaltenen, unendlich süßen Heiterkeit der Vibration. Und wie einst das Lippenlächeln auf wunderbare Art mit dem Blick verbunden war und mit sacht goldenen Stäubchen in der Pupille aufleuchtete, so schien jetzt das Goldflirren der Augen sich im Ton zu wiederholen und köstlich die Farbe dem lauschenden Gehör zu schenken. In dem blumenhaften Mirakel ihres Zerfalls war es, als lösten sich die Sinne lieblich ab von ihrer Einseitigkeit, die eigenen Sinne und die berührten fremden, und als tauschte sie sie spielerisch aus, als gaukelten sie wie bunte Dinge hierhin und dorthin. Auch Oliver lächelte.
»Wenn du dies erkennst, Anne«, sprach er gütig, »dann weißt du doch auch noch mehr.«
Er brachte sein Gesicht ihr näher. Sie sah in seine Augen und auf seine Stirn und wieder in seine Augen. Sie beugte den Kopf leicht zur Seite, entblößte ein wenig die Zähne und blinzelte durch die Wimpern mit der holden List des Kindes, welches zugibt, es schlafe nicht, und doch gewiß ist, daß man es nicht schelten wird.
»Ich weiß viel! Oh, ich weiß viel!« flüsterte sie voller Geheimnis, im Ton immer noch das Lächeln. »Ich weiß, Oliver, daß nur du, nicht er, nicht ich jetzt an den Tod denken dürfen. Und mir sollte es am schwersten fallen, und sieh, Oliver, mir fällt es am leichtesten ...«
Der Necker senkte den Kopf, plötzlich bedrängt und schwach durch schwere Schläge des Herzens. Ihre Stimme flatterte ängstlich auf:

»Oliver! Oliver! Mich ansehen! – Ich meine sonst, ich bin blind! – Ich weiß sonst nichts mehr! – Und ich muß doch wissen, willst du!«
Er hob langsam, mit großer Anstrengung, den Blick zu ihr auf ... Ihre Stimme wurde tonlos vor Erstaunen.
»Oliver, du weinst?« hauchte sie. »Oliver, du kannst weinen? Oh, nicht weinen! Ich meine sonst, ich bin blind!«
Der Necker schluchzte wild und kurz auf, ein einziges Mal, und riß den Kopf zurück. Dann war es vorbei, und seine Augen blickten wieder klar.
»Es war wohl kein Weinen«, sann Anne und schaute in den Spiegel; »denn du weißt ja, wann es zu Ende ist.« Sie nickte vertraut und eines heimlichen Glückes voll sich zu, leiser noch sprechend: »Du weißt es und ich sehe es ... wo, darf ich nicht sagen. Aber ich darf nicht daran denken.« Sie sah den Mann an. »Wir wollen ihm den Gefallen tun, Oliver. Und wenn der Spiegel mir so viel andere Freude noch macht, dann könnte ich sie ihm doch auch geben, nicht wahr, Oliver?«
»O ja«, nickte der Necker; »denn der Spiegel zeigt dir doch dein Leben, Anne.«
Er redete mit so verhaltener Stimme, als fürchte er, die Worte könnten ihr schaden. Und sie schien auch getroffen.
»Mein Leben?« staunte sie seltsam. »Warum willst du nicht sagen: mein Bild? Oliver, ich kann mit meinem Leben nicht mir und nicht ihm eine Freude machen ...« Sie hob in großer Besorgnis die Hand. »Oliver, ich fühle nichts mehr, und ich habe vor dem lebendigen Körper Angst ... Oliver, die Angst des Todes! Oliver, ich gebe ihm meine Spiegelfreude! Aber er soll sie mir nicht abkürzen, er darf nicht mehr wollen ... Oder hast du doch geweint, Oliver?«
Der Necker strich mit der Hand über die Stirn, wie zur Entscheidung sich sammelnd, und hob dann das entschlossene Gesicht.
»Nein«, sagte er ernst und bestimmt, »er darf nicht mehr wollen!«
Sie nahm seinen Kopf zwischen die Hände, zog ihn nahe an sich heran und betrachtete ihn.
»Jetzt ist es gut«, flüsterte sie glücklich, »und seine Liebe ist doch Oliver! Was du jetzt tun willst, ist gut. Jetzt mag es noch eine Weile dauern. Und, Oliver, er weiß, daß du Gutes tust!«
Sie ließ ihn los, und ihr Blick glitt langsam von seinem Blick, sah ins Leere erst, versonnen und froh, und dann in den Spiegel. Er lehnte sich sacht zurück, ganz leicht ihr mit den Fingern über Stirn und Schläfen streichend. Sie schaute sich noch einige Sekunden lang mit großen, verzückten Augen an, blinzelte jetzt nur noch durch die Wimpern mit der süßen Müdigkeit des Kindes und schlief dann ein.

Ihr Kopf sank allmählich auf die linke Schulter, die sie zärtlich hob. Der Mund öffnete sich ein wenig, der Atem war kurz und kaum hörbar. Oliver saß noch eine Weile neben ihr, alt und vergrämt. Dann stand er auf, nahm vorsichtig den Spiegel von ihrem Schoß und stellte ihn auf das Tischchen zurück. Und er öffnete das Wandschränkchen, streute reichlich Pulver von unbekanntem Magisterium auf eine Räucherpfanne und verbrannte es auf dem Erkertischchen vor der Schlafenden. Schwerer süßer Rauch erfüllte das Zimmer mit betäubendem Duft.
Er schritt in die Kammer zu Daniel Bart.
»Die Meisterin wird sehr fest schlafen heute, Daniel. Du wirst sie in einer Stunde in das Turmkabinett tragen. Dort werde ich sein, und ich werde dafür sorgen, daß du nicht gesehen wirst. Doch du wirst ihr Gesicht für jeden Fall verhüllen, auch die Umrisse des Körpers. Es wird das beste sein, du trägst sie unter einem weiten Mantel.«
Der Bart sah ihn entsetzt an.
»Herr! Herr! Was wollen Sie tun?« rief er. Oliver lächelte schwach.
»Nichts Böses, Daniel; die Meisterin sagt sogar: Gutes.«
»Die Meisterin weiß es?« staunte der Geselle. Oliver nickte.
»Sie will dem König ihre Spiegelfreude geben, Daniel, nicht mehr.«
»Bei unserem Herrn Jesus Christus!« entsetzte sich Bart, »was bedeutet das?«
Der Necker umklammerte Daniels Nacken und stöhnte in sein Ohr:
»Die Todesfreude!«

Oliver ging zum König. Er sann: Warum habe ich geweint? Für ihn? Um seiner guten Liebe willen, die von mir kommt? Wegen seines bösen Körpers, den ich nicht aufkommen lassen werde? Für mich? Ja und ja! Für ihn, für mich: es ist das gleiche immer! Aber ich trage doch mehr als er und sie ... Mehr? Ich trage sie beide an die Grenze! Und doch nennen mich beide gut. Und wenn ich es auch nicht bin, so möchte ich es doch sein. Ich will es versuchen; denn ich bin doch viel: für ihn der Mensch und für sie die Liebe. Ich fühle seit langem, daß ich stolz bin auf ihr Lob. Und wenn ich jetzt das Letzte für sie tue – sehr Schweres wahrhaftig: wird er dann nicht dem Menschen die Krone geben und diesseits der Grenze bleiben – oder wie ein Mensch zu sterben bereit sein? Wieviel ersparte ich ihm und – mir?
Ludwig speiste mit den beiden Gevattern. Er sah den eintretenden Necker aufmerksam an, aber er fragte ihn nichts. Das Gespräch drehte sich um die Geburt des Dauphins und ihre politischen Folgen. Doch weder der König noch die beiden Räte sprachen von irgend-

welchen Maßnahmen gegen Guienne. Man schien es zu vermeiden, das Problem zu erwähnen, und unterhielt sich zumeist über die Wirkung der Nachricht auf Burgund und seine Unternehmungen in Deutschland. Die wichtigste außenpolitische Aufgabe sei – einigte man sich –, ein Ablösen von seinen ausländischen Interessen zu verhüten, indem man sie immer mehr kompliziere. Nach Ansicht des Königs war dem Burgunder eine überraschende Abkehr vom Osten nicht mehr möglich; und daß ihm die Lothringer und Schweizer keine Ruhe mehr ließen, dafür sei gesorgt.
Der Necker schwieg zumeist. Es war dem König, der ihn beobachtete, als hörte er, mit anderen Dingen beschäftigt, kaum zu. In einer Gesprächspause fragte er ihn:
»Hast du mir etwas zu sagen, Freund?«
Oliver sah kurz auf.
»Nein, Sire«, meinte er, »ich bin nur schweigsam, weil in dem Geplauder über den großen Karl meine Stimme entbehrt werden kann. Denn ich bin freimütig genug zu gestehen, daß ich im Augenblick die Person des kleinen Karl für würdiger der Erörterung halte und seine Frage zu lösen für dringlicher.«
Ludwig sah ihn voller Erstaunen an.
»Nun, Oliver«, sagte er ein wenig unsicher, »und ich will dir gestehen, daß ich aus Gründen, die dir nicht unbekannt sein dürften, vorhin die Gevattern gebeten hatte, den Herrn Guienne aus dem Redespiel zu lassen. Ich muß mich wohl ein wenig wundern, Freund!«
»Warum, Sire?« fragte der Necker mit einem guten Lächeln. »Die Freude dieses Tages soll so wenig geschmälert werden wie Ihr schönes Bedürfnis, den harten Ernst des politischen Gesichts nicht anzuschauen. Und doch brauchen Sie zu diesem Zweck nicht den Kopf in den Sack zu stecken. Im Gegenteil, Sire, heute scheint mir die beste Gelegenheit, das Problem einmal mit gnädigem Geist und ohne den tödlichen Gedanken anzurühren. Ich will ja nicht sagen, daß es so gelöst werden kann, Sire; aber Sie schulden diesem Tag vielleicht den Tribut des Versuches.«
Ludwig sah ernst und bedrückt vor sich hin. Oliver wandte sich an die beiden Räte:
»Wir kommen vielleicht zu einem brauchbaren Vorschlag, Seigneurs«, sagte er lebhaft, »wenn wir jetzt sorgfältig, gerecht und leidenschaftslos alle politischen und diplomatischen Möglichkeiten bedenken und besprechen, welche die durch Guienne dem Thron und dem Thronfolger drohenden Gefahren nach menschlichem Ermessen paralysieren könnten. Begreifen Sie gut: Wir wollen nicht die bedingte Gewalt,

sondern nur die unbedingte Vergewaltigung der Person und seines Lebens aus der Beratung ausschalten.«

Die Räte griffen das Thema mit Eifer auf und formulierten je nach ihrem moralischen und beruflichen Temperament die unterschiedlichsten Aktionsvorschläge. Herr Tristan dachte mehr als Jurist, Jean de Beaune als Finanzier. Der eine wollte die gesicherte Nachfolge des Dauphins durch das gefügige Gesetz erpressen, der andere durch ungeheure Bestechungen erkaufen. Der König bemerkte zu keinem der Projekte ein Wort, und sein Gesicht hellte sich nicht auf. Der Necker machte den bündigen Vorschlag, Herrn Guienne mit einem Fräulein aus dem Hause Maine zu verheiraten und ihn auf den Thron von Anjou zu setzen. Ludwig hob den Kopf.

»Anjou ist Frankreich«, sagte er kalt; »dann hat das Reich ja seinen offiziellen Gegenkönig und verliert den Vorteil, den ich mit unermeßlichen Opfern errungen habe: die Nachfolge meines regierenden Hauses, wenn der alte René Anjou stirbt. Damit gefährdete ich zugleich die Krone und zerstörte die Reichseinheit, die das Ziel meines Lebens ist.«

»Dann machen Sie ihn zum König von Sizilien, Sire«, schlug Jean de Beaune vor. Herr Tristan lächelte.

»Warum nicht zum König von Jerusalem?« fragte er. »Das ist noch weiter; und der Großherr verspräche uns zudem gerne, ihm zuerst die langen Ohren und dann den langen Hals abzuschneiden.«

Ludwig blieb ernst. Es herrschte eine Zeitlang Schweigen. Plötzlich stand der Necker auf.

»Beurlauben Sie mich für einige Minuten, Sire«, bat er unvermittelt. Der König sah ihn erstaunt an und nickte.

Als der Necker nach einer Viertelstunde zurückkehrte, war die Debatte wieder im vollen Gange. Die beiden Räte bewegten sich bereits in sehr abgelegenen Gebieten der politischen Hypothese, und zumal der Schatzmeister erfand die merkwürdigsten Manöver finanzstrategischer Art, um Karl Guienne zu entmachten, sogar eine großangelegte Korruption seiner Verwaltungsbeamten, die zusammen mit einer künstlichen Wirtschaftsnot ihn zugleich aller Mittel berauben und der Gefahr einer partiellen Empörung aussetzen sollte. Der König hatte den wieder ins Zimmer tretenden Necker mit einem kurzen Blick der Neugierde und wohl auch etwas unruhig angesehen und blieb gegen alle Reden wortkarg und gleichgültig wie zuvor. Allmählich erschöpfte sich die Eingebung der beiden Hofmänner, die sich durch Ludwigs Haltung entmutigt fühlten und auch von Oliver keine Unterstützung mehr erfuhren.

»Ist eure Weisheit am Ende?« fragte der König lächelnd und erhob

sich; »und möchte einer von euch beiden Guten, Jean und Tristan, im Ernst behaupten, daß er das Arkanum gegen meines Bruders Fronde und Prätendentenschaft gefunden und ausgesprochen habe?«
Die beiden schwiegen betreten. Der König ging zur Tür.
»Laßt euch sagen, Compères«, sprach er ernst, »es gibt keine Garantie gegen den bösen Willen des Menschen, der lebt! Gute Nacht, Freunde! Komm, Oliver.«
Sie schritten zum Turm. Ludwig durchquerte erregt das Arbeitskabinett, streifte mit dem Blick die geschlossene Paneeltür, warf sich dann in seinen Stuhl und stützte den Kopf in die Hände.
»Wir wollten doch nicht vom Tod sprechen, Bruder!« murmelte er.
Der Necker lehnte an der Wand, nahe der beweglichen Holzverkleidung.
»Wir sprachen vom Leben, Herr!« entgegnete er dringlich. Der König schüttelte den Kopf und sah nicht auf.
»Du weißt doch, daß es nicht erhalten werden kann, Oliver!«
»Welches Leben kann erhalten werden, Herr?«
Ludwig zuckte zusammen und krümmte den Rücken. Er schlang die Finger über seinem Kopf ineinander, als wollte er die Hirnschale zusammenhalten. Er stöhnte durch die Zähne, mit maßloser Widerspenstigkeit:
»Jedes . . . jedes . . . jedes . . .«
Plötzlich fielen seine Hände auf die Tischplatte, sein Kopf drehte sich langsam dem Necker zu, seine Augen wurden groß und vor Wissen leuchtend, seine Lippen bewegten sich wie zu einer Frage – und dann war es schon ein schönes Lächeln. Und er stand auf, nicht hastig und nicht langsam, stark wie ein glücklicher Mensch. Er trat in die Mitte des Zimmers, übersonnt von Freude, und hob den Blick zur Decke.
»Jedes, Bruder«, rief er im Jubel, als sähe er durch die Balken hindurch, »jedes!«
Oliver hob den Arm gegen die Täfelung. Sein Gesicht war weiß und ein wenig verzerrt, wie wenn er Lachen oder Weinen zurückhielte, und seine Lippen schienen ohne Blut.
»Versuchen Sie es, Herr«, sprach er langsam und schwer; »ich will es auch versuchen.«
Er schob behutsam die Paneeltür zurück und legte einen Finger an den Mund. Der König nickte und trat an ihm vorbei in die Öffnung der Wand, drehte sich hastig noch einmal um und küßte den Necker.
»Ich entbinde uns vom Tod des Bruders«, flüsterte er feierlich, »von jedem Tod . . . Es komme, wie es wolle!«

Oliver lächelte schmerzlich und schwieg. Ludwig stieg auf leisen Sohlen die zwanzig glückseligen Stufen der Wendeltreppe hinauf.
Anne lag auf dem Rücken und schlief, den Mund ein wenig offen, den Kopf zur Seite gewandt. Sie atmete laut und rasch. Ihr Gesicht, ihr Hals und ihre Hände leuchteten vor Blässe. Ludwig kniete vor ihr nieder und streichelte mit den Augen die Liegende, von der Stirn bis zu den Füßen. Er berührte mit den Lippen ihre Haare und ihre Schläfe ... er drehte sich in heftigen Erschrecken um: Der Necker stand hinter ihm: »Oliver ...«
Der hob ernst und traurig die Hand.
»Sire«, flüsterte er, »das ist kein Körper mehr, der fühlt und gefühlt werden darf. – Wissen Sie es?«
»Sie lebt doch noch, Oliver ...«
»Sie lebt nur noch für die Augen, für unsere und für ihre Augen. Sire, besitzen Sie den Grad der Güte, dieses Leben zu erhalten?«
Der König senkte den Kopf immer tiefer und barg jetzt die Stirn in den dunklen Fellen des Lagers.
»Ja, Oliver, ich werde ihren Schlaf nicht anrühren und nicht ihr Wachen. Ich will nicht mehr töten, Bruder ...«
Der Necker bat erschüttert und vor Erregung bebend:
»Sehen Sie mich an, Sire.«
Ludwig hob mit großer Anstrengung den Kopf.
»Sie weinen, Sire. Haben Sie jemals schon geweint? Sie sind ein guter Mensch jetzt ...«
Er kniete neben dem König und küßte seine Hand.
»Ich bin ein alter Mann«, sagte Ludwig leise, »und das ist gut so, scheint mir.«
Er umklammerte plötzlich Olivers Arm.
»Der König will nicht mehr töten!« stöhnte er gequält. Der Necker lächelte seltsam.
»Der Mensch will nicht mehr töten, Sire, und ich gehöre dem Menschen und dem König ...«
Ludwig nahm Olivers Kopf zwischen die Hände und suchte in seinen Augen lange Zeit.
»Wir kennen uns nicht zutiefst, Bruder«, flüsterte er endlich, »und das ist gut so. Gott wäre sonst unnütz.«
Sie schwiegen. Anne rührte sich im Schlaf und lächelte ihr Spiegelbild an. Dann wurde sie wieder ernst, schon traurig, gar gequält von schweren Gesichten. Ihre Brust hob und senkte sich schnell. Ihre Arme streckten sich in Abwehr.
»Hast du doch geweint, Oliver ...?« lallte sie mit silbern verschwingender Stimme. Ludwig hob das ernste Gesicht.

»Warum hattest du geweint, Oliver?« fragte er traurig. Der Necker sah ihn an.
»Für Sie, Sire. Denn ich wußte nicht, daß Sie weinen konnten.«
»Ich wußte es selber nicht, Oliver ...«
»Gib mir den Spiegel ...«, hauchte die Träumende und sah dann wieder ihr Glück. Das Gesicht war aus unirdischer Heiterkeit geformt und lächelte, ohne sich zu bewegen. Dem hingerissenen König schien, als sei das Lächeln die Farbe ihrer Haut.
»Laß mich jetzt mit meinen Augen allein, Oliver«, bat er leise.

Zu den Tauffeierlichkeiten in der Residenz der Königin erschien auch Karl Guienne. Die Ereignisse des letzten Jahres, in dem der König mit unfaßlicher Energie und ungewöhnlichem Glück die Liga zertrümmerte, hatte die seelische und körperliche Konstitution des Herzogs auf bedenkliche Weise zerrüttet und den klugen Urfé gezwungen, trotz der Gefährlichkeit jeden Schrittes das Bündnis mit der Bretagne und Burgund zu erneuern, um dem jungen Fürsten wieder Lebensmut zu geben. Die Schwangerschaft der Königin und die Geburt des Dauphins rief in den Oppositionsländern eine starke Erregung hervor und belebte den Gedanken an die Gegenwehr in einer Weise, daß Urfé an eine nicht allzu ferne Aktionsmöglichkeit glaubte und darum als erfahrener Politiker dem König die loyalste und beruhigendste Miene zeigte. So durfte Herr Karl keinen Augenblick zögern, der Einladung des Bruders zu folgen und den Thronfolger mit der gebührenden Freude zu begrüßen. Und da ein persönlicher Ehrgeiz, der niemals groß war, durch die Angst vor dem gewaltigen Bruder und durch die nervösen Krisen der letzten Zeit kaum mehr bestand und er unglücklich genug in seinem fatalen Beruf war, der Hauptfaktor der frondierenden Politik zu sein, so fiel es ihm nicht einmal schwer, seine Prätendentengefühle zu verbergen und resigniert zu scheinen.
Er fand den König voll einer abgeklärten und gütigen Ruhe, die ihn und auch den schärfer blickenden Urfé sehr verschieden von seiner gewöhnlichen Vieldeutigkeit und dialektischen Tücke dünkte. Seine Worte und seine Haltung dem Bruder gegenüber waren in unerwartetem Maße von jedem politischen Zweck entfernt, gewiß auch frei von jedem intriganten Gedanken. Die kluge Carlotta, die Herrn Karl mit einem barmherzigen Blick empfing und die beiden aufmerksam beobachtete, von ihrer eigenen tragischen Stellung zwischen den Zusammenhängen tief bewegt, fragte den Seigneur Le Mauvais, den sie wie einen Freund begrüßte und dessen Gesellschaft sie gerne suchte:

»Gibt es wahrhaftig einen solchen Grad der königlichen Heuchelei?«
»Nein, Madame«, entgegnete Oliver ernst, »das gibt es nicht. Der König hat eine Güte gewonnen, die er noch nicht kannte und die ihm Freude macht.«
Carlotta richtete sich im Sessel auf, und die Überraschung machte ihr Gesicht schön:
»So spricht dort der König mit keinem Todgeweihten?«
»Doch, hohe Frau«, sagte der Necker leise. Die Fürstin senkte bekümmert den Kopf.
»Wie soll ich Sie verstehen, Messire? Wie soll ich an seine Güte glauben, wenn er doch töten will?«
Oliver betrachtete ihre kahle Stirn.
»Der König muß töten«, flüsterte er; »aber jener alte Mann dort ist in Wahrheit ein gütiger Mensch und denkt nicht an den Brudermord. Ludwig weiß nicht, daß er mit einem Verurteilten spricht.«
Carlotta hob den entsetzten Blick zu ihm.
»Und wer weiß es, Messire?« fragte sie mit bebenden Lippen. Des Neckers Augen waren traurig.
»Sie, gnädigste Frau, und – ich.«
Carlottas Hände flatterten wie aufgescheuchte Vögel von der Seitenlehne; doch dann falteten sie sich.
»Der Herr sei Ihrer großen Seele gnädig und verzeihe Ihnen und belohne Sie, Messire«, sprach sie fromm. Oliver lächelte voll Leid und schwieg. Die Fürstin blickte ihn sinnend und suchend an.
»Wie lange bleibt er ein guter Mensch?« fragte sie plötzlich.
»So lange er ein liebender Mensch ist und rein.«
»Anne ...«, hauchte Carlotta mit blassen Lippen und hob die Schultern. Oliver schloß die Augen, als schmerzte der Name auch ihn.
»So lange die Kranke noch lebt«, murmelte er.
»Und wie lange lebt sie noch?«
Der Necker strich sich über die Stirn und sah über die Fragende hinweg ins Leere.
»Das ist der göttliche Sinn des Kreises«, antwortete er seltsam: »So lange er gut ist.«
Die Königin sah sich mit raschem Blick um, beugte sich schnell vor und berührte die hängende Hand des vor ihr Stehenden und etwas zur Seite Gewandten mit ihren Lippen. Oliver zuckte ein wenig zusammen; aber er beschämte sie durch kein äußeres Zeichen des Erstaunens oder des Stolzes.
Es geschah zuweilen, daß der König den Necker ein wenig beunru-

higt und unsicher ansah, zumal wenn Oliver mit Karl Guienne sprach. Aber er fragte ihn niemals, noch gestand er je den Gedanken eines Verdachtes oder ein ahnendes Gefühl. Oliver, der hin und wieder diesen Blick auffing, begegnete ihm mit dem freien und klaren Gesicht des Menschen, der nichts zu verbergen hat. Und Ludwig senkte dann den Kopf. Während des Abschiedsbanketts, das zu Ehren der Gäste gegeben wurde, bediente der Necker als Mundschenk den König und Herrn Guienne. Ludwig schien während des ganzen Abends von einer heimlichen Erregung nicht freizukommen; er war schweigsamer und abgekehrter, als es bei feierlichen Gelegenheiten seine Art war; sein Mund zeigte einen gespannten und fast verquälten Zug, und seine Augen ruhten oft und lange auf dem gutgelaunten Bruder, den die Freundlichkeit des Souveräns und der zutunliche Verlauf seines Aufenthaltes ehrlich hatte alle Politik vergessen lassen. Plötzlich hob Ludwig unter der Gewalt eines schlimmen Gedankens den Kopf: Er sah den Necker hinter dem Bruder stehen und mit verdunkelten Augen auf Karls Genick starren. Guienne hob den Pokal, den der Mundschenk eben gefüllt hatte. Den König würgte ein jähes Entsetzen. Er streckte mit sinnloser Bewegung die Hand aus.
»Auf Ihr Wohl, Sire«, sagte Herr Karl, der die Geste nicht begriff.
»Halt!« keuchte der König und zwang sich schon zu einem Lächeln, das Trinkgefäß des Bruders ergreifend und ihm seinen Pokal zuschiebend, »halt, Herr Bruder, tauschen wir die Becher und trinken wir jeder aus dem des anderen auf eine gute Zukunft!«
Guienne lächelte geschmeichelt und trank aus Ludwigs goldenem Humpen. Der König umklammerte den fremden Becher und sah den Necker durchdringend an. Oliver antwortee mit einem ruhigen, ein wenig verwunderten Blick. Ludwig wurde rot und trank. Er strich sich versonnen über die Stirn.
»Behalten Sie meinen Pokal, Herr Bruder«, sprach er gütig, »und ich will den Ihren gut verwahren. Er soll mich an die Stunde erinnern, in der ich wie ein Bruder dachte. Hören Sie, Karl, daß ich dieses Mal andere Worte spreche als sonst?«
»Sie waren stets zu mir wie ein Bruder«, sagte Guienne beklommen und blickte Herrn d'Urfé an. Ludwig zog schmerzlich die Brauen hoch.
»O nein, Karl«, sprach er leise, »ich war es nie und du warst es auch nie. Es kommen im Menschen und zumal im alten Menschen Augenblicke, in denen man nur das Gute begreift und das Böse nicht faßt und vergißt. Ich möchte glauben, daß ich in solcher großen Sekunde lebe. Ich möchte glauben, daß ich wie ein Bruder sein kann. Es liegt

jetzt nur an dir, Karl, nur an dir, unserem Haus und dem Reich den inneren Frieden zu geben. Gib Frieden, mein Bruder!«
Er fühlte Olivers Blick und hob den Kopf: Er staunte über die Größe des Mitleids, das er in Olivers Augen las. Warum beklagst du mich? fragte sein trauriges Lächeln hinüber. Der Necker wandte sich ab.
Herr Karl wand sich in arger Pein; alle Schleusen des Mißtrauens und der Angst öffneten sich in ihm. Will er mich jetzt noch fangen? quälte ihn das Hirn; rückt er jetzt noch und auf solche unheimliche Art mit seinen Praktiken heraus? Was will er, und wie kann ich mich retten?
»Ich war stets Ihr loyaler Bruder, Sire«, sprach er stockend, »und ich werde es bleiben. – Aber ...«
Auch Herr d'Urfé bewegte sich voller Unruhe auf seinem Platz.
»Monseigneur wird sich aus den Gründen seiner politischen Position die Aufgabe seiner Prätendentenrechte noch überlegen müssen«, sagte er verlegen, »aber er verspricht Ihnen, Sire, jede mögliche Garantie loyal zu bedenken.«
Der König wurde sehr blaß und preßte die Lippen zusammen. Er betrachtete stumm und voll Verachtung den einen und den anderen. Er hob dann wieder den Blick zu Oliver und sah seine barmherzigen Augen. Aber er sah nicht mehr, sosehr er in ihnen suchte. Er fand auch in sich keinen anderen Gedanken, keine Härte, nicht das Aufglimmen der politischen Repressalie. Nur Müdigkeit empfand er und Kummer und den Wunsch, nicht an das Vergangene und nicht an das Zukünftige zu rühren. Er lenkte das Gespräch ab, redete und hörte Gleichgültiges. Er sah auch nicht mehr zu dem Mundschenk auf. Doch sein Gefühl, das sich von neuem an den Necker heranschlich und seine Hantierung belauerte, trieb wieder das Herz zu raschen Schlägen an. Er prüfte das graue Gesicht des Bruders.
»Wie fühlen Sie sich?« fragte er plötzlich mit leiser Stimme.
»Ich fühle mich wohl, Sire.«
Etwa acht Tage nach der Rückkehr in seine Residenz La Rochelle klagte Herr Karl über ungewöhnliche Schwere in den Gliedern und über stechende Schmerzen in der Herzgrube. Bald darauf verfiel er in einen seltsamen Dauerschlaf. Achtundvierzig Stunden später trat der Tod durch Lähmung des Herzens ein, ohne daß es den Ärzten geglückt war, den Herzog auch nur für Sekunden ins Bewußtsein zurückzurufen. Die Obduktion der Leiche rechtfertigte nicht des Herrn d'Urfé Verdacht, daß Guienne vergiftet worden sei: Man fand keine Spur eines der damaligen Heilkunde bekannten Toxikums noch eine der typischen Entzündungen in irgendeinem Organ.

Als der König die Todesnachricht hörte, blieb er absonderlich ruhig und gab sofort die notwendigen Befehle für den Einmarsch in die Guienne und für die Behandlung des Herzogtums als erledigtes Krongut. Der Necker hörte kein Schwanken in der Stimme und erkannte nicht den geringsten Wandel in seiner Haltung; vielleicht nur ein wenig fahler dünkte ihn die Farbe seines Gesichts und die Backen noch schlaffer. Doch die Arbeit des Hirns hinter der blassen Stirn schien dem Beobachtenden im gefährlichen Gegensatz zu der äußeren Gemessenheit. Während des Tages sprach Ludwig zu ihm nichts von seinen drängenden Gedanken, nichts anderes von Karls Tod, als es die politischen Folgen und die Erwägungen der Regierungsgeschäfte wie von ungefähr mit sich brachten. Am Abend, mit ihm allein im Arbeitszimmer des Turms, rang er schweigsam lange Zeit mit den Gefühlen, die ihn bewegten. Oliver störte ihn nicht.

»Ob es gut war«, formte der König leise und mit Anstrengung dann die Frage, »ob es gut war, daß sich das Gewissen von mir trennte?«

Der Necker antwortete nicht. Als er den Apfel, der das geheimnisvoll tötende Präparat aus esoterischen Pflanzengiften und Alkaloiden enthielt, auf Karls Teller gelegt und gesehen hatte, wie die Frucht gegessen wurde, erstarrten die Gedanken und Empfindungen, die er eben noch dachte und empfand – Liebe, Mitleid und Opfer für den König –, in einer fast körperlich schmerzenden Kälte, in einer Vereisung der Seele. Es war nicht Schuldgefühl oder Reue, es war das Grauen der Einsamkeit, weil er seit jenem Augenblick wußte, daß er die Grenze überschritten hatte und daß er allein war, ohne den König, nein, daß er allein König war, ohne Ludwig, den Menschen. Er sehnte sich nach dem anderen und nach dem, was er ihm von sich gegeben hatte; aber er verbot sich, seine Sehnsucht zu zeigen, um Ludwig nicht mitschuldig zu machen und aus seinem menschlichen Glück zu reißen. Jetzt schwieg er, fürchtend, schwach zu werden und den anderen zu sich zu winken.

»Ob es gut ist?« wiederholte Ludwig. »Bin ich denn ohne Schuld?«

»Sie sind ohne Schuld, Sire«, sagte Oliver rasch und dringend. Der König schüttelte langsam den Kopf.

»Will ich es denn sein, Bruder? Sieh, ich weiß es nicht. Und muß ich nicht dankbar sein?« Der Necker entgegnete nichts; aber er fühlte sein Herz schneller schlagen.

»Muß ich nicht dankbar sein?« fragte der König wieder mit sonderbarer Hartnäckigkeit. »Glaubst du, daß ich es sein werde?«

»Ja«, entgegnete Oliver leise. Ludwig sah ihn an; seine Augen waren wie Abgründe.

»Kennst du mich denn besser, als ich dich gekannt habe?« flüsterte er. »Bruder, ich wußte wahrhaftig nicht, wie weit du für mich gingest. Glaubst du, daß ich so weit gehen kann? Kennst du mich zutiefst, Bruder?«
»Nein«, sagte Oliver gepreßt, »und es wäre gut, wenn Sie nicht bis zu mir kommen wollten . . .«
Ludwig stand auf und ging zu ihm hin.
»Ist dieser Weg so weit«, lächelte er, »und glaubst du, daß ich nicht zu dir finde? Willst du allein sein, Oliver?«
Der Necker senkte den Kopf und wagte nicht zu antworten. Ludwig sagte freundlich und ohne Übergang gute Nacht, schob die Paneeltür zurück und stieg zur Kranken hinauf, die seit der Geburt des Dauphins in dem oberen Zimmer wohnte.
In dieser Nacht gegen drei Uhr fuhr Oliver aus dem Schlaf, von einer Hand angerührt. Der König stand vor ihm. Die Wachsfackel bebte in seiner Hand und der Körper schlotterte unter dem Schlafmantel, als ob ihn fror. Doch die Stirn glänzte von Schweiß. Oliver – nicht gewiß, ob der schwere Traum eben nicht noch dauere – schloß vor Entsetzen wieder die Augen.
»Komm!« sagte Ludwig mit ganz fremder Stimme. Der Necker sprang auf und rieb sich die Augen. Er erkannte in dem Flackerlicht nicht mehr des Königs Gesicht: ein graues, von unruhigen Schatten hin und her gezerrtes Greisengesicht – ungeheure Augenhöhlen ohne den Glanz des Blickes –, ein solches Leiden um den Mund und im Zittern der Wangen, daß Olivers Frage nicht mehr Wort wurde.
»Komm schnell, Bruder!« drängte Ludwig. Der Necker warf sich einen Pelzrock über und stürmte voraus, durch die Zimmer und Gänge zum Turm, durch die offene Paneeltür die Wendeltreppe hoch. Das Lager war zerwühlt. Anne lag mit bläulichem Antlitz und ohne Besinnung auf den Fellen. Oliver beugte sich über sie und sah, daß sie unter den seidenen Decken nackt war. Er stöhnte auf und hob die geballten Fäuste. Der König stand in der Tür, mit seinem zerrissenen Gesicht und den erloschenen Augen, alt, unkenntlich.
»Ja«, sagte er mühsam und hob demütig die Arme, »hast du den Mut, mich zu töten? Du hast ihn nicht, Bruder . . .«
Oliver sah ihn mit einem dunklen, klagenden Blick an und antwortete nicht. Er wandte sich der Kranken zu, entblößte ihre Brust und behorchte sie. Der Atem ging schwer, die Herzstöße erschütterten die ganze Brustwand, die Halsvenen pulsierten rasend. Der Necker beruhigte sie mit magnetischen Strichen über Stirn, Schläfen, Wangen und die Schlagadern. Er hob sacht ihre Lider, legte sein Gesicht

fast auf das ihre und drängte seinen Blick in ihre Augen. Ihr Herz schlug schwächer, Oliver richtete sich auf: sie erwachte. Sie wandte schwach den Kopf nach rechts und nach links und sah dann den Necker an.
»Oliver«, hauchte sie und versuchte zu lächeln.
Sie drehte den Kopf dem König zu und betrachtete ihn ernst, anklagend.
»Oliver ...«, nannte sie auch ihn.
Und sie wies mit schwankem Finger auf den Necker wie auf ein gutes Beispiel. Ludwig nickte gehorsam, stumm und die Lippen verzerrend. Oliver hatte den Kopf in den Arm gelegt und erstickte sein Stöhnen.
Anne schlug die Augen auf, wurde jetzt wie von einer Überraschung sanft erregt, hob schwach die Hand und zeigte zum Deckenspiegel.
»Welche Freude, Oliver«, flüsterte sie beglückt, »welche Freude kommt zu mir, Oliver ...«
Augen, Gesicht und Ton lächelten. Und als sie so einschlief, lächelte ihre Haut. Der Necker hob den Kopf und betrachtete die Frau und dann den König. Ludwig ertrug seinen Blick.
»Dieser Dank ist schon jenseits des Menschlichen, Sire«, sprach Oliver langsam; »aber ich habe ihn vielleicht verdient.«
Ludwig kam zaghaft näher.
»Konntest du denn allein sein, Bruder?« fragte er sanft. »Und weiß ich denn ohne dich, was gut ist? Was nützt es mir und dir, wenn ich nur weiß, daß du der Bessere bist, und ich dich nicht habe? Der Weg zu dir war nicht so weit, Oliver, und dann, Bruder: Du riefst nach mir – und ich liebte doch die Anne!«
Der Necker ergriff überwältigt die Hände des Königs.
»Das ist die Grenze, Herr! Das mußte so sein: ob es Liebe oder Haß war oder Strafe oder Opfer. Es *war*, Herr, und wir haben es nicht mehr zu erleiden und zu ergründen. Jetzt werden wir nichts anderes mehr haben als uns – und dann ...«
»Oliver! Oliver!« lispelte die Träumende ganz schwach und voll doch von Heiterkeit. »Was geht mich der König an ...«
Der Necker und Ludwig schraken zusammen.
»Wer ist für sie der König?« fragte Ludwig gequält. »Ich? Immer nur ich?«
Oliver schüttelte den Kopf.
»Nein«, sagte er gütig, »die Lieblosigkeit ...«
Er horchte auf ihrer Brust: Das Herz schlug kaum mehr hörbar.
»Ihr Ende ist leicht und schön«, flüsterte er und sah den König an.

»Warum fürchten Sie den Tod, Sire?«
Ludwig fuhr auf, die Arme in Abwehr und Angst ausstreckend:
»Was geht dieser Tod den König an!« stieß er hervor. »Und warum sprichst du dies? Warum hilfst du mir nicht gegen ihn?«
Oliver ließ Annes Handgelenk los.
»Ich werde Ihnen helfen, Sire; aber welches Leben kann erhalten werden?«
»Das Leben des Königs!«
Über Annes Antlitz ging Verzückung auf wie eines Mondes süßes Licht. Ihre Kinderhand zeigte wieder in die Höhe. Die Lippen bewegten sich, aber sie formten kein Wort mehr. Jetzt öffneten sich für eine Sekunde die Lider und enthüllten entrückte, selige, goldflirrende Augen; aber sie erkannten nichts Irdisches mehr. Aus dem Mund doch, der ein wenig offen war, schwang sich ein feiner, hoher, ganz kurzer Ton, silbern wie von einer angerührten Saite.
»Was ist das?« fragte Ludwig ganz leise und lauschte.
»Die Todesfreude«, sagte Oliver, der lächelte.
Gegen Morgen stand das Herz der Anne still.

Drittes Buch

1 *Die Tiere*

Die Jahre jenseits der Grenze wurden für die beiden Einsamen immer härter, kälter, strenger, als trügen sie sie aus dem Bereich der Sonne. Die Jahre rollten immer schneller, als sei es die Sonne über der Erde und im Blut der Irdischen, die den Ablauf der Zeit gemächlich macht und den Tag mit der Wärme des Daseins und dem Hemmschuh des eben Vergangenen beschwert und verlangsamt. Da der König, der Vergangenheit gewaltsam sich entfremdend und selbst der Erinnerung auf merkwürdige Weise feind, das Alter nicht wie ein Geschenk empfing und bedacht genoß und da der Necker ihm die Treue hielt und nicht mehr von dem sprach, was war, auch nicht mehr von der Endlichkeit des Menschen, zählten sie die Jahre nicht an der Dauer des eigenen Lebens, sondern mißachteten sie sie mit der Hoffart von Unsterblichen. Und doch war Ludwig weiß geworden und Oliver grau; das Alter und die Unerbittlichkeit des herrschenden Berufs hatten den König ausgedörrt wie einen Felsgipfel, aus seinem Gesicht das Schlaffe, das Gedunsene, das Sinnliche gegerbt und es mager gemacht, die Haut mit Runzeln zerrissen und aus den Lippen die Wülste gelaugt. Olivers hageres Antlitz hielt der Zeit stand wie ein spröder Stein: Es war knochig und zerklüftet gleich früher, nur grauer noch und durchfurchter von Falten. – Der König war dem Necker ähnlich geworden, nicht Oliver dem Ludwig. Sie glichen sich jetzt wie zwei Brüder; nur ihre Augen, die gleich schön waren, zeigten nicht mehr denselben Ausdruck: Die Augen des Königs wechselten nicht mehr von der Kälte zur Güte und schienen heller geworden, oft auch schon trüb; Olivers ganz verdunkelter Blick blieb immer traurig, in der Ruhe, in der Arbeit, in der Brutalität.

Mit dem Willen, den Tod nicht einzulassen, war Ludwigs Menschenhaß und Mißtrauen ins Maßlose gestiegen. Es kam so weit, daß er es nicht mehr ertragen konnte, von seinem Schloß aus die Menschenhäuser der Stadt zu sehen. Er zog mit Oliver, den Gevattern, der Schottengarde und den notwendigsten Hofchargen in die einsame und ganz unzugängliche Feste Plessis bei Tours und sicherte sie mit der Wut des Verfolgungswahnes durch furchtbare Verteidigungsanlagen und durch die schärfsten Zutrittsverbote, deren Nichtbefolgung mit dem Tod bestraft wurde, wenn nicht schon die Un-

vorsichtigen und des Weges Unkundigen den zahllosen Wolfsgruben, Fußangeln und Selbstschüssen zum Opfer fielen. Von dort aus lenkte er mit Oliver das Reich, scharfäugig und mit harter Hand; und es kümmerte ihn das Stöhnen des eingespannten und geduckten Volkes wenig, noch erstaunte ihn je der heroische Gehorsam. Er lenkte es gut und sicher und mit einer solchen Kenntnis jeder politischen Entwicklung, daß das Land – zugleich bewundernd und entsetzt – den Hellsinn ihres unsichtbaren Königs als ein Geschenk seiner Verbindung mit dem Antichrist ansah und ihm heimlich den Namen gab, der seinem rätselhaften Ratgeber und Einflüsterer gehörte. Es war, als ob die beiden Dämonen auf ihrem menschenfernen Felsblock das europäische Schicksal schufen; die Geschehnisse verwunderten sie nicht mehr, weil sie die Bewegungen formten und die Resultate erwarteten wie sichere Chymisten. Die Frucht der Arbeit langer Jahre war reif geworden: Karl Burgund, auf der Höhe seiner Macht und bedenklich schon dem Valois das alliierte Mailand und den Erblasser Anjou entfremdend, klirrte endlich in die lange bereite Falle, von der Franche-Comté ins Waadtland, wurde von den Eidgenossen mit zwei mächtigen Hieben tödlich erschüttert und dann von allen kleinen Kläffern angefallen, die auf Ludwigs Pfiff hörten. Als er den Lothringer, der sich in Nancy festbiß, abschütteln wollte, wurde er zu gleicher Zeit von Campobasso verraten und von einer ungleich überlegenen Entsatzarmee überfallen; ein wilder Menschenhaufen überrannte ihn und zerstampfte ihn, ohne ihn in der Verwirrung zu erkennen: Der Kriegsgott war eine arme, nackte, zerfetzte Leiche unter tausend anderen.
Der König hatte im Reich eine ständige Post errichtet, die vor allem seinem persönlichen Kurierdienst zur Verfügung zu stehen hatte. So kam die Nachricht von Karls Fall schon wenige Tage später nach Plessis. Der Necker schenkte dem Boten einen Beutel mit Dukaten und ging zum König, der sich in der mächtigen Bibliothek aufzuhalten pflegte, wenn er nicht bei seinen Tieren war. Er fand ihn über einem kostbaren Vulgatadruck, den auf sein Geheiß Meister Ulrich Gerings Pariser Offizin für ihn verfertigt hatte. (Er schätzte die neue und seltsame Buchdruckerkunst, die aus dem seltsamen Deutschland kam; er begriff auch sofort ihre ungeheure Bedeutung und hatte dafür gesorgt, daß die Sorbonne dem deutschen Meister eine Werkstatt einräumte.)
Ludwig sah auf und fragte sofort:
»Nachricht aus Lothringen?«
»Burgund ist tot«, sagte der Necker mit nüchterner Stimme.
»Tot«, wiederholte der König leise und lehnte sich zurück, »getötet,

willst du sagen, gefallen. Mein Larron ist auch tot; aber er ist gestorben; er muß sich überfressen haben.«

Larron war ein Kranich. Er war der klügste und gesprächigste unter seinen Brüdern und zugleich der strenge, aber niemals bösartige Aufseher in dem geräumigen Vogelhaus des Tierparkes, den Ludwig hinter dem Schloß errichtet hatte und mit ungewöhnlicher Freude unterhielt. Ludwig hatte Tiere von jeher geliebt, zumal Vögel und Hunde, und bereits in Amboise die Käfige und Zwinger stets gefüllt und gepflegt. Als er die Grenze überschritt, nahm sein Menschenhaß die Tierliebe mit wie einen notwendigen Ausgleich. Alle Gefühlsreste sammelten sich in der Freude an Vögeln, Hunden und Pferden. Die seelischen Reaktionen der ersten Zeit und des Neckers Mitfreude verstärkten die beschauliche Neigung zum tätigen Bedürfnis, zur reinen Freundschaft für die animalischen Wesen. Er war gut zu ihnen, wie er nie zu Menschen gewesen war – es sei denn zu Anne und zu Oliver; er erholte sich bei ihnen von der unausgesetzten Anspannung und abschürfenden Härte des politischen Geschäftes, er gab jeder zwitschernden, bellenden, wiehernden Kreatur einen Namen und fütterte sie, fast dankbar für ihr Zutrauen und das Geschenk ihrer täglichen hungrigen blankäugigen Erwartung. Er hatte für die Vögel ein lichtfrohes und luftreiches Glashaus bauen lassen, über das der Kranich Larron herrschte. Es war in zwei Hälften geteilt; in der einen, nur zur Nachtzeit verschlossenen, lebten die großen und gezähmten Vögel, Ludwigs besondere Freunde: gemeine Kraniche, Jungfernkraniche, Kronenkraniche, anmutig auf den Stelzbeinen den kräftigen, schlanken Leib, den schmächtigen langen Hals und das langschnäblige Köpfchen tragend, zugleich klug und närrisch, würdig sinnend und in tollen Sprüngen tanzend, Menschenworte und wilde Wanderrufe kreischend; Steinkäuze mit schwefelgelben Augen, ungebärdige Uhus, lichtscheue Nachtkäuze mit dem tiefen Braun der Augen, grimassierende Schleiereulen, zutunlich und zu Späßen aufgelegt; freundliche, geschwätzige, braunäugige Stare. In der anderen Hälfte des Glashauses waren die Singvögel: Lerchen, Drosseln, Meisen, Edelfinken, Bachstelzen und Ammern. Als Ludwig einen seltenen Ortolan-König von wundervollem Schwarz und Gelb der Färbung bekam, hatte er ihn Anne getauft. Oliver schrak zusammen, wie er ihn den Namen das erstemal rufen hörte.

»Ist der Vogel nicht schön und selten genug?« hatte der König, seine Bewegung bemerkend, gleichmütigen Tones gefragt.

Die Hunde liefen während des Tages frei im Park, im Schloß, in den Höfen umher: Windhunde aus Persien, Italien, Schottland, deutsche, dänische, englische, korsische Doggen, spanische Dachshunde, englische Jagdhunde; ihr gefürchteter und bedingungslos respektierter Aufseher war eine prachtvolle Tibetdogge von riesenhaftem Wuchs, ein Geschenk des Großherrn an den König; sie hieß Tristan. Ohne sie lief Ludwig die tägliche Gefahr, zur Zeit der Fütterung durch die anbellende, andrängende, zuschnappende Dankbarkeit leiblichen Schaden zu erleiden. Sie gehorchte nur dem König und dem Necker und besaß das Privileg, im Schloß zu schlafen, vor der Tür zum Schlafzimmer Ludwigs.

Die Pferde hatten weite, umzäunte Weideflächen, neue Stallungen und erprobtes Bedienungspersonal innerhalb des Wildparks. Die edle Anmut, elastische Kraft und sanften Augen der kostbaren Araber, Berber, Turkomanen und Perser entzückten den König jeden Tag von neuem. Eine wundervolle schlanke milchfarbene Nedschd-Stute mit Märchenaugen, federnden Fesseln, Seidenmähne und einem Hals von frauenhafter Feinheit der Kurve, den sie im schnellen Traben wie den eines Hirsches aufbog, hieß Anne.

»Warum das?« hatte Oliver mit leisem Unwillen und den Kopf leicht schüttelnd gefragt. »Warum ein zweites Mal? Ist es nicht genug mit der Ammer?«

»Nein, Freund«, antwortete Ludwig ruhig und bestimmt, »mein Ortolan-König ist ihre Singeseele; meine Nedschd aber ist vom Stamme der fünf Stuten, die der Prophet liebte, und hat das Grauwunder ihrer Augen. Das Pferd heißt Anne.«

Auch europäische Pferde hielt er: edle Pferde aus Limousin, Navarra und Calvados, aus Cleveland und Yorkshire, Neapel, Dänemark und Andalusien; schwere Gäule aus Percheron und Flandern. Sie alle trugen die Namen überwundener Feinde: Edward, Juan Aragon, Armagnac, Nemours, Saint-Pol, Franz von der Bretagne, Philipp von Savoyen und wie sie alle hießen. Mit der Hartnäckigkeit des Monomanen nannte der König sie nach den großen Namen der Grabsteine, die seinen Weg flankierten.

»Warum das?« hatte Oliver in der ersten Zeit staunend gefragt. Ludwig schien mit der Antwort zu zögern, wie ein Mensch, der mißverstanden zu werden fürchtet.

»Um die Menschen zu vergessen«, sagte er dann langsam und nickte bekräftigend, als er Olivers Skepsis sah, »ja, Freund, um das Schlimme, das sie mir taten und ich ihnen, mit ganz anderen Begriffen und Zusammenhängen zu ersetzen.« Er flüsterte jetzt, die Brauen zusammenziehend. »Es könnten für mich einmal Augenblicke der Schwäche und des entblößten Herzens kommen, in denen das Gift der menschlichen Namen gefährlich in mein Leben dränge:

Dann, Oliver, werden meine guten Tiere, also aufgerufen, gegen die Menschenschemen kämpfen und sie mit der Kraft der größeren Nähe und der Körperlichkeit überwinden, ja, Oliver, mit der christlichen Kraft, die das Gute stärker macht als das Böse.«

Der Necker hatte betroffen geschwiegen und in leichtem Schauder die Schultern gehoben; doch er schien den König begriffen zu haben und fragte auch niemals, warum kein Tier den Namen des Bruders Karl trug.

Als Ludwig den Kranich Larron eigenhändig in dem kleinen Friedhof, der von ihm für seine Tiere in einem zypressenumwachsenen Platz des Wildparkes errichtet war, begraben und einen ungewöhnlich schönen Dongola-Rappen, welcher Sforza hieß, in Karolus Audax umgetauft hatte, führte er das große politische Programm durch, das sich auf den Tod Burgunds aufbaute und von ihm und dem Necker schon seit langem bis in die kleinsten Einzelheiten vorbereitet war. Das gesamte Sommegebiet, das Artois, der Hennegau und alle ehemaligen Länder und Städte des Konnetabels wurden sofort besetzt, fast ohne Widerstand. In wenigen Wochen war der König Herr der meisten französischsprechenden Teile Großburgunds. Anjou schloß in Eile den endgültigen Erbvertrag ab. Vom Mittelmeer und den Pyrenäen bis zum Pas de Calais und Flandern herrschte Ludwigs Zepter. Die Einheit des Reiches war begründet. Doch der König gab sich noch nicht zufrieden. Er gestand dem Necker neue gewaltige Pläne: die Verheiratung des neunjährigen Dauphins mit der zwanzigjährigen Maria von Burgund und die Verschmelzung des ganzen karolischen Reiches von Holland bis Savoyen mit Frankreich. Oliver schüttelte den Kopf.

»Das wird nicht gelingen, Sire; das schafft Ihnen einen gewaltigeren Feind, als es Burgund war: den Kaiser.«

Der alte König sah in die Leere, in die Zukunft.

»Zu dieser Auseinandersetzung wird es kommen, Bruder«, sprach er langsam, »und sie wird länger währen als ein Halbjahrtausend. Ich habe vorzusorgen ...«

Er schwieg eine Weile, sah plötzlich dem Necker in die Augen und sagte leise:

»Oliver, geh nach Gent, sprich mit der Maria, die dort residiert, und bringe mir die Stadtschlüssel, wenn du bei dem Mädchen und seinen Ratgebern taube Ohren findest.«

Des Neckers Gesicht zeigte eine solche Überraschung, fast schon Zweifel, ob er recht verstanden habe, daß Ludwig lächelte.

»Ja, geh nach Gent, Oliver«, wiederholte er, »und sei je nach Gelegenheit der Gesandte Frankreichs und der Necker aus Thielt.«

Oliver schüttelte bedenklich den Kopf.
»Die Genter haben den Teufel im Leib, Sire.«
»Gewiß«, sagte Ludwig mit flüchtiger Heiterkeit, »deshalb bist du der gegebene Mann für sie.«
»Sire«, sprach Oliver sehr ernst, »in Gent ist die Legende von meinem Tod durch Péronne zerstört und hat sich seither – wie leider im Reich auch – zur Legende von meiner französischen Kronteufelschaft wieder aufgebaut. Und der Mann, der als erster gewußt hat, daß ich nicht auf meinem Delegiertengang nach Brüssel umgekommen bin, ist jetzt der Führer der herrschenden burgundischen Partei und regierender Stadtschöffe. Es ist also möglich, Sire, daß man vor dem französischen Gesandten den Hut zieht und den abtrünnigen Thielter Necker totschlägt. Wollen Sie es riskieren, Sire?«
»Nein!« sagte Ludwig heftig. – Doch nach einiger Zeit war es Oliver, der des Königs Gedanken wieder aufgriff.
»Ich habe erfahren«, sprach er zu dem aufmerkenden Herrscher, »daß die Genter Unabhängigkeitspartei durch Karls Tod mächtigen Aufschwung und Aktionsfreudigkeit gewonnen hat. Wenn Sie sich mit dem Abfall Gents und Flanderns von der burgundischen Herrschaft begnügen und den Annexionsplan aufgeben, geht der Sieur Le Mauvais – nicht der Necker aus Thielt – in die Stadt, geht der Graf de Meulan hin, wenn Le Mauvais noch von Péronne und Lüttich her geschätzt wird.«
Ludwig hatte besorgt zugehört.
»Aber kehrt mir Le Mauvais zurück?« fragte er nach einer Pause. »Der König braucht zum Leben nicht Flandern, aber ihn! Wer garantiert mir, daß man dich nicht erkennt und dir nichts antut?«
Der Necker hob die Schultern.
»Lassen wir die Garantien, Sire«, sagte er kalt, »und bedenken wir mögliche Vorsichtsmaßregeln. Werfen Sie im Hennegau an die flandrische Grenze genügend starke Truppenmassen, die zum Abfall Gents nicht nur neutral bleiben, sondern im Notfall die Stadt gegen eine burgundische Strafexpedition schützen; dann wird mir mit ziemlicher Wahrscheinlichkeit nichts Widriges geschehen.«
Der König nickte. Als sich etliche Tage später Oliver verabschiedete, fragte er leise:
»Du freust dich, Bruder, so wie irgendein kleiner Mensch, der die Heimat wiedersehen wird?«
»Ja«, sagte Oliver. Ludwig strich sich gequält über die Stirn.
»Soll ich dich zum unabhängigen Statthalter Flanderns machen, Bruder?«
Der Necker lachte laut.

»Wollen Sie das regierende Haus der Necker begründen, Sire?« Dann setzte er ernst hinzu: »Le Mauvais braucht nicht Flandern zum Leben, sondern den König.«
Ludwig umarmte ihn.
»Zum Leben«, flüsterte er bedrückt; »aber du desertierst nicht in den Tod, Oliver?«
»Nein, Herr.«

Gent war keine gute Stadt. Der Geist der Empörung schlief nicht. Gent vergaß nichts und duldete unbedenklich die Nachbarschaft der Gastlichkeit und der Erpressung, der Huldigung und der Gewalt, Gottes und des Teufels. Gent liebte immer nur die Kronprinzen, immer nur die Zukunft, die es zu meistern willens war, und haßte immer den Herrscher, immer die Gegenwart, die es meisterte und gegen die es stets mit seinem rebellischen Sinn, oft mit dem unvermuteten Aufruhr der Muskeln kämpfte. So hatte Gent den kühnen Karl geliebt, als er noch Graf Charolais war und mit dem Vater selten gut stand. So liebte es das schöne Fräulein von Burgund, weil es freundlich war, voll anmutiger Hoheit und doch nur ein schwaches Mädchen. Die Nachricht von des Herzogs Tod schlug in das Willkommensgeläute – und schon dröhnten die Glocken von Sankt Jakob und Sankt Bavo anders, dunkler, unheilverkündend. Ein Beben, noch verdeckt, ging durch die Stadt, unheimliche Bewegung, nächtliche Beratungen der Parteien und Zünfte, Waffentransporte und Mobilisierung der Wehrfähigen. Pieter Heuriblocq, dessen Ernennung zum Stadtoberhaupt der Herzog vor etlichen Jahren mit der Freilassung der acht in Brüssel eingekerkerten Genter Delegierten belohnt hatte, besprach sich voller Sorge und in schlimmer Vorahnung mit den Schöffen und Mitgliedern der proburgundischen Partei. Ein nächtlicher Gewaltstreich, der die Führer der Unabhängigen beseitigen sollte, mißlang; die Häscher wurden mit blutigen Köpfen zurückgeschickt. Aber noch brach der Sturm nicht los; es schien, als ob die Insurgenten über Stärke, Schlagkraft und Standort der burgundischen Heeresreste im ungewissen waren, auch die parallelen Bewegungen in den anderen flandrischen Städten nicht übersehen konnten und die Folgen zu frühen und ungesicherten Losschlagens fürchteten. Heuriblocq war schon im Begriff, die Begleiter der Maria und Verweser des Reichs, den Kanzler Humbercourt, des verstorbenen Crèvecoeur Nachfolger und den Großkämmerer Melchior van Busleyden von der bedrohlichen Situation zu unterrichten, die rasche Entfernung der jungen Fürstin anzuraten und um die unverzügliche militärische Besetzung der Stadt zu bitten, als unerwartet ein französischer Herold die Ankunft eines königlichen Gesandten, des Grafen de Meulan, meldete, der wichtige friedliche Botschaft dem Fräulein von Burgund und dem Hohen Rat der Stadt Gent anzusagen habe. Die allgemeine Erwartung hob für den Augenblick die zur Entscheidung drängende Gespanntheit der Atmosphäre auf; jede der drei unterschiedlichen Gruppen – die Fürstin und die beiden Minister, die schon die Besetzung Brabants befürchtet hatten, Heuriblocq und der proburgundische Magistrat, die Zünfte und die radikale Faktion – erhofften von dem Legaten des Valois das Geschenk des Wohlwollens oder gar der Unterstützung.

Oliver verließ die starke Truppe des Großmeisters nördlich von Tournai, nahe der wallonisch-flandrischen Sprachgrenze. Zwanzig Schotten der Leibgarde – persönlich vom König ausgewählte Leute, die sich ihm mit Handschlag verpflichteten, die Person des Meisters mit ihren Leibern zu schützen – und etliche bewaffnete Diener folgten ihm, auch einige Offiziere, die in Ronsse, Oudenaarde und Gavre unauffällig als Verbindungsleute zurückgelassen wurden. Durch diese gutberittene Stafette konnte im Notfall der Großmeister in wenigen Stunden alarmiert werden.

Als der Necker, der einen falschen grauen Spitzbart trug, durch die heimatliche Landschaft ritt, erlebte er die reine und schlichte Wiedersehensfreude, die er erwartet hatte. Er freute sich an den Windmühlen, dem flächigen Ackerland, den Bleichen der Leineweber, den ungefügen Backsteinkirchen der Dörfer und den derben Lauten vertrauter Sprache. Er empfand eine seltsame Zufriedenheit, fast etwas wie Stolz, daß solche Gefühle frei und natürlich zu ihm kamen. Der König hätte sie nicht, erkannte er sich mit stillem Lächeln den Gewinn zu. – Er wandte sich an Daniel Bart, der schwarzbebartet und in stattlicher Kleidung als sein Leutnant neben ihm ritt.

»Das ist unsere Heimat, Daniel«, sprach er freundlich; »freust du dich nicht, sie zu schauen?«

Der Bart lachte grob.

»Wir beide sehen nicht gerade nach verlorenen Söhnen aus, Meister, und weder unsere Mission noch unser Troß, noch unsere Rückendeckung beweisen viel Heimatliebe. Ehrlich gesagt, Herr, ich freue mich recht, das große Genter Maul wieder einmal lustig einzuseifen. Aber ich lege wenig Wert darauf, als Landsmann erkannt und gevierteilt zu werden. Das wären peinliche Sentimentalitäten!«

Oliver senkte betrübt den Kopf. Auch der Geselle konnte sich nicht freuen! Auch Daniel hatte das eigene Herz vergessen! Er dachte an die Wandlung des Bart seit Annes Tod, seit dem Blick unsäglicher Traurigkeit und dem in der Verzerrung des Schmerzes erstarrten Gesicht, als der Riese unter seinem Mantel die Leiche aus dem Turm trug. Seit jener Zeit war eine absonderliche Wildheit in dem Manne aufgebrochen, ein Besessensein von der eigenen Kraft, Rauflust und Raublust, ein heimlich aufgespeichertes Arsenal von Bosheit und Brutalität, bis der Necker seine ungebärdige Nähe nicht mehr recht ertrug und ihn zu seinem Statthalter in den ausgedehnten Herrschaften im Bannkreis von Paris ernannte, die er der Gnade des Herrschers verdankte. Dort hauste der Bart mit der Begabung des geborenen Tyrannen, der der eigenen Disziplinlosigkeit die zwangvolle Subordination der Untertanen entgegenzusetzen vermochte und sie um so erbarmungsloser in eine von ihm sauber konstruierte Ordnung und Abhängigkeit hineinpreßte, als sein mächtiger Körper über die Stränge schlug. Doch alles dies war nur eine andere Form der Liebe zu seinem Meister, dessen Geselle zu sein er niemals vergaß; er berauschte sich nur an der persönlichen, gleichsam körperlichen Macht, die sein Herr nicht beanspruchte; doch die außerordentlichen Gewinne aus seinem erpresserischen Regiment lieferte er auf Heller und Pfennig ab, willentlich oder ehrlich übersehend, daß der Necker auf sie gleich wenig gab wie auf die Ausübung seiner Herrenrechte. Bei den in der letzten Zeit sehr selten gewordenen offiziellen oder heimlichen Missionen Olivers war er mit aller Selbstverständlichkeit seines Meisters treuer Gefährte und Diener, wie früher, wie jetzt. Oliver schüttelte den Kopf. Auch der Geselle konnte sich nicht mehr freuen! Und ihn verlangte immer stärker nach den Gefühlen des menschlichen Herzens, je älter und menschenferner er wurde; und ihm glückte Freude des kleinen Menschen. Nährte er sich von seinen Kreaturen und ihren zubereiteten Schicksalen, gleich Saturn, der seine eigenen Kinder verschlingt?

Dieser Gedanke legte sich wie ein grauer Schleier über die lieblich bunte Landschaft. Als sie Gent von Süden erreichten, sah er graue Mauern, das düstere Oval des Gravensteen, die böse Doppelwehr des Hobel, den gewaltig drohenden Viereckturm des Belfried, die ernsten und entrückten Silhouetten der Kirchen. – Ich bin aus keiner frohen Stadt, sann Oliver und zog die Stirn in Falten; das ist nicht die Heimat des Herzens!

Das Fräulein empfing ihn im Schloß, mit der Freude an der Repräsentation und mit der Anmut der majestätischen Haltung, die des Vaters Erbe waren, das Gesicht, das Karls noble Züge und die weiche Schönheit der bourbonischen Mutter im weißen Licht der eigenen Jugend zeigte, selbstbewußt und der Wirkung gewiß erhoben.

Der Graf de Meulan, in der kostbaren Kleidung französischer Standesherren, überflog rasch das gut gestellte Bild: das schöne Mädchen auf dem viel zu wuchtigen Thron, von ihrer Wohlgestalt und hellen Grazie besser erhöht und überglänzt als durch Krone, Estrade und Baldachin, zu beiden Seiten die prächtigen Köpfe und Gewänder burgundischer Granden. Oliver sah Busleydens nachdenklichen Blick, der sein Gesicht abtastete, und lächelte unmerklich. Nach der Begrüßung und der Übergabe des Beglaubigungsschreibens bat ihn die Fürstin – wie es bei offiziellen Empfängen und formellen Höflichkeitsakten üblich war –, seinen Auftrag kundzugeben. Der Graf de Meulan zog ein wenig die Brauen in die Höhe und sagte nicht ohne Ironie:

»Mein Auftrag in diesem Thronsaal und vor allen diesen ehrenwerten Herren beschließt sich mit den guten Wünschen und Grüßen, die mein hoher Herr Ihnen, gnädigstes Fräulein, durch mich sagen läßt. Meine Mission aber, die ernster und wichtiger ist, als es die Zeremonie und ihre Öffentlichkeit zuläßt, beginnt im Beratungszimmer Ihrer verantwortlichen Minister. Ich warte in meinem Quartier auf die Nachricht Eurer Hoheit, wann die Verhandlungen anfangen.«

Er bat um Urlaub und ging, den Saal in Erstaunen zurücklassend. Busleyden beugte sich zum Ohr des Kanzlers:

»Ich glaube«, flüsterte er, »ich kenne diese Augen und diese Stimme. Ich glaube, wir werden einen schweren Stand haben.«

Im Vorzimmer, im Innenhof am Fuße des vierstöckigen Bergfrieds und im befestigten Torbau warteten die Schotten und bewaffnete Diener, die sich um den zurückkehrenden Necker scharten und ihn in einer Weise deckten, daß auf dem Weg durch die Straßen ins Quartier kaum einer der zahllosen Neugierigen den Gesandten zu erblicken vermochte.

Am Nachmittag dieses Tages, als der Necker schon durch Daniel Bart und ein paar geschickte Flamen unter der Dienerschaft alles Wissenswerte über die gewittrige politische Situation und die Namen der prominenten Parteiführer und Demagogen wußte, erschien unter der Führung des Zweiten Schöffen eine kleine Abordnung der regierenden Körperschaft, die mit geflissentlicher Höflichkeit den Legaten des Königs aufs Rathaus einlud, wo der Magistrat versammelt sei. Daniel, der sie empfing und seinen Herrn verleugnete, antwortete in dem förmlichen Französisch und mit der Hoffart, die ein Edelmann gegenüber Laienbürgern gerne annimmt, daß der Gesandte des Königs zunächst mit der Dame Burgund und dann mit dem Rat der Stadt Gent zu sprechen habe und daß er sich wohl zu dem fürstlichen Fräulein begebe, zur genehmen Zeit aber den Magistrat wissen lassen werde, wann er seine Wortführer zu empfangen bereit sei. Die Abordnung entfernte sich sehr bedrückt und schlimmer Ahnung voll.

Doch Jehan Coppenhelle, der Lohgerber, jetzt Obermeister der Zünfte und Führer der Unabhängigkeitspartei – als alter Mann so redselig, leidenschaftlich und radikal wie in jener Zeit, da die böse Stadt vom jungen Herzog die Privilegien erpreßte –, grinste zufrieden in den hochgeschlagenen Mantelkragen hinein, als er, schon in der Dunkelheit, das Haus des Gesandten nach kurzem Aufenthalt wieder verließ. Auch er hatte nicht den Grafen de Meulan gesprochen, sondern seinen vierschrötigen Leutnant, der ihm mit einem Augurenlächeln zuzwinkerte und in ziemlich flüssigem Flämisch bedeutete, guten Mutes des französischen Interesses sicher zu sein, für die letzte Bereitschaft zu sorgen und in der kommenden Nacht – unter Vorsichtsmaßregeln, die eine Kompromittierung des Gesandten ausschließen – sich wieder im Quartier einzufinden. Zu Einzelheiten zwar oder auch nur zu einer bestimmten Auskunft verstand sich dieser augenscheinlich cholerische Chevalier de la Barbe nicht, schien auch wenig Zeit mehr zu haben und stellte die dennoch aufsprudelnde Eloquenz des Altmeisters mit einem so unvermutet echten gentischen Fluch ab, daß jener über des fremden Diplomaten Kenntnis entlegenster Idiome sich baß verwundern mußte und gerne schwieg.

Noch am gleichen Abend bat ein Sekretär des Kanzlers den Gesandten des Königs ins Gravensteen. Wieder begleiteten ihn die zwanzig Schotten und verteilten sich im Schloß vom Tor bis zum Vorraum des Beratungszimmers, in dem die junge Herzogin, der Kanzler und Busleyden den Necker erwarteten. Maria, die blasser noch schien als am Tage, verriet durch die Unruhe des Blickes und durch die etwas hastigen Bewegungen des Kopfes die Erregung, welche die ungewohnte Nähe des politischen Ernstes, personifiziert in dem selbstsicheren und unheimlichen Legaten, verursacht wurde. Der Kanzler, ein bedachter Mann in Olivers Alter, stand neben ihr und betrachtete den Eintretenden mit gemessener Kälte. Busleyden blieb im Schatten des Hintergrundes, um den Grafen de Meulan, der sich sorglos in den hellen Kreis des Lichtes stellte, beobachten zu können.

»Sie wissen, gnädigstes Fräulein«, sagte der Gesandte sachlich und entschieden, »und zumal Sie, Seigneurs, wissen, daß Ihre Lage und die Burgunds bedenklich zu nennen ist und daß Sie sich werden entscheiden müssen, dem Westen oder dem Osten sich zuzuneigen. Der König, mein hoher Herr, der nicht einmal auf seine verbrieften

Rechte als Oberlehensherr des Herzogtums pochen will, der auch das billige Rasseln mit den Säbeln vermeiden möchte, bietet Ihnen durch mich die Stütze seines starken Armes an. Wollen Sie sich in seinen Schutz begeben, Hoheit?«

Das Fräulein schwieg und sah den Kanzler an. Humbercourt lächelte klug.

»Der Allerchristlichste König pflegt seine Hilfe nicht bedingungslos anzubieten«, sprach er zurückhaltenden Tones. »Nennen Sie seine Forderungen, Herr Graf.«

»Sie verkennen die Konstellation, Seigneur«, entgegnete der Legat kalt. »Mein hoher Herr pflegt nicht zu fordern, was er in der Hand hält. Es handelt sich nicht um diese oder jene Provinz, beileibe nicht um ein Ultimatum, nicht einmal um die Gegenwart, die der König nach seinem Belieben formen könnte. Es handelt sich um die Zukunft der beiden Reiche, die friedlich und zum Gewinn jeder der beiden Dynastien – wollen Sie es nur – zu *einem* Reich werden können, zur europäischen Vormacht.«

»Wie soll diese große Zukunft erreicht werden?« fragte die Dame Burgund.

»Der König bietet Ihnen durch die Verbindung mit dem Dauphin die Krone der vereinigten Reiche an, Hoheit, und garantiert bis zur Ehefähigkeit seines Sohnes Ihre Unabhängigkeit als Herzogin von Burgund und die Unversehrtheit Ihrer Staaten.«

Nach der kleinen Pause der Überraschung begann das Fräulein ein leises, feines Lachen. Humbercourt sagte unverhüllt:

»Eines Mannes bedürfen wir, Messire, nicht eines Kindes. Und Sie werden uns gestatten, die Idee des Königs ein wenig anders zu formulieren: Das Haus Valois will auf die gemächlichste und billigste Weise der Erbe des Fürsten werden, dem es die Grube gegraben hat. Glaubt die Majestät, daß es nach Karls Tod in Burgund keine Augen mehr gibt, die sehen können, und keine denkenden Gehirne?«

Der Graf de Meulan machte eine abwehrende oder beschließende Handbewegung.

»Genug, Seigneur, lassen wir das«, sprach er gleichmütig. »Ich gestehe Ihnen, daß weder mein hoher Herr noch ich über diese Abfuhr erstaunt sind.« Er hob die Stimme und sah vom Kanzler auf die Fürstin. »Aber wissen Sie auch, gnädiges Fräulein, und Sie, Seigneurs, was es für das Schicksal Europas bedeutet, wenn das Haus Habsburg statt des Hauses Valois die Erbschaft antritt?«

»Wer spricht vom Hause Habsburg«, entgegnete der Minister ausweichend, »warum glauben Sie, daß wir nicht allein . . .«

»Halt, Humbercourt«, unterbrach ihn Maria mit ihrer hellen Stimme, »wenn der Graf als Freiwerber für den Dauphin hier ist, verdient seine friedliche Mission auch den ehrlichen Grund für unser Nein zu erfahren. Sie urteilen nicht falsch, Messire«, wandte sie sich an den Legaten, »unser hochseliger Vater hat uns kurz vor seinem Tod dem Sohne des Römischen Kaisers zur Ehe versprochen, und wir haben dem Versprechen durch unser schriftliches Jawort und durch das Symbol des Ringes zugestimmt. Melden Sie dies dem König. Und melden Sie ihm auch, daß wir bei aller Verehrung seiner hohen Person aus Gründen der Pietät seinem Vorschlag nicht folgen würden, auch wenn wir frei wären und der Dauphin kein Knäblein sein möchte.«
Der Kanzler biß sich auf die Lippen, der Legat verbeugte sich lächelnd.
»Ich danke Ihnen für Ihre freimütige Antwort, Hoheit; aber lassen Sie sich sagen, Mademoiselle, daß der Freimut die geringste der staatsmännischen Tugenden ist. Überlassen Sie die Führung der politischen Geschäfte Ihrem erfahrenen Kanzler und dem klugen Herrn van Busleyden dort, der seit heute mittag seine Péronner Erinnerungen aufzufrischen bemüht scheint.«
Busleyden begleitete ihn hinaus und zog ihn in den Erker des Vorzimmers.
»So habe ich mich nicht getäuscht, Sieur Le Mauvais«, flüsterte er; »wir sind alte Bekannte, die einander in manchem Sinn verpflichtet sind. Und so irre ich mich vielleicht auch nicht, wenn ich glaube, daß Ihre Anwesenheit hier noch einen anderen Sinn hat als die Audienz eben. Ich brachte in Péronne den Herzog zum König, denken Sie daran!«
Oliver verzog den Mund.
»Und ich machte Sie zum Großkämmerer von Burgund«, versetzte er spöttisch; »wollen wir noch weiter mit solchen Schuldscheinen handeln, Seigneur? Aber ich habe Sie gern. Fragen Sie immerhin.«
Busleyden sah sich mißtrauisch um und sprach noch leiser:
»Hat der König in Wahrheit auf das Fräulein als Dauphine gehofft?«
»Nein«, antwortete der Necker kurz und undurchdringlichen Gesichts. Der Hofmann kniff die Augen zusammen.
»Wird der König jetzt vorrücken, Sieur Le Mauvais?«
»Die Antwort wäre Hochverrat, Herr van Busleyden.«
»Aber wenn ich Ihnen sage, Messire«, begann wieder der Großkämmerer, sehr erregt und mit geröteter Stirn, »daß ich aus Interesse an Ihrer Person mich ein wenig mit Ihrer Genealogie beschäftigt habe

und dank des Ersten Schöffen dieser Stadt, der ebenfalls in Péronne war, auf merkwürdige Resultate gekommen bin, auf Ergebnisse, die überall in der Welt Ihnen gleichgültig sein dürfen, doch innerhalb der Genter Mauern Ihnen peinlich werden könnten: Würden Sie sich auch dann nicht zu genaueren Informationen entschließen können, Meister Oliver Necker?«
Oliver sah ihm gerade ins Gesicht, zog langsam die Lippen von den Zähnen und lächelte böse.
»O gewiß, Herr van Busleyden«, sprach er nachdrücklich, »dann würde ich Ihnen gestehen: Wäre es zwölf Stunden früher, so möchte es gut gewesen sein, verließe die Herzogin und ihr Hof sehr eilig die Stadt. Jetzt ist es leider zu spät dazu.«
Er ließ den Verdutzten stehen, wurde schon von sechs Schotten umringt und eilte fort.
»Ich habe mich nicht getäuscht«, sagte kurz darauf Busleyden zum Kanzler, »es ist der gentische Teufel, dem der Valois seine Seele verschrieben hat. – Ich ahne Schlimmes, Humbercourt.«
Er schickte trotz der späten Stunde einen Gardisten zu Pieter Heuriblocq, dem Ersten Schöffen, mit der Bitte, sich unverzüglich zu ihm zu begeben.
Um diese Zeit schlüpfte Jehan Coppenhelle ins Quartier des französischen Gesandten. Der breitschulterige Leutnant empfing ihn und führte ihn zu seinem Herrn. Er fand einen hageren, graubärtigen Mann in Reisekleidung, der ihn mit einem befremdlichen Blick betrachtete und ihn auf das höchste verwunderte, als er mit seinen Worten das reine Gentisch, das der fluchende Chevalier de la Barbe vor wenigen Stunden hören ließ, in höflicherer Art fortsetzte. Das Gespräch währte nicht lange; denn schon nach den ersten Sätzen des Legaten drängte jede Minute zur Rebellion.
»Bereiten Sie noch diese Nacht den Schlag vor, Meister Jehan. Der König will Gents und Flanderns Unabhängigkeit. Seine Truppen stehen bei Ronsse und greifen ein, wenn Sie von Brüssel her bedrängt werden sollten. Schlagen Sie morgen los, ehe der Hof die Stadt verläßt. Halten Sie das Fräulein – mit allem Respekt – in Ihrer Gewalt und trennen Sie den Kanzler und Busleyden von ihr, die einzig gefährlichen Köpfe. Und vermeiden Sie unnützes Blutvergießen, Coppenhelle.«
Der Meister hob die Brauen in die Höhe.
»Sie sprechen Gentisch nicht schlechter als ich, Herr Graf«, sagte er flüchtig lächelnd, »und wollen die Genter nicht kennen? Sie haben den Teufel im Leib und können keine sanften Revolutionen machen.«

Der Legat runzelte die Stirn.
»Wenn dem Fräulein ein Haar gekrümmt wird, Meister«, sprach er ernst, »verliert die Stadt ihren königlichen Freund und die Deckung durch den Großmeister. Und wenn die Genter den Teufel im Leib haben, so mögen sie auf ihn hören.« Er riß sich den falschen Bart ab. »Kennst du mich nicht, Jehan? Ich bin nicht mehr Jahre älter geworden als du!«
Coppenhelle fuhr zurück und griff sich an den Kopf.
»Necker!« rief er. Daniel Bart legte ihm die schwere Hand auf den Mund.
Eskortiert von Insurgenten, die die Straßen von städtischen Wachen gesäubert hatten, verließ zwei Stunden später, noch ehe der Morgen graute, der Legat des Königs mit seinem Gefolge die Stadt durch das Brügger Tor, das bereits in den Händen der Radikalen war. Gegen Morgen erschien der Stadtprofos mit einigen hundert burgundischen Soldaten und Gerichtsdienern vor dem verlassenen Quartier des Gesandten, um den Genter Bürger und Ratsmann Oliver Necker wegen Hochverrats und unerlaubter Bekleidung ausländischer Ämter zu verhaften. Sie fanden statt des Gesuchten einen Haufen bewaffneter Radikalen. Als der Profos sich ihnen näherte, um Erklärungen zu fordern, fielen Schüsse, die den Beamten und etliche Soldaten töteten. Das war das Signal zur Rebellion. Aus den angrenzenden Straßenzügen strömten gutbewehrte Parteigänger herbei und umzingelten die kleine Truppe. Zur gleichen Zeit fielen die Stadttore in die Gewalt der Rebellen. Rathaus und Gravensteen wurden von ihnen fast kampflos besetzt. Der Magistrat, fast alle bekannten Mitglieder der proburgundischen Partei, der Kanzler und der Großkämmerer Burgunds wurden verhaftet. Gegen Mittag war Jehan Coppenhelle Herr der Stadt; er proklamierte die Unabhängigkeit Gents und konstituierte die regierende Körperschaft. Am gleichen Tag noch wurden Pieter Heuriblocq, sein Zweiter Schöffe und einige Ratsherren hingerichtet. Vierundzwanzig Stunden später führte man die beiden burgundischen Granden auf den Freitagsmarkt zur Richtstätte, die noch die Spuren der letzten Exekutionen zeigte. Wieder johlte das wilde Volk. Ein Fiskal verkündete Anklage und Spruch des Tribunals der Schöffen: Die beiden Staatsmänner hätten als Vertreter der herzoglichen Gewalt Gents Privilegien behelligt; Satzung und Recht der Stadt bestrafe mit dem Tode jedermann, der die städtischen Vorrechte antastet. – Eine Bewegung ging durch die Menge. Die Herzogin in schwarzem Kleid und Schleier – noch erschüttert von dem vergeblichen Kampf, den sie um die beiden mit den harten Schöffen geführt hatte, von Bitten, Warnungen,

Drohungen, Tränen – lief aus dem Rathaus auf den Markt, ohne Begleitung, ein Spitzentuch auf den Mund pressend, den anderen Arm verzweifelt und flehentlich ausgestreckt. Der Menschenhaufen teilte sich stumm, fast ehrerbietig vor ihr; sie war schon bei den Gerichtsherren, die in einiger Entfernung von den beiden Blutgerüsten standen. Sie packte den ersten besten an den Schultern, schüttelte ihn, hing sich an ihn.

»Habt Mitleid! Habt Mitleid!« rief sie. »Gebt mir meine Freunde wieder!«

Der Mann sah verwirrt und etwas hilflos auf ihr Haar, das sich aus dem Schleier gelöst hatte, und hob die Schultern. Sie ließ ihn los und stürzte zum nächsten, zum dritten, sie lief auf die Mauer des zuschauenden Volkes zu, beide Arme hebend, und schrie:

»Habt Mitleid! Mitleid!«

Es herrschte eine dumpfe Stille. Humbercourt auf dem einen Richtblock und Busleyden auf dem anderen versuchten in einer seltsamen Gleichzeitigkeit der Gedanken mit den gefesselten Händen die Binde von den Augen zu streifen. Ein paar Stimmen, irgendwo aus dem Haufen, zehn Stimmen jetzt, hundert Stimmen schrien:

»Mitleid! Mitleid!«

Joos van Eecke, der neue Stadtprofos, ein Sohn des ehemaligen Altmeisters, wurde dunkelrot im Gesicht, ballte die Fäuste und brüllte durch die immer mächtigeren Gnadenrufe des Volkes hindurch den Henkern zu:

»Macht fertig!«

Die beiden Köpfe fielen fast in der gleichen Sekunde. Ein paar Weiberstimmen johlten. Wieder schon johlte das Volk mit.

Der Necker war nach Thielt gegangen. Während der Reise blieb er ernst, wortkarg und in besonderer Weise traurig. Er hob auch kaum den Blick, um das bekannte Land zu betrachten.

»Ihre heimatlichen Gefühle scheinen sich verloren zu haben, Meister«, meinte Daniel Bart mit gutmütigem Spott; »und Sie könnten jetzt doch mit Gent zufrieden sein.«

Oliver bewegte verdrossen die Hand und antwortete nicht. Er mochte nicht die Enttäuschung gestehen, die die Stadt seinem Herzen bereitet hatte, den Widerwillen gar, den ihre schnell bereite Bosheit in ihm erweckte. Er wollte nicht zugeben, daß die kleine Freude, die letzte Menschenfreude, die er sich zudachte, schnell unter der Last seines politischen Berufes zusammengebrochen war. Er hatte so gleichgültig berechnet und als Fremder gearbeitet wie bei allen anderen diplomatischen Geschäften im Dienst des Königs. Keinen Augenblick rührte ihn das Heimatliche an. War es seine

Schuld, war es Gents Schuld? Er sehnte sich nach der versteinten Einsamkeit von Plessis zurück und nach seinen guten Tieren. Und er hatte sich den Besuch von Thielt nur aufgezwungen, um für das Herz keine Gelegenheit zu versäumen.

Er kam in das Dorf und sah es unverändert: die Backsteinkirche, die spitzdachigen Häuser, die sauberen, gepflegten, von Wohlstand zeugenden Gehöfte, hier und da eine neue Scheune, eine neue Leineweberei. Der Necker, mit ernsten Augen nach rechts und links schauend, schüttelte den Kopf.

»Ich bin fremd hier«, sagte er zu Daniel, »wir wollen uns nicht aufhalten.«

Der stattliche Zug erregte beträchtliches Aufsehen. Männer, Frauen und zahllose Kinder umlagerten ihn. Oliver musterte die Menge unfreundlich und auch unruhig. Der Gemeindeschreiber eilte herbei und bat um Auskunft über das Woher und Wohin.

»Trab!« befahl der Necker statt einer Antwort. Die Gaffer stoben fluchend auseinander. Die Kavalkade verließ Thielt in südwestlicher Richtung auf der Straße nach Roeselare, an der – einige tausend Schritte außerhalb des Dorfes – das Neckersche Gehöft lag. Vor der Toreinfahrt stand ein hübsches rothaariges Mädchen, fünfzehnjährig vielleicht, mit großen grauen, neugierigen Augen.

»Halt!« rief Oliver seinen Leuten zu und sprang vom Pferd. Das Mädchen lief in den Hof. Er wollte ihm folgen; doch ein großer gelber Hund, dessen Gebell in den Ohren gellte, ging ihn wütend an, an der Kette zerrend, und versperrte den Torweg. Oliver wich zur Einfahrt zurück, auf den Lippen ein bitteres Lächeln, und rief dem Mädchen nach:

»Gib mir ein Glas Milch, kleine Neckerin – Louize, Anne – oder wie heißt du?«

Das Mädchen blieb überrascht stehen und sah sich um, lächelte jetzt auch, ihre schönen Zähne entblößend.

»Ja, ich heiße Anne Necker«, rief sie mit heller Stimme, die das Gekläff übertönte. Aus dem Haus war ein großer hagerer, etwas gebückter Greis getreten, dessen verwittertes Gesicht jetzt von Mißtrauen lebendig wurde. Er warf einen raschen Blick durch die Einfahrt, sah die bewaffneten Männer und schrie schon:

»Willem! Jasper! Rasch! Das Tor zu!«

Zwei Knechte eilten aus dem nahen Stall herbei und schlugen krachend das schwere Tor zu. Oliver biß sich auf die Lippen, hörte, wie sich die schweren Sperrbalken vorschoben, hörte jetzt auch das Schimpfen der Alten, Schläge, Weinen des Mädchens und dann die Stimme einer alten Frau – ja, Elizas Stimme:

»Was ist denn los, Henryk? – Laß doch das Kind in Ruh!«
Oliver schüttelte sich, als ob ihm kalt sei, und klopfte mit dem Degenknauf gegen das Tor. Das Guckfenster wurde aufgerissen. Der böse Greisenkopf erschien und fragte grob:
»Was wollt ihr?«
Oliver wich zurück. Des alten Bruders Ähnlichkeit mit dem Vater Claes war so groß, daß sie die Jahre wie ein Blitz durchschlug und die Nacht des Selbstmordes furchtbar erleuchtete. Ich trieb ihn in den Tod, dachte Oliver erschüttert; was verlange ich vom Schicksal Gutes?
»Was wollen Sie, Herr?« wiederholte Henryk. Neben seinem Kopf tauchte das runzelige Gesicht einer alten, weißhaarigen Frau auf. Eliza sah mit ihren trüben, etwas erschreckten Augen den Fremden an.
»Ich bat um ein Glas Milch«, sagte Oliver leise. Der Greisin begannen die Lider zu flattern; sie faltete in der Anstrengung des Sehens und Suchens die Stirn.
»Sie finden zweihundert Schritt von hier rechterhand eine Meierei, gnädiger Herr«, sprach der Alte abweisend, »ich kann keine Milch abgeben.«
Oliver sah Eliza mit einem traurigen Blick an, nickte und wandte sich um.
»Ich danke dir, Bruder Henryk«, rief er über die Achsel und schwang sich auf das Pferd. Die Kavalkade trabte rasch weiter.
»Ach, Oliver!« flüsterte Eliza, sich an die Stirn fassend. Henryk warf stumm die Fensterklappe zu und hob die Schultern.
Im Standquartier des Großmeisters, das noch bei Tournai war, erfuhr der Necker von den Ereignissen in Gent nach seinem Aufbruch, von der Hinrichtung des alten Stadtmagistrats und der beiden Minister, auch von der heldischen Intervention der Maria. Oliver krallte die Hände ineinander und senkte den Kopf.
»Ihre Landsleute sind Teufel, Sieur Le Mauvais«, sagte Dammartin mit dünnen Lippen und sah den anderen ein wenig seitlich an.
»Sie sind Tiere!« rief Oliver leidenschaftlich und mit dem Fuß aufstampfend. Der Großmeister betrachtete ihn verwundert. – »Nein, Graf!« fuhr der Necker nach der kleinen Pause fort, leiseren Tones, doch auch verbitterter, »nein, ich will die Tiere nicht kränken! Sie haben recht: sie sind Teufel.«
»Handelten die Rebellen nicht gemäß Ihrer Initiative?« fragte Dammartin boshaft. Oliver hatte die Erkärung auf den Lippen; doch er sah dann den anderen mit einem schweren Blick an und sagte kurz ja.

Er kehrte in eiligen Märschen nach Plessis zurück.
»Bei der Mutter Gottes, Meister!« stöhnte einmal Daniel Bart nach einem zehnstündigen Ritt, »man möchte meinen, die Genter sind hinter uns her.«
»Gent liegt hinter mir«, sagte Oliver leise, »das Leben liegt hinter mir – und vor mir . . .«
Daniel verstand die letzten Worte nicht, aber er fühlte ihre Schwermut und wurde selber traurig.
»Zum Teufel mit diesem Leben!« murmelte er. Oliver sah ihn an, mit einem kleinen Lächeln.
»Wem sagst du das, Daniel?« fragte er.
Als er den König wiedersah, bemerkte er trotz seiner kurzen Abwesenheit zum erstenmal das tödliche Alter bei ihm, die drohenden Adern an der eingefallenen Schläfe und auf den Greisenhänden, den Blick, den schon die ersten Schatten der langen Nacht erreichten. Er fand ihn bei seinen Tieren. Ludwig fütterte die Singvögel mit Hanfsamen, die Eulen mit kleingehacktem rohem Fleisch, die Kraniche und Stare mit Getreidekörnern und Apfelschnitten. Oliver beugte sich voll Liebe über die alten Hände. Ludwig hob seinen Kopf hoch und küßte ihn.
»Ich bin froh, daß du da bist, Bruder«, sagte er weich; »das Leben drückt auf mich allein zu schwer.« Er sah ihm in die Augen. »Du hast deine Heimat wiedergesehen, Oliver, und Freude gehabt?«
Der Necker schüttelte den Kopf.
»Hier ist meine Heimat, Sire«, sagte er, zeigte auf die Tiere und streichelte die Dogge Tristan. Ein schöner, blaugrauer Jungfernkranich mit karminroten Augen und hornfarbenem Schnabel schritt würdig aus dem Käfig und untersuchte Ludwigs Hände.
»Mein Fils-de-putain macht sich nicht schlecht als Nachfolger des armen Larron«, erklärte der König, den Hals des Vogels liebkosend.

2 *Der große Feind*

Der Stein Plessis, eingehüllt von der Angst des Volkes, drückte auf das Reich immer schwerer. Jean de Beaune, dessen Amt ihn als einzigen von der nächsten Umgebung des Königs mit der Bevölkerung in häufigere Berührung brachte, hörte mit seinen scharfen Ohren zuerst, daß das Stöhnen des Landes sich zu Flüchen verdichtete. Er war klug genug, seine Wahrnehmungen nicht dem König, sondern dem Necker mitzuteilen, der ihm ernst und nachdenklich zuhörte.

»Wem flucht man«, fragte er schließlich, »dem König oder mir?«
»Dem Teufelskönig und dem Königsteufel«, antwortete Beaune, über seine Formulierung schon lächelnd, »beiden, Necker, man trennt die Begriffe nicht mehr. Und in dem gebührlichen Abstand folgen dann Tristan und ich. Er gärt nicht unbedenklich.«
Oliver ließ das Gespräch dann fallen, gleich als ob es ihn nicht sonderlich mehr interessierte. Doch er bestärkte um diese Zeit das erstemal den Daniel Bart in seiner obstinaten Haltung als Statthalter seiner Herrschaften und Güter im Seinetal, befahl ihm, alle seine Handlungen mit dem Namen des Sieur Le Mauvais zu decken und die zahllosen Konflikte mit der Stadt Paris nicht beizulegen, sondern jeder Provokation zuzutreiben. Die vielen Klagen, die von geschädigten Bürgern, beleidigten Beamten, zu Unrecht Inhaftierten, von den Gatten entführter Frauen und Vätern entehrter Mädchen beim Parlamentshof einliefen und notgedrungen nach Plessis weitergeleitet wurden, pflegte er mit ironischen Marginalien und dem eigenen Signum zum Siegel des Königs, dessen Bewahrer er war, zurückzuschicken.
Nicht viel später geschah es, daß dem Jean de Beaune in einer normannischen Ortschaft das Pferd unter dem Leib weggeschossen und er selber am Kinn verletzt wurde. Wieder hielt er es für gut, nur den Necker von dem Vorfall zu unterrichten; dem König sollte ein Reitunfall als Ursache seiner Verwundung gemeldet werden. Doch dieses Mal schien der Necker der Angelegenheit eine absonderliche Wichtigkeit beizumessen. Er bestand darauf, daß sie dem Souverän gemeldet würde, und berichtete sie persönlich, als der Schatzmeister seine Bedenken nicht überwinden konnte. Der König wurde weiß vor Wut und ordnete an, daß die männliche Bevölkerung der Ortschaft dezimiert und die gesamte Landschaft mit einer außergewöhnlich schweren Geldbuße bestraft werde. Der gutmütige Beaune bat den Herrscher auf den Knien, Gnade für Recht ergehen zu lassen und sein Gewissen nicht mit solcher Unmenschlichkeit zu belasten. Ludwig sah ihn kalt an und schüttelte den Kopf.
»Dein Gewissen ist mit dir in meinen Diensten sechzig Jahre alt geworden«, sprach er; »ich garantiere dir, es hält die Belastungsprobe aus.«
Der Schatzmeister erhob sich und sagte zu Oliver:
»Ich erinnere mich, Necker, daß Sie zuweilen eine gewisse Humanität der Gesinnung zu zeigen wußten. Legen Sie kein Wort für die Menschen ein, die ich unglücklich machen soll?«
Oliver zuckte mit den Achseln.
»Ich schlug der Majestät das Strafmaß vor«, entgegnete er gleich-

mütig. Als der König sie verließ, um seine Tiere zu füttern, fuhr Jean erregt auf.
»Wissen Sie auch, welch ungeheure politische Dummheit Sie mit dieser unnötigen Aufreizung des genugsam irritierten Volkes begehen, Necker?«
»Nein, das weiß ich nicht«, sagte Oliver ruhig und zeigte ihm die Order. »Sehen Sie rein formell keine Abweichung von früheren Verdiktfassungen, Jean de Beaune?«
Der Schatzmeister las zu seinem Erstaunen, daß der Befehl im Gegensatz zu der gewohnten Diktion nur im Namen des Königs lautete und nicht von Ludwig, sondern von Le Mauvais unterschrieben war. Er hob den Kopf und sah den Necker an.
»Begreife ich es recht, Meister?« fragte er langsam. »Sie wollen die Flüche auf sich nehmen? Sie wollen sich vor ihn hinstellen und ihn decken? Necker, begreife ich Ihre Größe niemals ganz?«
Er ergriff Olivers Hand.
»Mein Gott, Jean«, sagte Oliver peinlich berührt, »lassen Sie doch die Sentiments. Ja, es gilt, einer Unpopularität des Königs vorzubeugen oder gar etwas Schlimmerem. Als Sie mich an den Hof brachten, war ich nützlich, weil ich nicht laut wurde. Jetzt ist die Zeit anders geworden, jetzt nütze ich, wenn ich Lärm mache. Bei dem Ruf, den ich ohnedies im Reich genieße, gehört nicht viel Größe oder Mut, nicht einmal viel Kunst dazu, den allgemeinen Unwillen auf mich allein zu lenken. Sie müssen mir dabei helfen.«
»Und wenn der König stirbt?« fragte Jean nach einer Pause.
Oliver lächelte. »Sie wissen, Beaune, dieses Haus darf solche Worte nicht hören. Der König will nicht sterben.«
Der Name des Bösen gellte durch das Land. Der Abscheu des Volkes, der sich an die geheiligte Person des Königs – des großen Königs trotz allem! – nur zögernd heranwagte, hatte jetzt das Ziel. Der Teufel regiert das Reich und seinen Herrscher! Man begann, den König zu beklagen und für ihn zu beten. Die fromme Seele der Zeit suchte Ludwigs augenscheinliches Opfer zu verstehen: die Hingabe seines christlichen Heiles an den Antichrist um des politischen Triumphes willen. Man wollte ihm helfen und ihn retten. Es gab zwei mutige Männer, den Parlamentspräsidenten Le Boulanger und den Erzbischof von Paris, die voller Scham über die Straflosigkeit der durch den Neckerschen Statthalter im Umkreis der Hauptstadt begangenen Untaten und voller Besorgnis um die moralische Stellung des Königs nach Plessis kamen, um zu klagen und zu warnen. Bei der Audienz, die sie nach vieler Mühe erlangten, war der Necker zugegen. Nach einem verlegenen Schweigen sagte der Präsident:

»Wir bitten Eure Majestät um die Gnade, im Interesse der kirchlichen und weltlichen Würden, die wir vertreten, daß wir unser Anliegen Ihnen allein, Sire, vortragen dürfen.«
Ludwig zog die Stirn zusammen und antwortete scharf: »Wir sehen keinen, dessen Ohren nicht hören dürften, was wir hören.«
»Sire«, sagte der aufrechte Mann, »wir sehen den Sieur Le Mauvais.«
Der König schloß halb die Augen und zog die Brauen auf, mit abgründiger Bosheit lächelnd.
»So sehen Sie unseren Stellvertreter, dem wir jetzt die weiteren Verhandlungen zu übertragen belieben.« Er stand auf und ging zur Tür. »Hüten Sie Ihre Würden, Monsignore und Herr Präsident«, sprach er über die Schulter. »Messire Le Mauvais darf Ihnen sagen, daß sie gefährdet sind.«
Er verließ das Zimmer. Der Necker sprach höflich:
»Ich darf Ihnen sagen, Herr Präsident, daß die Majestät nicht erst seit dieser Stunde Lust hat, Ihnen die persönliche Verwaltung Ihrer Güter nahezulegen und Sie zu diesem Zweck von Ihren amtlichen Pflichten zu suspendieren. Und Ihnen, Monsignore, habe ich zu sagen, daß es dem Kardinal Balue in Amboise bis auf einige Seh- und Gehbeschwerden gutgeht. Ich stehe Ihnen jetzt zur Verfügung.«
»Wir haben hier nichts mehr zu sagen«, erklärte Le Boulanger, der bleich geworden war.

Als der fast neunzigjährige Tristan L'Hermite eines Morgens mit friedlichem Gesicht tot in seinem Bett gefunden wurde, im Schlaf wohl von dem letzten Schlag des müden Herzens getroffen, fühlte der König seit langer Zeit wieder die erste Erschütterung durch die große Furcht. Er hörte, stumm und frierend in seinem Sessel kauernd, die Nachricht, die Oliver ihm in gemessenen, aber nicht verhüllten Worten sagte; und sein Kinn bebte. Er weigerte sich auch, den Toten noch einmal zu sehen.
»Sire«, sagte der Necker verweisend, »die Treue von neun dienenden Jahrzehnten verdient den Abschiedsblick.«
»Ja, ja«, flüsterte Ludwig und bewegte unruhig die Hand, »aber ist das Gesicht – anzusehen? In seinem Leben waren doch viele Lasten, die den Tod schwer und schrecklich machen könnten ...«
Oliver schüttelte bewegt den Kopf.
»Es gibt eine dienende Treue, Herr«, sprach er weich, »die das Gewissen auslöscht oder es ersetzt. Tristans Antlitz ist schön und so voll von Frieden, daß es noch dem Lebenden Beruhigung zu geben vermag. Kommen Sie, Sire.«

Der König stand langsam und zaghaft auf und stützte sich auf Olivers Arm.
»Willst du uns mit dem Tod vertraut machen, Bruder?« fragte er und versuchte zu lächeln. »Willst du mich von ihm einlullen lassen? – Ich kenne ihn doch, ich kenne ihn doch! Und mich wird er unter keiner Maske anlocken!«
Sie gingen in die Schlafkammer L'Hermites. Die geschlossenen Läden hielten das Tageslicht ab; den Raum erleuchteten einige Kerzen. Der Hauskaplan betete bei dem Toten. Das Gesicht des Uralten, das gestern noch weise und ironisch lächelte, schien jetzt schon dem Maßstab des Ironischen entrückt, seltsam geglättet und ausgefüllt durch die letzte Ruhe; es schien auch fast jünger oder doch dauerhafter als das lebendige Antlitz, so endgültig in einer spöttischen Zufriedenheit erstarrt, so fest jeder Zug im Unabänderlichen, daß die Bewegung des Lebens neben der Gewalt des einmaligen Ausdrucks nicht einmal mehr vermißt wurde – wie bei einem meisterlichen Bild aus Stein. Ein seidenes Tuch um Kinn und Wangen, über dem dünnen Haar leicht geknotet, hielt die Kiefer zusammen.
Jean de Beaune, der am Kopfende des Bettes stand und ergriffen den Toten betrachtete, wollte zurücktreten, als der König eintrat. Doch Ludwig machte eine unbeholfene Geste, daß er bleiben solle, senkte den Blick schnell zu Boden und stellte sich hinter den breiten Rücken des Schatzmeisters wie hinter eine Schutzwehr. Er legte die Hände auf die Schultern des anderen, hob den Kopf mit einem Ruck und sah über Jeans Achsel auf das Totenbett. Der Geistliche unterbrach auf ein leises Wort des Neckers sein Gebet und verließ das Zimmer. Der König blickte das Pergamentgesicht Tristans an, stumm und mit dringlicher Aufmerksamkeit, den Kopf allmählich über Jeans Schulter vorreckend.
»Gut – gut ...«, flüsterte er wie zu sich selber. Er berührte mit seinen Lippen fast Beaunes Ohr. »Wieviel Jahre ist Tristan älter als ich?« fragte er verhalten. Der Schatzmeister wagte nicht, ihn anzusehen.
»Wohl an die zwanzig Jahre, Sire«, antwortete er leise.
»Zwanzig Jahre ...«, wiederholte Ludwig und wandte das Gesicht dem Necker zu; »das ist eine lange Zeit, dünkt mich, Oliver.«
»Das ist eine lange Zeit, Sire«, sagte der Meister abgewandt. Der König verzog gequält den Mund.
»Gibst du sie mir, Oliver?«
Der Necker antwortete nicht, als hätte er die Frage überhört. Der König atmete lauter und rascher.

»Beruhigt dich dieser Tote, Oliver«, fragte er wieder, »und warum?«
»Sein Frieden beruhigt mich, Sire.«
»Warum? Warum?« drängte der Erregte. Oliver zeigte ihm das ernste Gesicht.
»Weil er den armen Menschen von der Todesfurcht zu heilen vermöchte, Herr: weil solches Sterben wert ist, begehrt zu werden.«
Der König blieb eine Zeitlang stumm, die Lippen zusammenpressend und so heftig die Finger in Jeans Schulter krallend, daß jener vor Schmerz den Rücken krümmte.
»Nein – nein ...«, flüsterte Ludwig jetzt, und lauter dann: »Nein – nein! So fängt er mich nicht! So fängst du mich nicht!«
Er warf einen hastigen Blick durch das Zimmer, ließ plötzlich den Schatzmeister los, eilte an das Fenster und riß die Läden auf. Eine grausame Sonne stach in den Raum. Ludwig trat mit entstelltem Gesicht an das Totenbett.
»Sire!« rief Jean de Beaune, der zurückwich. Oliver legte ihm die Hand auf den Arm und flüsterte traurig:
»Lassen Sie ihn, Jean! – Das ist Notwehr.«
Der König betrachtete mit bösen Augen die Leiche, die unter dem grellen Licht zu leiden schien. Es war, als wollte ein wächsernes Gebilde kläglich schmelzen, als drohte dem Werk die vernichtende Bewegung. Das tote Antlitz glitt vom Gelben ins Graue, vielleicht gar unter den lebenden Augen in grauenhaften Zerfall. Jetzt hielt Oliver de Beaune fest, der vorstürzen wollte: Ludwig hatte sich rasch, mit der Grimasse des Abscheus, über Tristan gebeugt und ihm das seidene Tuch vom Kopf gestreift. Der Mund klaffte auf, wie zu einer furchtbaren Rückkehr ins Leben. Aus der zahnlosen Höhle bleckte eine weißliche Zunge. Die unheimliche Kraft des Bartes trieb auf Wangen, Oberlippe und Kinn silberige Stoppeln. Das Antlitz des Toten war wie ein stummer Schrei. Der König stöhnte vor Entsetzen; sein Körper bebte wie im Fieber. Er warf die Hände vor und zog mit Daumen und Zeigefinger die Lider von den gebrochenen Augen. Er schrie auf, zurücktaumelnd, die Finger gesträubt, schrie: »Da! Da! Oliver! Der Tod!« und stürzte aus dem Gemach.
Der Necker fand ihn bei seinen Tieren, scheinbar wieder ruhig, mit sanfter Stimme Kosenamen rufend, auf dem Schoß eine sonnenblinde Eule, die den Kopf unter sein Wams steckte. Er sah Oliver nicht an und sagte nur mit etwas befangener Stimme:
»Ich habe ihm die Maske abgerissen. Er bleibt der Feind. Du weißt es jetzt, Oliver. Du versuchst keine Versöhnung mehr.«

Er schwieg, wieder mit den Tieren beschäftigt; dann fragte er:
»Wer wird jetzt Generalprofos?«
Der Necker zögerte einen Augenblick und antwortete jetzt:
»Ich, Sire.«
Der König sah ihn an, eine Sekunde erstaunt; dann lächelte er und sagte:
»Ja, Bruder, das ist gut. Man fürchtet dich, aber man erreicht dich nicht.«

Ob sich Ludwig bewußt war, von welcher tiefen Bedeutung und Wirkung auf das Reich und auf sein Verhältnis zu den beiden regierenden Männern die Übernahme dieses fluchbeladenen Amtes durch den Necker wurde, konnte selbst Oliver niemals mit Sicherheit entscheiden. Daß nur das legendäre Alter Tristans und seine persönliche Lauterkeit den Abscheu des Volkes nicht zur rebellischen oder meuchelmörderischen Wut hatten kommen lassen und daß ein neuer Generalprofos nicht einmal durch eine mildere Ausübung seiner richterlichen Gewalt – die innerhalb des geübten Regierungssystems nicht möglich war – das schwere Erbe des Hasses würde sich leichter machen können, wußte der König sehr gut. Aber er schien schon zu fern von den Erregungen des Tages zu sein, zu gleichgültig gegen die Affekte der verachteten Menschen, zu sehr auch dem Neckerschen Genie vertrauend, um von der Ernennung persönliche Nachteile für ihn zu befürchten oder gar den letzten Sinn seiner Bereitschaft zu begreifen. Er begnügte sich, die Stelle eines exekutierenden Fiskals zu schaffen, der im Auftrag des Generalprofosen die Urteile vollzog; und er tat es wohl weniger, weil ihn Oliver schutzbedürftig dünkte, als um seiner eigenen Furcht willen, Stunden und Tage ohne ihn zu sein.
Die Machtfülle des Necker wurde zu dieser Zeit auch in der äußerlichen Wirkung erstaunlich. Er war der Leiter der außenpolitischen und administrativen Geschäfte, Großsiegelbewahrer und des Reiches höchster Justizbeamter. Nach Tristans Tod und nach dem letzten vergeblichen Versuch, den König der Ergebenheit ins irdische Los wieder zuzuführen, arbeitete er mit so nüchterner und folgerichtiger Energie seinem letzten Ziel zu, daß nur der aufmerksame und kluge Jean de Beaune das Heroische seines Werkes bemerkte: Die vielen bedeutsamen kulturellen Projekte, die nicht aus humanitärer, sondern aus staatsmännischer Gesinnung ausgeführt wurden, und alle Manifeste politischer und organisatorischer Triumphe trugen des Königs Namen; alle Proklamationen und Ordonnanzen einer einzigartigen Tyrannis unterzeichnete Le Mauvais. Die Popularität des

Valois und die Bewunderung seiner Größe, die in der Angst vor dem Stein Plessis erstarrt waren, erfuhren ein neues Leben, dem auf seltsame Art Liebe und Mitleid zugehörten. Nur der Souverän selber, der niemals zu lernen sich die Mühe genommen hatte, die zwangvollen Äußerungen der Untertänigkeit von den wahrhaftigen zu unterscheiden, und dessen Menschenhaß jetzt jede Neigung, die von außen kam, gleichermaßen abgeschüttelt hätte, ahnte nichts von der Wandlung in seinem Volk. Aber er hatte auch nicht die Gefahr geahnt, die, aus Angst und Wut zusammengeballt, eine gewisse Zeitlang den Bestand des Reiches bedrohte.

Während der Necker trotz aller Härte im Dienst für das Reich, als Staatsmann und als Profos, keine nachweisbaren Ungesetzlichkeiten beging, deckte er die immer dreister sich dem Kriminellen nähernden Übergriffe und Unterdrückungen seines Statthalters Daniel Bart auf immer provokantere Art. Nach der mißlungenen Intervention des Parlamentspräsidenten und des Erzbischofs in Plessis kam es zwischen Bart, der in Saint-Cloud residierte, und der Stadt Paris zum offenen Bruch. Der Erzbischof, der seit undenklichen Zeiten über die benachbarten Seine-Ortschaften das Recht der hohen, mittleren und niederen Gerichtsbarkeit ausübte, schickte einen Parlamentsadvokaten zu dem Statthalter, welcher in ultimativer Form die Befreiung der zahlreichen, durch unberechtigtes Justizverfahren in Saint-Cloud Eingekerkerten verlangte. Daniel hörte ihn wortlos an, erhob sich dann von seinem Stuhl, ging langsam auf den Juristen zu, der leichenblaß gegen die Wand zurückwich, packte den Schmächtigen und warf ihn durch die berstenden Fensterscheiben auf den Hof, wo einige aufgestellte Leute ihn auffingen und in ein tückisch konstruiertes Prangereisen schlossen. Die beiden Begleiter des Advokaten, die Zeugen des Gewaltaktes waren, wurden mit Peitschenhieben über die Seine in den Boulogner Wald, der damals noch Forst von Rouvray benannt war und zum größten Teil dem Necker gehörte, zurückgehetzt. Am nächsten Morgen begab sich der Erzbischof persönlich ins Parlament und erhob Klage gegen die ungeheuerliche Verletzung des Rechtes und der persönlichen Freiheit. Er erwirkte sofort einen Gerichtsbeschluß, daß hundert Häscher nach Saint-Cloud zu marschieren und den Advokaten in dem Zustand mit sich zu nehmen hätten, in dem sie ihn anträfen. Zu ihrem Erstaunen fanden die schwerbewaffneten Agenten den Unglücklichen auf halbem Wege, noch diesseits des Flusses. Er stak in seinem Halseisen, ohne sich rühren zu können, und die Kette, die das Prangergestell belastete, endete in einer dreihundert Pfund schweren Eisenkugel. Unter außerordentlichen Schwierigkeiten wurde der vergitterte Mann auf einen kleinräderigen Lastkarren gehoben und in die Hauptstadt gebracht. Der Parlamentsrat, der sich in der Tournelle versammelt hatte und dem der Advokat vorgeführt wurde, befahl nach einer genauen Protokollierung seines Zustandes, ihn aus dem Eisen zu befreien. Doch es erwies sich, daß weder die Häscher noch die fachmännisch geschulten Schließer der Conciergerie das Kunstschloß zu öffnen oder das Gestänge zu sprengen imstande waren. Es blieb nichts anderes übrig, als den Statthalter in höflicher Form um den Schlüssel zu bitten und dem Überbringer diplomatische Immunität zuzusichern. Daniel Bart hatte nach rascher Verständigung des Necker die unerhörte Kühnheit, in eigener Person und mit einem gewissen Pomp im Parlamentspalast zu erscheinen, in chevaleresker Haltung den Pranger aufzuschließen und den halbgelähmten Advokaten herauszuziehen. Währenddessen beriet in einem Nebenzimmer der Präsident mit dem herbeigeeilten Erzbischof und den Mitgliedern des Kriminalgerichts über die Möglichkeit, die dreiste Herausforderung des Neckerschen Leutnants mit List oder Gewalt zu parieren, die unerwartete und kaum wiederkehrende Gelegenheit, sich seiner verhaßten Person zu bemächtigen, auf irgendeine, wenn auch illegale Weise auszunutzen und die zugesagte Unverletzlichkeit um der allgemeinen Wohlfahrt willen aufzuheben. Trotz der Warnungen einiger besonnener Räte, die die Situation überschauten, die Zeit der Abrechnung noch nicht für gekommen hielten und in dem ganzen Vorfall einen provokatorischen Akt des Kronteufels vermuteten, erreichte der gereizte Präsident, von dem Prälaten unterstützt, den Verhaftungsbeschluß. Daniel Bart, der sich nicht sonderlich beeilte, den Parlamentspalast zu verlassen, fand das Tor verschlossen und wurde von dem Wachoffizier mit der befremdlichen Frage aufgehalten, ob er Daniel Bart sei. Der Neckerleutnant sagte ein hochmütiges Ja und fand es nicht einmal der Mühe für wert, ein Erstaunen zu heucheln. Der Polizeioffizier hatte bereits einen Steckbrief zur Hand, der frisch geschrieben schien, obgleich er ein ziemlich weit zurückliegendes Datum zeigte, und erklärte, den Statthalter wegen achtzehn neuer gegen ihn vorliegender Anklagen auf Raub, Erpressung, Notzucht, Freiheitsberaubung, Unterschlagung von Kirchengütern, Amtsüberschreitung und unberechtigt ausgeübter Jurisdiktion verhaften zu müssen. Der Bart lachte laut und wandte sich an einen seiner Begleiter:

»Reite nach Plessis, Grandjean, und melde dieser Herren artigen Wortbruch dem Generalprofosen. Der arme Präsident«, fügte er dann mit bedauerndem Kopfschütteln hinzu und ließ sich bereitwillig in die Conciergerie abführen. Sein Bote wurde natürlich am

Stadttor festgenommen; aber er hatte noch Zeit genug, den Arkebusenschuß abzufeuern, der seinen im Forst lauernden Gefährten die Verhaftung des Leutnants meldete und die verabredete Benachrichtigung des Necker befahl. Anderthalb Tage später, als noch in geheimen Sitzungen des Parlaments für und gegen eine Aburteilung des Statthalters ohne Verständigung der souveränen Instanz gekämpft und doch nicht einmal gewagt wurde, den Bart peinlich zu verhören, kam ein Eilkurier aus Plessis mit königlicher Ordonnanz in schroffstem Wortlaut, signiert vom Generalprofosen: sofortige Freilassung des Statthalters, Suppression der Anklagen, Entschädigung des Inhaftierten durch einen Betrag von zehntausend Talern, aufzubringen von der Stadt Paris, Amtsentsetzung des Parlamentspräsidenten, Neuwahl des Kriminalgerichtskollegiums, Stellung von zwei parlamentarischen und zwei episkopalen Geiseln nach Saint-Cloud.

Es war schon die Zeit, wo des Königs Entrücktheit vom lebendigen Tag zur Teilnahmslosigkeit an jedem Sein wurde, ausgenommen am eigenen, ganz versponnenen, nur mit den Tieren, mit den Büchern und wohl auch mit dem Dunklen, Drohenden in sich selber beschäftigten, wo er fast schon gleichgültig wurde zum regierenden Beruf. Der Böse neben ihm herrschte in seinem Namen, und er war es zufrieden, daß jener den Anprall der widrigen Geschäfte, der ewigen Woge von den Menschen her, auffing, ihn vor der Berührung, die ihn ekelte, schützte und ihm nur die Entscheidung über die großen politischen Fragen überließ, die wiederum sehr hoch über dem Begriff des einzelnen Lebens lagen, mit den Völkern wie mit sachlichen Komplexen umgingen und mit der Zeit wie mit einer Untertanin. Aber selbst diese Gespräche um letzte Entscheidungen wurden spärlicher. Als sein pikardischer Statthalter im Artois von dem habsburgischen Gemahl der Maria geschlagen wurde, hatte er noch Erregung und Enttäuschung gezeigt, neu gerüstet, neue Verhandlungen mit Gent eingeleitet; doch dann arbeitete die Zeit wieder parteilich für ihn und mauerte ihn in seiner harten und teilnahmslosen Sieghaftigkeit ein: Maria starb, noch ehe der Krieg entschieden war, Gent wandte sich im gleichen Augenblick von neuem gegen den fremden Herzog, seine Kinder als Geiseln behaltend und das Mädchen Margarethe als Braut des Dauphins in die Touraine verschachernd; der endgültige Frieden wurde geschlossen und brachte das Artois und das Herzogtum Burgund in allen seinen wallonischen Gebieten an Frankreich. Eine Vollkommenheit des politischen Zustandes war erreicht, die das gewaltige Reich und das ganze Europa in abergläubischer Abhängigkeit von der Allmacht des unsichtbaren Königs gefangenhielten. Der alte Schattenkönig René war gestorben und ließ die Provence und Anjou-Maine auch dem Buchstaben nach dem Valois, Flandern war sein Protektionsland, die Bretagne war friedlich und geduckt gehorsam wie ein gutdressierter Hund, das Reich zitterte willfährig vor jedem Wort, das aus der Feste Plessis drang, die Schweiz parierte wie eine Provinz, Spanien, alle italienischen Mächte, Portugal, Navarra und Schottland bettelten um seine Freundschaft, der todkranke Edward von England und Habsburg hielten sich gerne ruhig oder waren dankbar, daß man sie in Ruhe ließ. Der alte Mann von Plessis hatte nichts mehr zu besorgen als sein eigenes Leben und die guten Tiere.

Doch die Tiere machten es ihm leichter als das Selbst, der alte Körper, das alte Hirn, die morschen Gefäße seiner Existenz. Er leugnete es sich nicht mehr ab: Die Drohung kam jede Nacht fast, in der er nicht trank, aus dem eigenen Innern, unentrinnbar und unbezwingbar, tropfte aus jedem Gedanken wie aus einem lecken Topf, pochte im Blut, zerrte an den Nerven, zog im Nacken, sauste in den Ohren, rollte im Kopf, umklammerte die Brust. So trank er. Doch dann wagte sich die Drohung an den Tag, trieb ihm das Blut in die Stirn und Hitzen ins Gesicht, daß in seinem Blick der Boden vor ihm in schiefe Stufen zerbrach, die Wände sich lächerlich bogen, die Welt einen sachtroten Schleier trug und plötzlich keine Vergangenheit mehr war, kein Ding und kein Tier mehr einen Namen trug, das gedächtnislose Hirn leer lief wie ein aufgehobenes Wagenrad und Füße und Hände eine kalte Lehmschicht zu tragen schienen. Was tun? Was tun? Lieber die Nacht ertragen, die schrecklich ist an sich, lieber ihre Gespenster nüchternen und tätigen Geistes abwehren und in der Bibliothek zwischen der ergebenen Ewigkeit der Bücher die Erleichterung des dämmernden Morgens abwarten! – Mit seiner ungeheuren Energie warf er das Leben in die äußerste Enthaltsamkeit, trank nichts und aß wenig, arbeitete in den Nächten an einem neuen Gesetzbuch, begnügte sich mit einem kurzen Vormittagsschlaf und verbrachte die hellen Stunden im Tierpark, die animalische Nähe wie Energiequellen auszunutzen trachtend. Niemals aber, auch nicht an Tagen sichtlichen Verfalls, klagte er einem Menschen, selbst dem Necker nicht, der keine Anteilnahme wagte und sogar den Mitleidsblick hütete.

Es kam ein Frühling, in dem die Erscheinungen des Alters durch die triebhafte Erde in erschreckender Weise deutlich wurden; und sie führten zu einer Reizbarkeit und Empfindlichkeit, die die Nähe der Katastrophe anzeigten. Oliver sah die unheilvolle Härte und

Schlängelung der Schläfenarterien und oft schon – am hellen Tag, zwischen zwei Sätzen – ein unsägliches Grauen in Ludwigs Augen, eine Unruhe, eine Angst, die die Züge verzerrte. – In jenen Wochen machte Oliver sein Testament zugunsten der jungen Anne Necker, Henryks jüngster Tochter, wie er in Erfahrung gebracht hatte. Da er über sein Schicksal nicht im ungewissen war und für das Mädchen einen Teil seines Vermögens retten wollte, deponierte er die große Summe, die er flüssig machen konnte, zusammen mit der letztwilligen Verfügung in einem Brügger Bankhaus.
An einem ungewöhnlich warmen Apriltag schien der König von einer rätselhaften Heiterkeit erfüllt. Gesprächiger als sonst, aber zerfahren und zusammenhanglos plaudernd schritt er mit Oliver über die Weide der Pferde. Ein Berberhengst, ganz in seiner Nähe brünstig sich aufbäumend und ihn im Vorgaloppieren mit den Hufen fast streifend, erschreckte ihn auf unvermutete Art. Entstellten Gesichts und unsicher laufend zog er den Necker aus der Umzäunung.
»Das war Saint-Pol«, keuchte er; »fast hätte er mich mit den Hufen getroffen . . . Bin ich auch hier nicht sicher . . . oder ist er . . .«
Er preßte die Hand auf das Herz und lallte unverständliche Worte.
»Sire, beruhigen Sie sich«, bat Oliver und sah ihn besorgt an. Ludwig, rot im Gesicht, hob wild die Arme.
»Man soll ihn erschießen!« schrie er. »Ich war guter Stimmung! Ich habe schlafen können! Der Druck war fort, der Druck! Er wußte es, er, der Rebell! Der Konnetabel . . . Was siehst du mich so an?«
Der Necker nahm wortlos seinen Arm und wollte ihn ins Schloß führen; doch des Königs Beine versagten den Dienst. Oliver ließ ihn sanft auf die Erde gleiten, stützte seinen Kopf und öffnete ihm die Halskrause.
»Was ist denn . . ., was ist denn . . .«, stammelte Ludwig, die Augen schließend, und umklammerte Olivers Nacken. Der Meister rupfte taufrisches Gras aus und legte es ihm auf Stirn und Brust. Ludwig atmete auf.
»Man soll mich nicht so liegen sehen«, sagte er dann mit klarerer Stimme, »ich will es nicht. Heb mich auf. Ich bin gesund. Ich will es!«
Oliver hob ihn auf die Beine. Ein paar Schritte ging der König noch schwer auf seinen Arm gestützt. Dann richtete er den Körper auf, die Zähne zusammenbeißend, und ließ den anderen los. Im Bereich des Schlosses war die letzte Schwäche überwunden; die Wachen sahen den kurzen raschen Schritt des Herrschers und das kalte Gesicht, das niemanden anblickte, wie vor einer halben Stunde.

Ludwig ging in die Bibliothek und ließ sich erschöpft in einen Stuhl fallen. Der Blick, den er jetzt auf den Necker warf, war der feindlichste ihres ganzen gemeinsamen Lebens. Oliver bemerkte ihn und senkte den Kopf, um den König mit keinem Ausdruck seines Gesichts zu reizen.
»Nachricht von Edwards Zustand?« fragte er mit heiserer Stimme. Oliver zögerte mit der Antwort. Ludwig schlug auf die Seitenlehnen.
»Glaubst du«, rief er böse, »es schadet mir, wenn du sagst, daß er gestorben ist? Das war seit Wochen zu erwarten.«
»Er ist gestorben«, sagte Oliver. Der König schob das Kinn vor und runzelte die Brauen.
»Wie alt wurde er?« fragte er nach einer Weile.
»So alt, wie ich jetzt bin«, entgegnete der Necker vorsichtig, »und das scheint für den lendenlahmen Exzedenten immerhin erstaunlich.«
Ludwig schob mit unwirscher Geste die Bemerkung von sich und sah ihn lauernd an.
»Wieviel Jahre bist du jünger als ich, Oliver?«
»Etwa zehn Jahre, Sire«, entgegnete der Necker leise. Der König schrie ihn an:
»Zum Teufel! Vierzehn Jahre! Was schonst du mich! Ich will wissen, was du von meinem Zustand denkst!«
»Ich denke nichts anderes«, meinte Oliver achselzuckend, »als daß es lächerlich ist, mir in solcher Weise zu zürnen, nur weil ich Zeuge Ihres kleinen Schwächeanfalls war, Sire.«
Ludwigs Gesicht entspannte sich; er streckte die Hände nach dem Necker aus.
»Ja, du hilfst mir, Bruder«, flüsterte er, »du glaubst nicht, daß Er vorhin hinter mir stand, auf Armeslänge hinter mir! Du darfst es nicht glauben!« Er stockte und hauchte dann wie ein letztes Bekenntnis: »Ich stehe schon im Kampf, Oliver, schon seit geraumer Zeit . . .« Er zog Oliver näher an sich heran, unsicher und fast hilflos redend: »Sind vierzehn Jahre eine weite Strecke für ihn?«
Der Necker hob sehr bewegt den Kopf und sah ihm in die trüben Augen.
»Nein, Sire, und ich desertiere nicht. Und wenn es sein muß, bin ich mir vierzehn Jahre voraus. Sie dürfen nicht kleinmütig werden und sich nicht vor mir verstecken: Wie soll ich sonst helfen?«
Der König nickte langsam mit dem Kopf.
»Ich ergebe mich nicht«, sprach er; plötzlich lenkte er ab: »Ist Glocester, Edwards Bruder, ruhig? Oder doch der Prätendent?«

Oliver durfte es nicht mehr wagen, den Souverän mit Schweigen oder halben Andeutungen zu erregen. Er hielt ihn jetzt wohl auch für stark genug, die Tragödien fremder Schicksale anzuhören, ohne durch den regierenden Tod erschüttert zu werden. Er antwortete rasch und sachlich:
»Glocester heißt heute schon König Richard. Edwards beide kleinen Söhne starben von seiner Hand. Edwards beide Töchter wurden von ihm als Bastarde erklärt. Richard bietet Ihnen seine Freundschaft an, Sire.«
Ludwig wurde in beängstigend schneller Folge blaß und rot; seine Augen wurden von dem stoßenden Blut herausgetrieben.
»Diesen Menschen genügt nicht der Tod«, stöhnte er, »so sind sie Mörder! Glocesters gibt es überall ... jeder kann Glocester sein ... ich war es auch, Bruder ... zu mir kommt er auch ... Hilf mir doch!«
Er sah sich, fast erwürgt vor Entsetzen, im Raum um. Er redete irre. Oliver brachte ihn zu Bett.
In dieser Nacht heulte die Dogge Tristan und scharrte gegen die Schlafzimmertür. Der Necker, den der König seit Jahresfrist, seit Beginn der nächtlichen Bedrohungen und Arbeiten nicht mehr bei sich schlafen ließ, hatte auch an jenem Tag nicht den Kranken durch eine Änderung der gewohnten Ordnung erschrecken wollen und das Schlafgemach verlassen, als Ludwig in einen unruhigen Schlummer versunken war. Er wachte in seiner Kammer, durch die Nähe des letzten Kampfes verstört und nicht einmal zu lesen fähig. Er starrte in eine schwarze Ecke des Zimmers und lauschte in sich hinein, ob sein Herzschlag im Schicksal des verwandten Geistes mitklopfte. Er empfand eine Müdigkeit, die ihn ergebener dünkte, als es dem Widerstand des streitbaren Greises angemessen schien. Er schüttelte traurig den Kopf.
Wie der Hund seine Klage hinausheulte, sprang er auf, die Fäuste gegen die pochenden Schläfen gepreßt, und stürzte hinaus. Im Vorraum zu Ludwigs Schlafzimmer – die Dogge ließ winselnd von der Tür ab und drängte sich an ihn – hörte er noch den schweren Fall des Körpers drinnen und rasselndes Atmen. Er riß die Tür auf. Der König lag in einiger Entfernung von den Bettstufen auf dem Boden, seitlich hingestreckt und röchelnd. Der Hund war schon bei dem Gefällten und leckte das Ohr und das weiße Haar. Jetzt kniete Oliver neben dem König, schob die Dogge fort, die knurrte, und richtete ihn sachte auf. Ludwig lag auf der Seite, die vom Schlag getroffen war. Es schien, als sei er durch die äußerste Angst des bedrohten Körpers geweckt und aus dem Bett gestoßen worden, als

hätte er mit dem letzten Laut des aufgerissenen Mundes nach dem treuen Tier gerufen oder nach dem treuen Menschen, als hätte ihn der Feind zwischen Bettestrade und Tür erreicht und niedergeschlagen. Das Gesicht, dessen linke Hälfte mit hängendem Lid, schlotternder Backe und krampfig abgezogenem Mundwinkel die Zeichen der ungeheuren Faust trug, war blaurot, das rechte Auge stand weit offen, vorquellend, mit glotzender Pupille in der Schlagangst erstarrt. Muß er so furchtbar sterben, dachte Oliver erschüttert, hob ihn mit Anstrengung auf und trug ihn aufs Bett zurück. Die Glieder der linken Körperseite hingen schwach und schwankend herab wie bei einer ungefügen Puppe.

Doch der König starb nicht. Nach der schlimmen Nacht, in der Oliver mit Aderlässen, kalten Kompressen und Essigeinläufen gegen den tödlichen Blutdruck kämpfte und in der er keine andere Hilfe herbeizurufen wagte als die Jean de Beaunes und eines vertrauten und verschwiegenen Kammerdieners, fiel der Kranke in einen tiefen Schlaf. Indessen mußte der am folgende Tag mit vieler Heimlichkeit herbeigerufene Erzbischof von Vienne, einer der bedeutendsten Ärzte seiner Zeit und vor Olivers Favoritentum Beichtvater des Königs, feststellen, daß Ludwig nicht nur linksseitig gelähmt war, sondern auch die Sprache verloren hatte. Der gelehrte Prälat hoffte wohl auf eine allgemeine Besserung innerhalb weniger Tage; aber er wartete sie, durch die Nähe des Necker sichtlich irritiert, nicht ab und zog sich noch am gleichen Abend zurück, nachdem er die Behandlungsmethode des Meisters gebilligt und das feierliche Wort gegeben hatte, über die Erkrankung des Königs zu schweigen.

Noch kannte außer den drei Eingeweihten keiner im Schloß den Zustand des Königs. Man war an seine Launen gewöhnt und wußte noch von Amboise her, daß es ihm zuweilen beliebte, sich durch Tage jedem Auge zu entziehen. Nur die Tiere vermißten ihn und kreischten, bellten, wieherten nach ihrem Freund.

Als Ludwig erwachte, überwand er in erstaunlich kurzer Zeit das Entsetzen über sich selbst. Er sah wohl mit dem gesunden Auge den Necker in seltsamer Klage an, öffnete den Mund, ballte und spreizte die Rechte, schlug verzweifelt auf die Bettdecke, weil nichts als ein häßlich schnarrender Laut über seine Lippen kam, verzerrte erschütternd wütig die eine Gesichtshälfte; aber die fruchtlose Empörung dauerte nur kurze Zeit. Wie Oliver ihm Schiefertafel und Griffel zeigte, griff er gierig danach. Er schrieb mit fast unleserlichen Lettern: »Ich sehe, höre, erkenne – ich spreche bald!« Oliver sah ihn mit einem Lächeln an, das voll Wehmut und Bewunderung war.

»Sie sind wahrlich noch stark genug, Sire«, sprach er ehrlich, »um mir Kraft abgeben zu können.«
Ludwig bewegte zustimmend die Hand und zerbrach den schweren Griffel zwischen den Fingern; sein halbes Gesicht verschob sich im Willen zu lächeln. Dann schrieb er, die eine Braue hochziehend, mit dem kreischenden Rest des Stiftes die erbarmungslosen Worte der ersten Ordonnanz an die Schloßbesatzung: »Der König ist leicht erkrankt. Wer das kleinste Wort darüber an die Außenwelt gelangen läßt, wird gehängt.« Der Generalprofos verlas den Befehl den im Schloßhof versammelten Beamten, Gardisten, Lakaien, untersagte für die Dauer der Krankheit jede Beurlaubung und richtete eine strenge Briefzensur ein. – Ein zweiter Erlaß des Königs wies die Wärter an, während seiner Krankheit die Pflege der Tiere nicht im kleinsten zu vernachlässigen; ein jeder hafte mit seiner Person für ihr Wohlbefinden. Der Stein Plessis bebte vor der kranken Majestät.
Vierundzwanzig Stunden später begann Ludwig zu sprechen. Es war zuerst ein Lallen, fast noch unverständlich, aber mit ungeheurer Willenskraft wiederholt, jedes Wort angegriffen und nicht mehr losgelassen, bis die Sätze klarer und klarer ausgesprochen wurden. Als der Tag sich neigte, war die Sprache zurückerobert. Die Stimme wohl hatte sich verändert; sie tönte nicht mehr sonor und männlich wie früher, sondern blieb wie geborsten, mühselig auch und mit schweren Lauten die Worte getragen aneinanderreihend; aber die Freude gab ihr eine seltsam heroische, ungefüge Zuversicht. Oliver sah den Ringkampf an, tief erregt und fast bestürzt von solchem Mut. Der König begriff seinen aufmerksamen Blick anders; er streckte ihm die Hand hin und sagte:
»Freund, ich danke dir.«
»Was danken Sie mir?« fragte der Necker verwundert und sogleich auch von leiser Pein angerührt. Ludwig strich ihm über den Arm, mit einer zaghaften Bewegung.
»Ich weiß, ich weiß«, sprach er mit seiner brüchigen Stimme, »du hast mir die Sprache wiedergegeben, Bruder. Groß ist deine Magie, aber . . .«
»Sire«, unterbrach Oliver in heftiger Bestürzung, »Gott gab sie Ihnen wieder!«
»Groß ist deine Magie, Bruder«, beharrte der König unbeirrt; »aber gib mir auch den ganzen Körper wieder. – Sieh, ist das königlich?«
Er hob mit der gesunden Rechten seinen linken Arm hoch und ließ ihn zurückfallen wie einen Pumpenschwengel. Der Necker murmelte gequält:

»Beten Sie zu Gott, Sire. Ich kann nichts zurückgeben!«

»Ist das königlich?« fragte Ludwig weiter, grausam taub, und legte die Hand auf die tote Hälfte seines Gesichtes. Der Necker sank sehr bestürzt vor dem Lehnstuhl auf die Knie und umklammerte Ludwigs Beine.

»Herr! Herr!« rief er. »Lassen Sie den furchtbaren Glauben an mich! Ich bin nur ein Mensch!«

»Nein, nein, nein!« stöhnte Ludwig, und sein schiefer Mund bebte vor Angst. »Ich lasse ihn nicht, darf ihn nicht lassen! Er hilft mir ja bis hierher – und auch weiter . . .«

Oliver wagte nicht mehr zu widersprechen; er mußte, wollte er nicht den König in neue Gefahr bringen, schweigen. Er richtete sich langsam auf.

»Bleib! Bleib!« flüsterte Ludwig und fingerte nach ihm. »Mir ist fast, als fühlte das linke Bein deinen Körper . . .«

Der Necker blieb vor ihm knien, mit wirrem Kopf, und preßte und rieb das tote Fleisch. Gegen Mitternacht konnte der König mit einiger Mühe die gelähmten Glieder bewegen. Er schlief mit einem Seufzen des Glücks ein. Oliver, der bei ihm wachte, barg die brennende Stirn in den Händen. – Warum quält das Schicksal diesen alten Mann auf solche schlimme Art mit mir und mit sich? fragte er sich; kann es nicht zum Ende kommen? – Doch am nächsten Tag änderte er seine Haltung dem Kranken gegenüber. Er behandelte ihn, wie jener es wollte: mit dem suggestiven Kommando des körperlichen Erfolges, mit der Unsentimentalität und anspruchsvollen Technik des Schwarzdoktors. Er hob ihn aus dem Bett und stellte ihn auf die Beine.

»Sie können stehen, Sire«, sagte er und ließ ihn los. Ludwig stand.

»Sie können den linken Arm bewegen, Sire.« Ludwig hob ihn ein wenig.

»Sie können gehen, Sire«, sprach der Necker ein drittes Mal und ergriff des Königs Arm. Ludwig humpelte an seiner Seite durch das Zimmer. Am Abend waren die Lähmungserscheinungen bis auf die Muskelschwäche des linken Augenlids, das geschlossen blieb, und einer leichten Verzerrung der linken Gesichtshälfte, verschwunden. Sein Gang war zwar hinkend und sein Körper gebückt wie bei einem hinfälligen Greis, und er trennte sich nicht mehr vom Krückstock. Er wurde auch noch menschenscheuer, aus Angst vor einem Blick, der ihm sein verändertes Aussehen verraten könne. Bevor er das erstemal wieder das Schloß verließ, um zu den Tieren zu gehen, gab er den Befehl aus, daß er keinem Beamten oder Bedienten zu begegnen wünschte. So sah er nur die kalten blauen Augen seiner

Schotten, die keine neugierigen und nicht zu erschütternde Leute waren. Und dann sah er die alte Freude seiner Tiere.

Zu Anfang Mai, an einem der schweigsamen Abende, an denen der sieche König von neuer Unruhe in seinem Körper heimgesucht wurde, sein erschreckter Blick über den Rand des Folianten flatterte und den Necker suchte, an denen die süße Luft des Blühens zu betäubend und Nachtigallensang aus dem Hag zu laut in den ernsten und herben Bücherraum drangen, Oliver stumm aufstand und die Fenster schloß, hatte Ludwig ein merkwürdiges Verlangen.

»Freund«, bat er fast verlegenen Tones, »lies mir das Kapitel aus dem Propheten Jesaja, in dem der König Hiskia, todkrank, zu Gott flehte, das Leben ihm zu verlängern, und wie des Herrn Wort dem Jesaja geschah und der Herr den Tagen des Königs noch fünfzehn Jahre der Gesundheit zulegte.«

Der Necker blätterte ohne ein Zeichen der Verwunderung in der Bibel und las das achtunddreißigste Kapitel des Buches Jesaja. Schon nach wenigen Sätzen unterbrach der König, bekümmert den Kopf schüttelnd, ohne Hoffnung fragend:

»Wie kann ich sagen, daß ich vor dem Herrn gewandelt habe in der Wahrheit mit vollkommenem Herzen, und getan habe, was ihm gefallen hat? Wie kann ich es sagen, Bruder?«

Oliver hob nicht einmal den Kopf, als ob Ludwigs absonderliches Eindringen in das biblische Gleichnis ihn nicht zu erstaunen vermochte.

»Dieser Zweifel allein mag schon dem Herrn genügen«, sagte er schlicht und las weiter. Der König betrachtete ihn sehr aufmerksam; das hängende Lid flatterte in seiner heimlichen Erregung. Der Necker endete: »Hiskia aber sprach: Welch ein Zeichen ist das, daß ich hinauf zum Hause des Herrn soll gehen!«

»Ich habe gebetet, als ich stumm war«, flüsterte Ludwig hastig, wie eine Antwort. Er bedeckte, wie es nach dem Schlaganfall seine Gewohnheit geworden war, die linke Gesichtshälfte mit der flachen Hand und fuhr leise fort: »Aber ich meine immer, du drängst mich durch Gott in die Resignation, Bruder.«

Oliver sah ihn einen Augenblick an, mitleidig und unmerklich lächelnd, blätterte dann die pergamentene Seite der Vulgata zurück und las noch einmal: »Denn die Hölle lobt dich nicht; so rühmt dich der Tod nicht; und die in die Grube fahren, warten nicht auf deine Wahrheit. Sondern allein, die da leben, loben dich, wie ich jetzt tue.«

Eine Weile schwiegen beide. Ludwig blickte ihn mit dem freien Auge forschend an.

»Ja«, sagte er schließlich, »du willst entlastet sein, Bruder, ich kann es begreifen. Und wenn ich auch weniges mehr gutmachen kann, um Gott gefällig zu werden, und wenn auch Gott und wir wissen, daß das königliche Gewissen von wenigem mehr belastet wird und das meiste wieder auf sich nehmen würde, so möchte eine gute Tat doch von Nutzen sein, Bruder, mir und dir?«
»Versuchen Sie es, Sire«, sagte der Necker. Der König sprach ohne Zögern, wie ein Mensch, der die Summe einer langen Überlegung mitteilt:
»Der Kardinal Balue ist begnadigt. – Bitte den Heiligen Vater in meinem Namen um ein Breve, das mich von der Sünde seiner Einkerkerung losspricht. Und dann geh nach Amboise und öffne den Käfig. Wird die gute Tat uns angeschrieben, Bruder?«
»Ich glaube es«, sagte Oliver und beugte sich dankbar über Ludwigs Hand.

Rom hatte in jedem zweiten oder dritten Jahr versucht, den Kardinal zu befreien. Bei den guten politischen Beziehungen des Kirchenstaates mit Ludwig, bei Balues bekanntgewordener Verräterei und der europäischen Machtstellung des Königs konnten die päpstlichen Vorstellungen niemals den höflichen oder gar bittenden Ton verlassen. Doch sie begegneten stets jener gefährlich zutunlichen Dialektik, die das verwischte, was sie nicht zugeben wollte. Um so freudiger nahm der Papst die Initiative des Königs auf, und sein Breve war ein Dankschreiben.
Balues Körper war so schwer geworden, daß die Beine ihn nicht mehr trugen. Nach zehn Jahren einer verzweifelt angespannten Tätigkeit als Übersetzer und Exeget war der Geist noch stark, als das Augenlicht verlöschte. Doch angelangt auf dem höchsten Grad irdischer Betrachtung, erschreckte ihn auch die Dauer des Dunkels nicht mehr. Er lag die letzten vier Jahre wie eine unförmige Masse auf der Pritsche, die Hände über dem mächtigen Bauch gefaltet, die Augen zumeist geschlossen, und diktierte einem Augustiner, der außerhalb des Käfigs saß, eine neue Fixierung des Kanons und eine Kritik der Apokryphen.
An einem dieser Maitage, die durch die offenen Fensterluken das Gewölbe mit sonnenwarmer Luft füllten, wurde der beschaulich Arbeitende zu ungewohnter Stunde gestört. Das Tor wurde geöffnet und nicht wieder ins Schloß geworfen. Schritte von Menschen kamen näher.
»Was ist denn?« fragte Balue ein wenig unwillig und wandte den Kopf. Man gab keine Antwort; aber es erhob sich ganz in seiner

Nähe das unsäglich neue und unerwartete Geräusch arbeitender Feilen.
»Fra Benedetto, was geschieht hier?« fragte Balue in großer Erregung seinen Sekretär.
»Handwerker arbeiten am Gestänge, Eminenz«, antwortete der Mönch mit einer Stimme, die vor Staunen fremd klang. Der Kardinal legte den Kopf ergeben auf das Kissen zurück, schloß die Augen und begann klaren Tones das *Benedic anima mea Domino.* Die Feilen kreischten lauter, dröhnend fiel Gitterwerk. Ein Schritt brach in die vierzehnjährige Einsamkeit des Käfiginneren ein, ein Mensch stand, von Eisenstangen nicht getrennt, ganz nahe und sprach leise:
»Monsignore Jean Balue, Kardinalsbischof von Angers, Eminentissime! Durch die Gnade des Allerchristlichsten Königs sind Sie ein freier Mann und beurlaubt nach Rom.«
Balue schwieg eine Weile, den Worten nachlauschend, die Augen nicht öffnend; dann flüsterte er:
»Wer sagt mir diese große Kunde, daß ich ihn segnen kann?«
»Ein Diener seines Herrn«, murmelte der Necker und kniete nieder.

3 *Der Sieger*

Gott schien die gute Tat nicht anzurechnen. An einem sehr heißen Junitag ließ er den zweiten Schlag gegen den König zu. Fast ohne Laut sank Ludwig in dem Stuhl zusammen, in dem er zufällig saß. Oliver verschloß mit leiser und ruhiger Hand die Tür der Bibliothek und setzte sich dann zu dem Bewußtlosen, seine kalten feuchten Hände haltend. Er tat nichts sonst; er hielt nur seine Hände, mit den Fingerspitzen den rasenden und gemach sich verlangsamenden Puls prüfend, das wildrote, allmählich sich entfärbende Gesicht betrachtend – und wartete. Ludwig hatte die Augen geschlossen. Er wurde blasser und blasser, das Herz ging langsamer und langsamer, immer mehr neigte sich der Oberkörper nach vorne; jetzt ließ er sich mit einem kleinen und fast kindlichen Stöhnen in Olivers Arme fallen; der Kopf sank an die Brust des Necker, der ihn nicht einmal zur Seite wandte oder aufrichtete, damit das Gesicht freier atmen könne. Dann glitten auch, wie unter einem leisen Stoß, des Königs Schenkel, Knie und Beine aus der Stellung des Sitzens; der Necker umfaßte den sinkenden Körper fester und hob ihn auf seinen Schoß.
So saß er wohl zwei Stunden mit der Menschenlast, die schwerer

wurde, je mehr sie sich vom Leben zu entfernen schien. Es kam der Augenblick, wo er nicht Atem noch Herzschlag mehr hörte; doch er wurde nicht unruhig, nicht traurig, nicht angerührt vom Schicksal des einen oder anderen Körpers. Es waren nicht einmal viele Gedanken in seinem Kopf, wie er den anderen versehrten Kopf unter sich betrachtete; nur das eine wußte er: das ist der Tod noch nicht. Dann, in einer seltsamen Sekunde des ausstrahlenden und vortastenden Gefühls, war es ihm, als belebte sich der Herzschlag des Königs von neuem an seinem eigenen ruhigen und lebensstarken. »Er kann nicht sterben!« stöhnte er; und das erstemal in seinem Leben hatte er den Gedanken an Selbstmord.

Der König erwachte in einer so großen körperlichen und geistigen Schwäche, daß die lähmende Wirkung dieses zweiten Anfalles in ihrem Ausmaß nicht erkannt werden konnte. Doch er schien die Nähe des Neckerschen Körpers empfunden zu haben und zu entbehren, als Oliver ihn schließlich auf das Ruhebett trug, das in der Bibliothek für ihn bereitstand. Der Meister hörte und begriff auch bald die ganz verhaltenen Zeichen des Unwillens und Unbehagens, die Ludwig so lange fortsetzte, bis Oliver ihn von neuem aus den Kissen hob und mit seinem Körper stützte. So, wieder an seiner Brust, fiel er auch bald in den schweren totenstarren Schlaf, den der Necker von der ersten Krankheit her als Beweis der überstandenen Gefahr kannte. Der nächste Tag zeigte wohl Ludwigs gesteigerte Hinfälligkeit, aber doch auch keine Lähmung einer leiblichen oder sinnlichen Funktion. Der zweite Schlag schien ohne schädliche Folgen überstanden. Der König sprach und bewegte sich an diesem und den beiden nächsten Tagen wenig, wohl noch im Banne des großen körperlichen Schreckens; doch Oliver, der stets bei ihm war, wußte, daß sein Geist schon wieder arbeitete und nach neuen Waffen gegen den Feind suchte. Er glaubte auch, daß die Enttäuschung, die Gott dem König bereitet hatte, sich in einer heftigen Abkehr von jeder menschlichen Demut äußern werde, in gesteigerter Kraft von Haß, Mißtrauen und Verachtung.

Er täuschte sich nicht. Der Rekonvaleszent überraschte ihn und den Hof mit einer unheimlich durchdachten Reform aller Verteidigungs- und Absperrmaßregeln. Zunächst filterte er von neuem die zivile Schloßbesatzung durch und schränkte die Zahl der Beamten und Domestiken auf das äußerste ein. Durch viele Tage prüfte er persönlich die Personallisten und schied rücksichtslos die Leute aus, die durch irgendeine noch so geringfügige Ursache – durch einen suspekten Vetter, einen peinlichen Namen – sein Mißfallen erregten. Der also gesiebte Rest unterlag seinem »Bewegungsgesetz«, dem

»panta rhei«, wie er es mit verkniffenem Mundwinkel dem Necker formulierte: Die Leute wurden außerhalb des Schlosses kaserniert und hatten sich nach einem klug berechneten System, das jede gefährliche Vertrautheit mit den Dingen und Geschehnissen des Schloßinnern ausschloß, im Dienst abzulösen. So erreichte es Ludwig, daß außer dem Necker und Jean de Beaune nur noch die vierhundert Mann der Schottengarde ständig im Schloß wohnten. Kein Gast, kein fremder Gesandter, selbst nicht die Mitglieder des königlichen Hauses durften in Plessis übernachten oder auch nur die Aufenthaltsdauer überschreiten, die ihnen, nach Stunden bemessen, schon vor ihrer Ankunft mitgeteilt wurde. Rings um die Feste, und zwar noch ein gutes Stück außerhalb des Mauerwalles, wurde ein Gitterwerk aus starken Eisenstangen gezogen, so daß das gesamte Schloßviereck zu einem furchtbar gesteigerten Gleichnis jener Käfige wurde, die der König zur Einkerkerung hervorragender Gefangener erfunden hatte. An den vier Ecken des ungeheuren Käfigs wurden vier rollende Panzertürme errichtet – Haubenlerchen genannt – und mit je vierzig Scharfschützen bemannt, die nachts ohne Anruf jeden sich auf ihrer Längsseite dem Gitterwerk nähernden Menschen zu erschießen hatten und während der Einlaßstunden die angemeldeten Personen – ob Fürst oder Lieferant – körperlich untersuchten. Die Mauern hinter den Käfigstangen waren mit Sporen und Widerhaken gespickt und der Zwischenraum in gedeckte Laufgräben verwandelt, in denen Tag und Nacht Gardisten patrouillierten.
Oliver verlor über einen solchen sinnlosen Eifer kaum ein Wort. Nur einmal fragte er den König, scheinbar ohne Spott:
»Befürchten Sie eine Belagerung, Sire?«
Ludwig wandte ihm sein schiefes Gesicht zu:
»Ich werde belagert«, erwiderte er mit einem Ernst, der zugleich die Frage tadelte. »Und man soll wissen, daß es sich noch verlohnt.«

Das Bedürfnis des Königs, sich und der Welt sein Dasein zu beweisen, steigerte sich mit dem körperlichen Verfall. Obwohl er so schwach war, daß er die Bibliothek nicht mehr verlassen konnte und sich nur noch einmal des Tages auf einem Tragstuhl zu den Tieren bringen ließ, obwohl außer dem Necker, dem Schatzmeister und einigen Leibgardisten kaum noch ein anderer Mensch vor sein verstörtes Auge trat, brach er jetzt mit der Gewohnheit eines ganzen Lebens und kleidete den ausgemergelten Leib in prunkende Gewänder, in weite und lange, pelzverbrämte Mäntel, die sich stattlich über dem armen Körper aufbauschten. Jetzt auch begann er wieder, persönlich in die Geschäfte der Regierung und gar in geringfügige

Verwaltungsangelegenheiten einzugreifen und eine Sprache in die Welt zu schicken, die um so herrischer und härter schien, je beschwerlicher dem müden Mund die Rede wurde. Und jetzt erst stieß er auf die Gegnerschaft des Necker.

Oliver stemmte sich nicht gegen den Tätigkeitsdrang des Alten, auch nicht gegen die Ausbrüche einer tückisch kleinlichen Tyrannei, die je nach dem Grade des eigenen Siechtums die Untertanen reizte oder quälte, Pensionen beschnitt oder aufhob, Ämter und Würden einzog und mit erschreckender Willkür Strafen aller Art verhängte: Der Necker wollte nicht gestatten, daß der königliche Name auf so häßliche Weise befleckt werde. Er verlangte, daß solche Disziplinarverfügungen von ihm gezeichnet würden, wie es in der letzten Zeit stets geübt worden war. Der König wiederum schien von einer unvermuteten Eifersucht gestachelt und verbiß sich desto fester in den Willen, alle Dekrete – ob politischer oder administrativer Art – wieder persönlich abzufassen und zu unterschreiben. Gewiß hätte Oliver die Schicksalsdinge, die doch schon – glaubte er – sehr nahe bis zur notwendigen Entscheidung gediehen waren, ruhig weitertreiben lassen können; aber in dem eigenen Schauder über Ludwigs Art und Kraft des leiblichen Widerstandes schien ihm der zufällige Gegensatz zwischen sich und ihm wie das sinnfällige Mittel, ihn von sich fortzudrängen, so weit eben, daß er vor dem Tod kapitulierte und solchen Lebens trauriges Spiel zu Ende kam. Denn Oliver war sehr müde schon.

Aus diesen Gründen blieb er widerspenstig und zeigte eine Schroffheit, die in keinem rechten Verhältnis zu dem Wesen des Streites stand und nur verletzen sollte. Ludwig saß zusammengeschrumpft und wie ausgedörrt – ein blutloses, knochendürres altes Männchen – in dem viel zu mächtigen Lehnstuhl, legte die Hand auf die linke Gesichtshälfte und sah den Necker mit einem merkwürdigen Blick von unten her an.

»Muß ich wirklich«, sprach er schwerfällig, »gerade bei dir die Bestätigung des schlimmen Gedankens finden, der mir in diesen Wochen arg zusetzt: daß man den König nicht mehr respektiert, weil er alt ist – und vielleicht krank?«

Oliver machte eine heftige Bewegung.

»Wenn Sie mich nicht von solchen Erwägungen ausnehmen können, Sire«, sagte er scharf, »so ist mehr in Gefahr als die Arbeit, die ich in Ihren Diensten geleistet zu haben glaube.«

Doch Ludwig blieb ruhig; er blinzelte nur ein wenig mit dem gesunden Auge.

»Meinst du mein Leben oder meinen Thron, Oliver?« fragte er mit einer schwermütigen Ironie, die den Necker überraschte und traf. »Und meinst du, ich sei so krank, daß ich nicht mehr deinen veränderten Ton hören oder gar begreifen könnte? Glaubst du, Oliver, ich höre deine Drohung als – Drohung?«

Der Necker blieb stumm und unbewegten Gesichts an seinem Platz und hob auch nicht den Blick. Aber sein Herz klopfte; er fühlte mit einemmal die Bedeutsamkeit dieses Gesprächs; doch er wußte nicht, mit keinem vordrängenden Gedanken, was gesprochen werden würde. Und das verwirrte ihn wie in jener ersten Zeit des gemeinsamen Schicksals, in der er Ludwigs dämonischen Anteil an seiner Seele nicht abzuschätzen vermochte. Daß dieser halbe Mensch noch über Wissen und Kraft verfügen möchte, die er schon verloren hatte oder vielleicht niemals besaß, konnte ihn fast demütigen und den ungeheuerlichen Kampf, den er zugleich mit ihm und gegen ihn führte, endlos ausdehnen. Er stöhnte verhalten.

»Armer Bruder«, sprach der König leise, und Mitleid stak mit absonderlich fremdem Kehlklang in seiner Heiserkeit; »wir sind verbrüderter, als es für dich gut ist. Für mich ist es gut; denn ich allein bin der Nutznießer: ich lebe davon. Aber ich habe auch von dir deine Bedenken, deine Zweifel, deine heimliche Müdigkeit übernommen. Sieh, Oliver, so weiß ich wohl das meiste, was dich quält. Doch wie darf ich es aufkommen lassen?« Ludwig ließ die Hand von dem Gesicht sinken und hob den Kopf, den Worten, die er jetzt langsam in die Luft flüsterte, gleichsam nachblickend. »Ich glaube an unsere Zweieinheit, Oliver, und an deine Lebenskraft in mir und um mich. Es muß vielleicht sein, daß ich, der grausame Mann, zu keinem doch grausamer bin als zu dir, mein armer Bruder ...«

Der Necker schwieg und rührte sich nicht. Er hob nicht die Augen von dem vielfarbigen Mosaik des Fußbodens. Es bewegte sich auch keine Muskel in seinem Gesicht, das taub schien.

»Ach, Oliver«, fuhr Ludwig fort, ohne des anderen Regungslosigkeit zu beachten, und seine Stimme hob sich wie klagend, »es handelt sich ja nicht um meinen erhobenen oder deinen verhaßten Namen unter diesem oder jenem Papier! Es handelt sich ja nicht um das Opfer deiner Person, die mir ja schon geopfert ist! Es handelt sich nicht um dein Leben, das du abschütteln willst, sondern um das Leben des Königs, das mein ist und dein ist!«

Der Necker schwieg. Ludwig legte wieder die Hand auf das Gesicht und kauerte sich zusammen.

»So beantworte mir dies nur, Bruder«, murmelte er müde; »trägst du dich jetzt mit dem Gedanken, den ich vielleicht schon vor dir aus deinem Hirn trug: Denkst du an Selbstmord, an überraschenden oder angekündigten, damit ich sterben kann?«

Oliver hob nicht den Kopf, er preßte die Hände an die Stirn und die Schläfen; er kam keinen Schritt näher.

»Ich kann nicht mehr!« stöhnte er, von innen heraus geschüttelt, als bräche die Verzweiflung aus der Brust wie ein Sturm. »Ich kann nicht mehr, Sire! So lassen Sie mir doch meinen Tod!«

»Nein!« sagte der König hart und ballte die Hand auf dem Gesicht zur Faust; »nein! denn du hast keinen Tod für dich allein!«

»So sterben Sie mit mir!« schrie der Necker gegen den Boden. »Sind wir nicht weit genug und alt genug?«

»Der König darf nicht sterben«, sagte Ludwig streng; schon fügte er hastig hinzu: »Und jetzt denkst du an Mord, Bruder!«

Oliver riß die Augen auf; aber er brachte den Kopf nicht in die Höhe. »Und was täte es mir!« keuchte er.

»Und warum tust du es nicht, Bruder?«

Jetzt erst brach der Necker in die Knie, mit Händen und Stirn gegen die Fliesen schlagend. Der König blieb eine Weile still.

»Armer Bruder«, sprach er endlich, »ich habe dich lieb. Ich muß es wohl noch einmal mit Gott versuchen ... vielleicht war es zuwenig, was ich tat. Vielleicht hilft er doch ...«

In diesen Wochen eines glühenden Juli, während der Körper wie ein brüchiges Gefäß mit jedem Tag die Lebenstropfen verlor und der Geist sie doch immer mit seinem Willen zu ergänzen glaubte, geschah des belagerten und bedrängten Menschen einzigartiger Ausfall gegen den Tod. Ludwig blieb der kluge Stratege, der er zeit seines Lebens war. Er liebte, andere für sich kämpfen zu lassen. Setzte man ihm hart zu, so war sein Gegenangriff selten ein Werk der eigenen Waffen, zumeist der überredenden Kunst des Wortes oder des Geldes. Und mit den kleinen Umwegen, die er schätzte, war es dann irgendein Entsatzheer, das von außen kam und den Belagerer im Rücken packte. Jetzt, als er die letzte Entlastung des Necker versuchte, galt es den Sturm auf die Huld Gottes, der für ihn kämpfe und den großen Feind gleichsam von rückwärts überrasche und überwinde. Sein Hirn, das doch schon sehr lange Strecken der Leere und der Finsternis zu überwinden hatte, arbeitete in einigen kühlen und zutunlichen Nächten den großen Plan zur Bestechung des Höchsten aus. Jean de Beaune hatte ihn sofort in die Tat umzusetzen.

Der Stein Plessis schüttete Gold über die Kirchen und Klöster Europas. Alle Kathedralen und Abteien des Reiches erhielten Weihopfer und Geschenke an Kleinodien, Geld und Land; Reliquiarien und Reliquienschreine, goldene Kelche, Kirchengeräte und edelsteinbesetzte Monstranzen, der berühmte Silberrost Sankt Martins von Tours, der achtzehntausend Mark Silber wog, und das kostbare Kästlein des guten Heiligen Eutropius von Xanten wurden bedeutsamen Kirchen des Auslandes gespendet: den Heiligen Drei Königen von Köln, Unseren Lieben Frauen von Aachen, Sankt Servatius von Utrecht, San Bernardino von Aquila, Santa Maria Novella von Florenz, San Giovanni in Laterano zu Rom. Nach Sankt Bavo zu Gent wurde ein kostbares Kruzifix gesandt: ein goldenes Kreuz mit elfenbeinernem, aus einem Stück geschnitztem Heiland. Bevor der Bischof von Tours in Ludwigs Auftrag mit dem Kleinod nach Flandern aufbrach, zeigte der König es dem Necker, der während dieser Tage still und verschlossen seinem Dienst nachging.

»Ich habe Gent nicht vergessen«, bemerkte der König, wohl in dem Wunsch, ihm eine Freude zu machen.

»Gents Gottesmänner mögen dankbarer sein als Gents Bürger«, versetzte Oliver gleichmütig; »ich weiß es nicht.«

Durch die Antwort ein wenig entmutigt, zögerte Ludwig, eine heimliche Absicht auszusprechen; aber als der Necker das Zimmer wieder verlassen wollte und schon in der Tür stand, warf er hin:

»Wenn du willst, Oliver, mag es in deinem Namen nach Gent gehen. Vielleicht . . .«

»Sire«, unterbrach der Meister unwillig, »das wäre doch Lästerung! Zu laute Lästerung! Ich wenigstens muß aus dem Spiel bleiben.«

Jean de Beaune hatte schlaflose Nächte; Ludwigs Praktiken gegen den Himmel kosteten fast eine Million Franken, den Wert der verschenkten Ländereien nicht eingerechnet. Der Schatzmeister war zu klug, um jetzt noch das ausgepreßte Volk unter eine neue Steuerfolter zu legen; denn er sah den Zustand des Herrschers und fürchtete Aufruhr und Zerfall des Reiches; noch ehe Ludwigs Grab geschlossen war, würde in diesem Augenblick eine neue Woge der Erbitterung über das Land gehen.

»Wüßte ich wenigstens, wie lange dieser Wahnsinn noch dauert«, wandte er sich an den Necker, »wie lange er noch lebt?«

Oliver zuckte mit den Achseln. Jean de Beaune sah ihn kopfschüttelnd an.

»Ich hoffe nur Ihretwegen, daß er sich noch hält, Necker«, sagte er bekümmert; »denn Ihre Stellung ist in einer Weise exponiert, wie Sie wissen, daß sein Tod Sie in unmittelbare Gefahr bringen muß. – Ich ahne ja, Meister«, fuhr er beschwichtigend fort, als er Olivers Unmut sah, »ich ahne ja, wie Sie zu diesen letzten Dingen stehen,

und ich hüte mich, Sie zu beraten. Aber hören Sie doch noch dies: Ich habe erfahren, daß das Parlament ein heimliches Verfahren gegen Sie und den Bart eröffnet hat, Material und Zeugen sammelt, daß es über das Leiden des Königs besser unterrichtet ist, als er und wir glauben, und nur auf das Ende wartet, um den Schlag gegen Sie zu führen. Lösen Sie es wenigstens auf, solange Sie noch die Macht dazu haben, oder sichern Sie sich durch hervorragende Geiseln, den abgesetzten und darum um so volkstümlicher gewordenen Le Boulanger zum Beispiel, den Sie in die Oubliettes stecken können.«
Oliver winkte ungeduldig mit der Hand.
»Ist der Staatshaushalt durch die letzten Ausgaben in bedenkliche Unordnung gekommen, Jean?«
»Ich habe die Reserven angreifen müssen, weil bares Geld knapp ist.«
Der Necker überlegte eine Weile.
»Eine neue Steuer darf nicht aufgelegt werden«, sagte er schließlich; »das gebe ich zu, wenngleich mich das Nachher nicht mehr viel kümmert. Aber man kann die bedenklichen Sonderausgaben durch andere Maßnahmen zu decken versuchen: ich werde den Bart anweisen, die diesjährigen Erträge aus meinen Salz- und Holzmonopolen an Sie abzuführen. Das dürfte ein Drittel des Ausfalls ausgleichen. Dann werde ich einige Enteignungsdekrete gegen den Altpräsidenten Le Boulanger und ein paar andere reiche Parlamentarier erlassen.« Er lächelte müde. »Es kommt mir auf ein bißchen mehr oder weniger Feindschaft nicht mehr an.«
Jean de Beaune senkte den Kopf und sprach nichts.
»Und schließlich steht es Ihnen ja frei, Jean«, fuhr Oliver lebhafter fort, »zum König zu gehen und ihm neue Kirchenopfer auszureden. Ich selber darf aus guten Gründen seinen Wahn nicht stören.«
Doch Ludwig ließ sich nicht stören. Als ihm sein Schatzmeister mit Worten, die absichtlich derb und deutlich waren, bedeutete, daß es unsinnig sei, die reichen Kirchen und feisten Domherren auf Kosten des geplagten Volkes noch reicher und feister zu machen, zeigte er nur sein schiefes Lächeln.
»Ich könnte antworten, Gevatter«, entgegnete er listig, »für das Heil des Königs sind keine Ausgaben zuviel. Aber ich bin nicht hoffärtig und sage, daß die Ausgaben beendet sind und jetzt die Einnahmen kommen. Vielleicht erwarte ich noch besondere Zinsen dazu.«
So begann er seine befremdliche Ernte. Die Versicherungen des Dankes, mit denen Rom nicht sparte, nahm er nicht als leere Formel. Den Legaten, der den Segen des Papstes brachte, ließ er zu

Olivers Überraschung zur Audienz, obwohl an jenem Tage die Schwäche schon wie eine Totenmaske auf seinem Gesicht lag und die geflüsterten Worte kaum mehr verständlich machte. Der Prälat sah erschüttert den zerfallenen Menschen und hörte, die Ohren ganz nahe seinem Munde, keine Demut, keine Bitte um den letzten Beistand, keine Bereitschaft zu sterben, sondern ungewöhnliche Wünsche, fast schon Befehle des königlichen Mannes an Gottes Stellvertreter, daß er mit seiner ganzen pontifikalen Macht helfen möge, das königliche Leben, das unsäglich wichtige und wahrhaftig gefährdete Leben zu erhalten und zu verlängern.
»... und zu verlängern«, wiederholte Ludwig, die Worte mühselig und inbrünstig doch mit dem kurzen Atem hinausstoßend.
Der gütige und auch staatsmännisch kluge Papst tat, was der Kranke wollte; denn auch ihm schien, daß sich die Mühe verlohnen möchte. Er schickte ihm nach Plessis das Korporale, über dem Sankt Peter Messe gesungen hatte, und auch die anderen Reliquien, die Ludwig zur Anbetung verlangte; er befahl, daß die niemals noch von ihrer Stelle entfernte heilige Ampolla zu Reims, die das Krönungsöl enthielt, in das Krankenzimmer verbracht werde. Und er willfahrte auch dem seltsamsten der königlichen Wünsche: Er mobilisierte die lebendigen Heiligen, Brüder und Einsiedler von glückseligem Wandel, irdische Wundertäter, die großen und verehrten Beter, Helfer und Heiler, und schickte sie einzeln und mit dem Gelübde, gegen die Welt über ihre Mission zu schweigen, nach Plessis, daß sie versuchten, Mittler zu sein zwischen Gott und Ludwig. Mehr sagte er ihnen nicht, und er hatte seine guten Gründe.
Gegen Ende des Sommers begann die absonderliche Prozession der Heiligen. In Tours empfing sie der Bischof, hielt sie stets getrennt und schickte sie in Abständen von je einem Tag nach Plessis. Doch keiner der Gottesmänner blieb länger im Schloß als ein oder zwei Stunden, dann wurden sie reich beschenkt und nach Orleans gebracht, von wo sie in ihre Heimat zurückkehrten. Keiner von ihnen – von den Deutschen, Italienern, Spaniern, Franzosen, den Theologen, Eremiten, Mönchen aller Orden, den Brennenden und Stumpfen, Aufrechten und Pharisäern – vergaß die Augenblicke, die er vor den armseligen Resten des großen Königs stand, vor dem halben Gesicht, dem gehetzten Blick und der Stimme, die klang, als sei sie zertreten. Ludwig fragte immer das gleiche, mit äußerster Sparsamkeit an Ton und Wort:
»Vater, kann Gott in dir mein Leben verlängern?«
Und er hörte immer das gleiche, aus erschreckten, sanften oder harten Mündern:

»Sire, diese Macht habe ich nicht.«
»Vater, warum sagst du, daß du sie nicht hast, wo Gott sie dir in jeder Sekunde könnte geben?«
Und er hörte Verwahrungen, Versprechen, verlegenes Geschwätz, ehrliches Mitleid, leise oder grobe Ermahnungen, sich nicht aufzulehnen, sondern sich des Höchsten Willen zu ergeben, wie er auch sei. Es wußten die Männer Gottes, die beredten, die gehemmten, die dreisten und die zaghaften, niemals, ob der König von ihren Worten getroffen wurde oder angerührt oder ob er sie auch nur gehört hatte und nicht schon teilnahmslos sei oder gar schon abwesend. Er kauerte im Lehnstuhl, das Gesicht, das die Rechte halb verdeckte, stets im Schatten, einen schmalen Lederriemen unterhalb der Achseln um die Brust und das Gestänge der Rückenlehne, daß der Oberkörper nicht in einem Augenblick der Ohnmacht nach vorne fiele. Es wußten die Männer Gottes nie, ob sein freies Auge, das wohl auf sie gerichtet war, mit dem Blick sie umfasse und bemerke oder durch sie hindurchsehe wie durch das Nichts, das schon in der tiefen Höhle saß wie bei Blinden. Und wenn sie sich leer geredet hatten, die einen früher, die anderen später, und alle mutlos oder verängstigt geworden waren, sah jeder von ihnen die Hand auf dem Gesicht verabschiedend die Finger bewegen und hörte jeder von ihnen die gleichen geflüsterten Worte:
»Vater, küß mich mit dem Mund Gottes und segne meinen Atem.«
Die Hand auf dem Gesicht drückte ein wenig den Kopf zurück und ließ die grauen Lippen frei, die sich öffneten. Der Heiligen Münder – welke, vollippige, bauernderbe und gelehrtenschmale – berührten sie mit dem frommen Kuß; und der Geküßte hauchte dann jedem einzelnen zu: »Atmet aus!« und nahm den fremden Atem auf, der selten frisch war und zumeist stank, wie von hungrigen und kranken Greisen.
Die Gottesmänner, etwa zwanzig an der Zahl, kamen und gingen. Ludwig hielt keinen. Er sprach kein Wort über sie, auch nicht zum Necker, den die Heiligen nicht zu Gesicht bekamen. Auch über den Erfolg oder Mißerfolg ihrer vorübergewandelten Wundertätigkeit schwieg er und über seine Befriedigung oder Enttäuschung. Doch als einige Tage vergingen und kein Anachoret mehr erschien, fragte er ihn eigentümlich lauernd:
»Kommt niemand mehr, Oliver? Ich fand noch keinen Jesaja, armer Bruder, nicht einmal jenen wunderbaren Robertus von Tarent, von dem der Heilige Vater viel Redens und Rühmens machte. Ist er noch nicht in Frankreich?
Der Necker sah ihn an, hörte seine belebte Sprache und fühlte wie-

der den Schauder – den Schauder vor wem? vor sich selber – kalt über das Herz streichen. Es hatte Tage gegeben (zumal solche, die ihn nicht ständig bei dem König sahen), in denen Ludwig abzusterben schien, gleichsam von außen nach innen verkalkend. Und dann kam immer wieder ein Augenblick, wie eben jetzt (»armer Bruder« nannte ihn stets dann der Kranke), in dem die Vampyrseele des anderen an seinen Körper sich schnellte, ein paar Tropfen Leben aus ihm sog und von innen nach außen, gewiß ganz spärlich und jämmerlich, den Leib mit Leben neu speiste. Wie bin ich müde! klagte Oliver für sich; und sein Blick war nicht ohne Bitterkeit, nicht ohne ganz leisen Haß.

»Ach, Bruder«, jammerte Ludwig leise, wie durch vernehmlichen Vorwurf gekränkt, »ich gebe ja den lieben Gott noch nicht auf! Was tue ich nicht alles! Und wie warte ich auf den wunderbaren Robertus von Tarent!«

»Er ist seit drei Tagen schon in Tours«, sagte der Necker bedeutsam.

»Und warum kommt er nicht?« fragte hastig der König. Oliver beeilte sich nicht mit der Antwort; doch dann waren seine Worte frei von jedem Spott:

»Wohl, weil er erfahren hat, daß hier der Teufel lebt.«

Der König war eine Weile still. Jetzt meinte er, den Mundwinkel herabziehend:

»Was ist das für ein seltsamer Heiliger, der nicht einmal den schlichten Mut des Exorzisten aufbrächte!«

»Vielleicht«, lächelte der Necker, »hat er den Mut, den die anderen alle nicht bewiesen; und vielleicht fürchtet er, daß er mit der Teufelsaustreibung Ihnen und Ihren Wünschen schlecht dienen möchte, Sire.«

»Ist das deine neue Art zu scherzen, Oliver?« fragte Ludwig erheitert; und als der Necker nichts erwiderte, sprach er unvermutet schlau und sicher, mit der abgründigen Ironie seiner guten Tage: »So soll der Teufel nach Tours gehen und den Heiligen holen. Das wird vielleicht ein seltsamer Wettstreit, mir zu dienen. Das möchte mir wohlgefallen, Bruder.«

Roberto Rizzo, ein apulischer Bauernsohn, war Eremit von seinem zwölften bis zu diesem seinem sechsundsechzigsten Jahr, in welchem ihn die Bitte des Papstes nach Plessis rief. Als dem Knaben die wilde, fast wütige Stimme seines Gottes befahl, von des Vaters Schafen, Maisfeldern, Oliven und verstaubten Weinranken über verkrüppelten Maulbeerbäumen, aus seiner ganzen engen, sonnenschweren

Welt davonzulaufen und in einem Felsenloch der tarentinischen Küste sich mit den Begierden seines früh entwickelten Körpers herumzuschlagen, legte sich sogleich Scheu, Verehrung, Anbetung der gottlüsternen Nachbarn wie ein Riegel vor seine Höhle. So kam er nicht mehr heraus; und als ein Mensch mit brennendem Ehrgeiz nach einer Einzigartigkeit, die anerkannt sei, wollte er es auch bald nicht mehr. So blieb er in dem Felsen, wurde Jüngling, Mann, Greis, war theologischer Autodidakt von ungeheuerlicher Energie und Einseitigkeit, im Dienst der göttlichen Güte so hart und wild gegen sich wie gegen die anderen Sünder, die aus den Dörfern, Städten, Landschaften der Heimat, dann aus dem Königreich und schließlich aus der ganzen katholischen Welt zu ihm kamen, brachte nicht Fleisch, nicht Fisch, nicht Eier, nicht Butter, nicht Milch über seine messerdünnen Lippen und unterbrach die fünfzig Höhlenjahre nur, um zweimal nach Jerusalem zu pilgern und in Nordafrika zwei Kirchen zu errichten. Allmählich wurde sein Einfluß auch kirchenpolitisch; und obwohl er jede geistliche Würde ausschlug, wirkte er seit seiner späten Manneszeit als die Seele einer unbeugsam orthodoxen Partei, die bei jedem Konklave von Kardinälen – zumal der spanischen Richtung – umschmeichelt und von keinem Papst übersehen wurde. Daß er dem Wunsch Roms, den Allerchristlichsten König aufzusuchen, nach heftigem Sträuben willfahrte, geschah wohl nur, um durch seine Wirkung auf den Valois die schon damals erschütterte Zentralgewalt Roms über die gallikanische Kirche wiederherzustellen. Seine Reise durch Italien wurde der nicht mehr erwartete Triumph seiner Heiligkeit. Ein päpstlicher Legat und der Prinz von Tarent, der neapolitanische Königssohn, holten ihn ab. In Neapel ehrte ihn der König wie ein Sohn den Vater und kam zu Fuß und barhaupt in die bescheidene Herberge Robertos, daß er ihn segne. In Rom war sein Erscheinen das Ereignis des Jahres. Die Kardinäle drängten sich in den Palast des Papstnepoten und Stadtgouverneurs, in dem der Anachoret eine kahle Dachkammer und eine Holzpritsche angenommen hatte. Robertus behandelte die mächtigen und üppigen Männer mit wohlerwogenem Freimut und der geschickten Rauheit des Aszeten, der außerhalb der Faktionen und der höfischen Sitte stand; er bestrickte sie mit seinem Gegensatz, seinem großen Ruf und seiner bäurisch grobschlächtigen Kameradschaft mit Gott; und trotzdem er ein wenig zu bewußt die Sonderrechte des außerhierarchischen Machtfaktors ausnutzte, hatte er einen persönlichen Erfolg ohnegleichen. Während seines dreitägigen römischen Aufenthaltes gewährte ihm der Papst drei Audienzen, denen niemand sonst beiwohnte und die stets drei oder vier Stun-

den dauerten. Der kluge Klemens ehrte ihn nicht nur durch den Sessel an seiner Seite, nicht nur durch den Auftrag, einen Orden von Franziskaner-Eremiten zu gründen, sondern auch durch eine genaue Information über den Zustand und die persönlichen Verhältnisse des französischen Königs und über das zugleich politische und christliche Ziel, das jetzt Ludwigs wahrscheinliche Enttäuschungen durch die anderen Gottesmänner erreichbar zu machen schienen: die Trennung des todkranken Valois von jenem dämonischen, vielverschrienen, in geistlichem und weltlichem Sinne gefährlichen Minister Le Mauvais, der ihn bisher völlig in der Gewalt habe und nicht nur Frankreich ungemein tyrannisiere, sondern auch die gute Gelegenheit, gerade in diesem unschätzbaren Augenblick den ersehnten Einfluß über die Person und die Politik des Königs und seines minorennen Nachfolgers zu erlangen, als einziger zu vereiteln imstande sei. Jetzt erkannte der Wunderbare die Mission als die Krönung seines ganzen gottgezeichneten Lebens.
Sein Zögern zu Tours war nur eines der planmäßigen Manöver, die mit primitiver Schlauheit die Erwartung des Königs und die eigene Notwendigkeit zu steigern beabsichtigten. Der Bischof, wie alle Prälaten des Reiches ein Feind des Necker, zögerte nicht, auf seine behutsamen Fragen den Kronteufel mit den Farben des großen Hasses zu malen. Das Bild des Günstlings, unterwegs durch vorsichtige Forschung schon eingefangen, wurde jetzt plastisch abgerundet. Robertus, der krasse Fälle liebte, war gewiß, diesen nichts als Bösen mit wenigen Handgriffen zu packen und mit ein, zwei Schlägen der göttlichen Keule abzutun.
Und doch wurde er blaß wie der Bischof, als die Ankunft Le Mauvais' gemeldet wurde und schon der erzene Schritt von zweihundert Schotten durch die engen Straßen klirrte.
»Reize ihn nicht, mein Vater«, flüsterte noch der Bischof, der sich sorglich zurückzog, kaum daß es feststand, wem der Besuch des Necker gelte; »reize ihn nicht! Denn er achtet unser Gewand und unsere Immunität verteufelt wenig – und Rom ist weit, nah aber sind die Oubliettes . . . und Balues Käfig ist leer . . .«
Der Wunderbare barg die Hände in den weiten Kuttenärmeln und kreuzte sie über der Brust. Die untergehende Sonne warf ein so brennendes Rot durch den hohen Fensterbogen, daß es dem von unbekannten Gefühlen, Angst und Ratlosigkeit Verwirrten fast schien, als kündige sich der Böse mit dieser höllischen Lohe an und als möchte er jeden Augenblick grell durch das Fenster eindringen wie sie. So starrte er unverwandt in den roten Lichtfluß, zu stolz, um jetzt schon Gottes Hilfe anzurufen, und so sehr mit dem eigenen

Gleichgewicht beschäftigt, daß er den grauen Mann am anderen Ende des dämmerigen Saales nicht sah, nicht hatte eintreten hören, und daß er ihm Minutenmuße gewährte, den kühnen Holzschnitt seines Profils auf rotem Grunde zu betrachten.
»Mein Vater!« sagte der Necker sanft aus seinem Schattenwinkel. Robertus zuckte zusammen und wandte heftig den Kopf der Stimme zu. Doch sein Blick war so voll roten Lichtes, daß er nichts sah als wieder rotes Licht. Seine Hände bebten aus den Ärmeln und die Rechte faßte nach dem Kruzifix, das seitlich am Rosenkranz hing. Die Bewegung, dünkte es Oliver, war wie die des Soldaten, der nach dem Säbel greift. Der strenge Kopf kniff die Augen zusammen; die weißen Büsche der Brauen berührten sich.
»Chi è« fragte er, grob und mißtrauisch wie ein Wachtposten.
»Erlaubt, mein Vater«, sagte Oliver und trat langsam näher. Robertus schützte mit der Hand die Augen vor dem Licht und betrachtete den sanften Sprecher, der mit jedem Schritt deutlicher wurde und jetzt nahe vor ihm in der Helle stand, jetzt sich über seine Hand beugte – einen grauhaarigen Mann, vielleicht in seinem Alter, vielleicht jünger, mit einem Gesicht, wie er es liebte (wie er selber es hatte, gemeißelt und gegeißelt vom strengen Gott!), doch mit den weise-traurigen Augen, die ihm unbehaglich waren, selbst bei seinem Jesus-Herrn und bei manchen zarten Heiligen.
»Spreche ich mit dem Rat des Königs?« fragte er in verlegenem Latein, zwischen unheimlicher Neigung und dem gerechten Abscheu schwankend; und gewaltsam dann, der vielen Inkarnationen des Satans wieder eingedenk, sich auf seine Pflicht besinnend, fuhr er in rustikalem Italienisch und mit seiner stets etwas heiseren Scheltstimme fort: »Ihr seid jener Ser Le Mauvais, nicht wahr?«
»Ja, mein Vater«, antwortete Oliver, freundlich lächelnd, »ich komme im Namen des Königs, Euch zu ihm zu bitten und zu geleiten, wenn Ihr seine Einladung annehmt.«
»Was will der große König von mir kleinem Klausner?« leitete Robertus vorsichtig den Kampf ein. Der Necker sah ihn ernst an, ruhig, gleichsam die eingelegte Lanze beiseite schiebend – und der alte Mann errötete vor diesem Blick.
»Wenn Ihr es noch nicht wißt, mein Vater«, entgegnete Oliver, »so werdet Ihr es erfahren. Jetzt aber sind noch einige Worte notwendig zwischen Euch und mir.«
Robertus, von solcher Unmittelbarkeit überrascht, bog den Oberkörper zurück und entschloß sich dann, dem Angriff zuvorzukommen.
»Messer«, sagte er hart, »wenn ich mich bereit erkläre, der Majestät

in den Fragen der Religion beizustehen, so bedeutet das nicht, daß man mich höfischer Vorbereitung oder gar besonderen Interessen hörig finden wird. Oder haben wir beide von geistlichen Dingen zu reden?«
»Gewiß, mein Vater«, erwiderte Oliver mit Nachdruck; »denn Ihr wißt, daß man mich hierzulande den Teufel nennt.«
Der Wunderbare hob sich halb aus seinem Stuhl und streckte abwehrend den Arm vor, nicht wissend, ob jetzt schon das Apage am Platz sei.
»Und soll ich annehmen«, rief er drohend, »daß Euch dieser verruchte Beiname gefällt?«
»Nein«, sagte der Necker leise, »aber Ihr sollt versuchen, Vater, den König von solchem Gefallen abzuwenden. Ihr sollt versuchen, Vater, ihn vor mir zu retten oder vor Dem, den er in mir sieht – der ich vielleicht sein mag.«
Robertus sank in den Stuhl zurück, mit großen staunenden Kinderaugen.
»Das sagt Ihr mir, Messer?« flüsterte er.
»Sehr krank ist der König!« drängte der Necker in plötzlicher Verzweiflung über seiner Worte ohnmächtiges Pendeln von Wahrheit zu Lüge, »angefressen ist der König von dem Irrglauben an die Kraft des Bösen, den er in mir sieht – der ich vielleicht sein mag! Erstarrt ist er in der Ferne von Gott und neben mir! Rettet sein Leben, mein Vater; denn er will leben! Denn es geht um sein Leben, nicht um seine Seele, die ja nach Euch verlangt! Rettet ihn durch Euer göttliches Gebot, sich von mir zu trennen, Vater! Vater!«
Er umklammerte, auf die Knie fallend, die Beine des Wunderbaren, den es wie ein Fieber schüttelte.
»Apage . . .«, stöhnte er, von der Liebe zum Bösen gefoltert und ihn abzudrängen sich mühend; »der Herr weiß, was mir zu tun sein wird; *ma non mi toccare!* Apage, Satana!« schrie er jetzt, ihn roh zurückstoßend und das Kruzifix schwingend. Aber er hatte Tränen in den Augen.
Sie brachen noch in der gleichen Stunde auf, der Necker an der Spitze der Schotten, der Heilige hinter dem letzten Mann, und kamen gegen Mitternacht nach Plessis. In der Bibliothek war noch Licht. Der König hockte in dem tiefen Stuhl, still in seinem Riemen, die Beine in dicke Decken gehüllt, den Kopf mit den geschlossenen Augen auf der Brust. Oliver wußte nicht, ob er schlief. Und so ausgelöscht, so blutlos grau stak der Menschenrest im Rahmen der Lehne, daß Robertus, dem Necker über die Schulter sehend, nicht wußte, ob er lebte. Doch sein Führer schien daran nicht zu zweifeln; er

drehte sich zu ihm und legte den Finger an den Mund: Das galt wohl den grobknarrenden Sandalen des Eremiten. Die Dogge Tristan zu Ludwigs Füßen hörte nicht auf zu knurren. Robertus hielt sich still.

»Oliver«, sagte der König mit einemmal, ohne sich zu bewegen oder die Augen zu öffnen; »weißt du, wie böse diese Nacht ist? Hast du mich verraten, Bruder – zum zweiten Male?«

Es war ganz still. Vom Vogelhaus nur drangen hin und wieder kurze Schreie der Nachteulen gedämpft in den Raum. Oliver blieb ganz ruhig; und so friedlich war für ihn diese Spanne Zeit zwischen Ludwigs Frage und seiner Antwort, daß er seiner Ruhe gleichsam zunicken konnte, beifällig und voller Vertrauen, wie der Lehrer einer guten Schülerin. Er wandte sich von neuem um – und lächelte. Dem Heiligen zitterte das Kinn und in den Kuttenärmeln die Hände. Dann, wieder zum Kranken blickend, fragte Oliver leise zurück:

»Verrat, Sire? Wie soll ich ja sagen, wenn Sie selbst ihn riefen? Aber wie soll ich auch nein sagen? Es kommt, Herr, wie es kommen muß.«

Ludwig stöhnte. Oliver sprach lauter:

»Der Pater Robertus von Tarent steht hinter mir.«

»Ja, ja«, sagte der König, als wüßte er es; aber jetzt erst öffnete er die Augen; und zugleich auch legte er die eine Hand auf die linke Hälfte des Gesichts. Die andere streckte zwei Finger aus: Das war das Zeichen für den Necker, unbemerkt hinter der Wandverkleidung zu bleiben. Oliver ging, dem Wunderbaren zulächelnd, und betrat den Saal wieder auf der Höhe des königlichen Sessels durch eine seitliche Tapetentür, die durch einen unmerklich gespaltenen Gobelin verdeckt war.

Dort blieb er stehen.

Robertus hatte sich noch nicht von der Stelle gerührt. Das Grauenvolle der Beziehung, das wie ein Spinngewebe zwischen dem König und dem Teufel hing, zwischen ihren Körpern, ihren Seelen, ihren Worten, schlug ihn mit einer tollen Furcht. Doch wie oft bei Menschen von jähzorniger und selbstbewußter Art lag die Tollkühnheit ganz dicht daneben und bedurfte nur des überspringenden Funkens, um aufzuflammen. Es mußte gehandelt werden, um der göttlichen Ehre willen, die er vertrat. Als der Böse ihm das zweitemal zulächelte, war jener betäubende Fluchtgedanke überwunden, durch den Gegendruck der Feindschaft oder Freundschaft: Er wußte es nicht einmal. Er blieb in seinem Winkel stehen, weil er nicht erkennen konnte, ob das offene Auge des Königs ihn schon erblickte oder nicht. Er fühlte sich wohl in der Entfernung sicherer. Aber er erschrak nicht mehr, als des Königs schwache Stimme sich an ihn wandte:

»Komm näher, Vater Robertus.«

Er trat vor, und die Sandalen schlugen die Fliesen so lärmend, wie er noch keinen Laut in diesem Raum voll Nacht gehört hatte. Er versuchte, zusammenfahrend, den Schritt zu dämpfen; doch als es ihm nicht gelang, wußte er, daß Gott hier laut auftreten wollte – und er donnerte durch die Halle. Der König zuckte empfindlich mit der Schulter. Drei Schritte vor dem Lehnstuhl blieb der Mönch stehen und hob grüßend oder segnend die Hand. Ludwig bekreuzigte sich, ihn nicht aus den Augen lassend. Die Dogge knurrte lauter.

»Still, Tristan!« befahl der König und schwieg wieder. Robertus wurde unruhig. Er mußte sprechen; er mußte des Höchsten Namen in diese böse Ruhe rufen – um des Kranken willen nicht weniger als um seinetwillen –, daß er von Anfang an da sei, reinigend und tonangebend. Er mußte ihn wie einen Anker auswerfen, daß er den Höllentrug des Bodenlosen durchschlage und Grund finde. Er rief viel zu laut:

»Der Herr ist die Allmacht! Der Herr ist die Güte! Der Herr ist die Rettung!«

Wieder zuckte Ludwigs Schulter, als täte ihm die scharfe Stimme weh. Er fragte müde:

»So kannst du mir helfen, mein Vater?«

»Ja«, sprach Robertus, froh über die Demut der Worte und jetzt schon fast wild auf die Beute, die er aus der Höhle des Bösen schleppen würde vor den anerkennenden Gott. Er fühlte, wie in allen glücklichen Augenblicken seines Lebens – den Augenblicken vor dem Sturm auf Menschen – das Blut in lustvollem, grausamem Reiz, gleichsam in seinem roten Schwung durch den Körper strömen, jene besondere und gewiß fromme Wut, die niemals weit davon entfernt war, den Sünder körperlich zu züchtigen, und es zuweilen auch tat. Verdoppelt fühlte er Reiz, Schwung und Wut durch die Größe der Aufgabe und der Gefahr. Und doch übersah er nicht das Merkwürdige, das Verwundernswerte: Den König durchzuckte nicht sein heiliges Ja mit dem Strahl der Hoffnung, berührte nicht einmal mit dem milden Licht der Zuversicht, nicht mit dem schwächsten Abglanz eines seelischen Gewinns. Er blieb matt und zaghaft; er fragte gar:

»Um welchen Preis, mein Vater?«

»Um den Preis des Bösen«, toste der Wunderbare auf, »um den Preis jenes Besessenen und Verfluchten, der vom Satan Namen hat und Atem und doch neben Euch lebt und in Eurem Namen spricht und wider Euch empört den Himmel und die Erde! Und laßt Ihr ihn, so wird Gott Euch segnen und Euren Körper lösen aus der Klammer der Krankheit, die Sein Zorn Euch sandte, und leben werdet Ihr einen langen sanften Abend des Greises! Und laßt Ihr ihn nicht, so wird Gott Euch Geschlagenen mehr noch schlagen, auf jedes Glied und auf jeden Sinn, schlagen in den Tod und schlagen in die Verdammnis!«

Die Dogge knurrte, gereizt durch des Heiligen Gebrüll und Gesten.

»Still, Tristan!« befahl mit Anstrengung der König, der sich nicht gerührt hatte und nur unter der Wortwelle die Augen schloß. Jetzt bewegte er die Hand auf dem Gesicht und flüsterte:

»Ich lasse meinen guten Bruder nicht ...«

Robertus schüttelte die Arme, wuterstickt. Doch dann wieder brachen seine Worte sich Bahn, formten sich zu brutalen Bildern von Leid und Tod, von der Folter des unseligen Sterbens und der Hölle des Jenseits. Mit der sich immer steigernden Beredsamkeit der Ekstase rüttelte er an dem Zustand der Gegenwart, zauberte das Reich in Revolution, Verfall und Untergang, war dann wieder in anderem Tonfall, in der Fülle gottgefälliger Macht, im Segen des Friedens, in der Freude des beruhigten Landes, in der Liebe des befriedigten Volkes ... Er schöpfte Atem.

»Ich lasse meinen guten Bruder nicht ...«, flüsterte Ludwig, geängstigt durch die Erregung, die seit Olivers Aufbruch nach Tours durch den Körper wühlte und jetzt unter Blutstößen hochtrieb. Des Heiligen Worte wurden gefährlich wie Steinwürfe. Er näherte sich dem Äußersten: der Drohung mit dem Anathem ...

»... und Gott wird dich Geschlagenen schlagen noch diese Nacht!« schrie er. Da rief eine starke Stimme aus der Wand, mächtiger noch als die seine:

»Es ist genug!«

Robertus taumelte zurück, mit zurückgeworfenem Kopf, als wären die drei Worte drei Schläge gegen seine Stirn. Doch auch dem König fiel die Hand von dem Gesicht, das vor Angst milchig glänzte, wie wenn er nicht wüßte, wem die Stimme gehörte. Oder es war das tückische Blut, das schon den ganzen Tag lauerte, mit dem Abend sich duckte wie ein Raubtier (oh, wie er es kannte!) und jetzt losbrach.

»Ein Wunder!« stöhnte er erstickt und warf die Arme auf, von dem Entsetzen des bedrohten Körpers eingekesselt, kein Entrinnen von den rings aufgehobenen Fäusten wissend. »Ein Wunder geschehe ... hilf ...«

Den Wunderbaren riß es hoch. Gottes Stimme war es eben nicht; denn sie unterbrach sein gerechtes Werk. So gehörte sie dem Teufel. So mußte sie bekämpft werden. Und sieh! Jener Wandteppich teilt sich und läßt den Bösen ein! Doch rief der König nicht nach Gottes Wunder? War es nicht schon gewonnen? – Jetzt galt es ...
Er stürzte sich gegen Oliver, das Kreuz wie eine Streitaxt schwingend, und schrie:
»Apage! Apage! – Gott, gib ein Wunder!«
Die Dogge hinter ihm fuhr wütig bellend auf ... schon fühlte er einen furchtbaren Schmerz im Schenkel ... schon fiel er in eine maßlose, gefühlauflösende Tiefe.
Der Necker sprang, den Hund fortreißend, über ihn hinweg zum Lehnstuhl. Im Riemen hing mit pendelnden Armen und blutrotem Gesicht der König.

Es ging dem Morgen zu, dem letzten Tag des Septembers. Oliver kauerte neben Ludwigs weiß und still gewordenem Antlitz. Er wartete auf das Erwachen und den neuen Beginn des Kampfes ohne Ende. Doch warum verließ nicht die Wunderruhe seine Brust? Warum hatte sie seine Erschütterung über die königliche Treue in die Augenblicke der lautersten menschlichen Freude verwandelt? Und warum verließ ihn nicht das Gefühl eines fast einfältigen Glückes, als sei er am Ende des Weges?
Ganz ohne Übergang aus der Starre zum Leben, ohne ein Zeichen des Körpers, daß er erwache, bewegten sich Ludwigs Lippen, lautlos zuerst und dann leise deutlich:
»Das Öl ... das heilige Öl ... schnell, Bruder, schnell, daß ich dich salbe!«
Dem Necker war es, als würde sein Körper ganz leicht und als schlüge ihm das Herz nicht mehr. Doch dies alles war nicht Leid, sondern ein Aufblühen von Freude und Liebe und ein Verströmen von Dankbarkeit. Er berührte mit den Lippen die feuchte Stirn Ludwigs.
»Das ist die Stunde der Lösung!« jubelte er ihm in die Haut.
»Das Öl«, drängte die Flüsterstimme, »der König darf nicht sterben!«
»Der König nicht, es stirbt Le Mauvais«, lächelte Oliver, richtete sich auf und nahm die Ampolla vom Gebetpult. Er drückte sie an Ludwigs schlaffe Finger.
»Ich kann sie nicht halten«, klagte die Stimme.
»Mich salbt das Wort«, begütigte Oliver und legte dem König leise die Ampolla auf das Herz.

»Der König geht ein in dich, mein Bruder«, hauchte feierlich die Stimme. Der Necker flüsterte in Ludwigs Mund:
»Oliver geht ein in dich, mein Bruder.«
Er küßte die aufgerissenen Lippen. Dann begann er zu sprechen, mit der tönenden Stimme des gesunden Königs den mächtigen Raum füllend, und seine Worte spielten die alten und bekannten Melodien der Majestät auf, voll klaren und kühnen Lebens. Er sprach von künftiger Politik und den Maßregeln, den Frieden zu sichern: Man werde keinen Streit mit der Bretagne suchen, dem einzigen noch selbständigen Herzogtum im Reich; man werde das Land durch kluge dynastische Politik kampflos gewinnen. Man werde auch wegen Calais keinen neuen Krieg mit England riskieren, sondern versuchen, mit Geld zu erobern. Die Außenpolitik den anderen Mächten gegenüber sei fortzusetzen und die steuerliche Belastung des Volkes allmählich zu mildern. Groß und machtvoll sehe man die Zukunft des Reiches.
»Groß und machtvoll ist der König«, hauchte die Stimme, und der Atem wurde mühsam. Oliver stand leise auf, immer sprechend, und zog an einer versteckten Klingelschnur. Seine Worte wurden wärmer, als sie jetzt von den strengen Bildern der Regierung ließen und zu den Tieren kamen. Er nannte die geliebten Namen, scherzte mit den Kranichen und den Eulen, lockte die Hunde und klopfte den Pferden auf die schönen Hälse.
»Die guten Tiere«, röchelte die Stimme.
Die Tür öffnete sich leise. Jean de Beaune wurde durch einen Blick unterrichtet und verschwand wieder.
»Mehr Tiere müssen es sein«, redete Oliver etwas hastig und trocknete den kalten Schweiß von Ludwigs Stirn; »nach Hunden soll man überall nachfragen, in Spanien nach Alanos und Windspielen und Valenzianer Pinschern. In Sizilien müssen Maultiere gesucht werden. Und in der Berberei gibt es eine Art kleiner Wölfe, die Addib heißen . . .«
Jetzt trat der Hauskaplan an das Sterbebett.

4 *Der Galgen*

Die Königin kam mit dem Dauphin wenige Stunden nach Ludwigs Tod. Sie folgte dem Wunsch Olivers, der sie durch einen Eilboten herbeirief, und hatte weder in ihrer Residenz das Ende des Königs bekanntgegeben, noch die Töchter, ihre bourbonischen Männer und die anderen Reichsgranden von dem Ereignis unterrichtet. Jean de Beaune empfing sie ernst und führte sie an den stummen und kalten Schotten vorbei, durch stumme und kalte Räume in das Totenzimmer. Ludwig lag weiß und friedlich in den Kissen. Das sanfte Sterben hatte sein Gesicht wie mit einer zauberisch gütigen Hand aus der Verzerrung gelöst; man mußte es sehr genau betrachten, um jenen ersten Schlag der großen Faust auf die linke Hälfte zu erkennen. Der Necker saß ihm zu Häupten auf einem kleinen Schemel, ganz nach vorne geneigt, so daß sein Kopf niedriger lag als der des Toten. Es schien fast, als lauschte er noch nach den Schlägen des Herzens; denn er saß so seit vielen Stunden, im Schoß noch den Spiegel, dessen nicht mehr getrübte Fläche den Sieg des Todes verkündet hatte; und Oliver sah immer noch das Antlitz des Königs ein wenig von unten her an, so innig vielleicht den letzten Ausdruck sich einprägend oder so nahe noch immer der anderen Seele, daß das eigene Gesicht den weißen Frieden – um ein klein wenig heiterer gar – widerleuchtete.

Carlotta blieb mit einem kleinen Erschrecken in der Tür stehen: Sie wußte im Schein der unruhigen Kerze nicht, wer der Tote war und wer der Lebendige, wer der König und wer der Necker. Jetzt wandte Oliver ihr den Kopf zu, stand auf und verbeugte sich mit einem guten Lächeln.

»Messire ...«, sagte Carlotta leise und hob die Stimme wie zu einer zaghaften Frage, »ich glaube es nicht ...« Und plötzlich, auf Ludwig schauend, auf den Necker wieder, fragte sie es wirklich: »Wer trägt hier die Krone?«

Oliver sah sie erstaunt an und hob abwehrend die Hand.

»Sie, Madame«, sprach er und trat in den dunklen Hintergrund des Zimmers zurück, wo Jean de Beaune stand. Carlotta senkte den Kopf und wurde rot. Dann kniete sie mit dem Dauphin, einem scheuen, unschönen Knaben von fünfzehn Jahren, vor dem Bett nieder, betete kurz und erhob sich wieder, nachdenklich und zaghaft sich umwendend.

»Darf die Regentschaft mit Ihnen rechnen, Messire?« fragte sie. Oliver kam näher, aufs neue lächelnd, den Kopf schüttelnd.

»Dürfte sie es, Madame«, antwortete er, »so wäre sie, der Friede, der Bestand des Reiches, dieses großen Mannes Werk von schmerzlich kurzer Dauer. Sollten Sie es wahrhaftig nicht wissen, hohe Frau?«

Carlotta schwieg und preßte die Handflächen gegeneinander, wie es ihre Art war, wenn sie die Erregung des inneren oder äußeren Lebens nicht meistern konnte. Der Necker beobachtete sie. Das Al-

ter hatte sie verschönert. Die frühen weißen Haare lösten alles Häßliche, Grobe, Leidvolle in Würde auf, das Gesicht war kleiner geworden und seine Flächen, die einst zu breit waren und seltsam nackt schienen, durch das silbrig aufdämmernde Greisentum begütigt und wie bekleidet.
»Und was werden Sie tun, Messire?« fragte sie endlich und verriet durch die Bedrängnis im Ton, daß auch diese Frage – wie vorhin die erste – bekämpft und doch nicht zurückzuhalten war.
»Madame«, antwortete der Necker langsam, »Sie haben mich einst in solcher Nähe gesehen – so deutlich habe ich mich Ihnen einmal gezeigt, Madame, wie es im Leben nur sehr selten geschieht. Was ich jetzt tun werde, hohe Frau: sollten Sie es wahrhaftig nicht wissen?«
Carlotta nickte kaum merklich mit dem Kopf.
»Ihm folgen«, sprach sie leise, mit mehr Sicherheit, ermutigt durch seine Art, die mit sanftem Zwang zur Offenheit führte. »Zum mindesten ahnte ich es, Messire, als selbst bis in meine stille Residenz der Lärm von dem maledeiten Namen drang. Zum mindesten wußte ich, was Großes es um diesen Lärm war – und vielleicht, Messire, gehörte dieses Wissen zu dem wenigen, worauf ich noch stolz war –, und ich habe, wie damals, zu dem Herrn gebetet, daß er Ihnen verzeihe und Sie belohne. Und ich habe ... ja, Seigneur, ich habe nie geglaubt, daß ich Sie – allein – ohne ihn – nach ihm – noch einmal sehen werde. So darf ich jetzt verwirrt sein ...«
Oliver machte eine Bewegung, als wollte er ihre Hand ergreifen. Doch weil der Dauphin, nahe hinter seiner Mutter, ihn unausgesetzt und mit einem unbestimmten Ausdruck von furchtsamer Neigung betrachtete, ließ er es.
»Sie stellen sich jetzt wieder ganz nahe hin zu mir, gnädigste Frau«, sagte er weich und dankbar, »und Sie können schon jetzt hören, warum ich noch lebe, trotzdem mein König schon fünf Stunden tot ist, – warum ich Sie bat, so heimlich zu kommen, und warum Sie, nicht ich, dem Reich den Tod des Souveräns und die Konstitution der Regentschaft verkünden müssen – und nicht nur dies verkünden müssen, sondern auch die Austreibung des Teufels.«
Carlotta hob etwas die Schultern, als wollte sie eine Bürde zurechtrücken, und ihre Lippen zuckten.
»Jetzt weiß ich es schon«, murmelte sie, und bekümmert setzte sie hinzu, »ach, warum immer sind die Aufgaben so schwer, die Sie mir zuweisen, Messire?«
»Weil sie stets von königlichem Geiste sind, Madame«, antwortete der Necker mit einem leisen Lächeln. »Und jetzt gilt es die Dynastie wie damals, jetzt die Überwindung eines Gefühls wie damals.

Der Haß, der um die Krone liegt, den dieser große Mann ertragen konnte und der den Jüngling erdrücken möchte, muß von dem getilgt werden, der ihn gesammelt hat – im Namen des Königs. Deshalb desertierte ich nicht auf einem der vielen Schleichwege, die mir zu Gebote standen, und stahl mich nicht in den königlichen Tod. Deshalb ist alles und lange schon von mir vorbereitet. Deshalb ist es Ihre Pflicht, Majestät, heute wie damals, den königlichen Zweck einzusehen und den notwendigen Ablauf der Dinge nicht mit Sentiments zu stören.«

»Ja«, flüsterte Carlotta. Oliver fuhr mit sachlicher Stimme fort:

»Die erste Amtshandlung der Regentschaft nach der Todeserklärung des Monarchen muß meine Absetzung sein. Die zweite: die Wiedereinsetzung des Präsidenten Le Boulanger und der anderen entfernten Parlamentarier in ihre Ämter, Würden und Besitztümer. Die dritte: der öffentliche Befehl ans Höchste Gericht, die Prozessierung des Oliver Necker und des Daniel Bart mit großem und lautem juridischem Apparat aufzunehmen und durchzuführen. Die vierte: die Signierung des endlichen Urteils um keine Stunde zu verzögern. Die Peinlichkeit der Verhaftung erspare ich Ihnen, gnädigste Frau. – Das ist alles. Und das versprechen Sie mir bei meinem König.«

Carlotta stand wie betäubt; jetzt hob sie schwach die Hände.

»Mein Gott!« stöhnte sie.

»Madame«, rief Jean de Beaunes erschütterte Stimme aus dem Schattenteil des Zimmers, »um der Güte Gottes willen, überlegen Sie ...«

»Halt, Jean, mein guter Freund«, unterbrach ihn Oliver mit starker Stimme, »wenn du schon den Reichsfrieden stören willst, so wirst du doch nicht den Seelenfrieden stören wollen. Und du begreifst mich doch, mein kluger Freund.«

Beaune schwieg. Der Necker wandte sich wieder an die Königin.

»Der eben sprach«, sagte er, »ist Ludwigs wertvollstes Legat an die Regentschaft. Sie möge immer auf ihn hören – nur nicht jetzt.«

Der Dauphin rief mit rotem Gesicht:

»Versprechen Sie nichts, Frau Mutter!«

»Sire«, redete Oliver ihn an und faßte ihn mit dem Blick, »wissen Sie, wie Ihr Volk mich nennt?«

»Ja, Seigneur«, stotterte der Prinz; und Oliver sah, daß seine große Nase in der Erregung zuckte, wie einst die große Nase Karls von Frankreich, dessen Namen er trug. Des Neckers Stirn umwölkte sich, als sähe er schlimme Zeichen für des Reiches Zukunft.

»So hören Sie auf die Stimme des Volkes, mein Fürst«, sagte er

nicht sonderlich freundlich. »Das ist nicht unwichtig, wenn man nicht Ludwig, sondern Ludwigs Sohn ist.«
Er wandte sich ab, trat zu dem Toten und küßte die beiden Hände, die gekreuzt auf der Brust lagen. Dann streifte er das Laken über ihn und drehte sich um.
»Wir sind hier nicht mehr nötig, Madame«, sagte er zur Königin. »Ihre große Pflicht beginnt mit dem Versprechen.«
»Ich gebe es Ihnen bei Ihrem König«, sagte Carlotta laut und klar. Und als sich Oliver über ihre Hand beugte, fing sie die seine auf und küßte sie.
»Das gilt meinem König«, sprach Oliver leise, »und er dankt es Ihnen.«
Plötzlich schluchzte der Dauphin auf. Man wußte nicht recht, warum; denn er sah zu Boden. Und als er wieder aufschaute, mit den etwas scheelblickenden und rotgeränderten Augen, war der Necker verschwunden. Der Knabe Karl hob den Zeigefinger und lauschte, als würde man ihn vielleicht noch hören können.
»Ja«, sagte Carlotta, »wir sind königlos.«

Der Magistrat der Stadt Paris hatte während der letzten Wochen nur mit großer Mühe einen förmlichen Krieg der Bevölkerung gegen den Tyrannen von Saint-Cloud vermieden. Er war gleich dem Parlament und den Spitzen des Episkopats sehr genau über den jeweiligen Zustand des Souveräns durch geheimnisvolle Quellen unterrichtet und konnte mit bemerkenswerter Deutlichkeit den am Ende ihrer Geduld angelangten Bürgern versprechen, daß der rechtlich und moralisch unhaltbare Zustand sich sehr bald von Grund auf ändern werde und daß die Selbstdisziplin, noch kurze Zeit geübt, gute Früchte tragen würde. Zudem war das Gerücht, das die Empörung der Stadt aufflammen ließ, der Behörde durch keine Tatsache als wahr erwiesen worden. Es hieß: die Frau eines Edelmannes, der von dem Bart aus irgendeiner Laune in den Schloßturm von Saint-Cloud gesperrt worden war, hätte den Statthalter kniefällig gebeten, ihren Gemahl in Freiheit zu setzen; und da die Dame sehr jung und sehr hübsch war, hätte der Bart mit groben Zärtlichkeiten nicht gespart und schließlich gesagt, wenn sie die Nacht bei ihm bleibe, würde sie am nächsten Morgen ihren Mann außerhalb des Turmes finden. Die Dame, deren Liebe zu ihrem Eheherrn sehr groß gewesen sei, habe sich endlich entschieden, ihr Schicksal auf sich zu nehmen, und sei dann in der folgenden Frühe von dem Bart an den Fuß des Turmes geführt worden. »Und wo ist er denn?« habe sie gerufen und der Bart mit rohem Gelächter geantwortet: »Schon steigt er vom Himmel, schönste Frau!« Und schon habe die Dame zwei Beine über ihrem Kopf pendeln sehen, einen leblosen Körper, ihren erwürgten Mann, der mit dem Strick um den Hals aus einem Fenster des zweiten Stockes auf die Erde gelassen wurde und jetzt jämmerlich zu ihren Füßen lag. Diese Missetat, die man sich mit schauerlichen Einzelheiten in den Straßen von Paris erzählte, machte das Maß des allgemeinen Zornes voll. Es kam zu Zusammenrottungen, zu lauten Flüchen und Drohungen gegen den Teufel und seinen Leutnant, und der Prior des Franziskanerklosters, der als Prediger berühmte Pater Antoine Fradin, welcher als einziger ungestraft und unbehindert seit etlicher Zeit gegen die Tyrannei des allmächtigen Ministers und seines Subjektes Sturm lief, hatte ungeheuren Zulauf. Der Magistrat mußte Soldaten auf die Straße schicken und der Erzbischof den Prior bitten, seinen Eifer zu mäßigen und ein Überkochen der Volkswut zu verhüten. Denn obwohl dem Parlament ein notorisches Kapitalverbrechen des Bart sehr erwünscht gekommen wäre (der Mord fehlte in dem Sündenregister), kam doch keine ihres Mannes auf so furchtbare Weise beraubte Frau und erhob Anklage. Auch später, in den Akten des Neckerschen Prozesses, fand man diesen Vorfall nicht erwähnt.

»Es ist soweit«, sagte der Necker zu Daniel Bart, als er zur Nachtzeit nach Saint-Cloud kam. Der Leutnant schob das Kinn vor, wie ein Mensch, der den Ausdruck seines Gesichts hastig verstecken will. »Es ist hohe Zeit, Meister«, sagte er achselzuckend, »es ist hohe Zeit, wenn Sie es nun einmal für schöner finden, hinzugehen und sich hängen zu lassen, als ruhig hier zu warten, bis sie kommen und uns totschlagen. Und doch begreife ich Sie noch besser als der Fradin, der Sie für wahnsinnig hält, aber dabei seine Aufgabe ganz prächtig löst. Sind wir nicht im Parlament, ehe Paris den Tod des Königs erfährt, so findet das Höchste Gericht keinen Knopf von uns mehr zur Zierde für seinen Galgen.«

»Daniel«, entgegnete Oliver langsam, »deine Späße haben ein verzerrtes Gesicht. Ich verstehe es wohl. Schlage dich mit deinen Leuten über die bretonische Grenze und dann nach England oder Portugal, wo gute Fäuste gut bezahlt werden. Es genügt für meinen Zweck, wenn du *in contumaciam* abgeurteilt wirst.«

»Wir müssen in zwei Stunden aufbrechen, Meister«, sagte der Bart, als hätte er nicht zugehört. Oliver drückte ihm die Hand; dann ruhte er ein wenig. Daniel alarmierte seine Leibgarde, einen Haufen Abenteurer und Tunichtgute aus allen europäischen Ländern, gab jedem den Sold eines Jahres und formierte kleine Trupps, die er in westlicher Richtung entließ. Seine Abschiedsrede war:

»Macht, daß ihr außer Landes kommt, Galgenstricke! Der König ist tot!«

Die Stadt, die an nächtlichen Lärm gewöhnt war, duckte sich noch tiefer in den Schlaf. Doch als sie am nächsten Morgen zu erwachen wagte, waren von den Quälgeistern nichts zurückgeblieben als die Worte, die mit der Sonne aufleuchteten: Der König ist tot!

Oliver und Daniel waren schon in Paris. Gekleidet wie reisende Kaufleute und falsche Bärte tragend, hatten sie das Tor unbehindert passiert, zwischen zwei duftenden Obstkarren eingeklemmt und in dieser friedlichen Nachbarschaft von der verschlafenen Wache nicht einmal angehalten. Dann gingen sie durch die menschenleeren Straßen, die noch von den Nebeln der Frühe grau und feucht waren.

»Ist dieses Leben schön gewesen, Daniel?« fragte Oliver. Der Bart hob bedenklich die Schultern.

»Ja«, sagte er schließlich, »es war letzten Endes lustig – von meinem Standpunkt aus, der gewiß nicht maßgebend ist. Doch wenn man zum letztenmal frei ausschreitet, wie wir beide, Meister, es in diesem Augenblick tun, möchte man doch undankbar scheinen, wenn man es nicht auch schön nennt. Und Sie sind doch so etwas wie ein großer Herr gewesen, Meister.«

»Ich war ein halber König, Daniel«, sagte Oliver lächelnd und langsam; »das gibt die absonderlichste Sicht über das Leben: den einäugigen Blick vom Thron aus. Und weil Ludwig durch mich ein halber Necker wurde – dazu veranlagt wie ich zum König, von vielen mit ihm verwechselt, sich selber mit mir verwechselnd –, ist allmählich die reinliche Scheidung der Perspektiven notwendig geworden; denn ich liebte ihn, Daniel, und half ihm, dem Menschen, zu sterben. Und das war schwer: Das war das Versprechen, das Königtum am Leben zu erhalten. So trenne ich den Teufel von der Krone und knüpfe den Necker auf, als handgreifliches Symbol für die Welt. Und so habe ich jetzt mit meinen beiden eigenen Neckeraugen den klarsten Blick in den Tod zu tun, den ich mir denken kann: den vom Galgen aus. Doch bei alledem, bei diesem maßlos beschwerlichen Hin und Zurück vom Ganzen zur Hälfte und von der Hälfte zum Ganzen, bei diesem mondhaften Wandel der Seele habe ich die menschliche Wertung des Lebens verlernt. Deshalb fragte ich dich, Daniel, und du scheinst mir recht zu haben.«

»Ja, ja«, nickte der Bart und sah seinen Herrn scheu an. Oliver blieb stehen.

»Ich habe kein krankes Hirn, Daniel«, sagte er ernst, »ich dachte vielleicht noch niemals so klar wie jetzt. Es sind nur die Worte, die

dich betroffen machen; aber ich weiß keine schlichteren im Augenblick – mein Schicksal ist nicht schlicht!«
Sie gingen schweigsam weiter. An der Ecke der Rue de la Barillerie, schon im Schatten des Parlamentspalastes, sagte der Necker weich: »Es ist noch Zeit, mein Gesell, kehr um! Mein Leben hat genug Leben und genug Liebe verbraucht, warum auch noch mein Tod! Ja!« rief er und blieb wieder stehen. »Das Leben war schön, Daniel; denn es kannte doch auch Liebe – besondere Liebe, starke Liebe, die allen Haß der Welt aufheben kann! Claes und Eliza, Louize und die Anne . . . die Anne und Ludwig – und du, mein Gesell durch dreißig Jahre, meine Schulter und meine Faust! Ich danke dir, Daniel. Kehr um! Es ist noch Zeit!«
Bart war schon fünf Schritte voraus.
»Kommen Sie, Meister«, warf er über die Achsel hin, »es ist bald sechs Uhr.«
Im Schatten des Portals lösten sie die falschen Bärte ab und warfen sie in kleinen Strähnen in die Gosse. Das Tor war noch verschlossen. Sie läuteten die Wache herbei. Der öffnende Posten musterte ihre Gesichter; aber er kannte sie nicht. Oliver verlangte den Parlamentsaktuar in dringender Angelegenheit zu sprechen. Als das schwere Tor hinter ihnen ins Schloß fiel, schrak Daniel zusammen. Der Necker sah in sein blaß gewordenes Gesicht.
»Es ist immer noch Zeit, Freund«, flüsterte er. Doch Bart antwortete nur, ein wenig zwangvoll lächelnd:
»Ich will jetzt oft an die Meisterin denken.«
Sie schritten durch den Torbau zur Wachstube, die schwach erleuchtet war. Gerichtssoldaten lagen oder saßen gähnend auf den Pritschen. Der schlaftrunkene Polizeioffizier fragte nach Name und Stand.
»Geheimdienst des Königs«, sagte der Necker und zeigte eine unscheinbare Münze; »lassen Sie den Aktuar wecken.« Den Befehlshaber riß es zusammen; er wurde ganz wach. Er schickte einen Mann fort, den Befehl auszuführen, und nahm die Wachsfackel von der Wand, wohl um die beiden in das Innere des Palastes zu begleiten. Als er sich umwandte und ein wenig neugierig das Licht über die Ankömmlinge hielt, trat er beim Anblick des Bart zwei entsetzte Schritte zurück. Aber er bezwang sich und führte die Männer wortlos in das Dienstzimmer des Aktuars. Als er zurückkam, rief er seinen Leuten zu:
»Bei allen Heiligen! Der Große war der Höllenhund und der andere vielleicht gar der Teufel in Person! Wir erleben etwas, ihr Tröpfe! Auf!«

Als verantwortungsbewußter Offizier alarmierte er ohne sonderlichen Lärm die gesamte Polizeitruppe des Justizpalastes, verstärkte Bewachung und Kontrolle des Tors und ließ unauffällig das Zimmer, in dem die Verdächtigen saßen, durch eine Postenkette sichern.
»Jetzt ist keine Zeit mehr, nach Portugal zu gehen«, hatte Oliver mit einem flüchtigen Lächeln gesagt, kaum daß der Offizier die Tür hinter sich schloß; »man hat dich schon erkannt, Daniel. Deine Popularität ist größer als die des Teufels.«
Bart machte eine geringschätzige Handbewegung und lenkte ab:
»Stammt eigentlich das Schauermärchen von der tückisch von mir benutzten Edelfrau und der zu ihren Füßen abgeseilten Leiche ihres von mir gemeuchelten Mannes von Ihnen, Meister? Fradin verwahrt sich hoch und heilig gegen die Autorschaft, trotzdem sie seinem erfindungsreichen Hirn zuzumuten ist. Und die Geschichte hat in Paris dem Faß den Boden ausgeschlagen.«
»Ich weiß davon nichts«, entgegnete Oliver erheitert, »und das scheint mir ein so dramatischer Balladenstoff, wie ihn am ehesten die Phantasie der Gasse hervorbringt. Du wirst noch zum Mythus, Daniel, ich vielleicht auch ...«
Der Aktuar hastete herein. Sein verblüfftes Gesicht verriet, daß er über den unerwarteten Besuch bereits unterrichtet war. Er kannte den Bart, aber nicht den Necker, und wagte nur einen schnellen Blick aus seinen kurzsichtig zusammengekniffenen Augen auf den Breitschulterigen, murmelte etwas in seine blassen Lippen und rettete sich an sein Pult.
»Nehmen Sie das Folgende zu Protokoll«, befahl der Schmächtige mit dem grauen Haar; und daß jener sprach wie der Herr und der Höllenhund stumm und ergeben beiseite stand, ließ die Feder in der Aktuarhand zittern.
»Schreiben Sie«, begann der Graukopf wieder. »Ich Oliver Necker aus Gent, Sieur Le Mauvais ...«
Die Feder legte sich auf die Seite wie ein kenternder Mast, das Aktuargesicht wurde grau.
»Ist das ein Scherz ...?« stotterte er. Oliver lachte leise.
»Sie werden noch Zeit und Gelegenheit genug haben, meine Angaben nachzuprüfen, Herr Aktuar«, sprach er; »schreiben Sie: ... Sieur Le Mauvais, Graf de Meulan, Seigneur de Crone, Rouvray, Senart, Hauptmann von Saint-Cloud, Burgvogt von Choisy, Profos der Marschälle Frankreichs und Rat des Königs, begleitet von meinem Leutnant Daniel Bart aus Gent ... Schreiben Sie, Herr Aktuar«, unterbrach er sich, als die Feder wieder schwankte, »... sage hiermit zu den Akten des Parlamentsgerichtshofes aus und gebe

kund und zu wissen: Unser aller Herr und Allerchristlichster König, Ludwig von Valois, ist gestorben ...«
Die Feder fiel auf das Pergament; als sei sie glühend, sprang der Aktuar von ihr fort, den Mund aufreißend.
»Schreiben Sie!« herrschte ihn der Necker an. Der Aktuar kroch an das Pult zurück; sein Gesicht war fast gelb.
»... gestorben, gestern früh, am dreißigsten Tag des Septembers, in den Armen der Heiligen Römischen Kirche. – Ich, Oliver Necker, übergebe mich, meine Person und mein Gut, und meinen Leutnant Daniel Bart, seine Person und sein Gut, ohne jede Klausel der Gewalt des Höchsten Gerichts und überliefere mich und ihn in die Hände seiner hohen und gerechten Justiz ...«

Im Parlament herrschte bis zu dem Augenblick, in dem die Todesnachricht bestätigt wurde, eine nicht geringe Verlegenheit. Einige Räte vermuteten neue, ganz unheimliche und undurchsichtige Teufelstücke, deren Zweck durchaus nicht faßbar war, aber vielleicht auf die Beseitigung der Gerichtsautonomie überhaupt hinauslief, und empfahlen dringend, die Unliebsamen wieder hinauszukomplimentieren. Die Mehrzahl fühlte zwar – zumal nach der einstündigen Unterredung des Promotors mit Le Mauvais –, daß hinter der bedingungslosen und juristisch unzweideutigen Selbststellung der beiden wenig Platz sei für Intrigen oder gar für einen Angriff auf die Parlamentskörperschaft, aber sie wußten nicht, was mit ihnen in diesem verworrenen Augenblick anzufangen sei, ohne dem Gericht zu schaden. Schließlich entschied man sich, sie in eine Art ritterliche Schutzhaft zu nehmen, bis Nachrichten vom Hof kamen. Einige gut zu beaufsichtigende Zimmer wurden ihnen angewiesen, in denen sie sich frei bewegen konnten.
»Der Galgen zeigt noch Samtpfötchen«, sagte der Bart zum Necker. Doch der ungewisse Zustand dauerte nur bis zum Abend des gleichen Tages. Die Eilboten, die das Parlament nach Plessis schickte, trafen schon wenige Meilen südlich der Hauptstadt auf der Straße nach Orleans die Kuriere der Regentschaft. Die amtliche Nachricht vom Ableben des Königs und dem Regierungsbeginn der Regentschaft, vor allem aber ihre ersten drei Ordonnanzen, schlugen mit ihrer Schicksalsschwere kaum faßbar, fast lähmend, doch dann schon erlösend und zur Tat stoßend ins Parlament. Noch in der Nacht wurden der Necker und der Bart mit Handfesseln als Staatsgefangene von einem hundertköpfigen Aufgebot Schwerbewaffneter in den Turm des Louvre überführt. Und der Schloßhauptmann, Sieur de Saint-Venant, erfuhr aus dem Munde des zum Generalpro-

kurator dieses Prozesses ernannten Parlamentspromotors, daß ihn bei einem Entweichen der Gefangenen die gleiche Strafe träfe, die das Urteil über die beiden verhängen würde. Am folgenden Tag verkündeten die Rufer des Obersten Gerichts auf den großen Plätzen der Stadt den Tod des Königs, den Amtsantritt der Regentschaft, Absetzung, Verhaftung und Prozessierung des Le Mauvais und seines Leutnants, Wiedereinsetzung des Präsidenten Le Boulanger in sein Amt. Die beiden im Turm hörten das Volk schreien. Sie verstanden es nicht, doch sie waren neugierig; sie fragten die Posten. Man brachte ihnen nach einiger Zeit, etwas zögernd, die Antwort: Der König solle leben und der Teufel sterben. Oliver lächelte.
»Da hast du meine ganze Rechnung auf die einfachste Formel gebracht, Daniel.«
»Welch eine gottesfürchtige Stadt«, sagte der Bart und wiegte den Kopf.

Am Tag nach der feierlichen Restitution des Altpräsidenten begann der Prozeß mit aller Schärfe und einer grausamen Genauigkeit. Der Erzbischof hatte, um das Andenken des großen Königs zu schonen, auf die Einsetzung der Inquisition gegen den Teufel verzichtet. Er begnügte sich, an der Spitze der zahllosen Kläger zu stehen, die das Oberste Gericht, ihre Geheimakten öffnend, gegen die beiden Staatsverbrecher aufrief. Sechs Tage waren nötig, um nur das gesamte Anklagematerial zusammenzustellen und unter die verschiedenen Untersuchungskommissionen zu verteilen. Am siebenten Tag erschienen die Angeklagten das erstemal vor dem Gerichtshof, der in der Grand'Chambre versammelt war, feierlich mit seinen schwarzen Roben den mächtigen Saal verdunkelnd. Nur das Scharlachrot der pelzverbrämten Prokuratorkappe leuchtete über dem erhöhten Sitz des Anklägers. Auf dem Präsidentenstuhl, der schwarz unter dem Hermelin mit dem Königswappen stand, saß der alte Le Boulanger, und auf seinem Geierkopf wiederholte sich das Schwarz und das Weiß im Gegensatz des Baretts und der Haare. Die Gefangenen schworen, daß sie die Wahrheit aussagen und nichts verschweigen würden. Le Mauvais bemerkte grundsätzlich, daß er die volle Verantwortung für alle Handlungen seines Leutnants trage, und bat um die eine Gunst, sie bis zum Tag der Urteilsverkündigung nicht zu trennen.
»Oliver Necker«, fragte der Präsident, »waren dir die Entscheidungen der Regentschaft gegen dich bekannt, als du dich dem Gericht stelltest?«
»Ja.«

Le Boulanger hob den Kopf und fuhr nach einer Pause der Überraschung fort:
»Auch die Rehabilitation meiner Person?«
»Ja«, sagte der Necker, ein wenig unruhig; »doch es liegt im Interesse des Staates und der Regentschaft, Herr Präsident, diese Fragen nicht fortzusetzen, die in keinem notwendigen Zusammenhang mit dem Prozeß stehen und auf die zu antworten ich durch meinen Eid gezwungen bin.«
Der Richter schwieg verblüfft. Durch die schwarzen Roben ging eine Bewegung des Unbehagens. Man schickte die Gefangenen hastig fort und beschloß, ihre öffentliche Vernehmung nach Möglichkeit zu vermeiden und die Durchführung der einzelnen Fälle den Kommissionen zu überlassen, die dem Gerichtshof die Protokolle einzusenden hatten, mit den Unterschriften der Angeklagten als Geständnis. Die beiden wurden nicht in den Louvre zurückgebracht, sondern in einen Doppelkerker der Conciergerie gesteckt. Eine Sperrmauer in der halben Höhe des schwach beleuchteten Gewölbes trennte sie voneinander. So konnten sie sich nicht sehen, aber doch miteinander sprechen. Statt der erträglichen Fesselung im Louvre-Turm lasteten jetzt auf ihnen eiserne Ketten, die in einem Sperring um das linke Bein endeten; und damit er nicht auf den Fuß fiele, war er durch eine starke Verbindungskette an einem Eisengürtel aufgehängt, der eng die Lenden umspannte und schwer auf den Hüften lag.
»Die Herren sichern sich ihre Folter für jeden Fall!« polterten Daniels flämische Worte herüber.
»Wenn ich sie nur aushalte«, klagte der Necker.
Drei Monate lang sah das Gericht die Prozession der Kläger – Bischöfe, Äbte und Mönche, Beamte, Bürger und Bauern, Witwen und Vormünder von Kindern –, es hörte nicht auf; das in dem Geheimverfahren gesammelte Belastungsmaterial war nur der klare Auftakt einer immer verworreneren Symphonie von Haß und Habgier; halbe Städte und ganze Dörfer meldeten Entschädigungsansprüche an; wessen Feld der Hagel zerstört hatte und wessen Kuh krepiert war, sah das Werk des Teufels und klagte. Das Gericht war nicht imstande oder wagte nicht, die Schmarotzer von den in Wahrheit Geschädigten zu trennen. Es begriff zu gut die außerordentliche politische Wirkung dieses Prozesses, der dem Parlament eine noch niemals erreichte und in der Zukunft weidlich ausgenutzte Beliebtheit einbrachte. Es nahm jede Klage an. Die Kommissionen arbeiteten fieberhaft; täglich wanderten Protokolle in die Conciergerie und empfingen das Signum der gleichgültigen und niemals protestierenden Gefangenen. Bald war das große Vermögen des Necker von

den Entschädigungsansprüchen verschlungen; man öffnete den Stadtsäckel. Erst als die Regentschaft, stutzig über den gar zu beflissenen Seelenfang des Parlaments und über seine kühn gewordene Sprache, den geforderten Verkauf der an die Krone zurückgefallenen Herrschaften mit klarer Entschiedenheit untersagte, entschloß sich das Gericht, sein ungeheuerliches Beweisverfahren abzuschließen.

»Noch ein prozessierter Teufel«, rief der Bart über die Mauer, »und die Frommen in Stadt und Land sind gemachte Leute! Sie sehen, Meister, es gibt Spekulationen auf den Himmel, die gelingen.«
Er bekam keine Antwort und wurde unruhig. Er wußte, daß der schmächtige Körper des Necker unter der Dauerfolter des Kettengürtels zusammenzubrechen drohte. Er wußte, daß das Gewicht der Eisenmassen, die sein starker Leib ohne allzu große Beschwerden trug und die seine Muskeln nicht einzudrücken vermochten, in die Beine des Necker tiefe und eitrige Wunden gegraben hatte und daß der Hüftring, der die Eingeweide zusammenpreßte, die bedenklichsten inneren Störungen hervorgerufen zu haben schien. In den letzten Tagen konnte Oliver kaum eine Speise mehr bei sich behalten; seine Schwäche war so groß, daß die Beine den belasteten Körper nicht mehr trugen. So blieb er auf der Pritsche liegen, nicht oft klagend; in der Nacht aber stöhnte er vor Schmerzen. –
»Meister!« rief Daniel beängstigt hinüber. Es blieb alles still.
»Wache! Wache!« brüllte Daniel und schlug mit der Kette gegen die Eisenplatte der Kerkertür. –
Man fand den Necker in einer schweren Ohnmacht. Der Gerichtschirurg, der ihn mit Mühe zum Leben zurückbrachte, konnte ohne Entfernung der Fessel die notwendige Behandlung nicht durchführen. Den Schlüssel zum Kunstschloß des Hüftrings trug der Präsident Tag und Nacht bei sich. Der Arzt verlangte von ihm die Entfesselung. Er wurde am gleichen Tag seines Dienstes enthoben.
»Ich darf hier nicht zugrunde gehen, Daniel«, klagte Oliver, »das Volk glaubt nichts, was es nicht sieht! – Ach, wie kläglich wiederholt sich Ludwigs Kampf!«
Er bat um den Besuch des Franziskanerpriors Fradin. Man verwunderte sich über den Wunsch; doch man ließ keinen bereitwilliger zu ihm als seinen bekanntesten Widersacher. Als der Schließer die Tür hinter sich geschlossen hatte, beugte sich Antoine erschüttert über die Pritsche.
»Meister«, flüsterte er, »mein guter Herr! Bei dem großen Gott im Himmel, wo liegt der Sinn von alledem?«
Oliver streichelte die Hand des Abtes.

»Hast du es nicht vernommen, Vater Toon?« lächelte er. »... Es lebe der König! – Tod dem Teufel! ... Das ist alles – das versprach ich ihm.«
Gegen die Sperrmauer schlug klirrend Eisen. Fradin fuhr zurück.
»Mein Daniel«, beschwichtigte der Necker. Das Flämisch des Bart scholl herüber:
»Du mußt erreichen, Bruder Toon, daß der Meister aus seinem Eisen kommt. Das ist jetzt das Wichtigste!«
»Ja, Fradin«, sagte Oliver, »das ist sehr wichtig; sonst ist der Prozeß langlebiger als der Angeklagte. Und das Urteil muß vollstreckt werden können. Das Volk glaubt nichts, was es nicht sieht ...«
»Und wenn es den Teufel nicht am Galgen hängen sieht«, fiel Daniel wieder ein, »so möchte es ihn von neuem an der Krone hängen sehen – und glaubt daran! Verstehst du es, Toon, oder nicht?«
»Mein Gesell begreift mich«, sagte Oliver leise, »und du auch, guter Toon. Frage nicht mehr viel – versuche, den Präsidenten hierher zu bekommen. Er hat den Schlüssel und darf ihn nicht aus der Hand geben. Du hast großen Einfluß jetzt. Nutze ihn aus für mich – noch einmal. Eile dich, Toon. Denn sieh, wie spät es ist ...« er zog den Abt an seinen Mund, daß der Bart nichts höre – »man wird keinen ganzen Teufel mehr hängen ... er betrügt sie wohl um ein Bein ... denn ich täusche mich nicht ... Wundbrand ...«
Fradin schrie auf, als er das Bein sah. Er antwortete nicht auf Daniels ängstliche Fragen und eilte fort.
»Haben Sie noch Geheimnisse vor mir, Meister!« schimpfte der Bart hinüber.
»Laß nur, Daniel«, begütigte der Necker, »ich erhitzte nur ein wenig seine Phantasie.«
Eine Stunde später kam der Präsident, allein. Er wies den Schließer mit einem kurzen Wort hinaus und trat, eine Fackel in der Hand, an die Pritsche. Die Männer sahen sich an. Oliver entblößte schweigend seinen Körper. Der Richter rührte sich nicht.
»Warum wollen Sie, Seigneur, daß ich hier sterbe?« fragte der Necker. Der andere antwortete ohne Zögern:
»Weil Sie Geheimnisse wissen und aussprechen könnten, fürchtet das Gericht, die nicht gehört werden dürfen.«
»Das Gericht fürchtet, was Sie fürchten, Seigneur. Und Sie fürchten Ihre Zweifel an meiner Teuflischkeit.« Le Boulanger schwieg eine Weile; dann fragte er zurück: »Die Ordonnanzen der Regentschaft sind Ihr Werk, Necker?« Oliver hob den Kopf.
»Ich will Sie in Erstaunen setzen, Seigneur: Die Verfügungen gehorchen dem letzten Willen des Königs.«

Der Präsident trat einen Schritt zurück; die Fackel in seiner Hand warf flatterndes Licht.
»Der König befahl Ihnen, sich zu stellen?«
»Das tat er nicht, Seigneur; aber er legte sterbend das Leben des Königs, das Leben der Krone in meine Hände. – Jetzt wissen Sie mein Geheimnis, jetzt begreifen Sie meine Handlung, Präsident, jetzt denken Sie noch einmal an die Schreie der Straße, die mein Geheimnis erkannt hat, und jetzt wissen Sie Ihre Pflicht.«
Der Richter beugte sich langsam vor und die Fackel senkte sich mit ihm. Sein Gesicht war wie von einem inneren Lärm betäubt und die Augen selbst so von dem heimlichen Aufruhr gefangen, daß sie, groß sich öffnend, doch nichts zu sehen schienen. Als ducke eine Hand den Nacken, ihn doch auch haltend: so neigte sich der Kopf ganz langsam immer tiefer. Jetzt küßte er die Hände, die nebeneinander auf der groben Decke lagen.
Er sprach kein Wort. Daniel, den das lange Schweigen beunruhigte, rief gequält in die Stille:
»Schließen Sie ihn auf! Um unseres Heilandes willen, zögern Sie nicht, Seigneur!«
Der Präsident streckte den Rücken und hustete verlegen. Dann rief er nach dem Schließer und dem wachhabenden Offizier. – Der Zustand des Gefangenen, sagte er barsch, wie es seine Gewohnheit war, schließe jeden Fluchtverdacht aus; so könne er ihn, kraft seiner richterlichen Gewalt, von der Bürde der schweren Fesselung befreien. Man hole den jüdischen Leibarzt des Erzbischofs. – Mit zusammengepreßten Lippen beugte er sich über Le Mauvais, schlug Decken und Hemd zurück und schloß den Hüftring auf. Wie zwei Schließer den Körper hochhoben und zwei andere die Eisen abstreiften, war Oliver schon ohnmächtig. Als er zwanzig Stunden später erwachte, war sein linkes Bein bereits amputiert.

Der Präsident überraschte die Kommissionen durch den Befehl, innerhalb vierzehn Tagen ihre Arbeit beendet zu haben. Im Februar, dem fünften Monat des Prozesses, trat das Oberste Gericht, bestehend aus den beiden Vorsitzenden und sechsundzwanzig Parlamentsräten, zum Diktum zusammen. Sechs Tage lang dauerte die Lesung der Protokolle, am 19. Februar war die Beratung beendet. Der einstimmige Spruch verurteilte den Oliver Necker und den Daniel Bart, an den Galgen der Stadt Paris jedermann zur Schau ihrer unzähligen Missetaten wegen am Halse aufgeknüpft, gehängt und erwürgt zu werden. Der folgende Tag verging in geheimen Besprechungen des ungewöhnlichen Verlangens Le Boulangers, das Urteil zu vollstrecken, ohne der Regentschaft die Ausübung ihres Begnadigungsrechtes möglich zu machen: Das Verdikt mit den Prozeßakten sollte erst am Exekutionstag nach Amboise, dem Sitz des Hofes, gebracht werden. Des Präsidenten Gründe – Zeitverlust, Hinweis auf die unveränderte Stellung Jean de Beaunes und vornehmlich auf die gute Gelegenheit, durch diesen selbständigen Akt die angestrebte Unabhängigkeit des Parlaments zu erreichen – verschafften ihm schließlich den Sieg.

In der Frühe des 21. Februars erschienen der erste Präsident Le Boulanger, der zweite Präsident de la Vacquerie und der Generalprokurator Alligret in der Conciergerie und verlasen den Gefangenen das Urteil.

»Gut«, sagte Oliver, der wie ein Skelett zwischen seinen Krücken hing.

»Trefflich!« rief der Bart, der ihn stützte und eben noch geweint hatte wie ein Kind, als er, in den Nebenraum verbracht, den Meister wiedersah.

»Die Regentschaft«, sagte der Präsident, »hat auf ihr Begnadigungsrecht von vornherein verzichtet. Das Urteil ist ohne Gegenzeichnung rechtskräftig. Erhebt ihr dagegen Einspruch?«

Der Necker sah ihn mit einem langen Blick an. Er lächelte ein wenig. – Ahnt dieser Mann, dachte er, daß seine Vorsicht der Carlotta einen schlimmen Augenblick erspart?

»Nein«, sagte er schließlich, und leise setzte er hinzu, »ich danke Ihnen, Seigneur. Es ist alles gut so. – Scheint nicht die Sonne heute?«

Le Boulanger wandte sich hastig ab und verließ das Gewölbe, ohne zu antworten. De la Vacquerie und der Prokurator sahen sich an und folgten. Durch die Tür, die nicht geschlossen wurde, trat der Prior Fradin; ein zweiter Mönch von hohem Wuchs blieb im Schatten des Eingangs stehen.

»Scheint die Sonne heute, Vater Toon?« fragte Oliver wieder. Antoine und Daniel legten ihn sanft auf die Pritsche.

»Ja«, antwortete der Abt, »es ist wie im Frühling heute.«

»Gut, gut«, meinte Oliver.

»Das rechte Wetter für ein Volksfest«, sagte der Bart.

»Wollen wir nicht beten?« fragte leise Fradin.

»Ja«, sagte Daniel mit veränderter Stimme. Oliver schwieg und sah zur Tür.

»Wagt sich noch ein Gottesmann zum Teufel?«

Der Abt beugte sich an sein Ohr.

»Der Beichtvater der Königin«, flüsterte er. Der Hochgewachsene kam näher. Oliver sah scharf zu ihm hinüber. Jetzt rief er:

»Die Dogge hat Euch gebissen, mein Vater, nicht der Teufel! Wißt Ihr es auch?«
»Ich weiß noch viel mehr, Oliver.«
»Wollt Ihr noch meine Seele fangen, Vater?«
»Nein, mein Oliver; denn ich weiß, daß ich sie nicht erreichen möchte. Aber dies will ich: dir sagen, daß der arme Leib nicht lange hängen wird im Wind, daß man ihn bergen und bestatten wird, dem rohen Gesetz zum Trotz. Das ist mein Auftrag. Und dies noch will ich: ein gutes Wort von dir, Oliver.«
»Mein Bruder, auch du«, sagte Oliver. Der Wunderbare neigte sich über ihn und küßte seinen Mund.
Um zehn Uhr vormittags wurden die beiden Delinquenten in den inneren Hof des Parlamentspalastes gebracht und dort in feierlicher Amtshandlung dem Henker übergeben. Das war ein gutmütiger Mann, der den Krüppel sachte in den Karren hob und ihm, allem Brauch zuwider, erlaubte, sich auf den Boden zu setzen. So sah nur des Teufels graustruppiger, fleischloser Kopf über den Bord. Daniel, die Hände auf dem Rücken gefesselt, stand riesenhaft neben ihm und hielt mit den Knien seine Schulter, als der Karren davonpolterte. Umgeben von Parlamentshäschern, ein starkes Aufgebot berittener Polizeisoldaten vor sich und hinter sich, bahnte sich das Gefährt durch die Volksmassen seinen Weg nach dem Galgen von Montfaucon. Der gutmütige Henker hielt sich neben Oliver und deckte ihn vor den Blicken der Menschen, die aus merkwürdigem Antrieb stumm blieben, vor Grauen, vielleicht auch vor Enttäuschung, weil sie zwischen Hellebarden und Pferdeköpfen nur das wilde Haupt und die breiten Schultern des Statthalters hin und wieder erkennen konnten.
»Ich habe auf mehr Beifall gerechnet«, sagte der Bart. Oliver schwieg mit geschlossenen Augen. Er hatte wohl Schmerzen. Daniel preßte, ihn vor den Stößen der Räder zu schützen, fester noch die Beine an ihn. Sie sprachen nichts mehr.
Plötzlich doch johlte, brüllte, schrie das Volk am Fuß des Galgenberges, als oben der Teufel aus dem Karren gehoben wurde.
»Der Pferdehuf! Links war der Pferdehuf!«
Dann wurde es wieder ganz still. Man hörte eine hohe Stimme, die eines Kindes oder einer Frau, kläglich aufkreischen. Das Volk schrak zusammen und blinzelte in den Himmel. Oliver stand am Fuß der Leiter, rechts und links die Arme um die Nacken zweier Profosknechte wie zweier hilfreicher Freunde geschlungen.
»Küß mich, mein Bruder«, sagte er zu Daniel. »Es gibt Schlechtere, als wir waren. Ich werde dich ansehen . . .«

»Ach ...«, stöhnte der Bart, nicht mehr. Dann ließ er sich von dem Henker an seine Leiter führen und stieg ziemlich schnell hinauf, die eine Schulter gegen die Sprossen pressend. Er sah sich um und fand des Meisters Blick. Er lächelte noch, als der Sack über seinen Kopf fiel und die Beine schon nach hinten ausschlugen. Er pendelte durch die Luft, als kniete er.

Der gutmütige Henker lud sich den Teufel auf den Rücken und trug ihn vorsichtig die Leiter hinauf. Über seinen Kopf griffen Olivers Hände in die Sprossen. Wie seltsam mag es anzusehen sein, dachte er. Der Sack, der nach Erde roch, nahm ihm die Welt fort. Jetzt wollte er nach ihr schreien, greifen ... dieses Leben! Die letzte furchtbare Wollust schoß aus seinem Körper ... Der gutmütige Henker riß an dem einen Bein und brach ihm das Genick.

Das Volk blieb still, von fremdem Entsetzen geschlagen. Es rührte sich nicht fort. Die Nacht kam. Das Volk zerstreute sich, kam wieder in der anderen Frühe. Seltsames war geschehen: Nur der Leutnant pendelte im frischen Wind. Das Volk wurde unruhig vor Ungewißheit. Der Teufel war in die Hölle oder in die Menschen gefahren.

276	Charlotte Bühler	Wenn das Leben gelingen soll. *Psychologische Studien über Lebenserwartungen und Lebensergebnisse*
277	Hans Habe	Das Netz. *Roman*
278	Michael Crichton	»Andromeda«. *Roman*
279	Hans-Joachim Bogen	Knaurs Buch der modernen Biologie *Mit 166 meist farbigen Abb.*
280	Martin Beheim-Schwarzbach	Knaurs Schachbuch
281	Jürgen Thorwald	Das Weltreich der Chirurgen
282	Ernst Augustin	Mamma. *Roman*
283	Håkan Hedberg	Die japanische Herausforderung
284	Ernst von Khuon (Hrsg.)	Waren die Götter Astronauten? *Wissenschaftler diskutieren die Thesen Erich v. Dänikens*
285	Jerzy Kosinski	Aus den Feuern. *Roman*
286	John O'Hara	Danke für gar nichts. *Roman*
287	Fletcher Knebel	Von der Nacht verschlungen. *Roman*
288	John Galsworthy	Jenseits. *Roman*
289	Stephen W. Meader	Alle Achtung, kleiner Bud *Mit 31 Zeichnungen*
290	Erich von Däniken	Zurück zu den Sternen. Argumente für das Unmögliche. *Mit 74 Abb.*
291	Wolfgang Wickler	Sind wir Sünder? Naturgesetze der Ehe. *Mit 72 Zeichnungen*
292	Hellmuth Bögel	Knaurs Mineralienbuch. Das Haus- und Handbuch für Freunde und Sammler von Mineralien *Mit 48 Farbtafeln*
293	MacKinlay Kantor	Schönes Biest. *Roman*
294	Mary McCarthy	Ein Blitz aus heiterem Himmel. *Essays*
295	Walter R. Fuchs	Knaurs Buch der Denkmaschinen *Mit 70 meist farbigen Abbildungen von Klaus Bürgle*
296	Desmond Morris	Der Menschen-Zoo
297	Vogt/Wermuth	Knaurs Aquarien- und Terrarienbuch Das Haus- und Handbuch der Vivaristik. *Mit 48 Farbtafeln*
298	Norman Mailer	. . . am Beispiel einer Bärenjagd. *Roman*
299	Angus Wilson	Kein Grund zum Lachen. *Roman*
300	Reinhard Gehlen	Der Dienst. Erinnerungen 1942–1971 *Mit 26 Abbildungen*
301	Johannes Lehmann	Jesus-Report. Protokoll einer Verfälschung
302	Robert Charroux	Unbekannt – Geheimnisvoll – Phantastisch. Auf den Spuren des Unerklärlichen. *Mit 21 Abbildungen*

327	Martin Page	Managen wie die Wilden *Ein klug-vergnüglicher Vergleich: die Stammesriten der Primitiven und der Führungsstil in unserer Wirtschaft*
328	Günther Voss	Knaurs Handwerksbuch *Mit zahlreichen Illustrationen. 272 Seiten*
329	Walter Henkels	Jagd ist Jagd & Schnaps ist Schnaps *Mit 12 Zeichnungen von Reiner Zimnik*
330	Günter Ogger	Friedrich Flick der Große *Der Geheimnisvollste der deutschen Superreichen*
331	Mary McCarthy	Florenz/Venedig *Die berühmte Schriftstellerin zeichnet das Porträt zweier bedeutender Städte. Mit 13 Fotos*
332	E. V. Cunningham	Der Mann, der nicht mehr töten wollte *Ein psychologischer Thriller*
333	Carroll Righter	Liebe, Ehe und die Sterne *Ein astrologischer Ratgeber*
334	Günther Voss	Knaurs Bastelbuch *Mit zahlreichen farbigen Illustrationen*
335	Joseph Ackner	Knaurs Lexikon der Naturwissenschaften *Mit ca. 255 farbigen Abb. u. Zeichnungen*
336	Walter Robert Fuchs	Eltern entdecken die neue Mathematik *Mit ca. 140 meist farbigen Abbildungen*
337	Rudolf Pörtner	Die Wikinger-Saga *Mit 35 Abbildungen*
338	Anne Edwards	Süßer Vogel Hoffnung *Eine spannende Kriminal- und Liebesgeschichte*
339	Alvin Toffler	Der Zukunftsschock *Die Zukunft hat schon begonnen*
340	Paul Frischauer	Knaurs Sittengeschichte der Welt *Band I: Vom Paradies bis Pompeji. Mit ca. 100 Abbildungen*
341	Robert Charroux	Die Meister der Welt *Auf den Spuren unserer außerirdischen Vorfahren. Mit ca. 25 Abbildungen*

Werke von Alfred Neumann

Lehrer Taussig

Der Patriot

König Haber

Der Teufel

Rebellen

Guerra

Der Held

Narrenspiegel

Trilogie:
Neuer Cäsar
Kaiserreich
Volksfreunde
(oder Das Kind von Paris)

Königin Christine von Schweden

Die Goldquelle

Es waren ihrer sechs

Der Pakt

Viele heißen Kain